國家社科基金
GUOJIA SHEKE JIJIN HOUQI ZIZHU XIANGMU
後期資助項目

唐别集考

下

齊文榜 著

中華書局
ZHONGHUA BOOK COMPANY

唐别集考卷第十四

元氏長慶集

元稹(七七九～八三一),字微之,一字威明,京兆萬年(今陕西西安)人。九歲能屬文,十五明經及第,二十四書判入四等,釋褐秘書省校書郎。元和元年(八〇六)復以才識兼茂明於體用科第一名擢第,授左拾遺。歷官監察御史、虢州長史、中書舍人、翰林承旨學士等。穆宗時,以工部侍郎拜相,數月而罷,出爲同州刺史。歷越州刺史、浙東觀察使、武昌節度使等,大和五年(八三一)卒於任所,年五十三。

元稹的作品,其自言曾先後四次手編:一次是元和七年三十四歲時,詩八百餘首,分爲十體,編爲二十卷,另有文約二百篇,新作歌詩五十一首尚不在其内(《叙詩寄樂天書》,《元稹集》卷三十,中華書局一九八二年八月第一版,頁三五二至三五三。版本下同);第二次爲元和十四年四十一歲時,“有詩向千餘首”,自選古詩和律詩各百首,編爲五卷“奉啓跪陳”(《上令狐相公詩啓》,《元稹集》卷六十,頁六三二);第三次乃長慶元年(八二一)四十三歲時,自編雜詩十卷,奉旨獻穆宗(《進詩狀》,《元稹集》卷三十五,頁四〇五);第四次在長慶四年四十六歲時,自編删其書奏表狀等雜文若干卷(《文稿自叙》,見《舊唐書》本傳)。這四次自編詩文,一次是詩,一次爲文,另兩次乃詩選。白居易《河南元公墓誌銘》謂:“公著文一百卷,題爲《元氏長慶集》。”據此可知,《元氏長慶集》一百卷蓋元稹自編並題書名,可惜後世散佚太甚,今天已無法看到其自編全集的文字説明了。白居易《白氏長慶集》五十卷,亦元稹所編,其集中有《白氏長慶集序》一文可證,所以元、白二人的《長慶集》,皆爲元稹手編。日本藤原佐世纂《日本國見在書目録》第卌九《别集家類》,著録“《元氏長慶集》二十五卷”(《古逸叢書》影印舊鈔本)。藤原佐世卒於日本醍醐天皇昌泰元年,即唐昭宗光化元年(八九八),若是則晚唐以前《元稹集》已傳至日本,然卻只有二十五卷。

入宋,《崇文總目》著録《元氏長慶集》十卷,恐誤;另有《長慶小集》十卷。《新唐書·藝文志四》除著録《小集》十卷外,尚有《元氏長慶集》一百卷。然至北宋後期,百卷本《元氏長慶集》已散逸近半,迨宣和六年甲辰(一一二四),出現了閩地建安劉麟父子編輯刊行的《元氏長慶集》六十卷,即後世所羨稱的"閩本"或"建本"。劉麟《元氏長慶集·序》曰:

> 元微之有盛名於元和長慶間,觀其所論奏,莫不切當時務,詔誥歌詞,自成一家,非大手筆曷臻是哉!其文雖盛傳一時,厥後浸亦不顯,唯嗜書者時時傳録,不亦甚可惜乎?僕之先子尤愛其文,嘗手自抄寫,曉夕玩味,稱歎不已。蓋惜其文之工而傳之不久且遠也。廼者,因閲手澤,悲不自勝,謹募工刊行,庶幾元氏之文因先子復傳於世。斯文舊亡其序,第冠以《新唐書》微之本傳,則微之之於文,其所造之淺深可概見矣!宣和甲辰仲夏晦日序。(《元氏長慶集》,四部叢刊本)

據此《序》,知六十卷"建本",乃是據劉麟之父的手寫本上版刊行的。然而劉父所據是否百卷本,所録與百卷本相較約占幾何,均不得而知。元稹集以前尚無刊本,此本乃"元集第一刻",百卷本失傳後,此本就成了後世一切元集之祖本。明人婁堅曰:

> 世所傳集,刻於宋宣和中建安劉氏,收拾於缺逸之餘,功已勤矣。然考《唐書·藝文志》,《元氏長慶集》凡一百卷,又《小集》十卷,而所與白書,自叙年十六時至元和七年,有詩八百餘首,凡十體,二十卷;七年已後,又二百五十首,此其二十餘年之所作也,計其還朝至殁,不知復幾百首。今已雜見於集矣,而古詩不過百三十餘,律詩不過三百餘,共三十卷,又他文三十卷,類次既非其舊,卷帙半減于前,蓋詩之亡者,已不翅如其所傳,則他文之不見於其書者,又可知也。(《重刻元氏長慶集序》,《元稹集·附録二·序跋》,頁七三七)。

婁氏感慨元集散佚之甚,稱贊建本"收拾於缺逸之餘,功已勤矣",所言甚是。建本宋以後傳世絶少,今所知者,唯日本新見義鄉收一殘本,後歸其友李門祐相,藏於日本東大圖書館,卷末有李門祐相《跋宋本長慶集》文,其略曰:"是予亡友新見義鄉手澤本也。義鄉……尤愛古本,遇宋元佳槧,不論價而置之;自他殘篇斷簡、零墨片楮,苟有古色者,無不搜羅,而最愛是書與王半山集。每與予品騭古本,手玩口贊,喜形於色,以其爲北宋精刻也。既没之三年，遺書散落，此書亦入淺野氏五萬卷樓。余以其精神所注，苦請而藏之……嘉永己酉九月望，李門祐相誌。”(《元稹集・附録二・序跋》，頁七四一)元集“北宋精刻”，據筆者所知唯有宣和建本，故李門氏所藏當爲建本，惜未言卷數幾何耳。

宋槧元集影響較大者，爲南宋孝宗乾道四年戊子(一一六八)兩浙東路安撫使越州知府洪适越州郡齋刻本《元氏長慶集》六十卷、《集外文章》一卷，世稱“浙本”或“越本”。洪适《元氏長慶集原跋》曰：

> 《元微之集》六十卷……《唐志》著録有《長慶集》一百卷，《小集》十卷。傳于今者惟閩、蜀刻本爲六十卷。三館所藏獨有《小集》，其文蓋已雜之六十卷中矣。微之嘗彙其詩爲十體，曰：旨意可觀詞近古往者爲古諷；流在樂府者爲樂諷；詞雖近古而止於吟寫性情者爲古體；詞實樂流，而止於模象物色者，爲新題樂府；聲勢沿順屬對穩切者爲律詩，以七言五言爲兩體；稍存寄興與諷爲流[及]〔者〕爲律諷；撫存感往者取潘子悼亡爲題；暈眉約鬢，匹配色澤，劇婦人之怪豔者爲豔詩，今古兩體。其自叙如此。今之所編，頗又律吕乘次，惜矣舊規之不能存也！元[公]〔白〕才名相埒，樂天守吴財歲餘，吴郡屢刊其文。微之留郡許久，其書獨闕可乎？予來踵後塵，蓋相去三百三十餘年矣，乃求而刻之，略能讎正脱誤之一二，不暇復爲公次也。書成寘之蓬萊閣。乾道四年歲在戊子二月二十四日，觀文殿學士左通奉大夫知紹興府兩浙東路安撫使鄱陽郡公洪适景伯書。(《元氏長慶集》，四庫叢刊本卷末)

據此《跋》，此本乃洪适有感於元稹爲越州刺史浙東觀察使多年，而越州未刊其集，因而刊刻此本。此本所據底本，洪《跋》謂“傳於今者惟閩、蜀刻本爲六十卷”，表明洪氏是見過閩、蜀二本的。若是，乾道四年以前除建本外，尚有蜀本行世；北宋建本既爲第一刻，則蜀本自爲建本的翻刻本，王國維即判越本出自劉麟建刻本(詳下蜀重刻本)。可惜洪氏對蜀本的版本情形隻字未提。至於此本，洪氏言，只是“略能讎正脱誤之一二”。表明此本編次一仍建本，只不過對其脱誤，稍稍讎正一二罷了。可見此本脱誤仍然不少。洪邁《容齋五筆》曰：“《唐書・藝文志》元稹《長慶集》一百卷，《小集》十卷，而傳于今者，惟閩、蜀刻本，爲六十卷。三館所藏，獨有《小集》。文惠公鎮越，以其舊治，而文集蓋闕，乃求而刻之。外《春游》一篇云……集中逸此詩，文惠爲列之于集外。”（《容齋隨筆·容齋五筆》卷二，嶽麓書社一九九四年十月第一版，頁五六一）是《春游》一首，乃洪适輯補的佚詩。然而清葉石君跋其所鈔錢謙益校宋鈔本《元微之文集》曰：“世傳止六十卷，係宋洪景伯刊本，其間脱落差謬頗廣。”（《皕宋樓藏書志》卷七〇，頁七九九）即已指出越本脱謬之多。此本流傳後世者，有日本静嘉堂文庫所藏殘帙三卷，傅增湘東渡日本訪書時，嘗見之，其《校宋蜀本新刊元微之文集殘卷跋》記曰：“余頃在日本静嘉堂文庫見殘本三卷，存卷四十至四十二，半葉十三行，行二十三字，結體方整，槧手精湛，爲南渡初浙刻正宗。其爲乾道四年洪景伯刻於紹興蓬萊閣者，殆無疑義。”（《藏園群書題記》卷十二，頁六二〇）傅氏又在《藏園群書經眼録》中詳記此殘帙曰：“宋刊本，半葉十三行，每行二十三字，白口，左右雙闌。版心下方記刊工姓名，有李詢、王存中、毛昌、周彦諸名。字體方整，仿歐體，鐫工精湛，避宋諱至完字止。後有乾道四年洪邁序。按……此則乾道四年洪邁刊於紹興蓬萊閣者……（日本静嘉堂文庫藏書，己巳十一月十三日閲。）”（《藏園群書經眼録》卷十二，頁一〇八一）此殘越本三卷，嚴紹璗《日藏漢籍善本書録·集部·别集類》亦有著録，傅氏謂其洪邁刊，則非是，乃邁之長兄洪适刊。又日本澀江全善、森立之《經籍訪古志》，則著録有此本殘帙五卷，曰：“賜蘆文庫藏宋槧本《元氏長慶集》殘本五卷，存第四十三至第四十六、第四十八，共五卷。每卷首題‘元氏長慶集卷第幾’，次行有目録，每半板十三行，行二十三字，界長七寸一分，幅五寸，宋諱闕筆，板心有雕工名氏。此本裝爲粘葉，蓋不失宋時之舊觀者。某氏又藏第四十卷，即與此種同。”此五卷殘本，嚴紹璗《日藏漢籍善本書録·集部·别集類》亦有著録，然與前本皆被判爲洪邁刻本，大誤；另嚴氏還著録《元氏長慶集》卷三十七末葉一葉，金澤文庫藏本，原爲稱名寺舊藏，每半葉十三行、行二十三字。相其行款版式，蓋越本的散葉。與静嘉堂文庫所藏合觀，則凡存卷四十至四十六、卷四十八，凡八卷另一葉。這是今天所能見到的越本真面，十分可貴。《訪古志》所説的“粘葉裝”，乃是宋時通行的蝴蝶裝，此種裝幀形式亦可證明，此本確爲宋代刻本。

宋槧元集，還有南宋中葉蜀中刻《新刊元微之文集》六十卷，今國圖藏有殘帙，傅增湘跋。《宋蜀刻本唐人集叢刊》、《中華再造善本·唐宋編》有影印本，存二十四卷：卷一至十四，卷三十首二葉，卷五十一至六十，凡二十四卷又二葉。半葉十二行，行二十一、二字不等，左右雙邊，白口單魚尾下署“元微之某”、“元某”、“微之某”。首卷卷端題“新刊元微之文集卷第一”，以下各卷均無“新刊”二字。各卷有子目連接正文，宋諱至“敦”、“惇”等字。卷前劉麟《序》與目録尚全，《序》中“先子”、“手澤”等字前均空一格。此本刊刻的時間和地點，學者們的看法並不相同。王國維據此本諱字，判爲光宗後建陽刻本，其《傳書堂藏善本書志》著録此本曰：

> 《新刊元微之文集》殘本十四卷，宋刊宋印本。唐元稹字微之撰，劉麟序，宣和甲辰。存前十四卷並目録，每半葉十二行、行二十一字，卷一首行題“新刊元微之文集”，他卷皆題“元微之文集”，無“新刊”字。案：元集第一刻爲宣和甲辰建安劉麟本，此本前劉麟序中“先子”諸字，其上並空一格，蓋即覆刻劉本。而避諱及“敦”、“惇”二字，則又光宗後所刊，相其字體，亦當是建陽本也。洪文安會稽郡齋刊本，亦出劉本，故此本誤字，越本亦略同。惟此本樂府爲第五六七八四卷，越本爲第二十三至第二十六卷，在律詩之後，蓋越本亦兼祖蜀本，不專用建本也。(《傳書堂藏善本書志·集部》)

案“洪文安”，應爲“洪文惠”，“文安”乃洪适大弟洪遵的謚號。王國維所見此本，乃上海藏書家蔣汝藻所藏，當時只有前十四卷。後來方由他人將卷五十一至六十，與此十四卷儷合爲一個二十四卷本。而王國維僅據前十四卷“敦”、“惇”等諱字判此本乃光宗後所刻，良是。據筆者所知，這是關於此本刊刻時間的最早也是最正確的判定，並指出此本樂府爲第五卷，六卷，七卷，八卷，凡四卷，越本爲第二十三至二十六卷，乃二本編次的明顯區别。王國維還謂，此本與越本同出劉本，故此本誤字，“越本亦略同”。這些看法均極有見地，但判此本爲“建陽本”，則並不正確。《中國版刻圖録》曾彙總二十餘種宋蜀刻本唐人集，在仔細比勘校覈後，《版刻圖録》將其分爲兩個系統，並分析曰：一爲十一行本，約刻於南北宋之際，今存《駱賓王》、《李太白》、《王摩詰》三集。一爲十二行本，約刻於南宋中葉，除上舉《孟浩然》、《李長吉》、《鄭守愚》三全本，《孟東野》、《元微之》二殘本外，尚有《歐陽行周》、《皇甫持正》、《許用晦》、《張承吉》、《孫可之》、《司空一鳴》六全本，與《劉文房》、《陸宣公》、《權載之》、《韓昌黎》、《張文昌》、《劉夢得》、《姚少監》七殘本，總得十八種。此十八種唐人集元時爲翰林國史院官書，清初爲穎川劉體仁藏書，其時聞尚存三十種(北京圖書館編《中國版刻圖録》)。顯然,《版刻圖録》以大量版本實物爲依據,分析更加細緻與充分,判斷更爲準確與可信。王國維所校《新刊元微之文集》殘本,今藏國家圖書館,《宋蜀刻本唐人集叢刊》、《中華再造善本》所收《新刊元微之文集》殘本,均是據此本影印的。當然這與洪适所説的"蜀刻本"顯係兩種本子:洪氏所謂"蜀刻本"刊於乾道以前,而此蜀刻本,刊於光宗後。而誤判此蜀重刻本爲建本者,還有張元濟和傅增湘,張氏《元氏長慶集校文》曰:

> 戊午之秋,江安傅沅叔同年得見殘宋建本《元微之文集》卷一之十四,卷五十一之六十,凡二十四卷,劉《序》、《目録》並存,知全書六十卷,與是本合……今宋本卷一之十四及《序》、《目》並已歸於涵芬樓,惟卷五十一之六十不知流落何所。(《四部叢刊》初編二次印本)

戊午爲民國七年(一九一八),當時傅氏所見此蜀刻本,凡二十四卷,傅氏誤判爲"殘宋建本"。此後不久,前十四卷歸蔣汝藻,後十卷歸慈谿李氏。民國八年,王國維受蔣氏聘請爲編《傳書堂藏善本書志》,書成於民國十一年,故王國維所見只有前十四卷。蔣氏書散出後,前十四卷歸涵芬樓。張氏也誤判爲"殘宋建本",顯然是受了傅增湘的影響。蜀刻本後十卷,後來亦藏涵芬樓,今《宋蜀刻本唐人集叢刊》影印《元氏長慶集》二十四卷殘本,卷六十末即鈐有"涵芬樓藏"朱文方印。傅氏畢竟是近代版本學大家,隨着閲書,尤其是閲覽蜀刻本唐人集的增多,當再次遇見蜀重刻本《元微之文集》後十卷時,傅氏便改正了自己的看法,判其爲蜀本。傅氏於後十卷尾跋曰:"己巳十一月,叚慈谿李氏殘宋刻取校,董本訂正凡數百字,且有出盧抱經《拾補》之外者。蓋抱經所據爲浙本,此則蜀本。雖斷珪零璧,殊可寶玩,後之得者,宜珍視之。傅增湘記於藏園。"而在《校宋蜀本新刊元微之文集殘卷跋》中,傅氏進一步記曰:

> 《新刊元微之文集》殘本,慈谿李氏所藏,存卷五十一至六十,凡十卷。憶戊申、己酉間,述古堂書賈于瑞臣得唐人集數種於山東,詭祕不以示人,余多方詗尋,乃得一見,計所存者爲《司空表聖文集》……外有殘帙三册,爲《新刊權載之文集》八卷,自卷四十三至五十,《新刊元微之文集》十六卷,自一至六,又末十卷,即此册也。其後六唐人集爲友人朱翼菴所得,權、元二殘帙爲袁寒雲公子所得,余皆得假校焉。……袁氏書出,其《元集》首册歸蔣孟蘋,今已移轉入上海涵芬樓。《元集》

末册、《權集》末册質於慈谿李贊，日久無力收贖。今則李氏亦不能守，將入盧州劉氏篋藏矣。此十餘年來蜀本唐人集流轉之大略也。

…………

獨此蜀本，傳世殊稀，惟洪景伯跋中曾一及之，歷來藏書家未見著録，雖僅存殘帙，固宜與斷珪零璧同其珍重矣。原本每半葉十二行，每行二十一二字不等，白口，左右雙闌，中縫但記微之幾、十幾，而無字數及刊工姓名，板高約六寸四分，闊四寸七八分，字體古勁，與余所藏之《册府元龜》、《二百家名賢文粹》字體刻工絶相類。其中敦字間有缺筆者。……疑蜀中彙刻必爲數十家，乃迄今所存衹得此數，且殘缺又居其半，欲考其時地與鋟梓之人，竟渺不可得。世代遼遠，古籍淪喪，可勝嘆哉！可勝嘆哉！（《藏園群書題記》卷十二，頁六一八至六二一）

戊申、己酉間，即光緒三十四年至宣統元年（一九〇八～一九〇九），乃傅氏初見此蜀刻本時，因爲是回憶所記，故將二十四卷誤作十六卷。後蔣氏購得前十四卷，後十卷爲李氏所得，便是明證。己巳爲民國十八年（一九二九），傅氏經長期閲書後，將十二行本《元微之文集》判爲宋蜀本，甚是。但傅氏將刊刻時間判爲北宋，則非是。究其致誤之因，蓋因洪适《序》所謂"蜀本"的影響，以致連此本諱至"惇"、"敦"二字這一重要的版本證據，也給泯去了。其實此本不僅避光宗御名"惇"字，還避光宗嫌名"錞"、"敦"二字及孝宗御名"慎"字等，故當以王國維所判定的光宗以後刻本爲是。何況十二行蜀本唐集，今天還有十多種存世之實物作爲大量鐵證！至於蜀刻本的版本價值，王國維的論述十分精辟，其略曰：

越本在宋季已稍漫漶，故卷一及卷十第一葉，板之上下已有闕字，宋元間剜補闕文，均出臆造，故明嘉靖壬子，董氏覆越本及蘭雪堂活字本，此二葉中誤字多至數十，幸得此本正之。又董本卷十末闕二葉，蓋宋元間所印越本已然，故蘭雪堂本印於董本之前，亦無《酬白學士一百韻》一首，蓋以宋本不全而删之，惟此本獨完。昔錢牧齋得北宋刻微之全集，以校補明本云："微之集殘闕四百餘年，一旦復爲完書。"殆即據此。雖僅存四分之一，然幸明本缺處具存，可謂孤行祕笈矣。（《傳書堂藏善本書志・集部》）

據此，元集自建本以下，南宋時派分爲二，即蜀本與越本兩個系統。而當蜀初刻本無傳、越本出現漫漶缺脱時，就只有靠蜀重刻本彌補了，此本版本價值之大，於此可見。論及此本版本價值者，還有錢謙益和錢曾，唯二錢所論過於空泛，不及王國維所論具體而詳切。此本鑒藏印記有"翰林國史院官書"朱文長印，表明此本元代曾爲翰林國史院官藏；元明易代，此本當轉入明朝内府；明末清初，此本流入世間，爲劉體仁所得，故卷中鈐有"劉體仁印"、"潁川鎦考功藏書印"諸鑒藏印記；劉家書散出後，此本輾轉庋藏至晚清，與《權載之文集》一起再現於山東，爲述古堂書賈于瑞臣所得，當傅增湘見時已僅賸殘本二十四卷，爲袁世凱之子寒雲購得，故卷中有"寒雲"、"寒雲藏書"、"寒雲主人"、"寒雲鑒賞之寶"等鑒藏印記多枚，傅氏曾於袁寒雲處借爲校本；袁氏書散出後，此本前十四卷爲上海藏書家蔣汝藻所得，王國維將其録入《傳書堂藏善本書志》，後十卷歸慈溪李氏；蔣氏書散出後，經張元濟收歸上海涵芬樓，不久後十卷亦入藏涵芬樓，故卷中有"海鹽張元濟經收"、"涵芬樓"、"涵芬樓藏"諸印；新中國成立後，此本入藏國家圖書館，終於得到了理想歸宿，故卷中鈐有"北京圖書館藏"朱文方印。

宋刻元集，另有無名氏刻《新刊元微之文集》六十卷、《集外文章》一卷。此本清以前未見著録，清鮑以文曾有藏本，盧文弨嘗見之，盧氏《群書拾補》於《元微之文集》題下注曰"宋刻全本"，且謂："近鮑君以文，復見宋刻全本，以相參校。真元氏元本也，首題《新刊元微之文集》。"（中華書局《叢書集成》本）盧氏只言爲"宋刻全本"，惜未説明究爲宋何人何時何地刊本耳！傅增湘曰："更取盧抱經校記互相參證……蓋抱經所見乃浙本，即上溯之錢牧翁所得，及楊君謙循吉所録者，皆是也。"（《藏園群書題記》卷十二，頁六一九至六二〇）。傅氏判楊鈔本（詳下）爲浙本所出固是，但判鮑氏此本爲浙刻本，就不正確了。楊鈔本與馬刻本皆屬越本系統（詳下），《群書拾補》以馬本爲底本，以此本爲校本，詳録二本異文。今據所録異文，此本樂府編在五、六、七、八等四卷中，而馬本樂府爲卷二十三至二十六；又此本卷十《酬翰林白學士代書一百韻》正文與注文皆全，而馬本"光陰聽話移"句之後二葉全脱，《群書拾補》因據此本，補録馬本脱缺達數百字之多。據此兩點可證，此本絶非浙本，而是蜀刻本一系的本子無疑。然此本亦非蜀重刻本，因蜀重刻本無《集外文章》一卷，《集外文章》乃浙本所增。據此可見，此本乃宋無名氏所刻另一種宋本，可無疑也。今考盧氏所録此本異文，其與蜀重刻本的文字差異還是相當明顯的，如此本卷三《松鶴》"半及鈞天作"句，

“半”字，蜀重刻本作“幸”。卷十四《代曲江老人百韻》“共謂長之泰”句，“之”字，蜀重刻本作“安”。卷二十三《出門行》“雩夏鐘鼓繁”句，“夏”字，蜀重刻本作“下”。《估客樂》“所費百錢本”句，“錢”字，蜀重刻本作“爲”。卷二十四《馴犀》“理國其如視諸掌”句，“視”字，蜀重刻本作“指”。《立部伎》“宋晉鄭女歌聲發”句，“女”字，蜀重刻本作“友”。《胡旋女》“旋得明皇不覺迷”句，“皇”字，蜀重刻本作“王”，等等。又，此本卷後附《集外文章》一卷，收《春遊》詩一首，《上令狐相公》文一篇，最後爲洪适《跋》。此二者，蜀重刻本皆無之。可見此本與蜀重刻本，的確不是同一種版本。一般而言，同一系統内諸版本之間，其附録總是從無到有，從簡略到繁複。據此一點來看，此本應晚於蜀重刻本，屬於蜀重刻本的下位本無疑，而《集外文章》和洪适《跋》，則是據越本增入者。至於此本爲何人何時何地刊刻，因原本已佚，資料有限，已無從考其詳了。幸好，盧氏《群書拾補》較完整地録存了此本的文字面貌，盧校《元微之文集》，無疑於越本與蜀本的文字合璧，校勘價值極高，是今天整理元集必須參考的重要校本。

宋槧元集，還有《郡齋讀書志》所著録的《元氏長慶集》六十卷附《外集》一卷本，《外集》凡五十二篇，皆宫體詩，這顯然是又一種版本。又陳振孫《直齋書録解題》提到《中興館閣書目》著録有《元氏長慶集》四十八卷附《逸詩》二卷，《逸詩》收録《李娃》、《鶯鶯》、《夢遊春》、《古決絶句》、《曾雙文》、《示楊瓊》等世傳諸豔體詩。此二本因無傳本，又無相關資料可考，姑暫存而不論。

元代不聞有元集刊本。《唐才子傳·元稹傳》謂“有《元氏長慶集》一百卷、《小集》十卷，今傳”。這顯然是據《新唐志》而言者，然北宋中期以後百卷本即已失傳，南宋人尚不得見之，元人辛文房何能見之？可見辛氏乃據他書轉録，非實言也。即此一例便可看出，《唐才子傳》著録之唐集，洵非實録也，其所述唐集的流傳情形，多不可信據。

明代刊刻和傳鈔的《元稹集》，其主要版本有以下幾種：

（一）楊鈔本。弘治元年戊申（一四八八）楊循吉鈔《元氏長慶集》六十卷、《集外詩》一卷，國圖藏，清錢謙益校跋。楊氏《元氏長慶集跋》略曰：

> 弘治元年，從[對]〔葑〕門陸進士士修借至，命筆生徐宗器模録原本。未畢，士修赴都來别，索之甚促，所餘十卷，幾于不成，幸竟留之，遂此深願。九月二十五日，始克裝就，藏于鴈蕩村舍之卧讀齋中，永爲

珍玩。且近又借得白氏集，亦方在録，可謂聯珠並秀，合璧同輝。楊循吉君謙父。（《皕宋樓藏書志》卷七十，頁七九八）

此本所據，楊氏未言爲何種版本。錢謙益後得此本，並以宋本校之，而後跋曰：

微之集，舊得楊君謙鈔本，行間多空字。後得宋刻本，張子昭所藏，始知楊氏抄本空字，皆宋本歲久漫滅處，君謙承其舊而不敢益也。嘉靖壬子，東吴董氏用宋本翻雕，行欵如一，獨于空闕字樣，皆妄意揣摩填補，如首行"思歸樂"，原空兩字，妄增云"我作思歸樂"，文義違背，殊不可通。此本流傳日廣，後人雖患其譌，而無從是正，良可嘅也。亂後，余在燕都，于南城廢殿得元集殘本，而所闕誤，一一完好。暇日援筆改正，豁然如翳之去目，霍然如疥之失體。微之集殘闕四百餘年，一旦復完，寶玉大弓，其猶有歸魯之徵乎！戊子五月，東吴蒙叟識。（《皕宋樓藏書志》卷七十，頁七九八）

戊子乃清順治五年（一六四八）。據錢氏此《跋》，楊鈔本所據爲宋本，空缺處皆宋本歲久漫漶所致。然楊鈔所據究爲何種宋本，錢氏亦未言及。清初錢氏赴京，於燕都城南廢殿得元集殘本，恰可補此本之缺。於是錢氏援筆改正，遂使楊本成爲完璧。後來傅增湘得見此本，《藏園群書經眼録》著録曰：

明寫本，十三行二十三字，末卷尾有楊君謙循吉跋，即錢牧齋謙益跋所稱楊君謙本也。前有錢牧齋跋一葉，傳校本多有之，不具録。卷中誤字皆牧齋親筆填補，卷十酬白學士百韻，"光陰聽話移"以下兩葉牧齋手抄補足。卷五十八至六十、卷五十七末葉後人補抄。鈐有"蒙叟"小印、"籛後人"、"忠孝世家"二印，又"吴奕私印"、"汪閬源印"、"金匱蔡氏醉經軒攷藏印"、"蔡廷楨印"、"蔡廷相印"、"讓國故國世家印"、"汪澂别號鏡汀圖章"各印。（景樸孫遺書，文德堂送閲。丙寅）（《藏園群書經眼録》卷十二，頁一〇八二）

但是此本所據何本，錢氏所得殘本又爲何本？傅增湘又曰：

蓋抱經所見乃浙本，即上溯之錢牧翁所得，及楊君謙循吉所録者，皆是也。余頃在日本静嘉堂文庫見殘本三卷，存卷四十至四十二，半

> 葉十三行,行二十三字,結體方整,槧手精湛,爲南渡初浙刻正宗。其爲乾道四年洪景伯刻於紹興蓬萊閣者,殆無疑義。(《藏園群書題記》卷十二,頁六二〇)

日本静嘉堂文庫所藏乃浙本(見上),亦即乾道四年洪景伯紹興刻本。傅氏謂此楊鈔本所據爲浙本,甚是。此本今藏國圖,一九五六年文學古籍刊行社即據此本影印行世,大化出版社所出《元氏長慶集》亦據此本重印,又一九八二年中華書局出版冀勤點校本《元稹集》,亦以此本爲底本。此本樂府編在第二十三至二十六卷,卷十《酬翰林白學士代書一百韻》"光陰聽話移"句後,二葉全脱。由此兩點可證,此本所據底本的確爲浙本。但是傅氏謂盧抱經所見、錢氏所得殘宋本皆浙本,則非是。盧文弨所見乃蜀重刻本,已如上述。錢氏所得殘宋本,亦是蜀重刻本一系的本子,王國維曾論之,其略曰:"昔錢牧齋得北宋刻微之全集,以校補明本云:'微之集殘闕四百餘年,一旦復爲完書。'殆即據此。"(《傳書堂藏善本書志·集部》)這是王國維在著録蜀重刻殘本十四卷時説這番話的,故其所謂"殆即此本",所指乃蜀重刻本。可見錢氏所得殘宋本,乃蜀重刻本。然王國維謂錢氏所得爲"北宋本",則非是。楊氏所鈔此本,忠實於浙本,又經著名學者錢謙益用蜀重刻本一類的本子校補空字,這是將浙本與蜀本完美儷合,其版本價值之高,就可想而知了。新中國成立後此本一再被整理出版,並被用作底本,也是其版本價值的最好説明。

(二)華堅本。正德十年乙亥(一五一五)華堅蘭雪堂銅活字印《元氏長慶集》六十卷。此本今國圖有藏,存卷一至六、卷十六至十九、卷三十二至三十九,凡十八卷。又臺灣"中央圖書館"亦有藏本,存二十七卷。華氏《元氏長慶集跋》曰:

> 樂天、微之,以詩文並稱。元和、長慶間,互相標榜倡和爲頡頏,而論者亦曰元、白。向既購白集鈔本校印已行,每訪元集,則殘章斷句,皆蠹口餘物耳,深慨造物之有忌也。偶見冢宰陸公家藏宋刻板者,欣然假歸,得翻印如白氏集,是真龍劍鳳簫之終合,二公文章之晦明,與時運盛衰爲上下也,觀二集者誠快睹云。乙亥秋杪後學華鏡謹識。(《元稹集·附録二·序跋》,頁七三九)

華堅唯言,所得宋本爲冢宰陸公家所藏,然陸家所藏爲何種宋本,是否有殘脱？華氏並未言及。王國維跋《四部叢刊》影印董刻本（詳下）《元氏長慶集》曰：

越本頗有漫闕，後人臆補數十字，如第一卷《思歸樂》，第十卷《代曲江老人二首》，蘭雪堂活字本與此本均從補本上板，故訛誤相同，賴建本始得正之。又此本第十卷闕末二葉，亦越本失其板片，此本仍之，尚存不全之跡。蘭雪堂本則以《酬白學士》詩僅存小半，乃刪去之，可知越本漫闕自昔已然矣……國維。（《元稹集・附録二》，頁七四二）

此《跋》所謂"建本"，實爲蜀重刻本。此《跋》又謂"越本頗有漫闕"，此本與董本"均從補本上板"，是此本與董本皆自越本出也。不過王國維謂此本從補本上版，不知華氏即爲補版者。何焯有言："元集誤字，始於無錫華氏之活板，謬稱得水村冢宰所藏宋刻本，因用活字印行。"（《鐵琴銅劍樓藏書目録》卷十九，頁二八八）斯言得之，錢謙益批評東吴董氏翻雕宋本"皆妄意揣摩填補"宋本空處，不知妄意揣摩填補宋本空缺，始作俑者即華堅也。

（三）董刻本。嘉靖三十一年壬子（一五五二）東吴董氏茭門别墅翻宋本《元氏長慶集》六十卷、《集外文章》一卷。今國圖藏有此本多部，一部有清周錫瓚校、沈樹鏞跋，另一部有傅增湘校跋；南圖藏本有清丁丙跋；上圖、復旦亦有藏本。《四部叢刊》初編即據此本影印，二次印本附校文一卷。半葉十三行二十三字，左右雙邊，白口單黑魚尾。與越本行款一致。卷前有劉麟《序》，《集外文章》收《春遊》詩一首，《上令狐相公詩啓》文一篇。卷後有洪适《跋》，末有"嘉靖壬子仲春十日東吴董氏宋本翻雕於茭門别墅"牌記一個。此本首末數卷，各葉上下靠邊欄處闕損較多，填補闕損的誤字與上舉華氏本同，故王國維謂此本與華堅本均自越本出（見華堅本）。清瞿中溶亦曰："考此書藍本，當出於洪氏，乃乾道中紹興所刊之本也。其前之宣和甲辰劉序，當即景伯序中所言之閩本。蓋洪本又以劉本重刻，故卷首仍其舊序耳。"（《古泉山館題跋》，見《宋版書考録》，北京圖書館出版社二〇〇三年四月第一版，頁三五二）此本後於華堅本近四十年，但臆填闕損的誤字，與華堅本如出一轍，除上引錢氏所舉兩例，這裏再舉數例：蜀重刻本卷一《思歸樂》"應緣此山路"句，"山路"二字，此本、華堅本誤作"寄跡"；"開門待賓客"句，"開門"二字，此本、華堅本誤作"釀酒"；"誠至道亦亨"句，"誠至"二字，此本、華堅本誤作"雖困"。細繹詩意，以上三句異文，均當以蜀重刻本爲是。又如蜀重刻本卷一《古社》"夜隨風馬奔"句,"馬"字,此本、華堅本皆作"長";"飛聲鼓鼙震"句,"飛"字,此本、華堅本皆作"壯";細繹詩意,兩例亦以蜀重刻本爲是。可見何焯謂"董氏不學,因之沿誤"於華堅本,乃頗有見地之言。此本有《四部備要》校勘排印本。

(四)馬刻本。萬曆三十二年甲辰(一六〇四)馬元調魚樂軒元白合刻本《元氏長慶集》六十卷、《補遺》六卷。今國圖藏本一種有傅增湘跋並臨清何焯校跋、錢謙益題識,另一種有孫洪校跋;山東博物館藏本有清董兆熊録、顧帆川批;蘇州藏本有董兆熊跋。半葉十行二十一字,小字雙行同。左右雙邊,白口單魚尾,魚尾上頂欄綫署"元集",魚尾下署卷數,再下方葉碼。首卷卷端題"元氏長慶集卷第一",次行低二格題款"唐河南元稹微之著",下方署"明松江馬元調巽甫校",其餘各卷不再題款。卷前有婁堅《序》,次《凡例》,《凡例》後有"魚樂軒藏板"牌記一個。婁序略曰:

> 唐之文章,至元和而極盛矣。元、白二氏創爲新體,以相倡和,各極才人之致,皆以編次於穆宗朝,題曰《長慶集》,惜其傳之久而不無漫漶以訛也。馬巽甫從予遊,未冠即好古文辭,嘗欲募工合刻以行於世,而尤以微之之文,世人知愛之者尤少,乃刻自元始,而以《序》見屬……至若巽甫之用心於斯文,旁搜博采,苟力所及,殆無一字之遺,且爲考其歲月而附見當時之事,不亦已勤也歟!萬曆甲辰立夏日序。

據此《序》可知,馬氏因素愛古文辭,故合刻元白二集;又以世人知愛元文者少,故先刊元集。此本《凡例》叙馬氏整理元集的情形頗詳,今録其數項如下:

> 一、集中編次悉依宋本,雖非元氏本意,然文既殘闕,自難備體,不敢更次。
>
> 一、集中闕字,查他書增入者止十之四,其無從考者,尚十之六,不能無望於博古之士焉。
>
> 一、俗本《體用策》一篇,所闕殆千餘字,必董氏所翻宋本偶逸其二葉耳。今查《文苑英華》所載補入,庶爲完文。
>
> 一、制誥非止一人之文詞,亦見一時之行事,況河朔變更,朝廷多故,凡諸除授,實是紛紜,非詳審其緣由,誠恐昧其所以,聊注所明,姑闕其疑。

一、集中間或注釋一二，本宜别於元氏自注，但與公自注語氣，自是不同，讀者自喻，决無相亂之慮耳。

一、宋本集外止有《春遊》詩一首，《上令狐相公詩啓》一篇，今遍索他書，增入詩詞二十，賦三，啓二，表二，議一，判十一，制二十七，傳一，共六十九篇，編爲六卷，以附于篇末云。

據《凡例》：正文各卷補入底本原脱十之四，集中間或增加一些注文，《體用策》據《英華》補入所缺二葉千餘字，制誥下增入介紹背景的文字，可見改動還是不少的。又各卷子目被馬氏删去，《凡例》亦未説明。且馬氏所謂"悉依宋本"，張元濟以爲所據實乃董本。張氏曰："馬氏《凡例》謂，編次悉依宋本，然又言《體用策》董本偶逸二葉，查《文苑英華》補入。又《酬翰林白學士代書一百韻》'光陰聽話移'句後，董本亦逸二葉，是本（指蜀重刻本——筆者）具存，而馬本同闕，是所謂編次悉依宋本者，實即董本。"（《涵芬樓燼餘書録·集部》）從文字方面看，此本的確承襲了董本的不少訛誤，如蜀重刻本卷二《喻寶二首》其二"千尋豫樟幹"句，"千"字，董本作"木"，顯誤，此本亦誤作"木"。又如楊鈔本卷十四《賦得玉卮無當》"泛蟻功全小"句，"小"字，董本訛作"少"，此本亦訛作"少"，等等。馬本除沿襲董本已有的一些訛誤外，又增加了一些新誤。如董本卷五《春餘遣興》"風裾動蕭爽"句，"裾"字，蜀重刻本、華本、楊本同，而此本誤作"裙"。董本卷十《黄明府詩并序》"因饋酒一樽"句，"樽"字，此本作"槽"，大誤，而他本皆不誤。明代刻書，萬曆以後多隨意改動底本，增删文字，草率成事，此本可爲又一例證。唯卷末所附《補遺》六卷，輯補佚作六十九首，堪稱"旁搜博采，苟力所及，殆無一字之遺"，可見於元集補遺，馬氏還是下過一番功夫的。

（五）統籤本。胡震亨《唐音統籤》所收《元稹詩》二十六卷，編卷四百五十四至四百七十九，《丁籤》九十四，刻本。此本分體編次，凡古諷、古體、樂府、五律、五排、七律、七言小律、七排、五絶、七絶，與明人所編分體本唐人詩集同。後二卷爲《補遺》，亦分體編次。從文字方面看，此本乃自馬本出。具體而言，乃是以馬本爲底子，將各體詩分别鈔出，然後各體詩再進一步分類，最終分編二十六卷而成的。如上舉《春餘遣興》"風裾動蕭爽"句，"裾"字，蜀重刻本等皆不誤，唯馬本誤作"裙"，此本便也作"裙"。如《黄明府詩并序》"因饋酒一樽"句，"樽"字，蜀重刻本等皆不誤，唯馬本誤作"槽"，此本也誤作"糟"。可見此本的確是據馬本改編而成的。其他凡馬本沿董本之誤者,此本依然。如錢謙益所舉董本《思歸樂》首句誤作"我作思歸樂",此本亦然,等等。正如胡氏在此本卷首所説:"今行世六十卷者,即閩、蜀本,洪适重雕越郡者也。今稍加釐正,分體爲次。"故馬本之誤,此本多仍其舊。然此本在元稹豔詩的補遺方面,所獲頗豐。明末詩學家許學夷曰:"昔人言:'元和以後,詩學淫靡於元稹。'今考集中,淫靡者未見,何也?按《唐書・藝文志》載《元氏長慶集》一百卷,又《小集》十卷,今所傳止六十卷,乃宋宣和間建安劉氏收拾於殘缺之餘者,故淫靡者不可得也。王性之家藏元氏豔詩百餘首,采入《傳奇辨證》者十九首,餘亦不傳。今止録十二篇,以補成一家。"(《詩源辯體》卷二十八,人民文學出版社一九八七年十月第一版,頁二八〇)可見元稹豔詩散佚之多。然此本卻收入豔詩七十首,胡氏曰:"豔詩一體獨闕,晁氏云五十三篇。今以互見他書者補之,得五十九篇,而其他集所挂漏者又十一篇,則附各體之末,注'補'字以别之。"(以上《唐音統籤》第五册,頁一七〇)元氏豔詩約百餘篇,今得七十篇,雖未全,胡氏所補已過半矣。

(六)錢刻本。明姑蘇錢應龍元白合刻本《元氏長慶集》六十卷、《集外文章》一卷,今臺北故宫博物院有藏,未見。

清代刊刻和傳鈔的《元稹集》,其主要版本有以下幾種:

(一)全唐詩本。康熙敕編《全唐詩》所收《元稹詩》二十八卷。《全唐詩》是在胡震亨《唐音統籤》和季振宜《全唐詩稿本》二書基礎上編輯而成的。季氏《稿本》中的《元稹詩》,乃是將馬刻本前二十六卷詩原刻入編,再將馬本《補遺》卷中的詩,與季氏所輯佚詩、主要是豔詩合爲一卷而成的。文字方面,季氏作了校勘,卷一題下有季氏跋曰"康熙八年六月二十七日季振宜校補"十五字可證。季氏所藏善本較多,從此本行間朱文校記來看,其中就有用蜀本系統《元稹集》校勘的異文。另以《才調集》、《文苑英華》、《唐文粹》、《唐詩紀事》、《萬首唐人絶句》、《樂府詩集》諸書參校,故文字視前各本轉精。然卷十《酬翰林白學士代書一百韻》"光陰聽話移"句後所缺二葉數百字,季氏竟然没有補上。《全唐詩》所收《元稹詩》,便是將季氏《稿本》中的《元稹詩》悉數入編,將《稿本》中的《補遺》一卷,分爲二卷,再補入編臣輯補的佚詩十四題十五首,編爲卷二十八。編臣輯補的佚詩,計從《統籤》本《元稹集》補入豔詩《崔徽歌》一首,從其他書中輯補遺詩《奉和浙西大夫李德裕述夢四十韻》、《自述》、《酬白樂天杏花園》、《過東都别樂天二首》、

《逢白公》、《酬白太傅》、《和嚴寄事聞唐昌觀玉蕊花下有遊仙》、《贈毛仙翁》、《酬張秘書因寄馬贈詩》、《戲酬副使中丞見示四韻》、《贈柔之》、《修龜山魚池示衆僧》、《一字至七字詩·茶》等凡十四題十五首,另由統籤本輯補逸句三聯,成爲一時收詩最多的本子。上舉董刻本卷十《黄明府詩并序》"因饋酒一樽"句,"樽"字,《稿本》沿馬氏本誤作"槽",《全唐詩》便也誤作"槽",等等,均是《全唐詩》由季氏《稿本》而來的明證。不過文字方面,編臣作了進一步校勘,故文字較《稿本》更精。如董本卷五《春餘遣興》"風裾動蕭爽"句,"裾"字,《稿本》沿馬本誤作"裙",編臣改作"裾",甚是,並注曰:"一作裙。"馬本卷十《酬翰林白學士代書一百韻》"光陰聽話移"句後所缺二葉,季氏未能補上,編臣則據校本予以補足,極是,等等。《全唐詩·凡例》云:"詩集有善本可校者,詳加校定。"《全唐詩》編臣所增校文不少,有實貴的參考價值。

(二)四庫本。文淵閣《四庫全書》所收《元氏長慶集》六十卷、《補遺》六卷本。《四庫全書總目》著録此本曰:"通行本……此本爲宋宣和甲辰建安劉麟所傳,明松江馬元調重刊……前有麟序,稱稹文雖盛傳一時,厥後浸以不顯,惟嗜書者時時傳録。某先人嘗手自抄寫,謹募工刻行云云。則麟及其父均未嘗有所增損,蓋在北宋即僅有此殘本爾。"(《四庫全書總目》卷一五一,頁一二九五)但此本並非馬氏本文字的依樣照録,而是經過館臣認真校勘的。如馬本卷一《思歸樂》"我作思歸樂"句,"我作"二字,館臣已據善本改爲"山中",甚是。卷十《翰林白學士代書一百韻》"光陰聽話移"句後所缺二葉數百字,館臣亦據善本補寫完整,等等。乾隆修《四庫全書》時徵集天下圖籍,善本多彙集於四庫館中。《元稹集》經館臣校勘後,文字品質已非馬氏原本可比了。

(三)摛藻堂本。摛藻堂《四庫全書薈要》所收《元氏長慶集》六十卷,《補遺》六卷本,其版本與四庫本同。

新中國成立後,《元稹集》刊行的本子主要有以下幾種:

(一)中華書局一九八二年出版冀勤點校本《元稹集》。此本以錢謙益校補楊鈔本爲底本,進行標點斷句,校以蜀重刻本、華氏本、董氏本等存世的元集善本,並參校《又玄集》、《文苑英華》等唐宋總集及類書,匯列異文,改正了原書的訛脱衍倒。以馬本所附《補遺》六卷爲《外集》,點校者輯補遺文遺詩各一卷綴後,爲《外集》第七、第八兩卷,故收録作品較此前各集益臻完備。最後爲《附録》五卷，收入碑傳、序跋、書録，以及唐五代人有關元稹詩文的評論資料，供讀者參考。書末附篇目索引，極便檢索。唯此本未能盡改舊槧錯簡、破讀誤斷處，異文選擇亦時有不當之處等等。然美玉微瑕，此本的出版，爲讀者提供了一部品質較高的《元稹集》讀本。

（二）二〇〇二年，三秦出版社出版楊軍《元稹集編年箋注》（詩歌部分）。此本以錢謙益校補的楊鈔本爲底本，校以殘蜀重刻本等目前存世的幾乎所有善本，並以《全唐詩》、《文苑英華》等總集及類書參校，匯録異文。著者以爲"本書在校勘方面品質有明顯提高"（該書《例言》）。又此本收録已確認爲元稹作品的所有詩歌五百七十題，八百首，成爲目前收詩最多的本子。作品編排采用編年體，無可繫年者次後。元稹詩向無注本，此本創注，功不可没。後附以《元稹譜略》，供讀者參考。

（三）二〇一一年，上海古籍出版社出版周相録《元稹集校注》。此本以四庫本爲底本，校以蜀刻本、越刻（亦稱浙刻）本、楊鈔本、董刻本、馬刻本，同時參校宋本《才調集》、《樂府詩集》，明刻《文苑英華》、《唐詩紀事》，故宫博物院藏胡震亨《唐音統籤》、季振宜《全唐詩稿本》，以及揚州詩局本《全唐詩》、揚州官刻本《全唐文》等十多種總集、類書、詩話、小説、劇本。底本誤者，據校本改正並出校記。元集佚文，前人屢有補輯，然仍不完備，且有誤補者。馬本補遺中之疑僞文，仍存其舊，而加按語考訂；今人誤補者，則移入附録中存目；著者據群書新補佚文，附於前人補佚之末。作品年代可考者，均交代具體寫作時間或大體時段。總之此本乃《元稹集》第一個收録作品較全的完整注本，在借鑒前人成果基礎上，"校勘正確，繫年得當，注釋簡明無誤，充分體現元稹研究之新創獲"（該書《凡例》）。

【參考文獻】周相録《元氏長慶集》版本源流考，《文獻》，二〇〇八年一期

長江集

賈島（七七九～八四三）字浪仙，幽都（今北京市）人。早年出家爲僧，法名無本。頗喜爲詩，嘗赴洛陽、長安謁孟郊、張籍等。韓愈賞其詩才，勸還俗仕進，而屢試不第，久滯長安。乘間出遊蒲、絳、汴京等地。開成二年

(八三七)因飛謗罪貶長江主簿,世稱"賈長江",五年轉普州司倉參軍,任滿遷普州司户而卒。

島貶長江前曾整理過自己的作品,其《題青龍寺》詩曰:"碣石山人一軸詩,終南山北數人知。"《水經注·濡水》載:遼西有碣石山。幽都地近碣石山,故島自稱"碣石山人"。所謂"一軸詩",應是島爲舉子時結集的行卷詩,而非全部作品的結集。島去世後,僧無可《吊從兄島》詩曰:"蜀集重編否,巴儀薄葬新。青門臨舊卷,欲見永無因。"(《全唐詩》卷八一四,頁一九九四)無可乃賈島從弟,亦工詩。這裏所謂"舊卷",乃相對"蜀集"而言。蜀道難行,消息阻隔,島入蜀後是否"重裝"其作品爲蜀集?無可無從得知,故有此問。而所謂"舊卷",應指島入蜀前編纂的詩集,是否即島之"一軸詩",則不得而知。

宋人龔鼎《賈浪仙祠堂記》曰:"(島)卒於會昌三年,凡爲編次其詩者二人,許彬者謂之《小集》,而天仙寺浮屠無可謂之《天仙集》。"(曹學佺《蜀中名勝記》卷三十)據此可見島生前並未系統結集自己的作品,辭世後代其編纂作品者,乃無可和許彬二人。無可既爲賈島從弟,故《天仙集》成書不會很晚。許彬於島爲晚輩,《嚴州圖經》卷二記其僖宗中和三年(八八三)尚在婺州幕職任上,時距島下世不到四十年。許彬乃詩人許棠從弟,亦有詩名而屢舉不第(唐康駢《劇談録》卷下),許棠有《留别從弟彬》一詩(《全唐詩》卷六〇四)。許彬詩《全唐詩》卷六七八存二十首,風格與賈島爲一路,彬爲島編次詩集,當出於對島詩的喜愛。《天仙集》,唐宋史志和書目均未見著録。《小集》三卷則見於《崇文總目》卷六一、《新唐書·藝文志四》,直到清初錢謙益《絳雲樓書目》仍有著録,今已無傳。晚唐五代詩人李洞、貫休、齊己皆讀過賈島詩集,李洞有《題晰上人賈島詩卷》,貫休有《讀劉得仁賈島集》二首,齊己《讀賈島集》曰:"遺篇三百首,首首是遺冤。"(以上《全唐詩》卷七二三、八二九、八四三)晚唐五代世上流行的當即《天仙集》和《小集》這兩種本子。

入宋,《崇文總目》卷六十一及稍後的《新唐書·藝文志四》,除著録《小集》三卷外,均著録賈島《長江集》十卷。晁公武《讀書志》卷十八曰:"《長江集》十卷……詩共三百七十九首。"這十卷本的《長江集》,宋以前未見著録,且齊己明明謂"遺篇三百首",而晁氏《讀書志》則謂"詩共三百七十九首",其間溢出七十九首。這説明十卷本《長江集》並非唐時《天仙集》和《小集》

之舊編，而是宋人重新進行的一次整理結集，時間自當在《崇文總目》成書以前。龔鼎《賈浪仙祠堂記》曰：

> （島）卒於會昌三年，凡爲編次其詩者二人，許彬者謂之《小集》，天仙寺浮屠無可謂之《天仙集》。當時之人有可名者，島（應爲無可——筆者）俱請之贊。《天仙集》傳之既久，反以贊爲退之之辭。然退之前後二集皆所不載，及得李洞《句圖序》質之，然後信其非也。（曹學佺《蜀中名勝記》卷三十）

龔氏所謂《天仙集》之讚語，今傳某些十卷本《長江集》仍舊載之，如汲古閣刻《唐人八家詩》所收《長江集》十卷，卷後附韓愈《送無本師歸范陽》詩，詩後即有《題浪仙讚》二首，今録如下："唯可與島，交情合道。吟水望月，不知其老。島可興清，句句詩精。流行此集，四時代成。世不得失，人不得平。大哉浪仙，雲山是營。"又曰："長河流，岸莽久。太行前，少室後。"時人爲島集題讚，讚語卻兼及無可，這説明無可請人爲《天仙集》題寫讚語確有其事。《天仙集》宋時雖未見著録，然而其中的贊語今天仍可於《長江集》中見之，儘管並非讚語的全部，卻足以證明《長江集》直接或間接地彙集了《天仙集》中的作品，這一點可確定無疑。宋人之所以用《長江集》命名島詩，朝議大夫王遠解釋曰："浪仙范陽人，數千里貶官佐邑於此，遷普州司倉參軍以卒，猶目其平生詩曰《長江集》。"（國圖藏明張敏卿鈔《賈浪仙長江集》十卷）這説明用《長江集》命名島詩，乃是根據賈島之本意，同時亦可見島對自己謫官長江的重視。由於《長江集》收詩較全，命名又符合賈島本意，故而一經問世便取《小集》和《天仙集》而代之，成爲島集的通行本子。

《長江集》編成後，宋代刊刻的本子，今可考知者有四種：

（一）蜀刻本。北宋前期成都刻《長江集》十卷。清人何焯跋明鈔本《賈長江詩集》曰："蜀本出於後人掇拾，反雜以他人之作，如《才調集》中所載《早行》、《老將》諸篇，足爲出格，顧在所遺，他可知矣。《寄遠》一篇亦《才調集》所載者，勝荆公《百家選》，則就蜀本録之者耳。"（國圖藏清盧文弨臨明鈔本《賈浪仙長江集》十卷膠片何焯跋語）何氏爲明鈔本《賈長江詩集》作跋而提及"蜀本"，所指自然是《長江集》之蜀本。據此可見，宋時蜀中的確刻有島集，然此本除何焯曾提及外，其餘公私書目均未見著録。

（二）遂寧本。宋遂寧府刻《賈長江集》十卷。宋之遂寧府，即唐之遂州。遂寧府刊刻島集，蓋因唐時島嘗爲遂州屬吏，又有詩名之故。陳振孫《書録解題》曰：

> 《賈長江集》十卷，唐長江尉范陽賈島閬仙撰。韓退之有《送無本》詩，即其人也。後返初服，舉進士不第。文宗時[作]〔坐〕飛謗，貶長江。會昌初以普州參軍卒。本傳所載如此。今遂寧刊本首載大中墨制云："比者禮部奏卿風狂……"與傳所稱誹謗不同。蓋宣宗好微行，小説載島應對忤旨，好事者撰此制以實之。(《直齋書録解題》卷十九，頁五六八)

此本書名冠以"賈"字，以示乃《長江集》别刻，然結銜"長江尉"則大誤，島終生未嘗爲長江尉。前引晁氏《讀書志》明明謂宣宗《墨制》原刻石"長江祠堂中"，不言入集。而此"遂寧刊本首載大中《墨制》"，乃此本一明顯標誌。王遠所撰詩碑《後序》略曰：

> 邑有祠堂，典刑依然。前主簿北𪊨游君虞臣，好古工書，采他山之石爲十五碑，盡書其三百七十九篇，未訖工而去。予倦游，就養子舍，適縣尹嘉祥衛君京督成其事，因以舊傳《墨制》及蘇絳所撰《墓誌銘》、《唐書》本傳與韓公送行詩並刻之。本末備俱，可爲無窮之傳。以《後序》見囑……紹興二年壬子歲閏四月辛卯朔，朝議大夫提舉江州太平觀平陽王遠序。(國圖藏明張敏卿鈔《賈浪仙長江集》十卷)

原來此本《墨制》與詩並載，乃是仿照賈島祠堂詩碑的格式。詩碑立於紹興初年，故遂寧本的刊行自在其後。《墨制》既入集，則祠堂中並刻之《墓誌銘》、《新唐書》本傳、韓愈送行詩與王遠《後序》等，亦悉數收入此本中。可見此本乃賈島祠堂詩碑的一個復製品，方回所謂"蜀碑本"(《瀛奎律髓彙評》卷二三)，當即此本。又，此本卷五《送令狐綯相公》、卷六《謝令狐綯相公賜衣九事》和《寄令狐綯相公》二首等，此四首題中令狐姓下原無"綯"字，"遂寧本各增一'綯'字，以遷就大中九年之制"，此點《四庫全書總目》已辨之甚詳(參《四庫全書總目》卷一五〇《長江集》提要)。筆者曾將此本的翻刻本(詳下)與他本對勘，發現經此本增改的詩題就有十一首之多，此不一一列舉。可見首載《墨制》、具銜訛作"長江尉"及隨意增改詩題，乃此本的三個明顯誤點。至於此本的版本淵源，王遠《後序》曾言"盡書其三百七十九篇"，此數正與蜀刻本合，這表明祠堂詩碑所據底本乃蜀刻本。今此本既從祠堂詩碑來，追本溯源，則亦源自蜀刻本矣（遂寧本亦“蜀刻”也，今姑沿用舊稱）。

（三）書棚本。南宋後期臨安府棚北大街陳宅書籍鋪刻《賈浪仙長江集》十卷。此本書名冠以賈島姓字，以别於蜀刻本和遂寧本。清季振宜《季滄葦藏書目・延令宋版書目》著録此本曰：“《賈浪仙長江集》十卷，三本。”孫星衍《孫氏祠堂書目》卷四於“《長江集》十卷”後注曰：“一明毛晉刊本；一景校宋臨安府陳宅書籍鋪本。”表明宋時的確刊行過書棚本。季氏書散出後，何焯、黄丕烈皆曾見之，黄丕烈跋毛鈔本《賈浪仙長江集》十卷曰：

> 嘉慶戊辰秋，錢唐何夢華攜雲臺中丞所藏宋刻《賈長江集》有鈔補者，借校一過。其書爲泰興季振宜藏本，後歸延令張氏三鳳堂。毛氏所鈔未必出此，故前之《墓銘》後之《傳》，皆阮本所無而毛獨有。余又藏一舊鈔本，何義門先生跋云：“後得張氏所藏書棚本再校，止改《登樓》落句一‘比’字耳。”今與阮本對勘正同。是即當時何氏所云張氏藏本也。此黄筆注“宋本”者，都與阮本合，間有脱校，以硃筆注於下方。阮本宋刻存數，附載於後……（《蕘圃藏書題識續録》卷三，見《黄丕烈書目題跋》，頁三一五）

若是季氏《書目》著録之《賈浪仙長江集》十卷，確係宋書棚本。季氏書散出後，此本先歸延令張氏，又歸揚州阮氏，即阮元，號雲臺，乾隆進士，官至體仁閣大學士，著名學者。黄氏借校時已是鈔補過的殘本。《賈長江集》之書名表明，書的前邊已部分損毁，鈔補部分出自遂寧本。由黄氏所記宋刻存數看，卷三至卷八尚且完好。今此本亦不知流落何處，但毛鈔本尚存，天頭無名氏用黄筆所作的校記和地脚黄丕烈硃筆校記，依舊燦然可觀。若是，毛鈔本曾先後兩次與書棚本對勘，特别是經過黄丕烈這位清代著名版本學家親手比勘，其校文之精確程度是可信的，我們稱之爲“黄校本”。通過黄校本，可以間接窺見書棚本的面貌：此本前有目録，各卷首行題“賈浪仙長江集卷某”，五、六兩卷上述四首詩題目中令狐姓下均無“綯”字，其他詩題也未發現有增改痕跡，這説明書棚本乃出於北宋蜀刻本。唯卷三至卷八有缺字十一處，不免美玉微瑕，然由此可見刊刻者忠實底本的審慎態度。

（四）無名氏本。南宋後期無名氏刻《賈浪仙長江集》十卷。清康熙二年癸卯（一六六三）毛晉之子毛扆校跋汲古閣刻《唐人八家詩》所收《長江集》十卷曰："癸卯重陽前二日，從趙玄度先生所藏宋本勘一過。湖南省庵。"趙氏所藏宋本究爲何種版本？毛扆没有明言，我們稱之爲無名氏本。今此本亦佚，然毛扆校跋的《唐人八家詩》之《長江集》十卷尚存，今藏國家圖書館，我們稱曰"扆校本"。復旦大學圖書館藏有扆校本的過録本，所用亦汲古閣刻《唐人八家詩》之《長江集》，卷後有迻録之毛扆跋語可證，卷首鈐有"荃孫"朱文方印一枚、"吴興劉氏嘉業堂藏"朱文長方印一枚，知此本亦曾爲繆荃孫收藏，又歸吴興劉氏嘉業堂，最後入藏復旦大學圖書館。較之毛鈔本（詳下），二者不僅"前之《墓銘》後之《傳》"等附録完全相同，文字也相差甚微，這説明毛鈔本與扆校本同出於宋無名氏刻本，故由毛鈔本和扆校本，亦可間接窺見宋無名氏刻本的面貌：此本卷前首蘇絳《賈公墓銘》、次宣宗《墨制》、次王遠《墨制跋》、次目録。卷後附《新唐書》本傳、韓愈送行詩、《題浪仙讚》二首、王遠詩碑《後序》等，各卷首題"賈浪仙長江集卷第某"。五、六兩卷四首詩題中令狐姓下無"綯"字。此本唯卷十《頌德上賈常侍》"高節□書期獨傳"句缺一字，與書棚本卷三至卷八缺字十餘處顯然不同。上引黄丕烈《跋》曰：毛鈔本未必出自書棚本，"故前之《墓銘》、後之《傳》皆阮本所無而毛獨有。"黄氏的判斷無疑是正確的，今知毛鈔本和扆校本同出於宋無名氏本，而與書棚本屬於兩種不同的刻本。

清人何焯嘗得一明鈔本《賈長江詩集》上下卷，唯收近體詩約二百首（詳下）。何氏曾用書棚本校此鈔本，繼又於康熙四十九年庚寅（一七一〇）借扆校本重勘，而後跋此鈔本曰："庚寅春，借毛斧季從趙玄度所藏宋本對校者又校，凡改三字。焯又記。"（國圖藏明鈔本《賈長江詩集》何焯校評語）何氏曾先後兩校，有改字，説明書棚本和扆校本並不相同，"凡改三字"，表明二本文字差别不大。黄丕烈著録明刻本《賈浪仙長江集》七卷本曰：

> 宋刻本藏揚州阮氏，其毛鈔影宋藏余家。余曾借宋刻校影宋，所差毫釐矣。此外又有舊鈔，爲義門學士手校，無古詩，序次亦多不同。何以張氏藏書棚本校，張氏本即阮氏本也，余因借校知之。（《蕘圃藏書題識》卷七，見《黄丕烈書目題跋》，頁一五六）

此跋説明毛鈔本及其所據無名氏本，與書棚本文字相差甚微。據此可見，無名氏本乃翻刻書棚本者，"前之《墓銘》、後之《傳》"及卷三至卷八的十餘處缺文，當爲翻刻時無名氏所增補。

元代不聞有賈集刻本。明代翻刻和傳鈔的《長江集》主要版本有以下幾種：

（一）奉新本。江西奉新縣刻《賈浪仙長江集》七卷。此本卷前後無目録、序跋及附録等。首卷卷端題"賈浪仙長江集卷之一"，次行結銜"唐長江尉賈島著"，半葉十行、行十八字，正文統低一格，黑口單魚尾。五、六兩卷有四首詩題目中令狐姓下有"綯"字。卷七末鐫"奉新縣刊"字樣。"長江尉"的錯誤結銜，五、六兩卷四首詩題中令狐姓下增"綯"字，與其他詩題增改者共計十餘首。據以上各項可證，此本乃遂寧本的翻刻本無疑。《百川書志》卷十四著録有此本，《書志》纂成於嘉靖十九年（一五四〇，見高儒《書志序》），傅增湘蓋據此判此本爲"嘉靖刻本"（《藏園群書經眼録》卷十二）。《四庫簡明目録標注》邵章《續録》判爲"明初刻本"，非是。然無論如何，此本乃島集現存的最早刻本。《善本書室藏書志》著録此本曰："此書七卷，尾有'奉新縣刊'四字，乃江西本。卷一五古，卷二、三五律，卷四五排，卷五七律，卷六五絶，卷七七絶。"（《善本書室藏書志》卷二十五）較之通行的十卷本，此本各體詩的編次順序，與這些詩在十卷本中的順序完全相同。這表明此本只是將遂寧本中的各詩分體依次録出，然後再分爲七卷編輯而成的。正德、嘉靖以後，分體編次乃明人刊刻唐集所用的常法。然而由於編者不慎，將遂寧本卷二《投張太祝》、《攜新文詣張籍韓愈途中成》、《重酬姚少府》三首頗爲重要的古詩漏編了。就文字而言，此本亦舛誤滿眼，故黄丕烈斥之爲"訛謬百出"（《蕘圃藏書題識》卷七）。但因此本所據爲宋遂寧本，故而保存了遂寧本的一些原貌，校勘價值自不容忽視。清沈曾植跋此本曰：

> 《長江集》通行本十卷，此獨七卷，自非唐本之舊。然以明仿宋本相校，異同夥多，而此本與彼所注一作"△"字合者十得八九，則此爲《長江集》别本，宋世固兩刻並行也。（沈跋原本藏上圖，此跋收入《寐叟題跋》二集上）

沈氏從文字校勘的角度指出此本特點，頗有見地。然而沈氏判此本與明仿宋本（即蔣孝本，詳下）出自兩種不同的宋本，則並不正確。仿宋（蔣孝）本亦源於宋遂寧本（詳下），而奉新本與仿宋本"所注一作"△"字合者十得八九"的原因，在於仿宋本晚出，故得以奉新本爲校本而改動文字所致，並非所據底本各不相同。

（二）蔣孝本。嘉靖二十九年庚戌（一五五〇）毘陵蔣孝輯《中唐十二家詩集》所收仿宋刻《唐賈浪仙長江集》十卷。《十二家集》前有薛應旗《序》、蔣孝《自序》，蔣《序》後有"卧龍橋東三徑主人"牌記一個，次行下方署刻工姓名里貫："毘陵陳奎刻。"十二家中，島爲第十家。此本半葉十行二十字。卷前唯目録。各卷首題"唐賈浪仙長江集卷第某"，次行結銜"普州司倉參軍范陽賈島"（八、九兩卷結銜有誤，詳下）。傅增湘《藏園群書經眼録》卷十七《集部六》謂"《中唐十二家集》七十七卷，明蔣孝輯，明嘉靖二十九年毘陵蔣孝刊本，十二行二十字"。此言不確，島集便只半葉十行二十字。此本所據底本，蔣氏没有説明。今考此本五、六兩卷四首詩，題目中令狐姓下皆有"綯"字，合其他詩題增改者共計十餘首，可證此本乃仿刻宋遂寧本者。但此本文字訛誤頗多，如目録卷一《寄遠》一首，正文題作《寄跡》，按之内容，"跡"字訛。又如目録卷三《就可公宿》，正文題作《就可松宿》，"可公"乃賈島從弟僧無可，"可松"訛。目録卷四《題山井寺》，正文題作《題山寺屏》，黄校本（見書棚本）作《題山寺井》，奉新本同，按之内容，《題山寺井》是，此本目録和正文兩訛。目録卷七《重與彭兵曹》，正文題作《重與曹彭兵曹》，衍前一"曹"字。諸如此類致誤者，據筆者統計竟達四十餘處之多。更有甚者，八、九兩卷結銜將"司倉參軍"誤爲"司馬參軍"；卷七《送韋瓊校書》一首，誤將詩併入前一首《寄毘陵徹公》題下作"又"一首，而把題目移於該卷之末，題下注"缺"（詩）字，可見刊刻之草率。不過因宋遂寧本無傳，故此本在校勘方面自有不可替代的價值。

由於《十二家詩集》每集卷中無任何標志，合之則成《十二家詩集》，分開即可單獨成集，島集此本即有多部單行本。丁丙《善本書室藏書志》即著録一部這種本子，其略曰：

> 《唐賈浪仙長江集》十卷，明仿宋刊本，潘功甫藏書。普州司倉參軍范陽賈島浪仙撰……《劍客》一詩，明代選本皆作"今日把示君，誰有不平事"。舊本《才調集》作"誰爲"，馮舒以"有"字爲後人妄改，此本仍作"誰爲"。前有目録，無序跋，尚屬舊帙。有"句吴潘氏鳳池園鑒藏"、"潘曾沂字功甫蘇州臨頓里人"兩印。曾沂字功甫，號瑟庵，吴縣人，嘉慶丙子舉人，官内閣中書，著述甚富。（《善本書室藏書志》卷二十五）

這裏丁氏著録的"明仿宋本"島集，就是蔣氏《中唐十二家詩集》所收島集的單行本，丁氏謂此本文字"尚屬舊帙"，道出了此本的可貴之處。又《四部叢刊》初編所收《唐賈浪仙長江集》十卷，乃上海涵芬樓據江南圖書館藏本影印，實際也是此本的單行本。順便指出，四部叢刊本卷六第一、第三葉，卷十第六葉版片爲補刻，版式雖仿原刻，但書體明顯不同，説明此本晚出，乃一修訂本。又上圖藏一《唐賈浪仙長江集》十卷，書内藏籤上標有"明正德嘉靖間刊本"字樣，扉葉上鈐"夢祥所得善本"印章一枚；又復旦大學圖書館也藏一部，封面題籤"賈長江集十卷"，卷端題"唐賈浪仙長江集卷第一"，細審兩書行款、分卷、篇目、序次、文字、書體等皆同此本，可見亦是用此本的版片印刷的單行本。

（三）陸汴本。明長洲陸汴刻《廣十二家唐詩》所收《唐賈浪仙長江集》十卷。《廣十二家唐詩》前有陸氏自序，上圖藏本封面題籤誤爲《中唐十二家詩》，當爲後人補寫。廣十二家爲初唐一、盛唐二、中唐八、晚唐一，島爲中唐最後一家。細檢此本書名、行款、分卷、篇目、序次，甚至書體等等悉同蔣孝本，可見是用蔣孝本的版片重印的。不過重印前，陸氏作了校勘，挖改了一些訛誤，但未及改正者仍然不少，如上舉蔣孝本的諸多訛誤，陸氏只糾正了《題山寺井》等數處舛誤，可見亦屬草草。

（四）朱刻本。明萬曆壬子（四十年，一六一二）朱之蕃校刻《廣唐十二家詩》所收《唐賈浪仙長江詩集》一卷。十二家中島爲第十家。此本無目録、序跋及附録等，卷端題"唐賈浪仙長江詩集卷十"，次行結銜"普州司倉參軍范陽賈島浪仙著"，三行署"江左蘭嵎朱之蕃校"。半葉九行，行十九字。與蔣孝本相較，僅删去卷七末《送韋瓊校書》一題（詩缺），編次除《送姚杭州》與《送僧》二首前後互倒，《落第東歸逢僧伯陽》一首因漏編而排於卷末外，餘則悉同蔣孝本。從文字方面看，此本更近於陸汴本，然改正了陸本未及改正的一些訛誤，如《重與曹彭兵曹》，陸本衍前一"曹"字，朱本删去，良是。但此本也沿襲了陸本未及改正的一些訛誤，如《寄遠》、《就可公宿》二詩，正文題目仍誤作《寄跡》、《就可松宿》等，足證此本所據乃陸汴本，屬宋遂寧本系統。

（五）八家詩本。毛晉汲古閣刻《唐人八家詩》所收《長江集》十卷。此本前有蘇絳《墓銘》、宣宗《墨制》、王遠《墨制跋》，卷後附《新唐書》本傳，韓愈送行詩、《題浪仙讚》二首，王遠《後序》等。卷首題"長江集目録"，次行題款“范陽賈島浪仙”，卷端題“長江集卷第一”，次行結銜“唐司户參軍賈島浪仙著”。半葉十二行，行二十字，黑口單魚尾。相應上述各項内容，版心鐫“長江墓銘”、“長江墨制”、“長江目録”、“長江集卷某”、“長江附録”等字樣。從分卷、篇目、序次及前後附録看，此本與宋無名氏刻本相同，文字也與宋無名氏本爲近，當爲其翻刻本，但又參校過遂寧本或遂寧本之衍生本，因而五、六兩卷四首詩題目中令狐姓下有“綯”字。毛氏刻書多據善本，且勤於校勘，然喜隨意妄改。木訥逸人校跋此本云：

> 得賈浪仙詩集善本，因取校閲，勝於毛氏此刻良多……毛氏此刻稍稱近古，而謬以己意妄改頗爲不少，其間一字一句幾於不通，其誤讀書家何可勝道。余故一一是正之。（書藏國圖，書中尚有錢孫保校並跋）

木訥逸人即潘茮塅，卷首鈐“潘茮塅圖書印”朱文長印一方，跋後鈐有“庚申劫火之餘”、“茮塅藏書”朱文方印二枚。潘氏謂毛晉刻書“謬以己意妄改”，筆者今舉此本一例以見一斑：通行本卷七《送崔嶠遊瀟湘》有“陟峴漢灘喧”句，“峴”指今湖北襄陽東南之峴山，舊爲登眺勝地，《元和郡縣圖志》卷二十一山南道二襄州襄陽縣：“峴山，在縣東南九里。山東臨漢水，古今大路。羊祜鎮襄陽，與鄒潤甫共登此山，後人立碑，謂之墮淚碑。”正因爲峴山東臨漢水，故島有“陟峴漢灘喧”句。筆者所見明代其他刻本皆作“陟峴”，唯毛氏此本謬以己意妄改作“陟險”，山名的改動，地域全失，真有“一字一句幾於不通”之嫌。不過毛氏此本儘管缺陷不少，但因其所據爲宋無名氏本，故亦有着較高的校勘價值。

又汲古閣刻《四唐人集》所收《長江集》十卷，北京大學圖書館藏。此本前有目録，半葉十行，行十八字，正文後有補遺詩《黄鶴下太液池》、《送道者》、《送人南歸》等九首。補遺後爲《新唐書》本傳、韓愈送行詩、《題浪仙讚》二首、宣宗《墨制》、王遠《墨制跋》、蘇絳《墓銘》、王遠《後序》等。細審文字，基本同於八家詩本，應是用八家詩本的版片重印的。

（六）毛鈔本。明毛晉藏安愚道人手鈔宋無名氏刻《賈浪仙長江集》十卷。黄丕烈稱之爲“毛抄景宋”，前已述及。此本前有蘇絳《唐故普州司倉參軍賈公墓銘》，題下、題旁空白處鈐有“毛氏押章”朱文方印、“汪士鐘藏”朱文長方印等鑒藏印章四枚。卷前首“賈浪仙長江集目録”，次行題款“范陽賈島浪仙”。首卷卷端題“賈浪仙長江集卷第一”，下方署“安愚道人手抄”雙行六小字，題下與署名之間空白處鈐有“東吴毛氏圖書”朱文長方印一枚，次行不再具款。白紙無格，書體隸法間有楷韻，清秀整雅。書名、分卷、篇目、序次、前後附録等悉同宸校本，文字也相差甚微，故當爲宋無名氏本之精鈔本。卷末有黄丕烈跋語，前文已引録。《善本書室藏書志》云：“賈集宋刻每葉二十行，行十八字，藏揚州阮氏。汲古影宋本則藏士禮居，蓋即書棚本也。”（《善本書室藏書志》卷二十五）汲古影宋本即此毛氏鈔本，丁氏謂其“即書棚本”，未免有些疏謬。

（七）張鈔本。明張敏卿鈔《賈浪仙長江集》十卷，國家圖書館藏。此本卷之首末鈐有馮班、錢求赤、何焯、蔡廷相等鑒藏印章二十七枚。前有蘇絳《墓銘》、宣宗《墨制》、王遠《墨制跋》。卷後附《新唐書》本傳、韓愈送行詩、《題浪仙讚》二首、王遠《後序》等。卷前“賈浪仙長江集目録”，次行署“范陽賈島浪仙”，首卷卷端題“賈浪仙長江集卷第一”，次行不再具款，以下各卷同。半葉十行，行十八字。細檢此本書名、分卷、篇目、序次、前後附録等均與宸校本同，文字除個别地方訛誤外，亦與宸校本同，可見此本也是宋無名氏本的精鈔本。正文後、附録前有馮班跋曰：“書此者張敏卿。今日求傭書人，筆意清雅若是者何可得也！讀竟慨然。”跋後鈐有“馮班定遠”朱文方印一枚。附録後陶世濟題款曰“崇禎乙亥歲五月觀”，下方鈐有“世濟”朱文方印一枚，知此本乃崇禎八年乙亥（一六三五）前鈔本。末爲何焯跋：“此册真鈍吟老人所點，流轉入郡中一人手。沈生潁谷知余慕，從老人議論，用白金二十銖購以見贈……康熙癸巳（五十二年，一七一三）秋後何焯書。”跋後有何氏朱文方印二枚。由此跋知，正文部分朱筆圈點滿眼者，乃馮班所爲，且時有評點數語書於書眉，世人寶愛，宜矣。

（八）統籤本。胡震亨《唐音統籤》所收《賈島詩》九卷，編卷三百六十八至三百七十六，《丁籤》八十，寫本。此本分體編次，凡五古、五律、五排、七律、五絶、七絶，共三百九十九首。此本所據底本，胡氏没有明言，唯曰：“晁公武云‘詩凡三百七十九首’。今編三百九十九首，增舊本二十首，今注所出題下。”（《唐音統籤》第四册，頁三〇二）然而“舊本”爲何？胡氏未提。今考此本有四首題目中令狐姓下衍“綯”字，文字也多同於蔣孝本，而更近於陸汴本，且並其訛誤也原樣照録，如《寄令狐綯相公》“老免把犁鋤”句，蔣孝本、陸汴本皆將“免”字訛作“色”，此本依樣誤録。而《題山寺井》一首，蔣孝本誤作《題山寺屏》,陸本不誤,此本亦不誤,足證此本所據乃陸汴本。具體而言,胡氏以陸汴本爲底本,將各體詩分别依次録出,再補入胡氏所輯佚詩二十首,並進一步分類編輯而成的。當然此本文字,胡氏也作了校勘,改正了陸汴本的不少訛誤。如陸汴本《寄跡》、《重與曹彭兵曹》二首詩題訛誤處,此本均予改正。又《送韋瓊校書》一首,蔣孝本、陸汴本皆誤將詩移於《寄毘陵徹公》題下作"又"一首,唯存詩題於卷末,胡氏參校善本,將詩與題目合併,良是。卷六《送殷侍御赴同州》,蔣孝本、陸汴本皆將"赴"字訛作"起",胡氏改作"赴",甚是,等等。然而《就可松宿》,題中"可松"乃"可公"之誤,胡氏卻未能改正。但這畢竟只是少數。總的來看,此本無論收詩數量還是文字質量,均較蔣孝本、陸汴本優勝。另此本還增加了不少題注及詩後注,對理解詩意頗有幫助。

(九)明鈔本。明無名氏抄《賈長江詩集》上下卷,國圖藏。館藏目録卡片和此本膠片均題作一卷,非是。此本無目録、序跋及前後附録等。扉葉與卷之首末鈐有錢曾、何焯、黄丕烈等人鑒藏印記二十四枚。首卷卷端題"賈長江詩集",次行結銜"長江主簿賈島浪仙"。每半葉十二行,行二十三四字不等。卷末何焯跋云:

> 此册無古詩,又書者甚不工,然當日所據乃宋之善者。余有常熟馮氏勘本(即張鈔本——筆者),甲申雨窗新秋對校,改正其中譌字數處。馮本亦有訛謬,賴此得爲完書,後人勿易視之。焯記。

是此本所據底本亦宋本也,故何氏重之。何氏又跋曰:

> 此抄缺處皆與宋本同。後又得張氏所藏書棚本再校,止改《登樓》落句一"比"字耳。焯又記。

然此本不録古詩,蓋專爲學習近體詩之用,扉葉上墨筆記有五、七言律詩作法三條可證。此本共收五、七言律絶約二百首,與通行的十卷本相較,前四首録於十卷本三、四兩卷,自第八首以下各詩,則與十卷本卷六第六首以下各詩(除二首外)序次完全相同。此本缺字如何焯所言"皆與"書棚本同,足證乃書棚本的選鈔本。唯此本書寫潦草,訛誤亦多,賴何氏兩次以善本勘正,遂成珍品。

清代翻刻和傳鈔的《長江集》主要有以下幾種:

(一)席刻本。康熙四十一年壬午(一七〇二)洞庭席氏琴川書屋刻《唐詩百名家全集》所收《賈浪仙長江集》十卷。此本卷前首“賈浪仙長江集目録”，目録次行題款“范陽賈島浪仙”。首卷卷端題“賈浪仙長江集卷第一”，次行結銜“司户參軍賈島浪仙”。半葉十行，行十八字。卷後首爲補遺詩《黄鶴下太液池》、《送道者》等九首，次唐宣宗《墨制》、王遠《墨制跋》、《新唐書》本傳、韓愈送行詩、《題浪仙讚》二首、蘇絳《墓銘》、王遠《後序》等。此本不唯分卷、篇目、序次及附録等悉同八家詩本，文字也與八家詩本基本相同，甚至沿襲了八家詩本的不少訛誤，如上舉“陟峴漢灘喧”句，“峴”字毛晉妄改作“險”，席本亦作“險”。又卷二《對菊》一首云：“九日不出門，十日見黄菊。”乃詠菊詩。然八家詩本妄改作《對雨》，此本亦作《對雨》，而黄校本作《對菊》，足證此本乃八家詩本的翻刻本。但文字方面此本也作了校勘，隨行夾注校文，改正了八家詩本一些訛誤，態度是比較審慎的。

（二）全唐詩本。康熙敕修《全唐詩》所收《賈島詩》四卷。《全唐詩》是在明胡震亨《唐音統籤》和清季振宜《全唐詩稿本》兩書的基礎上修訂而成的。康熙《御製〈全唐詩〉序》曰：“朕兹發内府所有《全唐詩》，命諸詞臣，合《唐音統籤》諸編，參互校勘，蒐補缺遺，略去初盛中晚之名，一依時代，分置次第。”季氏《稿本》中的賈島詩集，乃是將上述朱本之原刻入編，删去《贈莊上人》一首，末附補遺詩《代舊將》、《李斯井》等十六首，共三百九十五首。文字方面，季氏也作了校勘，季氏所藏頗多宋本，其中就有書棚本《賈浪仙長江集》十卷。季氏以此爲校本，又以《才調集》、《文苑英華》、《唐文粹》、《唐詩紀事》、《萬首唐人絶句》、《樂府詩集》等諸書參校，故文字視前各本爲精。康熙敕修《全唐詩》所收島詩，便是將季氏《稿本》中的島集，連同季氏删去的《贈莊上人》一首悉數收入。編次方面，將朱氏漏編而附於末後的《落第東歸逢僧伯陽》一首，依十卷本原編歸於《贈莊上人》一首後，而把聯句詩《天津橋南山中各題一句》抽出，另編入卷七八九“聯句”卷中。又據《才調集》、《臨漢隱居詩話》、《唐詩紀事》、《萬首唐人絶句》、《吟窗雜録》、《事文類聚》、《升庵詩話》等諸書增補遺詩七首，殘句四聯於末後，故共收詩四百二題、四百四首，殘句四，分編四卷而成，遂成一時收詩最多的本子。文字方面也較季氏稿本更精，如《就可公宿》，“可公”朱本仍誤作“可松”，季氏稿本同，《全唐詩》改作“可公”，良是；又如卷五《送鄭長史之嶺南》“騷人正則祠”句，朱本沿襲陸汴本誤作“正側”，季氏稿本同。“正則”出自《離騷》，乃屈原自述之名字，《全唐詩》改作“正則”，極是，等等。《全唐詩·凡例》曰："詩集有善本可校者，詳加校定。"此本隨行夾注不少校文，表明當時確曾以善本校勘過，有寶貴的參考價值。

又，南京圖書館藏一《賈長江集》四卷本，半葉十行，行十八字，篇目、分卷、序次、文字悉同全唐詩本《賈島詩》四卷，當爲全唐詩本的翻刻本無疑。

（三）四庫本。乾隆敕修《四庫全書》所收《長江集》十卷。此本無目録、序跋及附録等，半葉八行，行二十字。《四庫全書總目·集部别集類·長江集提要》謂録自"浙江汪啓淑家藏本"，但未明白交代汪家所藏究爲何種版本。今檢此本，五、六兩卷四詩題目中令狐姓下有"綯"字，文字多同於蔣孝本，而更近於陸汴本，且並其訛誤也原樣照録，如卷六《送殷侍御赴同州》，蔣孝本、陸汴本皆將"赴"字訛作"起"，同卷《寄令狐相公》"老免把犁鋤"句，蔣孝本、陸汴本皆將"免"字訛作"色"，此本均依樣誤録。而《題山寺井》一首，蔣孝本誤作《題山寺屏》，陸本不誤，此本亦不誤，這足以證明汪家藏本乃陸汴《廣十二家唐詩》之《唐賈浪仙長江集》十卷無疑。當然四庫本在入録前，文字也作過校勘，如陸汴本《寄跡》、《就可松宿》、《重與曹彭兵曹》三首詩題訛誤處，此本均予改正。又《送韋瓊校書》一首，蔣孝本、陸汴本皆誤將詩移於《寄毘陵徹公》題下作"又"一首，唯存詩題於卷末，四庫館臣參校善本，亦予改正，良是。

（四）清無名氏本。清無名氏翻刻席氏《唐詩百名家全集》所收《賈浪仙長江集》十卷。此本前有目録，半葉十行十八字，白口黑魚尾，卷後附宣宗《墨制》、王遠《墨制跋》、蘇絳《墓銘》、《新唐書》本傳、韓愈送行詩、《題浪仙讚》二首、王遠《後序》等。細檢全書，其書名、分卷、篇目、序次、正文後附録等均同席本，文字也與席本同，且並其訛誤也照樣沿襲。如卷二《詠韓氏二子》"白鳥舞虚碧"句，"舞"字席本訛作"無"，此本亦作"無"；同卷《送别》落句"會有知音知"，"音"字席本訛作"昔"，此本便亦訛作"昔"，等等，足證此本乃席刻本的忠實翻刻本。

（五）盧鈔本。盧文弨鈔《賈浪仙長江集》十卷、《補遺》一卷，國圖藏。此本前有盧氏乾隆四十一年（一七七六）小除夕序，序後鈐"盧文弨"、"檠齋"朱文方印二枚。卷後盧氏《跋》曰："始余得《賈長江集》，乃馮定遠本，録之篋中。"跋後鈐"盧文弨記"、"弓父"等朱文方印三枚。序跋表明，此本所據底本乃明張鈔本，半葉十一行二十一字，楷法精美，一筆不苟。卷後爲補遺詩六首，次録何焯跋文七則。盧家書散出後，此本歸桐城蕭穆，卷末有

“蕭穆印記”、“桐城蕭氏敬孚藏書”朱文印章二枚可證。蕭家書散出後，此本歸傅增湘，《藏園群書經眼録》卷十二有著録。民國時，此本歸國立北平圖書館，故首末鈐有館藏印記。新中國成立前此本流往臺灣，今國家圖書館、南京圖書館所藏均爲此本膠片，王重民《中國善本書提要·集部·别集類》即據膠片著録。

（六）清鈔本。清無名氏鈔《賈浪仙長江集》七卷，今藏國家圖書館。此本卷後另紙記曰：“嘉慶乙亥仲冬二日，六十一歲老人夢塘偶識。”知此本乃嘉慶二十年（一八一五）以前鈔本。細檢此本，書名、分卷、篇目、序次、文字悉同奉新本，五、六兩卷四詩題目中令狐姓下有“綯”字，每半葉九行二十字，其所據底本爲奉新本無疑。唯前有目録，分五古、五律、五排、七律、五絶、七絶，當爲鈔者自編目録。

（七）畿輔本。光緒五年己卯（一八七九）定州王灝謙德堂刊《畿輔叢書》所收《長江集》十卷、附集一卷。此本不唯書名、分卷、篇目、序次等悉同毛晉八家詩本，文字也與八家詩本相差甚微，甚至沿襲了八家詩本的不少訛誤，如上舉《送崔嶠遊瀟湘》“陟峴”妄改作“陟險”等。毛晉參校遂寧一系本子增改的其他數首詩題，此本亦同，如此本卷八《寄柳舍人宗元》即其一例，“柳舍人”乃柳公權，作“宗元”非，柳宗元未嘗爲是官，書棚本一系諸本此題皆無“宗元”二字，良是。可見此本乃八家詩本相當忠實的翻刻本。當然此本文字也作了校勘，卷六《夜集田卿宅》“曩年曾宿此”句之“宿”字，此本作“病”，與八家詩本不同；卷三《寄白閣默公》、卷九《寄韓潮州愈》二首各有校記一處，與八家詩本不同。此本删去了八家詩本五、六兩卷四首詩題目中令狐姓下之“綯”字，改正了八家詩本一些明顯的訛誤，如將《對雨》改作《對菊》等等。又此本卷後之附集，鳩集他本補逸詩總爲一卷，乃此本一大特點。

此外，還有日本江户時代中御門正德五年乙未（一七一五，清康熙五十四年乙未）刊刻的《賈浪仙長江集》十卷，三册，南京圖書館藏。此本封面大字題“賈浪仙長江集”，六字分兩豎行列於封面兩旁，正中上方爲一套紅雕龍圖案，其下接署“雒埸書林柳枝軒藏版”。卷前首“賈島叙事”、次目録，“叙事”撮取《新唐書》賈島傳、《唐詩紀事》所載島“推敲”故事、蘇絳《墓銘》、宣宗《墨制》、《全唐詩話》對島詩的評價，以及賈島作詩諷刺裴度相國起宅院事等，略去出處，總爲一篇，並迻録《新唐書·藝文志四》有關島詩的著録。目録次行署“范陽賈島浪仙”。各卷卷端題“賈浪仙長江集卷某”,次行不再題款。半葉九行二十字,中文書體,楷、行相間而以行書爲主,旁注日文訓點。卷後記刻時“正德乙未歲孟春穀旦”,並有“書林茨木多左衛門壽梓”牌記一個。此本書名、分卷、題款、篇目、序次均與書棚本同,文字與書棚本亦相差甚微,卷三至卷八書棚本所缺十一字,此本一一皆缺。卷四《哭胡遇》“吊後折寒花”句,黄校本云:“折,宋本拆。”此本正作“拆”,而别本皆作“折”。此本五、六兩卷四首詩題中令狐姓下無“綯”字,其他詩題亦未見改動痕跡,可見此本乃宋書棚本的忠實翻刻本。卷中鈐有“四庫書録”、“八千卷樓藏書記”等四印,知此本傳入中土後曾經爲丁丙收藏。

綜上考述,結論如下:(1)宋人掇拾賈島遺作,合《天仙集》而成蜀刻本《長江集》,但難免漏收和誤收兩大缺憾。漏收作品,如何焯所舉《早行》、《老將》諸篇,經歷代學人遞補,今共得《長江集》漏收作品二十六首,殘句十七(誤收者除去),至於湮没無聞的篇什,則不知其凡幾。誤收作品,如十卷本卷四誤收白居易《南齋》、項斯《早春寄題友人湖上新居二首》,卷七誤收項斯《落第東歸逢僧伯陽》,卷九誤收劉皂《渡桑乾》等,若合《全唐詩》誤收之作,計達十一首,殘句一。(2)《長江集》儘管存在一些缺憾,但因收詩數量居當時之首,命名也符合賈島本意,故而一經問世便取《天仙集》和《小集》而代之,成爲宋以後島集通行的本子,島詩的基本面貌也賴此書得以保存,這是宋人不可磨滅的貢獻。(3)現存島集皆源於蜀刻本,這是島集版本的一大特點。此後大致可分爲遂寧本和書棚本兩個系統,遂寧本一系諸本缺點雖然不少,但因蔣孝本入四部叢刊,陸汴本入《四庫全書》、朱本入《全唐詩》,因而流傳頗廣;書棚本雖有缺字,但文字訛誤較少,應該説較多地保存了蜀刻本原貌,又經無名氏本入汲古閣八家詩本,再入席本,影響也不小。又,書棚本曾流傳海外,在日本也有翻刻本。

姚少監詩集

姚合(777～842),吴興(今浙江湖州)人,開元名相姚崇曾侄孫。元和十一年(八一六)進士及第,釋褐魏博幕職,歷武功主簿,萬年、富平尉等。寶曆中爲監察、殿中御史,擢户部員外郎,出刺金州,入爲刑、户二部郎中。復刺杭州,遷諫議大夫、給事中,出爲陝虢觀察使,復入爲秘書監。約卒於大中年間，世稱“姚武功”或“姚秘監”。

姚合與賈島齊名，世稱“姚賈”，然島身後唐人編其詩爲《天仙集》和《小集》(參本書《長江集》)，而姚詩的編纂情形，典册失載。

入宋，首先著録姚集者乃《崇文總目》卷六十一，但僅“《姚合詩》一卷”；卷六十六著録“《姚合詩例》一卷”，乃詩格類著作，非文集。稍後《新唐書·藝文志四》著録“《姚合詩集》十卷”，與《總目》著録者顯爲兩種不同的本子。《總目》乃崇文院館閣藏書的實録；《新唐志》則爲北宋當時國家藏書的實録。《總目》編成後，歐陽修又參與《新唐書》的纂修工作，負責編寫本紀、表、志等。本書前已述及，爲了反映當時國家藏書的實際，避免《總目》著録的局限性，歐陽修奏請降大内諸閣所藏秘本，以補《總目》的不足。於是“詔龍圖、天章、寶文閣、太清樓管掌内臣檢所缺書録上，于門下省謄寫。至是年(嘉祐七年——著者)六月丁亥，秘閣上補寫御覽書籍。于《崇文總目》之外，定著一千四百七十四部，八千四百九十四卷”(姚名達《中國目録學史》，頁一六〇)。可見《總目》闕載圖書數量驚人。此時《新唐書》雖已告竣，但此次聲勢浩大的校書編目所得《總目》之外的近一千五百部、八千五百卷典籍，被補入了《新唐志》應當没有問題。故此《總目》與《新唐志》録著的同一家别集，彼此書名、卷數往往頗有差異。《總目》姚集僅一卷，而《新唐志》竟達十卷之多，此十卷本爲内府秘本應無問題。然而十卷本與一卷本有何不同？因原書久佚，今已無從考其詳了。

宋室南渡，晁公武《讀書志》卷十八著録“《姚合詩》十卷”。南宋後期，陳振孫《書録解題》著録“《姚少監集》十卷”，且曰：“川本卷數同、編次異。”(《直齋書録解題》卷十九，頁五六八)今人孫猛校證晁氏《讀書志》曰：“《經籍考》卷六十九作《姚少監集》十卷，標題乃本《書録解題》卷十九。《書録解題》云：‘川本卷數同，編次異。’蓋題《姚合集》者，爲蜀本，題《姚少監集》者，爲浙本。”(《郡齋讀書志校證》卷十八，頁九〇三)孫言非是，所本蓋萬曼《唐集叙録》。學界一般以爲，陳氏《解題》著録者乃浙本，與浙本編次不同的“川本”，即今傳之殘蜀刻本(均詳下)。但浙本題曰“《姚少監詩集》”，蜀本亦題曰“《姚少監詩集》”，而不作《姚合集》。由於萬氏、孫氏均未見“川本”(即蜀本)，因致此誤。可見二本區别並不在於書名不同，而在於編次各異(詳下)。

由上可見宋代姚集至少有六種版本：即《總目》著録之《姚合詩》一卷，

《新唐志》著録《姚合詩集》十卷，《讀書志》著録的《姚合詩》十卷，《書録解題》揭櫫的浙本和川本，以及《宋史·藝文志七》著録的《姚合集》十卷。

姚集宋槧，今可考知者有三種：一爲蜀刻本《姚少監詩集》十卷，一爲浙本《姚少監詩集》十卷，一爲不詳書名卷數的宋刻本。

蜀刻本今存卷一至卷五，國家圖書館藏，乃姚集今存之唯一宋槧，《宋蜀刻本唐人集叢刊》及《中華再造善本》所收《姚少監詩集》，皆據此本影印。黄丕烈跋四部叢刊本姚集（詳下）曰："余向藏《姚少監集》止五卷，殘宋刊也。頃從小讀書堆收得毛子晉舊藏姚集……子晉但云此浙本也，川本編次稍異。今取殘宋本對之果異，蓋相傳殘宋刻是蜀本，當即子晉所云川本。"（又見《蕘圃藏書題識》卷七，載《黄丕烈書目題跋》，頁一六一，文字稍異）是此殘蜀本，即陳氏《解題》與毛晉所云"川本"。半葉十二行二十一字，卷前唯總目，題曰"姚少監文集目録"，次行下方具銜名"祕書監杭州刺史姚合"。總目亦只前五卷，後五卷蓋爲書賈割去，以冒充全帙。各卷首題"姚少監詩集卷第某"，次爲子目，下連正文。姚合任官無秘書少監一職，題中"姚少監"誤。此本詩分類編次，卷一送别上五十二首，卷二送别下五十，卷三寄贈上五十，卷四寄贈下五十，卷五閑適上五十。正文與子目及總目不盡相符，如正文卷一《送王澹》，子目與總目均失載；卷二收詩四十七首，卷二子目與總目卷二均標五十首；卷四收詩四十九首，而卷四子目與總目卷四均標五十首；另外卷一子目《送田處士》下注"闕"字，總目卷一未注"闕"字。若是，此本凡佚去《送田處士》等五首。又此本卷四《寄白閣默然》爲五絶，而叢刊本載此首爲五律，可見此本有脱文。至於此本刊刻時間，《中國版刻圖録》謂蜀刻"十二行本，約刻於南宋中葉，除上舉《孟浩然》、《李長吉》、《鄭守愚》三全本，《孟東野》、《元微之》二殘本外，尚有《歐陽行周》、《皇甫持正》、《許用晦》、《張承吉》、《孫可之》、《司空一鳴》六全本，與《劉文房》、《陸宣公》、《權載之》、《韓昌黎》、《張文昌》、《劉夢得》、《姚少監》七殘本，總得十八種。此十八種唐人集元時爲翰林國史院官書，清初均爲潁川劉體仁藏書，其時聞尚存三十種"（北京圖書館編《中國版刻圖録》）。王國維曾勘驗《元氏長慶集》，並指出宋諱至"惇"字，因判爲光宗時刊本（參本書《元氏長慶集》）。此本既與《元氏長慶集》皆十二行本，故刊行也應在光宗前後，爲南宋中期刊本無疑。

此本有鑒藏印記多枚及黄丕烈題跋四則。今綜合藏印及題跋，考得遞藏關係大致如下：此本目録卷題、卷五尾題下方鈐“翰林國史院官書”朱文長方大印，知元時爲翰林國史院所藏。元明易代，此本轉入明朝内府，世人難得一見，故公私書目均不見著録。明朝後期至清初，此本流入社會，輾轉至乾隆前後，爲蘇州藏書家陸西屏所得，故卷中有陸氏手録《水東日記》與《梅花草堂筆談》二則。陸家書散出後，此本爲同邑周香嚴收得，黄丕烈曾借作校本，繼又借以影鈔，迨黄氏五十壽辰，周氏以此本相贈，對此，卷後黄氏另紙題跋四則言之甚悉，並鈐“平江黄氏圖書”朱文方印、“復翁”白文方印、“士禮居”朱文方印等印鑒多枚。黄氏跋其一略曰：

> 此書舊藏陸西屏家，爲水月亭周丈香嚴所得，余曾借鈔其副。壬申五月十有一日，爲余五十賤辰，諸親友之以禮物相遺者，余敬謝，弗敢拜嘉，而相知中又有以筆墨文玩諸物爲贈，則弗敢固辭矣。是書贈自香嚴，有札云：“《姚武功集》雖未全，尚是宋版宋印，且有元官印，可寶，奉送聊以當祝，幸哂存之。”蓋香嚴喜藏書，家多祕本，先余數十年而收藏者。今年已七十外矣……先是西屏家有《劉長卿》、《劉禹錫集》皆宋刻，殘宋本，皆有“翰林國史院官書”印，爲余所得，故以此歸余，俾散者復聚。（又見《蕘圃藏書題識》卷七，載《黄丕烈書目題跋》，頁一六〇至一六一，文字稍異）

黄家書散出後，此本爲陳揆所得，故目録卷端、首卷卷端鈐“稽瑞樓”白文長方印。陳家書散出後，此本爲常熟瞿鏞所得，故卷前另紙鈐“罟里瞿氏記”白文長方印，卷中有“鐵琴銅劍樓”白文長方印等，《鐵琴銅劍樓藏書目録》著録此本曰：“原書十卷，今存第一至五，款式與《劉文房集》同，‘殷’、‘敬’字有闕筆，册首亦有‘翰林國史院官書’鈐記……向藏郡中黄氏，有復翁手跋。”（《鐵琴銅劍樓藏書目録》卷十九，頁二八九）新中國成立後，瞿氏後人將此本捐獻給國家，故卷之首末有“北京圖書館藏”朱文方印。

姚集另一宋槧，即宋浙刻本《姚少監詩集》十卷。此本今已無存，然毛晉家藏有此本之明鈔本，卷後毛晉跋徑稱爲“抄宋”、“浙本”，今藏國圖，《四部叢刊》曾據以影印，世稱“四部叢刊本”（詳下）。所以通過叢刊本，可以間接窺見此本的大概面貌：此本卷前有總目，次行具銜名“祕書少監杭州刺史姚合”。正文各卷首題“姚少監詩集卷第某”，次行爲類目及首數；卷一送别上五十首，卷二送别下四十三，卷三寄贈〔上〕四十七，卷四寄贈下四十四，卷五閑適上五十一，卷六閑適時序風月六十二，卷七題詠四十九，卷八遊覽宴集五十，卷九和答酬謝五十七，卷十花木鳥獸器用哀挽雜詠五十七。較之殘蜀本五卷，此本書名、前五卷之卷數、分類完全相同，可證此本與宋蜀本乃同源本。此本字裏行間夾注不少異文，相當大一部分出於蜀刻本，可見此本刊行晚於蜀本。又，汲古閣刻《唐六名家集》所收《姚少監詩集》十卷，所據乃叢刊本（詳下），四庫全書本姚集所據乃汲古閣本（詳下），《四庫全書總目》謂"毛晉所刻，分類編次，唐人從無此例，殆宋人所重編。晉跋稱此爲浙本"（《四庫全書總目》卷一五一，頁一二九七）。此本既爲宋人重編，又與蜀本同源，而蜀本爲南宋中期所槧（已見），若是則宋人重編姚集的時間應在蜀刻本前。考晁氏《讀書志》以前，姚集從無稱"少監集"者，可見重編本出現當在晁《志》之後、蜀刻本之前。至於此本與蜀本編次，自陳氏《解題》"川本卷數同、編次異"之言出，二本編次不同的問題，毛晉、四庫館臣、黄丕烈、瞿鏞等均曾提及，萬曼先生質疑"黄氏對過，認爲編次果異，但各跋皆未説明其果異在何處"（《唐集叙録》，頁二六五）。因萬先生未見殘蜀本，故有此疑。今以叢刊本對勘殘蜀本，亦可間接得知此本與蜀刻本編次不同的大概情形：蜀本卷一《送春》、卷二《晦日送窮三首》與《别春》，此本均在卷六；蜀本卷三《贈王建司馬》以下十首，此本在卷四；蜀本卷四《寄崔道士秋中》、《寄朱諫議惠甘菊藥苗時病中》、《寄杭州崔員外舟行書事》、《寄元緒上人》、《寄白閣默然》、《寄丘亢處士夏日書事》、《寄秘書竇少監秋日書事》和《病中書事寄友人》八首，此本在卷三；蜀本卷四《寄題尉遲少卿郊居》、《題李欵幽居》與《寄縱上人院》三首，此本在卷七；蜀本卷四《寄[衡]〔衛〕拾遺乞酒》，此本在卷八；蜀本卷四《寄張籍司業》，此本在卷九；蜀本卷四《寄李餘聞新蟬》與《聞蟬寄賈島》二首，此本在卷十。不寧唯是，二本卷三、卷四其餘各詩，編次也往往不同。像這種書名、卷數、分類相同，編次卻混亂歧異如此之甚者，在唐人别集中實屬罕見。黄氏謂此本與蜀本編次"果異"，非虚言也。比較而論，《贈王建司馬》等十首，此本編在卷四《贈張籍太祝》後，均屬"贈"類作品，顯與編例相符；而蜀本置於卷三"寄"類諸詩中，應爲錯簡所致。同樣，蜀本卷一"送"類編入《送春》，亦不如此本編在卷六"時序"類合理；《題李欵幽居》、《寄縱上人院》與《寄題尉遲少卿郊居》三首，此本編在卷七"題詠"類中，亦較蜀本編在卷四"寄贈"類中顯得較合理些；《寄李餘聞新蟬》與《聞蟬寄賈島》二首，此本編在卷十"花木鳥獸"類中，也較蜀本置於卷四"寄贈"類中顯得更合理些，等等。所以較之蜀刻本，此本較好保存了宋人重編本的原編面貌。不過此本與蜀本編次雖有不同，然二本卷一、卷二除少數幾首外，其餘絶大部分作品編次完全相同，又二本卷五首數、編次也完全相同。這表明此本與蜀本編次異中有同，且同大於異，二本同出一源，亦可於編次方面得到進一步證明。又此種分類本既爲宋人重編，故較之晁氏《讀書志》以前諸本，自已非復舊觀，且晁氏《讀書志》以前姚集皆以姚合姓名命集，而誤以"少監"職銜命集，其始作俑者亦宋人重編本也。

姚集宋槧還有一本，即清劉雲份所謂"宋雕少監原本"。此本今亦無傳，然劉雲份嘗見此本，其刻《十三唐人詩序》曰："余輯劉氏唐詩畢，野遺屬余肆獵中晚唐人秘本……余因而復輯中唐姚少監詩……再明年，一僧自江南來，笈中有宋雕少監原本，較余刻尤多十數篇。今附于後，共計五百餘首矣。"是《十三唐人詩》所收姚集乃劉氏重輯本，以劉氏一人之力重輯姚詩，其有逸佚乃自然之事。姚集卷後，劉氏據此本所補佚詩爲《洞庭葡萄架》、《春日即事》、《寄鄠縣尉李廓少府》、《春日江次》、《送任畹評事赴沂海》、《送李餘及第歸蜀》及《和裴令公新成緑野堂即事》凡七首。史廣超博士《〈姚合詩集〉版本研究》曾將劉氏據此本所補遺詩，與殘蜀本、叢刊本對勘，發現《洞庭葡萄架》、《送任畹評事赴沂海》及《送李餘及第歸蜀》三首，叢刊本失收，故此本非宋浙本明矣。蜀本卷三《送王玄伯》一首，劉槧姚集及"補遺"均無，故此本非蜀本亦明矣。可見此"宋雕少監原本"既非蜀本、亦非宋浙本，應爲另一宋槧姚集。此本是否爲晁氏《讀書志》及《宋志》著録的十卷本，惜原本已佚，今已無從確考了。

明代刊刻和傳鈔的姚集，其主要版本有以下幾種：

（一）朱刻本。萬曆四十六年戊午（一六一八）朱之蕃輯刻《晚唐十二家詩集》所收《刺史姚合詩集》一卷，北大圖書館藏。徐興公《徐氏家藏書目》卷六著録《姚合詩》一卷，蓋即此本。《增訂四庫簡明目録標注》邵章《續録》著録"明翻宋本、十行十八字"，或即此本。

（二）四部叢刊本。毛晉家藏鈔本《姚少監詩集》十卷，即毛晉所謂"浙本"，今藏國家圖書館。民國時，此本嘗爲商務印書館收得，《四部叢刊》初編曾據以影印，世稱"四部叢刊本"。此本分類編次，總目及正文各卷均標明類目及首數，合計五百十首。然總目各卷所標首數，與正文略有不符：卷五《閑適》、卷八《過梁揆莊》，二首正文闕而未注明；卷十《題葡萄架》下注“闕”字；卷二《送王玄伯》，正文亦闕而總目未注，然該首未計入該卷首數；卷九標目五十七首，實五十八首，故此本實存五百八首，散逸四首。蜀本卷一《閑居》“日日門多閉”、卷三《送王玄伯》，此本失收。此本文字亦多有脱簡，如卷六《莊居即事》“自到王城□□□，□□□床新睡覺”，二句凡脱六字，等等。此本訛誤也較多，如卷二《送王求》結句“莫謾生憂蹙”，“蹙”字失韻，蜀刻本作“戚”，極是。如卷十《哭硯山孫道士》“服儒師首吉旨”句，此詩乃五律，句中衍一“吉”字。再如卷十《哭硯山孫道士》與下一首《哭費拾遺徵君》，細繹詩意，二首題目錯簡，遂使文不對題；明鈔四十七家本、明鈔四十四家本（均詳下）皆不錯簡，等等。關於此本的版本淵源，毛晉於此本卷後另紙跋文三則，其二略曰：

> 天啓丁卯余梓《極玄集》，廼姚武功取王維至戴叔倫二十餘人詩一百首……遂願遘其本集，卒不可得……廣搜博訪十有餘年，真所謂“求之不得，寤寐思服”也。迨崇禎壬午秋，忽從錫籠中獲此本，凡十卷，蓋吾宗圖記印，抄宋刻。

此本總目卷題下方，鈐有“毛仲辛氏”白文方印，應即毛晉所謂“吾宗圖記”。是此本亦即毛晉所謂“抄宋本”。毛《跋》其三略曰：“此浙本也，川本編次稍異。”毛氏判此本出自浙本，《四庫全書總目》及黄丕烈等皆沿用其説，如黄氏獲此本後，於卷後另紙跋曰：“頃從小讀書堆收得毛子晉舊藏姚集，前五卷審是明人鈔本，後五卷似後來鈔補，不知與前五卷是一是二否。子晉但云‘此浙本也，川本編次稍異’。今取殘宋本對之，果異。”（又見《黄丕烈書目題跋》，頁一六一）可見判此本出自浙刻本，已成學界共識。至於黄氏謂此本前五卷爲明人鈔本，後五卷似後來鈔補，“不知與前五卷是一是二”。《涵芬樓燼餘書録》亦謂此本“前五卷鈔筆極舊……後五卷補寫，行款同”。《藏園群書經眼録》卷十二著録此本時則肯定地説：“前半明寫本，後半亦清嘉道以前寫本。”也認爲後五卷乃後世補寫。史廣超博士《〈姚合詩集〉版本研究》曾將此本與另外三個明鈔姚集對勘，發現四個明鈔本均出自宋浙本，相互間並無轉寫的痕跡。而四鈔本書名、分卷、首數等完全相同，編次、文字也相差甚微，從而證明此本後五卷，與前五卷“屬同一系統”，並非由其他姚集版本拌合而成。至於諸家懷疑後五卷爲後人補寫，据筆者考察，此本後五卷與前五卷筆迹不同，文字也較前五卷多誤，故懷疑自有道理。

（三）四十七家本。《明鈔唐四十七家詩》所收《姚少監詩集》十卷，國家圖書館藏。半葉十行十八字，白紙無格。此本與叢刊本書名、分卷、首數，以及卷前目録、目録卷端次行所具銜名等等均同，可見此本亦自宋浙本出。然而此本與叢刊本亦有不同處，如此本正文卷八《過梁揆莊》、卷十《題葡萄架》，二首題存詩佚，而叢刊本則題與詩並佚。又此本卷六有兩處編次與叢刊本稍異：其一《秋中夜坐》一首，此本在《九日憶峴山舊居》後，而叢刊本則在《秋夕遣懷》後；其二此本《八月十五夜看月》、《對月》、《郡中對雪》、《酬任疇協律夏中苦雨見寄》、《和座主相公雨中作》與《月華臨静夜》六首，叢刊本編次則爲《郡中對雪》、《對月》、《八月十五夜看月》、《賦月華臨静夜》、《酬任疇協律夏中苦雨見寄》與《和座主相公雨中作》。史廣超博士《〈姚合詩集〉版本研究》曾將此本與叢刊本、四十四家本、明鈔本對勘，發現此本與叢刊本的第一個編次不同之處，四十四家本、明鈔本皆同叢刊本；第二個編次不同處，四十四家本、明鈔本皆與此本同。由此可知，此本與叢刊本的第一個編次不同處，乃此本錯簡；第二個編次不同處，則爲叢刊本錯簡。此一看法可信。就文字而言，此本也較叢刊本訛誤少。如叢刊本卷六《春晚雨中》"門人强自歡"句，"門人"，此本作"閑人"，甚是。叢刊本同卷《九日憶硯山舊居》，題中"硯山"，此本作"峴山"，甚是，峴山在姚合故鄉吴興，應以峴山爲是。如叢刊本卷八《書縣丞舊廳》"老史多虚語"句，"史"字，此本作"吏"，甚是。叢刊本卷十《佛舍見胡子有嘲》"唯是真知性"句，"真知"，此本作"真如"，極是，等等。再者就宋諱而言，叢刊本僅前五卷避諱，此本則十卷全諱。

此本有鑒藏印記多枚，據此可考知遞藏關係大致如下：此本嘉慶、道光間爲蘇州藏書家汪士鐘收藏，故卷中有"汪士鐘藏"朱文方印。汪家書散出後，此本蓋爲韓德均所得，故卷中鈐"甲子丙寅韓德均錢潤文夫婦兩度攜書避難記"。韓氏書散出後，蓋於民國前後此本爲上海藏書家蔣汝藻所得，故卷中有"密均樓"朱文方印，民國十四年（一九二五）前後因實業經營不佳，蔣氏以善本向浙江興業銀行抵押，書籍漸次流入社會，此本爲湖州藏書家張乃熊適園所得，故卷中有"吴興張氏圖書堂記"。民國三十年張氏以戰亂守書不易，開始出售藏書，其中大部分爲中央圖書館收購，一部分流入社會，此本爲銀行家陳澄中所得，故此本卷中有"祁陽陳澄中藏書記"朱文長條印記。新中國成立前陳氏攜藏書移居香港，五十年代初陳氏出售藏書，此本與陳氏其他藏書一起爲北京圖書館（今國圖）以高價購回，故卷中又有"北京圖書館藏"朱文方印。

（四）四十四家本。《明鈔唐四十四家詩》所收《姚少監詩集》十卷，今藏國家圖書館。半葉十行二十字，鈔於統一刷印的格子紙上，四周文武雙欄，白口對魚尾間鐫"姚詩某"，下爲葉碼。各卷首題"姚少監詩集卷第某"，次行下方具銜名"秘書少監杭州刺史姚合"。卷前唯目録，卷後無附録。此本書名、分卷、首數，皆同四十七家本，文字方面也與四十七家本相差極微，可證此本亦是據宋浙本鈔寫而成的。然二本亦有不同處，四十七家本正文卷八《過梁揆莊》、卷十《題葡萄架》二詩題存詩佚，此本則題與詩俱佚。又此本脱文較多，如叢刊本卷一《送裴大夫赴亳州》"杭人遮道路"句，"人"字，此本脱；叢刊本卷四《寄不疑上人》"隨緣嫌寺著"句，"著"字，此本脱；叢刊本卷五《武功縣中作三十首》其二"緣浪學釣魚"句，"浪"字，此本脱，等等。再者叢刊本卷十《哭硯山孫道士》與下一首《哭費拾遺徵君》，此本二首題目互倒。揆諸詩意，叢刊本二詩題目張冠李戴，應以此本爲是。鑒藏印記有"曾在趙元方家"、"趙氏元方"印及"北京圖書館藏"朱文方印。

（五）明鈔本。明無名氏鈔《姚少監詩集》十卷，二册，今藏國家圖書館。半葉十一行十八字。此本書名、分卷、首數、編次及卷前目録、目録卷端次行所具銜名等等，皆與四十七家本相同，文字也與其相差極微，可見此本亦是據宋浙本鈔寫而成的。此本文字，有可訂證他本之失者，如叢刊本卷六《春晚雨中》"門人强自歡"句，"門"字，此本作"閑"，細繹詩意，應以"閑"字爲優。此本藏印有"少司寇兼御史中丞藍氏私印"、"藍氏皋翁"印及"北京圖書館藏"等印記。

（六）統籤本。胡震亨《唐音統籤》所收《姚合詩》十卷，編卷五百十七至五百二十六，丁籤一百二十一，寫本。詩分體編次，首卷五古四十五首，第二至七卷五律三百八，第八卷五排五十二，第九卷七律六十五、七排一，第十卷五絶十六、七絶四十一，斷句四則，共五百二十八首，斷句四則。此本所據底本，胡氏没有提及。據其子夏客言：崇禎八年（一六三五）《統籤》已編成，十五年（一六四二），胡氏以七十四歲高齡重訂《統籤》（《李杜詩通跋》）。而十五年秋，毛晉方在家中發現姚集，校訂後刊之，所以統籤本不可能以叢刊本或汲古閣本爲底本。而姚集宋槧，胡氏未言見之，故亦不可能以宋本姚集爲底本。筆者推測《統籤》所據底本，蓋爲朱刻本。此本注明“補”字者，爲胡氏輯補的佚詩：據《文粹》補五古《新昌里》；據《英華》補五古《從軍詩》，五律《山村》與《送李琮歸靈州覲省》，五排《奉和門下相公雨中寄裴給事》與《寄絳州李使君》，七律《奉和前司封蘇郎中喜嚴常侍蕭給事見訪驚斑鬢之什》與《送饒州張使君》；據《萬首絶句》補五絶《酬張郎中》與《送盧拱遊魏》；據趙玄度本補五律《友人南遊不回因而有寄》等共十一首，另據《事文類聚》諸書補斷句四則。未注明“補”字者尚有首卷五古《答韓湘》、《送任畹評事赴沂海》與《送李餘及第歸蜀》，第二卷五律《塞下曲》與《苦雨》等五首，共補十五首，斷句四則。這是宋元以來首次對姚集大量輯補逸佚。不過所補佚詩，有與本集重出者：如第二卷所補《山村》與第五卷《山居寄友生》重（唯首二句異）；所補五絶《酬張郎中》與第四卷五律《酬萬年張郎中見寄》後四句重（字句稍異）；所補五絶《送盧拱遊魏》與第八卷五排《寄送盧拱秘書遊魏州》後四句重（字句稍異），皆當删之，故此本實收五百二十五首。另，此本增加了不少題下及詩後注，或指出姚詩與他人重出作品，如第二卷《原上新居》、第九卷《題薛十一池亭》，二首題下均注“一作王建”，此類題注爲甄辨姚詩重出提供了寶貴綫索；或匯集詩評，如第五卷《贈劉叉》、《萬年縣中雨夜會宿寄皇甫甸》，二首詩後均輯有方回詩評，等等，此類詩評對理解姚詩極有裨益。

（七）汲古閣本。崇禎十五年壬午（一六四二）毛晉汲古閣刻《唐六名家集》所收《姚少監詩集》十卷。半葉九行十九字，各卷首末兩葉版心鐫“汲古閣”字樣。卷前唯總目，卷後有毛晉跋文四則。毛《跋》其二略曰：“崇禎壬午秋，忽從錫籠中獲此本，凡十卷，蓋吾宗圖記印，抄宋刻。豈武功有靈，錫我百朋耶！擊節欣賞三日夜，急授諸梓。”是知此本所據，即四部叢刊本，屬於宋浙本一系的本子。此本文字，毛氏作過校勘，改正了叢刊本一些明顯訛誤。如叢刊本卷五《閑居遣懷一十首》其一“萍任蓮池緑”句，“蓮”字誤，此本改作“連”，良是。叢刊本卷十《和李補闕曲江看蓮花》“容至應消病”句，“容”字誤，此本改作“客”，甚是。叢刊本同卷《哭硯山孫道士》與下一首《哭費拾遺徵君》，二首題目彼此錯簡，此本將其互换，極是。然此本亦有改誤者，如叢刊本卷五《閑居遣興》“客怪身名晚”句，“身”字，叢刊本並不脱，蜀本同；此本卻以“□”表示“身”字處脱一字，而於“□”下出校曰“一作身”，大誤。再如叢刊本卷六《九日憶硯山舊居》“曉角驚眠起”句，“角”字，此本改作"覺",非是,等等。不過總的來看,經過毛晉校勘,此本明顯優於叢刊本,且在姚集難得的情況下,毛晉刊行此本功不可没。卷後毛《跋》其四曰:"予梓《姚少監集》十卷既成,又閲《唐文粹》,得《新昌里》一篇,又閲《樂府詩集》,得《出塞》一篇,深慨逸詩不知凡幾,因附載副葉。"遂録《新昌里》與《出塞》二首全文於卷後。此二首雖已見《統籤》本,然這表明毛晉對姚集佚詩的輯補亦曾致力。此本《增訂四庫簡明目録標注》有著録。今國圖藏有此本多種,一種有清何焯批校,一種有清勞權校跋並録清黄丕烈跋,存一至八卷,另一種有傅增湘校並跋。

清代刊刻和傳鈔的姚集,其主要版本有以下幾種:

(一)劉刻本。康熙間劉雲份編野香堂刻《十三唐人詩》所收《姚合詩》一卷,國家、上海、上海師大等圖書館有藏。十三唐人中,姚合爲首家。此本半葉九行十九字,版心上頂邊欄鐫"中唐詩",其下右旁小字鐫"姚合"字樣,左旁鐫葉碼,葉排長號,凡百二十六葉。此本卷前首劉氏姚合詩《序》,次《姚合詩目》,《序》及正文首葉版心下方鐫"野香堂"三字。劉氏於《十三唐人詩》前總序中,述此本輯刊經過曰:

> 余輯劉氏唐詩畢,野遺屬余肆獵中晚唐人秘本……余因而復輯中唐之姚少監詩。越一年,得詩四百餘首……隨授梓人刊行。再明年,一僧自江南來,笈中有宋雕少監原本,較余刻尤多十數篇,今附于後,共計五百餘首矣。少監詩至此大備,外無有也。

可見此本爲劉氏重輯本。劉氏於此本《序》中,復叙其刊刻此本經過曰:

> 姚秘書合,諸選家皆謂舊無傳本,余信以爲然。數年來,手録所見者僅三百餘篇,恐復散佚,遂梓行於世。及徵四國遺書,一日而到者十許輩,中間秘監在焉。較其寡多,則倍於往昔,喜可知矣。因命工人再興剞劂。

據此亦可見,此本的確爲劉氏重輯本,故編次與其他諸本均不同。如叢刊本等《武功縣中作三十首》編在卷五,此本卻置於卷首,題作"縣居詩"。叢刊本《遊春十二首》編在卷六,此本卻次於《縣居詩》三十首之後,題作"遊春詩",等等。其他作品的編次,亦與叢刊本等迥然不同。不過此本因是重輯,故文字頗有佳處,如叢刊本卷一《送劉禹錫郎中赴蘇州》"初經咸谷眠山驛"句,"咸谷",蜀刻本同;而此本作"函谷",自長安赴蘇州,須東出函谷關,故以“函谷”爲是。叢刊本卷八《過雲花寶上人院》“早知如到此，應不帶朝簪”二句，“如”、“帶”二字，統籤本、汲古閣本皆同，此本分别作“能”與“戴”，細繹詩意，此本是；季振宜《全唐詩稿本》即據此本改作“能”與“戴”，等等。此本卷後還有補遺七首：《洞庭葡萄架（吃語詩）》、《春日即事》、《寄鄠縣尉李廓少府》、《春日江次》、《送任畹評事赴沂海》、《送李餘及第歸蜀》、《和裴令公新成緑野堂即事》等，爲姚集補遺作出了貢獻。

劉雲份還刻有《中晚唐詩》所收《姚合詩》一卷，國家、江西大學等圖書館皆有藏本；國圖藏本原爲鄭振鐸舊物，卷中有“長樂鄭氏藏書之印”朱文長方印。此本乃是用野香堂刊《十三唐人詩》的版片重印的，唯扯去了《姚合集》前劉氏序文，並另編《姚合詩目》置於集前，餘則相同。

（二）清初鈔本。清初鈔《百家唐詩》所收《姚少監詩集》不分卷，今藏國圖。半葉九行二十二字，楷書結體，筆法精熟，雋美清秀，鈔於統一刷印的格子紙上，四周雙邊，白口單魚尾。此本卷前無序文目録等，卷後無題跋附録。此本雖止一卷，然作品分類編次，類目及各類詩的首數與叢刊本、四十七家本、四十四家本等相同，唯卷五、卷六類目稍有分合：送别詩九十三首、寄贈九十一、閑適六十七、時序三十七、風月九、題詠四十九、游覽宴集官府五十、和答酬謝五十七、花木鳥獸器用哀挽雜詠五十七，共五百十首，總數比叢刊本多二首，而編次則與四十四家本同，而與叢刊本、四十七家詩本稍異，可見此本雖亦出自宋浙本，然直接所據底本，或爲朱刻本之一卷本。此本偶有脱文，如叢刊本卷一《送裴大夫赴亳州》“譙國迎舟艦”句，“譙”字，蜀刻本、明鈔四十四家本同，此本脱，等等。

（三）席刻本。席啓寓輯康熙四十一年壬午（一七〇二）席氏琴川書屋刻《唐詩百名家全集》所收《姚少監詩集》十卷。半葉十行十八字，左右雙欄，白口單黑魚尾下鐫“姚少監某”。卷前唯總目。各卷首題“姚少監詩集卷第某”。此本所據底本，席氏未言。今考此本書名、分卷、編次皆與四部叢刊本相同，唯卷五溢出《閑居》一首，故此本共五百九首。此本文字，則較他本更近於明鈔乙本，如叢刊本卷一《送宋慎言》，題中“宋”字，蜀本同，明鈔本作“宗”，此本也作“宗”。叢刊本卷九《喜賈島至》“省語似相疏”句，“相”字，明鈔乙本作“還”，此本亦作“還”。“宗”字、“還”字，這些都是明鈔乙本獨有的文字，而此本均與之同，可見此本是據明鈔本翻刻者，故亦屬於宋浙本一系的本子。不過此本訛誤較多，如叢刊本卷二《别胡逸》，題中“胡逸”,蜀本同,而此本作“吴逸”,當誤。又如叢刊本卷五《武功縣中作三十首》其十二“才短事人非”句,“事”字,蜀本同,而此本作“字”,非是。再如其二十八“燒竹竈煙輕”句,“竹”字,蜀本同,而此本作“燭”,大誤,等等。可見此本雖刻印俱佳,然文字卻疏於校勘,距善本尚相差一間。《增訂四庫簡明目録標注》著録有此本。

(四)全唐詩本。康熙敕編《全唐詩》所收《姚合詩》七卷。本書前已述及,《全唐詩》是在胡震亨《唐音統籤》和季振宜《全唐詩稿本》二書基礎上修訂而成的。而季氏《稿本》之《姚合詩》十卷,則是將上述汲古閣本十卷原刻入編,再分别於卷一末輯補佚詩四首,卷二末補佚詩一首,卷三末補佚詩五首,卷四末補佚詩一首,卷六末補佚詩一首,卷七末補佚詩一首,卷九末補佚詩六首,卷十末補佚詩五首,凡補二十四首,故《稿本》共五百三十二首,搜討可謂勤矣。然所補有重出者。文字方面,季氏用《英華》、《文粹》及善本作了校勘,改正了汲古閣本一些訛誤。如叢刊本卷三《寄楊工部聞毗陵舍弟自罨溪入茶山》首句“採茶溪路好”,“採”字,蜀本同,汲古閣本誤作“探”,季改回作“採”字,甚是。叢刊本卷四《所居秋夕寄李廓》“屢屢同空眠”句,“同空眠”不辭,蜀本、汲古閣本皆同,季氏改爲“同室”,良是。叢刊本卷六《同衛尉崔少卿九月六日飲》“花漂盞亦香”句,“漂”字誤,汲古閣本誤同,季氏改作“飄”字,甚是。叢刊本卷八《過雲花寶上人院》,題中“雲”字,汲古閣本同,季氏改作“曇”字;“早知如到此,應不帶朝簪”二句,“如”、“帶”二字,汲古閣本同,季氏分别改作“能”與“戴”,皆是。叢刊本卷八《秋夜月中登天壇》“秋蟬流異彩”句,“蟬”字,汲古閣本同,季氏改作“蟾”字,極是。叢刊本卷八《省直書事》“禁樹非煙覆”句,“非”字誤,汲古閣本誤同,季氏改作“霏”字,甚是。叢刊本卷十《臘日獵》“莫驚刺史夜深師”句,“師”字誤,汲古閣本誤同,季氏改作“歸”,甚是,等等。季氏還删去了汲古閣本字裏行間過繁的校文,增加了一些新異文。康熙敕編《全唐詩》所收《姚合詩》七卷,便是將季氏《稿本》之《姚少監詩集》十卷及增補的遺詩悉數收入,然季氏於卷二末所補五絶《送盧拱秘書遊魏》,與卷四之五排《寄送盧拱秘書遊魏州》末四句重;卷六末所補五律《秋日山中》,與卷六之五律《秋夕遣懷》重(首聯稍異);卷九末所補七絶《和劉郎中題華州廳》,與卷九之七絶《和王郎中題華州李中丞廳》重,所以《全唐詩》編臣將三首删去,甚是。又卷三末所補七絶《辭白賓客歸後寄》,與卷十末七絶《太尉李德裕自城外拜辭後歸弊居瞻望音徽即書一絶寄上》重，編臣删後者，留前者，而於前者題下出校記説明。另編臣亦輯補佚詩《苦雨》、《杏園》、《閑居》三首，故康熙敕編《全唐詩》共五百三十一首，斷句三則，成爲姚集諸古本中收詩最多的本子。就編次而言，編臣將前六卷每兩卷合併爲一卷，後四卷保留，故總共七卷。文字方面，編臣作了進一步校勘，改正了《稿本》未及改正的訛誤。如叢刊本卷四《贈盧沙彌小師》"彼比見會異"句，"比"字誤，汲古閣本誤同，季氏僅於"比"字旁出校一"此"字，編臣則據統籤本徑直將其改作"此"字，良是，蜀本正作"此"。又如叢刊本卷八《宴光禄田卿宅》首句"行裏開華館"，"行裏"乃"竹裏"之誤，汲古閣本、《稿本》誤均同，編臣據統籤本改作"竹裏"，甚是。再如叢刊本卷十《臘日獵》首句"健天結束執旌旗"，"健天"乃"健夫"之誤，汲古閣本誤同；編臣據統籤本改作"健夫"，良是，等等。但是編臣亦有失誤處，如叢刊本卷五《武功縣中作三十首》其二"緣浪學釣魚"句，"浪"字，汲古閣本改作"滄"，《稿本》從之，《全唐詩》亦從之，均誤，統籤本作"溪"，亦非是，蜀本作"貧"，味之詩意，蜀本是，當從之。叢刊本《武功縣中作三十首》其二十二"唯□幽谷鳥"句，"唯□"，汲古閣本改"唯"作"誰"，復於"□"中補"憐"字，《稿本》、編臣皆從之，均誤，統籤本改作"唯看"，亦非是，蜀本作"唯説"，味之詩意，蜀本是，當從之。再如叢刊本卷十《聞新蟬寄李餘》首句"□年六月蟬應到"，首字脱，汲古閣本同；季氏補"往"字，編臣從之，統籤本補"常"字，均非是；蜀刻本作"去"字，應據補，等等。不過今存姚集諸古本中，無論收詩數量還是文字質量，《全唐詩》均略勝一籌。

（五）四庫本。四庫全書本《姚少監詩集》十卷。此本卷前唯館臣《提要》，無總目，卷後附録毛晉題跋四則。《四庫全書總目》曰：

> 《姚少監詩集》十卷，江蘇巡撫採進本……此本爲毛晉所刻，分類編次，唐人從無此例，殆宋人所重編。晉跋稱此爲浙本，尚有川本，編次小異。又稱得宋治平四年王頤石刻武功縣詩三十首，其次序字句皆有不同。然則非唐時舊本審矣。（《四庫全書總目》卷一五一，頁一二九七）

可見此本是據汲古閣本録入的，故二本書名、分卷、首數、編次完全相同。此本文字，館臣也作了校勘，改正了汲古閣本一些訛誤。如叢刊本卷四《贈盧沙彌小師》"彼比見會異"句，"比"字誤，汲古閣本誤同，蜀本作"此"，甚是，館臣蓋據全唐詩本改作“此”，甚是。叢刊本卷六《九日憶硯山舊居》“曉角驚眠起”句，“角”字，汲古閣本改作“覺”，大誤，館臣據校本改回作“角”，甚是。叢刊本卷九《謝李太尉牧杭州德裕》一題，汲古閣本題同，此題語序有誤，造成題意含混；館臣據校本改爲《牧杭州謝李太尉德裕》，甚是，等等。然此本亦有誤處，如叢刊本卷二《送王求》“難入堅如石”句，“如”字，汲古閣本、蜀本同，然館臣改作“於”字，非是。叢刊本卷三《寄楊工部聞毗陵舍弟自罨溪入茶山》首句“採茶溪路好”，“採”字，蜀刻本同，汲古閣本誤作“探”，此本亦誤作“探”。叢刊本卷五《閑居遣興》“客怪身名晚”句，“身”字，蜀刻同，然汲古閣本以“□”表示“身”字處脱一字，於“□”下出校曰“一作身”，大誤，館臣則於“□”處補一“聲”字，下出校記“一作身”，誤上加誤。叢刊本卷六《莊居即事》末句“卤風半夜鶴來聲”，“卤”字，汲古閣本同，此古文“西”字，此本改作“窻”，大誤，等等，然此種訛誤並不多。

（六）黄校本。黄丕烈以殘蜀本校席刻本《姚少監詩集》六卷。此本今藏國圖，存卷一至卷六。卷前有黄氏題識，其略曰：“宋本唐人文集有‘翰林國史院官書’朱印者，予所見者《劉賓客》、《劉隨州》，係從陸西屏家得來。西屏除二本外，尚有幾册，未能記其名目。西屏故後，書籍散亡，屬伊族姪樹屏，蒐訪已杳不可得。今春過訪周香嚴，見案頭有《姚少監集》，實陸家故物也，遂假歸校勘。惜殘缺與二劉同，世間好物不堅牢有如是耶！書此以誌慨。丙辰十月望前二日，棘人黄丕烈。”（又見《黄丕烈書目題跋》，頁一六〇，文字稍異）丙辰爲嘉慶初元（一七九六），黄氏首見蜀本，借歸校於席刻本上。黄家書散出後，此本爲聊城海源閣收得，《楹書隅録續編》卷四著録爲“校宋本《姚少監文集》六卷，一册”，並迻録黄氏題識，及陸西屏所録《水東日記》與《梅花草堂筆談》二則。海源閣書散出後，此本輾轉入藏國圖。實際上，黄氏於殘蜀本遠不止借作校本而已，蓋因校不勝校，所以嘉慶九年甲子（一八〇四），黄氏又從周家借得殘蜀本影鈔（詳下），以留宋本之真，此爲黄氏二見蜀本。迨十七年壬申（一八一二），黄氏五十歲生日時，周氏以蜀本相贈（已見）。高興之餘，黄氏於蜀本卷後撰跋文四則以誌之，此黄氏三見蜀本矣。十六年間黄氏於殘蜀本首次借校，繼借以影鈔，終因癡情而獲贈，黄氏自號“佞宋主人”，非虚名也！

（七）黄鈔本。黄丕烈影鈔《姚少監詩集》五卷，《蕘圃藏書題識》卷七著録爲“舊鈔本”，不確。此本卷後黄氏跋曰：“此《姚少監詩集》五卷，殘宋本，亦出郡城陸西屏家，向爲翰林國史院官書。余所得殘宋本二劉文集，板刻正與此同，西屏家物也。此後出，周香嚴歸之，因借而命門僕影鈔，俾與二劉並藏焉。"（又見《黄丕烈書目題跋》，頁一六〇）這裏黄氏明言爲"影鈔"殘宋本五卷。所謂"五卷殘宋本"，即殘蜀刻本。黄家書散出後，此本爲陸心源所得，《皕宋樓藏書志》卷七十亦著録爲"舊鈔本"，非是。此本今藏日本静嘉堂文庫，嚴紹璗《日藏漢籍善本書録》著録爲"黄丕烈影寫宋刊本，共一册"，甚是。

（八）岳雪樓鈔本。同治間孔氏岳雪樓鈔《姚少監詩集》十卷，臺灣"中央圖書館"藏（未見）。

姚合雖與賈島並稱"姚賈"，然姚合詩歌研究一向比較冷落。二〇一二年十一月上海古籍出版社出版吴河清《姚合詩集校注》，此本以一明鈔本爲底本，以殘蜀刻本、其他三個明鈔本與汲古閣本等爲校本，並以《又玄集》、《才調集》及《唐文粹》、《文苑英華》等唐宋諸總集和類書參校，以爲定本，校記、箋注置於詩後，集外佚詩以《外編》形式附正文後，亦加箋注。書前冠以《前言》，書後另有三個附録，以便讀者。姚集向無注本，此本創注之功不可没。

【參考文獻】史廣超《〈姚合詩集〉版本研究》，河南大學二〇〇三届碩士論文

李長吉文集

李賀（七九〇～八一六），字長吉，福昌（今河南宜陽）昌谷人，郡望隴西（今屬甘肅）。唐宗室鄭孝王亮後裔，然至其父晉肅家道已衰，官僅陝縣令，早卒。賀富詩才，青年時嘗以詩謁韓愈，大得賞識，由此名聲振起，但因諱父名而未得進士第，遂困居下僚，只作過奉禮郎一類小官，憤鬱而逝，年僅二十七歲，世皆惜之。

李賀身後，其作品的編輯情形，好友沈子明述之甚悉，杜牧《李長吉歌詩叙》記沈氏之言曰：

> 我亡友李賀，元和中，義愛甚厚，日夕相與起居飲食。賀且死，嘗授我平生所著歌詩，離爲四編，凡二百三十三首。數年來東西南北，良爲已失去；今夕醉解，不復得寐，即閲理篋帙，忽得賀詩前所授我者。

> 思理往事，凡與賀話言嬉遊，一處所，一物候，一日一夕，一觴一飯，顯顯然無有忘棄者，不覺出涕。賀復無家室子弟得以給養恤問，嘗恨想其人詠味其言止矣！子厚于我，與我爲《賀集序》，盡道其所來由，亦少解我意。（王琦《李長吉歌詩彙解卷首》，《李賀詩歌集注》，上海人民出版社一九七七年十二月第一版，頁三。版本下同）

據此可知，賀集乃賀自己編定，名《李賀集》，沈氏言之甚明。沈氏只是請牧作《序》而已；或謂賀集乃沈氏所編，實爲誤解。宋黄伯思"不欲指斥其名，而依其所居之地以名之，改題曰'昌谷(集)'"（王琦《李長吉歌詩彙解序》，《李賀詩歌集注》，頁一）；或以賀字命名曰《李長吉集》；明馬炳然又據賀投詩錦囊的故事改名《錦囊集》；清陳本禮則依兩《唐書》謂賀官協律郎（實奉禮郎），名賀集《協律鉤玄》，等等，均非原名。又，賀集原編四卷，詩二百三十三首，無《集外詩》。晚唐五代世上流行的，主要應是這種本子，僧齊己《讀李賀歌集》，所見應該也是這種本子。

然而賀一生所作，並非僅只二百三十三首，杜牧《序》表明，賀對自己的作品有所揀汰。於是出現了輯補逸佚的《集外詩》卷。《幽閑鼓吹》云："李藩侍郎嘗綴李賀歌詩，爲之集序未成，知賀有表兄與賀爲筆硯之舊，召之見，託以搜訪所遺。其人敬謝，且請曰：'某盡得其所爲，亦見其多點竄者。請得所葺者視之，當爲改正。'李公喜，並付之，彌年絶跡。李公怒，復召詰之，其人曰：'某與賀中外自小同處，恨其傲忽，嘗思報之。所得兼舊有者，一時投于溷中矣！'李公大怒，叱出之，嗟恨良久。故賀篇什流傳者少。"（《李長吉歌詩彙解卷首》，《李賀詩歌集注》，頁一四）李藩與賀既爲同時代人，可見當時即已開始賀詩的輯佚工作，藩所採綴者，正是四卷以外的作品，可惜這些作品，後世並未完全保存下來。

入宋，《崇文總目》未録賀集。最早著録賀集者乃《新唐書·藝文志四》："《李賀集》五卷。"這種五卷本，晁公武《讀書志》卷十八著録爲"《李賀集》四卷《外集》一卷"。《文獻通考》著録與晁氏《讀書志》同。可見至遲於《新唐書》問世的仁宗嘉祐間，賀集已出現附有《外集》的五卷本。這種《外集》，宋人亦稱爲《别集》，黄伯思《跋昌谷别集後》曰："右李賀逸詩凡五十二首。……今世有杜牧所叙賀歌詩，篇才四卷耳。此集所載，豈非李藩所藏之一二乎？政和元年三月，黄伯思長睿父從趙來叔借傳于右軍官舍。"（《李長吉歌詩彙解外集》注一，《李賀詩歌集注》，頁三三〇至三三一）

賀集五卷本，還有北宋時鮑欽止校定本。欽止名由，處州龍泉人，《宋史》卷四四三《文苑五》有傳，謂其舉進士，嘗從王安石、蘇軾學，爲文汪洋閎肆，詩尤高妙，官至明州、海州知州等。鮑氏《集外詩》跋曰：

> 右李長吉《集外詩》二十三篇，《南園》一篇，第一卷所脱；《感諷》六篇，第二卷所脱；餘十六篇當附於第四卷後。賀鑄氏得于梁鐸氏。大觀戊子冬居吴門，並取諸本手爲校定。鮑欽止書。（汲古閣刻《唐人四集》之《歌詩編》）

此"戊子"乃徽宗大觀二年（一一〇八）。鮑氏謂此《集外詩》乃"賀鑄氏得于梁鐸氏"，而鮑氏則應得於賀鑄。晁氏《讀書志》著録《李賀集》四卷、《外集》一卷，亦謂"外集予得之梁子美家。姚鉉頗選載《文粹》中"（《郡齋讀書志校證》卷十八，頁九〇五）。據此，晁氏著録的賀集原爲四卷本，《外集》一卷乃晁氏加上去的。鮑氏與晁氏同時而稍早，二人所説的"梁鐸"與"梁子美"，蓋爲一人。據鮑氏跋，知《外集》詩共二十三首，其中《南園》一篇，《感諷》六篇，分别爲第一卷、第二卷所脱，當有所據；至於其餘十六篇，應爲李賀逸詩，故鮑氏云"當附於第四卷後"。而賀集逸詩，黄伯思《跋昌谷别集後》謂從趙來叔借傳於右軍官舍之《昌谷别集》，卷後有"李賀逸詩凡五十二首"（《李長吉歌詩彙解外集》注一，《李賀詩歌集注》，頁三三〇），後因《昌谷别集》失傳，故賀集便只有鮑氏本所傳的《集外詩》了。鮑氏頗嗜杜甫詩，嘗爲作注，爲杜詩較早的注家之一，職是之故，鮑氏校定的賀集，頗受世人重視，被稱作"鮑本"或"上黨鮑氏本"。南宋吴正子曰"京師本無後卷，有後卷者，鮑本也"。清孫星衍《廉石居藏書記》亦曰："右《李賀歌詩》四卷，《外集詩》一卷。前有杜牧序。宋大觀時鮑欽〔止〕校定。"又説："此編爲宋本舊式，可貴也。"（《廉石居藏書記》，頁二一五至二一六）

南宋時，賀集尚有陳振孫《書録解題》著録的《李長吉集》一卷，然並不通行。

賀集宋槧爲數頗多，據筆者所知，至少有以下六種：

（一）宣城本。真宗朝宣州刻《李賀歌詩編》四卷。此本今已無傳，但南宋孝宗、光宗間有修訂本《李賀歌詩編》四卷、《集外詩》一卷，今臺灣"中央圖書館"有藏，卷中有明文枏跋、近人袁克文題記（《中國古籍總目・集部》），這表明真宗朝宣城的確刻有此本。然而從宋元至明代，公私書目均失載。降及清初，季振宜《季滄葦書目・延令宋版書目》、徐乾學《傳是樓宋本書目》始著録南宋修訂本，但僅判爲宋本。迨袁克文收得修訂本，方於跋中首先判定爲宣城修訂本，且判其原槧在北宋欽宗以前、修訂重印於南宋乾道間。袁氏跋略曰：

《李賀歌詩編》四卷附《集外詩》一卷……缺諱至"桓"字，當在北宋末（刊刻），南渡後修補重印。紙爲乾道官文書紙，有宣州印，當即元至正丁丑復古堂重刊所引之宣城本……傳世宋刊，獨此無兩，矧如斯精好，真希世之瓌寶也。丁巳六月初十日記於金陵蒼茫齋。寒雲。

丁巳六月攜書北遊，就荃徵師審定，亦詫爲秘寶。予謂行格字體較他北宋刊本尤古拙，而四卷蟬聯，不隔流水，定是由卷子入梓。《集外詩》板爲後來補刊，卷一首葉刊刻尤後。初審本集卷中"桓"字缺筆，疑爲北宋末刊本。兹再細審，"桓"字字體刀法，與他字迥殊，確爲後來剔補。是原刊當在欽宗之前，況印在南渡初，已如是漫漶，其版本之古可知……此本隱晦已二百餘年，今忽幸遘，寧非古緣之厚耶！寒雲。（《李賀歌詩編》，董氏誦芬室影印宣城本）

寒雲乃袁世凱次子，名克文，寒雲其字也。丁巳爲民國六年（一九一七）。袁氏二跋，誤點有二，賀集宋刊傳世者，尚有蜀刻本（詳下），袁氏謂"傳世宋刊，獨此無兩"，非是；袁氏謂復古堂重刊宣城本於元惠宗至正"丁丑"，然至正無"丁丑"，當在惠宗至元三年丁丑（一三三七）。不過袁氏據此本諱字及印紙用乾道宣州官文書紙，遂判此本爲宣城本，初刊於北宋"欽宗之前"，修訂重印"在南宋初"。此乃發千年之覆，在賀集版本研究史上首次揭櫫賀集有宣城本及其修訂本。後來，在《寒雲手寫所藏宋本提要廿九種》一書中，袁氏詳細辨析了修訂本的行格、版式；原槧刻工、修訂版刻工姓名；諱字、紙色、印紙背面廣德宣州兩官印；原槧版刻風格與修訂版之版刻風格、字體的差異；賀集的版本源流、遞藏印記，等等，經過仔細分析後，袁氏判定：

自仁宗以下諱，俱不缺避，惟一"桓"字，係後來剔去另補一字，字較他字爲巨，與《集外》刻工同，則此"桓"字與《集外詩》當屬南宋初高宗時同時修補者，原刊定在仁朝，其不諱，故"貞"字不缺避。

顯然較之前二跋，已將原槧時間上推至仁宗朝。袁氏還曰：

此北宋本，以紙背宣州官印證之，當是元刊所引之“宣城本”。………字體若唐人寫經，刻工尤拙健，所見宋刊無此之古雋者。………金刊棚本，皆與此合，惟金刊視棚本尚多異同，不若棚本之善。棚本則多與此本合，而猶有不逮此本者，此本兼金刊、棚本之善而過之。（以上《寒雲手寫所藏宋本提要廿九種》，載《宋版書考録》，頁一二四、一二六）

袁氏判宣城本原刻在仁宗朝、修訂重印在南宋高宗朝，頗有道理，只是還不够精確。後來傅增湘於寒雲處見到修訂本，其《藏園群書經眼録》卷十二著録有修訂本，然看法與袁氏大同小異。袁氏書散出後，修訂本爲上海藏書家蔣汝藻收得，民國八年（一九一九）王國維受蔣氏之聘，爲撰《傳書堂藏善本書志》，在仔細勘驗修訂本及卷中寒雲等諸家跋文後，王國維云：

本集四卷猶是北宋原槧，闕筆僅及弘玄殷敬恒諸字，而仁宗以下諱皆不避。惟桓字作“桓”，則剜改之迹顯然。余據以校趙衍刊本，則與趙本不同之處，亦十九出於剜改，知趙氏所刊司馬温公藏本，即此本之初印，而此本則由南渡後增補校改者也。原刻古茂勁拔，與大中祥符本《南華真經》、天聖本《齊民要術》同而稍樸拙，南宋初補刊已稍遜，而第三葉補刊尤後，然印紙用乾道八九年公文紙，則猶是孝、光間印本也，紙背公文有“大理院抵當庫”及“宣州廣德軍建平縣”等字，又有數官印，其“宣州廣德軍”等字尚可辨，故近人頗疑爲即復古堂本跋中所稱之宣州本。要之，爲北宋舊槧，南宋修補，則無可疑也。

王國維所謂“近人頗疑爲宣州本”，此“近人”即指袁寒雲。顯然，經王國維鑒定，此賀集初刊於北宋真宗時，南宋孝宗、光宗間重加修訂，以公文紙刷印遂成定論。原槧既不諱“貞”字，故袁氏將原刻定在仁宗朝，就不及王國維定在真宗朝更爲準確，且王氏以所藏大中祥符間刊行的《南華真經》等參證，就更具説服力了。又，修訂本印紙既爲乾道八九年間公文紙，故王國維將其定在孝宗、光宗間重印，亦較袁氏的看法更爲切當可信。王國維還具體分析修訂本的補版情形云：

序與每卷皆蟬聯而下，共四卷六十四葉，乃北宋舊槧。南渡後闕前三葉，乃補刻之，則離序與本書爲二，故今本書第一葉，每行字數加密，不與全書同。又板心記葉數，署一之三，緣别出序文，故少二葉。

> 又本書元自第二葉後半起，今從第三葉起，故第三葉字數不能不增多也。目録及《集外詩》，亦南渡後所增。蒙古丙辰，趙衍刊司馬温公藏本無《集外詩》，晁氏《讀書志》亦謂，《外集》予傳之梁子美家。是北宋時，《外集》原與本集别行。此本《集外詩》以字體觀之，亦南渡後補刊也。（以上《傳書堂藏善本書志·集部》）

修訂本之"本集四卷猶是北宋原槧"，故版本價值極大。原槧無《集外詩》，蒙古丙辰，趙衍刻賀集所據司馬光藏本，即宣城本的初印本；修訂本《集外詩》乃南宋補刊，爲輯補的李賀佚詩。修訂本雖印行於南宋初，然在賀集諸古本中也是較早的本子，故版本價值亦不容小覷。

至於宣城本的版本淵源，學界一般從宋人之説，以爲從賀鑄本來。這一説法，今天看來恰恰是將事實給弄顛倒了。南宋人吴正子曰：

> 京師本無後卷，有後卷者，鮑本也。常聞薛常州士龍言，長吉詩蜀本、會稽姚氏本，皆二百一十九篇。宣城本二百四十二篇。蜀本不知所從來。姚氏本出秘閣，而宣城本則自賀鑄方回也。宣城多羨詩十九。蜀與姚少亡詩四。而姚本善之尤。以余校之，薛之言諒矣。今余用京、鮑二本訓注，而二本四卷終，皆二百一十九篇，與姚、蜀本同。薛謂宣城本二百四十有二首，蓋多餘本二十有三耳。今鮑本後卷二十有三篇，適與宣本所多之數合，是鮑本即宣本也。（《李長吉歌詩彙解外集》注一，《李賀詩歌集注》，頁三三〇）

吴氏判此本出自賀方回本，不知此本初刊時，賀方回尚未出生。吴氏或據南宋修訂本立論，亦不知此本原槧在真宗時。不過吴氏謂京師本、姚氏本、蜀刻本、鮑氏本，無論出自秘閣或是坊肆間，正集四卷皆二百十九首。這表明賀集宋刻雖有數種，然卻皆源於同一個二百十九首的本子，而杜牧原編四卷二百三十三首的本子已不可見了。吴氏又言，京師本無《集外詩》，而京師本即英宗治平本（詳下），亦在宣城原槧後，是京師本或自宣城本出。由宣城本依然保持的卷子本格式看，其淵源蓋爲唐寫本。

修訂本卷中有歷代題跋數則及鑒藏印記多枚，今綜合二者，梳理其遞藏關係如下：卷中鈐有"江左"、"玉蘭堂"、"梅溪精舍"、"辛夷館印"、"翠竹齋"諸印，皆明代著名畫家文徵明印鑒，因知明嘉靖前後，修訂本爲文徵明庋藏。徵明身後，修訂本傳與其玄孫文枏，故卷中有文枏跋一則。枏字曲轅，號慨菴，清順治諸生，工詩善畫，畫山水一稟祖法，有《慨菴集》。枏書散出後，此本爲季振宜收得，故卷中有“季振宜藏書”、“季振宜字詵兮號滄葦”、“揚州季氏”、“滄葦”、“振宜之印”、“御史季振宜章”諸印。季氏書散出後，此本爲徐乾學所有，故卷中有“乾學”朱、“徐健庵”白二印。季、徐二家書目均有著録。徐家書散出後，此本輾轉至民國初，爲袁克文所得，故卷中有袁氏跋文二則，並入録《寒雲手寫所藏宋本提要廿九種》中。袁氏書散出後，此本爲上海藏書家蔣汝藻收得，王國維爲蔣撰《傳書堂藏善本書志》著録有此本；民國十二年（一九二三）前後，蔣氏請董康爲其影刊《密韻樓叢書》七種，其中即有此修訂本，而董氏誦芬室影印有賀集宣城本，所據亦此修訂本。蔣氏書散出後，此本歸國立中央大學圖書館，該館《善本書目》著録曰：“宋宣城本，今存北宋刊公牘紙印本《李賀歌詩編》四卷、《集外詩》一卷（兩册）。”新中國成立前，修訂本被攜往臺灣，入藏臺灣“中央圖書館”。卷中尚有司馬勇題跋及“司馬勇印”一方，未知其爲何時人。另有“鐵研齋”、“玉峰珍秘”諸印，則不知爲何人印鑒。

（二）京師本。汴京刻《李賀集》四卷。此本南宋吴正子嘗見之，曰：“京師本無後卷，有後卷者，鮑本也。”（《李長吉歌詩彙解外集》注一，《李賀詩歌集注》，頁三三〇）近人田北湖《校訂昌谷集餘談》，謂其嘗往撫州收書，購得宋刻多種，並記述諸本曰：

> 諸刻本中，以汴本爲最早，大字白文，無評無注，亦不列刊者姓名，但題治平丁未而已。其次爲寶慶三年金溪本，詩數一百二十五首，大字不注，眉端略有批評，篇首未載杜牧序，不知誰氏選本也。（《國粹學報》，第四十三期）

金溪本乃選本，此暫勿論。“治平丁未”乃英宗治平四年（一〇六七），田氏所謂治平“汴本”，蓋即吴正子所説無後卷之“京師本”，大字白文，無評無注。然汴本版式怎樣，卷次、收詩幾何，惜田氏語焉未詳。不過，這種京師本既刊於宣城本之後，其所據或即宣城本。

（三）蜀刻本。南宋時蜀中刻《李長吉文集》四卷。此本今國圖有藏，民國十一年（一九二二）上海涵芬樓《續古逸叢書》所收《李長吉文集》，《宋蜀刻本唐人集叢刊》及《中華再造善本》所收《李長吉文集》四卷，均是據此本影印的。此本無《外集》。半葉十二行二十一字，左右雙邊，版心白口單魚尾下鎸“吉幾”，下爲葉碼。卷前首杜牧《序》，已殘損，次目録。各卷首題“李長吉文集卷第某”，次行題“歌詩”二字，三行以下爲子目，下接正文。卷前後有“翰林國史院官書”長方大朱印，另有“祁陽陳澄中藏書記”朱文長條印、“郇齋”朱文長方印、“潁川劉考功藏書印”朱文方印、“公恧”朱文方印、“北京圖書館藏”朱文方印等。此種十二行蜀刻本，《中國版刻圖録》判爲南宋中期蜀中所刻，與《孟東野文集》等爲同一時期蜀中刻本。此本淵源，當自京師本出，故文字多與宣城本及蒙古本（詳下）爲近。如卷一《唐歌兒》一題，此本與宣城本、蒙古本同，而屬於鮑氏本系統的述古堂本（詳下）作“唐兒歌”，甚是。鮑氏本卷三《謝秀才有妾縞練改從于人秀才引留之不得後生感憶座人制詩嘲誚賀復繼四首》其二“碧玉破不復”句，此本與宣城本、蒙古本皆作“碧玉破瓜後”。可見，此本與宣城本及蒙古本，皆應屬於京師本系統。《中國版刻圖録》增訂本《目録》曰：“此本文字，與南宋初葉宣城刻本剜改本同一系統。”然因刊刻不慎，此本又增加了不少新的訛誤，如卷一《浩歌》“看見秋眉换新緑”句，此本作“看看見秋眉换新緑”，衍一“看”字。又如此本卷三《秋涼詩寄正字十二兄》“大夜生素空”句，“大”字，諸本同，甚是；唯此本作“天”，非是。再如卷四《苦篁調嘯引》“當時黄帝上天時”句，“黄”字，諸本同，唯此本作“皇”，亦誤。可見此本書版較爲草率，且缺乏校勘。

（四）書棚本。南宋書商陳起刻《李賀歌詩編》四卷、《集外詩》一卷。此本今已無傳，然錢曾《述古堂書目》有“宋本影鈔”，今藏國圖，可謂下真跡一等。《讀書敏求記》還詳細著録影宋鈔本曰：“《李賀歌詩編》四卷、《集外詩》一卷。宋京師本無後[序]〔集〕。此鮑欽止家本也，臨安府棚前北睦親坊南陳宅經籍鋪印。”（《錢遵王讀書敏求記校證》卷四中，頁二〇二）而“臨安府棚前北睦親坊南陳宅書籍鋪印”，乃南宋書商陳起父子所刻“書棚本”的牌記。故據此影宋鈔本，證明南宋確曾刊行過書棚本。王國維《兩浙古刊本考》卷上亦載有此本，然謂正集爲十卷。錢曾以爲，此本屬於“鮑家本”系統。錢氏鈔本，後歸常熟瞿氏，《鐵琴銅劍樓藏書目録》著録此本曰：“此述古堂影寫宋本，前有杜牧《序》，卷末有‘臨安府棚前北睦親坊南陳宅經籍鋪印’一行。寫手工整，楮墨如新，想見當日彭城氏之本率精好如此（卷末有“虞山錢曾遵王藏書”朱記）。”（《鐵琴銅劍樓藏書目録》卷十九，頁二八六）瞿氏之後，此本入藏北京（今國家）圖書館。就編次而言，《三月過行宫》一首，此本次於卷二《感諷》五首之後，與同屬鮑氏本系統的汲古閣本同；而屬於京師本系統的蜀刻本、蒙古本，則均次於卷一《湘妃》後。又《巫山高》，此本次於卷四《箜篌引》之後，與汲古閣本同；而京師本系統的蜀刻本、蒙古本，則次於《上雲樂》之後。從文字方面看，此本卷一《唐兒歌》一題，汲古閣本同；而京師本系統的蜀刻本、蒙古本皆作"唐歌兒"。又如卷一《河南府試十二月樂詞並閏月》之《十二月》"依稀和氣排冬嚴"句，"排"字，鮑本系統的汲古閣本同；而京師本系統的蜀刻本、蒙古本則皆作"解"。可見此本的確屬於鮑氏本系統。繆荃孫跋汲古閣本賀集曰："壬子正月六日，假陸敕先校南宋本一過，即陳解元本也。"（書藏中國社科院文學所）"陳解元"即陳起之子陳思，號繼芸，亦喜刻書，牌記稱"陳解元書籍鋪"。由於陳起父子刻書講究版本和校勘，故父子二人所刻之書頗受世人歡迎，統稱曰"書棚本"。故此，繆氏所説的陸敕先校南宋"陳解元本"賀集，應該也是書棚本。

（五）吴注劉評本。南宋吴正子箋注、劉辰翁點評《李長吉歌詩》、四卷《外集》一卷。吴正子，字西泉，王琦《李長吉歌詩彙解・評注諸家姓氏爵里考》謂吴氏"時代爵里未詳。有《長吉詩箋注》"。迨《四庫全書總目》，館臣輾轉考證，謂此本"《外集》之首，注稱嘗聞薛常州士龍言云云。士龍爲薛季宣字，據《書録解題》，季宣卒於乾道九年，則正子亦孝宗時人矣"。館臣所考，結論可信。而尤振中據嘉定中，《容齋隨筆》方由洪邁從孫伋刊於贛州郡齋，而吴正子注文徵有《續筆》中文字，故判吴氏至少要活到寧宗嘉定後期（尤振中《李賀集版本考》，《江蘇師範學院學報》，一九七九年三期）。此考頗有道理。至於此本的版本源流，吴氏《箋注李賀歌詩序》雖明言所用爲"京鮑二本訓注"，而吴氏稱道鮑本尤多，故此本文字方面當多與鮑本爲近，然又經過校勘，改正了一些文字訛誤，遂使此本較其他宋本爲優。如此本卷一《唐兒歌》，鮑本作"唐歌兒"，誤；《又玄集》選此詩則作"杜家唐兒歌"，是；此本改作"唐兒歌"，甚是。又如卷四《摩多樓子》，吴氏於題下校曰："古樂府有此篇，言征伐弋獵之事。今諸本皆誤作'樓子'。"改正了原本詩題中的訛誤。正因爲此本經吴氏以數本仔細校勘過，故頗受後世重視。又，鮑本出自賀鑄本，有《外集》一卷。吴氏以爲，内中《白門前》一首與第四卷《上之回》一首重文，因删去此篇，故此本《外集詩》只有二十二篇。合計正、外集五卷，此本凡二百四十一首，總數較他本有《外集》者少一首。至於此本注釋，《四庫全書總目》曰：

　　《箋注評點李長吉歌詩》四卷《外集》一卷，江蘇巡撫採進本。……

注李賀詩者……要以正子是注爲最古。賀之爲詩，冥心孤詣，往往出筆墨蹊徑之外，可意會而不可言傳。嚴羽所謂“詩有別趣，非關於理”者，以品賀詩，最得其似，故杜牧序稱其“少加以理，可以奴僕命騷”。而諸家所論，必欲一字一句爲之詮釋，故不免輾轉轇轕，反成滯相。又所用典故，率多點化其意，藻飾其文，宛轉關生，不名一格。如“羲和敲日玻瓈聲”句，因羲和馭日而生“敲日”，因“敲日”而生“玻瓈聲”，非真有敲日事也。又如“秋墳鬼唱鮑家詩”，因鮑照有《蒿里吟》而生“鬼唱”，因“鬼唱”而生“秋墳”，非真有唱詩事也。循文衍義，詎得其真？……正子此注，但略疏典故所出，而不一一穿鑿其説，猶勝諸家之淆亂。(《四庫全書總目》卷一五〇，頁一二九三)

可見，此本注解雖顯簡略，但能避免後世諸多注賀詩者循文衍義之弊，亦難能可貴也。

劉辰翁字會孟，號須溪，乃南宋有名的詩文評點家，曾評點唐代多家詩歌，但都不如評點賀詩受世推許。《四庫全書總目》曰：

辰翁論詩，以幽雋爲宗，逗後來竟陵弊體。所評杜詩，每舍其大而求其細，王士禎顧極稱之，好惡之偏，殆不可解。惟評賀詩，其宗派見解乃頗相近，故所得較多。今亦竝録之，以資參證焉。(《四庫全書總目》卷一五〇，頁一二九三)

可見辰翁對賀詩的評點，館臣是贊同的。杜牧《序》謂賀詩“理不及騷”，辰翁駁斥曰：“樊川反復稱道，形容非不極至，獨惜理不及《騷》，不知賀所長正在理外。……若眼前語衆人意，則不待長吉能之，此長吉所以自成一家與!”真可謂能道出賀詩獨具的超邁常理的特點，故辰翁之與李賀以“千年知己”自居(《須溪集·評李長吉詩》)。辰翁子將孫《養吾齋集·刻長吉詩序》謂其父“乙亥避地山中，無以紓思寄懷，始評諸家詩，最先長吉云”。乙亥爲宋恭宗德祐元年(一二七五)，知劉評賀詩在南宋末年。不過，辰翁評賀與其後來評杜一樣爲選評，故只百二十九首，另有總評二則置於卷首，評樂府詩一則，附於四卷之後。

(六)臨安陳氏本。南宋末臨安陳氏刻《李長吉歌詩》四卷、《外集》一卷。由於陳起父子所刻書棚本名氣很大，又居於臨安，所以過去學界一直將賀集之“臨安陳氏本”與“書棚本”混爲一談。張劍《李賀集版本校勘瑣議》一文，經過對兩種版本的詳細辨析，才將二本最終區别開來。張氏以爲：賀集之“臨安陳氏本”，並非陳起所刻書棚本賀集，乃書棚本之外的“别一陳氏所刻之賀集”（《中國社會科學院研究生院學報》，二〇〇〇年一期）。張文判“臨安陳氏本”並非書棚本，緣於毛晉的一段跋文，毛《跋》其所刻李賀《歌詩篇》曰：“獲臨安陳氏本，如《勉愛行》二首離爲三首。《神絃别曲》、《神絃曲》、《神絃》三處合編一處，詮次倒顛。又如‘空白疑雲遏不流’誤作‘空山疑雲’，‘杜若已老蘭苕春’誤作‘繭苕春’，‘泣露嬌啼色’誤作‘帝色’，‘向壁印狐蹤’誤作‘孤蹤’云云，一一釐正。既而復見鮑欽止手定本，無論‘白門前，大樓喜’一篇得未曾有，如‘碧玉破不復’，陳本作‘破瓜後’；‘柳臉半眠丞相樹’，陳本作‘柳陰’之類，雖同是宋版，不啻涇渭之迥别。”（汲古閣刻《唐人四集》之《歌詩編》毛晉《跋》）毛晉在比勘“臨安陳氏本”與“鮑欽止手定本”的基礎上，具體羅列出臨安陳氏本的十餘例文字特點，證明臨安陳氏本與鮑氏本，雖同爲宋本，卻差異頗大。而書棚本出自鮑氏本（已見），由此可見“臨安陳氏本”並非陳起之書棚本，否則二本不會有如此大的差異。張文還從探求“臨安陳氏本”的底本入手，進一步證明“臨安陳氏本”並非書棚本。張文發現“臨安陳氏本”出自吴正子箋注本，只不過删去了吴本的箋注部分，唯録正文罷了，故而此本《外集》無吴本已删除的《白門前》一篇；《神絃》、《神絃曲》、《神絃别曲》三首合爲一處；“空山凝雲”句，“山”字同吴本而不作“白”；《摩多樓子》一題，“樓”字同吴本不作“楼子”，等等，這些都是此本出自吴本的力證。書棚本出自鮑氏本，可見二本來源亦不同。這就從版本淵源方面證明“臨安陳氏本”並非陳起父子的書棚本，而是臨安“别一陳氏”所刻之賀集。不過，由於此本刊刻比較草率，故而又生出不少新誤，如毛晉《跋》中指出的諸誤即是證據，還有張文指出的卷四《艾如張》“張在野田平碧中”句，“田”字訛作“山”，等等，這些都是此本獨有的訛誤。可見此本在文字方面與吴箋本還是有差異的，然而就總體而言，其出於吴本還是比較明顯的。吴箋本既刊於南宋末，此本刊行蓋稍晚於吴箋本。

蒙古與南宋相持期間，於寶祐四年丙辰（一二五六）也刻有《李賀歌詩編》四卷。此本今國圖有藏，《四部叢刊》初編曾據以影印，《中華再造善本》所收賀集，亦是據此本影印的，故成易得之書。半葉十行二十字，左右雙邊，版心白口，單或雙魚尾下署“賀幾”，魚尾上方記字數，下方有刊工姓氏“王”，是全部書版當由王氏一人所鐫。卷前有杜牧《序》，次目録。各卷首題“歌詩編第某”，次行下方題款“隴西李賀長吉”。此本清以前未見提及，至何焯方用爲校本，黄丕烈始有題跋，近代瞿鏞《鐵琴銅劍樓藏書目録》才正式著録，故卷中有“瞿鏞”、“鐵琴銅劍樓”、“虞山瞿紹基藏書之印”、“紹基秘笈”、“瞿啓甲”、“瞿潤記”等瞿氏藏印。卷中還有“汪士鐘印”、“士鐘”、“平陽汪氏藏書印”、“汪”、“閬源審定”、“開卷一樂”，“祁陽陳澄中藏書記”、“郇齋”、“良傑”等印記，表明此本於瞿氏前，曾經清中葉汪士鐘收藏，後歸瞿氏；瞿氏之後，民國時爲銀行家陳澄中所得，故卷中有“祁陽陳澄中藏書記”朱文長條印、“郇齋”朱文長方印，新中國成立前陳氏移居香港，同時帶去的還有一批宋元珍本。二十世紀五十年代，陳氏在香港出售藏書，北京圖書館（今國家圖書館）以高價購藏館中，故卷中又有“北京圖書館藏”朱文方印。關於此本的刊刻時代，何焯曾誤判爲金本，所據即卷後趙衍《題識》。趙氏曰：

龍山先生爲文章法六經，尚奇語，詩極精深，體備諸家，尤長於賀。渾源劉京叔爲《龍山小集叙》云：“《古潦井》、《苦夜長》等詩，雷翰林希顔、麻徵君知幾諸公稱之，以爲全類李長吉。亂後隱居海上，教授郡侯諸子、卑士。先與余讀賀詩，雖歷歷上口，於義理未曉，又從而開省之，然恨不能盡其傳。及龍山入燕，吾友孫伯成從之學。余繼起海上，朝夕侍側，垂十五年，詩之道頗得聞之，嘗云：‘五言之興，始於漢而盛於魏；雜體之變，漸於晉而極於唐。窮天地之大，竭萬物之富，幽之爲鬼神，明之爲日月，通天下之情，盡天下之變，悉歸於吟詠之微。逮李長吉一出，會古今奇語而臣妾之，如“千載石床啼鬼工”、“雄雞一聲天下白”之句，詩家比之載鬼一車，日中見斗。“洞庭明月一千里，涼風雁啼天在水。”過楚辭遠甚。’又云：‘賀之樂府，觀其情狀，若乾坤開闔，萬彙濊濊，神其變也，欸駭人耶。韓吏部一言爲天下法，悉力稱賀。杜牧又詩之雄也，極所推讓，前叙已詳矣。人雖欲爲賀，莫敢企之者，蓋知之猶難，行之愈難也。至有博洽書傳，而賀集不一過目，爲可惜也！’”

雙溪中書君，詩鳴於世，得賀最深。嘗與龍山論詩及賀，出所藏舊本，乃司馬温公物也，然亦不無少異。龍山因之校定，且曰：“喜賀者尚少，況其作者耶！”意欲刊行，以廣其傳，冀有知之者。會病不起，余與伯成緒其志而爲之。此書行，學賀者多矣，未必不發自吾龍山也。丙辰秋日碣石趙衍題。（四部叢刊本《李賀歌詩編》）

據此可知此本之底本，原爲司馬光舊藏，乃北宋本，後歸雙溪中書君，稱曰“舊本”，前引王國維之言，已判司馬光所藏爲宣城本。此蒙古本，何焯曾誤判爲金刻本，何氏所據爲《龍山集》，乃金蓋州人劉仲尹撰，因斷趙衍《題識》中的“龍山先生”就是劉仲尹。劉氏既爲金人，何氏遂判此本爲金刻。黄丕烈從何氏之説，亦稱“金刻”，《蕘圃藏書題識》卷七曰：

> 金刻《李賀歌詩編》四卷，余去年得何義門手校者，始知世有其書，諸家藏書目未之載也。何云：“碣石趙衍刊本，每葉二十行，行二十字。”頃見是本正合，其爲金刻無疑。最後序文，何校未録，但云：“龍山先生所藏舊本，乃司馬温公物。”今觀全文語，亦符合，且可補何校所未備，因急收之。書之奇遇之巧，無有過是者，雖重直弗惜矣。己巳中秋月復翁記。（《黄丕烈書目題跋》，頁一五七）

黄氏並録何焯語以印證此本乃金刻，曰：“‘金劉仲尹字致君，蓋州人，有《龍山集》。李獻能欽叔，其外孫也。’義門語，並記。”可見黄氏依何焯之説，亦以此本乃金刻。但是，劉仲尹乃金完顔亮正隆二年（一一五七，當宋高宗紹興二十七年）進士，官至都水監丞；而“雙溪中書君”乃蒙古開國初年丞相耶律鑄，《元史》本傳謂其卒於元世祖至元二十二年（一二八五），年六十五。若是劉仲尹與耶律鑄則異代不相接，且非一國之人，劉氏與耶律氏怎麽能相見並討論賀詩呢？所以趙衍《題識》所説的“龍山先生”絶非金人劉仲尹。最先指出“龍山先生”非金人劉仲尹，而是蒙古人吕鯤的是王國維，王氏引王惲《秋澗集》卷四十《西巖趙君文集序》曰：

> 西巖崛起畎畝，從龍山吕先生學。金自南渡後，詩學爲盛，其格律精嚴，辭語清壯，度越前宋，直以唐人爲指歸。逮壬辰北渡，斯命脈不絶如縷，賴元、李、杜、曹、麻、劉諸公爲之主張，學者知所適從。惟虎巖、龍山二公，挺英邁不凡之才，挾邁往淩雲之氣，用所學所得，偃然以風雅自居，視李協律、趙渭南，伯仲間也。雅爲中書令耶律公（楚材）賓禮，至令其子雙溪從之問學，由是趙、吕之學，自爲燕薊一派。（引自萬曼《唐集叙録》，頁二三〇）

這裏“中書令耶律公”指元初宰相耶律楚材，其子“雙溪”即耶律鑄，亦曾任中書令，著有《雙溪醉隱集》八卷，元遺山爲作《雙溪集序》，故趙衍《題識》稱其爲“雙溪中書君”。將這段話與趙氏《題識》參讀，可確定“龍山先生”並非劉仲尹。又王惲《玉堂嘉話》卷一曰：

> 吕遜嘗談，趙著、吕鯤，以詩鳴燕趙間，二人皆出耶律相門下。虎巖每得一聯一詠，即提擲其帽於几。龍山每從旁謂曰，不知李、杜平時費多少帽子。聞者爲之捧腹。（《唐集叙録》，頁二三〇）

觀此知龍山就是吕鯤，虎巖即趙著。《困學齋雜録》更是明白地説龍山姓吕，曰："吕龍山與趙虎巖齊名，平生多佳句。"至於趙氏《題識》中提到的其餘諸人，據萬曼先生考證，叙《龍山小集》的劉宗叔就是寫《西使記》的劉祁；雷希顔乃金崇慶二年（一二一三）進士；麻知幾金正大三年（一二二六）以侯摯、趙秉文薦試館職賜二甲第一人及第，都在金末才知名，金末蒙初仍健在，與劉仲尹亦非同一時期的人（《唐集叙録》，頁二三〇）。而於趙衍，王國維引《元史·耶律希亮傳》曰：

> 憲宗嘗遣鑄（耶律）覈錢糧於燕，鑄曰：臣之先世，皆讀儒書，儒生俱在中土，願攜諸子至燕受業。憲宗從之，乃命希亮師事北平趙衍，時方九歲。歲丙辰，憲宗召鑄還和林，希亮獨留燕。（引自《唐集叙録》，頁二三一）

觀此益知趙衍及吕鯤、耶律鑄等人皆蒙古人，非金人。吕鯤與耶律鑄論詩，耶律鑄出所藏司馬光舊有之賀集，吕鯤爲之校定，未及刊行而卒。趙衍與孫伯成續成其志，翻刻此本，並撰寫《題識》。這些全都是蒙哥六年丙辰（一二五六）之事。可見此本確非金本，而爲蒙古本。繆荃孫《藝風堂文漫存》卷三《平水版考》，將此本列入金平水版書目中，當是沿襲何焯誤説而衍生的新誤。丙辰歲，趙衍既在北平授希亮讀書，則此本應刻於燕，萬曼先生改稱曰"燕山本"，自有其道理，因爲當時北方刻書，除平水地區外，還有燕京，《平宋録》中即有"大德八年甲戌燕山平慶安開版印造"字樣（《唐集叙録》，頁二三一）。此本的版本淵源，則多與宣城本同，如二本卷前均有杜牧《序》，首卷卷端均題"歌詩編第一"，次行低九格題"隴西李賀長吉"，下接正文，各卷無子目。再就文字方面看，此本也多與宣城本同，如卷一《唐歌兒》一篇，宣城本、此本皆作"唐歌兒"，宋蜀本題作"唐兒歌"。《帝子歌》"洞庭明月一千里"句，"明月"二字，此本同宣城本，而宋蜀本作"帝子"。又如卷三《石城曉》"牛女渡天河"句，"牛女"二字，此本與宣城本皆作"石子"，而宋蜀本作"女牛"。可見此本當屬於宣城本系統，與京師本收詩皆二百十九首。然此本目録各卷,於次行標明本卷收詩數目時,第三卷只有五十六首,卻誤標爲“凡五十七首”,致使收詩總數誤爲二百二十首。

元槧中還有復古堂本。即元世祖至元十四年丁丑(一二七七)復古堂刻《李賀歌詩編》四卷、《外集》一卷。此本明末胡震亨編《唐音統籤》之《李賀詩集》時尚見之,今已無傳,然而有明翻刻本《錦囊集》,内録復古堂《跋》文一則,詳述復古堂本的校刻情形曰:“李長吉詩,舊藏京本、蜀本、會稽本、宣城本互有得失,獨上黨鮑氏本編次爲勝。今定以鮑本而參以諸家,箋注則得之臨川吴西泉,批點則得之須溪先生,與評論並附其中。齋居暇日,會粹入梓,庶幾觀者瞭然在目。至元丁丑二月朔日復古堂識。”據此可知,此本應屬鮑本系統;但事實上,此本正文更接近臨安陳氏本。前文已論及,臨安陳氏本乃吴正子本的翻刻本,毛晉所列臨安陳氏本的十餘種特徵,復古堂本的明代翻刻本《錦囊集》(詳下)有七種特徵與之完全相同,諸如《神絃别曲》、《神絃曲》、《神絃》原分編於三處,今合編一處,詮次倒顛;《外集》無《白門前》一篇;“空白凝雲遏不流”,誤作“空山凝雲”;“向壁印狐蹤”,誤作“孤蹤”;“泣露嬌啼色”,誤作“帝色”;《摩多樓子》,作“樓子”;“試伴漢家書”,作“漢家君”,等等,這表明《錦囊集》與其所據復古堂本,皆屬於臨安陳氏本系統。又,吴焯《繡谷亭薰習録》亦著録有復古堂本,題作《李賀歌詩編》四卷、外詩一卷,唐協律郎隴西李賀長吉著,京兆杜牧《序》,元至元丁丑復古堂翻雕,遵宋臨安陳氏書坊舊本。吴焯這裏所説的“宋臨安陳氏書坊舊本”,當即毛晉所見的“臨安陳氏本”。吴焯此項著録,恰巧可作爲復古堂本是由臨安陳氏本而來的又一鐵證。不過如上所述,臨安陳氏本既出於吴正子本,而吴本是由鮑本演變而來的,所以歸根結底,謂復古堂本屬於鮑本系統亦不爲錯;只是復古堂本並非直接由鮑本而來,而是由鮑本的再傳本臨安陳氏本衍生出來的,因此吴焯謂復古堂本“遵宋臨安陳氏書坊舊本”的説法,就顯得更爲精確了。

元代還有元槧明修《李長吉詩集》四卷、《外集詩》一卷,上圖藏。此本封面有少放題籤,旁以隸書小字題識“元刊明印本,少放藏讀”。半葉九行十八字,四周雙欄,白口對黑魚尾間上鐫卷次,下爲葉碼。首卷卷端題“李長吉詩集第一卷”,次行下方具款“隴西李賀”。卷前首杜牧《序》,次目録。《外集詩》一卷凡二十二首。此本所據底本乃書棚本,這可從編次及文字方面得到證明。如書棚本卷二《三月過行宫》次於《感諷》五首之後,此本同;

而蜀刻本、蒙古本次於卷一《湘妃》之後。又書棚本卷四《巫山高》次於《箜篌引》之後，此本同；而蜀刻本、蒙古本《巫山高》次於《上雲樂》之後。文字方面，書棚本卷一《唐兒歌》一題，此本同；而蜀刻本、蒙古本皆作"《唐歌兒》"。又如書棚本卷一《河南府試十二月樂詞並閏月》之《十二月》"依稀和氣排冬嚴"句，"排"字，此本同；而蜀刻本、蒙古本作"解"，等等，可見此本的確是元時據書棚本翻刻，至明代又重印者。

明代賀集刊刻和傳鈔的本子，其主要版本有如下諸種：

（一）錦囊集。弘治十三年庚申（一五〇〇）馬炳然刻《錦囊集》四卷、《外集》一卷，二册。國家、上海等圖書館均有藏本，附録有復古堂《題識》、張元禎《序》、馬炳然《跋》。馬《跋》略曰：

> 唐詩人多自爲一家，以相高尚，長吉其家數之新奇者哉！不可缺也，遂刻之。集舊名《詩編》，余取小奚童背古錦囊故事，更名《錦囊》。弘治庚申春三月乙卯監察御史内江馬炳然跋。

是知賀集名《錦囊集》，始於明人馬炳然。張元禎《序》略曰："昔人以長吉之詩，方之太白天才爲鬼才，然又有召記玉樓之説，果爾則長吉之才鬼而神，雖天仙亦愛重之矣，豈其苦心搜尋古今未嘗道，深有以窺造化之不可測者耶！今南道馬侍御思進得此，易其名曰《錦囊集》，欲梓行之，其亦與天仙之所愛重者同耶……予赴召，道維揚，解後侍御出此集屬序。侍御蜀産之英，有抱負，峻風力，喻之飲食，鼎珍禁臠，至味滿腹，兹特雕盤嘉實之可口者耳！時弘治十三年庚申三月上旬賜進士南京翰林院侍講學士奉訓大夫前經筵國史官南昌張元禎序。"據《序》，知馬炳然乃蜀人，賀集名《錦囊集》確爲馬氏所改。至於版本淵源，此本所載復古堂《跋》文曰："定以鮑本而參以諸家。"此言雖不差，然上文已述及此本文字，更近於鮑本系統的宋臨安陳氏本，故應屬於宋臨安陳氏本系統無疑。而臨安陳氏本出於吴正子本，吴正子所據爲鮑氏本，所以復古堂《跋》謂"定以鮑本而參以諸家"之言並不差，只是太寬泛了些。此本共二百四十一首，《外集》不載《白門前》一詩，亦與吴正子本同。不過與前此各本相較，《錦囊集》自有其獨具的異文，如賀弟名"猶"不見於各本賀集，此本卷一《示弟》題下增一"猶"字，是賀弟之名"猶"出現於賀詩中始於此本。朱自清先生《李賀年譜》謂賀弟名"始見於徐渭、董懋策《唐李長吉詩集》"，未確，《錦囊集》的刊行，要早於徐渭、董懋策評本一百多年。另，弘治十五年壬戌劉廷瓚刻於宣城的《李長吉詩集》（詳下），《示弟》題中亦增一“猶”字，應是參校了《錦囊集》。又，此本卷一《雁門太守行》“甲光向日金鱗開”句，“日”字，前此各本除宋臨安陳氏本外皆作“月”。此本卷三《開愁歌》“華容碧影生曉寒”句，“曉”字，各本皆作“晚”。《秦宫詩》“斫桂燒金待晚筵”句，“晚”字，各本皆作“曉”。此本卷四《日出行》“令人不見奔”句，誤；各本作“令久不得奔”，良是。這些都是此本獨有的文字，對研究賀集版本具有重要的參考價值。

（二）劉刻本。弘治十五年壬戌（一五〇二）劉廷瓚於宣城刻《唐李長吉詩集》四卷、《外集》一卷，國家、南京圖書館有藏。半葉八行十七字，楷書結體，字大如錢，開版宏敞，行格疏朗，頗益眼目。四周單欄，白口對白魚尾，上象鼻内鐫“李長吉詩”字樣，兩魚尾間鐫卷次與葉碼。各卷首題“唐李長吉詩集某卷”，次行下方署“唐隴西李賀長吉父著”。卷前首杜牧《序》，次李商隱《小傳》，次目録，目後有元復古堂《跋》（國圖藏本無）。卷後爲石門居士劉淮《後序》。國圖藏本《外集》佚，《後序》殘損一葉。《後序》述此本刊刻緣起曰：“安慶有是集，字刻率易，宗敬守寧政暇，味是詩而知所向往者甚，以字本不愜觀閲，翻刻于謝朓樓，屬予題其後……弘治壬戌仲秋汝寧石門居士劉淮。”謝朓樓在宣城，因知此本乃宣城郡齋刻本。《中國古籍善本書目》判此本爲劉廷瓚刻，是知“宗敬”蓋廷瓚字，時爲宣州守。而作《後序》的“居士劉淮”，蓋宣城處士。此本《中國古籍善本書目》僅著録爲四卷本，不言尚有《外集》一卷，實誤；而南圖有全本，《善本書目》卻未著録。此本所據底本，劉淮《後序》僅謂“安慶有是集”，然安慶所存究爲何本？劉氏卻未交代。今考馬炳然刻《錦囊集》卷三《開愁歌》“華容碧影生曉寒”之“曉”字；同卷《秦宫詩》“斫桂燒金待晚筵”之“晚”字；卷四《日出行》“令人不見奔”之“人”字，等等，這些都是馬氏《錦囊集》獨有的文字，而此本均與之同，可見此本是據《錦囊集》翻刻者。上文已述及，《錦囊集》及元復古堂本，均屬臨安陳氏本系統，若是則此本亦屬於臨安陳氏本系統無疑。南圖藏本卷中有丁丙“八千卷樓珍藏善本”、“葉子寅藏書”等印記，知該本原爲葉子寅舊藏，後歸丁丙八千卷樓，最後入藏南京圖書館。《善本書室藏書志》卷二十五著録有此本，丁丙謂黄丕烈據此本目録後之“復古堂”跋語，判定此本爲明翻元本。此言非是，黄氏不知馬氏刻《錦囊集》目録後亦有“復古堂”跋語（國圖藏本跋語在外集終後馬氏跋前）；此本乃翻刻馬氏本者，非翻元本也。

（三）朱警本。嘉靖十九年庚子（一五四〇）朱警輯刻《唐百家詩·中唐二十七家》所收《李長吉集》四卷。半葉十行十八字，左右雙欄，白口單黑魚尾下鐫“長吉集”字樣。卷前無序及目録，卷後無跋文附録等。首卷卷端題“李長吉集卷一”，次行下方署“隴西李賀”。此本詩不分體，卷一詩五十八首、卷二二十二、卷三四十八、卷四五十，共百七十八首。今考此本文字，則較他本更近於劉刻本，如劉刻本卷三《秦宫詩》“斫桂燒金待晚筵”句，“晚”字，此本同；劉刻本卷四《日出行》“令人不見奔”句，“人”字，此本同。“晚”、“久”諸字皆馬刻本、劉刻本二者獨有的文字，而此本均與之同，可見此本乃是據劉刻本或馬刻本翻刻的。不過由於一時疏忽，此本詩有脱漏，故四卷僅存詩百七十八首，其餘六十一首盡行脱去。

（四）凌刻本。凌濛初刻朱墨套印本劉辰翁評《李長吉歌詩》四卷、《外集》一卷，四册。此本國圖有藏。凌氏《跋》曰：“今世詞家爲歌詩者，無不喜擬長吉，亦一時之變也。先輩稱善言詩者，咸服膺宋劉須溪先生，李文正公《麓堂詩話》稱其語簡意切，别自一機軸，諸人評詩者皆不及，良然。自杜少陵以下，諸名家皆有評，而其于長吉擊節彌甚，蓋長吉譎怪，先生亦刻意摹索而有得，至謂千年長吉甫有知己，以誚樊川，雅自負可知已。近世徐文長亦有評，恐未必能及先生，當自有辨之者。樊川叙云止四卷，外詩乃唐李公藩所遺，恐有贋者竄入，先生固已疑之矣，請以證之喜爲其體者。吴興凌濛初識。”可見凌氏是爲適應社會對李賀詩的喜好而刊行此本的，以朱墨套印，亦可見此本之講究。不過，劉辰翁評原是與吴正子注合刊而行的；凌氏此刻既删去吴正子注而單刻劉辰翁評語，故其文字當仍依吴本，因此從版本源流的角度而言，此本應屬於吴正子本系統，可無疑也。

（五）王刻本。王家瑞刻《李長吉詩集》四卷，二册。上海、浙江等圖書館均有藏本，南京圖書館藏本有丁丙跋，《善本書室藏書志》卷二十五有著録。王家瑞，萬曆二十六年戊戌（一五九八）進士。此本卷首有王氏《刻李長吉詩説》，極贊李賀詩才爲“唐人中最著者”，“當年惟太白相頡頏……今觀其詩，真劈山海而擇寶，淩霄漢而拿雲，非詞吟客士能窺其藩籬，敢措手哉！凡得于覩聞者，皆止足於是而餘空矣，如探天香而忘世味者也。當各藏一種，爲詩苑雙璧。但《太白集》善本多而長吉寡，兹特刻之，以廣其傳”（上圖藏本）。可見對賀詩的極力吹嘘，然而此本校刻粗疏，又將《外集》各詩散入正集四卷中，更張舊式，錯亂編次，以標新異，明人刻書的惡習在此呈露無遺。丁丙謂此本雕印極精，疑出自碣石趙衍刊本，則是只見其雕印之工，而未校其文字也。

（六）澂菉堂本。澂菉堂刻《唐李長吉歌詩》四卷。此本中國科學院、中山大學等圖書館有藏。半葉八行十八字，小字雙行同。四周單邊，版心白口單魚尾，魚尾上頂邊欄題"李長吉詩"，魚尾下記卷次、葉碼，下方至邊欄題"澂菉堂藏版"。各卷卷端題"唐李長吉歌詩卷之某"，次行下方題"臨川西泉吴正子箋注"，三行下方題"廬陵須溪劉辰翁評點"，四行下方題"吴興西塞張睿卿補箋"。卷前有李商隱《小傳》，杜牧《叙》。張睿卿字稚通，號心岳，歸安（今屬湖北）人。平生以著書爲樂，有《峴山志》。從版本源流方面看，此本是吴正子、劉辰翁評注本的一個明代衍生本，故吴本的特點，此本皆有之。如卷一《唐兒歌》，卷四《摩多樓子》，二首詩題皆不誤；卷四《神絃曲》、《神絃》、《神絃别曲》三首合編一處；卷四《巫山高》次於《箜篌引》後；《瑶華樂》次於《相勸酒》後，等等，這些都是吴本獨有的特點，而此本皆與之同。文字方面，"空山凝雲"句，"山"字同吴本而不作"白"，等等，亦是此本出自吴本的力證。又，吴本删去《外集》中《上之回》一首，故其《外集》只有二十二篇，合計正外集五卷凡二百四十一首，總數較他本有《外集》者只少一首，這些特點也皆與此本合若符契，可證此本乃吴本在明代的衍生本。但是所謂張睿卿補注，此本並未明白標出，因而形成何者爲吴氏、劉氏原注原評，何者爲張氏補注之疑問。三者混淆不清，乃此本體例上的缺陷。

（七）于刻本。于嘉刻《唐李長吉詩集》四卷，二册。此本無《外集》一卷，國圖有藏。傅增湘亦曾藏一部，《藏園群書題記》著録曰：

> 長吉詩自金本、棚本外，明以來刻本甚多。此本失去序跋，未審爲何時所刊，然以寫刻風氣測之，當在萬曆以後矣。半葉九行，行二十一字，每卷列校勘人姓名一行，卷一爲雲間璩之璞君瑕，卷二爲金壇鄧伯羔孺孝，卷三爲金壇王楙錕伯弢，卷四爲金壇于嘉惠生，然目録下又列"于嘉惠生梓"一行，是此本爲于氏所校刊無疑矣。詩亦分四卷，而無《集外詩》，然據汲古閣本目録核之，則詩之次序咸合，但分卷已改，其《集外詩》已納入卷四之末。明人好自出胸臆，更張舊式，大率若此，無足責也。卷中字句，校王氏本多不合。余昔年曾假涵芬樓明初十行黑口本校於毛本上，今以此本對勘，與前校符同者八九，知其源亦出於舊刻也。此本楷法儁美，鐫工精麗，更經前人評點，朱碧爛然，布滿闌幅，

留此爲諷習之資可耳。(《藏園群書題記》卷十二,頁六二三)

《藏園群書經眼録》卷二十亦有此本簡單著録,曰:"前杜牧《序》,次李商隱撰《小傳》。目録題'金壇于嘉惠生梓'……"就文字而言,傅氏謂"校王氏本多不合",而校以明初十行黑口本,則"符同者八九,知其源亦出於舊刻也"。可見此本雖亦只四卷,卻與王家瑞本不同,而與舊本多同。然傅氏所説的"舊本"究屬何本?則並未説明。今據毛晉所列臨安陳氏本的十餘種版本特徵,比勘此本,此本《勉愛行》二首已離爲三首;《神絃别曲》、《神絃曲》、《神絃》三處合編一處,詮次倒顛;《外集》無《白門前》一篇;"空白凝雲遏不流",誤作"空山凝雲";"向壁印狐蹤",誤作"孤蹤";"泣露嬌啼色",誤作"帝色";《摩多樓子》,作"樓子";"試伴漢家書",作"漢家君",等等,此數種特點,皆與臨安陳氏本合若符契。這表明此本屬於臨安陳氏本系統,可無疑也。

(八)徐董評本。徐渭、董懋策評注萬曆四十一年癸丑(一六一三)刊《唐李長吉詩集》四卷《外集》一卷。此本浙江、湖北、上海等圖書館有藏。半葉八行十九字,小字雙行同,四周單欄,白口單白魚尾下鐫"卷之某"。卷前首杜牧《序》,次李商隱撰《小傳》,次附録《幽閑鼓吹》、《山堂肆考》等典籍中有關李賀的文字,次刊行者題識,次目録。各卷首題"唐李長吉詩集卷之某",次行、三行署"明會稽文長徐渭、揆仲董懋策批注"。《外詩集》凡二十二首。徐渭字文長,原字文清,號天池山人,青藤道士,山陰人,明代著名戲曲家。渭與賀有相似的經歷,屢應鄉試而不遂,爲幕僚多年,萬曆二十一年癸巳(一五九三)窮愁潦倒而卒。董懋策字揆仲,號日鑄公,會稽人。精於《易》理,嘗以授書爲業,四方從遊者歲數百人,萬曆四十一年癸丑(一六一三)病逝。此本刊行,恰值董懋策下世,距徐渭去世已整整二十年。故此本刊行非徐、董之功,而是坊肆主之者,卷前有主者序其事曰:

> 李長吉詩,舊有京本、蜀本、會稽本、宣城本,惟上黨鮑氏本爲勝。兹刻依本云是鮑氏,然或京,或蜀,或會稽、宣城總未可知。但其訓解批評,的屬徐、董兩先生手澤。凡録在人間者,即不敢據也。故以徐還徐,以董還董,彼此一字無混。間有不著姓名者,乃係原注,而圈點則徐先生獨也。時萬曆癸丑中秋殺青主人識。

下有"長味"木記一方。由此《序》可以看出四點:(1)此本正文所據爲何本,坊主並未弄清楚。(2)此本的評注乃據徐、董手稿上版刊行,故可“以徐還徐,以董還董,彼此一字無混”。若然,則此本所載之徐、董評注,還是真實可靠的。徐渭《致鍾天毓書》曰:“《長吉集注》,見示者僅得鄙人注十之一二,刊猶不刊也。必尋最後注或可付梓。”(《徐文長佚草》)由此可見徐渭評注賀詩,在其生前即有刊本行世,但多是假渭之名,而載渭之評注僅十之一二焉。此本所據乃徐、董手稿,故二氏批點一字不遺。(3)此本還有徐渭的圈點,故爲點版書。(4)此本保留有李賀原注,校勘上具有寶貴的參考價值。總之此本雖坊間所刻,然態度還是相當認真的。關於此本的版本源流,依毛晉所列宋臨安陳氏本的十餘種特徵,其中前九條完全與此本相符,即卷内正文《勉愛行》題爲三首,内容也已離爲三首;《神絃别曲》、《神絃曲》、《神絃》三處,合編一處;《外集》無《白門前》一篇;“空白凝雲遏不流”,誤作“空山凝雲”;“向壁印狐蹤”,誤作“孤蹤”;“杜若已老蘭苕春”,誤作“藺苕春”,等等,可見此本當屬於臨安陳氏本系統。若是,此本確如坊主《序》所説:“兹刻依本云是鮑氏,然或京,或蜀,或會稽、宣城總未可知。”今知此本文字既非依鮑本,亦非據蜀本或京本,而是據衍生於鮑本的宋臨安陳氏本。坊主之言表明,此本文字曾經一番校勘,只是一時本子不全,故坊主並未弄清此本所據究爲何本。坊主還是誠實不欺的,這在明後期刻書草率的風會中頗顯可貴。進而坊主所謂徐、董批點乃據“二先生手澤”當亦可信。若是則此本乃徐、董批點賀詩的可靠刻本。而坊主如此認真刊行徐、董批點賀詩,應與當時的社會風氣有關。明代後期,世風宣導反對封建禮教,主情任俠;徐渭一生自負才性,蔑視禮法,傲視權貴,而詩文書畫戲曲多憤世不平之作,尤其是徐渭自幼仿效李賀作詩,長而酷似之,袁宏道《徐文長傳》即評其詩曰:“當其放意,平疇千里;偶爾幽峭,鬼語秋墳。”言渭得賀詩之髓也。徐氏既喜賀詩,又是詩人,故其批點賀詩確有獨到之處。明人佘光説:“徐文長一代奇才,以奇詮奇,當無不快。”(《昌谷詩解輯·凡例》)明人對徐渭批點賀詩的評價,正道出了坊主積極刊行賀詩的原因。再者,徐渭批點賀詩,指出賀詩有“雕”、“率”、“雕率半”、“雕而其實率”、“雕而雕”等評語,乃前此評賀詩者所未道。前此評賀詩者,多謂賀詩刻意雕琢,自造新語,而賀詩率直的一面,則爲人所忽視。徐氏作爲詩人,對賀詩别有心會,能獨自指出賀詩“直率”的一面,可謂慧眼獨具。然而徐氏批點,興會所到,“點染數筆,舛漏尤多”,又“不事考核……紕漏甚多。董則補徐所略,救徐所偏而已。二家均爲力洗訓詁之氣，其于闡明作者之旨之趣，間得十之一二耳”（《昌谷詩解輯·凡例》）。徐批董注，合則雙美，離而兩傷，這應是坊主刊刻徐批賀詩時，一併刊行董注的原因吧！

另有一明刻本，遼寧、天一閣等圖書館有藏，上圖藏本有陳震等跋。該本卷前增入同郡陶望齡、公安袁宏道所撰《徐文長傳》二篇。

（九）曾益本。曾益釋《昌谷集》四卷，又名《李賀詩解》，上圖藏。半葉九行二十字，小字雙行同，注文統低一字。四周單欄，白口單白魚尾下爲卷次，上象鼻内鐫“昌谷集”三字。各卷首題“昌谷集卷之某”，次行下方具款“唐隴西李賀著”，三行下方署“明會稽曾益釋”，下連正文。卷前首杜牧《序》，次焦竑、王思任《李賀詩解序》，次李商隱《小傳》，次目録。卷後無附録。曾益字謙甫，一曰謙受，山陰人，工畫。所釋《昌谷集》有似其畫風嚴謹的一面，或考事實，或説詩意。考事實則稽古詳贍，不厭其煩；闡詩意則婉轉牽合，不嫌枝蔓。其解賀詩不乏獨到之見，如《畫角東城》一首，曾氏以爲“全首與畫角無涉，角字誤。當是《畫甬東城》，猶《畫江潭苑》之意。甬，東越地，會稽勾章縣東海中洲也”。曾益因熟悉家鄉會稽一帶地理，固能發前人所未發，糾正前此解賀詩者的失誤，爲後來解賀詩者如王琦等所採納。曾益乃明末一奇人，對賀詩别有心會，故一時名人如焦竑、王思任、李維楨、郎文焕均爲其此書作《序》（後二人序上圖藏本未見）。王思任《序》謂曾益解賀詩如“立賀於旁，推心代口，一一詰之，而一一通之”；並總括曾益貫通賀詩者有五：一通其渾沌，二通其棼亂，三通其利病，四通其謎隱，五通其玄古。且謂“即使賀見此書，亦必啞然大笑”，其推許可謂至矣。此本的版本淵源，張劍《李賀集版本校勘瑣議》以爲，應屬於宋臨安陳氏本。所言甚是。此本今存者尚多，上圖藏本有清佚名録何焯校，華東師大藏本有清江標《跋》，南京大學藏本有清邵鳴鸞批並《跋》，湖南省圖藏本有清羅宏洞《跋》，國圖藏本有鄭振鐸《跋》。

（十）余刻本。余光解輯《昌谷詩集》四卷、《外集》一卷，聽雨堂刻本，二册。此本今國圖有藏。余光字希之，莆田人，崇禎十年丁丑（一六三七）進士，官上虞知縣。此本卷前有李清、余颺《序》、余光《自序》，諸家事紀、詩評十二則，《凡例》八則等。其《凡例一》曰：“得西泉吴正子箋注，分卷與徐注合，考據甚詳。今篇次俱依二本釐正。”既然此本篇次是據吴本及徐渭本釐正，文字恐也據吴、徐二本爲準。徐渭本屬於宋臨安陳氏本系統，而臨安陳氏又是從吴本演化而來的。故此本就大的方面而言,應屬吴本系統;而從其具體情形而言,則應屬於徐渭本的下位本。此本書名"解輯",解指余氏的解説,輯指輯録諸家評注;解置前,輯居後;解説部分節采劉辰翁、徐渭、董懋策、曾益諸家之説,然大多數爲余光自己的新見。故余颺《序》謂此書"盡翻三注而詮以靈意,貫以慧舌,依義直解"。王琦曰:"予于明文選本見李君世熊一《序》言:'李賀死九百六十年,希之以神筆靈風,鼓二氣而呵活之。'美其注釋之甄明乃爾。"(王琦彙解《李長吉歌詩·評注諸家姓氏爵里考》)李清《序》亦謂余氏此注"闡理繪情","綴箋注諸家之偏,繹古人未抒之隱",可見此書之受人推許。而余光釋解賀詩,的確有獨到之處,如解《河南府試十二月樂詞》曰:"二月送别不言折柳,八月不賦明月,九月不詠登高,皆避俗脱胎法。"頗能道出賀詩在内容方面的刻意創新。又曰:"十二月詩,將景物人事約略點次,不可滯某月定配某事也。蓋文士歌辭不是《齊民》、《月令》。"則指出詩歌作品的文學性,本質與學術著作有别,這無疑是對前此循行數墨以解賀詩者頗中肯綮的批評,爲用文學眼光釋解賀詩提出了有益的看法。

(十一)汲古閣刻《唐人四集》所收《歌詩編》、四卷《外集》一卷,一册。此本存者尚多,國圖一藏本有清毛扆校、沈寶謙跋;一藏本有傅增湘校、吴慈培校並跋、吴昌綬跋。卷前有杜牧《序》,半葉十二行二十字,左右雙邊,版心白口單魚尾下題"歌詩卷幾"。首卷卷端題"歌詩編卷第一",次行下方題"隴西李賀"。《外集》另有目録,版式同,然也有二十一字者。卷後有毛晉跋文二則,其一曰:

> 余齠年從莊樂舅氏流憩舟中,見李長吉詩會稽本,誦之不能釋手,匄之而歸。廿年來出入懷袖,敝若砌前腐草,但病其評注多雜眩真,復有圈園職識之疑。繼獲臨安陳氏本,如《勉愛行》二首,離爲三首。《神絃别曲》、《神絃曲》、《神絃》三處,合編一處,詮次倒顛。又如"空白凝雲遏不流",誤作"空山凝雲";"杜若已老蘭苕春",誤作"繭苕春";"泣露嬌啼色",誤作"帝色";"向壁印狐蹤",誤作"孤蹤"云云,一一釐正。既而復見鮑欽止手定本,無論"白門前,大樓喜"一篇得未曾有,如"碧玉破不復",陳本作"破瓜後";"柳臉半眠丞相樹",陳本作"柳陰"之類,雖同是宋版,不啻涇渭之迥别。第《摩多樓子》作"棲子";"試伴漢家君"作"漢家書",此又鮑本白璧微瑕矣。倘古破錦囊中所藏不遭混中

之阨，盡出鮑氏手眼，李藩侍郎不稱大快耶？琴川毛晉識。

可見毛晉是見過宋刻《李賀集》的會稽本、臨安陳氏本和鮑欽止本的，並比勘了鮑氏本與陳氏本的不同，故此跋提供了諸本寶貴的版本鑒定資料。上文論及宋代刊本時已經説明，書棚本屬於鮑本系統，而臨安陳氏本屬於吴本系統，此不贅。其二曰：

> 據杜牧之《叙》云："歌詩離爲四編，凡二百二十三首。"今考鮑欽止手定本四卷，所載共二百二十首，又集外詩二十三首，已多二十首矣。何流傳至北宋大觀戊子冬者，反多於唐大和五年冬沈子明授杜牧之者耶？豈賀鑄氏得於梁鐸氏者，或有贋鼎耶？抑廁鬼有靈，復爾流布人間耶？毛晉又識。

關於賀集收詩數量，此本杜牧《叙》謂"二百二十三首"，與他本所載牧《序》"二百三十三首"少十首。實際上《唐文粹》所載牧《叙》僅謂賀詩"若干篇"，並不言具體首數，故知凡言具體篇數者，乃宋人所加文字。上文論宋代鮑本時已述及，賀集原本收詩當以二百三十三首爲是，後佚失十四首，故各本皆只二百十九首，可參看。毛晉謂鮑本收詩二百二十首，鮑氏明言只有二百十九首，毛晉誤。關於此本的版本源流，毛晉《跋》文盛贊鮑本，故其所據當爲鮑本，是此本屬於鮑本系統無疑。如鮑本卷三《謝秀才有妾縞練改從于人秀才引留之不得後生感憶座人制詩嘲誚賀復繼四首》其二"碧玉破不復"句，"破不復"三字，此本同；而宋宣城本、蜀刻本、臨安陳氏本等皆作"破瓜後"。不過，毛晉刻書大都經過校勘，故此本文字與鮑氏本亦有不同處，如鮑本外集《謠俗》"試伴漢家書"句，"書"字誤；他本皆作"君"，甚是；毛晉此本也作"君"，並校曰："一作書。"可見已經毛晉校改過。然而就總體而言，此本屬鮑本系統還是没有問題的。今鮑本已佚，故此本可説是現存各本中文字最接近鮑本的一個本子(參尤振中《李賀集版本考》)。

(十二)統籤本。胡震亨《唐音統籤》所收《李賀詩集》五卷，編卷三百七十七至三百八十一，丁籤八十一。此本編卷雖亦五卷，與通行本正集四卷、《外集》一卷同，收詩除附集所補二首外，與通行本也相同，但是已改爲分體編次。計第一卷三言、四言、五言古詩，第二卷七言古詩，第三卷長短句，第四卷五律、五絶、七絶，第五卷《外集》二十二首，凡分五古、七古，含補遺詩《静女春曙曲》、《少年樂》二首，另殘句五則，共二百四十三首。此本卷前，首胡氏爲李賀所作《小傳》,次杜牧《序》、次李商隱《小傳》、次胡氏所輯諸家李賀詩評,最後爲胡氏關於李賀詩編輯和收詩數量的説明,頗有見地。胡氏曰:

> 按:賀詩二百三十三首,出賀所手編,授沈學士子明者,載杜《序》甚明。投堰中之説,恐不足信。宋劉後村謂,佳句原不可多得,使賀集不遭厄,未必能一一如今之皆善。此言爲得之。今本四編爲二百十九首,較原數缺十四首,不知何年遺去。《外集》二十二首,宋人所補,晁公武云得之梁子美家者,不知前所遺十四篇即在此中否?今别録于後。郭茂倩《樂府》載有逸詩二篇,並附。若《東觀餘論》云,賀有逸詩五十二篇,則今無考矣。(《唐音統籤》第四册,頁三四七)

胡氏對李賀詩的編輯及流傳情形的分析,無疑是正確的。從文字方面看,此本所據當是明澂菉堂本。如澂菉堂本卷三《蝴蝶舞》,"舞"字,此本同,而他本皆作"飛"。澂菉堂本卷四《新夏歌》"落藥枯香數分在"句,"落藥"二字,此本同,而他本或作"落蒂",或作"絳蘂",或誤作"落帶";"陰枝秀牙卷縹茸"句,"秀"字,此本同,而他本皆作"拳",等等,這表明統籤本的確是據澂菉堂本改編入録的,應屬於澂菉堂本的衍生本。當然胡氏在改編前也進行過必要的校勘,如第三卷《日出行》一首,胡氏於詩後注曰:"近本失'烏不得翔'句,'火'字又誤作'久',正之。"然而由於不慎,此本又增加了一些新誤,如《新夏歌》:"陰枝秀牙卷縹茸"句,"牙"字,此本誤作"才",等等。而胡氏還據元復古堂本,將吴正子、劉辰翁的評注摘録一二附於各相應的詩篇之後,以備讀者觀覽,亦善舉也。

(十三)姚注本。姚佺等箋注《李長吉昌谷集句解定本》四卷,丘象隨西軒刻本。此本傳世者較多,國家、湖北省、北大、福建師大等圖書館均有藏,湖南省圖藏本有清查昇批校,上圖藏本有清陳本禮録清何焯校。此本《郎園讀書志》卷七有著録。姚佺字山期,一云仙期,號辱菴,又號石耳山人,秀水人。明末客居吴下,多與復社諸名士往來。此本四卷,詩凡二百四十一首,《外集》詩附於四卷之末。每卷卷端除題姚佺箋閲外,還有"同評"者與"辯注"者,然各卷之"同評"、"辯注"者並不相同:卷一同評者丘象升、蔣文運;辯注者丘象隨。卷二同評者胡廷佐、張恂;辯注者丘象隨、陳開先。卷三同評者朱潮遠、張星;辯注者楊妍、丘象升。卷四同評者謝起秀、孫枝蔚;

辯注者陳愫、丘象隨。卷前有丘俊孫、蕭雲五、李明睿、胡廷佐等人《序》，姚佺等十人合寫的《西軒同載》，李太虚等二十六人所寫的《李長吉詩總評》。卷中箋注，徵引吴正子、劉辰翁、徐渭、董懋策、曾益等諸家評注，故《西軒同載》有"剪截猥冗，删去繁蕪，又經石耳之考訂浮訛。有當於吾心，務著其出處而韙之；亡當於吾心，務審其是非而駁之。必會全章之文，而通上下之理，名曰'定本'"之説，可見此本是一部集注性質的箋注本。然因成於衆手，反使此本顯得繁蕪且多舛訛，薛雪《一瓢詩話》評此本曰："姚辱庵批李奉禮，矮人觀場。"(《清詩話》本)可見此本箋評賀詩不僅繁蕪多訛，且於李賀詩意的抽繹，多所不逮也。

此本還有梅村書屋假西軒刻版的重印本，傳世者亦不少，北大、清華、社科院文學所等圖書館皆有藏，國圖藏本有吴昌綬校並跋、紹鋭録清何焯批校；杭州大學藏本有何焯批並跋。内題"劉須溪點校李長吉詩集"雙行大字，中間一行小字，下方注"小築藏板"四字。卷前有"須溪總評"二則，次杜牧《序》，次李商隱《小傳》，次陸龜蒙《書李長吉小傳後》，次目録，各卷端題"李長吉歌詩卷之某"，次行題"西泉吴正子箋注"，三行題"須溪劉辰翁評點"，半葉九行二十字，小字雙行同，白口單花魚尾，上象鼻内頂邊欄題"李長吉集"，魚尾下爲卷次。

(十四)白鹿齋本。明白鹿齋刻《李長吉詩集》、四卷《外集詩》一卷，上圖藏。卷二闕第十九葉。此本半葉七行十七字，竹簡式邊欄，白口無魚尾，右欄内側上方鐫"漢蔡中郎竹册"，左欄内側下方鐫"白鹿齋摹古"五字。首卷卷端題"李長吉詩集第一卷"，次行低三字具款"隴西李賀著"。卷前唯杜牧《序》，次目録。《外集詩》凡二十二首。此本所據底本，乃是書棚本一系的本子，這可從編次及文字方面得到證明。如書棚本卷二《三月過行宫》次於《感諷》五首後，此本同；而蜀刻本、蒙古本次於卷一《湘妃》之後。又書棚本卷四《巫山高》次於《箜篌引》之後，此本同；而蜀刻本、蒙古本《巫山高》次於《上雲樂》之後。文字方面，書棚本卷一《唐兒歌》一題，此本同；而蜀刻本、蒙古本皆作"唐歌兒"。書棚本卷一《河南府試十二月樂詞並閏月》之《十二月》"依稀和氣排冬嚴"句，"排"字，此本同；而蜀刻本、蒙古本作"解"，等等，可見此本乃是據書棚本或其近似的本子翻刻的。此本藏印有"廷陵湛華堂珍藏印"白文長方印、"柳香女士"白文方印、"小字幼霞"朱文方印等。

清代刊刻和傳鈔的《李賀集》，其主要版本有以下幾種：

（一）清初刻本。清初無名氏翻刻吴正子箋注劉須溪評點《李長吉歌詩》四卷、《集外》一卷。此本上圖有藏，一册，半葉九行二十字，小字雙行同，箋注、評點文字統低一格。四周單欄，白口單白魚尾，上象鼻内鐫“李長吉集”，魚尾下爲葉碼。卷前首杜牧《序》、次李商隱《小傳》、次陸龜蒙《書李賀小傳後》、次目録。各卷首題“李長吉歌詩卷之某”，次行下方題“西泉吴正子箋注”，三行下方題“須溪劉辰翁評點”。據此可見此本乃翻刻吴箋劉評本者。《外集》一卷收詩二十二首，故共二百四十一首。

此本乃公文紙封面，封底尚殘存“日爲天啓乙”五字，可見應爲明末清初刻本。此本藏印有“蓉峰”白文方印、“戴熙私印”白文方印、“寒碧莊神”白文方印、“劉恕之印”白文方印。劉恕蓋清前期人，又名惺棠，字蓉峰，其藏書處號“寒碧莊”、“空翠閣”等，蓄書甚富，丁丙《善本書室藏書志》卷二十四至二十五著録其所藏唐集多家（鄭偉章《文獻家通考》中册，頁一〇三八）戴熙乃道光朝進士，官至兵部右侍郎，咸豐間太平軍陷杭州，投水自盡，贈尚書銜。

（二）錢鈔本。錢曾述古堂鈔《歌詩編》四卷、《集外詩》一卷，一册，國圖藏。半葉十行十八字，楷書鈔寫，字大如錢，頗爲工整。鈔於統一刷印的格子紙上，左右雙欄，無解行，書口有“長吉”字樣。首卷卷端題“歌詩編第一卷”，次行下方題“隴西李賀”。卷前首杜牧《序》，次目録。卷一詩五十八首，卷二詩五十五，卷三詩五十六，卷四詩五十，凡二百十九首。《集外詩》二十二首，合計二百四十一首。此本卷四後有“臨安府棚前北睦親坊南陳宅經籍鋪印”牌記一個，表明此本是據宋書棚本鈔寫者，這亦可從編次和文字方面得到證明。如書棚本卷二《勉愛行二首送六季之廬山》，題中“二首”，此本同；而宋陳氏本分編爲三首。書棚本卷四《神絃别曲》、《神絃曲》、《神絃》三題三首分編於三處，此本同；而宋臨安陳氏本合編爲一題三首。就文字而言，書棚本《李憑箜篌引》“空白凝雲頽不流”句，“白”字，此本同；而陳氏本誤作“山”，等等。可證此本的確是據書棚本鈔寫者。此本印記有“錢曾之印”白文方印、“尊王”朱文方印、“述古堂圖書記”朱文方印、“虞山錢曾遵王藏書”朱文長方印等，乃錢曾鈔本的明證。又有“稽瑞樓”白文方印、“鐵琴銅劍樓”白文長方印、“北京圖書館藏”朱文方印等，知此本自錢家散出後，爲陳揆所得，故卷中有“稽瑞樓”藏印。陳家書散出後，此本又爲瞿鏞所得，故卷中有“鐵琴銅劍樓”藏書印記。新中國成立後，瞿氏後人將藏書捐獻給國家，此本遂入藏北京圖書館（今國家圖書館），故卷中又有“北京圖書館藏”朱文方印。

（三）姚文燮《昌谷集注》四卷、《外集詩》一卷，四册。此本國家、湖北省、天一閣、河南大學等圖書館均有庋藏。文燮字經三，號羹湖，桐城人。順治六年己丑（一六四九）進士，然不樂仕進，以勤勞著述爲務。此書撰成於順治年間，初刻於蘇州。迨康熙初，又重刻於建陽。此本卷首有姚氏《自序》及《凡例》。重刊時增《題識》二則，陳二如、錢飲光、陳焯、宋琬、方拱乾、何永紹、姜承烈、黄傳祖諸人均爲作《序》。卷後附有蔣楚珍、陳二如、周玉凫、黄秋涵、錢飲光、吴炎牧、蔣潛伯諸人評語。陳焯《昌谷集注序》曰：“所好不在歡愉和吉之言，而獨流連於牢落不羈之李賀。豈心傷世變，學士大夫忠愛之意衰，特取詩之近《騷》者揚搉盡致，以自鳴其激楚耶！”這種以六經注我的辦法，當是姚氏注賀詩的目的所在。姚氏《自序》謂李賀處元和朝，“一出即攖塵網，姓字不容人間……賀不敢言，又不能無言，於是寓今託古，比物徵事，無一不爲世道人心慮”，更是明確地指出李賀借詩言志的特點。姚氏還説：“賀之爲詩，其命辭命意命題，皆深刺當世之弊，切中當世之隱。”故姚氏注多引兩《唐書》爲據，以史證詩，頗多新見。然姚氏亦有一味鉤深索隱，不免穿鑿之處；讀者若能批判待之，不謂無益。

（四）黄評本。黄淳耀評《李長吉集》四卷《外集》一卷。黄淳耀字藴生，號陶庵，明嘉定人。崇禎進士，明亡，嘉定城破偕弟淵耀自縊於西城僧舍，有《陶庵集》。此本爲清雍正九年辛亥（一七三一）金惟駿校刻，金氏《後記》曰：“黄陶庵先生評點《李長吉集》，在張徵君樸村先生處，昆山朱以載師録置篋中，愛而欲刻之。辛亥夏出以見示，余因借原本與嘉定戴君機又復校一過，亟付梓人。先生此本朱藍再勘，研審精詳，箋釋一二不剿不落，皆補舊注所未及者。卷首題數字云：‘所長在理外，是須溪獨見。然會意者，率不病於理。’觀此亦可知先生之善説詩矣。”然據尤振中先生考證，黄氏之評語多與徐渭、董懋策批注李賀詩相同，可能是黄氏摘録徐、董評語以備觀覽者，金氏不知，以爲乃黄氏評賀語，極推許而刊行之。然黄氏亦間有評語，只不過較少而已，如《湘妃》一首黄氏評曰：“題是《湘妃》，而詩止言湘竹。‘九山’五句，言吟弄之苦，而湘妃之哀怨不必言矣。”亦可謂不無見地。但將此本統稱曰黄氏評本，便有名不副實之嫌。至於此本的版本淵源，所據乃瀓菉堂本。光緒十八年（一八九二）葉衍蘭寫刻的黄淳耀評、黎簡批點《李長吉集》四卷、《外集》一卷，所據底本即此本；而黄、黎批點本，文字多與瀓菉堂本合（詳下）。據此亦可證明此本所據乃瀓菉堂本無疑。

（五）全唐詩本。康熙敕修《全唐詩》所收《李賀詩》五卷。《全唐詩》是在《唐音統籤》和清季振宜《全唐詩稿本》兩書的基礎上修訂而成的。而季氏《稿本》中的《李賀詩》，乃是將上述瀓菉堂本四卷原刻入編，删去各詩注文，後附汲古閣本《外集》一卷並補遺詩《静女春曙曲》、《少年樂》、《江南曲》三首編輯而成的。卷前爲季氏删存的李商隱《李賀小傳》和杜牧《叙》。五卷共二百四十四首（其中《江南曲》與卷一《追和柳惲》一首重出）。文字方面，季氏也作了校勘。季氏藏有宋宣城本，並以《樂府詩集》等諸書參校，故文字較前各本更精。如《稿本》卷三《蝴蝶舞》，季氏於題下出校曰："舞，宋刻作飛。"《秋涼詩寄正字十二兄》"青袍度白馬"句，"度"字下季氏出校曰："宋刻作瘦。"卷四《艾如張》"莫信籠媒隴西去"句，"籠"字下季氏校曰："宋刻作龍。""張在野田平碧中"句，"田"字下季氏校曰："宋刻作春。"《苦篁調笑引》一首，季氏删去題中"笑"字，改作"嘯"，等等，諸如此類的校記，比比皆是，可見季氏校勘之認真。康熙敕修《全唐詩》之《李賀詩》五卷，便是將季氏《稿本》中的賀詩悉數入編，而删去季氏補遺中重出的《江南曲》一首，又據統籤本補入殘句三則，次於末後。故《全唐詩》所收《李賀詩》五卷，共二百四十三首、殘句三則，成爲一時收詩最多的本子。文字方面，編臣作了進一步校勘，如卷四《日出行》"令久不得奔"句，季氏《稿本》原無校文，編臣於"令"字下出校曰："一本有'烏不得翔'四字。"於"久"字下出校曰："一作火。"然而由於編臣不慎，也承襲了季氏《稿本》的一些訛誤，如卷二《貴主征行樂》"奚騎黄同連鎖甲"句，"奚"字，各本同，唯宣城本作"妓"。季氏校勘時由於不慎，於"騎"字下誤校曰："宋刻作妓。"編臣不察，遂沿季氏之誤，亦將校記誤出於"騎"字之下，實則校記當出於"奚"字之下。

（六）方批本。方世舉批《李長吉詩集》四卷，過録本。方世舉字扶南，號息庵。桐城人，乾隆初舉博學鴻詞，不就。飽學工詩，著有《春及堂集》，又曾注韓昌黎詩，行於世。方氏批點原寫於徐渭、董懋策評注的《唐李長吉詩集》上，由於方批没有刊行，所以除陳本禮《協律鉤玄》曾引用數十條外，不見藏書家著録。後有人以朱墨二色，小楷精鈔，過録於姚佺《昌谷集句解定本》上。一九五八年，徐聲越就過録本加以整理，謄成清本（徐聲越《方扶南批昌谷集後記》)。一九六四年中華書局上海編輯所將徐氏的謄清本與王琦彙解《李長吉歌詩》、姚文燮《昌谷詩集注》合編爲《三家評注李長吉歌詩》,排印出版。此本卷前有"總評"數則,正文四卷,《外集》已散入正集中。方氏曰:"人只言其歌行,而不知其五律。賀之五律與柳州之七律,皆有味外之味,局亦似緊,格亦似平。卻洗削無一點塵埃。"可見對李賀律詩推崇之至。正因爲如此,方氏所批賀詩,特意用"律"、"排"等字樣標於律詩和排律的題頭上,方氏凡標出五律十一首,五排七首,共十八首,不足賀詩的十分之一。李賀詩畢竟古體與樂府居多,其律詩很少有人注意。方氏此舉,爲讀賀詩者注意其律詩作了有益的提示。方批賀詩,還注意對僞詩的甄别,凡方氏以爲僞者,則以"僞"字標於題頭上,凡標明之僞作達二十首,然多爲《外集》詩。方氏批點賀詩,亦爲選批,且有話則長,無話則短,有時甚至只有幾個字。如卷一《李憑箜篌引》,方氏批曰:"白香山江上琶琶,韓退之穎師琴,李長吉李憑箜篌,皆摹寫聲音至文。韓足以驚天,李足以泣鬼,白足以移人。"可謂善評詩也。中華書局上海編輯所《出版説明》稱贊方氏批注曰:"評語及一二箋釋,有極精闢的,可供讀昌谷詩的人參考。"此語的確能道出方氏批點的特點。

(七)王琦彙解《李長吉歌詩》四卷、《外集》一卷。有乾隆間寶笏樓刻本,上圖藏本六册,有顧廷龍録何焯批校,何中子、翁之廉及顧氏自跋。此本内封面中間大字題"李長吉歌詩",右旁小字題"王琢崖彙解",左旁小字書"寶笏樓藏板"。半葉十行二十字,小字雙行同,左右雙欄,白口單黑魚尾,上象鼻内鐫"李長吉歌詩",魚尾下爲卷次、葉碼。卷前首王琦《自序》,下有"王琦之印"陰文、"載菴"陽文二木記、次《評注諸家姓氏爵里考》、次趙信贊王琦注賀詩及王琦和詩凡四首、次目録,次《李長吉歌詩卷首》一卷,凡録杜牧《序》、李商隱《小傳》、陸龜蒙《書李賀小傳後》、戴叔倫《冬日有懷李賀長吉》詩、齊己《讀李賀歌集》等詩文,次《事紀十二則》、《詩評三十二則》等。《外集》一卷除原收各詩外,王琦又補入《静女春曙曲》與《少年樂》二首,故共二百四十三首。王琦《自序》略曰:

余集所見諸家箋注,删去浮蔓而録其確切者,間以鄙意辨析其間。有竟不可解者,多因字畫訛舛,難可意揣,寧缺無鑿,期于不失原詩本來面目,勿令後之觀者,因箋釋之不明,而反墮冥冥雲霧中也。

據此，王琦彙解收集了自宋吴正子以來，直至清姚三經等人注賀成果之精華，斟酌取舍，再參以己見。《四庫全書總目》卷一五〇《箋注評點李長吉歌詩》亦贊"王琦又采諸家之説，作爲彙解，遞相糾正，互有發明"。然此本如館臣所言，亦有"循文衍義"不得其真者。如"解'塞土臙脂凝夜紫'，不用'紫塞'之説，而改'塞土'爲'塞上'，引《隋書·長孫晟傳》'望見磧北有赤氣，爲匈奴欲滅之徵'。此豈復作者之意哉？"又《四庫總目》卷一七四《李長吉歌詩彙解》曰："琦此注兼採諸家之本，故曰'彙解'，亦不免尋行數墨之見，或附會穿鑿，或引據失當。如《雁門太守行》'塞土臙脂凝夜紫'句，舊注引《古今注》'紫塞'爲解，本不爲謬。而琦必從别本作'塞上'，引王勃'煙光凝而暮山紫'句，以就'凝紫'二字，是豈塞上夜景耶！又如《勉愛行》'洛郊無俎豆，弊廄慚老馬'句，舊本誤'慚'爲'斬'，曾益注遂云：'斬老馬以祖别。'直謂殺馬食客，固非事理。余光注'斬'爲'絶'，謂'廄中無馬可乘'，亦牽强未安。琦不從之，是矣。然不知此用陶潛詩，'馬廄'講肆之意，明儒者之不得志，而以爲'無俎豆以餞行，即乘馬亦非强壯'，仍郢書燕説也。至《蘇小小墓》詩'油壁車，久相待，冷翠燭，勞光彩，西陵下，風吹雨'。'下'與'雨'叶，乃用古音。集中如讀'來'爲'釐'，押入支韻之類，不一而足。琦乃易末句爲'風雨改'，以就'待'、'彩'二韻，尤失古法矣。此類不可枚舉，與諸家亦魯衛之政也。"此批評是精到的，然謂王琦此注與他家注本無别，則未免抑之太甚。中華書局上海編輯所《出版説明》評價此本曰："王琦的注本，是這些注本中比較詳明的一種，對以前的各家之説，頗能博觀慎擇，折衷是非。"此評最爲中肯。正因爲如此，王琦注本自出版以來，就倍受讀者青睞，雖不免有少數失誤，亦白璧微瑕也。此本文字，王琦雖曰"一遵吴本"，但因經過王琦校勘，故與吴本已有差異，正如四庫館臣所舉王琦易"雨"爲"改"，即是改動正文之例。不過就總體而言，此本屬於吴本系統，則是没有問題的。此本有光緒四年（一八七八）孟冬月宏達堂覆刻本，行款、版式相同，唯下象鼻内鐫有"宏達堂叢書"五字而已。

民國以來，王琦注本有中華書局上海編輯所排印本《三家評注李長吉歌詩》，另有《四部備要》本，及上海人民出版社一九七七年十二月出版《李賀詩歌集注》排印本，後者實爲中華書局本的翻排本，二本文字無甚差别。

（八）陳箋本。陳本禮箋注《協律鉤玄》四卷、《外集》一卷，嘉慶十三年戊辰（一八〇八）邗江陳氏裛露軒刻《江都陳氏叢書》收有此本，二册。上圖藏本有清顧蓴批校並跋，另一藏本有清曹堉批並跋；安徽省圖藏本有清丁晏批校。此本内封面中間大書“協律鉤元”，右邊小字書“李長吉歌詩箋證”，左下方小字書“裛露軒藏版”。半葉九行二十二字，四周雙邊，版心白口單魚尾，魚尾上接邊欄題“協律鉤元”。各卷首題“協律鉤元卷之某”，次行下方署“江都陳本禮箋注”。卷前有陳氏《自序》、杜牧《序》、兩《唐書》本傳、李商隱《小傳》及《諸家評論》等，次撰述《略例》七則，次《目録》。正集四卷，《外集》一卷附《補遺》收《静女春曙曲》、《少年樂》二首。全書文字訛誤極少，加之刻工精細，印刷認真，在清刻本中堪稱上乘。陳氏《自序》曰：

> 余于是書，雖不敢自謂獨開生面，然取之古人者十之三，杜撰者十之七，批大郤，導大窾，因其固然，考之當時，稽之史册，察其命𧖴，以無厚入有間，故所得多在酸鹹之外。極知荒誕，然于賀詩，固有默契者。用敢自識，以冀其或有一得焉。昔人有序注賀詩者，謂“賀死九百六十年，某以神筆靈風，鼓二氣而呵活之”，則吾豈敢。嘉慶戊辰九月望後邗江陳本禮素村氏漫記于古通化里之裛露軒中，時年七十。（上圖藏本）

可見陳氏此書乃是集諸家之注，益以個人之見而成的。其《協律鉤玄·略例》亦曰：“統諸家而彙萃之，義取乎精，詞切乎理，雖單辭隻語，在所必采。若夫浮言謬論，概置不録。”亦可見此書的集注性質。書中薈萃劉辰翁、徐渭、董懋策、黄淳耀、曾益、姚佺、董伯音、何義門、王琦、方扶南等諸家評注，可謂是繼王琦之後又一部較好的李賀詩彙注本。關於此書命名，陳氏《略例》解釋説：兩《唐志》、《宋史·藝文志》及《通志·藝文略》皆稱《李賀集》，然而“有稱爲《長吉歌詩》者，從杜樊川《序》也；有稱爲《昌谷集》者，因其所居之地而名之也。余妄易以《協律鉤元》者，蓋長吉七歲稱詩，即爲昌黎所賞識，而‘鉤元’一語，出自昌黎，以之名集，諒亦長吉所樂許也……以之命集，正亦如太白集稱‘翰林’，子美集稱‘工部’一例，秩雖微，名與之並列爲三矣”。揆諸陳氏用意，雖美，豈奈李賀所任爲“奉禮郎”，非協律郎何！至於此書重點，陳氏《略例》曰：“詩中故實，其隱僻者，悉爲箋出；人所習見者，則略之。蓋拙注專在發明義理，不欲作訓詁考據也。”爲達成“鉤玄”之目的，陳氏多引兩《唐書》，以知人論世，深求託喻，以明隱微。由於方法得當，故此本不乏灼見；然亦有過於求深，不免牽强附會者。如卷一《李憑箜篌引》末二句，陳氏注曰：“長吉睠念宗室，痛心往事，託言吴質不眠者，隱恨難消也。露腳，淚也。寒兔，月也。斜飛濕寒兔者，傷心之淚滴於月下也。”把本來極寫箜篌音樂美妙，感動吴質，以致陷入癡迷而久久不眠，附會成李賀因睠念宗室，痛心往事，託言吴質傷心不眠，灑淚濕兔，未免有强拉硬扯之嫌。諸如此類者書中還有一些。此書所據版本，應爲王琦彙解《李長吉歌詩》，然陳氏據黄之雋《唐堂集》卷二十一雜著五《詹言》下篇中語曰：“賀無七言律，一日讀《南園》詩第十一首，嫌語氣未完，急以十二首連讀之，始知爲一首而誤分者。”於是，陳氏便將《南園》第十一、第十二兩首七絶合爲一首七言律詩。此爲別本所無。陳氏不知，李賀原本有意復古而避新，不僅不作七律，五律亦極少。黄氏好事，感慨賀詩中無七律，而欲勉强牽合兩首七絶合爲一首七律，以補賀詩無七律之憾，實屬無謂。陳氏不辨，反坐實黄氏之説，使其成爲此本的明顯瑕疵。

（九）黄黎葉本。黄淳耀評、黎簡批、光緒十八年壬辰（一八九二）葉衍蘭寫本《李長吉集》四卷、《外集》一卷。此本書於統一印製的格子紙上，四周單欄，半葉九行二十字，蠅頭小楷，結體端正，筆法勁健又不乏秀美，自始至終一筆不苟，實難能而可貴矣。各卷首題“李長吉集卷某”，次行低二字題“黄陶庵先生評本”，三行低二格題“黎二樵先生批點”。卷前有杜牧《序》。第一卷卷首爲朱筆書寫的二樵山人《記》。卷後有葉衍蘭《題識》。全書題下詩後或字裏行間多墨筆評語，當即所謂“黄陶庵先生評”。天頭及字裏行間之朱批，當即“黎二樵先生批點”。黄氏生平，前已述及，此不贅。黎簡字簡民，號二樵山人，清廣東順德人。第一卷卷首朱筆書寫的黎氏《題記》，大略謂其自幼即喜長吉詩，且爲詩甚肖之。黎氏謂昔日嘗批點長吉詩於金惟駿刊行的黄淳耀評《李長吉集》上（已見）。黎批作於乾隆四十八年癸卯（一七八三）。批本輾轉至光緒間，葉衍蘭見之，大加賞愛，經校勘之後，以七十高齡工筆小楷，親手書之。葉氏於《題識》中記此事曰：“李長吉詩如鏤玉雕瓊，無一字不經百煉，真嘔心而出者也。二樵詩學，胎息於斯，故其評語最爲精當。此黄陶庵評本，二樵加墨其上，吕石帆得之，後歸陳蘭甫師。余從孝直世兄處假歸，課餘無事，一一録出。石帆間有附識，亦並録之。同人索觀，不能遍應，爰付剞劂，以給所求。坊肆刊行王琢崖評本，亦有足互證處，與此可參觀也。光緒壬辰仲秋葉衍蘭識，時年七十。”據此可知，黎批原寫於黄陶庵評本上，葉氏欲廣其傳，故經勘正精寫，並精刻套印行世。由於黎氏自幼喜愛賀詩，又是詩人，故所批不乏灼見。如卷一《李憑箜篌引》眉批曰:"'崑山'句形容聲之高;下句聲之幽;'十二門前'二句聲之和,能使景色亦和也;'夢入'二句歎其伎之神……;結句使吴剛亦來聽,不知久也,即白露沾衣意。"這裏黎氏的闡釋確有新意。又如同卷《夢天》一詩眉批曰:"論長吉每道是鬼才,而其爲仙語,乃李白所不及,'九州'二句妙有千古。"再如卷二《惱公》眉批曰:"句法、字法無不秀豔絶倫,後來朱垞閒情,發源於此。"此黎氏讚美賀詩之佳處。此外,還有推崇賀詩"極雕而佳"者,也有注意賀詩"一字不雕,一句不琢"的作品,以爲此類作品全不類李賀,而像元白。這些批語發前人所未發,使人有耳目一新之感。不過黎氏也指出了賀詩的缺陷,諸如不注意章法,有時用事直而傖,有些字句太稚嫩等等。然總的來看,黄、黎批點大都比較簡略,三言兩語,不成系統,然於讀賀詩者不爲無益。至於此本的版本淵源,前已述及黄評本所據乃澂荖堂本,則此本亦屬於澂荖堂本一系的本子無疑。民國六年(一九一七),葉氏刻本有上海掃葉山房石印本,綫裝二册。

(十)吴評本。吴汝綸評注《李長吉詩集》四卷、《外集》一卷。汝綸字摯甫,桐城人。同治進士,工古文,著有《詩説》等,嘗官冀州知州,光緒時充北京大學堂總教習。此本有民國十一年壬戌(一九二二)北京藝文書局刻本,河南大學等圖書館有藏,内封面中間大字題"李長吉詩集",左旁小字署"吴摯甫先生評注"。内封背面題"民國紀元十一年刊於都門"。半葉十行二十字,四周單邊,版心細黑口,單魚尾下署"李詩幾"。各卷首題"李長吉詩集卷某",次行下方署"桐城吴汝綸評注"。卷後有汝綸之子闓生《跋》,謂此本刊行,由賀性存主之,且謂"昌谷詩雖擅盛名,而真知之者實鮮。以刻腎嘔心之作,而世徒以幽怪賞之,不亦昌谷之大不幸乎!其集本傳者亦鮮,家有舊鈔注本,用力頗勤,亦多疏失。先大夫嘗爲之勘正,兼疏釋大指,又頗采諸家之説以附益之。於是昌谷之用意始較然可知,而其精華之藴亦盡出矣。賀君性存,取先君勘本精刊行世,闓生司其校勘。既成,爰敬跋於後。壬戌四月闓生謹記"。由此可知,此本是吴汝綸的集校、集注及彙評本,行間校語隨處可見。所引校本計有宋本、吴本、金本(實蒙古本,下同)、姚文燮本、曾益本、汲古閣本、王琦本、今本、一本等等。闓生謂其父能"勘正"舊本的"疏失",集衆本之長,信然。正因爲如此,此本文字多有可取之處。又,吴汝綸集注賀詩僅一百五十餘首,所引諸家有吴正子、鮑欽止、孟昉、徐渭、董懋策、曾益、何義門、王琦、方扶南、黄朝英等。吴汝綸的評注,一般置於各家之後,以“汝綸按”三字以示區别。如卷二《金銅仙人辭漢歌》於《序》云“青龍九年八月”下,先引黄朝英語,接以“汝綸案”曰:“《魏略》,事在景初元年。此《序》九年,當是五年之誤。今本作‘青龍元年’者,後人妄改也。”書中吴闓生的評語,當爲汝綸之孫所加。總的來看,汝綸評注賀詩比較簡略,然亦不乏灼見。如指出賀詩有的“豪縱”,卷一《夢天》評語即曰:“後半豪縱似太白。”同時還指出賀詩有的風格接近杜甫,如卷一《示弟》、卷三《秋涼詩寄正字十二兄》等數首便是。就文字方面看,此本當是以王琦本爲底子;然王琦校勘賀詩,雖極用力,然畢竟未見過宋本,甚至連蒙古本亦未嘗寓目。而吴汝綸集校此本不僅廣采衆本,還用宋本和金本參校。書中出校宋本、金本處多有,故此本在文本校訂方面,可以説是繼王琦本之後的一個頗爲精粹的本子。

新中國成立後,整理賀集較有成就者乃葉葱奇疏注《李賀詩集》四卷、《外集》一卷,人民文學出版社一九五九年一月版。此書卷前有《凡例》九則,對本書的底本與校本的選擇、異文的處理作了説明;對典故詞語的出處均予標注、深奥紆曲的字句皆有闡釋,以及全篇主旨意趣與運筆造句的精妙,或詩背景等需要説明的,均在“疏解”中予以疏説。“注釋”取於舊説者,十之六七,編者增補者十之三四;諸家之説可取的,則標明爲某家;其餘舊注新説,概不分别説明。由此《凡例》可以看出,此書對以往賀詩文字的校勘、典故詞語的注釋,以及内容的評點等方面的成果,作了一番認真清理,在吸收前人成果的基礎上,又參以作者自己研究所得,是《李賀集》整理研究的新收穫。此本以王琦“彙解爲主”,故正文文字當屬於吴正子本系統。此本卷後《附録》部分,收録有關李賀的豐富資料,以便讀者。

綜上所述,賀集版本有以下三個特點:第一賀集之卷次。杜牧《序》謂原編四卷,迄宋,增加《外集》一卷,詩二十三首,《新唐書・藝文志》著録的五卷本賀集,蓋即此種本子。至此,賀集的卷數、編次基本定型。後世雖有個别版本將《外集》詩附於第四卷之末或散入四卷之中者,但大多數版本基本保存了賀集原有卷數和編次面目,這在唐人别集中實屬難得。第二賀集之版本。今知賀集宋代出現了宣城本、京師本、鮑氏本、蜀刻本、書棚本、臨安陳氏本等等,其中鮑本因用數種本子比勘過,故在諸宋本中文字最善,頗受世人重視,後世迭經翻刻,流傳最廣。然鮑氏原本後亦無存,最接近其真面者,乃毛晉汲古閣所刻唐人四集本。宣城本、蜀刻本今有傳本,是校勘賀集的寶貴資料。書棚本亦無傳本,然錢曾述古堂有影鈔本,頗爲可貴。所以賀集雖屢經明人更張舊式,改頭换面,但清人刻書多據宋本,所以賀集宋本的面目得以保存。第三賀集的箋評。南宋吴正子乃箋注賀詩第一人,劉辰翁爲評點賀詩第一人,《四庫全書》即以二人評注本録入,可謂有識。自宋至清,賀詩注附會穿鑿者多有之,而館臣謂"正子此注,但略疏典故所出,而不一一穿鑿其説,猶勝諸家之淆亂",可見評價之高;賀詩評點者亦衆,而館臣單稱賞辰翁,謂其"惟評賀詩,其宗派見解乃頗相近,故所得較多"。明清箋注賀詩者雖衆,要當以王琦注最爲詳善,故後世翻刻本頗多,流傳亦廣。姚文燮、陳本禮二家注,能以史證詩,於賀詩亦多有發明,然二家仍有穿鑿附會處,讀者以批判的態度待之可也。

【參考文獻】尤振中《李賀集版本考》,《江蘇師範學院學報》一九七九年三期　張劍《李賀集版本校勘瑣議》,《中國社會科學院研究生院學報》二〇〇〇年一期

唐别集考卷第十五

會昌進士詩集

馬戴(? ～八六九?)字虞臣,早歲屢舉不第,會昌四年(八四四)方第進士,大中初太原李司空辟爲掌書記,以正言被斥,嘗爲朗州龍陽尉,遷舒州懷寧令,官終太學博士。

馬戴善詩,與賈島、姚合、殷堯藩等詩人均有酬唱。其集《崇文總目》卷六十一著録"《馬戴詩》一卷",《新唐書·藝文志四》、《宋史·藝文志七》著録同。陳振孫《書録解題》卷十九作"《馬戴集》一卷",集名稍異,卷數則同。清季振宜《季滄葦藏書目·延令宋版書目》著録"唐詩八家"之《馬戴集》(黄丕烈《士禮居叢書》本),或即陳氏《解題》著録之本。《季滄葦藏書目·宋元雜版書·文集》還著録"《會昌進士馬戴詩》,一本"。據此可見,宋元時戴集還有名"會昌進士馬戴詩"者。《唐才子傳》卷七謂馬戴"有詩一卷,今傳"。是宋元時,戴集傳本皆爲一卷。

明代傳鈔和刊刻的戴集,其主要版本有以下幾種:

(一)弘治本。弘治間刻《會昌進士詩》一卷。高儒《百川書志》著録"《會昌進士詩》一卷",當即此本。此本錢塘丁丙善本書室曾藏之,謂係明弘治刊本,劉蓉峰藏書,《善本書室藏書志》曰:"宋陳振孫《書録解題》著録其集,云與丹徒尉項斯、渭南尉趙嘏皆會昌四、五年進士,琴川席啓寓刻唐百家詩,即此本也。有'彭城伯子'、'空翠閣藏書'二印。"(《善本書室藏書志》卷二十五)劉恕字蓉峰,别號"傳經後人"、"彭城伯子",蘇州(今屬江蘇)人。藏書處名"空翠閣"、"寒碧莊"等。恕殆清前期人,家富藏書(鄭偉章《文獻家通考》,頁一〇三八)。《善本書室藏書志》卷二十四至二十五著録其所藏唐集多部,此其一也,然不知此本今尚在天地之間否。

(二)朱警本。嘉靖十九年庚子(一五四〇)朱警輯刻《唐百家詩·中唐二十七家詩》所收《會昌進士詩集》一卷。此本半葉十行十八字,左右雙欄,版心白口單魚尾下有"會昌詩"字樣,卷端首題"會昌進士詩集",次行下方題銜"太學博士馬戴虞臣"。此本乃明代刊行較早的本子,故所據底本,可能即爲宋本,因宋本今已不可見,所以其底本究爲何本則不得而知。此本凡録詩百六十首,文字偶有脱漏。如《寄西岳白石僧》"掛錫中峰□"句,脱第五字。《集宿姚殿中宅期僧無可不至》"人□去難追"句,脱第二字。《下第别令狐員外》"□欲辭知己"句,脱第一字。《攄情留别并州從事》"一□灑臨岐"句,脱第二字。《山中興作》"密葉浮雲□"句,脱第五字。《送宗密上人》"曾□南岳人"句,脱第二字等等。

(三)統籤本。胡震亨《唐音統籤》所收《馬戴詩》三卷,編卷六百十七至六百十九,戊籤二十,刻本。此本分體編次,首卷五古十二首、五律五十二,第二卷五律五十六、五言小律一,第三卷五排二十、七律七、五絶十、七絶十四,殘句一則,共百七十二首,殘句一則。較之朱警本,此本溢出五古《校獵曲》一首,五律《中秋夜坐有懷》、《宿陽臺觀》、《題鏡湖野老所居》、《題女道士居》、《送王道士》與《送道友入天台山作》等六首,五排《寄金州姚使君員外》一首,七律《題章野人山居》一首,五絶《江行遇客》一首,七絶《期王鍊師不至》與《秋日送僧志幽歸山寺》二首,共十二首,乃胡氏輯補的佚詩。此本所據底本,胡氏未説明。今考此本文字,則多與朱警本相同;然二本文字相異處,則多可於《文苑英華》等校本中找到依據,如朱本《送從叔赴南海幕》,題中"叔"字,此本作"弟",《英華》同。朱警本《夕次淮口》"天涯秋光盡"句,"秋"字,此本作"孤",《英華》同。朱本《下第别部扶》"唯將海上親"句,"海上"二字,此本作"滄海",《英華》同。朱本《遠水》"波輕片雪連"句,"輕"字,此本作"凝",《英華》同。朱本《送僧歸金山寺》"金陵山色裏"句,"山"字,此本作"江",《英華》同。朱本《題僧禪院》"禪心悟幾生"句,"禪"字,此本作"看",《英華》同等等,可見此本乃是以朱警本爲底本,將各體詩分别録出,分類編次,然後再補入佚詩,校勘文字後編輯而成的。上舉朱警本所脱文字,此本多已補上。胡氏還於字裏行間出校不少異文,並增加了一些注釋,這些注釋或辨别作品重收,或引入相關故實,頗有參考價值。如七絶《襄陽席上呈于司空》,題下朱本原無注,此本增注曰:"一作元稹詩。"該注爲辨别馬戴與元稹的重出詩提供了綫索。又如《塞下曲二首》其一"朝焚虜帳空,骨銷金鏃在"一聯下,朱本原無注,此本注曰:"段成式云:'坐客嘗吟此句。'"段氏之言的引入,爲研究馬詩在士人中的影響提供了佐證。

清代刊刻和傳鈔的馬集，主要版本有以下幾種：

（一）詩紀本。康熙間龔賢輯刻《中晚唐詩紀》所收《晚唐馬戴詩》一卷。此本半葉十二行二十一字，左右雙邊，版心上頂邊欄鐫有“晚唐詩”、“馬戴”字樣，正文首葉版心下方有“貞隱堂”三字。此本卷前唯目録，卷後無附録。各詩編次雖與朱警本不同，然卷數、首數與朱警本相同，文字亦與朱警本多同。如朱警本《送從叔赴南海幕》，題中“叔”字，此本同，而統籤本作“弟”。朱警本《夕次淮口》“天涯秋光盡”句，“秋”字，此本同，而統籤本作“孤”。朱本《遠水》“波輕片雪連”句，“輕”字，此本同，而統籤本作“凝”。朱本《題僧禪院》“禪心悟幾生”句，“禪”字，此本同，而統籤本作“看”，等等，可見此本是以朱本爲底子改編而成的。然此本當用統籤本作過校勘，故有個别文字與統籤本相同，如朱警本《送僧歸金山寺》“金陵山色裏”句，“山”字，統籤本作“江”，此本亦作“江”。朱本《旅次夏州》“嘶鴻發相續”句，“鴻”字，統籤本作“馬”，此本亦作“馬”。朱本《答太原從軍楊員外送别》，題中“軍”字，統籤本作“事”，此本亦作“事”，等等。不過此類情形只是少數，所以可以肯定此本乃是以朱本爲底本編輯而成的。然此本將底本出校的異文全部删去，與《初盛唐詩紀》所收諸家均保留校記的作法相比，亦是一缺憾。

（二）席刻本。康熙四十一年壬午（一七〇二）席啓寓琴川書屋輯刻《唐詩百名家全集》所收《會昌進士詩集》一卷、《補遺》一卷。《孫氏祠堂書目内編》卷四著録《會昌詩集》一卷、《補遺》一卷，蓋即此本。半葉十行十八字。卷前有目録，卷後《補遺》一卷。丁丙《善本書室藏書志》卷二十五謂此本的底本乃弘治本，然卷前目録及卷後《補遺》一卷，當爲席氏所加。

（三）全唐詩本。康熙敕編《全唐詩》所收《馬戴詩》二卷。《全唐詩》主要據《唐音統籤》和季振宜《全唐詩稿本》二書編纂而成。季氏《稿本》中的《馬戴詩》二卷，乃是將上述朱警本原刻直接入編，再於卷末補入佚詩《宿陽臺觀》與《寄金州姚使君員外》二首編輯而成的，故《稿本》共百六十二首。文字方面，季氏藏有《馬戴集》宋元善本（見上），季氏用宋元本及《唐文粹》、《文苑英華》、《樂府詩集》等典籍校勘，出校的異文頗有參考價值。如朱警本《題僧禪院》題下，原無校記，季氏出校曰：“《英華》作‘題興善寺英律師院。’”又如朱警本《贈楊先輩》題下，原無校記，季氏出校曰：“《英華》作‘送楊之梁先輩。’”前詩題下出校“興善寺英律師”、後詩題下出校先輩姓名“楊之梁”，爲理解詩意提供了有益的幫助。康熙敕編《全唐詩》所收《馬戴詩》

二卷，便是將季氏《稿本》中的《馬戴詩》一卷悉數收入，再於卷首補入佚詩《校獵曲》與《蠻家》二首，於卷末補入佚詩《中秋夜坐有懷》、《題鏡湖野老所居》、《題女道士居》、《送王道士》、《送道友入天台山作》、《題章野人山居》、《江行遇客》、《期王鍊師不至》、《秋日送僧志幽歸山寺》凡十一首，殘句一則，然後分編二卷而成的，故《全唐詩》共有詩百七十三首，殘句一則，成爲一時收詩最多的本子。文字方面，編臣也作了校勘，如朱警本《關山曲》二首其一"更遣在蘭州"句，"在"字，季氏《稿本》同，編臣據《英華》注及統籤本改作"擊"，一字之差，使此詩氣勢頓生。又如朱警本《送武陵王將軍》"寒霄突禁宫"句，"突禁宫"三字，季氏《稿本》同，然"突禁宫"費解，編臣據統籤本改作"突禁營"，語意即刻大變，等等。所以《全唐詩》無論收詩數量還是文字品質，均較《馬戴集》諸古本略勝一籌。

（四）江標本。光緒間江標影刻《唐人五十家小集》所收《會昌進士詩集》一卷。此本内封面題"會昌進士詩集"，左旁小字署"睦親陳宅刻本"。每半葉十行、行十八字，版心白口單魚尾下有"會昌詩"字樣，卷首題"會昌進士詩集"，次行下方題銜名"太學博士馬戴虞臣"。卷前、卷後無任何附録。此本卷數、收詩、編次、文字悉同朱警本，且連版式、行款及所出校記和卷中脱闕的文字等等，也幾與朱警本完全相同。據此可見，此本乃是以朱警本爲底本影刻而成的。然而此本内封面左旁所署"睦親陳宅刻本"，這恐是江標的推測之詞，究其原因，蓋緣南宋陳起父子書籍鋪所刊唐人集，通用版式爲十行十八字，江標僅憑此本版式，推測其爲"睦親陳宅刻本"，其實將此本與朱警本稍加對勘，便可清楚看到此本所據實爲朱警本。或者，此本與朱警本所據底本，均爲宋書棚本，故二本極其近似耶？因"睦親陳宅刻本"今已無存，故此本底本究爲何本，尚待進一步證實。

長期以來，馬戴詩一直被學界冷落。新中國成立後直到一九八七年十二月上海古籍出版社方出版楊軍、戈春源《馬戴詩注》（收入該社《唐人小集》叢書）。此本以朱警本爲底本，校以統籤本、全唐詩本、席刻本、詩紀本等，並以《文苑英華》、《唐詩品彙》諸集參校，文字擇善而從，然録字偶有訛誤。如朱警本《下第別部抶》，題中"抶"字，此本誤録作"扶"，《全唐詩》同。又如朱警本《寄廣州楊參軍》"前期杳難問"句，"期"字，《全唐詩》同；而此本誤校曰《全唐詩》作"朝"。再如朱本《哭京兆龐尹》"履跡莓苔掩"句，"莓"字，統籤本作"蒼"，而此本誤校曰統籤本作"巷"，等等。然此本注釋要言不繁，準確明晰。馬戴佚詩輯補，則由席本《補遺》增補佚詩《宿陽臺觀》、《寄金州姚使君員外》、《中秋夜坐有懷》、《送道友入天台山作》、《江行遇客》凡五首；由《古今圖書集成》輯補佚詩《過灊岳》、《送淮陽縣令》二首；由《全唐詩》輯補佚詩《校獵曲》一首。此書《附録》，彙集與馬戴有關的篇什和馬戴生平事蹟材料，以及前人對馬戴詩的評論，以便讀者。卷首《前言》對馬戴生平、詩歌内容和藝術特點進行全面介紹，並對其版本情形作了説明。所以綜合起來看，作爲《馬戴集》的創注本，此本不失爲一個較好的整理本。而全唐詩本《蠻家》一首，又作項斯詩；席本《補遺》及《全唐詩》中的《題鏡湖野老所居》、《題女道士居》、《送王道士》、《題章野人山居》、《期王鍊師不至》、《秋日送僧志幽歸山寺》等六首又作秦系，且《秦系集》此六首亦注曰"一作馬戴"。以上七首，此本附於集後，且云"以利討論"。此外，席氏本《補遺》"還有《早秋宿崔業居處》等七首"，童養年先生斷定"皆爲秦系詩"（此本《前言》），因而未予收録。

沈下賢文集

沈亞之（？～八三一？）字下賢，吴興（今浙江湖州）人。元和十年（八一五）進士及第，釋褐涇原節度使幕職，入爲秘書省正字，長慶初復登賢良方正能直言極諫科，調櫟陽尉，後入福建觀察使幕爲都團練副使，大和初以殿中侍御史充滄德宣慰判官，宣慰使柏耆擅殺叛將，牽連遭貶虔州南康尉，改郢州司户參軍，卒於官。

亞之嘗遊韓愈門下，工詩善文，尤長於傳奇小説，李賀稱爲"吴興才人"。然其作品是自行結集，抑或他人代爲編纂成集，因文獻無徵，今已不得而知了。

入宋，《崇文總目》卷六十著録《沈亞之集》九卷，稍後的《新唐書·藝文志四》著録同。迨哲宗元祐間，無名士人獲其善本，反復校讎，重編爲十二卷，並序曰：

> 文章盛衰，與世升降。唐之文風，大振於貞元、元和之間，韓柳唱其端，劉白繼其軌，當時學者涵濡游泳，攬其英華，洗濯磨淬，輝光日新，苟有作者，皆足以拔出流俗，自成一家之語，則吴興之文是已。公諱亞之，字下賢，吴興人，元和十年登進士第，歷辟藩府，嘗游韓愈門，

李賀許其工爲情語，有窈窕之思。其後杜牧、李商隱俱有擬沈下賢詩，則當時稱聲甚盛。而存於今者，既不盡見，世之所有，復舛錯訛謬，脱文漏句，十有二三。頃得善本，再加校覆，皆得其正，惜其藏於篋笥，不得與好學之士共其翫繹，因命工刊鏤，以廣其傳。元祐丙寅十月一日題。(《沈下賢文集》,《四部叢刊》影明翻宋本)

據"命工刊鏤"一句看，當時亞之集已有槧本。錢曾《讀書敏求記》著録此本曰："《沈下賢文集》二十卷……此刊於元祐丙申，不識流俗本有異同否？惜未一校對耳。"(《錢遵王讀書敏求記校證》,頁一九二)觀錢氏口氣，其即藏有亞之集元祐刊本。然而天一閣藏明鈔本、清末葉德輝刻觀古堂本《沈下賢文集》(均詳下)，卷前無名氏元祐《序》末均謂："因欲命工鏤刻，以廣其傳，惜乎志有待而未能也。"同爲無名氏元祐序，而言其本並未刊行。觀古堂本童光漢《新刊沈下賢集序》即據此斷言：亞之集"元祐中實無刻本"，並指斥錢氏著録之元祐刻本爲"不可信"。至於《敏求記》著録亞之集的其他訛誤，如元祐年號無"丙申"，而著録誤作刊於"丙申"；亞之集從無"二十卷"本，而著録誤爲"二十卷"等等，這些《四庫全書總目》已辨之甚悉。不過黄丕烈所見《敏求記》鈔本及錢曾所鈔《述古堂藏書目録》題詞俱作十二卷，可見"二十卷"一誤，乃傳刻所致，非錢氏之誤(見《錢遵王讀書敏求記校證》章鈺校記)。而元祐丙寅究竟有無刊本？尚待作進一步研究。退而言之，即便元祐刻本並不存在，無名氏所編十二卷本的存在，則是毫無疑問的，且此十二卷本，乃爲後世各十二卷本的祖本，這一點也是没有問題的。唯《崇文總目》與《新唐志》著録均爲九卷，此本增至十二卷，原因何在？今考《四庫全書總目》，館臣謂亞之集"其中如《秦夢記》、《異夢録》、《湘中怨解》，大抵諱其本事，託之寓言，如唐人《后土夫人傳》之類，劉克莊《後村詩話》詆其名檢掃地，王士禛《池北偶談》亦謂弄玉、邢鳳等事，大抵近小説家言。考《秦夢記》、《異夢録》二篇見《太平廣記》二百八十二卷，《湘中怨解》一篇見《太平廣記》二百九十八卷，均注曰'出《異聞集》'，不云出亞之本集。然則或亞之偶然戲筆，爲小説家所採，後來編亞之集者又從小説摭入之，非原本所舊有歟"(《四庫全書總目》卷一五〇，頁一二九四)。就是説十二卷本内小説類作品，並非原編所有，而是後人掇拾散逸補入的，其始補入者，蓋即元祐之無名氏，而元祐本所增補，該不止小説類作品，應爲當時所能搜集到的全部集外篇什。而作品的批量補入，勢必帶來卷數的增加，故元祐本增至十二卷乃勢所然。

宋室南渡，晁公武《讀書志》著録“《沈亞之集》十卷”（袁州本作八卷），《文獻通考》著録同。晁氏記曰：“此本之後有景文宋公題字，稱得之於端明李學士，編次無倫，蓋唐本也。予頗愛其能造語，然其本極舛誤，頗是正之。且哀其遺闕者數篇，及賀、牧、商隱三詩附於後。”（《郡齋讀書志校證》卷十八，頁九〇一至九〇二）據晁氏所記，宋祁本得之端明李學士，因而推測爲“唐本”十卷，與《崇文總目》、《新唐志》著録之九卷本，及元祐無名氏十二卷本均不同，當爲另一種不同傳本，此本後亦散佚。南宋後期，陳振孫《書録解題》卷十九著録“《沈下賢集》十二卷”，此本清初尚傳，《季滄葦藏書目·宋元雜版書·文集》著録“《沈下賢集》十二卷”（《士禮居叢書》本），當即此本，可惜今亦無傳。至於《唐才子傳》謂“有集九卷傳世”，蓋據《崇文總目》和《新唐志》而言，並非實録。

明代刊刻和傳鈔的亞之集，其主要版本有以下幾種：

（一）明翻宋本。明萬曆翻宋刻《沈下賢文集》十二卷。此本國圖有藏，半葉九行二十字，四周或左右雙邊，白口單魚尾，上象鼻内有“沈下賢文集”字樣，魚尾下署“卷全”字樣，而不題卷次。這種署題，爲其他古刊本唐人别集所少見。卷前首元祐丙寅無名氏《序》，次目録，卷後無附録。各卷首題“沈下賢文集卷第某”，下有子目連接正文。卷一賦三首、詩十七首，卷二至四雜著十七，卷五至六記十六，卷七至八書十七，卷九序、贈序十四，卷十策問並對九，卷十一碑文一、墓誌七、表一，附見南卓題記一，卷十二行狀一、哀祭文八，詩文共百十一首，附見文一首。此本文字頗有脱誤。脱漏例，如卷六《櫟陽縣丞小廳記》“□□□□既已賓之來視”句，脱首四字。又卷七《上家官書》“跨於礎而百棟□負”句，中缺一字。卷十《賢良方正能直言極諫策二道》其一“衆庶之情□變之俗”句，中脱一字。《賢良方正能直言極諫策》其二“蚊蚋□□如使恢宏”句，中脱二字。譌誤例，如卷一《夢遊仙賦》“羸吹既調戞湘絃”句，“羸”字乃“嬴”字之譌。卷二《祝㭏木神文》“椽無鬱也於是”句，“鬱”字乃“虞”字之譌；“含端光而爲體”句，“端”字乃“瑞”字之譌；“惡情明之闇靄”句，“情明”乃“清明”之誤。卷六《移佛記》結句“故精鹿其内外之像以陳之”，“鹿”字乃“麤（粗）”字之誤。卷九《送韓北渚赴江西序》“又使郡居不類乎”句，“郡”字乃“群”字之譌，等等。此本錯譌雖多，然而卻是明代亞之集的最早刻本，《四部叢刊》初編所收《沈下賢文集》十二卷，即據此本影印，《叢刊書録》曰："前有元祐丙寅闕名序，目連正文，葉排長號，每葉十八行、行二十字。明萬曆中與吴興三沈集並刊，源出於宋。"在宋槧散逸的情況下，此本遂成爲亞之集諸古本中一個非常重要的本子。

（二）葉鈔本。明末葉林宗鈔《沈下賢文集》十二卷。此本今藏日本静嘉堂文庫，有清王振聲校跋，並將吴翌鳳、孫明志、黄丕烈校跋迻入卷中，《皕宋樓藏書志》與《儀顧堂續跋》及嚴紹璗《日藏漢籍善本書録・集部・别集類》均著録此本。卷後有葉萬手書跋文，其略曰：

> 崇禎戊寅，從閶門坊中得《沈亞之集》舊人鈔本。才取歸，爲從兄林宗借去，經載相索，以〔此〕本見償，其原本則乾没矣。近來林宗物故，書籍星散，宋元刻本盡廢於狂童敗婦之手。所謂舊鈔者，已不可知矣。此書幸歸於我，庶延幾年之存。閑窗整理書籍，復爲裝治。……旹康熙戊申歲，洞庭葉萬字石君識。（見《皕宋樓藏書志》卷七十，頁七九六）

據此，崇禎戊寅歲（十一年，一六三八）葉萬所得舊鈔本亞之集，旋爲葉林宗借去，索之經年不還，林宗償以此鈔本。而舊鈔本，林宗身後下落不明（實歸錢謙益，今藏天一閣，詳下明鈔本）。而此本則存於葉萬處，康熙戊申歲（七年，一六六八），葉萬重裝此本，卷中有葉萬手書跋文，乃此本之表徵。葉萬家書散出後，此本輾轉至清後期，爲常熟王振聲收得，王氏遂攜入同里瞿氏恬裕齋，用瞿氏所藏稽瑞樓本、孫鈔本（均詳下）校此本，並將諸家跋文一併迻録入此本中。校畢，王氏於此本卷後跋文二則，其一曰：

> 《沈下賢集》，瞿氏恬裕齋有兩本。一爲江都吴心葵彙校，有周香巖本、青芝堂張本、毛□□本、吴枚庵校本、《文粹》、《英華》、《書苑菁華》本、陳子準本。舊校本最爲該備。其底本爲陳子準所藏，吴氏稱爲陳本。今以此本與陳本互異之字，録之簡端，恐混陳御史本，改稱瞿本，餘則節録之，以備參考。一爲樸學齋本，蓋即此本所出，然亦不無小異，或爲傳録之誤。今復補校於上，所稱葉本是也。葉本有葉某記云："崇禎四年，假馮己蒼鈔本，舅氏楊伯仁爲余録就。"而吴心葵云："陳子準藏本，係出馮氏，較諸本脱誤特少。"是兩本同出一源也。鄙意當以鈔本爲主，而以各家所校列於句下，庶無甲冠乙履之弊。如以爲然，當更爲之；若欲效《韓文考異》，擇善而從，則愚非其人也。陳御史、

馮己蒼,皆吾邑人,《邑志》皆有傳。陳子準,名揆,亦吾邑人,有稽瑞樓藏書。吴心葵爲吾邑蔣氏之所自出,亦爲邑人矣。附記之,或作序例者有取焉。咸豐丙辰夏四月中旬昭文王振聲校畢,記於鐵琴銅劍樓。(《日藏漢籍善本書録》,頁一四八〇)

王氏跋文其二,在所録孫明志跋文後。此本從王家散出後,歸陸心源皕宋樓,故《皕宋樓藏書志》卷七十、《儀顧堂續跋》均有著録。《皕宋樓藏書志》著録爲"舊鈔本,葉石君舊藏",甚是。《唐集叙録》謂此本即藏於葉石君處之孫明志本,則非是。孫本今藏國家圖書館,而此本今遠藏日本静嘉堂文庫。《儀顧堂續跋》著録此本曰:

《沈下賢集》十卷,前有元祐丙寅無名氏刊版序,次總目。每卷有目,後有葉石君手書跋。每葉十八行,每行二十字,當從元祐刊本鈔出者。是書宋以後無刊本,鈔帙流傳,脱訛甚多。此本訛較少,如卷首《夢遊仙賦》"星赧曉以淡白","淡"不作"談";"襲烈蕙之芳風","蕙"不訛"董";"嬴吹既調戛湘絃","嬴"不訛"羸";"菱結帶兮荇含絲",不奪"兮"字:皆勝諸本。至《秦夢記》、《湘中怨解》列卷第二,《異夢録》列卷第四,則北宋已然矣。(《儀顧堂續跋》卷十二,見《儀顧堂書目題跋彙編》,頁四一七)

陸氏謂此本從元祐本鈔出,大誤。蓋林宗據葉萬所得舊鈔本録出,而以此本償之。陸氏又謂,沈集宋以後無刊本,亦非是,萬曆所槧,非即宋以後刊本歟?然陸氏舉例證明此本訛誤較少,鈔帙脱訛甚多,或近是也。

(三)謝鈔本。謝肇淛小草齋鈔《沈下賢文集》十二卷,復旦大學圖書館藏,南圖有電子本。謝肇淛,字在杭,福州長樂人,萬曆進士,官至廣西右布政使,有善政,有《小草齋稿》。此本《善本書室藏書志》有著録,判爲"明謝氏小草齋鈔本,周櫟園藏書",又謂:"前有無名氏元祐丙寅十月一日序云……自來藏書家皆屬寫本,惟見朱氏結一廬有一明刊者。此爲小草齋鈔本,必同時傳録,目録外又有每卷之目,接於本文,猶存舊式。後録《文獻通考》一則。萬曆丙午徐𤊹一跋,云鈔自焦太史者。有'謝在杭家藏書'長印、'周亮工印'、'曾爲大梁周氏所藏'、'夢廬借觀'諸印。周亮工字元亮,號櫟園,祥符人,崇禎庚寅進士,入國朝官户部侍郎,箸有《賴古堂集》。"(《善本書室藏書志》卷二十五)"焦太史",當指焦竑,嘗爲史官,故稱"焦太史",所編《國史經籍志》今存。焦氏既纂《國史經籍志》，則其所鈔亞之集，蓋出於内府藏本。徐氏跋謂鈔自焦太史本，此本又録有徐氏跋文，則此本或出於徐氏本，若是則此本亦源於焦氏本。今考明楊士奇《文淵閣書目》卷九著録有"沈下賢文集，一部一册闕"，孫能傳《内閣藏書目録》卷三亦著録"沈下賢文集，一册全"。亞之集明代萬曆前絶無刊本，故二目所著録者，當爲宋本。若是則此本淵源所自，當爲内閣所藏宋本，其版本價值，不言自明矣。

（四）明鈔本。明無名氏鈔《沈下賢文集》十二卷，今藏寧波天一閣。此本元祐無名氏《序》首及卷末兩處，有"絳雲樓"朱印，卷中又有"葉氏珍藏"、"石君"印、"盧氏藏書"印，以及"張金吾藏"諸印。葉石君，即葉萬。上文叙及葉鈔本時，已談到崇禎十一年戊寅（一六三八）葉萬得一舊鈔本，"才取歸，爲從兄林宗借去"，索之經年，從兄僅以其鈔本相償，而"舊鈔者"，林宗身後下落不明。今考此本既有葉萬印鑒二枚，表明曾爲葉萬收藏，但卷中無葉萬跋文；而葉林宗鈔本，則有葉萬手書跋文（已見）。據此可以斷定：此本即崇禎十一年葉萬所得，旋歸葉林宗而後下落不明的舊鈔本，可無疑也。又，此本鈐有"絳雲樓"朱印二枚，表明曾爲錢謙益庋藏。而絳雲樓乃錢氏入清後所建書樓，所以此本應爲葉林宗書散出後，錢氏收得此本庋藏而加蓋印記者。此本又有"盧氏藏書"印記，此"盧氏"，不知是否盧文弨，若然則乾隆時此本爲盧文弨所得。盧家書散出後，嘉道之間此本又爲張金吾收得，故卷中有"張金吾藏"數枚印記，《愛日精廬藏書志》卷二九亦著録有此本，張氏所録卷前無名氏《序》，末二句爲"因欲命工刻鏤以廣其傳，惜乎志有待而未能也"，與明翻宋本所載無名氏元祐序迥然有異。此本入藏天一閣，應在張氏書散出之後，時間已入近代了。諸家鑒藏印記，乃此本輾轉遞藏的烙印，考之令人感慨。此本半葉九行二十字，鈔於統一刷印的格子紙上，四周單邊，單黑魚尾，版心上題"沈下賢文集"。卷首《序》，筆跡與正文不同，或爲另一人所鈔。就文字而言，此本與明翻宋本區别也很明顯。如卷一《題海榴樹呈八叔大人》，題中"大人"，明翻宋本作"大夫"。又如卷一末《村居》一詩，明翻宋本無此首。如卷六《櫟陽縣丞小庭記》倒數第四行"賓哉"二字下注"闕"字，明翻宋本作"賓哉□□□□既已賓之來視"，中間脱四字。如同卷第四首《移佛記》最後一句"是故精麤其内外之像以陳之"，"精麤"二字，明翻宋本誤作"精鹿"。卷七《上冢官書》，題中"冢"字，明翻宋本誤作"家"；第九行"跨於礎而百棟賴負"句，"賴"字，明翻宋本脱。卷九

《送韓北渚赴江西序》第七行"使群居不類乎是以慎行者"句,"群居",明翻宋本誤作"郡居"。卷十一《盧金蘭墓誌》第六行"年自十五歸於沈君"句,"沈君",明翻宋本訛作"沈居",等等。不過總體而言,此本除卷一溢出《村居》一首外,卷次篇第則與明翻宋本完全相同,二本乃同源所出,應該没有問題。至於一些字句的差異,當爲明翻宋本粗疏所致。

清代刊刻和傳鈔的亞之集,其主要版本有以下幾種:

(一)孫鈔本。清初孫明志鈔《沈下賢文集》十二卷,有孫明志校跋並録明葉奕校跋、清葉萬跋,國圖藏。《鐵琴銅劍樓藏書目録》著録有此本,其略曰:"此出馮氏鈔本,同里葉奕傳録之,孫明志再録之,復以陳氏藏本校過。"是此本乃孫氏鈔本,《中國古籍善本書目》、《中國古籍總目》均著録爲"楊伯仁鈔本",大誤。楊鈔本乃此本之底本,二者不能混爲一談,卷中所録葉奕、孫明志二人跋文皆爲明證。葉氏跋曰:"崇禎四年(一六三一)假馮己蒼鈔本,舅氏楊伯仁爲余録就。冬十一月假馮偉節原本校對四卷,遷延八月未及卒業。今何公虞見促,閲一晨夕校畢。五年六月十有二日,葉奕記於虞山之崧室。"據此可知,葉奕本乃崇禎時所鈔,所據爲馮己蒼本,鈔手爲楊伯仁。孫明志跋曰:"丁亥歲家叔假此本於葉君,託姚君陛録之。録訖,余爲校一過。姚君又收得陳御史察所鈔舊本,余因借得校此本,雖差誤頗多,亦時有一二佳處,凡額間及行中墨筆注者,皆陳本也。十一月十七日校完識此。""丁亥"乃清順治四年(一六四七)。是此本乃順治時所鈔,鈔手爲姚陛,上距楊伯仁鈔本已十六年。由於姚氏鈔寫時將葉奕跋文一併録入此本内,《善本書目》與《古籍總目》編者未加細考,誤以此本乃楊伯仁鈔本。從版本傳承而言,此本乃楊伯仁本的下位本。瞿氏復曰:"此本又藏葉石君處。"(以上見《鐵琴銅劍樓藏書目録》卷十九,頁二八六至二八七)葉石君,名萬,號潛夫,江蘇吴縣人,有"樸學齋"。此本有葉萬跋語,卷首有"樸學齋"朱記,皆葉萬嘗庋藏此本的明證。葉氏書散出後,此本輾轉歸鐵琴銅劍樓,新中國成立後,瞿氏後人將此本捐獻給國家。

(二)四庫本。《四庫全書》所録《沈下賢集》十二卷。卷前首館臣《提要》,次《沈下賢集原序》。各卷次行首題"沈下賢集卷某",下署"唐沈亞之撰"。此本卷次篇第與明鈔本完全相同,卷一亦收有《村居》一首,文字較明翻宋本更近於明鈔本。此本卷一《題海榴樹呈八叔大人》,題中"大人",明鈔本同,而明翻宋本作"大夫"。此本卷六《移佛記》最後一句"是故精羸其内外之像以陳之”,“精麤”二字,明鈔本同,而明翻宋本誤作“精鹿”。卷七《上冢官書》,題中“冢”字,明鈔本同,明翻宋本誤作“家”。再如卷九《送韓北渚赴江西序》第七行“使群居不類乎是以慎行”句,“群居”,明鈔本同,而明翻宋本誤作“郡居”等等,可見此本文字更接近於明鈔本,而與明翻宋本區别較大。《四庫全書總目》曰:

> 《沈下賢集》十二卷,編修汪如藻家藏本。……是集凡詩賦一卷,雜文、雜記一卷,雜著二卷,記二卷,書二卷,序一卷,策問并對一卷,碑文、墓誌、表一卷,行狀、祭文一卷。杜牧、李商隱集均有擬沈下賢詩,則亞之固以詩名世,而此集所載乃止十有八篇。……此本前有元祐丙寅重刊序,不署姓名。錢曾《讀書敏求記》乃稱爲元祐丙申刻。考元祐元年歲在丙寅,至甲戌已改元紹聖,中間不應有丙申,蓋即此本而曾誤記寅爲申。又是集本十二卷,曾記爲二十卷,亦誤倒其文也。《池北偶談》又記末有萬曆丙午徐𤊹跋,此本無之,而别有跋曰:“吴興文集十二卷,義取艱深,字多舛脱,不可卒讀。因從秦對巖先生借所藏季滄葦鈔本校閲一過。”題曰“辛卯仲夏”。有小印曰“邦采”,不知爲誰。然則此本校以季氏本,季氏本鈔自錢氏宋刻,其源流固大概可見矣。(《四庫全書總目》卷一五〇,頁一二九四)

館臣辨《敏求記》著録之沈集,卷前無名氏序“元祐丙申”乃“元祐丙寅”之誤,“二十卷”乃“十二卷”之訛,皆極是。館臣又謂,此本文字曾用季滄葦鈔宋本校閲過,故其文字較明翻宋本爲佳,良是。然此本文字仍有不少歧誤,如明翻宋本卷一《西蕃請謁廟》詩“瑞氣千重色”句,“氣”字,此本作“靄”。明翻宋本卷六《櫟陽縣丞小庭記》“且與理一署”句,句下衍“使其密温”四字。明翻宋本卷八《答馮兄書》“安能無所惑者”句,“無所”,此本作“不爲所”。明翻宋本卷十一《故太平令李寰墓誌》“令生牟爲梁縣尉”句,“梁”字,此本脱。又“元和中調爲太平令”句,“太平”,此本訛作“太子”等等,當爲鈔手所生之訛誤。此類舛誤尚多,所以四庫本並非亞之集的上乘本子。

(三)黄校本。嘉慶二十四年己卯(一八一九)黄丕烈校周香嚴本《沈下賢文集》十二卷。《蕘圃藏書題識》著録有此本,其略曰:“此舊鈔綿紙本,爲故人周香嚴藏書,於其身後得之其家者。蓋後人各房分散,故去之而得之。因思借本讎校,惟吴丈枚庵曾有是書,惜枚庵云逝,請假爲難。幸其子晉齋允余請，仍啓篋出示，俾得對勘一過。兹悉校於上方，不改本文。云作者枚庵録本，即青芝張氏本也；云校者，即枚庵借毛裒藏本對校存參數字者也；云《英華》者，即枚庵復校《英華》本也。己卯十一月望日校畢記，復翁黄丕烈。"（《黄丕烈書目題跋》，頁一五八）據此可知，此本原爲周香嚴藏書，周氏身後，爲黄丕烈所得，黄氏遂借吴枚庵本校之。吴翌鳳，字伊仲，號枚庵，吴縣人，嘉慶時諸生，手鈔書數千卷，亞之集其一也。吴本出自青芝堂張氏本，吴氏又借毛裒本校，並用《文苑英華》參校，而出校的異文，被黄氏一併迻録此本中，皆具寶貴的參考價值。

（四）稽瑞樓本。嘉慶間陳揆稽瑞樓藏《沈下賢文集》十二卷。陳揆，字子準，常熟人，好古籍，精校讎，所居稽瑞樓藏書甚富，其中即有亞之集。此本今藏國圖，有吴葵生（景恩）校跋並迻録清吴翌鳳、黄丕烈校跋，又有清王振聲續校。《鐵琴銅劍樓藏書目録》著録有此本，其略曰：

> 此稽瑞樓藏本，揚州吴葵生，彙各本校過，有吴氏翌鳳跋云："余傳此本於青芝張氏閲八年矣，壬寅春復借毛裒藏本對勘一過。又二年復從《文苑英華》對讀一過。"黄氏丕烈跋云："此本爲故人周香嚴藏書，於其身後得之。因思借本讎校，惟吴丈枚庵……"吴氏景恩手書跋云："此本爲吾友陳子準所藏，舊有紅筆校勘，頗精審。今年秋，子準從錢唐何夢華假得黄復翁所校周氏本，屬余臨校。余爲對勘一過，云張本者，即枚庵所録青芝堂本；云毛本者，即毛裒本。或但稱吴校者，亦是枚庵所校毛裒本也；云周本者，即香嚴藏本黄復翁所校者也。或但稱作某字、無某字，亦俱是香嚴本也。周本、張本異字悉爲標明；其不標張本者，周本、張本同者也。舊校與周本異字，亦悉爲標明。其不標周本者，舊校與周本同者也。諸本參錯，校例不一，故詳具之。庚辰秋七月校完誌。"（《鐵琴銅劍樓藏書目録》卷十九，頁二八七）

據此，知此本乃陳揆稽瑞樓舊藏，後陳氏借得黄校本，遂請吴葵生（景恩）臨校，葵生遂將黄校本中校文及諸家跋文，一併迻録於此本中，校畢作跋，對校文涉及的張本、周本、毛本、吴本、黄本等諸本校例，逐一加以説明。從吴葵生校勘的實際看，此本僅只與黄校本對勘過，所以瞿氏稱吴氏"彙各本校過"，此言不確。然而自乾隆間吴翌鳳鈔校青芝堂張氏本，到嘉慶末黄丕烈校周氏本、吴葵生校此本，前後四十多個年頭，六七人孜孜以求，職是之故，萬曼先生感慨“三個本子，經過七八個人，幾十年的工夫反覆校勘，爲之無已，説明前人讀書的認真和辛苦”(《唐集叙録》，頁二六〇)，所言甚是。在筆者看來，這幾個本子的校勘，恰值乾嘉朴學鼎盛時期，七八個人的孜孜以求，正是乾嘉學者一絲不苟治學精神的絶佳體現。此本從陳家散出後，爲同里瞿鏞所得。瞿氏庋藏此本期間，里人王振聲，曾入瞿家校勘其所得葉林宗鈔本(見上)，此本卷後王氏跋文，即王氏校畢後於此本卷末所作跋語。王氏所校葉鈔本，後歸陸心源皕宋樓，今藏日本静嘉堂文庫。

(五)觀古堂本。光緒二十一年乙未(一八九五)葉德輝刻《觀古堂彙刻書》所收《沈下賢文集》十二卷。國圖藏本有傅增湘校跋並録吴翌鳳、唐翰、吴重憙等題跋。筆者所見爲河南大學圖書館藏本，内封面篆書大字題“沈下賢集十二卷”，半葉十一行二十二字，左右雙邊，粗黑口單魚尾下有“沈集某”字樣，上象鼻内記字數。此本刻印俱佳，各卷首題“沈下賢文集卷第某”，次行下方具款“吴興沈亞之下賢”。卷前首童光漢“新刊沈下賢集序”，次四庫館臣《沈下賢集提要》，次目録。各卷無子目，卷後無附録。童氏《新刊沈下賢集序》曰：

> 此本爲吾友葉吏部焕彬麗廔中藏書，不知何時所鈔，紙色甚舊，鈔手亦工整。惟與《全唐詩》、《全唐文》所載多有異同，謹依原書付刊，不敢增删竄改。惟顯然譌繆者，則略加刊定，以便雒誦焉。繕録既畢，復屬長沙郭茂才直夫主校勘，而躬督手民付梓。是役也，費泉四萬餘，凡三閲月而工竣。書成，因叙其緣始於此。光緒二十一年乙未歲孟夏月，善化童光漢叙。

據此可知，此本實童光漢出資刊刻，而所用底本，則爲葉德輝藏舊鈔本，故葉氏亦將此本收入其所刊《觀古堂彙刻書》内。但葉氏所藏，究爲何種版本，童氏卻未明言。據筆者考察，此本卷次篇第與明鈔本及四庫本完全相同，卷一溢出《村居》詩一首，文字也多與明鈔本及四庫本爲近，不過因爲經過校勘，故文字與明鈔本及四庫本稍有區别耳。後來，此本又被葉氏收入《郎園先生全書》内，以廣其傳，表明葉氏對此本的刊刻行世還是非常看重的。

此外，孫星衍《平津館鑒藏記書籍》、沈德壽《抱經樓藏書志》、王國維《傳書堂藏善本書志》諸書目，均著録有《沈下賢文集》十二卷舊鈔本。孫氏曰:“王漁洋《池北偶談》所見本,有萬曆丙午徐〔渤〕〔㶿〕跋,云:‘鈔諸焦太史者,後附張祐、杜牧、李商隱三詩。’此本無之。”(《平津館鑒藏記書籍》卷三,頁一〇〇)沈德壽所藏亞之集舊鈔本,無名氏元祐序,末後溢出“因欲命工刻鏤,以廣其傳,惜乎志有待而未能也”(《抱經樓藏書志》卷五二,頁五九八)。王國維謂其著録本,前有元祐丙寅無名氏序,卷中鈐有“翁之潤假讀”一印。以上諸家書目所録各本,雖均未指明版本特徵,然其均屬於元祐無名氏十二卷本系統的本子,則是可以肯定的。諸家著録本今已不知藏於何處,因未見原書,故繫於此。

亞之集向無注本。直到二十一世紀初,肖占鵬、李勃洋方有《沈下賢集校注》,南開大學出版社二〇〇三年出版,創注之功,功不可没。

單收詩歌的本子,首爲明胡震亨《唐音統籤》所收《沈亞之詩》一卷,編卷五百十三,丁籤一百十二,鈔本。此本詩分體編次,計五古一、騷體四、五律六、五排七、七律一、七絶三,另卷九百九十九壬籤四《夢詩》録亞之《秦夢詩三首》,故共二十五首。又,清初《百家唐詩》鈔本《沈亞之詩》一卷,康熙劉雲份輯《十三唐人詩》之《中唐沈亞之詩》一卷,又劉雲份輯《中晚唐詩》之《中唐沈亞之詩》一卷,以及季振宜《全唐詩稿本》所收《沈亞之詩》二十一首。迨清編《全唐詩》所收《沈亞之詩》一卷,乃是在季氏《稿本》的基礎上編輯而成的,並從統籤本增入《湘中怨》、《文祝延》二首,删去了統籤本所録《爲人撰乞巧文》和《祝檝木神文》二首,故《全唐詩》共録詩二十三首。

綜上可見亞之集版本有以下特點:(1)自唐至宋,亞之集有八卷、九卷、十卷、十二卷等多種傳本,然自元祐初無名氏增補校勘、重編爲十二卷本後即成定本,後世所傳多祖此本。(2)元明以後世間所傳多爲鈔本,尤以清鈔本爲最多,而刊本則少見。其諸多鈔本間,卷次篇第彼此區别甚微,“其源流可以説都是北宋無名氏序本,而一切校勘,不過由於輾轉傳鈔,互相滋誤”(《唐集叙録》,頁二六一)。刊本唯有明翻宋本及觀古堂本。注本則唯肖、李《沈下賢集校注》。(3)亞之詩尚無單行本,收詩較全且文字較佳的總集本爲統籤本與全唐詩本。

章孝標集

章孝標(生卒年不詳)字道正,睦州桐廬(今浙江桐廬)人,移家錢塘。

元和十四年(八一九)進士及第,授秘書省正字,遷校書郎,官至山南東道節度幕從事、試大理評事。

孝標集,《新唐書·藝文志》著録《章孝標詩》一卷。陳振孫《書録解題》卷十九《詩集類》著録《章孝標集》一卷,當亦爲詩集。《宋史·藝文志》著録《章孝標集》七卷,卷數與《新唐書·藝文志》及《書録解題》出入太大,恐誤。以上這些集子,現均已無傳。

明代出現較早的章集,是正德影宋刊《章孝標詩集》一卷,半葉十行十八字,左右雙邊,白口單魚尾下署"章孝標"三字,再下方爲葉碼。卷端題"章孝標詩集"。此本凡録詩五十七首,詩不分體,與明人改編本顯然不同;始《上浙東元相》,終《及第後寄廣陵故人》。此本蓋據宋本影寫上版,故宋諱字及訛誤字一仍其舊,諱字如"匡"、"筐"等字,誤字如"鋒"字誤作"峰","宧"字誤作"臣"等等。丁丙《善本書室藏書志》卷二十五著録一明正德依宋刊本《章孝標詩集》一卷,當即此本。此外《百川書志》卷十四"唐詩類"著録《章孝標集》一卷,未知爲何種單行本。

嘉靖十九年庚子(一五四〇)朱警輯刻《唐百家詩·晚唐四十二家》所收《章孝標詩集》一卷。半葉十行十八字,左右雙欄,版心白口單黑魚尾下鐫"章孝標"字樣。此本詩不分體,始《上浙東元相》,終《及第後寄廣陵故人》,凡五十七首。此本諱字如"匡"、"筐"等,一如正德影宋本,故此本所據或爲正德本,亦或爲宋書棚本。

《唐音統籤》所收《章孝標詩》一卷,編卷五百五十,丁籤一百四十四。此本詩分體,凡五古一首、七古一首、五律二十二、五排四、七律二十四、六律一、七絶十五,共六十八首。較正德本溢出十一首,而文字與正德本相差甚微,蓋是據正德本或其近似的本子改編的。不過入編時胡氏對文字作了校勘,改正了底本的一些訛誤。又,胡氏所據底本偶有脱漏,惜未補足之。然胡氏徵引《雲溪友議》、《唐摭言》、《唐詩紀事》、《古今詩話》等書中的相關文字於各詩題下,對理解詩歌内容確有裨益。

迨清代,則有《全唐詩》所收《章孝標詩》一卷。本書前已指出,《全唐詩》主要依據胡震亨《唐音統籤》和季振宜《全唐詩稿本》二書編輯而成。而季氏《稿本》中的孝標詩一卷,則是將上述正德本《章孝標詩》一卷原刻入編,再補入佚詩《小松》、《宫詞》、《題杭州樟亭驛》、《劉侍中宅盤花紫薔薇》、《題東林寺寄江州李員外》、《玄都觀栽桃十韻》、《僧院小松》、《春原早望》等八首編輯而成的。文字方面，季氏也作了校勘，由於選擇的底本較好，異文甚少。然正德本原有的一些訛誤，季氏卻没有校出。康熙敕修《全唐詩》所收《章孝標詩》一卷，便是將季氏《稿本》中的《章孝標詩》一卷悉數收入，再據統籤本增補佚詩《西山廣福院》、《遊地肺》、《八月》等三首；編臣又據舊《杭州府志》輯補佚詩《題紫微山上方》一首，故《全唐詩》共六十九首，成爲一時收詩最多的本子。文字方面，編臣作了進一步校勘，如季氏《稿本》中《及第後寄廣陵故人》"及第全勝十改官"句，"改"字，季氏原無校文，《全唐詩》編臣據統籤本將"改"字换作"政"字，出校曰："一作改。"又如季氏《稿本》中《歸燕詞辭工部侍郎》"更繞誰家門户飛"句，"繞"字，季氏《稿本》於旁邊出校"傍"字，《全唐詩》編臣既不取原文"繞"字，也不取季氏本之"傍"字，而是據其他校本改作"望"字，而於"望"字下出校："一作繞，一作傍。"這在《全唐詩》的編例中是比較少見的。然而類似的校改畢竟只是少數，所以從總體方面看，此本仍可歸於書棚本系統，然卻比書棚本的文字更加精粹。

光緒二十一年乙未(一八九五)江標影刻《唐人五十家小集》所收《章孝標詩集》一卷，此本内封面以篆書題"章孝標詩集"，左方有"宋臨安府棚北大街睦親坊南陳宅刊本"小字一行。半葉十行十八字，左右雙邊，白口單魚尾下題"章孝標"三字，再下方爲葉碼。凡録詩五十七首，起《上浙東元相》，止《及第後寄廣陵故人》，版式、字體、收詩數量及編次等，與明正德依宋本完全相同，蓋據明正德本仿刻者。而據此本内封面所署，此本乃是據宋書棚本影刻者，其實不然。陳尚君先生已指出：《唐人五十家小集》大多是據明中期以後各種翻宋本或仿宋本的一個彙刻本，從内容到形式，與宋本基本没有太大的關係，甚至懷疑《唐人五十家小集》乃江氏身後被人託名刊行者(《所謂江標影宋〈唐人五十家小集〉質疑》，載《東方早報》)。所言甚是，此本即是仿刻明弘治本者，非仿宋書棚本也。

章碣集

章碣(生卒年不詳)，睦州桐廬(今屬浙江)人。孝標子，咸通末以詩名，登乾符進士第，適值離亂，流落於毗陵等地而終。

章碣作品，《崇文總目》、《新唐書・藝文志》、《宋史・藝文志》皆著録《章碣詩》一卷。《書録解題》卷十九《詩集類》著録《章碣集》一卷，故亦當爲詩集。以上各本,宋元以後皆無傳。

明代出現較早的《章碣集》,是正德影宋刊章孝標與章碣合集《章碣詩集》一卷,版式與《章孝標詩集》一卷同(已見)。此本凡録詩二十三首,詩不分體;始《城南偶題》,終《旅舍早起》。此本在明代刊行較早,故所據底本應爲宋本。《善本書室藏書志》著録一明正德依宋刊本一卷,當即此本,丁氏曰:"《直齋書録解題》章孝標及章碣皆集一卷。孝標元和十四年進士,秘書省正字。碣,錢塘人,孝標之子,登僖宗乾符進士第,有異才,嘗草創詩律,於八句中足字平側,各從本韻。如'東南路盡吴江畔,正是窮愁薄暮天。鷗鷺不嫌斜雨岸,波濤欺得逆風船。偶逢島寺停帆看,深羨漁翁下釣眠。今古若論英達算,鵾夷高興固無邊'。自稱變體。今詩中無之,則遺佚尚多也。"(《善本書室藏書志》卷二十五)

其次是朱警輯刻《唐百家詩·晚唐四十二家》所收《章碣詩集》一卷。半葉十行十八字,左右雙欄,版心白口單黑魚尾下有"章碣"字樣,卷端首題"章碣詩集",下即接連正文。此本詩不分體,亦自《城南偶題》始,終《旅舍早起》,共二十三首,録詩與明正德本同,故所據底本,蓋爲正德本抑或宋刊本。

再次就是《唐九家詩》所收《章碣詩集》一卷,此本版式、行格、字體、收詩情形等,均與朱警《唐百家詩》本相同,故應是選用朱警本的版片,合成"九家"重印的。

《唐音統籤》所收《章碣詩》一卷,編卷六百七十六,戊籤六十五。此本詩分體,凡五律一、七律二十二、七絶二、變體詩一,合計二十六首。較正德本溢出《癸卯歲毗陵登高》、《上元夜建元寺觀燈呈通智上人》及胡氏輯自《蔡寬夫詩話》的佚詩《變體詩》等三首。此本文字與正德本相差甚微,蓋是據正德本或其近似的本子改編而成的。

《全唐詩》所收《章碣詩》一卷。本書前已指出,《全唐詩》之編纂,所據乃胡震亨《唐音統籤》和季振宜《全唐詩稿本》二書;而季氏《稿本》中的章碣詩一卷,則是將上述正德本《章碣詩》一卷原刻入編,再補入佚詩《癸卯歲毗陵登高》、《上元夜建元寺觀燈呈通智上人》等二首編輯而成。文字方面,季氏據《文苑英華》、《唐詩鼓吹》諸集進行校勘。由於所選底本較好,故異文甚少。康熙敕修《全唐詩》中的《章碣詩》一卷,便是將季氏《稿本》中的《章碣詩》一卷悉數收入,再據統籤本增補《變體詩》一首編輯而成的,故《全唐詩》亦爲二十六首。文字方面，編臣作了進一步校勘，如季氏《稿本》中《送韋岫郎中典泗州》"無樓不到隔淮山"和"旋飛新作過秦關"二句原無校文，此本編臣依據校本，於前句"到"字下出校："一作對。"於後句"飛"字下出校："一作攜。"等等，因使此本文字更加精粹。

光緒二十一年乙未（一八九五）江標影刻《唐人五十家小集》本《章碣詩集》一卷。此本内封面以篆書題"章碣詩集"，左方有"江家刊宋本"五小字，表明所據爲宋本。半葉十行十八字。左右雙邊，白口單魚尾下署"章碣"二字，再下方爲葉碼。此本凡録詩二十三首，詩不分體，起《城南偶題》，止《旅舍早起》。此本版式、字體、收詩數量及編次等，皆與明正德依宋刻本相同，故應爲正德本的仿刻本。至於江氏所謂"江家刊宋本"，則恐非是。前《章孝標集》已述及，《唐人五十家小集》所謂的"影宋本"，除少數確爲宋本外，大多是據明中期以後各種翻宋本或仿宋本的一個彙刻本；此本亦然。

朱慶餘詩集

朱慶餘（生卒年不詳）名可久，以字行，越州（今浙江紹興一帶）人。早年累舉不第，久困京師。後行卷張籍，大得稱賞，籍以其詩推贊於公卿間，遂登寶曆二年（八二六）進士第，授秘書省校書郎。一時著名詩人賈島、姚合、張籍、王建等多與酬唱。但官卻未達，不知所終。

慶餘集，《崇文總目》卷六十一著録《朱慶餘詩》一卷。稍後《新唐書·藝文志四》著録同。迨南宋陳振孫《書録解題》卷十九及《宋史·藝文志七》著録併同，可見終宋一世，慶餘集均爲一卷本。《唐才子傳》卷六謂"集一卷，今傳"，所指應爲宋本。

宋槧慶餘集，今傳者爲南宋臨安府陳宅經籍鋪刻本《朱慶餘詩集》一卷，今藏國圖，有清季振宜題款，黄丕烈、瞿中溶跋。《四部叢刊》續編所收《朱慶餘詩集》一卷，即據以影印，後附張元濟跋並《校勘記》一卷。半葉十行十八字，左右文武雙欄，白口單魚尾下有"朱慶餘"、"朱慶餘集"或"朱慶餘詩"字樣，卷端首題"朱慶餘詩集"，下接正文。卷前有目録，卷後無附録，共百六十七首。然卷中《天長路别朱大山路卻寄李疆》與《酬前》"十夜郡城宿"二首，乃李疆詩誤入，故實有百六十五首。文字有脱缺者凡十餘處。此本書用柳體，刻印俱佳，誠宋刻唐集之佳品，卷末有"臨安府睦親坊陳宅經籍鋪印”一行，即所謂“書棚本”也。此本文字偶有訛誤，如《將之上京別淮南書記李待御》，題中“待”字，顯爲“侍”字之誤。又如《白蕭關望臨洮》，題中“白”字，應爲“自”字之誤。《和處州嚴郎中遊南溪》“誰半謝公吟”句，“半”字顯爲“伴”字之訛。再如《過洞庭》“旅鴈捉孤島”句，鴈“捉孤島”不辭，“捉”字蓋爲“投”字之訛。然而這些舛誤畢竟只是少數，而且均爲“無心之誤”，讀者一望即知。清嘉慶八年癸亥（一八〇三），黄丕烈得此本，於書後另紙跋曰：“此唐人《朱慶餘詩集》，目録五葉，詩三十四葉，宋刻之極精者。余以番錢十圓易諸五柳居……攜歸，與舊藏鈔本勘之，雖行款相同，捴不及宋刻之真，席氏《百家唐詩》本更無論矣。嘉慶癸亥閏二月蕘翁記。”黄氏盛贊此本雕刻之精，撰爲此跋興猶未盡，復作長篇跋文曰：

> 余所藏鈔本有二：一爲舊鈔本，而崇禎年間葉奕校者；一爲柳大中鈔本，而爲毛豹孫藏者。葉所據校，謂出於柳氏原本，悉用朱筆校正，然余以柳氏原本核之，實多不合，未知葉之紅筆又何據也。柳本有何義門手校字，如《送陳標》云：“滿酌歡僮僕，相隨即馬蹄。”何校“歡”爲“勸”，“即”爲“郎”。宋刻不如是也。舊鈔本有葉校字，如《看濤》云：“風雨驅□玉。”葉校“驅□玉”爲“翻前駐”。宋刻亦不如是也。惟兩鈔本多空字，而此宋刻半有填補之字，余以宋刻本羅昭諫《甲乙集》證之，知所空者，皆墨釘，妄人不知，謬以意補，去其墨釘耳。從前影寫所據本，猶是墨釘，故兩本空字，皆合今宋刻補字，讀者細辨之，便可得其作僞之跡。至于席刻，何、葉所校，盡入行間，諺云：火棗兒糕。非目覩諸家藏本，烏能一訂其是非邪。蕘翁。（《四部叢刊》續編本，又見《蕘圃藏書題識》卷七，文字稍異）

經黄氏對勘書棚本文字脱闕處，皆爲墨釘；而黄氏藏兩鈔本所據宋本，文字空闕處多被書賈填上文字。黄氏曰“讀者細辨之，便可得其作僞之跡”，此乃黄氏版本鑒別的經驗之談。可惜的是，黄氏並未指出書賈所填補者，究爲什么文字。此本晚清時爲常熟瞿鏞收得，《鐵琴銅劍樓藏書目録》著録此本曰：“此南宋書棚本，卷末有‘臨安府睦親坊陳宅經籍鋪印’一行。案：席刻《唐百家詩》亦有是集，行款相同，而校勘字句，此本實異。”（《鐵琴銅劍樓藏書目録》卷十九，頁二八九）瞿氏還一一羅列了此本與席刻本文字的不同處（詳席刻本）。民國時期，傅增湘亦曾於瞿家見此本，《藏園群書題記》卷十二著録有此本，傅氏亦用席刻本對勘，指出此本與席本的種種不同（詳席刻本）。稍後，張元濟自瞿家借得此本，影印入《四部叢刊》續編，且於書後跋文中一一指明書賈作僞填補於書棚本中的文字，張氏曰：

> 黄蕘翁跋謂宋刻原有墨釘，妄人謬以意補，細辨可得其作僞之跡。今取原本觀之，如第一葉前八行“向爐新茗色”之“新”字，後三行“開幕賢人併望歸”之“望”字，第三葉後九行之“恭聞長與善”五字，第五葉前四行“世貴丈夫名”之“貴”字，第六葉前五行“傍竹行尋巷”之“尋”字，後十行“相逢樹色中”之“樹”字，第八葉後七行“惜與幽人别”之“幽”字，第十一葉前三行“風雨驅寒玉”之“寒”字，第十二葉後一行“竹逕通鄰圃”之“竹逕”二字，第十四葉後七行“骨清唯愛潄寒泉”之“愛”字，第十七葉後一行“不似居官似學仙”之“似居官”三字，第十九葉前九行“詩成獨未題”之“詩”字，第二十一葉後四行“物色不供才”之“才”字，第二十二葉後三行“悠然想高躅”之“想”字，後七行“潭水識人心”之“潭水”二字，第二十三葉後一行“空山雉雊禾苗短”之“雊”字，第二十五葉後十行“萬里去長征”之“去”字，第二十六葉後六行“昨夜忽已過”之“已過”二字，第三十三葉前一行“地幽漸覺水禽來”之“幽”字，果皆有剜補痕跡。摹寫之字，幾可亂真，蕘翁雖斥其妄，然未一一指出，讀者易爲所眩，故特揭明如上，俾得見其真相。至席刻《百家》本，蕘翁殊不重之，然亦未嘗一無可取。今並舉其異同，俾讀者參證焉。海鹽張元濟。

張氏還將此本與席本對勘，將校勘結果總爲一卷，附於書後，用心可謂周備。此本鑒藏印記，卷端下方有“梅谿精舍”，卷末有“玉蘭堂”、“鐵研齋”、“梅谿精舍”、“辛夷館印”等，知明嘉靖前後此本曾爲大畫家文徵明藏書。文氏書散出後，此本歸明後期復社成員張雋所有，故目録卷題下方有“張雋之印”、“一字文通”二印記。張雋字非仲，一字文通，吴江人，積書甚富，清初莊廷鑨受聘修《明史》，雋爲作《明理學諸儒傳》，《明史》案發，與莊氏皆遇害，著有《西廬詩草》。張氏書散出後，此本爲季振宜所得，故卷中有“季振宜藏書”，卷末有題款“泰興季振宜滄葦氏珍藏”，及“揚州季氏”、“御史振宜之印”，卷端有“季滄葦圖書記”等多枚鑒藏印記。季氏書散出後，此本爲藏書家徐乾學所得，故卷中有“徐健菴”、“乾學”二枚鑒藏印記。乾學官至刑部尚書,平生亦富收藏。徐家書散出後,此本輾轉至嘉慶時歸黄丕烈,故卷端與卷末有"士禮居"、"丕烈"、"蕘夫"等鑒藏印記,以及黄氏和友人瞿中溶題跋三則。黄氏去世後,此本爲蘇州同里汪士鐘所得,故卷中有"汪印士鐘"、"閬源真賞"諸印記。汪氏書散出後,此本曾一度爲其侄振勳所得,故目録卷題下汪士鐘印旁有"振"、"勳",目録卷末有"振勳私印",卷端、卷末有"吴下汪三"、"修汲軒"、"汪印振勳"、"楳泉"諸印記。此本自修汲軒散出後,爲常熟瞿鏞所得,故卷中有"古禺瞿氏","鐵琴銅劍樓"等鑒藏印記。解放後,瞿氏後人將此本捐獻給國家,結束了其私家輾轉遞藏的命運。一部宋刻小書,竟有如此曲折的庋藏經歷,稽考之餘,不禁令人喟歎。

元代不聞有慶餘集刊行。明代刊刻和傳鈔的慶餘集其主要版本有以下幾種:

(一)朱警本。嘉靖十九年庚子(一五四〇)朱警輯刻《唐百家詩·晚唐四十二家》所收《朱慶餘詩集》一卷。半葉十行十八字,左右雙欄,版心白口單魚尾下有"朱慶餘"字樣,卷端首題"朱慶餘詩集",下接正文,版式與書棚本相同。此本録詩情形,也與書棚本同,誤入的李瓏二詩亦在卷中,故此本實有百六十五首。文字脱缺凡十九處,皆以墨釘爲之,情形與黄丕烈推測的書棚本原刻同。上述書棚本《將之上京别淮南書記李待御》,題中"待"乃"侍"字之誤;《白蕭關望臨洮》,題中"白"字乃"自"之誤;《和處州嚴郎中遊南溪》"誰半謝公吟"句,"半"字乃"伴"字之訛;《過洞庭》"旅鴈捉孤島"句,"捉"字蓋"投"字之訛等等。以上這些訛誤,都是書棚本獨有的訛誤,而此本皆與之相同,可見此本乃是據書棚本翻刻者,而且是原本未被改動時翻刻的,所以就文字而言,此本較今存書棚本更能體現書棚本原刻的面貌。不過,此本文字也偶有新誤,如《送顧非熊下第歸》"聽雨宿具寺"句,"具"字誤;又如此本《具興新隄》,題中"具"字誤,兩"具"字,書棚本皆作"吴",甚是。其餘文字則一如書棚本(書賈填補字除外),可見此本乃書棚本相當忠實的翻刻本。高儒《百川書志》著録"《朱慶餘詩集》一卷",蓋即此本。

(二)統籤本。《唐音統籤》所收《朱慶餘詩》三卷,編卷五百四十六至五百四十八,丁籤一百四十二,寫本。此本分體編次,計首卷五律五十一,次卷五律五十五、五排五,第三卷七律三十一、七排一、五絶六、七絶二十五,較之書棚本,此本删去了書棚本誤收的李瓏詩二首,輯補佚詩九首,故共百七十四首。此本所據底本,胡氏没有明言。今考此本文字,當是以朱警本或書棚本爲底子，將各體詩分别依次録出，再分編三卷而成的。然而此本對所據底本的舛誤多有糾正，對底本脱缺的文字，大部分已填補上，然與書棚本書賈作僞所填補的文字不盡相同。先看糾誤者，如底本《將之上京别淮南書記李待御》，題中"待"字誤，此本改作"侍"。底本《和處州嚴郎中遊南溪》"誰半謝公吟"句，"半"字誤，此本改作"伴"。填補脱缺文字者，如底本《上汴州令狐相公》脱第七句，此本補作"恭聞長興善"；底本《雪夜與真上人宿韓協律宅》"世□丈夫名"句，脱第二字，此本補作"貴"；又如底本《夏日題武功姚主簿齋》"傍竹行□巷"句，脱第四字，此本補作"過"，等等。底本所脱缺者，此本所補凡十七處，所據蓋爲《英華》、《萬首絶句》、《吟窗雜録》諸書，用功亦可謂勤矣。然此本亦有新誤，多爲鈔後缺乏覆校所致。如底本《與賈島顧非熊無可上人宿萬年姚少府宅》"役思因生病"句，"役"字，此本誤作"後"。《送浙東周判官》"鷺起湖田片"句，"湖田"，此本作"潮田"，不辭等等。不過胡氏乃唐詩學大家，對底本的舛誤多有糾正，不僅正確地删去了誤收的李廓二詩，而且對一些文字的改動頗有參考價值。如底本《上宣州沈大夫》"時清猶望領春闈"句，"清"字，此本改作"情"，良是。如底本《南嶺路》，題中"南嶺"，此本改作"嶺南"，詩之首聯曰"越嶺向南風，景異人人傳"，所寫乃嶺南景物，故改作"嶺南"是。底本《發鳳翔後塗中懷田少府》"見酒連詩句"，"連"字，此本改作"聯"字，甚是。再如底本《送僧往台嶽》"五域初罷講"句，"五域"，此本改作"五城"，爲《全唐詩》編臣所采用，等等，不一一贅舉。

清代慶餘集刊刻和傳鈔的主要版本有以下幾種：

（一）席刻本。康熙四十一年壬午（一七〇二）席啓寓琴川書屋輯刻《唐詩百名家全集》所收《朱慶餘詩集》一卷。國圖藏本有傅增湘校跋。半葉十行十八字，左右雙邊，白口單魚尾下題"朱慶餘集"字樣。卷前首《傳叙》，次目録，卷後無附録。卷端題"朱慶餘詩集"，下接正文。詩共百六十七首，其中附見李廓二首，詩題下標出"李廓"，故實只百六十五首。此本用仿宋字體，刻印皆精，一絲不苟。其所據底本，席氏没有明言。《鐵琴銅劍樓藏書目録》著録書棚本時，曾持與此本對勘，並一一指出與此本文字之别。瞿氏曰：

此南宋書棚本，卷末有"臨安府睦親坊陳宅經籍鋪印"一行。案：席刻《唐百家詩》亦有是集，行款相同，而校勘字句，此本實異。如《送陳標》云"滿酌歡僮僕,相隨即馬啼",不作"勸僮僕"、"郎馬啼"。《尋古觀》云"看過天墻漸入深",不作"天壇"。《將至上京别李侍御》云"身爲當去雁,雲盡到長安",不作"唯當隨去雁,雪盡到長安"。《題薔薇花》云"浮陰入夏清",不作"浮雲"。《看濤》云"風雨驅□至",不作"翻前駐"。《和劉補闕秋園寓興》云"翠筱寒愈静",不作"愈净"。《送吴秀才泛江西》云"蘭橈此去人",不作"北去"。《和處州嚴郎中遊南溪》云"潭清蒲遠岸",不作"遶岸"。《酬于訢校書見貽》云"能□得從軍",不作"能□從軍□"。《送石協律歸吴興别業》云"一與耕者遇","一"字不空。《送僧往台嶽》云"五域初罷講",不作"五城"。《吴興新隄》云"暗分功利幾千家",不作"晴分"。《送浙東周判官》云"蟬鳴遠驛殘陽樹",不作"蟬鳴驛樹殘陽遠"。蓋席刻出自别本,故亦有席本是而此本非者。(《鐵琴銅劍樓藏書目録》卷十九,頁二八九至二九〇)

瞿氏經比勘後,指出此本所據非書棚本,乃别一宋本。傅增湘亦曾持此本與書棚本對勘,所得看法與瞿氏同。其《校朱慶餘詩集跋》曰:

虞山瞿氏藏宋刊《朱慶餘詩集》,每葉二十行,行十八字,卷末有"臨安府睦親坊陳宅經籍鋪印"一行,即前人所稱書棚本也。取此席刻對勘,版式行格悉同,乍視疑出於一源,及詳勘之,文字乃有差異。如"回""迴"、"仙""僊"、"牀""床"、"途""塗",同一字而結體有殊,不足爲異;然卷中如《送陳標》詩云"滿酌勸僮僕,相隨郎馬蹄",宋本"勸"作"歡"、"郎"作"即";《將之上京》詩云"唯當隨去雁",宋本作"身爲當去雁";《看濤》詩云"風雨翻前駐",宋本作"風雨驅寒玉";固顯然有别。又,題目中如《題王長史宅》,宋本作《王丘長史》;《近試上張水部》,宋本作"張弘水部"。又,詩句注異同,如《春日旅次》"早晚榮歸計"下注"'榮'一作'瞢'";《途中感懷》,"何當功業遂"注"'功業'一作'勤苦'",皆在本句下,宋本則咸在本詩末。其他增改之字尚夥,不備列舉,知席刻所據當别一宋刊也。至席本原有空格,宋本多可填補,惜宋本佚去六葉,致第二十葉、二十六葉中所缺七字未能補完,亦一憾事,竢更博訪之。(《藏園群書題記》卷十二,頁六二六)

瞿、傅二人皆持此本與書棚本對勘,因文字有不同,故皆判定此本所據非書棚本,而是别一宋刊。此説似有道理,然據筆者考察,此本與書棚本書名、收詩首數、編次完全相同，且脱缺文字也多相同。至於少部分文字有差異，卻可於《英華》、《萬首唐人絶句》、《吟窗雜録》等典籍中找到依據，所以筆者以爲，此本所據底本，亦當爲書棚本或朱警本，而後以上述諸典籍校勘後上版刊行的，故而出現部分文字有異。職是之故，此本文字自有其可取之處，這正如張元濟所説："至席刻《百家》本，蕘翁殊不重之，然亦未嘗一無可取。今並舉其異同，俾讀者參證焉。"（四部叢刊續編本《朱慶餘詩集》張元濟跋）張氏這種通達的校書態度，頗爲可取。

（二）全唐詩本。康熙敕編《全唐詩》所收《朱慶餘詩》二卷。《全唐詩》主要據季振宜《全唐詩稿本》和胡震亨《唐音統籤》二書編纂而成，而季氏《稿本》所收朱慶餘詩，則是將上述朱警本的原刻入編，再補入佚詩《啄木兒》、《榜曲》、《逢山人》、《過耶溪》、《賀張水部員外拜命》、《送壁州劉使君》、《贈江夏盧使君》、《送崔秀才遊江陵》、《觀濤》、《南湖》、《鏡湖西島言事》與《送劉思復南河從軍》等十二首編輯而成的，故《稿本》共百七十九首，除去誤收的李𨟠二首，此本實有百七十七首，成爲一時收詩最多的本子。文字方面，季氏用書棚本、《英華》、《萬首唐人絶句》等作了校勘，改正了底本的一些訛誤。如朱警本《將之上京别淮南書記李待御》，題中"待"字誤，季氏改作"侍"字，甚是。朱本《和處州嚴郎中遊南溪》"誰半謝公吟"句，"半"字訛，季氏改作"伴"字，良是。再如朱本《具興新隄》，題中"具"字誤，季氏藏有書棚本，蓋據書棚本改作"吴"字，極是，等等。此本字裏行間出校不少異文，頗有參考價值。康熙敕編《全唐詩》所收朱慶餘詩二卷，便是將季氏《稿本》中的朱慶餘詩全數入編，删去了《稿本》誤收的李𨟠二詩，故《全唐詩》共百七十七首。文字方面，編臣參校統籤本及其他校本，改正了季氏未及改正的訛誤，並盡量據校本填補季氏《稿本》未及填補的脱缺文字，故全唐詩本《朱慶餘詩》文字較此前各本爲精。如朱警本《白蕭關望臨洮》，題中"白"字誤，季氏未及改正，編臣蓋據席刻本改作"自"，甚是。朱警本《過洞庭》"旅雁捉孤島"句，雁"捉孤島"不辭，"捉"字顯訛，季氏未及改正，編臣蓋據統籤本改作"投"，良是。朱本《題王丘長史宅》"不□□□似學僊"句，脱缺三字，季氏未及填補，編臣蓋據統籤本補作"似居官"三字，等等。正因爲編臣吸收了諸本文字之長，故全唐詩本較傳世各慶餘集更爲精粹一些。

（三）江標本。江標刻《唐人五十家小集》所收《朱慶餘詩集》一卷。此本内封面中間大字篆書"朱慶餘詩集"，右旁小字題"睦親坊陳家刻"，左旁小字署“南濠江氏重梓”。半葉十行十八字，左右雙邊，白口單魚尾下有“朱慶餘”或“朱慶餘集”字樣，卷端題“朱慶餘詩集”。卷前無目録，卷後無附録。此本所據底本，據江氏所題，乃是“睦新坊陳家刻”書棚本，版式行款也與書棚本相同，所脱缺的文字，亦與書棚本原刻幾乎相同，均爲墨釘。這一切表明，此本好像真的是據書棚本之原刻重梓者。然筆者持此本與朱警本對勘，立刻發現此本文字與朱警本相同，甚至連朱本獨有的訛誤也照樣沿襲。如朱警本《送顧非熊下第歸》“聽雨宿具寺”句，“具”字誤，此本亦誤。又如朱本《具興新隄》，題中“具”字誤，此本亦誤。然二詩中的“具”字，書棚本皆作“吴”，甚是。二詩中的“吴”字訛作“具”，乃朱警本所獨有，而此本與之同，可見此本乃是據朱警本重刊者，然江氏卻謂此本乃是據書棚本重梓者，是江氏誤將朱警本當作書棚本了。事實上，江標輯刻《唐人五十家小集》，中間雖有部分宋本，然也有一些本子並非宋刻，而江氏誤將其明標爲“宋本重刊”，《朱慶餘詩集》即是一例。所以使用江氏輯刻《唐人五十家小集》時，應切實弄清其所據版本的真實情形，否則就會以訛傳訛。另外，朱警本卷末三首詩《商州王中丞留喫枳殼》、《登玄都閣》與《贈鳳翔柳司録》，此本翻刻時給弄丢了。這種情形的出現，蓋爲江氏所據朱本有脱缺所致。

丁卯集

許渾（七九一？～八六一？）字用晦，潤州丹陽（今江蘇丹陽）人。少家貧力學。嘗游湖湘及邊塞等地。大和六年壬子（八三二）進士及第，歷官當塗、太平二縣令，擢監察御史，以病辭，責受潤州司馬。大中初復拜監察御史，以病辭歸。復起爲虞部員外郎，歷睦、郢二州刺史卒。

大中四年庚午（八五〇）許渾病歸故里時，嘗自編新舊詩五百篇，手書於絹幅上，聊以自適，因絹幅上織有烏絲解行，故稱“烏絲欄詩”。其《烏絲欄詩自序》略曰：

> 余丱歲業詩，長不知難，雖志有所尚，而才無可觀。大中三年守監察御史，抱疾不任朝謁，堅乞東歸。明年少間，端居多暇，因編集新舊五百篇，置于几案，聊用自適，非求知之志也。時庚午歲三月十九日，于丁卯澗村舍手寫此本。（宋岳珂《寶真齋法書讚》卷六，影印文淵閣四庫全書本）

據此，許渾編輯《烏絲欄詩》旨在“自適”，即供自己品讀賞玩，以適性情，而非爲了傳世揚名。這一點很重要，正因爲旨在“自適”，故《烏絲欄詩》的編輯不同於一般意義上的文集編纂，其既無集名，也不分卷次，且只録詩，不收文。這種“自適”式的文集編纂，晚唐時並非只有許氏一人，陸龜蒙所編《笠澤叢書》亦是一例，陸氏《叢書自序》曰：“不類不次，混而載之，得稱爲《叢書》，自當緩憂之一物，非敢露世家耳目。”（四部叢刊本《笠澤叢書》卷十六）正因爲《烏絲欄詩》非正式編纂的文集，所以不僅文章一篇不録，詩歌亦非其所作的全部，加之編輯較早，此後的作品自亦未在其中。

五代兵燹，《烏絲欄詩》真跡瀕於散逸。所幸許渾書法精妙，愛好書法的士子多方搜求，真跡殘卷得以保存。對此米芾《書史》“烏絲欄墨跡”條載之甚悉；《宣和書譜》亦稱許渾“正書字雖非專門，而灑落可愛”。降及南宋，真跡爲岳珂所得，將其録存於《寶真齋法書贊》卷六，並撰《唐許渾〈烏絲欄詩〉真跡跋》加以推介。岳珂跋曰：

> 右唐郢州刺史許渾所書《烏絲欄詩》一百七十一篇真跡，分上下，凡二卷。織組間錯，辭格華古，筆妙爛然，見爲三絶。渾本丹陽人，居丁卯澗。予再仕是邦，每過其舊居，遐攬雲山，慨想清致，未嘗不過車而[式]〔軾〕也。安陽劉涇巨濟，故與寶晉同時，博雅尚古，詩藏其家，蓋與太沖《序》俱在秘笈第一物之數。嘗剪一幅，易與杜介；又一幅在駙馬都尉王詵第，《書史》具焉。字法柳而不俗，信乎其確論也。予家舊傳幅絹帖，知其爲晚唐詩。嘉定癸未歲（十六年，一二二三），客有自中都攜來者，始見首卷，制作脗合。《序》著五百餘篇，合兩者纔得六十五首。冥搜逾年，復得後一卷，略計所存未及半，豈猶有待耶？然《書史》謂涇所藏止百篇，又豈未盡覩耶？度王、杜之所分蓄，固已具是矣。劍津再合，已焕龍文；珠浦復還，益彰蠙貢。兩卷皆印紹興御璽，又有一半印。蓋唐詩之存，而帝璽之信，莫此若者。（岳珂《寶真齋法書贊》卷六，影印文淵閣四庫全書本）

據此，宋時《烏絲欄詩》真跡僅存詩百七十一篇。藏者劉涇字巨濟，熙寧進士，王安石薦其才，官至職方郎中，善畫林石槎竹。跋中的“寶晉”，乃米芾齋名。杜介、王詵所得二幅真跡後曾入皇宫，高宗時加蓋紹興玉璽。二幅後流出宫外，爲岳珂所得，雖爲殘剩，卻保存了許渾《自序》全文和百七十一篇詩的文字原貌,成爲考證許渾作品極寶貴的第一手材料。《四庫全書總目·〈寶真齋法書贊〉提要》曰:"許渾《烏絲欄》百篇,文異殆逾千字。"可見其校勘價值之高。岳珂之後,《烏絲欄詩》真跡無傳。

晚唐五代,韋莊《題許渾詩卷》曰:"江南才子許渾詩,字字清新句句奇。十斛明珠量不盡,惠休虚作碧雲詞。"(《全唐詩》卷六九六)韋莊所見《許渾詩卷》爲卷幾何,是否出自《烏絲欄詩》,抑或爲後人重編本,因原卷無傳,故不得而知。十世紀上半葉,許渾詩還遠傳日本,日人大江維時(八八七~九六三)所編《千載佳句》摘引許渾佳句,所涉作品多達三十四篇(嚴紹璗《日藏漢籍善本書録》),可惜《千載佳句》未言所據爲何本。

入宋,《崇文總目》卷六十一著録"《丁卯集》三卷,許渾撰"。然稍後《新唐書·藝文志四》卻著録"許渾《丁卯集》二卷"。前已述及《烏絲欄詩》既無書名,也無卷數。五代韋莊也只稱《許渾詩卷》,而不稱《丁卯集》。若是則《丁卯集》之名和卷數,乃始於宋人。或謂許氏以所居丁卯橋名其集,意謂《丁卯集》之名乃許渾自定,此乃想當然之詞。北宋後期,著名詞人、藏書家和校勘家賀方回爲其輯校的許集作跋,其略曰:

括蒼葉氏本,增多十七篇:《聞薛先輩陪大夫看早梅因寄》一篇、《題灞西駱隱居》第二一篇、《送從兄歸隱蘭溪》第二一篇……

右許郢州詩。按渾《自叙》本三卷,凡五百篇。今世傳止兩卷,上卷七言一百八十篇,下卷五言一百九十六篇。求訪二十年,得白沙沈氏本,增多三十七篇:《吴門送振武李從事》七言一篇、《送薛秀才南遊》七言一篇、《夜歸孤山寺寄盧郎中》七言一篇……

得京口沈氏本,增多五篇:《經李給事舊居》七言一篇、《送張厚淛東修謁》七言一篇……

得華亭曾氏本,增多六篇:《竹林寺别友人》七言一篇、《送武處士歸章洪山居》七言一篇……

《擬玄集》,增多十一篇:《殘雪》七言一篇、《早秋寄劉尚書》七言一篇……

《天竺集》,增多一篇:《舟次武陵寄天竺僧》五言一篇。

《本事集》,增多一篇:《記夢》七言絶句。

總四百五十四篇。諸集增多,辭格多不類。前得兩卷者,亦往往已見於趙渭南詩中,姑兩存之。此本本杞人袁氏書,當繕寫以歸之。

政和辛卯，吴門昇平地弟水軒方回手校。

感諷二十四首，慨歎三十三首，遊覽四十四首，閑適一十一首，燕集十六首，羈旅四十四首，懷寄六十首，紀贈五十三首，酬和二十六首，送别八十七首，寓情十六首，交傷二十一首，雜賦十八首。已上四百五十四篇。（《中華再造善本·唐宋編》影印國圖藏蜀刻本《許用晦文集》）

此跋所署“政和辛卯”，乃徽宗政和元年（一一一一）。跋文首段“括蒼葉氏本”一節文字似錯簡，應移於“得白沙沈氏本”一段文字前或其後，方合行文邏輯。據此跋可知：（1）賀鑄訪求二十年，所得不同版本凡四種，皆二卷本，然同爲二卷，篇數互不相同，且差額頗大。賀氏以杞人袁氏本爲底本，滙勘衆本，輯録逸遺，共補遺詩七十八首，合袁氏本共四百五十四篇，仍不及渾《自序》本五百之數。（2）賀鑄所得諸本既皆二卷，則賀氏云“渾《自叙》本三卷，凡五百篇”，當據他人之説言之，而非親見渾《自序》三卷、五百篇本。（3）跋文最後所列“感諷”、“慨歎”等十三類，顯爲賀鑄本四百五十四篇的分類。然而這個賀編分類本，後世並未流傳下來。

降及南宋，晁公武《讀書志》著録“許渾《丁卯集》二卷”，且曰：“賀鑄本跋云：按渾自序，集三卷，五百篇。……予近得渾集完本，五百篇皆在，然止兩卷。《唐·藝文志》亦言渾集兩卷，鑄稱三卷者，誤也。”（《郡齋讀書志校證》卷十八，頁九〇八）這裏晁氏據親眼所見二卷“完本五百篇”，判賀鑄稱渾《自序》本“三卷者誤”，應當可信。然而學界或謂：晁氏之言過於武斷，不知《崇文總目》即有三卷本，且舉劉克莊言渾有“古律詩三卷，名《丁卯集》”（《後村詩話·新集》卷三），以坐實三卷本在宋代並非子虚烏有。其實這是對晁氏之言的誤解，晁氏斷定賀鑄稱渾《自序》本爲三卷誤，與《崇文總目》著録有三卷本自爲兩碼事，許渾《自序》原編只有二卷，乃晁氏親見，而賀鑄並未見之；晁氏以所見傳本爲實證，判定賀稱渾原編爲“三卷者誤”，並不等於否定《總目》所録三卷本的存在，因爲《總目》之三卷本，不一定出自許渾原編，就像賀氏多年訪得的四部許集，雖同爲二卷，卻並非“完本五百篇”一樣。晁氏以傳本之實據，駁賀氏所聞之非是，何武斷之有？至於劉克莊之言，僅謂渾有“古律詩三卷，名《丁卯集》”，並未言此三卷爲渾《自編》完本五百篇。不過話又説回來，渾《自序》“完本五百篇”，即《烏絲欄詩》真跡是否真的分爲二卷，《自序》並未言之，筆者以爲在没有確切證據證明《烏絲欄詩》分卷的情況下，還是以其無書名無卷數爲妥。雖然渾《自序》完本神龍一見，旋即隱去，但卻證明了《烏絲欄詩》確實有衍生本行世，可惜賀鑄求訪二十年未能一見。南宋後期，陳振孫《書録解題》卷十九著録"《丁卯集》二卷"，又曰"蜀本又有《拾遺》二卷"。學界普遍以爲，前者即今存之書棚本，後者即今存之蜀刻本，二本存詩均只三百餘首（詳下）。至於《宋史・藝文志》著録"《許渾詩集》十二卷"，"十"字乃羨文，應以二卷本爲是。

宋槧許集，今知者首爲蜀刻《許用晦文集》二卷、《遺篇》一卷、《拾遺》一卷，國圖有藏，乃現存最早的許集刻本，商務印書館《續古遺叢書》、《宋蜀刻本唐人集叢刊》、《中華再造善本・唐宋編》等所收蜀刻本許集，均是據此本影印的。半葉十二行二十一字，白口單魚尾下鎸"許渾"或"許文"等字樣。本書前已述及，《中國版刻圖録》曾將宋蜀本唐人集分爲兩大系統：一爲十一行本系統，約刻於南北宋之際，今尚存《李太白集》、《王摩詰集》等；另一系統爲十二行本，約刻於南宋中葉，今尚存《孟浩然集》、《李長吉集》、《許用晦文集》等十八種。此類宋刻唐人文集，元時曾爲翰林國史院官書，元明易代，進入明朝内府，蓋於晚明至清初流出皇宮，爲潁川劉體仁收得，當時尚存三十種（參北京圖書館編《中國版刻圖録》）。此本卷前唯總目，無序文；卷後刊有賀鑄"許郢州詩跋"（已見），跋後次"遺篇"和"拾遺"各一卷（卷中"遺篇"及"拾遺"互倒，而目録不誤）。首卷卷端下方有"《丁卯集》"三字，可證此本乃《丁卯集》二卷的翻刻本。第一卷七言雜詩百九十五篇，第二卷五言雜詩百九十八篇，共三百九十三篇。《遺篇》和《拾遺》凡六十一篇，合計四百五十四篇（《遺篇》所補《題灞西駱隱居二首》其一重收）。此本正文二卷既非分類編次，篇數亦與賀鑄所説杞人袁氏本不符，表明此本所據底本並非賀鑄所編分類本，而是改用賀鑄所説上卷七言詩較多的本子，然後删去與補遺重複的篇章，故總篇數仍與賀鑄本同。上文已言及，賀鑄廣搜博采共補佚詩七十八篇，此本所附《遺篇》和《拾遺》共六十一篇，凡删賀氏所補佚詩十八篇，而賀氏據括蒼本所補十七篇全在（《題灞西駱隱居二首》其一重出）。

此本鑒藏印記：卷首及卷尾鈐有"翰林國史院官書"朱文長方大印，表明元時此本曾爲翰林國史院官書。元明易代，此本轉入明朝内府深藏，世人難得一見。直到明後期至清初，此本流入世間，爲劉體仁所得，故卷中鈐有"劉體仁"白文方印、"潁川劉考功藏書印"朱文方印。劉家書散出後，此本輾轉至民國初年，爲上海朱翼庵收藏，後來又爲銀行家陳澄中所得，故卷中有“祁陽陳澄中藏書記”朱文長條印、“郇齋”朱文長方印。新中國成立前陳氏移居香港，同時帶去的還有一批宋元珍本。二十世紀五十年代陳氏於香港出售藏書，北京（今國家）圖書館以重金購藏館中，故卷中又有“北京圖書館藏”朱文方印。

許集另一宋槧，乃書棚本《丁卯集》上下二卷，《中華再造善本・唐宋編》所收《丁卯集》二卷，即據上圖所藏此本影印。半葉十行十八字，左右雙邊，白口單魚尾下有“丁卯某”或“丁卯集某”等字樣。書用柳體，寫刻俱精。《百宋一廛賦》黄丕烈注曰：“臨安府棚北大街睦親坊南陳宅書籍鋪印行，所謂書棚本是也。”（《黄丕烈書目題跋》，頁四〇三）正指此本。上下卷各有子目冠於卷前。各卷首題“丁卯集卷某”，次行具銜名“郢州刺史許渾”。卷上録七言雜詩百九十三篇，下卷五言雜詩百十篇，合計三百三篇。此本收詩雖不及蜀本篇數之多，然卷上《破北虜太和公主歸宫闕》與《和人賀楊僕射》，卷下《聞歌》、《聞薛先輩陪大夫看早梅因寄》、《看雪》、《江上燕别》與《贈僧》凡七首，爲蜀本所失收。此本有脱文十多處，卷上《和人賀楊僕射》一首有題無詩，卷下末有脱葉，故尾題已闕（四部叢刊本尾題乃後人所增），顯然陳氏所據底本爲一殘本無疑。但與蜀刻本對勘，發現二本實同出一源。首先，二本文字相差甚微，甚至連大量出校的異文也十分接近。如此本卷上七律《寓居開元精舍酬薛秀才見貽》凡出校異文五處，蜀刻本全同。又如此本卷下五律《放猿》亦出校異文五處，蜀本皆同，諸如此類者甚多，不枚舉。其次，此本所出校記，其異文大多可於蜀本見之。第三，二本皆分體編次，均爲上卷七言雜詩、下卷五言雜詩，且首卷前七十餘首編次完全相同。第四，上文已言及蜀本雖題“許用晦文集”，然各卷卷端下方均鐫“丁卯集”三字，表明蜀本與此本同自《丁卯集》出。綜上四點，可見此本與蜀刻本乃同源本。但是二本直接所據底本，則各不相同，故篇目及文字又稍有差異。值得注意的是，此本卷上尾題處有“維皇宋熙寧元年輯”八字，似用墨筆書寫者，不知何人何時下此斷語，然定當有所依據。若是則此本與蜀刻本一系的本子，並非出自《烏絲欄詩》真跡本，經筆者多方考校，發現此本與蜀本卷一《送沈卓少府任江都》題下注“或作趙嘏”，《客至》題下注“或作趙嘏詩”，此本卷下《贈僧》詩末注“右二詩一本云趙嘏作”，另一詩指《江上燕别》，此二首蜀本失載。若二本源自《烏絲欄詩》，此類誤收情形恐不會出現。其次,此本與蜀本無論詩題、詩句或詞語下出校的異文隨處可見,且大部分相同,若自《烏絲欄詩》出,亦不應有大量異文出現。第三,最爲明顯者《烏絲欄詩》編於大中四年,而此本與蜀本有二十餘篇爲大中四年以後所作,如前卷《寄獻三川守劉公》二首,題中"三川守劉公",據《唐方鎮年表》可知爲河南尹劉瑑,大中六至七年任,詩即作於此時。又如卷上《聞邊將劉臯無辜受戮》一首,據《新唐書·宣宗紀》,大中十二年(八五八)鹽州監軍使楊玄价無辜殺害刺史劉臯,詩應作於此年,遠在《烏絲欄詩》成書之後。諸如此類可確定爲大中四年以後的作品,總計達二十餘首之多(參羅時進《丁卯集箋證》,中華書局二〇一二年版)。以上三點足以證明,此本與蜀本並非出自《烏絲欄詩》,而是好事者的重輯本,其重輯的時間,或即熙寧四年歟?此本與蜀本既爲同源本,則應同源自熙寧重輯本。此本黄丕烈《百宋一廛書録》、《蕘圃藏書題識》等均有著録,且黄氏前後凡得此本二,一種字跡稍爲模糊,有何焯題識。就文字方面而言,此本與蜀本各有所長,將二本合勘可相得益彰。如此本卷上《緱山廟》"玉簫清轉鶴徘徊"句,"玉簫"誤,蜀刻本作"玉笙",極是。周靈王子姬晉好吹笙作鳳鳴,後升仙,駕鶴落於緱山上,可望不可即,舉手謝世人,數日而去,世人因建祠於緱山下,詩即詠其事,可見應以"玉笙"爲是,此本可據改。又如此本卷上《和友人送僧歸桂州靈巖寺》落句"聞道半巖多彩□"句,"彩□"二字,蜀本作"影堂",揆諸詩意,作"影堂"是,此本可改"彩"爲"影"字,且補"堂"字。此本卷上《余謝病東歸王秀才見寄今潘秀才南棹奉酬》"春耕旋構金門客"句,"客"字,蜀刻本作"策",細繹詩意,作"策"字佳。此本卷下《灞東題司馬郊園》,題中"司馬"上,蜀本有"張"字,應據補。此本卷下《送從兄歸隱藍溪三首》,"三首",此本子目作"二首",而蜀本總目及正文均作"二首",其第三首,蜀本别作一首,題作"村舍",緊次於二首之後,揆諸詩意,蜀本是。此本卷下《秋日白沙館對行》,題中"行"字誤,蜀刻本作"竹",細繹詩意,實乃詠竹。此本卷下《嚴陵釣臺貽行宫》,題中"行宫"誤,蜀本作"行侶",揆諸詩意,作"行侶"是,等等。但此本亦有不少佳字,可訂蜀本之誤,如此本卷上《别表兄軍倅并序》曰:"余祗命南海,至廬陵,逢表兄軍倅奉使淮海。""淮海",蜀本作"南海",揆諸文意,蜀本下一"南海"乃蒙上文而誤。此本卷上《送盧先輩自衡岳赴復州嘉禮二首》之第二首"湘南詩客海中行,鵬翅垂雲不自矜","鵬翅",蜀本作"雙翅",此用《莊子·逍遥遊》大鵬典,故作"鵬翅"意更足,等等，蜀本均可據改。

由於書棚本刊刻印刷十分精美，歷代藏家視爲拱璧，卷中歷代諸家題跋多達十二則，鑒藏印記累累若貫珠，斑斕櫛比達百十餘枚。綜合諸家題跋及百餘枚鑒藏印記，可考知歷代遞藏情況大致如下：卷上目録首葉有"藎臣"朱方，知明正統至成化年間，此本爲項忠所藏。忠字藎臣，嘉興人，正統七年（一四四二）進士，官至兵部尚書，事蹟具《明史》本傳。卷上卷下子目首末二葉，及卷上卷下首末二葉，有"項子京家珍藏"朱文長方印、"項元汴印"朱方、"子京所藏"白方、"子京父印"朱方、"墨林生"朱白二文方印、"墨林山人"白方、"墨林秘玩"朱方、"項墨林父秘笈之印"朱文長方印、"退密"朱文葫蘆印、"浄因庵主"朱方、"天籟閣"朱文長方大印等，知此本萬曆以前爲項元汴所藏。元汴字子京，號墨林山人，項忠曾孫，工繪事，精鑒賞，所藏名畫法書極一時之盛，以"天籟閣"、"項墨林"等印記識之。清兵至嘉禾，天籟閣所藏盡爲千夫長汪六水所掠。卷下末葉有"仇十州珍賞"墨筆跋文一則，下有"仇英"白文小方印。英字實父，號十洲，明太倉人，移居吴郡，所畫人物山水士女等神采生動，爲明時工筆之傑。仇英蓋於項家見此本而跋於書後。卷下末葉又有"戊戌四月得於項子協"墨筆跋文，下有"沈松之印"朱方、"萬柳江村"朱文橢圓印。沈松乃明萬曆至崇禎間人，據此跋可知，沈松經項子協獲得此本。項元汴胞兄篤壽，字子長，族兄弟行還有元淇字子瞻，元滓字子南，皆項忠曾孫，因知項子協蓋元汴從兄弟輩。沈松言此本"戊戌得於項子協"，則此本蓋由元汴轉手子協，再由子協轉手沈松，時間在萬曆二十六年戊戌（一五九八）。正因此本轉藏於沈家，故明末逃過一劫，未被汪六水劫去。沈松對此本極爲賞愛，於卷前另紙，卷上卷下子目首末二葉，卷上卷下首末二葉，均加蓋"沈松寶墨"白方、"廖溪沈松字木公亦字沐躬號勁寒又號徂來山人"朱方、"沈木公氏圖書"白方、"木公珍玩"朱方、"十八公"朱圓、"木公氏"朱文長方、"北山沈木公印"朱文長方、"廖溪沈氏真賞"朱白二文方印、"沈"朱文小方、"麟湖沈氏世家"朱文長方、"休文後人"朱方、"勁寒松書畫記"白方等二十餘枚鑒藏印記。沈家書散出後，蓋於明末清初，此本爲季振宜所得，故卷下末葉有"泰興季振宜滄葦氏珍藏"墨筆跋文一則，卷上子目首葉，卷上卷下首葉均有"季振宜藏書"朱方多枚。季家書散出後，此本爲宋犖所得。犖字牧仲，號漫堂，又號西陂，河南商丘人，康熙壬子（十一年，一六七二）入官，累官至吏部尚書，加太子少師，事跡具《清史稿》本傳。犖精鑒藏，善書畫，淹通典籍，緯蕭草堂爲其藏書處，此本蓋犖爲江蘇巡撫時所得，故卷前另紙，卷上卷下子目首葉，卷上卷下末葉皆有“商丘宋犖收藏善本”朱文長方、“緯蕭草堂藏書記”朱文長方、“三晉提刑”朱方、“山西等處提刑按察使司大印”滿漢朱文大方官印等。犖身後，此本傳其子筠，字蘭揮，號晉齋，康熙進士，官至奉天府尹，故此本卷下末葉有“商丘宋筠蘭揮氏藏書”墨筆跋文一則，跋後有“宋筠”白文小方印、“蘭揮”朱文小方印，卷上卷下子目首葉有“宋筠”白方、“蘭揮”朱方、“臣筠”朱文等。宋家書散出後，此本輾轉歸嘉禾汪氏，嘉慶庚午（十五年，一八一〇）又爲黄丕烈所得，故卷末另紙有黄氏跋文三則，其一曰：“《丁卯集》余舊藏宋刻有義門何先生跋者，已登諸《百宋一廛賦》中矣。兹本板刻正同而印較前，故楮墨更精，且歷爲諸名家藏弆，真奇物也。余用白鏹卅金得之嘉禾人家……卷尾有木公松識語二行，與舊藏宋刻《魚元機集》正同，古書之合而分，分而合，若有神物護持者，安得不視爲珍寶耶！嘉慶庚午八月朔日，復翁黄丕烈識。”（又見《黄丕烈書目題跋》，頁三一六，頁三九〇，文字稍異）跋後有“平江黄氏圖書”朱方。跋文天頭，復有二跋。卷前另紙，卷上卷下子目首葉，卷下末葉還有“丕烈”朱方、“蕘夫”朱方、“黄門給事”朱文長方、“士禮居”朱方等鑒藏印記。後來黄氏以百金將此本售與陳揆。揆字子準，常熟人，道光時諸生，所居稽瑞樓儲書甚富，此本卷上及卷下子目首葉，卷上卷下末葉均有“稽瑞樓”白文長方印。陳揆去世後，同邑翁心存通過揆子借觀此本，歸還時於卷前另紙跋曰：“稽瑞樓藏書大半已化爲云煙，此《丁卯集》及元刻《麗則遺音》，皆子準當日以善價得諸吴門黄氏者，幸未售去，余借觀經年，彌深人琴之感。今將入都，聊題數語而歸之。賢子孫幸善弆藏，勿遺失也。道光己酉（二十九年，一八四九）二月初吉，翁心存識。”下有“心存”白文小方、“遂盦”朱文小方。心存字二銘，號邃盦，道光二年壬午（一八二二）進士，官至體仁閣大學士，卒謚文端，事跡具《清史稿》本傳。翁同龢乃心存次子，於此本卷上後另紙跋文三則，叙其父得此本過程甚悉。同龢字叔平，咸豐進士第一，官至户部尚書，協辦大學士，事跡具《清史稿》本傳。同龢跋其一曰：“《丁卯集》二卷，宋槧精本，黄蕘翁舊藏，後歸子準陳丈，陳丈藏書，所謂‘稽瑞樓’者也。當是時吾邑張海鵬、月霄兩先生，競以重貲購宋元善本，丈家素封，與二張埒。一日到吴門，蕘翁以此册詫之，時丈新納姬人，蕘翁善謔，力勸以百金攜歸，蓋是姬以丁卯生也。丈亡後，書皆散失。

先公不忍是書流落入俗子手，遂以原價收得之。辛巳閏七月夜二鼓，檢遺篋，俯仰流涕，搴眼謹記，翁同龢。”下有“龢”字朱文小方印。據此跋可知，心存歸還此本於陳家後，終以百金原價購藏之。心存去世後，此本傳其長子同書。同書字祖庚，號藥房，道光二十年庚子（一八四〇）進士，喜讀書，官安徽巡撫，卒於同治三年甲子（一八六四），謚文勤，事跡具《清史稿》本傳，《傳》謂同書字藥房，大誤。同書去世後，同龢於光緒七年辛巳（一八八一）檢兄遺物時獲見此本，故卷上子目末葉、卷下子目首葉均有“文端文勤兩世手澤同龢敬守”朱方，卷上末葉天頭、卷下子目末葉天頭均有“文端公遺書”朱文長方印。同龢跋其二曰：“庚寅十二月，得見士禮居宋本《鑒誡録》，亦嘉慶庚午年收。欲購不能，因撿此册題記。”其三曰：“明年三月，遂以三百金易《鑒誡録》於吴門舊家，與此書並藏均齋。同龢記。”後有“虞山翁同龢印”白方，“均齋秘笈”朱方；卷上子目首葉、卷下子目末葉及卷下末葉有“子子孫孫受言藏之”白方、“子孫永保”大篆白文、“永保”大篆白文、“萬錢珍賞”朱文橢圓印等，蓋同龢父心存印鑒。卷上卷下子目首末二葉有“翁同龢印”朱方、“常熟翁同龢藏本”朱文長方、“同龢”朱文長方等。另卷上卷下末葉有“翁萬戈鑒賞印”朱文長方，萬戈爲同龢五世孫，尚珍藏此書。而“海野堂圖書記”朱方，乃清吴縣顧麟士藏印，“檇李駱天游鑒賞章”朱文長方乃駱天游藏印，顧氏字鶴逸，近代著名畫家，擅山水。卷中又有“抱竹居”白文長方、“德弘受藏”白方、“珍藏齋”白文長方、“甫里世家”朱方、“湖山精鑒”白文長方、“小雅堂”朱文橢圓小印、“小雅堂圖書畫”朱方、“六藝之圃”白方、“帝陶唐之苗裔”白文長方及滿漢朱文大官印（印文莫辨）等，尚不知爲誰氏藏印。蓋翁家書散出後，此本輾轉遞藏，最終入藏上海圖書館。

宋槧許集其三，乃臨安府洪橋子南陳宅書籍鋪刻《丁卯集》二卷。此本今已無傳，然錢曾有影鈔本，今藏臺灣“中央圖書館”，有袁克文題記。王國維《傳書堂藏善本書志》著録錢曾景宋鈔《丁卯集》二卷，即此本。王國維記曰：“《丁卯集》二卷，景宋鈔本。郢州刺史許渾撰。每半葉十行、行十八字，卷下目録後有‘臨安府洪橋子南陳宅經籍鋪印’一行。此本祗近體詩，無古詩，故詩反比元本爲少。此錢遵王家影宋本，精美不如毛氏，而雅秀過之。有‘錢曾之印’、‘遵王’、‘述古堂圖書記’諸印。”（《傳書堂藏善本書志·集部》）據此，南宋臨安府所刻十行十八字本《丁卯集》二卷，除書棚本外，尚有洪橋本，但不知二本孰先孰後，與書棚本首數、編次、文字有何異同。若持書棚本勘之，則可一切大白矣。

元代刊刻和傳鈔的許集，相比其他唐集可謂夥矣，其版本今所知者有以下幾種：

（一）元翻蜀本。元代據宋蜀本翻刻《丁卯集》二卷、《遺篇》一卷，《拾遺》一卷。此本今已無存，然《百宋一廛書録》著録有此本，黄丕烈曰："余於唐人集多所儲藏，而《丁卯集》一種尤多異本，一爲毛鈔影宋本上下兩卷，又有《補遺》本，又有元大德刻二卷本，明洪武刻二卷本，錢遵王家鈔二卷本，元刻二卷、《遺篇》一卷、《拾遺》一卷本。其二卷元明刻多同，《遺篇》一卷、《拾遺》一卷，則大德、洪武刻所無也。"（《黄丕烈書目題跋》，頁四三五）黄氏所記"元刻二卷、《遺篇》一卷、《拾遺》一卷本"，即此本，顯然此本乃是據蜀刻本翻刻的。然因今無傳本，故其版本的詳細情形已無從考知了。

（二）郢州類稿。《郢州類稿》二卷，大德本（詳下）王瑭序最先提及此本，然未言爲何種版本，亦未交代卷數。王重民推測："《郢州類稿》，原書似僅五卷，祝得甫旁搜遠紹，輯補《集外遺詩》一卷，共七十五首。"（《中國善本書提要·集部·别集類》，頁五〇八）此言非是。大德本乃自《郢州類稿》出（詳下），然卻只有二卷，且無《集外遺詩》一卷，可見《郢州類稿》原書只正文二卷，而非五卷（正文二卷加《遺篇》、《拾遺》、《續補》各一卷），更無《集外遺詩》一卷。書棚本和蜀刻本，均以七言雜詩、五言雜詩分編二卷。但至大德本，除五、七言分編二卷外，又進一步將七言、五言細分爲七言近體、絶句，五言近體、絶句及散體詩，五言近體依韻數多寡又分爲二十韻、十韻、八韻、六韻、四韻（即五律）等等，這是大德本與前此各本區别的版本特徵之一。大德本既自此本出，則其分類之細密，或即出自此本歟？然而由於此本已佚，其版本詳情如何，今已無從得知了。

（三）大德本。大德十一年丁未（一三〇七）刻《增廣音注唐郢州刺史許渾丁卯詩集》二卷。此本日本宫内廳書陵部及尊經閣文庫有藏，董康《書舶庸譚》卷三、傅增湘《藏園群書經眼録》卷十二、嚴紹璗《日藏漢籍善本書録》等皆有著録。半葉十二行二十一字或二十二字，注文小字雙行同，黑口，四周間有雙邊。目録卷題占兩行，下方有"上卷"或"下卷"陰文字樣，作橢圓形。三行題"刺史許渾用晦撰"，四行題"信安後學祝德子訂正"。各卷首題"增廣音注唐郢州刺史許渾丁卯詩集上（下）卷"，占兩行，上卷尾題"丁卯詩上卷終"陰文齊底欄。詩題低四字；諸體標目，俱用陰文。卷前首大德丁未仲春朔金華王瑭希古《丁卯集原序》，次陸游《題古潤丁卯橋許渾故居詩》。此本詩分體編次，卷上七言近體律絶，卷下五言近體絶句和散體，五言近體又依韻數多寡分爲數類，故編次與蜀本及書棚本已迥然不同。上卷近體詩，七律百三十五首、絶句二十三；下卷近體詩，五言二十韻二、十韻三、八韻五、六韻七、四韻（即五律，未注首數）百七十六（内誤收六韻一）、五絶（未注首數）五、散體詩五言八韻一，合計三百五十七首。王瑭《序》曰："惟昔郢州自紀其篇目，多至五百。而今之書肆見於板行者才逾一半。同志之士，每恨莫窺其集之全也。信安祝得甫，好學不倦，尤篤志於詩。一日從容訪舊，偶得《郢州類稿》若干卷，復旁搜遠紹，幾足五百之數。吁！其勤摯矣。亟命鋟梓，將以廣其傳……旹大德丁未仲春朔，金華王瑭希古。"由此可見，此本所據底本乃《郢州類稿》，然經祝氏"旁搜遠紹"（蓋指輯補佚詩）及"訂正"文字後，方上版刊行。但王瑭未言《郢州類稿》究爲何種版本，亦未言卷數幾何？地方州縣刻書，長吏所作書序多應景之文，往往如此。此本不足四百首，而王《序》謂其"幾足五百之數"，"五"字或爲"四"字之訛。此本文字，則較元翻蜀本更近於書棚本（詳下覆大德本），故應屬於書棚本一系的本子。

（四）覆大德本。元覆刻大德本《增廣音注唐郢州刺史丁卯詩集》上下二卷，國圖藏。半葉十行十九字，左右雙欄，粗黑口雙魚尾，亦有三魚尾者；上魚尾下鐫"許詩某"字樣。卷前首大德丁未仲春朔金華王瑭序，次陸游《題丁卯橋許渾故居詩》，無總目。卷後無跋文題識等。首卷卷端壓行題"增廣音注唐郢州刺史丁卯詩集卷上"，三行署"刺史許渾字用晦撰"，四行署"信安後學祝德子訂正"。上卷尾題"增廣音注唐郢州刺史丁卯詩集卷上"。卷上收近體詩，七言八句百六十八首、七絶二十八（其中二首誤編入七言八句内），卷下近體詩，五言二十韻二首、五言十韻三、五言八韻五、五言六韻八（第八首誤編入四韻内）、五言四韻（未標目及首數）百七十五、五絶五、五言八韻一，共三百九十五首。國圖攝此本膠片判爲大德本，蓋據此本分卷、分體與大德本一致，卷前又有王瑭序，卷後無補遺、拾遺、續補詩等等，然而這一判斷是不正確的。大德本上卷尾題"丁卯詩上卷終"六字陰文，下齊底欄。而此本尾題與卷端題名相同，皆爲陽文，此其一。其二，就收詩首數而言，二本也不相同。可見此本並非元大德本。然此本又與大德本十分接近，故筆者判爲元覆大德本。此本上卷闕損三整葉，另有零星破損十餘處，由錢穀鈔補，其他皆完好。此本藏印有“錢氏稱寶”白方、“中吴錢氏收藏印”朱文長方及“構書良不易子孫守勿替”朱文長方（在卷前另紙），當爲錢穀的收藏印記。錢氏書散出後，此本輾轉歸常熟瞿鏞，故卷中有“鐵琴銅劍樓”白文長方及瞿氏後人“瞿潤印”白方、“瞿秉沂印”白方、“瞿周文印”白方、“瞿秉清印”白方等。“良士珍藏”朱方、“縣磬室”朱方等。新中國成立後，瞿氏後人將藏書捐獻給北京（今國家）圖書館，此本亦在其中。

（五）建刻本。建安葉氏刻《增廣音注唐郢州刺史丁卯詩集》上下二卷、《續集》一卷（《續集》含《遺篇》、《拾遺》、《續補》三類），國圖藏。此本卷後《遺篇》前一行下方鐫有“建安葉氏刊”陰文牌記一個，因知此本爲建寧路建安縣葉氏所刻。《中華再造善本·金元編》所收此本，乃據國圖藏本影印。半葉十行十九字，左右雙邊，粗黑口，雙黑魚尾間有“許詩上（下）”字樣。卷前無序文及總目，卷後無跋語題識等。然上下卷及《續集》均有子目。各卷首題“增廣音注唐郢州刺史丁卯詩集”，下近邊欄鐫陰文“上卷”或“下卷”字樣。次行具款“許渾字用晦撰”，三行署“信安後學祝德子訂正”。此本分體編次，與大德本相同，卷上爲近體詩，又分七言和七言絶句；卷下近體詩，又分五言、絶句和散體等。卷上録近體七言律、絶百九十六首，卷下録五言近體二十韻、十韻、八韻、六韻、四韻（即五律）、絶句及散體詩百九十九首，合計三百九十五首。卷後附《遺篇》、《拾遺》、《續集》，亦有目。《遺篇》詩四十二首，《拾遺》十八首，《續集》三十五首，凡九十五首。正續集共四百八十九首（卷上《寄桐江隱者》和《送宋處士》二首七絶重收不計）。錢曾曰：“用晦詩，元刻增廣者，較宋版多詩幾大半，此又宋本之不如元本矣。”（《錢遵王讀書敏求記校證》卷四中，頁二〇四）錢氏所謂“元刻增廣者”，蓋指此本，而所謂“宋本”，當指書棚本。若元刻指大德本，宋本指蜀本，則大德本尚不及蜀本録詩之多。《楹書隅録》曰：“元本《增廣音注唐許郢州丁卯詩集》二卷、《續集》一卷，五册，一函。案……予宋存書室中藏弆唐人集，皆宋槧精本，獨此集乃元刻。然遵王《敏求記》固謂‘暇日校用晦詩，元刻多幾大半，此又宋本之不如元本矣’。是此集正以元刻爲佳也。”（《楹書隅録》卷四，頁五二二）亦判錢氏所謂“元刻”即此本，甚是。此本亦題“信安後學祝德子訂正”，但收詩篇數卻與大德本迥然有別：上卷較大德本溢出三十六首，下卷篇數則完全相同。而與蜀本相較，此本上卷差少一首，下卷溢出一首，故二本篇數相同。由此可見，此本與大德本雖書名相同，且亦題“信安後學祝德子訂正”，但所據底本卻非大德本。再考此本文字，實較蜀刻本更近於書棚本。如書棚本卷上《滄浪峽》“萬片野花流水香”句，“流水”，此本同，而蜀刻本作“春水”。書棚本卷上《余謝病東歸王秀才見寄今潘秀才南棹奉酬》“春耕旋構金門客”句，“客”字，此本同，而蜀刻本作“策”，細繹詩意，作“策”字佳。書棚本卷下《灞東題司馬郊園》，題中“司馬”二字，此本同，而蜀刻本作“張司馬”。書棚本卷下《送從兄歸隱藍溪三首》，題中“三首”，此本同，而蜀刻本總目與正文均作“二首”，其第三首，蜀刻本另作一首，題曰“村舍”，緊次於第二首後，揆諸詩意，蜀刻本是，此本與書棚本均誤。書棚本卷下《嚴陵釣臺貽行宫》，題中“貽行宫”不辭，此本同，而蜀刻本作“貽行侶”，揆諸詩意，作“貽行侶”是，此本與書棚本同誤，等等。可見此本文字的確較蜀刻本更近於書棚本，且連書棚本的訛誤亦相沿襲，然書棚本不及此本收詩之多。這足以證明，此本乃是以近似書棚本的本子爲底子，將上下兩卷詩依近體、絶句及散體等分别録出，然後編輯而成者，唯此本所據乃一全本，故存詩較書棚本爲多。又編刊過程中，此本當參考了大德本的分類與文字，故仍題曰“信安後學祝德子訂正”。至於此本《續集》中之《遺篇》與《拾遺》二類，顯然是據蜀刻本增入者，而删去了與正文重出的《聞薛先輩陪大夫看早梅》、《聞歌》、《江上燕别》、《贈僧》與《看雪》等五首。至於《續補》一卷詩三十五首，則爲此本所新增。書棚本《山雞》一首，此本失收。書棚本脱誤的文字，此本大多已經補上。如書棚本卷上《緱山廟》“玉簫清轉鶴徘徊”句，“玉簫”誤，此本與蜀刻本皆作“玉笙”，甚是。又如書棚本卷上《和友人送僧歸桂州靈巖寺》落句“聞道半巖多彩□”，“彩□”二字，蜀刻本作“影堂”，揆諸詩意，作“影堂”是，此本亦作“影堂”。再如書棚本卷下《秋日白沙館對行》，題中“對行”不辭，蜀刻本作“對竹”，甚是，此本亦作“對竹”，等等。由於此本無論篇數和文字，均較蜀刻本與書棚本及大德本爲優，故頗爲後世重視，成了元明清諸多許集的祖本。

此本藏印有“王懿榮”白方、“福山王氏正孺藏書”朱文長方，因知此本曾爲晚清王懿榮藏書。懿榮字正孺，山東福山人，光緒六年（一八八〇）進士，三爲國子祭酒，事跡具《清史稿》本傳。卷中又有“楊紹和印”白方、“楊保彝印”白方、“四經四史之齋”白方、“海源閣藏書”朱白二文方印。因知王家書散出後，此本爲山東聊城楊紹和所得，保彝乃紹和之子，“海源閣”乃紹和之父所築藏書樓，“四經四史齋”乃紹和父齋室。然《楹書隅録》正續兩編並未著録此本，而著録了與此本同版的另一個本子，卷中鈐有汪士鐘各種鑒藏印記六枚(見《楹書隅録》卷四)，而此本則無之，因知海源閣藏有此刻兩部。此本卷中尚有“泰山趙氏藏書”朱文方印、“東萊劉句洪字少山藏書之印”朱方、“奭齡鑒藏”朱文長方，“子孫保之”朱方、“海上精舍藏本”朱文長條印等，皆山東藏家，諸家收藏此本未知究爲何時。此本最後入藏北京(今國家)圖書館，故卷中又有“北京圖書館藏”朱方。又國圖另一藏本有清徐郙、陸潤庠等題款。

(六)覆建本。元覆建安葉氏刻《增廣音注唐郢州刺史丁卯詩集》二卷、《續集》一卷(《續集》含《遺篇》、《拾遺》、《續補》三類)，國圖藏。此本行格、版式、分卷、首數，編次及卷後附續集、拾遺、續補等等，均與建刻本相同，然卷後《遺篇》前無“建安葉氏刊”陰文牌記，因知此本非建刻本，乃覆建刻本。國圖所藏此本有“汪士鐘藏”白文長方、“汪士鐘印”白方等，知此本清嘉、道之際爲汪士鐘藏書。汪家書散出後，此本爲聊城海源閣所得，故卷中有“楊氏海源閣藏”白方、“紹和筠巖”朱白二文方印、“協卿讀過”白方、“東郡楊氏鑒藏金石書畫印”白文長方、“紹和協卿”白方、“協卿珍賞”白方、“彦合珍玩”朱方、“楊承訓印”白方、“開卷一樂”朱方、“元本”朱文橢圓印等鑒藏印記。楊氏之後，此本輾轉入藏國圖。

元代還有一種覆建本，只二卷(卷上配明初鈔本)，北大圖書館藏，有黄丕烈和傅增湘跋。此本行款與前一覆建本相同，但版式略異，四周雙邊，卷後無補遺等，正文收詩首數亦同於建刻本，而與大德本不同，故應爲又一種建刻本的覆刻本，但删去了建刻本的《補遺》卷。此本卷後有黄丕烈跋文一則，其略曰:“此書宋本，余先藏有一本，版刻糊塗，多屬全寫，因有義門先生跋，故珍之，列諸《百宋一廛賦》中。後復收此，覺字跡清朗，勝於義門全寫者多矣。因以何跋本歸嘉禾金□華居，而此本遂爲甲本。庚午八月，蕘翁記。”(此跋又見《蕘圃藏書題識》卷七，跋後有“增廣音注唐郢州刺史丁卯詩集二卷，信安後學祝德子訂正”二行。)卷中有“丕烈”、“蕘夫”、“士禮居”等朱文小方印。此本自黄家散出後，爲同郡汪士鐘所得，故卷中又有“汪士鐘印”白方、“閬源真賞”朱方。汪家書散出後，此本輾轉至晚清，爲李盛鐸所得。鐸字椒微，號木齋，江西德化人，光緒十五年己丑(一八八九)一甲二名進士，官京師大學堂總辦、山西巡撫等，民國初年出任參議院議長等職，其木犀軒庋藏四代人積累的圖書，爲當時北方藏書之冠。二十世紀三十年代，由當時僞政府出面，盡購木犀軒圖書藏於北大圖書館。民國二年癸丑（一九一三），傅增湘曾於李家見此本，並跋於卷末，《藏園群書經眼録》卷十二著録此本時，特别指明此本乃"李木齋藏書"，"癸丑"年觀。傅氏判此本爲元刻本，而非宋本，甚是。民國二十五年（一九三六）八月，鎮江吴氏寒匏簃曾影印此本，"吴庠（眉孫）跋稱，係陶蘭泉借李氏木犀軒所藏黄氏士禮居舊物攝影留真，吴氏又假以影印的"（《唐集叙録》，頁二七八）。

明代乃唐人文集傳播的重要時期，許集也出現了多種刊本及傳鈔本，其主要版本有以下幾種：

（一）洪武本。洪武年間刻《增廣音注唐郢州刺史丁卯詩集》二卷。此本黄丕烈嘗見之，《百宋一廛書録》著録曰："元大德刻二卷本，明洪武刻二卷本，錢遵王家鈔二卷本，元刻二卷、《遺篇》一卷、《拾遺》一卷本，其二卷元明刻多同，《遺篇》一卷、《拾遺》一卷，則大德、洪武刻所無也。"（《黄丕烈書目題跋》，頁四三五）據此，此本當與大德本相同，只有二卷，無補遺諸卷，故應爲大德本的翻刻本。

（二）弘治本。弘治七年甲寅（一四九四）鄭傑覆刻覆大德本《增廣音注唐郢州刺史丁卯詩集》二卷。此本今國家圖書館、上海圖書館等均有藏，上圖藏本原爲董康舊物，南圖藏本有清丁丙跋。半葉十行十九字，四周雙欄，粗黑口雙黑魚尾，上魚尾下署卷次"許詩某"，下魚尾下爲葉碼。首卷卷端題"增廣音注唐郢州刺史丁卯詩集卷上"，次行具銜名"刺史許渾字用晦撰"，三行署"信安後學祝德子訂正"。卷前首王瑭序，次陸游《題古潤丁卯橋詩》。卷後有鄭傑跋，其略曰："弘治庚戌春，予由大理左寺正出知鎮江，知許公郡人也。廣求博訪於士大夫家，幸獲《丁卯集》一帙，喜得償其宿昔之願，不啻如百朋之錫也。退而逐一簡閲之，中間遺失錯亂者亦多，又於鄉學中得一寫本，乃於郡事之暇，參互考訂，錯者正之，亂者序之，遺失者補輯之，而厥集始克全備。遂捐俸刻梓，以廣其傳，俾後之凡愛慕許公之詩如傑者，得是集而覩之，庶幾無少憾焉，因書以識其歲月云。弘治七年孟冬吉旦，賜進士出身前大理寺左寺正直隸鎮江府知府洪洞鄭傑書。"（上圖藏弘治本）據此可知，此本乃經鄭氏以異本校訂，糾正文字舛誤、調整編次、補輯遺佚後上版刊行的，故而不同於一般的翻刻本。此本卷上爲近體詩，凡七言八句百六十八首、七絶二十六，卷下亦近體詩，凡五言二十韻二、十韻三、八韻五、六韻七、四韻（未標目及首數、即五言律詩）百七十六、五絶五、散體詩一,共三百九十三首。從版式及收詩篇數來看,此本所據底本,乃是元覆大德本。王國維《傳書堂藏善本書志》著録此本曰:"《增廣音注唐郢州刺史丁卯詩集》二卷,明覆元刊本。刺史許渾字用晦撰,信安後學祝德子訂正。王塘序(大德丁未),鄭傑跋(弘治七年)。十行十九字,天一閣藏書。"(《傳書堂藏善本書志·集部》)王國維亦謂此本乃覆元本,只是没有具體指出所覆爲哪一種元本而已。《善本書室藏書志》卷二十五亦著録一部,係清怡王府舊藏,有"怡王之寶"、"明善堂覽書畫印記"、"安樂堂藏書記"三印。

(三)朱刻本。萬曆四十六年戊午(一六一八)朱之蕃刻《晚唐十二家詩集》所收《許渾集》一卷。十二家集,每集一卷,《許渾集》列爲第三卷。每半葉九行十九字,四周或左右雙邊,亦有四周單邊者,白口單魚尾上有"許渾集"三字,魚尾下有"卷之三"字樣。此本收詩三百九十七首,其篇數、編次與元覆建刻本相差甚微,文字也與元建刻本爲近。如書棚本卷上《賀少師相公致政并序》"未及懸車之年二□乞罷"句,"二□",蜀刻本作"三表",建刻本誤作"二室",此本亦誤作"二室"。又如書棚本卷上《竹林寺别友人》"花滿謝城傷折□"句,"折□",蜀刻本作"折柳",建刻本作"共折",此本亦作"共折"。再如書棚本卷下《秋日白沙館對行》,題中"白沙館",建刻本作"衆哲館",此本亦作"衆哲館"。"二室"、"共折"、"衆哲館",這些都是元建刻本獨有的文字,而此本均與之同,可見此本應是據元覆建刻本翻刻者。而此本溢出元建刻本者,當爲輯補的遺詩。

(四)馮鈔本。崇禎三年庚午(一六三〇)馮氏鈔《丁卯集》二卷、《續集》三卷。此本輾轉傳至清末,爲張金吾所得,《愛日精廬藏書志》有著録,其略曰:"《丁卯集》二卷、《續集》三卷,舊鈔本,馮氏藏書。唐郢州刺史許渾撰。格闌外有'馮氏藏本'四字,末有題識云:'崇禎庚午借柳大中本抄。'"(《愛日精廬藏書志》卷二九,頁五一九)據此可知,此本所據乃柳大中本。考元建刻本《續集》一卷分爲《遺篇》、《拾遺》、《續補》三類。此本《續集》三卷,蓋將《續集》分爲《遺篇》、《拾遺》、《續補》各一卷。據此,柳鈔本所據應爲建刻本。此本乃柳大中本的下位本,故應屬於建刻本一系的本子。

(五)許刻本。明雷起劍評崇禎十年丁丑(一六三七)潤州北陵許氏刻《丁卯集》二卷。此本中國社科院文學所、揚州市圖書館有藏。有西蜀仙井雷起劍、潤州史官管紹寧二序。管氏《重刻丁卯集序》略曰:"《丁卯集》……刻於弘治間,郡大夫鄭公傑爲之咨求考訪,遂成吾潤一家之文獻。……乃今傳本亡於歲久，梓板祟於鬱攸。許之子孫，謀再授諸剞劂，以圖不朽。有衲子衣雲，先生之二十四世孫也，乃手録而補葺之，梓有日矣，以請訂於予。……衣雲於先生閲歲綦千，閲世凡幾，又不在冠裳之列，而以空門事千古之業，襲寶珠瓔珞，以爲莊嚴，是真用晦之苗裔也。原本經郡司理雷公祖評閲，尤爲精審，此刻行，其無憾於用晦矣！崇禎丁丑仲春史官管紹寧頓首撰。"據此，知此本乃崇禎十年鎮江許氏族人刊刻，西蜀雷氏評，許渾二十四世孫僧人衣雲手録補葺，鎮江史官管紹寧訂正。而衣雲手録所據底本，蓋弘治間鄭傑刻本，故此本乃弘治本的衍生本。此本有清重修本，南圖藏。

（六）汲古閣本。崇禎十二年己卯（一六三九）毛晉汲古閣刻《唐人八家詩》所收《丁卯集》二卷，杭州大學圖書館藏本有清丁丙跋。民國間上海涵芬樓有影印本，八家中許渾列在第一家。半葉十二行二十字，白口左右雙邊，單魚尾下有"丁卯卷某"字樣。此本書名、分卷、篇數、編次、文字等悉如書棚本，甚至連書棚本的訛誤也照樣沿襲。如書棚本卷上《緱山廟》"玉簫清轉鶴徘徊"句，"玉簫"誤，此本同，而蜀刻本作"玉笙"，甚是。書棚本卷下《灞東題司馬郊園》，題中"司馬"二字，此本同，而蜀刻本作"張司馬"。書棚本卷下《送從兄歸隱藍溪三首》，"三首"誤，此本同，而蜀刻本總目及正文均作"二首"，其第三首，蜀本别作一首，題曰"村舍"，次於第二首後，甚是，等等。此本與書棚本文字相差甚微，甚至連其訛誤亦照樣沿襲，可見此本乃書棚本的衍生本。毛氏藏有書棚本的精鈔本，此本當據精鈔本刊刻，而非直接據書棚本上版；唯書版前毛氏作過校勘，改正了書棚本一些訛誤。如書棚本卷上《疾後興郡中群公讌李秀才》，題中"興"字誤，此本改作"與"，良是。書棚本卷下《秋日白沙館對行》，題中"行"字誤，此本據校本改作"竹"字，極是。書棚本卷下《嚴陵釣臺貽行宫》，題中"行宫"誤，此本據校本改作"行侣"，極是，等等。清人批評毛晉好以己意改書，此本亦不乏其例。如此本卷上《疾後與郡中群公讌李秀才》"書院欲開塵網户"句，"塵"字，蜀刻本、書棚本、建刻本等皆作"蟲"，獨此本作"塵"字，當爲毛氏以己意所改，非是。此本卷上《酬邢杜二員外》"熊軾並驅同雀噪"句，"同"字，蜀刻本、書棚本、建刻本等皆作"因"，獨此本作"同"，當爲毛氏以己意所改，非是。此本卷下《洛東蘭若夜歸》"管絃愁裏醉"句，"醉"字，蜀刻本、書棚本、建刻本等皆作"老"，唯此本作"醉"，當爲毛氏以己意所改，亦非，等等。然而在宋本難得一見的情況下，毛氏刊行此本，以廣其傳，故功不可没。

（七）統籤本。胡震亨《唐音統籤》所收《許渾詩》九卷，編卷五百八十三至五百九十一，戊籤五，刻本。詩分體編次，首卷至四卷前半五律百七十二首，第四卷後半五言小律一首、五排二十，第五至八卷七律百八十一首，第九卷五絶六、七絶五十七，合計四百三十七首。胡氏曰："《丁卯集》二卷，今編爲九卷。"自注曰："《京口志》：晉時嘗以丁卯日立埭，因以名橋。渾别墅在焉，集以爲名。又晁公武《讀書志》：'渾分司朱方，適在丁卯歲。'是其取義所兼也。"又曰："本集篇目五百餘，後人或割入《杜牧集》中，或取趙嘏詩益之。本多淆譌。今據大德中信安祝得甫本，復加釐正，益以别見者二十餘篇，合得四百五十五篇云。"（《唐音統籤》第六册，頁一八九）胡氏謂所據乃大德本，再"益以别見者二十餘篇"。但大德本録詩三百五十七首，益以二十餘篇，合計不足三百九十首，何得"四百五十五篇"？據筆者統計，共四百三十七首，胡氏所計有誤。建刻本較大德本録詩爲多，明時並不難得，胡氏棄之不用，而取大德本，蓋以建刻本《續補》一卷所録各詩真僞難辨歟？文字方面，胡氏對大德本訛誤多有釐正，如大德本卷上《送嶺南盧判官罷職歸華陰山居》"還掛一帆青海畔"句，"青海畔"，胡氏改作"青草上"，又出校記曰："豈謂青草湖耶？有作青海畔，後人所改。"所校極是，蜀刻本正作"青草上"。盧判官自嶺南罷職歸華陰，其道何能經過青海？胡氏乃明代唐詩學大家，雖未見善本，僅憑臆斷，亦能定其是非。又如大德本卷下《行次潼關題驛後軒》"終南此路回"句，"終南"誤，胡氏改作"終童"，甚是，蜀刻本正作"終童"。胡氏出校曰："宋本作終南誤。"胡氏所説"宋本"並不準確，其所謂的"宋本"，實乃汲古閣本，因爲書棚本作"終□"，恰闕"童"字，而汲古閣本正作"終南"。毛晉藏有書棚本的精鈔本，汲古閣本即據以翻刻，故胡氏以之爲宋本，不知汲古閣本已經毛晉補作"終南"，遂致誤。而蜀刻本胡氏未見。又如大德本卷下《秋日衆哲館對竹》，題中"衆哲館"，此本改作"白沙館"，書棚本、汲古閣本皆作"白沙館"，胡氏據改，良是等等。又胡氏於諸詩題下或詩後增入許多注文，這些注文，或爲詩之本事，或爲詩的評論等等，極利讀者。然而由於胡氏所用校本有限，又未及見蜀刻本和書棚本，故大德本的不少訛誤，此本仍未得以糾正。如大德本卷上《余謝病東歸王秀才見寄今潘秀才南棹奉酬》"春耕旋構金門客"句，"客"字誤，汲古閣本同；蜀刻本作"策"字，甚是，胡氏未能據改，而將"構"字改作"遘"，失去原句之意，非是。又如大德本卷下《灞東題司馬郊園》，題中"司馬"二字，蜀刻本作"張司馬”,甚是,胡氏未能增一“張”字,《烏絲欄詩》題作“題張司馬灞東郊園”,可見司馬上應當有“張”字。再如大德本卷下《送從兄歸隱藍溪三首》,“三首”乃“二首”之誤,其第三首,蜀刻本另作一首,題曰“村舍”,甚是,胡氏未能據改,等等。不過總的來看,此本經胡氏校訂,頗具優長,故康熙敕編《全唐詩》,將此本作爲重要的參照。

(八)明刻本。明刻《增廣音注唐郢州刺史丁卯詩集》二卷,元祝德子訂正,國家圖書館、天津圖書館、中國社科院文學所圖書館等均有藏本。王國維《傳書堂藏善本書志》著録明刊本二卷,蓋即此本,王國維記曰:“《增廣音注唐郢州刺史丁卯詩集》二卷,明刊本。刺史許渾字用晦撰,信安後學祝德子訂正。每半葉十行、行十九字。書前後題並大字跨行,詩亦衹近體,而次序又與宋本不同。有‘五臺石室’一印。”(《傳書堂藏善本書志·集部》)此本僅正文二卷,不附補遺詩,蓋翻刻元大德本者,抑或翻刻元覆建刻本者。

(九)李捷注本。黄虞稷《千頃堂書目》著録:“許郢州詩□卷,李捷注,字好古,豐城人。”此本乃許詩的第一個注本,惜今已無傳,故其所據底本及注釋情形如何,今已無從得知了。

清代刊刻和傳鈔的許集,其主要版本有以下幾種:

(一)舊鈔本。舊鈔《丁卯集》二卷、《續集》二卷、《續補》一卷、《集外遺詩》一卷,六册,一函,藏美國國會圖書館。王重民先生赴美閲書時嘗見此本,半葉九行十八字,原題“唐雲陽用晦許渾著,元信安祝得甫摯乾”。王氏曰:“卷端有元貞丁未(按元貞無丁未,當是乙未之誤。)王瑭序云:‘信安祝得甫偶得《郢州類稿》若干卷,約五百首之數;復旁搜遠紹,仍舊六卷。’攷《楹書隅録》(卷四)載《元本增廣音注唐許郢州丁卯詩集》二卷、《續集》一卷,《續集》分《遺篇》、《拾遺》、《續補》三類;《愛日精廬藏書志》(卷二十九)有舊鈔本,《續集》作三卷,當即此三類也。陳直齋所見蜀本,有《拾遺》二卷,似即《遺篇》與《拾遺》兩類,元本多《續補》一類,當爲元人所續增者。此一本也。賀鑄謂世所傳本兩卷,三百餘篇,近《四部叢刊》影印宋寫本,疑即賀氏所見本,爲汲古閣本所從出。此又一本也。此本蓋原稱《郢州類稿》,原書似僅五卷,祝得甫旁搜遠紹,輯補《集外遺詩》一卷,共七十五首,席氏《百家唐詩》本疑即翻刻此本(余未見席本),而《四庫全書》蓋依席本著録。席本無瑭序,且無祝得甫名,故《提要》不能詳述其原委。此本不似明鈔,猶當爲三百年前舊物,蓋從刻本影寫,至足珍貴。《藝風堂藏書記》(卷六)著録舊鈔元大德王瑭刻本《丁卯集》二卷，年月與卷數並不合，非有殘缺，即有訛誤，定不若此本之善也。”(《中國善本書提要·集部·别集類》，頁五〇八；又見王重民《美國國會圖書館藏中國善本書目》)由於王氏並未系統研究過許集版本，且過於推崇此本，致錯判繆荃孫著録大德本年月與卷數有誤，其實乃此本徵引王瑭《序》有誤，王《序》本在“大德丁未”，而此本徵引爲“元貞丁未”。又王氏謂:“此本蓋原稱《郢州類稿》，原書似僅五卷，祝得甫旁搜遠紹，輯補《集外遺詩》一卷，共七十五首。”此言亦非是，王瑭《序》僅謂“信安祝得甫好學不倦，尤篤志於詩。一日從容訪舊，偶得《郢州類稿》若干卷，復旁搜遠紹，幾足五百之數”(續修四庫本《丁卯集箋注》)。可見王瑭並未言《郢州類稿》有五卷之多；據王瑭《序》，大德本出自《郢州類稿》，只有二卷；且黄丕烈早已言之:“元大德刻二卷本、明洪武刻二卷本……其二卷元明刻多同，《遺篇》一卷、《拾遺》一卷，則大德、洪武刻所無也。”可見大德本並無《集外遺詩》一卷。王氏又謂:“賀鑄謂世所傳本兩卷，三百餘篇，近《四部叢刊》影印宋寫本，疑即賀氏所見本，爲汲古閣本所從出。此又一本也。”此言亦不完全正確。確切地説，四部叢刊本乃自書棚本出，汲古閣本乃據書棚本的精寫本翻刻，均與賀鑄所見二卷本無關。王氏還謂:“《藝風堂藏書記》(卷六)著録舊鈔元大德王瑭刻本《丁卯集》二卷，年月與卷數並不合，非有殘缺，即有訛誤。”此言亦非是。上已言及，元大德本只有二卷，並無《遺篇》、《補遺》、《續補》及《集外遺詩》等，所以繆藝風著録並無訛誤，亦無殘缺。王氏未弄清許集各本之間的錯綜關係及區别，又過崇此本，以致生誤。據此本所附補遺諸卷情形看，其所據底本蓋爲建刻本，而《集外遺詩》一卷則爲此本所增補。至於王先生謂“元本(應指建刻本，非大德本——筆者)多《續補》一類，當爲元人所續增者。此一本也”；又謂“席氏《百家唐詩》本疑即翻刻此本，而《四庫全書》蓋依席本著録”等語，則所言甚是。

(二)也是園鈔本。清初常熟錢曾也是園影鈔宋臨安府洪橋子南陳宅經籍鋪刻《丁卯集》二卷，臺灣“中央圖書館”藏，袁克文題記。此本王國維《傳書堂藏善本書志》有著録，其略曰:“《丁卯集》二卷，景宋鈔本。郢州刺史許渾撰。每半葉十行、行十八字，卷下目録後有‘臨安府洪橋子南陳宅經籍鋪印’一行。此本祇近體詩，無古詩，故詩反比元本爲少。此錢遵王家影宋本，精美不如毛氏，而雅秀過之。有‘錢曾之印’、‘遵王’、‘述古堂圖書記’諸印。‘顧西津’、‘陳壿印’、‘復初氏’、‘壿印’、‘仲遵’、‘陳氏西畇草堂藏書印’、‘西畇草堂藏本’、‘西畇艸堂’諸印。”(《傳書堂藏善本書志・集部》)據此可知,南宋臨安所刻十行十八字本《丁卯集》二卷,除書棚本外,尚有洪橋子南陳宅經籍鋪刻本。據卷中藏印可知,此本自錢家散出後,輾轉至道光、咸豐間,爲陳墫西畇草堂收得。墫字葦汀,又字古衡,號仲尊,長洲人,工畫山水,後居山塘祠屋,有園池花木之勝。此本自陳家散出後,蓋於清末民初間,爲上海藏書家蔣汝藻所得,民國八年(一九一九)王國維受蔣氏之聘,爲其編《傳書堂藏善本書志》。《善本書志》成於民國十一年,袁寒雲得此本,蓋在蔣氏之前。而此本流往臺灣,當在新中國成立之前。

(三)述古堂鈔本。錢曾述古堂影鈔宋本許渾《丁卯集》二卷、《集外詩》二卷。錢曾《述古堂書目》著録有此本,注曰“宋本影鈔”;又見《虞山錢遵王藏書目録彙編》。此本蓋據蜀刻本影寫,其《集外詩》二卷,蓋即蜀刻本《遺篇》一卷、《拾遺》一卷。因此本無徵,故相關之版本詳情今已無從得知了。

(四)席刻本。康熙四十一年壬午(一七〇二)席啓寓琴川書屋刻《唐詩百名家全集》所收《丁卯集》上下二卷、《補遺》二卷、《拾遺》一卷、《集外遺詩》一卷。半葉十行十八字,左右雙邊,白口單魚尾下署“丁卯集某”字樣。卷上七律百六十九首、七絶二十六、附録七律二,卷下五言近體(未分二十韻、十韻、八韻、六韻、四韻等)百九十四、五絶五、散體五言詩一,《補遺》、《續補》等凡一百六,合計五百三首。據上文考述,許集自賀鑄本始增佚詩,宋蜀本二卷之外增《遺篇》和《拾遺》二卷,建刻本又增入《續補》一卷,而《集外遺詩》一卷,四庫館臣以爲乃明人增入(詳四庫本),先後次序宛然,清晰未亂。故此本蓋明本《丁卯集》的翻刻本。因此本録詩較全,刊刻亦精,故《四庫全書》所收《丁卯集》即據以録入。

(五)全唐詩本。康熙敕修《全唐詩》所收《許渾詩》八卷。本書前已述及,《全唐詩》是在胡震亨《唐音統籤》和季振宜《全唐詩稿本》兩書基礎上修訂而成的。而季氏《稿本》中的《許渾詩》,則是將上述朱刻本《許渾詩集》一卷原刻入編,將五言律調至七言律之前,五排次於七律之後,五、七言絶句則改用明刻《萬首唐人絶句》原刻入編,再於五律内補入遺詩十首,七律内補入遺詩十六首,五排内補入遺詩一首,七絶内補入遺詩三十首,合計四百五十四首。然所補五律内,《山齋秋晚》“殘月皓煙露”一首,實即朱刻本五律《晨起二首》之第二首;所補七律《奉賀盧大夫新立假山》一首,實爲五排;七律《移攝太守寄汝洛舊遊》一首,實與朱刻本七律《陵陽春日寄汝洛舊游》

重出，故此本實只四百五十二首。文字方面，季氏也作了校勘。季氏藏有蜀刻本，且用《才調集》、《文苑英華》、《唐詩紀事》、《樂府詩集》、《歲時雜詠》、《唐詩鼓吹》等唐宋元諸總集及類書參校，故出校異文頗多，且改正了朱刻本的不少訛誤。如朱刻本《余謝病東歸王秀才見寄今潘秀才南棹奉酬》"春耕旋構金門客"句，"客"字誤，書棚本同，季氏據蜀刻本於旁邊出校曰："宋刻作策。"朱刻本《灞東題司馬郊園》，題中"司馬"，書棚本同，而蜀刻本作"張司馬"，季氏據蜀刻本於題下出校曰："宋刻作題張司馬灞東郊園。"朱刻本《送從兄歸隱藍溪三首》，題作"三首"誤，蜀刻本作"二首"，其第三首別作一首，題曰"村舍"；季氏將朱本"三首"二字删去，於第三首前增補題目《村舍》二字，作另一首，極是。此類例子尚多，不枚舉。不過朱刻本的訛誤，季氏未能糾正者亦復不少。如《行次潼關題驛後軒》"終南此路回"句，"終南"誤，季氏未能改正；蜀刻本作"終童"，甚是。此用漢終軍典，《漢書》卷六十四言終軍爲武帝諫大夫，出使南越遇害時才二十餘歲，故世謂之"終童"。季氏也有誤改者，如朱刻本《重經姑蘇懷古二首》，題中"重經"二字，季氏删去，大誤。作者此前賦有七律"姑蘇懷古"，故此有五律"重經姑蘇懷古二首"，删去"重經"二字，不僅不能表明二首五律賦於七律之後，且使二者題目重複，等等。不過從總體上看，季氏《稿本》無論收詩數量還是文字質量，較之朱刻本均大有進步。康熙敕修《全唐詩》所收《許渾詩》十一卷，便是將季氏《稿本》中的《許渾詩》悉數録入，删去了季氏補重的七律《移攝太守寄汝洛舊遊》一首，並將《奉賀盧大夫新立假山》調至五排後，而後增補《稿本》失收的五律四十八，七律二十八，五排一，七絶二首於各體詩之後，故《全唐詩》共五百三十一首，然《山齋秋晚》一首係重收，故《全唐詩》實只五百三十首，成爲一時收詩最多的本子。文字方面，編臣用善本作了進一步校勘，恢復了季氏校改不當之處，糾正了季氏誤校之處。但季氏校勘的絶大部分成果，則得以保留。編臣亦有失誤處，如《稿本》所補五律《山齋秋晚》"殘月皓煙露"一首，實乃朱刻本《晨起二首》之第二首，當删，而編臣未删。又如朱刻本五律《早發中巖寺别契直上人》，題中"直"字，季氏删之，非是；編臣又將"直"字恢復，這自然不錯，但是"契直"，蜀刻本、《英華》皆作"契真"，揆諸佛理，顯然以"契真"爲是，且有蜀刻本爲據，可惜編臣未能從之，等等。但從總的方面看，《全唐詩》無論收詩數量還是文字質量，較之許集其他諸本，均略勝一籌。

（六）許箋本。明雷起劍評、清許培榮箋注、許鍾德許瞿良乾隆二十一年丙子（一七五六）刻《丁卯集箋注》八卷，四册。半葉十行二十一字，注文低一格，小字雙行二十六字。左右雙邊，大黑口，對魚尾間鎸“丁卯集箋注卷之某”。首卷卷端題“丁卯集箋注卷之一”，次行署“唐雲陽許渾用晦著，金壇裔孫許培榮箋”，三行署“明西蜀雷起劍雨津評，男鍾霖鍾德校訂”。以下各卷卷端諸項題署均同，而校訂者各異，計凡十六人，蓋皆許渾裔孫。卷前首“順治十三年仲春穀旦賜進士出身任直隸大名兵備道嗣孫熙宇叙”，次“大德丁未仲春朔金華王瑭序”，次“弘治七年冬賜進士出身前大理寺左寺正知直隸鎮江府事中憲大夫洪洞鄭傑序”，次雷起劍選評序，次目録，次“宋元祐庚午資政殿學士中大夫知成都軍府事後學胡宗愈撰《唐許用晦先生傳》”。卷末原有許鍾德、許瞿良《丁卯集箋注後跋》，《續修四庫全書》影印時將其移於卷前。雷氏評語刻於天頭，皆極簡約，寥寥數語，且有不少詩闕評。此本詩分體編次，卷一爲五言排律、五言古體，卷二至四爲五律、五言截句，卷五至八爲七律、七言截句，共三百九十三首。鍾德等跋曰：

> 先大父赤來公駐節天雄北陵，同族走請叙《丁卯遺集》。公於鞅掌之餘，編輯校訂，叙而鎸之，由來久矣。先君甫十齡，而大父捐館。嗣後讀《丁卯》遺叙，見其字畫磨滅，憯然有重梓之意。又以集無箋釋，全豹莫窺，于是廣爲搜羅，詳加考訂，事實則引據於前，大義則詮釋於後，義例一本錢之注杜、施之注蘇，再閱寒暑而告厥成焉。歲庚戌，長兄迎養曲江，始鳩工鋟之，命德釐訂卷次，校勘點畫，顧功未垂成，余兄已掛吏議。辛酉六月，德侍先君旋里，長途侵暑，以致不起，苫塊餘生，未克踵成先志。今淹忽十數稔，而力又不逮矣。乙亥秋，北陵族人來壇，以前刻《丁卯集》見遺，復以補刻箋注爲請。德方懼析薪之不克負荷，夙夜兢兢。幸有同心，遂取已刻、未刻者，匯而秩之，以付梓人，俾先人纘緒之心，得以少伸，庶在天之靈，其無遺憾矣。乾隆丙子仲夏男鍾德、瞿良氏謹識。（續修四庫本《丁卯集箋注》）

據此可見箋注及刊行的曲折艱難。此本所據底本，應爲赤來公即鍾德、瞿良祖父的校刻本；而赤來公所據，應爲明雷起劍評、清順治十三年刊《重刻丁卯集》二卷，故此本卷前首載順治十三年刊本嗣孫許熙宇叙，且又載雷起劍評語。此本諸序及正文寫刻頗精，然目録、傳記及跋文部分，則字體稍拙，蓋以刊刻非在一時，故精粗有别，此讀鍾德等跋文可知。此本録文偶有訛誤，如卷五《題勤尊師歷陽山居》，題中“勤”字，誤作“勒”等等。此本箋注先釋人名、地名、詞語、典故等，然後疏通文義，要言不煩，頗能發明作者之意。然箋注偶有疏誤處，如卷二《盈上人》注“二毛”一詞曰：“《左傳》不禽二毛。謂頒白也。”而未徵引陸機“吾三十有二始見二毛”一典。又如卷二《贈僧》“心法本無住”，釋“無住”曰：“《圓覺經》：‘無去無住，是名常住。’”其實此直用《金剛經》“應無所住而生其心”之意，等等。《千頃堂書目》著録許集有“李捷注本”，蓋已無傳，故此本實爲許集的第一注本，創注之功不可没。此本國家、上海、南京、中華書局等圖書館均有藏本，《續修四庫全書》即據中華書局藏本影印。另美國柏克萊加州大學圖書館亦藏有此本，《柏克萊加州大學東亞圖書館中文古籍善本書志》有著録。

（七）四庫本。《四庫全書》所收《丁卯詩集》上下二卷、《補遺》二卷、《拾遺》一卷、《集外遺詩》一卷。卷前唯館臣所撰《提要》。卷上七律百六十九、七絶二十六、附録七律二，卷下五言近體（未分二十韻、十韻、八韻、六韻、四韻等）百九十四、五絶五、散體五言詩一，《補遺》、《續補》等凡百六首，合計五百三首。《四庫全書總目》曰：

> 《丁卯集》二卷、《續集》二卷、《續補》一卷、《集外遺詩》一卷，江蘇巡撫採進本。……《新唐書·藝文志》作二卷，晁氏《讀書志》亦作二卷，陳氏《書録解題》注云：“蜀本有《拾遺》二卷。”今之《續集》，當即陳氏所謂《拾遺》，爲後人改題；其《續補》及《集外遺詩》，又後人掇拾增入耳。惟晁氏稱“近得渾集完本五百篇，止二卷”。是本篇數雖合，而卷帙不同。蓋總非宋人刊本之舊矣。毛晉汲古閣刊本亦二卷，詩僅三百餘篇，疑即晁氏所見之本。《讀書志》或誤三爲五，亦未可知。以此本較毛本完備，故置彼而録此焉。（《四庫全書總目》卷一五一，頁一二九八）

館臣謂“江蘇巡撫採進本”，然所採進者究爲何種版本？則館臣並未明言。王重民先生謂“《四庫全書》蓋依席本著録”，所言甚是。此本分卷、篇目、編次及補遺各卷，均與席刻本相同，文字也與席本相差甚微，無疑是據席刻本録入者。《總目》謂：“今之《續集》，當即陳氏所謂《拾遺》，爲後人改題；其《續補》及《集外遺詩》，又後人掇拾增入耳。”所言甚是。上已考述，許集自賀鑄本始增佚詩，宋蜀本二卷之外，增《遺篇》和《拾遺》二卷，建刻本又增入《續補》一卷，而《集外遺詩》一卷，則當爲明人增入者，先後次序宛然，清晰未亂。唯館臣不信晁公武所言"得渾集完本五百篇，止二卷"，認爲未有二卷本録詩可達五百篇者，因疑"五"乃"三"字之誤。此言非是。晁氏《讀書志》不僅叙及賀鑄本跋，知渾集原有五百篇本，且知賀鑄求訪二十年，所得諸本皆二卷本，録詩三百餘篇。若是如晁氏所得本也只二卷三百篇，與常見本毫無二致，晁氏焉能稱爲"完本"而特加揭舉？這在邏輯上是説不過去的。所以晁氏所得渾集二卷五百篇，完全可信。可惜此五百篇完本神龍一見，旋即銷聲匿跡，而宋人重輯本二卷三百餘篇則綿延流傳。唯因重輯時收録不全，故宋元以迄明清一補再補，遂形成許集版本卷帙的複雜情形。

（八）四部叢刊本。常熟歸氏藏景宋寫本《丁卯集》上下二卷，《四部叢刊》所收《丁卯集》即據歸氏本影印，世稱"四部叢刊本"。半葉十行十八字。卷前無總目，上下卷各有子目冠前。各卷首題"丁卯集卷某"。然卷上尾題處有"維皇宋熙寧元年集"八字。卷上七言雜詩百九十三首，卷下五言雜詩百十首，共三百三首。此本書名、分卷、篇目、序次與書棚本完全相同，文字也與書棚本相差極微，顯然是據書棚本影寫者，乃書棚本的下位本。此本卷後録有黄丕烈跋文，表明乃是據黄氏所藏書棚本影寫者，故影寫時間應在清後期。然此本雖爲影寫，但與原本亦有不同處，如書棚本卷上《賀少師相公致政并序》"將相徵於近代更無此肩"句，"此肩"誤，此本改作"比肩"，雖文字改對了，但作爲影寫本，已與原貌不同矣。這種情形雖只一例，卻可證明即便影寫本，也可能與底本不完全相同。而書棚本卷上《疾後興郡中群公讌李秀才》，題中"興"字乃"與"字之誤，此本仍依誤字影寫，而未予改動。

（九）清影宋本。清無名氏影宋鈔《丁卯集》二卷。此本原爲陸心源舊藏，《皕宋樓藏書志》有著録，其略曰："《丁卯集》二卷，影寫宋刊本。唐郢州刺史許[惲]〔渾〕撰。案吴門黄孝廉《百宋一廛賦》有南宋臨安府睦親坊陳宅刊本《丁卯集》二卷，每半頁十行，每行十八字。此本行款、字數皆同，當從宋本影寫。"（《皕宋樓藏書志》卷七十，頁七九九）可見此本與四部叢刊本同爲宋書棚本的影鈔本。此本今藏日本静嘉堂文庫，嚴紹璗《日藏漢籍善本書録》有著録。

（十）清鈔殘本。清無名氏鈔《增廣許郢州丁卯詩續集》一卷、《拾遺》一卷，國圖藏，無正文，唯存補遺諸卷。《鐵琴銅劍樓藏書目録》著録此殘卷，其略曰："《增廣音注丁卯詩續集》一卷，鈔本。此册不著何人所集，疑亦當時元刻附於《丁卯集》後者，凡九十五篇，分《遺篇》、《拾遺》、《續補》三類。其《拾遺》類下題'括蒼葉氏本增多十七篇'一行。卷末有'松濤見過'朱記。"(《鐵琴銅劍樓藏書目録》卷十九，頁二九〇)瞿氏疑此本乃元刻附於《丁卯集》後者，甚是。不過更確切地説，此本乃元建刻本卷後所附《補遺》一卷，《補遺》分爲《遺篇》、《拾遺》和《續補》三類，凡補遺詩九十六首。因建刻本原槧今存，此本價值遂減。

民國以來的整理本有二，其一爲一九七六年臺北中華書局出版《許渾詩校注》。此本對集中大量與他人重出作品的真僞未加考辨。其二爲羅時進《丁卯集箋證》，江西人民出版社一九九八年版，又中華書局二〇一二年七月第一版。後者爲前者的修訂本。編次依《全唐詩》；文本録入，則除了《烏絲欄詩》所存百七十一篇全部照録外，其餘或據蜀刻本，或據書棚本，或據《文苑英華》等，非主一本，擇善而從，遂成爲一個"重輯本"。此本對集中重出誤收作品作了甄辨，箋證簡明扼要。《附録》部分匯集各種資料，以供讀者參考。然因著者對許集版本系統不十分清楚，故《序》文在梳理版本時將建刻本之《續集》，誤植於大德本；又季氏《稿本》也不是遞輯《唐音統籤》而成，乃是增補朱刻本而成的。此本録文亦偶有訛誤，如卷一《早發中巖寺别契直上人》，"解題"既謂此詩"據《文苑英華》録"，則題目自應亦據《英華》；然《英華》此詩題中"契直"作"契真"，且蜀刻本亦作"契真"，揆諸佛理，作"契真"意勝。然白璧微瑕，此本收録作品較全，文字質量亦較其他諸本爲高，再加箋證，故不失爲許集一個較精粹的讀本。

綜上，許集版本有如下特點：(1)許渾自編自書的《烏絲欄詩》五百篇，乃許氏第一個詩集本，既無書名，亦無卷數。迭經五代兵燹，宋時唯存殘帙。岳珂將其編入《寶真齋法書讚》卷六，凡存詩百七十一首。岳珂之後《烏絲欄詩》真跡無存。(2)《烏絲欄詩》宋有傳鈔二卷完本五百篇，晁公武嘗見之，惜流傳未廣，晁氏之後亦無傳。(3)《崇文總目》和《新唐志》分别著録之《丁卯集》三卷和二卷本，是否爲《烏絲欄詩》的傳鈔本，今已無從確考了。而賀鑄求訪二十年所得四種異本，均爲二卷，篇數各異，然皆不滿四百篇，顯非出自《烏絲欄詩》，而是後人的重輯本。(4)許集宋槧有三，即蜀刻本、書棚本和洪橋本。洪橋本早佚。蜀刻本和書棚本同出一源，且不少篇章作於《烏絲欄詩》成書之後，證明二者出自重輯本。書棚本乃一殘本，蜀刻本應爲全本，又附以賀鑄所補佚詩，故録詩較書棚本爲多。(5)元明清以來諸多版本皆祖書棚本或蜀刻本，皆屬重輯本的衍生本。大德本無附録，所據《郢州類稿》即書棚本的下位本。建刻本文字近於書棚本，録詩亦較書棚本爲多，與蜀本篇數相近，加之附以蜀本補遺，且增補《續補》一卷，一時成爲存詩最多的本子，文字也較蜀本和書棚本爲優。(6)《集外遺詩》一卷爲明人所增。元明清諸本所附補遺詩，因所據底本不同而各異。(7)明李捷乃第一個注許集者，然注本今似無存，故清許培榮八卷注本，乃今存許集的第一個注本，而今羅時進箋證本，乃許集又一重輯本，也是收詩最多、箋釋較詳明、附録資料豐富的許集讀本。

【參考文獻】李立樸《唐詩人許渾〈丁卯集〉考述》，《貴州文史叢刊》一九九〇年三期

張祜集

張祜(七九二?～八五三?)字承吉，郡望清河(今屬河北)，鄧縣(今屬河南)人。寓居姑蘇，早年遊歷四方，頗有詩名卻屢舉不第。大和五年(八三一)天平軍節度使令狐楚表薦於朝，爲權貴抑退，遂客揚州，轉徙於徐、許、魏博等幕府，多不合，自劾去。晚愛丹陽山水，移家於曲阿，約卒於大中年間。

張祜雖負盛名而仕途坎坷，流徙各地，僅數辟於幕府，晚年又僻居江南，貧窶而終，故其作品是如何結集的，今已不得而知。下迨宋世，其集《崇文總目》無著録，《新唐書・藝文志四》僅著録《張祜詩》一卷，晁公武《讀書志》卷十八同。然鄭樵《通志・藝文略八》著録《張祜詩》三卷，至南宋後期，陳振孫《書録解題》方著録十卷本的《張祜集》，《宋史・藝文志》亦作十卷，書名《張祐詩》，顯誤。元初方回所見祜集，則爲五卷，曰："今傳者五言律三卷，絶句二卷，無七言律與古詩也，所逸多矣。"(《瀛奎律髓》卷四十七，頁一六六二)則此五卷本，是一個僅收五律與絶句的選録本。總之，宋代祜集大約有一卷、三卷、五卷和十卷凡四種版本。

宋槧祜集流傳至今者，唯蜀刻本《張承吉文集》十卷，國圖有藏。上海古籍出版社一九七九年據以影印行世，後又編入該社影印《宋蜀刻本唐人集叢刊》，二十一世紀前後，《中華再造善本》所收《張承吉文集》十卷，亦據

此本影印，近千年世人難得一見的珍本，遂成易得之書。此本半葉十二行二十一字，版心單魚尾下有“祜某”字樣。卷前無序跋，唯總目。各卷卷端或題“張承吉集卷第某”，或題“張承吉文集卷第某”。本書前已述及，宋蜀刻十二行本唐人集，乃南宋中期眉山地區刻本，流傳至今者，尚有張祜及孟浩然、李長吉、許用晦等十家全本，和孟東野、元微之、韓昌黎、劉夢得等九家殘本（參本書《孟東野詩集》蜀刻本）。此本十卷唯詩，計卷一爲五言雜題七十三首，卷二至三五言雜詩九十一，卷四至五七言雜題九十七，卷六五言雜題六十，卷七七言雜題三十八，卷八雜題六十四，卷九至十五七言長韻四十五，共四百六十八首。此本鑒藏印記有“翰林國史院官書”朱文長方大印，表明此本元代乃翰林院官書。元明易代，此本入藏大明内府，世人難得一見。至晚明清初，此本流出宫外，爲劉體仁所得，故卷中鈐有“潁川劉考功藏書印”、“劉體仁印”、“劉體仁”等朱文方印。劉家書散出後，輾轉至民國，此本爲銀行家陳澄中收得，故卷中有“祁陽陳澄中藏書記”朱文長條印記。新中國成立前陳氏攜所藏珍本移居香港，五十年代，陳氏於香港出售藏書，北京（今國家）圖書館方以高價購得。正因爲自元明至近代，此本或藏内府，或被據爲己有，秘而不宣，故此種十卷本祜集既不見於諸家書目，更無翻刻本行世，世上刊行者，均爲其他版本。此本雖爲宋槧，亦有舛誤，如目録卷二末爲《李謨笛》一首，正文卻在卷三末。又目録各卷所標首數，與正文多不相合，如卷一標“五言雜題七十二首”，正文實收七十三首；卷二標“五言雜詩四十五首”，正文實收四十四首；卷十標“五七言長韻十六首”，正文實只十五首；卷七與卷八各脱一首。至於目録中各詩的編次，與正文多有不相符合者，文字亦多有舛誤等等。然而這些一望即知的訛誤，絲毫不能掩蓋此本的優長，首先是元代以後，世上流行的傳本皆祜詩的選録本，較此本少收百餘首。其次此本文字，多可訂正後世祜集的舛誤。如《全唐詩》五律《題餘杭縣龍泉觀》“四迴山一面，臺殿已嵯峨”，“已”字，此本作“依”，甚是，一字之差，把臺殿依山而建的情形活現出來。再如《全唐詩》五排《送王昌涉侍御》“諸侯青服舊，御史紫衣榮”，“青服舊”，此本作“青眼用”，細味詩意，此本是。諸如此類例子尚多，校書以古本爲貴，信然。

元代不聞有祜集刻本。《唐才子傳》所謂祜有“詩一卷，今傳”，蓋本之《新唐志》。

明清刊刻和傳鈔的祜集，以五卷本爲多，另外尚有一卷、三卷、四卷或六卷者，其主要版本有以下諸種：

（一）正德本。明正德刊《唐張處士詩》五卷。此本《善本書室藏書志》有著録，其略曰："宋臨安棚北陳氏書肆刊唐人小集，大率半葉十行，行十八字。此爲明正德間所刊，行款悉同，當出棚本，且有'彭城伯子'、'空翠閣藏書印'兩記，可寶也。"（《善本書室藏書志》卷二十五）丁氏推測此本當出自宋書棚本，然所據只是書棚本唐集的一般行款，而丁氏並未見過書棚本祜集，宋元以來，公私書目也未見著録，所以此本是否出自書棚本，一時難以遽定。或方回所云五卷本，乃此本所據之底本；然方氏所見五卷本是否就是書棚本，今已無從得知了。

（二）朱警本。嘉靖十九年庚子（一五四〇）朱警輯刻《唐百家詩·中唐二十七家》所收《唐張處士詩集》五卷。半葉十行十八字，左右雙欄（亦有四周單欄者），白口單黑魚尾下鐫"張處士集卷某"。卷前無目録，卷後無附録。卷一至二爲五言雜題百十七首，卷三爲五七言雜題四十七，卷四至五七言雜題九十七，共二百六十一首。此本只有五卷，與明正德本相同，故此本所據蓋爲正德本或其近似的本子。蜀本有詩四百六十八首，此本五卷録詩數量，恰恰相當於蜀刻本前五卷的存詩數量。是此本所據之正德本或其近似的本子，其底本蓋十卷本的半部殘賸歟？

（三）葉鈔本。明末葉奕鈔《唐張處士詩集》六卷，有葉奕校，吴壽暘跋，國圖藏。此本吴壽暘《拜經樓藏書題跋記》卷五、《北京圖書館善本書目》、《中國古籍善本書目》均有著録，吴氏曰："首題《張處士詩集》，凡六卷，無序目。按晁《志》作一卷。"《北京圖書館善本書目》云："《唐張處士詩集》六卷，唐張祜撰。明末葉奕鈔本，葉奕校，吴壽暘跋，二册。"即指此本，然不知此六卷本與五卷本有何不同？或謂此種六卷本，乃宋蜀本之前六卷，似是，但也不全對，因爲今所傳各本無七律，而宋蜀本前六卷收有七律三首。

（四）統籤本。胡震亨《唐音統籤》所收《張祜詩》五卷，編卷五百二十七至五百三十一，丁籤一百二十二，寫本。詩分體編次，計五古五首、七古四、長短句四、五律百四十四、五排七、七律二十一、五絶三十五、七絶百十三，共三百三十三首（重出一首不計），另有聯句一首，殘句六則。此本所據底本，胡氏没有明言，唯曰："詩一卷，《宋志》十卷，方回云：'祜詩五律三卷，絶句二卷，無七言律與古詩，所逸多矣。'今編爲五卷。"可見胡氏所據底本爲一卷本。較之席啓寓《唐詩百名家全集》所收祜集（詳下），此本溢出五古

《送蜀客》一首，題下注“見楊用修《蜀志》”；七絶《獻王智興》一首，題下引《唐詩紀事》關於張祜的事蹟，表明此首據《紀事》補入；而《董家笛》一首與《塞上聞笛》重出；另聯句《妓席與杜牧之同詠》一首與殘句六則，亦席氏本所無，乃胡氏分别據《唐摭言》、《唐詩紀事》、《桂苑叢談》、《海録碎事》等書補入。席氏本溢出此本十五首，計五古《遊天台山》一首，五律《採桑》、《寄題商洛王隱居》、《送客歸湘楚》、《登金山寺》四首，七律《憶遊天台寄道流》與《送周尚書赴滑臺》二首，五排《中秋夜杭州玩月》一首，五絶《思歸樂》“晚日催絃管”、《牆頭花》“妾有羅衣裳”、《胡渭州》、《戎渾》、《楊下採桑》、《邊思》凡六首，七絶《破陣樂》一首等。除胡氏增補者外，此本收詩數量、篇目與席氏本全同，文字也多與席氏本爲近，而與宋蜀本不同。如此本五排《送王昌涉侍御》“諸侯青服舊”句，“青服”二字，席氏本同；而宋蜀本作“青眼”，似是。此本七律《送人歸蜀》一題，席氏本同，而宋蜀本作《送李兵曹歸蜀》。此本七律《觀杭州柘枝舞》“舞衣歌罷鼓連催”句，席氏本同，唯“衣”作“停”；而宋蜀本此句作“梁州唱罷鼓殷雷”。再如此本五絶《題僧影堂》，席氏本同，而宋蜀本作《題惟真上人影堂》，等等，由此可見，此本應與席氏本同出一源。

（五）席刻本。康熙四十一年壬午（一七〇二）席啓寓琴川書屋刻《唐詩百名家全集》所收《張祜詩集》二卷。半葉十行十八字，左右雙邊，白口單魚尾下鐫“張祜詩某”字樣。卷前首《傳叙》（論説附），次目録。卷後無任何附録。卷一詩百六十五首，卷二百八十四，共三百四十九首。此本雖不以詩體標目，然細繹此本，實乃依五古七首、七古六、五律百五十二、七律二十二、五排八、五絶四十一、七絶百十三編次而成。此本所據底本，從文字方面看，應與統籤本同源，蓋據明分體本翻刻，並輯補佚詩而成，故此本首數較統籤本爲多；唯席氏又作了校勘，字裹行間出校了不少異文，頗有參考價值。

（六）全唐詩本。康熙敕編《全唐詩》所收《張祜詩》二卷。《全唐詩》主要依據胡震亨《唐音統籤》和季振宜《全唐詩稿本》二書編纂而成。而季氏《稿本》所收《張祜詩》一卷乃鈔本，分體編次，計五古七首、七古六、五律百五十二、七律二十二、五排八、五絶四十一、七絶百十三，共三百四十九首。較之席啓寓本，二本收詩數量、分體、編次完全相同，唯此本作一卷，席氏本二卷而已。《稿本》文字也與席本相差甚微，可見二本同源。而分體改編唐人詩集始於明人，所以《稿本》應是據明分體本過録而成的。唯席氏本部分文字漫漶，脱漏較多，而《稿本》個别地方所脱文字，則席氏本不脱。如《稿本》五律《毁浮圖年逢東林寺舊》，題中“舊”下當有脱文，而席本“舊”下有“僧”字，甚是。季氏用《文苑英華》、《樂府詩集》等諸總集校勘，然異文並不多。康熙敕編《全唐詩》所收《張祜詩》二卷，便是將季氏《稿本》中的《張祜詩》入編，删去最末一首七絶《送温飛卿赴方城》（與《贈李修源》重出），再輯補佚詩五古《送蜀客》、七律《酬答柳宗言秀才見贈》、五排《華清宫和杜舍人》等凡三首，殘句六則編輯而成的。另於《全唐詩》卷七九二“聯句類”，收入與杜牧聯句《妓席與杜牧之同詠》，卷八七〇“戲謔類二”，收入張祜詩二首；卷八七九“酒令類”收入張祜酒令一首，故《全唐詩》共三百五十五首。文字方面，編臣作了進一步校勘。如季氏《稿本》七律《寄王尊師》“天台南洞一靈山”句，“山”字，編臣據統籤本改作“仙”，味之詩意，“仙”字是，等等，故而《全唐詩》文字較傳世各本更精。不過由於《全唐詩》編纂時，宋蜀刻本編臣未得一見，所以較之蜀刻本，《全唐詩》尚差百首之多，且文字也多有不及蜀刻本之處，這不能不令人遺憾。如七律《送人歸蜀》“錦城春色溯空流”句，“色”字，席氏本同，宋蜀本、統籤本作“棹”，意較勝。五絶《題僧影堂》，此題席氏本同，而蜀刻本作“題惟真上人影堂”，題目更明確一些。諸如此類的例子還有不少。不過《全唐詩》亦有四十三首，爲宋蜀本所無，計五古《團扇郎》、《拔蒲歌》等二首，七古《車遥遥》、《捉搦歌》、《雁門太守行》、《思歸引》、《司馬相如琴歌》、《雉朝飛操》等六首，五律《折楊柳》、《採桑》、《禪智寺》、《寄題商洛王隱居》、《送客歸湘楚》、《登金山寺》等六首，七律《從軍行》、《病宫人》、《送周尚書赴滑臺》等三首，五排《少年樂》一首，五絶《穆護沙》、《思歸樂二首》、《金殿樂》、《牆頭花二首》、《胡渭州》、《白鼻騧》、《戎渾》、《楊下採桑》、《讀曲歌五首》、《玉樹後庭花》、《莫愁樂》、《襄陽樂》、《自君之出矣》、《邊思》等二十首，七絶《戲顔郎中獵》、《江上旅泊呈杜員外》、《胡渭州》、《破陣樂》、《楓橋》等五首。將來整理祜集，若以宋蜀本爲底本，此四十三首當據全唐詩本補入。

新中國成立後整理的張祜集有，一九八三年江西人民出版社出版嚴壽澄校編的《張祜詩集》；尹占華撰《張祜詩集校注》，二〇〇七年巴蜀書社出版。

【參考文獻】黎欣《〈張祜詩集〉版本源流考述》，河南大學二〇〇五届碩士論文

唐別集考卷第十六

温庭筠集

温庭筠（八〇一～八六六）本名歧，字飛卿，祖籍太原祁（今山西祁縣），吴縣（今江蘇蘇州）人。少敏悟，苦心筆硯，才思雄贍。舉進士試，凡八叉手而八韻賦成，時號"温八吟"或"温八叉"。然性放蕩，遂屢試不第。大中十年（八五六）貶隋縣尉，時徐商鎮襄州，召爲幕府巡官，與段成式等相唱和。咸通六年（八六五）爲國子助教，世稱"温助教"。次年冬貶方城尉而卒，故世又稱"温方城"。

庭筠擅詩賦，精音律，辭采綺麗，著述甚富。其詩與李商隱齊名，併稱"温李"，賦與李商隱、段成式號"三十六體"，詞爲花間派鼻祖。十世紀上半葉，庭筠詩已東傳日本，大江維時（八八七～九六三）所纂《千載佳句》摘引庭筠詩十六首；藤原公任（九六六～一〇四一）編《和漢朗詠集》二卷，卷上"秋部・霜"引庭筠詩二句（嚴紹璗《日藏漢籍善本書録》）。

入宋，《崇文總目》卷二十七"小説類上"著録《乾䐑子》三卷；卷六十"别集類二"著録《握蘭集》三卷，《金荃集》十卷；另卷三十一"類書下"著録《學海》二十（《玉海》引《崇文總目》作三十）卷。稍後《新唐書・藝文志三》"小説家類"著録《乾䐑子》三卷、《採茶録》一卷，"類書類"著録《學海》三十卷；《藝文志四》"别集類"著録温庭筠《握蘭集》三卷、《金荃集》十卷、《詩集》五卷、《漢南真稿》十卷等等，可見著作之富。

然而，隨着宋代理學的逐步崛起，士人德行修爲越來越被重視，庭筠"有才無行"遂爲士林貶斥，著作漸行散佚。鄭樵《通志・藝文略六》尚著録《乾䐑子》一卷，又《藝文略八》著録《握蘭集》三卷、《金荃集》十卷、《漢南真稿》十卷、《詩集》五卷，但晁公武《讀書志》除卷十三下著録《乾䐑子》三卷外，僅卷十八著録《金荃集》七卷、《外集》一卷。尤袤《遂初堂書目》唯著録《乾䐑子》、《温飛卿集》，均無卷數。迨南宋後期，陳振孫《書録解題》唯卷十一著録《乾牒子》三卷，卷十九著録《温飛卿集》七卷，卷十五著録“段成式、温庭筠、逢皓、余知古、韋蟾、徐商等倡和詩什、往來簡牘”之《漢上題襟集》三卷外，餘皆散逸無傳。至於《宋史・藝文志七》著録温庭筠《漢南真稿》十卷、又《集》十四卷、《握蘭集》三卷、《記室備要》三卷、《詩集》五卷、《温庭筠集》七卷等等，因《宋史・藝文志》乃是據宋代幾部官修書目拼湊而成的，錯訛較多，只能作爲參考，不足以爲信據。

宋槧庭筠集，今已不見傳本，然而明清諸家序跋每有提及者；影鈔宋槧，則今仍有存世者。綜合諸家序跋，可知宋槧温集至少有兩種：一爲書棚本，一爲宋無名氏本。晚明馮彦淵影鈔宋本《温庭筠詩集》七卷、《别集》一卷，其所據底本即爲書棚本，所以今據馮鈔本，仍可間接窺見書棚本的大概面貌：書棚本名《温庭筠詩集》，半葉十行十八字，卷前唯目録，無序文，正集七卷、《别集》一卷，正集存詩二百二十三，《别集》存三十八，共二百六十一首。但《别集》中《嘲春風》、《詠春幡》、《春日》、《貽釣叟騫生》與《寄裴生乞釣鉤》凡五首，與正集重出，故此本實存二百五十六首。又書棚本偶有脱文，如卷一《漢皇迎春詞》“獵獵東風燄□旗”句，脱第六字；卷二《蘭塘詞》“紫菱刺短浮根□”句，脱第七字；卷七《題蕭山廟》“夜深□□歌”句，脱第三四字，等等。書棚本凡八卷，與晁氏《讀書志》著録相同，二者應爲同源本。考晁氏以前，諸家書目均無著録《温庭筠詩集》七卷、《别集》一卷者，唯《新唐書・藝文志四》著録温庭筠《詩集》五卷，可見此七卷本，乃是以《詩集》五卷爲基礎增編而成者，增編的時間，蓋在北宋後期至南宋初。此種增編本，南宋末陳振孫《書録解題》仍有著録，然無《别集》一卷。余嘉錫曰：“《書録解題》之《温飛卿集》，在卷十九詩集類。與《宋志》之《温庭筠集》，《郡齋讀書志》卷十八之《金荃集》，同爲七卷，似即一書而異名。”（《四庫提要辨證》卷二十一，頁一三〇八）所言甚是。陸游《跋〈温庭筠詩集〉》曰：“先君舊藏此集，以《華清宫》詩冠篇首，其中有《早行》詩，所謂‘雞聲茆店月，人跡板橋霜’者，久已墜失。得此集於蜀中，則不復見《早行》詩矣。感歎不能自已，淳熙丙申重陽日，某識。”（《渭南文集》卷二十六，見《陸放翁全集》，頁一五九）書棚本則以《雞鳴埭曲》冠於卷首，《早行》一詩赫然編在卷七，題目前衍“商山”二字。據此，書棚本不僅與陸游所見蜀本不同，且與其先君舊藏《華清宫》冠卷首者亦不相同。這些温集今天皆已散逸，其衆多疑點已無從考其實了。

另一宋槧，今亦無存。然清初錢曾述古堂有影鈔宋本《温庭筠詩集》七卷、《别集》一卷，《四部叢刊》所收庭筠集即據述古堂本影印（詳下），世稱“四部叢刊本”。所以通過叢刊本，亦可間接窺見此本的大概面貌：此本書名、分卷與書棚本相同，然書棚本《别集》中與正集重出的《嘲春風》、《詠春幡》等五首，此本已删去；而此本正集卷四《題柳》後，較書棚本溢出《和友人悼亡》、《李羽處士故里》、《卻經商山寄昔同行友人》、《池塘七夕》四首；又書棚本卷七末《敷水小桃盛開因作》乃五絶，此本蓋據《英華》補成五律；此本《别集》中《寄渚宫遺民弘里生》後，較書棚本溢出《春盡與友人入裴七林採漁竿》，故此本正集七卷共二百二十三首，《别集》三十九首，合計二百六十二首。然《别集》中七絶《贈鄭徵君》與正集卷五重出，所以此本實存二百六十一首。一般而言，同一家别集的諸種版本，愈是後來者，則愈加完備。據此推斷，此本刊刻時間應晚於書棚本，爲南宋後期刊本，因不知何人何地刊刻，故暫稱曰“宋無名氏本”。此本亦有脱文，如卷一《漢皇迎春詞》“獵獵東風燄□旗”句，脱第六字；卷二《蘭塘詞》“紫菱刺短浮根□”句，脱第七字；卷七《題蕭山廟》“夜深□□歌”句，脱第三、四兩字，等等，上述三處脱文，與馮鈔本相同，這亦可證明此本應自書棚本出，唯此本經過甄辨，删去重出詩篇，補入遺詩五首而已。又此本文字經過校勘，而出校的異文，往往可於書棚本中找到。如叢刊本卷五《三月十八日雪中作》“今朝領得東風意”句，“東”字下校“一作春”，馮鈔本正作“春”。再如叢刊本卷七《題盧處士山居》“遥識楚人家”句，“識”字下校“一作指”，馮鈔本正作“指”，等等。而叢刊本與馮鈔本的其他異文，則多出於《才調集》、《文苑英華》、《萬首唐人絶句》、《古今歲時雜詠》等諸總集及類書，如叢刊本卷一《觱篥歌》“莫使此聲催斷魂”句，“聲”字，馮鈔本作“心”。叢刊本卷二《堂堂曲》“金鯨瀉酒如飛泉”句，“金”字，馮鈔本作“長”。叢刊本卷三《經西塢偶題》“潔白芹芽入燕泥”句，“入”字，馮鈔本作“穿”。叢刊本卷四《過五丈原》“下國卧龍空寤主”句，“寤”字，馮鈔本作“誤”，等等。以上諸例可進一步證明，此本乃書棚本的校刻本，刊行時間在南宋晚期，且對書棚本多有校正。

元代不聞有温集刊刻本。《唐才子傳》著録的温集，多據宋代公私書目，並非元代存書的實録，故不足爲據。

明代是唐集刊刻和傳鈔的活躍期，出現了大量的温集傳本。《唐集叙録》謂明以後“各本皆祖北宋本，正集七卷，别集一卷，當即晁公武所著録之本"(《唐集叙録》,頁三〇八),所言甚是。今擇主要版本考述如下：

(一)弘治本。弘治十二年己未(一四九九)李熙刻《温庭筠詩集》七卷、《别集》一卷。半葉九行十八字,四周雙邊,粗黑口,三黑魚尾,上兩魚尾間鐫"温集卷某",下魚尾上鐫葉碼,前七卷葉排長號。卷前首李熙序、次總録,卷後無序跋。李序略曰：

> 唐温飛卿詩,説者病其風花綺麗,或有累其正氣,與李商隱、李長吉輩時號西崑體,詩至此爲文章之一厄,故不齒列於開元、天寶盛唐諸集中,是豈作者之罪哉！文章與時高下,亦氣運使然耳,諸君子亦所謂同工而異曲者矣。今讀飛卿之作,清遠柔婉,雖曰綺麗,而畔於理者蓋寡。比之長吉之詭、商隱之僻,則又庭筠之所無也。是惡可以弗傳邪?集凡七卷《别集》一卷,共詩若干首。予得之同年進士顧君華玉,顧得之羅君子文,羅得之江西右族。華玉與予言,子文嘗道其人,輯有魏晉以下名人詩七十餘家,皆鈔本,求盡録之,若有靳容者。予聞而隘之,用是鋟梓,以與韋、許諸集並行於世,使其人見之,蓋將翻然有感于是集之行,且不以藏于私家之爲貴,而以遠諸天下爲功矣。異時俾諸詩散佈而傳四方,謂非温集爲之倡乎！姑書以俟。

此本所據底本,李熙僅謂"集凡七卷《别集》一卷,共詩若干首。予得之同年進士顧君華玉,顧得之羅君子文,羅得之江西右族"。但"江西右族"所藏究爲何種版本,李氏並未言明。王國維《傳書堂藏善本書志》、傅增湘《藏園群書經眼録》均著録有此本,王國維曰:"《温庭筠詩集》七卷,明刊本。李熙序,弘治己未。每半葉九行、行十八字,弘治己未建業李熙刊本。《序》稱'集凡七卷《别集》一卷,余得之同年顧華玉,用是鋟梓'。此本無《别集》,蓋有闕佚也。天一閣藏書。"(《傳書堂藏善本書志·集部》)傅增湘著録,與王國維同,但二人均未辨明此本所據何本。今考此本書名、分卷、篇目、編次等多與馮鈔本相同,而與四部叢刊本稍異,如此本正集七卷存詩二百十九首,《别集》存詩四十二首,共計二百六十一首,首數與馮鈔本同。此本《别集》中《題薛昌之所居》前《嘲春風》已見卷一,《詠春幡》與《春日》已見卷三,《蘇武廟》前《貽釣叟騫生》一首已見卷四,《寄渚宫遺民弘里生》後之《寄裴生乞釣鉤》一首已見卷五,凡五首與正集重出,故實收二百五十六首,亦與馮鈔本相同。再考此本文字,亦與馮鈔本爲近。如四部叢刊本卷一《觱篥歌》"莫使此聲催斷魂"句,"聲"字,馮鈔本作"心",此本亦作"心"。叢刊本卷二《堂堂曲》"金鯨瀉酒如飛泉"句,"金"字,馮鈔本作"長",此本亦作"長"。叢刊本卷三《經西塢偶題》"潔白芹芽入燕泥"句,"入"字,馮鈔本作"穿",此本亦作"穿"。叢刊本卷四《過五丈原》"下國卧龍空寤主"句,"寤"字,馮鈔本作"誤",此本亦作"誤"。再如叢刊本卷五《三月十八日雪中作》"今朝領得東風意"句,"東"字,馮鈔本與此本均作"春",等等。可見此本與馮鈔本一樣,亦是以書棚本爲底本翻刻者,故應屬於書棚本的下位本。但是此本刊刻比較粗率,訛誤頗多。如叢刊本卷二《達摩支曲》"白頭蘇武天山雪"句,"白頭",馮鈔本同,而此本訛作"白蘋"。叢刊本卷三《長安寺》"寶題斜翡翠"句,"斜"字,馮鈔本同,而此本訛作"新"。叢刊本卷六《過華清宫二十二韻》,題中"二十二",馮鈔本同,而此本訛作"二十",脱"二"字。叢刊本卷七《春日寄岳州李員外二首》,題中"李員外",馮鈔本同,而此本卻作"事員外",大誤。再如叢刊本《别集》中《休澣日西掖謁所知》,題中"休澣",馮鈔本同,而此本訛作"林澣",等等。諸如此類舛訛處,此本還有許多,不僅表明刊刻粗疏,亦可見出書版者文字水準並不高。

此本國家、浙江、北京市文物局等圖書館均有藏本。國圖藏本目録前七葉、《别集》末二葉爲配補葉,寫於統一刷印的格子紙上,白口無魚尾,卷中有清馮長武校,卷末有馮長武朱筆跋文一則,《中華再造善本·明代編·集部·温庭筠詩集》即據此本影印,卷前李熙序已逸去。馮氏跋曰:"太歲戊子季冬之月望後一日,校練一過。此本不甚精好,先君子曾獲宋刻半本,爲友人借去,不復得歸。今更存一鈔本,頗勝此也。天目民海虞馮長武竇伯氏識。"下有"馮印長武"白方,"竇伯氏"白方二印記。目録首葉有"馮氏藏本"朱方、"簡緣"朱文長方印記,首卷卷端、《别集》卷末有"簡緣"朱文長方,亦馮長武藏印。目録首葉、首卷卷端還有"鐵琴銅劍樓"白文長方印,知此本馮氏後爲瞿鏞收藏,《鐵琴銅劍樓藏書目録》著録有此本,其略曰:"此亦馮氏藏本,有竇伯題記云……卷首有'簡緣'、'馮氏藏本'二朱記。"(《鐵琴銅劍樓藏書目録》卷十九,頁二九〇)新中國成立後瞿氏後人將此本捐獻給北京(今國家)圖書館,故卷末又有"北京圖書館藏"朱文方印。

另外,日本内閣文庫、大倉文化財團亦藏有此本,大倉藏本卷中有"檇李項藥師"、"秀水朱氏潛采堂"、"知不足齋"、"琰字又持"、"勞權"等記印。

(二)十卷本。明刻《温庭筠詩集》十卷、《補遺》一卷,國圖藏本《補遺》

配清初鈔本，一册。半葉九行十九字，匠體字，故應爲明後期刻本。四周單邊，白口單白魚尾，上象鼻内頂邊欄鐫“飛卿”字樣，魚尾下爲分體名稱，再下方爲葉碼，葉排長號，凡七十七葉。卷前首《唐書》本傳，次總目，卷後無附録題跋等。各卷首題“温飛卿詩集”，然不標卷第。次行標詩體名稱。此本分體編次，一體一卷，故分爲十卷。温集諸古本中，此爲僅見者。首卷五古十四首，卷二七古四十五，卷三雜言五，卷四五律七十三，卷五五排十三，卷六六律一，卷七七律七十，卷八七排一，卷九五絶五，卷十七絶三十一，共二百五十八首。卷後《補遺》一卷，乃清人輯補，亦分體補入，凡五律二十三，五排四，七絶一，七律十六，凡四十四首。此本所據底本，刻者未交代。今考此本文字，則多與弘治本爲近。如叢刊本卷四《過五丈原》“下國卧龍空寤主”句，“寤”字，弘治本作“誤”，此本亦作“誤”。叢刊本卷五《三月十八日雪中作》“今朝領得東風意”句，“東”字，弘治本與此本均作“春”，等等。不僅如此，弘治本的訛誤，此本也多有沿襲。如叢刊本卷二《達摩支曲》“白頭蘇武天山雪”句，“白頭”，弘治本訛作“白蘋”，此本訛誤同。叢刊本卷七《春日寄岳州李員外二首》，題中“李員外”，弘治本訛作“事員外”，此本訛誤同。“白蘋”、“李員外”，這些都是弘治本特有的訛誤，而此本均與之同，可見此本乃是以弘治本爲底子，將各體詩依次録出，然後再分編十卷而成的。然此本文字也作了校勘，如叢刊本《别集》中《休澣日西掖謁所知》，題中“休澣”，弘治本訛作“林澣”，此本改回作“休澣”，甚是，然此類改動並不多。

（三）姜刻本。姜道生編天啓四年（一六二四）刻《唐中晚名家詩集》所收《唐方城令温飛卿詩集》不分卷。人大圖書館所藏《唐中晚名家詩集》五卷，僅存四卷。此本還有單行本，北大圖書館有藏。半葉九行十九字，卷末署“雲陽姜道生重生父校刊，金沙王鏞叔聞父仝校，晉陵董遇明良甫父訂補”。此本分體編次，凡五古、七古、雜言、五律、五排、六排、七律、七排、五絶、七絶凡十體。此本雖不分卷，然一體實爲一個編次單位，與明刻十卷本一體一卷者在篇目、編次方面皆相同，文字差異亦甚微，故此本蓋以十卷本爲底子，抽去卷次後翻刻而成者。

（四）馮鈔本。明末馮彦淵鈔《温庭筠詩集》七卷、《别集》一卷，國圖藏，清馮武校並跋。半葉十行十八字，楷書結體，一筆不苟，鈔於統一刷印的格子紙上，左右雙欄，粗黑口單黑魚尾下書“温詩某”，再下爲葉碼。左欄外上方鐫有“馮彦淵藏本”字樣。卷前唯目録，《别集》卷後無附録跋文。各卷首題“温庭筠詩集卷第某”。目録卷首邊欄外側有“海虞馮武校訖”題記。《别集》卷後有馮武跋曰：“此是照宋刻繕寫，點畫無二。取較時本，迥不相同。虞山馮武識。”馮氏謂此本“照宋刻繕寫，點畫無二”，可惜未言所據“宋刻”究爲何種版本。今考清何焯跋秀野草堂本《温飛卿詩集》九卷（詳下）曰：“丙戌冬日得東山葉裕所藏影鈔宋書棚本重校一過。焯又記。”（《藏園群書經眼録》卷十二，頁一〇九六）據此，宋代刊刻有書棚本可無疑也。再看此本行款，與書棚本相同，故應爲書棚本的影鈔本，可謂下真跡一等，非常可貴。此本收詩二百二十四首，《别集》存詩四十二首，合計二百六十六首。然而《别集》中《嘲春風》已見卷一，《詠春幡》與《春日》已見卷三，《貽釣叟騫生》已見卷四，以上四首與正集重出，故此本實存二百六十二首。此本頗有佳字，如叢刊本卷二《達摩支曲》“白頭蘇武天山雪”句，“白頭”，弘治本訛作“白蘋”，此本不誤。叢刊本卷七《春日寄岳州李員外二首》，題中“李員外”，弘治本訛作“事員外”，此本不誤，等等。此本藏印有“上黨”朱文長方、“馮氏藏本”朱方、“知十印”白方，蓋爲上黨馮彦淵印記。上黨，馮氏郡望。馮知十字彦淵，常熟人。知十之後，此本歸馮武，故卷中有“馮長武印”白方、“馮竇伯藏書記”朱方、“大馮君”白方等鑒藏印記。馮武，字竇伯，號簡緣，馮班從子，著有《遥擲集》。馮武之後，此本蓋爲潘氏所得，故卷中有“虞山潘氏寶藏”朱方。潘氏之後，此本輾轉入藏京師圖書館（國圖前身），故卷中有“京師圖書館收藏之印”朱文長方。另“華叢”橢圓，不知爲誰氏之印。

（五）汲古閣本。毛晉汲古閣刻《五唐人詩集》本《金荃集》七卷、《别集》一卷。此本上海涵芬樓有民國“丙寅年（一九二六）五月影印”本，半葉九行十九字，左右雙邊，白口無魚尾，版心上頂邊欄鐫“飛卿”二字，下接邊欄鐫“汲古閣”三字。各卷前有子目。首卷卷端題“金荃集卷第一”，次行下方署“東吴毛晉子晉訂”。以下各卷唯卷題，無訂證者。《别集》尾題前有毛晉跋文一則，其略曰：“飛卿……相傳有《方城令詩集》五卷、《漢南真稿》十卷、《握蘭》、《金荃》等集，今不盡傳。僅見宋刻《金荃集》七卷、《别集》一卷，參之邇來分體本子，略有不同。其小詞亦名《金荃集》，尚容嗣鐫。”（又見《隱湖題跋·跋金荃集》，《明代書目題跋叢刊》下册，頁一九八二）據跋，此本似出自宋刻。然毛氏所見究爲何種宋本，跋中並未交代。考此本分卷、篇目、編次與弘治本完全相同，文字也較他本更近於弘治本，甚至連弘治本的訛誤亦照樣沿襲，如馮鈔本卷二《達摩支曲》“白頭蘇武天山雪”句，“白頭”二字,弘治本、十卷本、姜刻本皆誤作"白蘋",此本亦誤作"白蘋"。馮鈔本卷六《過華清宫二十二韻》,題中"二十二",弘治本、十卷本、姜刻本均作"二十",誤脱"二"字,此本亦誤脱"二"字。再如馮鈔本卷七《春日寄岳州李員外二首》,題中"李員外",弘治本、十卷本、姜刻本皆誤作"事員外",此本亦誤作"事員外",等等。"白蘋"、"事員外"及《過華清宫二十二韻》題中脱"二"字,這些都是弘治本、十卷本、姜刻本才有的訛誤,而此本訛誤均與之同,可見此本並非出自宋本,而應屬於弘治本、十卷本、姜刻本的衍生本。然十卷本、姜刻本皆爲分體本,故此本乃自弘治本出可無疑也,唯毛氏將此本書名改爲《金荃集》,並對部分文字作了校勘而已。

又,此本有初刻與修訂之分。修訂本書名改回作《温庭筠詩集》,與弘治本同,各卷首題"温庭筠詩集卷第某"。修訂本卷四《題柳》後增補佚詩《和友人悼亡》、《李羽處士故里》、《卻經商山寄昔同行友人》、《池塘七夕》等四首,故卷四補版片二,而葉數僅增一碼;該卷初刻十三葉,修訂後增至十四葉。初刻本卷七末一首《敷水小桃盛開因作》乃五絶,修訂本則爲五律,並於詩後增注曰:"一本缺後四句。"該卷初刻九個葉碼,修訂後增加一個葉碼。初刻本《别集》與正集重出《嘲春風》、《詠春幡》、《春日》、《貽釣叟騫生》與《寄裴生乞釣鉤》凡五首,修訂本均已删去。初刻本卷一所脱《黄曇子歌》,修訂本將其補於《别集》卷末。所以修訂本前七卷共二百二十二首,《别集》三十九首,合計二百六十一首,總數與宋無名氏本同。再者,修訂本文字也作了部分校勘;其餘各版,文字則悉如初版。從修訂情形來看,其參校本就是宋無名氏本一類的本子,故修訂本基本具備宋無名氏本的優長。由於修訂本無論收詩數量還是文字質量,均較初刻本有較大提高,故季振宜輯集《全唐詩稿本》時,棄原刻而不用,改用修訂本爲底子(詳下)。另汲古閣本温集,國圖藏本一種有清毛文光校並跋,一種有清陳帆校、章鈺跋,另一種有清瞿鏞録、陳帆校。

(六)明刻本。明無名氏刻《温飛卿集》七卷、《别集》一卷。此本傅增湘《藏園群書經眼録》著録曰:"明刊本,九行十八字,黑口,左右雙闌。鈐有'周遇吉印'、'樸學齋'、'上善堂藏書'、'吴起潛印'、'印萬所藏'、'竹瘦先生'各印。(余藏)"(《藏園群書經眼録》卷十二,頁一〇九六)此本不知仍在天地之間否?從其版式、行款和卷次等方面判斷,蓋爲弘治本的翻刻本。然因未見原刻,故其版本詳情,尚無從知曉。

（七）統籤本。胡震亨《唐音統籤》所收《温庭筠詩》八卷，編卷五百七十五至五百八十二，戊籤四，刻本。此本分體編次，首卷五古二十三首，第二卷七古四十六、長短句四，第三至第四卷五律九十四，第五卷五排十三、六言律一，第六至七卷七律八十九、七排一，第八卷五絶三、七絶五十三、俳偕體二，殘句三則，合計三百二十九首，殘句三則。此本所據底本，胡氏未言。今考此本文字，多與明刊十卷本、姜刻本、汲古閣本爲近。如馮鈔本卷七《送并州郭書記》“塞塵收馬去”句，“塵”字，弘治本同；而十卷本、姜刻本、汲古閣本皆作“城”，此本亦作“城”。馮鈔本卷七《登李羽處〔士〕東樓》“此意竟難坼”句，“坼”字，弘治本作“炘”，十卷本、姜刻本、汲古閣初刻本皆作“析”，此本亦作“析”。馮鈔本卷四《溪上行》“金鱗撥刺跳晴空”句，“撥刺”，弘治本、汲古閣本同；而十卷本、姜刻本作“潑刺”，此本亦作“潑刺”。再如馮鈔本卷七《寄山中友人》“今兹固願言”句，“固”字，弘治本、汲古閣本同；而十卷本、姜刻本作“顧”，此本亦作“顧”，等等。綜合以上諸例可見，此本乃是以汲古閣初刻本爲底本，依體分編八卷，再分體補入胡氏輯補的遺詩六十八首編輯而成的。文字方面，胡氏不僅參校了十卷本、姜刻本，因而部分文字與二本相同，而且用《才調集》、《又玄集》、《文苑英華》、《樂府詩集》、《萬首唐人絶句》、《古今歲時雜詠》等唐宋總集及類書作了校勘，改正了底本的頗多舛誤。如馮鈔本卷二《達摩支曲》“白頭蘇武天山雪”句，“白頭”，弘治本、十卷本、姜刻本、汲古閣初刻本均誤作“白蘋”，胡氏據校本改作“白頭”，極是。馮鈔本卷二《東峰歌》“松刺流空石差齒”句，“流”字誤，弘治本、十卷本、姜刻本、汲古閣本誤同，胡氏據《樂府詩集》改作“梳”，甚是。馮鈔卷六《過華清宫二十二韻》，題中“二十二”，弘治本、十卷本、姜刻本、汲古閣初刻本均作“二十”，誤脱“二”字，胡氏據校本補入誤脱的“二”字，良是，等等。然此本亦有訛誤處，如馮鈔本卷五《四皓》，各本同，唯洪邁《萬首唐人絶句》因避家諱改作“四老”，此本從之，大誤。再如馮鈔本卷七《春日寄岳州李員外二首》，題中“李員外”，弘治本、十卷本、姜刻本、汲古閣初刻本均誤作“事員外”，胡氏蓋以“事員外”不辭，“事”與“韋”字因形近而誤，故改作“韋員外”，不知馮鈔本和四部叢刊本所據之兩個宋本皆作“李員外”，以致錯上加錯，等等。然而瑕不掩瑜，胡氏乃明代唐詩學大家，温集經過胡氏校勘整理，首次得以增補遺詩近七十首，且文字質量也較此前各本大爲提高。不寧唯是，此本還增加了不少題下及詩後注，或介紹詩之本事，或摘録相關評論,或指出作品重出誤收情形等等,參考價值極大。

清代樸學興盛,一方面帶動了温集的刊刻和傳鈔,另一方面曾益創注、顧予咸補注、其子嗣立續注的温集成了清代唐集注本的佼佼者;今就其中主要版本考述如下:

(一)百家鈔本。清初鈔《百家唐詩》所收《温庭筠詩集》七卷、《别集》一卷,國圖藏。半葉九行二十二字,鈔於統一刷印的格子紙上,四周雙欄,白口單黑魚尾。卷前無目録。卷後有《温庭筠拾遺》,然僅《清涼寺》一首。此本所據底本,從書名、分卷、文字等方面看,更近於弘治本一類的本子。如文字方面,叢刊本卷二《達摩支曲》"白頭蘇武天山雪"句,"白頭",弘治本訛作"白蘋",此本訛誤同。叢刊本卷七《春日寄岳州李員外二首》,題中"李員外",弘治本訛作"事員外",此本訛誤同。"白蘋"、"李員外",這些都是弘治本特有的訛誤,而此本均與之同。然此本又改正了弘治本的一些訛誤,如叢刊本《别集》中《休澣日西掖謁所知》,題中"休澣",弘治本訛作"林澣",此本作"休澣",甚是,等等。可見此本所據底本並非弘治本,而是弘治本衍生的晚明無名氏刻本,此種無名氏本吸收了姜刻本等諸本的校勘成果,故而在文字方面已較弘治本爲優。又,此本之底本删去了《别集》内與正文各卷重出的四首詩,故《别集》只有詩三十八首。

(二)曾注本。清初曾益注、顧予咸補注《温八叉集注》四卷。此本乃温詩的最早注本,半葉九行二十字。葉德輝《郋園讀書志》著録有此本,其略曰:"益字謙,前明山陰人,見所注《昌谷集》同縣王思任序。《昌谷集》結銜一行云'明會稽曾益釋',亦顧氏刻本。此本結銜兩行,一行'古吴顧予咸參校',一行'會稽曾益釋',則已入國朝矣。"葉氏據顧氏先槧曾注《李賀集》,再槧曾注温集,前者具款"明會稽曾益釋",後者具款"會稽曾益釋",後者未標明朝代,表明曾注温集時已入清,這無疑是正確的。葉氏進一步考證曰:"予咸子嗣立注《温飛卿詩集·後序》稱:'先考功令山陰時,邑人曾君名益,字謙,注温庭筠詩四卷,曰《八叉集》。先考功謂其用心良苦,特鳩工剞劂,流傳一時。後歷銓曹,歸里,葺治雅園,寄情詩酒,間嘗繙閲曾注,惜其闕佚頗多,援引亦不免穿鑿,重爲箋注,未畢而先考功殁世,時嗣立甫五歲耳。荏苒迄今,年過三十,濩落一無成就,惴惴焉惟隕越先業是懼,用是鍵户校勘,薈粹群書,所增者約十之三四,而曾注誤釋譌謬,痛加芟汰,又約計十之五六。凡此皆本先考功之意,不敢妄生臆見。'云云。後題'康熙三十六年

〔乙〕〔丁〕丑正月'。據序予咸没時嗣立甫五歲,以三十六年正月上推之,則嗣立爲二年生,予咸没於順治十五年,其由山陰令推升吏部考功旋即歸里,則令山陰當在順治初年,是此集亦順治初年刻矣。"(《郎園讀書志》卷七,頁三五五至三五六)葉氏乃清末民初版本目録學家,經葉氏輾轉考證,知顧氏刊刻此本在順治初年,地點在山陰。但《批注四庫全書簡明目録》以及近代以來不少書目著録此本爲明刻,大誤。不過曾注訛誤頗多,顧嗣立《温飛卿詩集·後序》、《四庫全書總目》均指出曾注《邯鄲郭公詞》,訛"祠"作"詞"字等等。至於此本所據底本,曾氏作爲僻壤儒者,宋刻温集恐難得一見,故此本所據蓋汲古閣初刻本歟? 此本國家、清華、中科院、中國社科院文學所、上海、天津、天一閣等圖書館均有藏本,臺圖藏本有清莫友芝校、鄧邦述題記。

(三)四部叢刊本。錢曾述古堂影鈔《温庭筠詩集》七卷、《别集》一卷,今藏南圖。《四部叢刊》初編影印温集所據"江南圖書館藏述古堂景宋寫本",即此本,世稱"四部叢刊本"。半葉十二行二十一字,寫於統一刷印的格子紙上,左右雙欄,白口無魚尾,版心中間鐫"温庭筠詩某"字樣,版框左欄外側上方有"錢遵王述古堂藏書"八字。卷前後無目録序跋等。各卷首題"温庭筠詩集卷第某",詩題低五格。前七卷凡二百二十三首,《别集》録詩三十九首,合計二百六十二首。然《别集》中《贈鄭徵君》一首已見卷五,故此本實存二百六十一首,與馮鈔本相同。然與馮鈔本相較,兩者首數雖同,而具體篇目略有差異:此本卷四《題柳》後較馮鈔溢出《和友人悼亡》、《李羽處士故里》、《卻經商山寄昔同行友人》、《池塘七夕》等四首。《别集》卷《寄渚宫遺民弘里生》下較馮本溢出《春盡與友人入裴氏林採漁竿》。而馮鈔本《别集》卷《題薛昌之所居》前較此本溢出《嘲春風》、《詠春幡》、《春日》三首;《蘇武廟》前較此本溢出《貽釣叟騫生》一首,以上四首均與正集重出。又馮鈔本卷七末《敷水小桃盛開因作》爲五絶,此本則爲五律,所以較之馮鈔本,此本自有優長。唯此本卷一《黄曇子歌》一首題存詩佚,爲此本美中不足處,而馮鈔本題與詩俱存。再者此本偶有脱文,如卷一《漢皇迎春詞》"獵獵東風燄□旗"句,脱第六字;卷二《蘭塘詞》"紫菱刺短浮根□"句,脱第七字;卷七《題蕭山廟》"夜深□□歌"句,脱第三、四兩字,等等。以上三處脱文,馮鈔本同樣亦脱去,可見二本所據宋刻確有脱文,且同出一源。此本卷中有丁丙跋文一則,《善本書室藏書志》著録此本爲"錢遵王精鈔宋本”，且曰：“《文獻通考》載温庭筠《金荃集》七卷、《别集》一卷，與此合。常熟瞿鏞《田裕齋書目》云：‘宋本名《温庭筠詩集》，卷一《湘宫人歌》下即次《黄曇子歌》，不在《别集》末。’與此又合。舊爲述古堂寫本，每半葉十二行，行二十一字，詩題低五格。”（《善本書室藏書志》卷二十五）亦與此本相符。瞿鏞所謂“《黄曇子歌》在《别集》末”者，所指乃汲古閣修訂本也，而汲古閣初刻本，與其所據之弘治本皆脱《黄曇子歌》，故修訂本參校善本，將該詩補於《别集》之末，以省修版之勞。

（四）秀野草堂本。曾益注，清顧予咸補注，顧嗣立續注康熙三十六年丁丑（一六九七）長洲顧氏秀野草堂刻《温飛卿詩集》七卷、《别集》一卷、《集外詩》一卷。半葉十一行二十一字，小字雙行同。四周雙邊，粗黑口，單黑魚尾下鎸“温飛卿詩集卷第某”。卷前首《舊唐書》本傳，次總目。卷末爲顧嗣立《跋温飛卿詩集後》。首卷卷端題“温飛卿詩集卷第一”，次行下方署“山陰曾益予謙原注”，三行下方署“蘇州顧予咸小阮補注”，四行下方署“男顧嗣立重校”。以下第二至八卷唯卷題，不再題署注者及補注續注者。第九卷因是顧嗣立所輯遺詩，且加補注，故卷端題曰“温飛卿集外詩卷第九”，次行下方署“長洲顧嗣立俠君續注”。嗣立《跋》叙其繼父續箋曾益注温集的緣由頗悉，其略曰：“先考功殁世，時嗣立甫五歲耳。荏苒迄今，年過三十，濩落一無成就，惴惴焉惟以隕越先業是懼。去年秋，從長安歸，檢校篋中，得先考功遺筆，傷前緒之未竟，撫卷不勝泫然。用是鍵户校勘，會稡經史百家，以至稗官小説，釋典道藏諸書，無不檃括采拾，所增者復得十之三四，而曾注中如《漢皇迎春詞》之誤釋高祖，《邯鄲郭公詞》之誤釋令公，譌謬不一，痛爲芟汰，又約計十之五六。凡此一皆本諸先考功之意，不敢妄生臆見。因自傷少遭孤露，不獲親承庭訓，縱竭區區固陋，未能發明萬一，顧猶藉是編得以時誦先考功之清芬，非獨欲訂正曾注之失也。纘輯既成，依宋本分爲《詩集》七卷、《别集》一卷，復采諸《英華》、《絶句》諸本中，定爲《集外詩》一卷，而續注焉。案《唐・藝文志》載庭筠有《握蘭集》三卷，又《金荃集》十卷、《詩集》五卷、《漢南真稿》十卷。明焦竑《經籍志》亦同。今所見宋刻止《金荃集》七卷、《别集》一卷，《金荃詞》一卷，並無《八叉》之目。更題之曰《飛卿詩集》，從其字也。時康熙三十六年歲在丁丑春正月，長洲顧嗣立謹書於閶邱小圃之秀野草堂。”顧嗣立既謂“今所見宋刻止《金荃集》七卷、《别集》一卷”，又稱“纘輯既成，依宋本分爲《詩集》七卷、《别集》一卷”，因將曾注書名《温八叉集》改爲《温飛卿詩集》，可見用心細緻周到。顧氏既然見過宋槧《金荃集》七卷、《别集》一卷，則此本前八卷原文，自應出自宋槧。關於此本注釋，《四庫全書總目》稱"曾注謬譌頗多，如《漢皇迎春詞》乃詠漢成帝時事，而以漢皇爲高祖；《邯鄲郭公詞》爲北齊樂府，舊題郭公者，傀儡戲也。舊本譌詞爲祠，遂引東京郭子儀祠以附會祠字之譌。嗣立悉爲是正，考據頗爲詳核"，可見評價之高。然館臣謂嗣立多引白居易、李賀、李商隱詩爲注，"雖李善注《洛神賦》遠遊履字，引繁欽《定情詩》爲證，古人本有此例。然必謂《夜宴謡》'裂管'字，用白居易'翕然聲作如管裂'句；《曉仙謡》'下視九州'字，用賀'遥望齊州九點煙'句；《生禖屏風歌》"銀鴨"字，用商隱'睡鴨香鑪换夕薰'句，似乎不然，是亦一短也"。則所云未必即是。然謂"曾本合爲四卷，名曰《八[义]〔叉〕集》，以作賦之事名其詩，頗爲杜撰。嗣立此注稱從所見宋刻分《詩集》七卷，《别集》一卷，以還其舊，疑即《通考》所載之本。又稱采《文苑英華》、《萬首絶句》所録爲《集外詩》一卷，較曾本差爲完備"（《四庫全書總目》卷一五一，頁一二九八），則所言甚是。

此本王國維《傳書堂藏善本書志》著録曰："《温飛卿詩集》七卷、《别集》一卷、《集外詩》一卷，評閲本。……此顧俠君續注本，何評多宗馮定遠，亦頗正顧注之失。有'子濤書畫'、'泉唐朱氏圖書記'二印。"並録何焯跋文三則。《傳書堂藏善本書志》還著録一種，卷中有"昔人臨何義門評校，有'歐陽子伯'、'元父'二印"（《傳書堂藏善本書志・集部》）。又國家、上海、南京、揚州、遼寧、湖北、河南等圖書館均有藏本，其中上圖一藏本有清湯元芑録清何焯校，另一種有清魚元傅跋並録許白郙、王八千批語，又一種有清陳本禮校、黄景洛跋，又一種有清宋賓王校並跋，又一種有清畢樵跋；湖北藏本有佚名録何焯批校；安徽師大圖書館藏本有清顧我錡批並圈點；揚州圖書館藏本有鄭文焯批並跋。

（五）席刻本。康熙四十一年壬午（一七〇二）席啓寓輯刻《唐詩百名家全集》所收《温庭筠詩集》七卷、《集外詩》一卷、《别集》一卷。半葉十行十八字，左右雙欄，白口單魚尾下鐫"飛卿詩卷某"字樣。卷前唯總目，卷後無序跋等。各卷首題"温庭筠詩集卷第某"。此本正集七卷《别集》一卷共二百六十一首，《集外詩》七十四首，合計三百三十五首。此本所據，席氏没有交代。考此本不唯《正集》七卷、《别集》一卷，其書名、分卷、篇目、編次與秀野草堂本完全相同，而且文字也較他本更近於秀野本，秀野本的文本校勘，嗣立頗費心力，質量亦高，故此本勘定異文，往往多從秀野本。如秀野本卷三《長安寺》“天井倒芙蓉”句，“倒”字，馮鈔本、叢刊本、弘治本、汲古閣本作“到”，十卷本、姜刻本作“列”，統籤本作“例”，而此本同秀野本亦作“倒”。如秀野本卷四《春日偶作》“寒戀重衾覺夢多”句，“衾”字，馮鈔本、叢刊本、弘治本、十卷本、姜刻本、汲古閣本、統籤本皆作“衮”，而此本則同秀野本作“衾”。再如秀野本卷七《處士盧岵山居》“遥識主人家”句，“主”字，馮鈔本、叢刊本、弘治本、十卷本、姜刻本、汲古閣本、統籤本皆作“楚”，而此本同秀野本作“主”。“倒”字、“衾”字、“主”字，皆秀野本獨有的文字，而此本均與之同，可見此本正文乃是以秀野本爲底子勘定的，只不過删去其注文而已。又秀野本對詩題的不少更動，此本亦多從之，亦可證明此本所據乃秀野本。然此本亦有訛誤，如秀野本卷三《邯鄲郭公詞》，題中“詞”字，此本作“祠”，大誤；秀野本此首題下校記已明確指出“本集作‘祠’，誤”，不知此本何以仍誤用“祠”字？至於此本所補《集外詩》七十四首，亦是據秀野本增補的，唯各詩編次稍異，且删去了《華清宫和杜舍人》、《題李衛公詩二首》、《題谷隱蘭若》與《觀棋》等五首，而此五詩除第一首外，其他四首，秀野本於題注中已辨明非温作，故此本棄而不録。可確定爲席氏增補的遺詩，只有《贈鄭徵君》、《瓜州留别李羽》與《留别裴秀才》三首，其中第一首已見卷五，席氏補重。不過總的來看，此本在温集諸白文本中收詩較多，文字也較此前各本轉精，且工筆正楷，寫刻俱佳，覽之賞心悦目，不失爲一個較好的本子。

（六）全唐詩本。康熙敕修《全唐詩》所收《温庭筠詩》九卷。本書前已述及，《全唐詩》是在胡震亨《唐音統籤》和季振宜《全唐詩稿本》兩書的基礎上修訂而成的。而季氏《稿本》中的《温庭筠詩》，則是將上述汲古閣修訂本《温庭筠詩集》七卷、《别集》一卷原刻入編，再於卷三後補入遺詩二首，卷四後補入遺詩十八首，卷五後補入遺詩二十二首，卷六後補入遺詩一首，卷七後補入遺詩二十八首，故此本凡補遺詩七十一首，合計三百三十二首。文字方面，季氏也作了校勘，所用校本有《才調集》、《文苑英華》、《樂府詩集》、《古今歲時雜詠》、《唐詩鼓吹》等唐宋金諸總集及類書等。如底本卷二《東峰歌》“松刺流空石差齒”句，“流”字誤，季氏校改爲“梳”字，甚是。再如底本卷三《七夕》“平明花木有愁意”句，“愁”字，季氏校改作“秋”，良是，等等。由於底本選擇較好，故此類文字校改並不多。康熙敕修《全唐詩》所收《温庭筠詩》九卷，便是將季氏《稿本》中的《温庭筠詩集》七卷、《别集》一卷，凡八卷悉數收入，而將汲古閣修訂本《别集》末《黄曇子歌》一首，依據校本次序，將其回調至卷一《湘宫人歌》後。補遺部分，則以席刻本《温庭筠集外詩》一卷所收七十四首爲底子，删去了席刻、季氏《稿本》補重者，編臣又據統籤本補入遺詩四首，故凡補遺詩七十三首，遺句二則，作爲第九卷，故全唐詩本共三百三十四首，成爲一時收詩最多的本子。文字方面，編臣作了進一步校勘，如季氏《稿本》所補《友生桃花發因題》，題中"友生"誤，編臣據校本改作"反生"，甚是，等等。編臣還增加了不少題下注，頗有參考價值。不過編臣亦有失誤處，如全唐詩本卷第四《和道溪君别業》，汲古閣本題作"和道溪君别業"，題中"君"乃"居"字之訛，《稿本》未能糾正，編臣亦未能校改，等等。然而總的方面看，全唐詩本無論收詩數量還是文字質量，較之此前庭筠集各本，均略勝一籌。

（七）四庫本。《四庫全書》所收清曾益注清顧予咸補注顧嗣立續注《温飛卿集箋注》九卷。此本卷前唯館臣《提要》，無總目，卷後也無序跋等附録。各卷次行上方題"温飛卿集箋注卷某"，下署"明曾益撰"，三行下方署"長洲予咸、嗣立補"。《四庫全書總目》曰："《温飛卿集箋注》九卷，内府藏本。明曾益撰，顧予咸補輯，其子嗣立又重訂之。凡注中不署名者，益原注。署補字者，予咸注。署嗣立案者，則所續注也。……曾注謬譌頗多……嗣立悉爲是正，考據頗爲詳核。……又稱采《文苑英華》、《萬首絶句》所録爲《集外詩》一卷，較曾本差爲完備。"（《四庫全書總目》卷一五一，頁一二九八）正因爲顧注本有衆多優長，所以四庫全書本温集即據秀野本録入。然而館臣謂"《唐·藝文志》載庭筠《握蘭集》三卷、《金荃集》十卷、《詩集》五卷、《漢南真稿》十卷。《宋志》亦同"，此言非是。館臣又謂"《文獻通考》則云，温庭筠《金荃集》七卷、《别集》一卷，是宋刻亦非一本矣。曾本合爲四卷，名曰《八叉集》，以作賦之事名其詩，頗爲杜撰。嗣立此注稱從所見宋刻分《詩集》七卷、《别集》一卷，以還其舊，疑即《通考》所載之本"，此言亦非。余嘉錫曰："《宋史·藝文志》有温庭筠《漢南真稿》十卷，又集十四卷，《握蘭集》三卷，《記室備要》三卷，《詩集》五卷，其後又别出《温庭筠集》七卷。在《杜牧集》之下。以與《唐志》校，乖異不同如此，而《提要》顧謂之相同，抑何疎謬不檢之甚耶。"所言甚是。余氏又曰："案《通考·經籍考》此條所引，乃晁氏説，即《郡齋讀書志》也，《金荃集》亦《讀書志》所著録，《提要》何不直引原書，而必假道於《通考》耶？"（《四庫提要辨證》卷二十一，頁一三〇八)謂《通考》著録,乃本《讀書志》,而館臣棄《讀書志》不引,而引《通考》,亦一誤也,所言亦自有理。

(八)汪刻本。清曾益注清顧予咸補注顧嗣立續注光緒八年壬午(一八八二)錢塘汪氏萬軸山房刻《温飛卿集箋注》九卷。此本國家、上海、南京、山東、遼寧、湖北等圖書館均有藏本,内封面大字篆書"温飛卿詩集箋注九卷",内封面背面有篆書牌記"秀野草堂原本光緒壬午泉唐汪氏重校刊"。是此本乃顧氏秀野草堂本的校刻本。不過此本重刊時,將《欽定四庫全書總目提要》冠於卷首,已非"秀野草堂原本"所有;又原本卷前《舊唐書》本傳、《諸家詩評》十四則,此本重刊時將其删去。半葉十一行二十一字,小字雙行同。四周雙邊,細黑口,單黑魚尾下鐫"温飛卿詩集卷第某"。首卷卷端題"温飛卿詩集卷一",次行下方署"山陰曾益予謙原注",三行下方署"蘇州顧予咸小阮補注",四行下方署"男顧嗣立重校"。以下各卷唯卷題,不再署注者及補注、續注者。此本校刻相當精細,乃秀野草堂本的忠實翻刻本。此本版片後爲中國書店所得,故亦有中國書店的後印本行世。

(九)石印本。清曾益注、清顧予咸補注、顧嗣立續注宣統二年庚戌(一九一〇)上海廣益書局石印《温飛卿集箋注》九卷。此本國家、山東、遼寧等圖書館均有藏本,筆者所見爲河南大學圖書館所藏,内封面題"温飛卿詩集箋注",題下小字署"秀野草堂原本",左邊以通欄小字署"宣統庚戌夏五陽湖汪洵署檢",下有"汪洵"白文印記一枚。半葉十一行二十字,小字雙行三十字,白口單魚尾下署"温飛卿詩集卷第某",下接邊欄鐫"秀野草堂"四字。首卷卷端題"温飛卿詩集卷第一",次行下方署"山陰曾益謙原注",三行下方署"蘇州顧予咸小阮補注",四行下方署"男顧嗣立重校"。是此本亦秀野草堂本的翻印本。

近代以來的整理本亦有不少,其中主要者有以下幾種:

(一)四部備要本。《四部備要》所收清曾益注清顧予咸補注顧嗣立續注《温飛卿詩集》七卷、《别集》一卷、《集外詩》一卷,世稱"四部備要本"。此本内封面題"温飛卿集箋注",内封面背面題"上海中華書局據秀野草堂校刻本校刊"。乃秀野草堂本的排印本,卷前首《舊唐書》本傳,次《附録諸家詩評》十四則,次全書總目。卷後爲顧嗣立《跋》。

(二)王校本。上海古籍出版社一九八〇年七月出版《温飛卿詩集箋注》九卷,王國安校點。王氏《前言》曰:"本書即據顧氏秀野草堂原刻本進行標點，校改了一些明顯的錯誤；並用毛晉刻本和《全唐詩》覆校一遍，擇要作出校記。同時輯録了温庭筠的詞和文，作爲附録，供讀者參考。顧氏刻本中原有的《舊唐書》本傳、諸家詩評和後記等，均移於書後作爲附録。”可見此本雖爲秀野本的校點本，但因改正了原刻的一些訛誤，且輯録了庭筠的詞和文，遂成爲文字可靠，收録作品較全及附録資料豐富的本子。

（三）劉注本。劉學鍇《温庭筠全集校注》十二卷，中華書局二〇〇七年七月第一版。據此本《凡例》，前八卷詩，以明末馮鈔本爲底本，第九卷詩，則以秀野草堂本《集外詩》爲底本，以弘治本、明十卷本、姜刻本、汲古閣本、四部叢刊本、席刻本和全唐詩本爲校本，同時參校《又玄集》、《才調集》、《文苑英華》、《樂府詩集》、《萬首唐人絶句》、《古今歲時雜詠》、《唐詩紀事》唐宋諸總集及類書等，擇善而從，成爲定本。重出誤收作品，盡量加以甄辨，能確定爲他人所作者，歸入存目詩中。第十卷爲詞，第十一卷文，第十二卷小説，亦加校注。詩注部分保留曾益、顧予咸和顧嗣立三家注，劉氏注文則以“補注”二字標明。作品可以編年者，則於首條注中指明年代。書後附有傳記資料、同時人酬贈詩、史志書目著録及序跋提要和温庭筠繫年等，以便讀者。然此本録文偶有誤處，如卷七《贈越僧岳雲二首》，校記謂“毛本作‘贈越僧二首’”，然毛本實作“贈越僧岳雲二首”；作“贈越僧二首”乃弘治本等，而非毛本。然白璧微瑕，較之温集其他版本，此書收録作品最多，注釋頗爲詳明，附録資料也較豐富，不失爲温集一個精粹的讀本。

【參考文獻】朱騰雲《〈温庭筠詩集〉版本源流考述》，河南大學二〇〇六届碩士論文

樊川文集

杜牧（八〇三～八五二）字牧之，京兆萬年（今陝西西安）人，宰相杜佑孫。大和二年（八二八）進士及第，又登賢良方正直言極諫科，釋褐弘文館校書郎，歷佐江西、宣州、淮南等幕府。開成二年（八三七）遷左補闕，史館修撰。會昌二年（八四二）後爲黄州、池州、睦州等刺史，大中二年（八四八）後歷司勳員外郎兼史職、考功郎中、知制誥、中書舍人等，六年病卒。

杜牧詩文兼善，爲晚唐大家。其《樊川文集》乃其外甥裴延翰所編，裴

氏《序》述其編纂情形和命名緣由甚詳，其略曰：

> 長安南下杜樊鄉，酈元注《水經》，實樊川也。延翰外曾祖司徒岐公之别墅在焉。上五年冬，仲舅自吴興守拜考功郎中、知制誥，盡吴興俸錢，創治其墅。出中書直，亟召昵密，往遊其地。一旦談啁酒酣，顧延翰曰："司馬遷云，自古富貴，其名磨滅者，不可勝紀。我適稚走於此，得官受俸，再治完具，俄及老爲樊上翁，既不自期富貴，要有數百首文章，異日爾爲我序，號《樊川集》，如此顧樊川一禽魚，一草木無恨矣，庶千百年未隨此磨滅邪！"明年冬，遷中書舍人。始少得恙，盡搜文章，閲千百紙，擲焚之，才屬留者十二三。延翰自撮髮，讀書學文，率承導誘。伏念始初出仕入朝，三直太史筆，比四出守，其間餘二十年，凡有撰制，大手短章，塗藁醉墨，碩夥纖屑，雖適僻阻，不遠數千里，必獲寫示。以是在延翰久藏蓄者，甲乙籤目，比較焚外，十多七八，得詩、賦、傳、録、論、辯、碑、誌、序、記、書、啓、表、制，離爲二十編，合爲四百五十首，題曰《樊川文集》。嗚呼！雖當一時戲感之言，孰見魄兆而果驗白耶！(《樊川文集》，陳允吉點校，上海古籍出版社一九七八年九月版，版本下同)

裴氏所編二十卷本，共存詩文四百五十首，這個本子一直流傳到現在，杜氏之幸也！杜牧還有《注孫子》三卷，《郡齋讀書志・兵家類》、《宋史・藝文志六》均有著録。又有《注考工記》上下二卷，有《琳琅秘室叢書》本，光緒戊子(十四年，一八八八)春會稽董氏取斯堂重刊本、《關中叢書》本等。

由杜牧去世前檢汰文章，屬留才十二三，其餘皆焚之的情形看，其對留世作品，注重以質高取勝，不像元、白那樣僅以繁富自豪。職是之故，一般作品牧之似不太經意保存，其散逸世間者，後世多有輯補，因而相繼出現《外集》、《别集》、《續别集》等補遺卷帙。據明胡震亨考證，輯補杜牧作品自唐人起即已開始，《唐音戊籤・杜牧詩》曰："其《外集》詩，唐人所編。"然而究竟爲誰所補，今已不得而知。《外集》既爲唐人輯補，則二十卷本行世不久，即出現了正集加《外集》、合爲二十一卷的"唐補本"行世。北宋時，通行者似爲二十卷本，故《崇文總目》卷五、《新唐書・藝文志四》著録均爲《樊川集》二十卷，直到《宋史・藝文志七》二十卷本仍有著録。不過二十一卷唐補本，南宋晁公武《讀書志》、陳振孫《書録解題》皆有著録，並不罕見，晁氏謂"《外集》皆詩也"。二十一卷本明末清初還在流行,《讀書敏求記》卷四著録《樊川文集》二十卷、《外集》一卷,就是這種唐補本,錢曾曰:"牧之集,舊人從宋本摹寫者。"可惜隨着摹寫所據宋刊本的逸失,唐補本隨之也銷聲匿跡了。

宋人最先輯補杜牧遺文者,乃北宋人田槩。熙寧六年(一〇七三)田槩《樊川别集·序》記其輯補經過曰:

> 集賢校理裴延翰編次牧之文,號《樊川集》者二十卷,中有古律詩二百四十九首。且言牧始少得恙,盡搜文章,閱千百紙,擲焚之,才屬留者十二三,疑其散落於世者多矣。舊傳集外詩者又九十五首,家家有之。予往年於棠郊魏處士野家,得牧詩九首,近汶上盧訥處又得五十篇,皆二集所逸者。其《後池泛舟宴送王十秀才》詩,乃知《外集》所亡,取别句以補題。今編次作一卷,俟有所得更益之。熙寧六年三月一日,杜陵田槩序。(陳允吉點校《樊川文集》)

這種正外集再加《别集》的田槩本,首見於《通志·藝文略八》著録:"杜牧《樊川集》二十卷、《外集》一卷、《别集》一卷。"田槩本宋刻,今中土無傳,然日本尚藏有兩宋間刻本,光緒末楊守敬(惺吾)出使日本時嘗見之,並影摹一本帶回。楊壽昌景蘇園影宋刻本《樊川文集·序》介紹此本甚詳,其略曰:

> 宋槧《樊川文集》廿卷、《外集》一卷、《别集》一卷,原本藏日本楓山官庫,無刊版年月,避"桓"、"鏡"等字,不避"貞"、"慎"字,當是北宋本。然每卷不爲總目,而以總目居卷首,亦非唐本之舊……樊川詩文爲有唐大家,近唯桐鄉馮氏注其詩集行世,其文集罕傳。余故不惜重費,使書手就庫中影摹以出,待好事者重鐫焉。光緒癸未四月宜都楊守敬記于東京使館。

余嘉錫則以爲,此本"既避'桓'字,恐未必刊於北宋"(《四庫提要辨證》卷二一),所言亦是,故此本當爲兩宋間刻本。楊氏影摹本帶回國後,由楊壽昌(字應南,號葆初)景蘇園於光緒末影刊行世,號"景蘇園影宋本"(詳下)。我們通過景蘇園影宋本,可間接窺見宋刊田槩本的大致情形:此本卷前首裴延翰《序》,次二十卷《總目》,《别集》前有田槩《序》。各卷首題"樊川文集第某",次行下方具銜名"中書舍人杜牧字牧之"或"中書舍人杜牧",或題款

“杜牧字牧之”。半葉十行十八字，左右雙邊，白口單魚尾，魚尾下署“樊幾”或“外集”、“别集”等字様，魚尾上記字數，最下爲刻工姓名。此本收録作品，前四卷賦三首，詩二百五十八首；後十六卷文百九十八首；《外集》詩百二十六首；《别集》詩六十首，共六百四十五首。此本文字錯訛較多，如卷二《聞慶州趙縱使君與党項戰中箭身死長句》“朱門歌舞笑捐軀”句，“軀”字顯爲“軀”之誤。如《奉陵宫人》一首，題脱；又“延壽亡來絶盡工”句，“盡”字當爲“畫”字形訛。如卷五《守論》“干戈朽缺錢鈍”句，“缺錢鈍”三字無解，《唐文粹》卷三七作“鈇鉞鈍”，極是，此本誤。卷九《唐故范陽盧秀才墓誌》“因言燕趙間山川禹儉”句，“禹儉”二字，《文苑英華》卷九六二作“夷險”，甚是。卷十《李賀集序》“今竇叙賀不讓”句，“竇”字誤；《唐文粹》卷九三、《文苑英華》卷七一四作“實”，甚是。《淮南監軍使院庭壁記》“簡鈞寬泰明白清潔”句，“簡鈞”不成詞；《英華》卷八〇二作“簡約”極是，此本誤。卷十六《上知己文章啓》“齒髮甚壯間糞有成立”句，“糞”字誤，《英華》卷六五七作“冀”，甚是。卷十七《畢誠除刑部侍郎制》“□以誠臣”句，原脱一字，《英華》卷三八八作“委”，是。再如卷十九《張正度除汾州别駕等制》“無怠官當”句，“當”字，《英華》卷四一四作“常”，甚是，此本形訛，等等。以上這些舛誤，以形近而訛者居多，有些錯得令人啼笑皆非，足見書手文字水準並不高。不過這些舛誤，以無心之誤居多，因而一望即知。

南宋時，牧之集又出現了《續别集》三卷。首先記録《續别集》者乃著名詩人劉克莊，《後村詩話・後集》卷一曰：“杜牧、許渾同時，然各爲體。牧於唐律中常寓少拗峭以矯時弊，渾則不然。如‘荆樹有花兄弟樂，橘林無實子孫忙’之類，律切麗密或過牧，而抑揚頓挫不及也。二人詩不著姓名亦可辨。樊川有《續别集》三卷，十之八九皆渾詩。牧佳句自多，不必又取他人詩益之。若《丁卯集》割去許多傑作，則渾詩無一篇可傳矣。牧仕宦不至南海，别集乃存《南海府罷》之作，甚可笑。”（《後村詩話・前集》卷一）可見《續别集》三卷所補遺詩，多不可靠。《傳是樓書目》著録：“宋板唐《杜樊川别集》一卷，《續别集》三卷。”是《續别集》清初徐乾學尚有藏本。然而《四庫全書總目》著録《樊川集》時，誤將《别集》與《續别集》混爲一談，因而生出種種疑問曰：

王士禛《居易録》謂舊藏杜集止二十卷，後見宋版本，雕刻甚精，而多數卷。考劉克莊《後村詩話》云：“樊川有《續别集》三卷，十八九皆許

> 渾詩。牧仕宦不至南海，而《别集》乃有《南海府罷》之作。”則宋本《外集》之外又有《續别集》三卷，故士禎云然也。此本僅附《外集》、《别集》各一卷，有裴延翰《序》，又有宋熙寧六年田概《序》，較克莊所見《别集》尚少二卷，而《南海府罷》之作不收焉。則又經後人删定，非克莊所見本矣。（《四庫全書總目》卷一五一，頁一二九六）

這裹，館臣將《别集》與其之外的《續别集》混爲一談了，故謂所録之本經人删改，已不載《南海府罷》之作。其實不然，對此楊守敬辨之甚明，其略曰：

> 劉克莊《後村詩話》云：“樊川有《續别集》三卷，十八九是許渾詩，牧仕宦不至南海，而《别集》乃有《南海府罷》之作。”是劉所見者，《别集》之外更有《續别集》。此本（指田槩本——筆者）無《續别集》，故無《南海府罷》詩。《提要》誤以劉所指者在《别集》中，又以今之《别集》只一卷，較劉所見少二卷，遂疑又爲後人删定，不知《别集》有熙寧六年田槩《序》，明云五十九首編爲一卷，此本一一相合，安得有删削之事。則知後村所見《續别集》更爲後人所輯，反不如此本之古。（楊守敬景蘇園影宋本《樊川文集·序》）

也就是説《四庫》著録者乃田槩本，雖有《别集》而無《續别集》；劉氏所見乃有《續别集》之本，據上引《傳是樓書目》著録，這種本子有可能是唯有《别集》與《續别集》三卷的單行本，二者原是兩種不同的本子。館臣所謂經“後人删定”、“少二卷”、不載《南海府罷》等等，指的均是田槩本，故成無稽之談。孫星衍《平津館鑒藏記書籍》卷二，辨析《樊川集》諸種版本間的區别最爲明晰，其略曰：“集本廿卷，晁氏《讀書志》有《外集》一卷。王漁洋《居易録》見宋雕本，有《續别集》三卷。……《外集》，晁氏本所有。《别集》，田槩所益。與《居易録》所見别一本。”（《平津館鑒藏記書籍》卷二，頁八七）館臣未分清《樊川集》諸種版本間的不同，因而致誤。余嘉錫謂：“劉克莊所見之《續别集》三卷，既不著於前，亦不傳於後，恐止是南宋末葉書坊僞造之本耳。”（《四庫提要辨證》卷二一《集部二》，頁一三〇二）謂《續别集》三卷乃書坊僞造，乃臆測之詞；謂不傳於後，亦不準確，清季振宜編《全唐詩稿本》，所補六十六首詩即根據《續别集》三卷（詳下）。陳振孫《書録解題·别集類上》在著録《樊川集》二十卷、《外集》一卷時，記曰：“又在天台録得集外詩一卷，别見詩集類，未知是否。”然今檢該書《詩集類》並未著録“集外詩”一卷，因《書録解題》有殘損,當已散佚,故陳氏所見"集外詩一卷"與《續别集》三卷有何關聯,已無從得其詳了。

元人未刻杜牧集。明代刊刻和傳鈔的《樊川集》,其主要版本有以下幾種:

(一)四部叢刊本。嘉靖翻宋本《樊川文集》二十卷、《外集》一卷、《别集》一卷。顯然此本乃田槩所編本,今國内多家圖書館均有藏本,其中上圖藏本有清何焯校並跋;南圖藏本有清丁丙跋,另一種藏本有曹元忠跋;北師大圖書館藏本有莫棠跋。國圖藏本僅記作明刻本,雖然不錯,然不明確。商務印書館《四部叢刊》初編所收《樊川文集》二十卷、《外集》一卷、《别集》一卷,及涵芬樓影印《四部叢刊·集部·别集類》所收《樊川文集》二十卷、《外集》一卷、《别集》一卷,即據此種本子影印。卷前首裴延翰《樊川文集序》,次《總目》,《别集》前有田槩《序》。各卷首題"樊川文集第某",次行下方具銜名"中書舍人杜牧字牧之"或"中書舍人杜牧",或題款"杜牧字牧之"。半葉十行十八字,字大如錢,頗便閲覽。左右文武雙欄,版心單黑魚尾下題"樊幾",或無魚尾簡記作"凡幾"。編卷、版式與景蘇園影刊本十分接近。再者,此本文字也與景蘇園本幾乎没有差别,且並其訛誤也照樣沿襲,如上舉景蘇園本的一些訛誤,此本皆然。可見此本的確是由宋本(日本楓山官庫所藏一類宋本)翻刻而來的。然而此本又增加了一些新的訛誤,如卷一《李甘詩》首句"天和八九年"句,"天和"誤;景蘇園本作"大和",甚是。卷十六《薦王寧啓》"某過承恩奬敢敢薦才"句,"敢敢"二字,景蘇園本作"故敢",甚是,此本誤。卷十七《畢諴除刑部侍郎制》"可權知尚書刑部寺郎"句,"寺郎"誤,景蘇園本作"侍郎",甚是。卷二十《新羅王子金元弘等授太常寺少卿監丞簿制》首句"功某臣等感恩知義"句,"功"字,景蘇園本作"勅",甚是,此本訛。此本《外集》中《秋感》"獨掩此門明月下"句,"此"字,景蘇園本作"柴",甚是,此本誤。再如《汴人舟行答張祜》"聽君詩句倍滄然"句,"滄"字誤,景蘇園本作"愴",甚是,等等。《鐵琴銅劍樓藏書目録》著録此本曰:"《樊川文集》二十卷、《别集》一卷、《外集》一卷,唐杜牧撰。嘉靖刻本,全仿宋本,楮印亦精好。錢遵王嘗謂,近刻牧之集,乃翻宋雕之佳者,與宋本相校無大異也。舊爲述古堂藏本,卷首有'錢興祖印'、'錢孝修圖書印'二朱記。"(《鐵琴銅劍樓藏書目録》卷十九,頁二八九)葉德輝曰:"興祖曾從子,亦富藏書,當時距刻本僅三四十年,已爲錢氏推重。今日明本益見寥落，似此仿宋精美紙幅寬大，安得不等爲鎮庫寶耶?”(《郘園讀書志》卷七，頁三五六)較之萬曆以後諸多粗製濫造的唐集刊本，瞿、葉二人所言頗中肯綮。傅增湘《藏園群書題記》卷十二亦有著録，判爲明正德、嘉靖間翻宋本，“楮墨精湛”、“鎸雕工雅，尚存舊規”。

國圖藏本鑒藏印記有“經鉏居士”白文方印、“葉氏藏書之印”白文長方印、“錢孝修圖書印”朱文方印、“葉氏藏書之印”白文方印、“興祖”朱文方印、“錢興祖印”白文方印、“孝修”朱文方印、“鐵琴銅劍樓”白文長方印等。

(二)昭質堂本。鄭郲評崇禎十五年壬午(一六四二)昭質堂主人刻《樊川文集》二十卷、《外集》一卷、《别集》一卷。“昭質堂主人”就是鄭郲，字復止，蘭陵(今常州武進)人，世有家學，其父振先(太初)、兄鄭鄤《東林列傳》均有傳(葉幫義《昭質堂本〈樊川文集〉考論》，《文獻》二〇〇八年二期)。此本卷前有張巽申《序》，謂鄭郲明末曾一度供職軍中，對大明前途深表擔憂，因而與杜牧作品中的愛國情懷强烈共鳴，“復止之嗜樊川，自具手眼，直會樊川苦心……於誦讀之外，繕而壽梓，且欲壽其尊公《太初遺稿》並行於世”。鄭氏不僅刊行《樊川文集》，而且附以自己的評語，以抒情懷。其父《太初遺稿》與此本同時並刊，當由《遺稿》亦洋溢着愛國熱情之故。此本半葉九行二十二字，白口，四周單邊。然此本並非據裴氏原編本翻刻，而是沿襲明人分體重編唐集的風氣而分體重編，此本《凡例》曰:“本集詩體混列，未便觀覽。今五七言、古今體分别類從，庶不淆亂。《外集》及《别集》亦如之。”且分體之後再分類，故《凡例》又曰:“本集裴延翰編二十卷，今仍其舊，但類次多紊，略加次序，各標體制，未敢去取。”所謂“類次多紊”，乃指裴氏所編分類多有失當處;“略加次序，各標體制”，即分體之後再加分類，這是此本編次上的一大特點。此本所據底本，乃是翻宋本，然因一時不慎，不僅正集與《外集》、《别集》的作品有相混編者，且出現了不少新的訛脱舛誤。如翻宋本正集卷三《入茶山下題水口草市絶句》，此本編入《外集》;而翻宋本《外集》中《送張判官歸兼謁鄂州大夫》，此本編入正集卷二;翻宋本《外集》中的《書懷寄盧州》，此本編入正集卷三。這種正、外集作品混編的情形，顯然與《凡例》所言正、外、别集分編不侔。脱失例，如翻宋本卷十八《李文舉除睦州刺史制》、《竇弘餘加官依前台州刺史蘇莊除鄧州刺史等制》，卷二十《朱能裕除景陵判官制》、《劉全禮等七人並除内侍省内府局丞置同正等制》及《黔中道朝賀訓州昆明等十三人授官制》凡五首，此本全脱去。翻宋本卷一《大雨行》"雲纏"以下十八字，卷二十《周元植除鳳翔監軍制》"可守右監門衛大將軍知内侍"以下至末尾十八字，此本皆脱去。錯簡之例，如翻宋本卷十六《上宰相求杭州啓》"子七年三郡今始歸"以下至末尾一大段文字，此本脱失，而誤以下一首《爲堂兄慥求澧州啓》"伏以相公上佐聖主"以下至末尾一大段文字相接，造成此本錯簡；而此本《爲堂兄慥求澧州啓》一首，唯存開頭至"伏以相公上佐聖主"前半，後半則闕文。至於文字舛訛，則多有之，如翻宋本卷二《長安雜題長句六首》其二"自笑苦無樓護智"句，"樓護"，此本訛作"樓獲"。又同卷《沈下賢》"一夕少敷山下夢"句，"少敷山"，此本訛作"少微山"。又如翻宋本卷三《蘭溪》詩題下小注"在蘄州西"，"蘄州"二字，此本訛作"灞州"。翻宋本卷四《題烏江亭》"江東子弟多才俊"句，"才"字，此本訛作"少"。翻宋本卷十《同州澄城縣户工倉尉庭壁記》，題中此本"户"下衍"部"字，"倉"字訛作"食"。再如翻宋本《外集》中《送張判官歸兼謁鄂州大夫》詩"今君拜旌戟"句，"君"字，此本訛作"年"，等等。他如題目改易或小注漏掉者，亦自不少，可見編輯之粗疏。此本正集凡録詩二百六十九首，文百九十九；《外集》録詩九十三；《别集》録詩五十二，共四百十四首，文百九十九首。與翻宋本相較，詩少三十首，文少二首。然而此本所附鄭氏的一些評語，倒不失爲研究杜牧詩文較好的參考材料。

（三）朱刻本。萬曆四十年壬子（一六一二）朱之蕃校刻《廣唐十二家詩》所收《杜牧集》一卷、《樊川外集》一卷、《樊川别集》一卷。十二家中，杜牧爲第五家。半葉九行十九字，白口單魚尾，魚尾上頂邊欄署"杜牧集"。此本的版本淵源，乃是四部叢刊本，只是唯録卷一至四及《外集》、《别集》的詩歌而已。各詩的編次，也與四部叢刊本正集、《外集》與《别集》所收各詩的編次相同。不過朱氏於正集卷末《寄遠》一首後，補入佚詩《九日》、《寄牛相公》、《爲人題贈二首》凡四首，從而使此本所收作品達四百四十八首。此本文字也悉同四部叢刊本，且並其訛誤也照樣沿襲。如四部叢刊本卷一《李甘詩》首句"天和八九年"句，"天和"誤，當作"大和"；卷二《聞慶州趙縱使君與党項戰中箭身死長句》"朱門歌舞笑捐驅"句，"驅"字誤，當作"軀"；又如《奉陵宫人》脱去題目；又《自貽》"社陵蕭次君"句，"社"字誤，當作"杜"；四部叢刊本《外集》中《秋感》"獨掩此門明月下"句，"此"字誤，當作"柴"；又《汴人舟行答張祜》"聽君詩句倍滄然"句，"滄"字誤，當作"愴"等等，以上諸誤此本一一沿襲，足證所據底本乃四部叢刊本無疑。當然此本書版前也進行過校勘,改正了叢刊本的一些訛誤。如叢刊本卷一《杜秋娘詩》"何妨我虜支"句,"我"字誤,此本改作"戎",甚是,《唐詩紀事》卷五六正作"戎"。叢刊本卷二《奉陵宫人》"延壽亡來絶盡工"句,"盡"字誤,此本改作"畫",極是。再如叢刊本卷四《春盡途中》"故國誰交爾别離"句,"交"字誤,此本改作"教",甚是,等等。然而由於書版後疏於校刊,此本又産生了不少新的訛誤,如叢刊本《郡齋獨酌》"江郡雨初霽"句,"郡"字,此本訛作"唐"。叢刊本《句溪夏日送盧霈秀才歸王屋山將欲赴舉》,題中"盧"字乃姓,此本訛作"廬"。叢刊本《早春贈軍事薛判官》,題中"事"字,此本訛作"士"。叢刊本《題桃花夫人廟》,題中"廟"字,此本脱去,等等。

(四)統籤本。胡震亨《唐音統籤》所收《杜牧詩》十卷,編卷五五三至五六二,戊籤一,刻本。半葉十行十九字。此本分體編次,每體正集作品居前,歷代續補作品次後;且分體之後再分類。首卷五古十六首,二卷五古七、七古三、長短句五,三卷五律四十(内《揚州三首》其三爲排律),四卷五律四十九、五言小律五,五卷五排二十八,六卷七律五十六,七卷七律二十六、七言半律一、七排二,八卷五絶三十、六絶二,九卷七絶八十九,十卷七絶一百一、聯句一、殘句六則,共四百六十一首,殘句六則。此本版本淵源,乃是朱之蕃校刻《廣唐十二家詩》所收《杜牧集》一卷、《樊川外集》一卷、《樊川别集》一卷。胡氏以朱本爲底子,依體分爲十卷,再補入胡氏所輯遺詩《吴宫詞二首》、《金陵》、《即事》、《七夕》、《薔薇花》凡六首,殘句六則,删去重出的《途中有感》一首編輯而成的,故此本文字多同朱本,如景蘇園本卷三七律《九日齊山登高》,題中"山"字,四部叢刊本同,而朱本改作"安",此本亦作"安"。景蘇園本同卷五律《秋晚早發新定》落句作"嚴瀨碧潆潆","潆潆"二字,叢刊本同,然朱本改作"淙淙",此本亦作"淙淙"。景蘇園本《外集》七律《賀崔大夫崔正字》"映山帆去碧殘霞"句,"去"字,叢刊本同,朱本改作"滿",此本亦作"滿",等等。可見此本乃是以朱本爲底子改編而成的。但胡氏對文字也作了校勘,改正了朱本的一些訛誤。不過《戊籤》在康熙二十四年乙丑(一六八五)刊刻前,又經過胡震亨諸孫"累年分司校讎,孜孜靡已"(楊鼐《唐音戊籤·序》),故何處爲胡氏所校,何處爲其諸孫所改,今已難以區分了。

清代刊刻和傳鈔的《樊川集》,其主要版本有以下幾種:

(一)席刻本。康熙間席啓寓輯刻《唐詩百名家全集》所收《樊川集》六卷、《補遺》一卷，國圖藏本，傅增湘校，卷一下方有“藏園校定群書”朱文印記。此本單收詩歌。卷前無目録及序言等，卷後無附録題跋。卷五末傅氏跋曰：“史太史吉甫藏明寫本唐人集二十餘家，假來校勘一過。《樊川集》未見宋刊，惟明代有四部叢刊本。此鈔本所出如與之同一源也。庚午大寒節，藏園居士記。”下有“沅尗”金文朱方印。卷末傅氏復跋曰：“用明四部叢刊本校勘此刻，四卷以前，爲本集；五卷爲《外集》；六卷前半爲《别集》。所有異字，多與席刻‘一作’同。《五湖館》以下之詩，則四部叢刊本無之，而《外集》之《春日途中》七絶一首，又爲席刻所無。則此兩本殆各出一源，不能强合也。七月十六日雨窗漫記。沅叔。”謂此本與四部叢刊本各出一源，此言自有道理。牧之集單收詩歌者少見，故而筆者以爲，此本蓋席氏據本集中之詩卷，别裁編輯而成者；《補遺》一卷詩七首，乃席氏據統籤本所補遺詩六首，加上席氏自己所補《泊松江》一首而成者。

（二）全唐詩本。《全唐詩》是在胡震亨《唐音統籤》和季振宜《全唐詩稿本》兩書的基礎上修訂而成的。《全唐詩稿本》中的《杜牧詩集》，乃季氏將上述朱刻本的原刻入編，然後於《外集》末輯補遺詩《懷紫閣山》、《題孫逸人山居》、《中途寄友人》三首，於《别集》末輯補遺詩六十三首編輯而成的，故《稿本》共五百十四首。《稿本》文字也作了校勘，季氏以《文苑英華》、《唐文粹》、《唐詩紀事》、《樂府詩集》等諸書參校，故文字視前各本轉精。如卷二《奉陵宫人》脱去題目，季氏經校勘，補上題目。《自貽》“社陵蕭次君”句，“社”字誤，季氏校改作“杜”字。《詠歌聖德遠懷天寶因題關亭長句四韻》“君王若悟治皮諭”句，“治皮論”不詞，季氏校改作“治安論”等等，均極是。《稿本》中出校的異文隨處可見，可見季氏是下過一番校勘功夫的。而《全唐詩》所收杜牧詩八卷，便是將季氏《稿本》中的杜牧詩悉數收入，分編八卷而成的。八卷編次爲，以裴延翰原編前四卷加《外集》及《别集》爲前六卷，以季氏於《别集》後所補遺詩六十三首爲第七卷，以朱本所補《九日》、《寄牛相公》、《爲人題贈二首》凡四首，加季氏於《外集》末所補《懷紫閣山》、《題孫逸人山居》、《中途寄友人》三首，再加統籤本所補遺詩六首，殘句六則及編臣所補《悵詩》“自是尋春去校遲”一首，編爲第八卷，删去《外集》重出的《春日途中》一首及季氏所補與白居易重出的《悵詩》“閑園多芳草”、《九日宴集醉題郡樓兼呈周殷二判官》二首，前一首白氏題作《郡中西園》，後一首乃白氏同題詩之前十二句。另將《外集》中《同趙二十二訪張明府郊居聯句》一首，編入卷七九二“聯句”卷中。故《全唐詩》共五百十八首，成爲一時收詩最多的本子。文字方面，編臣作了進一步校勘，改正了季氏《稿本》未及改正的訛誤，故文字較《稿本》更精。如《李甘詩》首句“天和八九年”，“天和”誤，季氏未改，編臣改爲“太和”（應爲“大和”）；《聞慶州趙縱使君與党項戰中箭身死長句》“朱門歌舞笑捐驅”句，“驅”字誤，季氏未改，館臣校改爲“軀”字等等，皆是。《全唐詩・凡例》云：“詩集有善本可校者，詳加校定。”此本新添不少異文、題下及題後注，表明編臣當時確曾以善本校勘過，有寶貴的參考價值。

（三）文淵閣四庫本。文淵閣《四庫全書》所收《樊川文集》十七卷。此本唯録文，詩則一概不收。明昭質堂本所脱失的《李文舉除睦州刺史制》、《竇弘餘加官依前台州刺史蘇莊除鄧州刺史等制》、《朱能裕除景陵判官制》、《劉全禮等七人並除内侍省内府局丞置同正等制》及《黔中道朝賀訓州昆明等十三人授官制》五首，此本亦脱失。再如此本卷十七《周元植除鳳翔監軍制》“可守右監門衛大將軍知内侍”以下至末尾十八字脱簡，亦與昭質堂本相同。另《題荀文若傳後》與《賀平党項表》二首，當爲館臣避清廷諱而有意删除，故此本實脱簡七首。錯簡情形，此本卷十三《上宰相求杭州啓》“子七年三郡今始歸”以下至末尾一大段文字脱漏，而誤以下一首《爲堂兄慥求澧州啓》“伏以相公上佐聖主”以下至末尾一大段文字相接，造成錯簡；而《爲堂兄慥求澧州啓》一首唯存開頭至“伏以相公上佐聖主”前半，後半闕文，也與昭質堂本完全相同。可見此本是以昭質堂本爲底本經過校勘之後録入的，舛訛頗多，非善本也。

（四）文津閣四庫本。文津閣《四庫全書》所收《樊川集》二十卷、《外集》一卷、《别集》一卷。《四庫》存書雖有二本，然從《四庫全書總目》著録的卷數上看，所指當爲此本。至於此本所據底本，編臣僅言“内府藏本”，但内府所藏究爲何種版本，何時所刻，編次怎樣，收録作品多少？館臣卻隻字未提。據筆者勘驗，此本所據内府藏本，就是明昭質堂本。首先，此本亦按文體編排，且正集與《外集》以及《别集》分編，與昭質本同。其次，四部叢刊本卷三《入茶山下題水口草市絶句》一詩，此本編在《外集》；四部叢刊本《外集》中的《送張判官歸兼謁鄂州大夫》，此本編在正集卷二；四部叢刊本《外集》中的《書懷寄盧州》，此本編在正集卷三；這三首正、外集混淆的情形，亦與昭質堂本同。第三，訛脱情形，《李文舉除睦州刺史制》、《竇弘餘加官依前台州刺史蘇莊除鄧州刺史等制》、《朱能裕除景陵判官制》與《劉全禮等七人並除内侍省内府局丞置同正等制》及《黔中道朝賀訓州昆明等十三人授官制》五首,昭質堂本全脱失,此本亦全脱失。《大雨行》"雲纏"以下十八字;《周元植除鳳翔監軍制》"可守右監門衛大將軍知内侍"以下至末尾十八字,昭質堂本脱簡,此本也脱簡。錯簡的情形,如昭質堂本《上宰相求杭州啓》"子七年三郡今始歸"以下至末尾一大段文字脱失,而誤以下一首《爲堂兄慥求澧州啓》"伏以相公上佐聖主"以下至末尾一大段文字相接,造成錯簡;而《爲堂兄慥求澧州啓》一首唯存開頭至"伏以相公上佐聖主"前半,後半闕文,此本亦然。以上四點足以證明,此本的確是以昭質堂本爲底子録入的。

(五)影宋本。光緒二十二年丙申(一八九六)楊壽昌(應南)景蘇園影宋刻本《樊川文集》二十卷、《外集》一卷、《别集》一卷。此本内封面題"樊川文集二十卷",封面背面署"光緒丙申景蘇園影宋本"。卷前首楊守敬(惺吾)《序》,次楊壽昌《序》,次裴延翰《序》,次二十卷《總目》。此本影寫雕刻俱佳,紙墨精良,觀之賞心悦目,可謂下真跡一等。楊壽昌《序》介紹此本刊刻緣起甚悉,其略曰:

> 宜都楊學博惺吾,嘗遊東瀛,於官庫摹寫此本,定爲宋槧,記其始末,攷論綦詳。會予宰黄岡,與學博同官,乃獲見之。歎其精而又慮其久而就淹也,亟付梓人,越一載而蕆事。竊維古籍流傳,閲時既久,脱誤滋多,尤大厄於明人,其士大夫學者類勇於竄改舊本。經史諸編尚復沿訛,而況一家之集乎? 故宋槧爲世珍秘,不特收藏鑒别侈爲觀美,抑亦證古訂俗多所津逮也。學博之記此本,其言甚辨。予考新城王文簡《居易録》,謂舊藏杜集二十卷,後見宋版本雕刻甚精,而多數卷。按《唐·藝文志》,《樊川集》本二十卷,而凡所傳《外集》、《别集》、《續别集》,皆宋人所蒐輯。文簡偶未檢《唐志》,故其言然。特以其言證之,則此本之爲宋槧無疑。又按晁公武《郡齋讀書志》,僅載《外集》一卷,未及《别集》。此本後附《外集》、《别集》,卷數少於後村所見之本,多於公武所見之本。是不特後村未見此本,即公武亦恐未之見也。予簿書之暇,既刻景蘇園帖行於世,而樊川亦曾刺此州。是杜、蘇二公所遺留者,固皆文獻掌故之所關。記曰:睹其器者,進而索其神。後之覽者,或憬然而長思,慨然而興起焉。兹集之刻,又烏可緩哉! 光緒二十有

二年秋八月成都楊壽昌撰。（景蘇園本《樊川文集》）

是此本乃黄州刻本也。中土久已失傳的宋本，二楊摹寫重刊，使罕見的秘笈化身千百，善莫大焉。

近代以來排印的本子，主要有陳允吉點校《樊川文集》二十卷、《外集》一卷、《别集》一卷，上海古籍出版社一九七八年九月版。陳氏《前言》曰："這次點校出版，是以四部叢刊影印明刊本爲工作本，同景蘇園影宋本進行對校，以《唐文粹》、《文苑英華》爲參校，還參考了《唐詩紀事》、《全唐文》、馮集梧《樊川詩集注》和其他有關資料。"因而改正了四部叢刊本的不少訛誤。但是此本録字，個别地方還不够準確。如卷二《華清宫三十韻》落句"遥起泰陵傍"句，"泰陵"二字，工作本同，本不誤，而此本出校曰："原作秦陵"，非是。又如卷四《商山麻澗》"蒨袖女兒簪野花"句，"蒨袖"字，工作本同，本不誤，而此本出校"原作舊袖"，非是。再如卷十《同州澄城縣户工倉尉庭壁記》"然歲入官賦"句，"官賦"二字，工作本同，亦不誤，而此本出校"原作宫賦"，非是，等等。然而白璧微瑕，無妨此本成爲杜集較好的讀本。

杜牧集的注釋本，清人吴錫麟在馮集梧《杜樊川集注序》中説："樊川一集，前人未有發明。"以爲馮氏以前，牧集尚無注釋者。就中國本土而言，吴氏是正確的。不過明正統間，朝鮮即已刊行過夾注本，此後方有馮注本等等。今考述諸家注本如下：

（一）朝注本。朝鮮刻《樊川文集夾注》殘本二卷。此本日人森立之《經籍訪古志》卷六有著録，其略曰："《樊川文集夾注》零本二卷，明刊本，寶素堂藏，現存一、二卷，無序文及刊行歲月，編注名氏俱未詳。每卷首題'樊川文集卷幾'，下記'夾注'，次行署'中書舍人杜牧'，次行有目録。第一卷載賦三首、古詩二十八首；第二卷載律詩六十七首。各句下夾注頗詳，卷末更附添注。每半板八行，行十七字，界長七寸四分，幅四寸八分，四周雙邊。此本板式陋劣，然仿佛存古本之體，或是朝鮮國人所刊歟?"清末楊守敬出使日本，亦見過此種夾注殘帙，其《日本訪書志》有著録，其略曰："《樊川文集》夾注殘本二卷，朝鮮刊本。存一、二兩卷，無序文及刊行歲月，亦不知注者爲何人。審其字體、紙質，的爲朝鮮人刻板。……注中引北宋人詩話、説部，又引《唐十道志》、《春秋後語》、《廣志》等書甚多，知其得見原書，非從販鬻而出，當爲南宋人也。自來箸録家無道及者，豈即朝鮮人所撰與? 惜所存僅二卷，不得詳證之耳。森立之《訪古志》稱爲寶素堂舊藏，顧無小島印記，當是偶未鈐押耳。"（續修四庫本《日本訪書志》卷十四，頁七〇六）楊氏先説夾注本爲南宋人撰，又説是朝鮮人，遽難定論。日本所藏此朝鮮刻本，後當爲楊守敬購得，傅增湘曾於楊氏處見之，記曰："《樊川文集》四卷、《外集》一卷，唐杜牧撰。朝鮮古刻本，八行十七字，白口四周雙闌。首行標題下有'夾注'二字。詩文皆加注，不知何人所撰。按：此書楊惺吾有殘本二卷，余曾見之。"（《藏園群書經眼録》卷十二，頁一〇九二）據傅氏此記，除楊氏所藏殘帙外，他還見過全本。其實這種朝鮮刊夾注本，國内目前尚藏有兩部全帙，國圖即藏有一全帙，另一殘帙或即楊氏藏本？再一全本藏遼寧省圖書館（見黄建國等編《中國所藏高麗古籍綜録》）。國圖所藏全本，版心白口，與森立之著録同。遼圖所藏乃黑口版，款名後無目録，與森立氏所記顯然有别。然二本行款、卷數、册數甚至葉數則同，書體風格也多有近似之處；文字方面，後者改正了前本的一些訛誤（郝黯華《〈樊川文集夾注〉版本述略》，《圖書館雜誌》二〇〇四年四期）。中華全國圖書館文獻縮微複製中心一九九七年五月影印出版的《朝鮮刻本樊川文集夾注》一書，即據遼圖藏本影印，《續修四庫全書》亦收有此書影印本。此書卷後有"正統五年六月日全羅道錦山開刊"牌記一行，次鄭坤跋一則，曰："小杜詩古稱可法，而善本甚罕。世所有者，字多魚魯，學者病之。今監司權公克和，與經歷李君蓄議之，符下知錦山郡事李君賴，令詳校前本之訛謬而刊之，始於庚申三月，歷數月而告成。公之嘉惠學者，其可量哉！前通政大夫成均大司成知制教鄭坤跋。"下爲權克和、李蓄、李賴、孔碩等六人所具銜名。"正統"乃明英宗首次稱帝使用的年號，當時朝鮮爲大明屬國，故紀年與明朝相同，"庚申"爲明正統五年（一四四〇）。鄭氏《跋》既言"詳校前本之訛謬而刊之"，可知遼圖藏本之前已有刻本行世；而國圖藏本，其即前本歟？若然，則國圖藏本當刻於正統以前，具體時間蓋在永樂、宣德間，或即明初槧本抑未可知。這樣一來國圖所藏夾注本，不僅是最早的杜牧集注本，而且也是現存最早的牧集刻本。夾注本的作者，目前還不能確指爲誰，然據夾注者稔熟中國典籍，隨手徵引，左右逢源的情形看，南宋人的可能性要大些。至於版本淵源，由此本唯正集二十卷、《外集》一卷看，當出於唐人編輯的正集二十卷、《外集》一卷本。職是之故，夾注本就有着不容忽視的版本價值：第一，校勘方面，此本刊刻雖然算不上精粹，且有訛誤，但與景蘇園本、叢刊本對勘，便可發現此本佳字甚夥。如景蘇園本、叢刊本卷二《奉陵宫人》"延壽亡來絶盡工"

句,“盡工”不詞;此句用毛延壽爲王昭君畫像的典故,故當作“畫工”爲是,夾注本正作“畫工”。如景蘇園本、叢刊本同卷《自貽》“社陵蕭次君”句,“社陵”誤;夾注本作“杜陵”,甚是。景蘇園本、叢刊本卷四《臺城曲二首》其一“隨旗簇晚沙。門外韓檎虎”二句,“隨”字,夾注本作“隋”,“檎”字,夾注本作“擒”;此詩述隋將韓擒虎滅陳事,顯然夾注本是正確的。景蘇園本、叢刊本《外集》中《對花微疾不飲呈坐中諸公》,題中“坐”字誤;夾注本作“座”,甚是。類似之處還有許多,都是極可寶貴的校勘資料。第二,注釋方面,此本創注,雖整體上不及後來清人馮集梧《樊川詩集注》(詳下)精深獨到,但也有不少優於馮注之處,如此本注釋了馮本未注的《阿房宫賦》等三首賦及《外集》詩一卷,且有馮氏未注之處,此本亦加注釋者,因而彌補了馮注之不逮;再者此本有些注釋,還較馮注爲優。第三,輯佚方面,此本徵引文獻非常豐富,其中如《十道志》、《春秋後語》、《遁甲開山圖》、《五經通義》、《三輔決録》、《魏略》及《晉陽秋》等,不少典籍今已散佚,有些書籍清人雖有輯本,但因夾注本流傳甚稀,清人輯佚未嘗采用,故可爲輯佚提供新的資料。如此本卷二《華清宫三十韻》“喧呼馬嵬血,零落羽林槍”二句下,夾注本徵引《翰府名談·玄宗遺録》一條資料,長達一千餘字,不僅講到六軍不發,玄宗賜死貴妃,而且講到貴妃據理辯解,淚下沾巾,淡紅若血,二次縊之方死等等,就爲他書所未見。另外,此本保存了景蘇園本、叢刊本等删去的杜牧原注及他人的酬唱之作,對理解杜牧作品亦有寶貴的參考價值。

(二)馮注本。馮集梧《樊川詩集注》四卷,是杜牧集的重要注本。集梧乃馮浩子。馮浩《玉谿生詩箋注》六卷、《樊南文集詳注》八卷用功甚深,世稱精審。集梧承繼家學,以一紀之心力著成此書,廣搜異本,讎勘舛訛,辨别是非,以求其真,改正了底本不少訛誤。注釋方面,馮氏《自序》言,此書根據“牧之語多直達,以視他人之旁寄曲取,而意爲辭晦者迥乎不侔”的特點,注釋“第詮事實,以相參檢;而意義所在,略而不道”,與其父注李商隱的探隱索曲明顯區别開來。然於詩中名物典制,難字故實,則旁徵博引,不厭其詳。且徵引典籍,不拘古今真僞,以能貼切闡釋字詞意思爲依歸,這是對昔人引書“以最先者爲主”規則的合理突破。正因爲如此,此書一出,頗得稱譽。至於此書所據底本,作者未作交代。據筆者考查,當是以四部叢刊本爲底子,再以諸本參校,擇善而成的。然而四部叢刊本的一些訛誤,此本未能盡予改正。如此本卷一《杜秋娘詩》“何妨我虜支”句,“我”字,《唐文粹》卷一四下、《紀事》卷五六、朱本、《全唐詩》五二〇皆作“戎”,唯四部叢刊本作“我”(景蘇園本、夾注本作者不可能見到,不録二本,下同),可見此本所據乃四部叢刊本。此本卷二《送國棋王逢》“守道還如周伏柱”句,“伏柱”,《英華》卷二八〇、朱本、《全唐詩》五二一皆作“柱史”;唯四部叢刊本作“伏柱”,此本亦作“伏柱”。再如同卷《奉和門下相公送西川相公兼領相印出鎮全蜀詩十八韻》“犬子召升堂”句,“犬子”,《英華》卷二四六作“大子”,朱本、《全唐詩》卷五二一作“夫子”;唯四部叢刊本作“犬子”,此本亦作“犬子”。此本《外集》中《見穆三十宅中庭梅榴花謝》,題中“梅”字,四部叢刊本同;而朱本、全唐詩本作“海”,此本從四部叢刊本。《外集》中《賀崔大夫崔正字》“映山帆去碧霞殘”句,“去”字,四部叢刊本同;而朱本、《全唐詩》卷五二四作“滿”,此本從四部叢刊本。再如《外集》中《十九兄郡樓有宴病不赴》“燕子嗔垂一行簾”句,“行”字,四部叢刊本同;而朱本、《全唐詩》卷五二四作“竹”,此本從四部叢刊本。以上諸例可證,此本的確是以四部叢刊本爲底本,校勘注釋而成的。當然由於馮氏已據《全唐詩》等諸參校本,改正了不少訛誤,故正文已與四部叢刊本有諸多不同,然草蛇灰綫,從中還是能够看出兩者關聯痕跡的。不過,馮氏對《外集》、《别集》及自己所輯補的《樊川集補遺》十五首,不加區分,一概不予注釋,未必即是。此本正集四卷、《補遺》一卷、《别集》一卷、《外集》一卷,嘉慶六年辛酉(一八〇一)由裕德堂刊行,半葉十行二十一字,白口單魚尾,魚尾上頂邊欄署“樊川詩注”,魚尾下題卷次,再下葉碼。光緒十六年庚寅(一八九〇)又有湘南書局重刻本。民國期間則有上海掃葉山房石印本,以及《四部備要》排印本。新中國成立後,中華書局上海編輯所一九六二年亦有排印本。一九七八年五月上海古籍出版社又出新一版,卷前有繆鉞先生所撰《前言》,卷末有繆鉞先生據《全唐詩》校補的《樊川集遺收詩補録》五十六首。《附録》部分,收有繆鉞先生《杜牧卒年考》及《杜牧詩評述彙編》,頗便讀者。

(三)吴注本。今人吴在慶撰《杜牧集繫年校注》二〇〇八年十月中華書局出版。吴氏《前言》曰:二十多年前繆鉞先生即欲讓其協助從事箋注《樊川文集》,由於種種原因未能實現。但自那時起,作者就萌發了校注杜牧集的想法。經過二十多年潛心積累,“如今終於完成了《杜牧集繫年校注》,也算是完成了繆鉞先生的心願”,可見此書累功之鉅。此書亦以四部叢刊本爲底本,與景蘇園本、夾注本、全唐詩本、全唐文本、馮注本以及《唐文粹》、《文苑英華》、《唐詩紀事》、《又玄集》、《才調集》所收杜詩對校，並吸收了學界前此所有的校勘成果，故文字更精。注釋則在批判吸取馮注本，特别是從未有人利用過的夾注本注釋成果的基礎上，廣徵博引，力求精到周詳。每篇詩文後的《集評》，彙聚歷代有關該作品的評語。對難辨真僞的集外作品，作者以輯録時間先後編排，綴於正集之後，體現了對這部分作品的審慎態度。書後附録的《杜牧研究資料》，彙集有關杜牧生平傳記、唐代酬贈題詠詩文、歷代序跋提要、歷代著録、歷代評述等豐富文獻，以饗讀者，再附以作者精心編制的《杜牧詩文編年目録》，爲讀者與研究者提供方便。此書皇皇百二十萬字，遂成《樊川文集》注釋的集成之作。

綜上考述可以看出，由於裴氏原編二十卷本不曾散逸，《樊川文集》的版本情形並不複雜，其特點主要有三：(1)唐宋時期的版本主要可分爲：正集，正外集，正外别集等諸種。其中只有正外别集二十二卷的田槩本，由景蘇園本將其概貌保存下來，非常珍貴。(2)元明以後的各種版本，主要是田槩本的翻刻本即四部叢刊本，此本因“與宋本相校無大異”，故不僅被完好地保存下來，且對後世影響很大，朱刻本、唐音統籤本、季氏《稿本》、全唐詩本、馮注本、吴注本，以及昭質堂本、文淵閣四庫本、文津閣四庫本等等，都是其衍生本。(3)夾注本所據底本，乃正外集本，時間較田槩本還要早，故在版本方面也極爲珍貴。

【參考文獻】繆鉞《樊川詩集注·前言》，上海古籍出版社一九七八年五月新一版　楊焄《論朝鮮刻本〈樊川文集夾注〉的文獻價值》，《復旦學報》二〇〇四年三期　郝豔華《〈樊川文集夾注〉版本述略》，《圖書館雜誌》二〇〇四年四期　葉幫義《昭質堂本〈樊川文集〉考論》，《文獻》二〇〇八年二期　吴在慶《杜牧集繫年校注·前言》，中華書局二〇〇八年十月

李群玉詩集

李群玉(？～八六二)字文山，澧州(今湖南澧縣)人。才力遒健，而曠逸不樂仕進，專以吟詠自適，詩筆豔麗，好吹笙、善書翰。親友强其赴舉，一上而止。裴休爲湖南觀察使，勸其求仕，遂於大中八年甲戌(八五四)赴京獻詩。休入相，與令狐綯力薦，授弘文館校書郎，未幾乞歸而卒。

群玉集最早者，當爲自編獻於朝廷之四卷本，其《進詩表》言之甚明，略曰："頃以鼓腹勛華之代，怡情林阜之隈，涵泳皇風，殆忘仕進，以至年逾不惑，痾恙暴侵，但慮寒餓江湖之濱，與枯魚涸蜯爲伍，瞑目黄壤，虚謝文明。是以徒步負琴，遠至輦下，謹捧所業歌行、古體詩、今體七言、今體五言四通等，合三百首，謹詣光順門昧死上進。"（《四部叢刊》影宋本《李群玉詩集》）此表未著年月，晁公武《讀書志》謂在大中八年。唐之"四通"，就是四卷（見《四庫全書總目・李群玉詩集》），是群玉集最早編成於大中八年（八五四），凡四卷三百首。

然此四卷詩，顯非群玉作品的全部，因爲一來既是進獻朝廷，詩必有删選；二來大中八年以後的作品，自然不會編入所獻四卷本中。故至宋代，《崇文總目》卷五除著録《李群玉詩》三卷外，又有《李群玉後集》五卷，稍後成書的《新唐書・藝文志四》與《崇文總目》同。三卷本與群玉集原編已差一卷，現傳宋刻書棚本三卷，分爲"歌行、古體、今體七言、今體五言"，與《進詩表》同，當爲群玉所編，然在流傳過程中已雜入獻詩後的作品，如卷中《請告南歸留别同館》，顯爲任弘文館校書郎後的歸鄉之作。《後集》五卷應爲後人編，所收爲三卷本以外的作品無疑。晁公武《讀書志》著録《李群玉詩》一卷，陳振孫《書録解題》著録《李群玉集》三卷。二目所録均無後集，表明宋時還有不附後集的一卷和三卷本行世。迨《宋史・藝文志》著録《李群玉後集》五卷、又《詩集》二卷，雖有後集，前集卻僅二卷，因此本失傳，故其編輯情形不得而詳，亦可能"二"爲"三"字之訛。

群玉集宋刻今存者唯書棚本，前集三卷後集五卷，今藏臺灣"中央研究院"歷史語言研究所傅斯年圖書館，《四部叢刊》初編本即據此本影印，半葉十行十八字，卷前首群玉《進詩表》、次《延英口宣敕旨》、次大學士僕射令狐綯《薦處士李群玉狀》、次司勳郎中知制誥鄭處約所行授官《敕旨》，官《敕》後有"臨安府棚前睦親坊南陳宅書籍鋪刊行"牌記一個，次前集三卷目録，而後五卷無目。五卷後亦有"臨安府棚北大街睦親坊南陳解元宅書籍鋪印"牌記。前集卷上收歌行、古體五十三首，卷中今體七言四十，卷下今體五言四十九，三卷凡百四十二首。後集五卷不分體，卷一詩十九，卷二詩十二，卷三詩十八，卷四詩三十八，卷五詩二十七，五卷凡百十四首。前後八卷共二百五十六首，尚不足原編三百之數，可見散佚之多。此本文字偶有訛脱，脱闕者如卷一《王内人琵琶引》闕最後十七字；《競渡時在湖外偶爲成章》首二字闕;《贈方處士》“天池似□躍”句,闕第四字;後集卷一《飯僧》末句“來尋□居士”,闕第三字等等。訛誤者,如卷上《盛春》,題中“盛”字,顯爲“感”字之訛。同卷《盧溪道士》,題中“道士”,與詩意不符,當爲“道中”之訛。後集卷一《法性寺六祖戒壇》首聯“初地無階級,餘基數赤低”,“數赤”,汲古閣本(詳下)作“數尺”;細繹詩意,“數尺”是,此本誤。後集卷三《送客往涔陽》“春與春愁逐日長”句,“與”字,汲古閣本、席本(詳下)皆作“興”;細繹詩意,“興”字是,此本訛。後集卷五《大庾山嶺别友人》,題中“山”字,席本校“‘山’字衍”,所校良是,此本訛。再如《投從叔》“孫陽如不願,騏驥向誰嘶”二句,“願”字,席本作“顧”;細繹詩意,“顧”字是,此本誤等等。然而這些訛脱只是少數,此本畢竟乃現傳《李群玉詩集》中最早也是最爲寶貴的本子。

書棚本群玉集,清以前未見著録。迨清道光三年癸未(一八二三),黄丕烈方在昆山一家骨董鋪中發現此本,同時發現的還有書棚本《碧雲集》。黄氏大爲驚異,急購而歸,珍如雙璧,一再題跋,並賦詩數首誌喜(跋與詩又見《蕘圃藏書題識》卷七),二書卷中有“黄丕烈印”、“百宋一廛”、“復翁”等黄氏印記多枚。二書卷中還有“玉蘭堂”、“辛夷塢”、“竹塢”等鑒藏印記,因知二書明代爲大畫家文徵明庋藏。文家書散出後,清初二書爲泰興季振宜收得,故卷末均有“泰興季振宜滄葦氏珍藏”跋文一則,且有“季振宜印”、“季振宜藏書”、“季滄葦圖書記”、“滄葦”、“揚州季氏”等鑒藏印記。季氏書散出後,二書爲藏書家徐乾學收得,故卷中鈐“徐建庵”、“乾學”等印記。徐家書散出後,二本爲金壇太史馮秉彝汲古齋收得,故卷中有“良常馮氏汲古齋藏書”闊長印記,又有馮秉彝之子馮新“良常馮静觀藏書”狹長印記、“馮清之印”方印等。後馮氏移家揚州時,二書佚去,流入昆山一骨董鋪中,被黄丕烈偶然間發現,方大白於世間。黄家書散出後,二書輾轉於光緒末,歸滬上藏書家鄧邦述,鄧氏興奮之餘自號“群碧翁”,並稱其藏書處爲“群碧樓”,以樓中藏有《李群玉集》和《碧雲集》故也,卷中鈐有“群碧樓印”,卷末有鄧氏跋語,謂傅增湘嘗誡之:“他書可去,而此必不可去。”鄧氏遂自誓:“吾固將抱此以没世矣。既得《披沙集》,乃重裝而悉存其舊,蕘翁封面益寶存焉。戊午三月正闇記。”旁鈐有“群碧翁”白文印一枚。卷後又有傅增湘跋二則。《四部叢刊》初編所收,即據鄧氏藏本影印。新中國成立前,二書遷流臺灣。

元明時期群玉集刊刻和傳鈔的本子，其主要版本有以下幾種：

（一）葉鈔本。崇禎三年庚午（一六三〇）葉奕鈔《李群玉詩集》三卷後集五卷，清黄丕烈校跋，國圖藏。卷中葉奕題識曰："崇禎三年庚午八月，從安愚道人鈔本手録，二十二日晚完。震津葉奕。"是此本所據乃安愚道人寫本。此本後歸黄丕烈，黄氏於甲申（道光四年，一八二四）春兩跋此本。據黄跋可知，"葉本行款與宋刻合，上中下三卷目録及卷中詩大段相近，唯後集五卷，宋刻無目録，諸本皆有之。方疑宋本之缺爲憾。及取葉本相校，迥非宋刻可比，卷中之詩不可信，則目録尤不可信，莫如宋刻之無目録者爲存其真也"，於是黄氏"校宋刻於葉本上，一一存其真"，且以所藏馮鈔本參之。故此黄氏以爲"自是宋刻外，唯此校本爲最詳備"（《蕘圃藏書題識》卷七，見《黄丕烈書目題跋》，頁一六四）。而文字則與宋刻無異，黄氏重視此本，宜矣。此本後歸楊氏海源閣，《楹書隅録續編》卷四有著録，並迻録黄丕烈跋語二則。

（二）毛藏本。毛扆藏明鈔本《李群玉詩集》三卷《後集》五卷，國圖藏，一册。半葉十行二十字，鈔於統一刷印的稿紙上，然無解行，四周文武雙欄，白口對魚尾間有"李詩某"字樣。卷前唯總目，正文三卷後爲群玉《進詩表》、次《延英口宣敕旨》、次大學士僕射令狐綯《薦處士李群玉狀》及司勳郎中知制誥鄭處約行授官李群玉的《敕旨》，下爲《後集》五卷。此本分卷、文字及所附《進詩表》、《延英口宣敕旨》、《薦處士李群玉狀》、《敕旨》等，均與書棚本相同，甚至連書棚本的訛誤也照樣沿襲，如書棚本卷上《盛春》，題中"盛"字乃"感"字形誤，此本誤同。書棚本《盧溪道士》，題中"道士"乃"道中"之誤，此本誤同。書棚本《後集》卷三《送客往涔陽》"春與春愁逐日長"句，"與"字乃"興"字之誤，此本誤同。書棚本《後集》卷五《大庾山嶺别友人》，題中"山"字衍，此本亦衍，等等，可見此本乃書棚本的衍生本無疑。然此本也改正了書棚本的一些訛誤，如書棚本《後集》卷一《法性寺六祖戒壇》首聯"初地無階級，餘基數赤低"，"數赤"，此本改作"數尺"，細繹詩意，"數尺"是。書棚本《後集》卷五《投從叔》"孫陽如不顧"句，"願"字，此本改作"顧"，細繹詩意，"顧"字是，等等。此本直接所據或非書棚本，而是據他本鈔寫而來者，故而與書棚本有上述諸多不同之處。此本卷後有"毛扆之印"朱文方印、"斧季"朱文方印，知此本原爲毛扆庋藏。毛氏之後，此本爲邢之襄所得，故目録卷端下方鈐有"南宫邢氏珍藏善本"朱文長方印、"邢之襄印”朱文方印。邢氏之後，此本輾轉入藏北京（今國家）圖書館。

（三）汲古閣本。崇禎十二年己卯（一六三九）毛氏汲古閣刻《唐人八家詩》所收《李文山詩集》三卷，今國圖藏本爲毛晉校本。此本卷前首爲大學士僕射令狐綯《薦狀》、次司勳郎中知制誥鄭處約所行授李群玉校書郎《制詞》、次目録。半葉十二行二十字，左右文武雙欄，版心白口，單魚尾下題“文山卷某”，首卷卷端題“李文山詩集卷上”，次行下方題銜“唐弘文館校書郎澧州李群玉著”。此本統前後集八卷，縮編爲三卷，詩分體。卷上五古五十七首、七古四，卷中五言今體五十四、五排二、七言今體四十三、七排一，卷下五絶三十二、七絶六十六，共二百五十九首，較書棚本多三首。此本詩分八體，與書棚本不同，所以編次與宋本迥異。此本文字也與宋本相差較大，黄丕烈跋影寫宋刻本《李群玉集》三卷、《後集》五卷時評此本曰：

> 余家向藏舊鈔本《李群玉集》有三本，未知何本爲善。及得宋刻此集，知葉鈔最近，蓋行款同也。若毛刻《李文山詩集》迥然不同，曾取宋刻校毛刻，其異不可勝記，且其謬不可勝言，信知宋刻之佳矣。毛刻非出宋刻本，故以體分，統前後集併爲三卷，或以意改之，抑别有本？七言律羨三首，七言絶羨一首，宋刻皆無之。五言古詩二十四韻一首，末有缺，宋刻及鈔俱有，而毛刻獨注云“缺”，則所據必别有本矣。丕烈。（又見《蕘圃藏書題識》卷七，載《黄丕烈書目題跋》，頁一六四）

可見此本文字與書棚本不同處甚多，訛謬之處亦多，非爲善本。如此本卷中七律《請告南歸留别同館》“西風初重帝城砧”句，“重”字，書棚本、席本（詳下）均作“動”，此本訛。同卷七律《送蕭十二較書赴郢州婚姻》，題中“較書”，顯是“校書”之訛，書棚本正作“校書”。“綵服青書卜鳳凰”句，“青書”，書棚本作“青春”；味之詩意，作“青春”是，此本誤。“錦衾應惹翠雲香”句，“雲”字，書棚本作“芸”，良是；芸香可驅書魚，校書郎多與書打交道，故作“芸”字是，此本誤，等等。黄氏謂此本當别有所本，無疑是正確的。萬曼先生疑此本出於費逵本（《唐集叙録》，頁二九九），或有可能。所羨各詩，當爲費氏所補。又宋本諸詩所缺各字，此本大多已填補上。黄氏跋明鈔本《李群玉詩集》三卷、《後集》五卷亦有評此本之言，其略曰：“所異毛刻諸書，動輒與藏本互異，即如《八唐人集》中本，以意分體，統三卷及後集五卷一例排次，硬分爲三卷，俾人不知就裏，好古者固當如是耶？我真極不可解矣！”

(《黄丕烈書目題跋》,頁一六二)不過,元明人分體改編唐集,以便誦讀,也自有道理,黄氏一味反對分體本,亦未免偏頗。

(四)統籤本。《唐音統籤》所收《李群玉詩》四卷,編卷五九二至五九五,戊籤六,刻本。此本首卷收録五古五十八首,次卷七古四、五律五十二、五排三,第三卷七律四十三、七排一、五絶三十二,第四卷七絶六十七,共二百六十首。然書棚本卷上五古《洞庭驛樓雪夜宴集奉贈前湘州張員外》與《滄洲》二首,此本合爲一首,故此本所收篇章實與書棚本同。此本的版本淵源,與汲古閣本爲近。如此本首卷五古《烏夜啼》"層波隔想渚"句,"渚"字,汲古閣本同,而書棚本作"時"。《山中秋夕》"松風吹天籟"句,"吹"字,毛本同,而書棚本作"吟"。《將游羅浮登廣陵楞伽臺别羽客》"冷光邀遠目"句,"邀"字,汲古閣本同,而書棚本作"激"。此本第二卷五律《宵民》"誰於銷骨地"句,"銷骨"二字,汲古閣本同,而書棚本作"消滑"。此本第三卷七律《寄張祜》"如君氣力波瀾地"句,"如"字,汲古閣本同,而書棚本作"知"。七律《送于少監自廣州還紫邏》"鳴皋山水似麻源"句,"皋"字,汲古閣本同,而書棚本作"高"。此本第四卷七絶《言懷》"天下人間一片雲"句,"人"字,汲古閣本同,而書棚本作"之",等等。可見此本蓋據汲古閣本或其近似的本子改編而成的。然而胡氏也改正了底本的一些訛誤,如書棚本前集卷上《盧溪道士》,題中"道士",汲古閣本同;然"道士"與詩意不符,此本改爲"道中",極是。再如書棚本後集卷五《大庾山嶺别友人》,題中"山"字衍,汲古閣本同;此本删之,良是等等。又書棚本卷上五古《洞庭驛樓雪夜宴集奉贈前湘州張員外》與《滄洲》原爲二首,汲古閣本同;而此本合爲一首,細繹詩意,二首合爲一首,甚是,書棚本原即爲一首。

清代刊刻和傳鈔的群玉集,其主要版本有以下諸種:

(一)席刻本。席啓寓輯刻《唐詩百名家全集》所收《李群玉詩集》三卷、《後集》五卷、《補遺》一卷。此本卷後有"東山席氏悉從宋本刊於琴川書屋"長方牌記一個。此本所説宋本,蓋即宋書棚本。此本版式、行款一同書棚本。卷前首爲李群玉《進詩表》、次宣宗《敕旨》、次令狐綯《薦處士李群玉狀》、次鄭處約奉宣授官《敕旨》、次前集三卷目録等也悉同書棚本;唯後集五卷亦有目,與書棚本異,目當爲席氏所加。此本收詩,僅删去書棚本後集卷二與卷五重出之七絶《南臺初晴望寄韋秀才》一首(卷五題作《寄韋秀才》),故與書棚本僅差一首。編次方面,除前集卷一最末十二首、後集卷二中間二首，編次與書棚本稍異外，其餘各詩編次也悉同書棚本，可見此本的確是據書棚本翻刻的。此本文字也多與書棚本爲近，且連上文所舉書棚本的訛脱也照樣沿襲；只是席氏參照統籤本改正了一些訛誤。如書棚本卷上五古《盛春》，題中“盛”字，當爲“感”字之訛，此本参校他本改作“感”，甚是。如五古《廬溪道士》，題中“道士”，與詩意不符，此本改作“道中”，良是。書棚本後集卷三之七絶《送客往涔陽》“春與春愁逐日長”句，“與”字訛，此本改作“興”字，良是。書棚本後集卷五之七絶《大庾山嶺别友人》，題中“山”字，席本校“‘山’字衍”，所校良是。五絶《投從叔》“孫陽如不顧”句，“顧”字，此改作“顧”；細繹詩意，“顧”字是，等等。然因書版後疏於校勘，此本又增加了一些新的訛誤，如前集卷一之五古《贈方處士》“高閣溪中鶴”句，“閣”字，書棚本作“閑”，甚是，汲古閣本同，謂處士常閑如鶴也；“高閣溪中鶴”則不成句矣。又“天地俟飛躍”句，“天地”，書棚本作“天池”，良是，汲古閣本同，此本誤。前集卷中七絶《醴陵路中》“無人寂寂春山路”句，“人”字，書棚本作“端”，汲古閣本同，此本誤。後集卷二之五古《穆天子》“或言帝軒轅，垂龍淩紫氛”二句，“垂龍”訛；軒轅淩紫氛，當“乘龍”而行，“垂龍”訛，書棚本、汲古閣本正作“乘龍”。後集卷四七絶《山驛梅花》“坐在幽崖獨無主”句，“坐”字顯誤，書棚本、汲古閣本均作“生”。《重陽日上諸宫楊尚書》“行人惆悵笑重陽”句，“笑”字顯誤，既曰惆悵，又怎能説“笑重陽”；書棚本、汲古閣本皆作“對”，甚是，等等。然而這些訛脱畢竟只是少數，瑕不掩瑜，此本既從書棚本而來，故仍是現傳《李群玉詩集》中寶貴的版本之一。且此本輯補遺詩七首，附於卷後，亦見用力之勤矣。

（二）全唐詩本。康熙敕編《全唐詩》所收《李群玉詩》三卷。《全唐詩》主要據《唐音統籤》和季振宜《全唐詩稿本》二書修訂而成。季氏《稿本》中的《李群玉詩》三卷，乃是將汲古閣本三卷原刻入編，再於卷上之末補入五律《經費拾遺所居呈封員外》一首；於卷中末補入七律《謫仙吟贈趙道士》、《長沙陪裴大夫夜讌》二首；於卷下補入七絶《題二妃廟》一首，編輯而成的。不過，《季稿》卷下《寄友二首》以前，汲古閣本原刻爲五絶三十二首。季氏編輯時，將原刻裁去，改用刻本《萬首唐人絶句》所收李群玉五絶三十一首粘貼，然後再補入七絶《二妃廟》一首。由於不慎，季氏將汲古閣本原刻第三十二首五絶《野鴨》弄丢了，故《稿本》共二百六十二首。文字方面，季氏也作了校勘。季氏用所藏書棚本及《文苑英華》、《萬首唐人絶句》和《樂府詩集》參校,卷中所出校記和改動的文字隨處可見,頗具參考價值。如汲古閣本卷中七律《請告南歸留别同館》“西風初重帝城砧”句,“重”字訛,季氏徑直改爲“動”;同卷七律《送蕭十二較書赴郢州婚姻》,題中“較”字訛,季氏徑改作“校”;“綵服青書卜鳳凰”句,“書”字下,季氏出校一“春”字;“錦衾應惹翠雲香”句,“雲”字旁,季氏出校一“芸”字,皆極是,等等。然有些訛誤,季氏亦未及改正,如汲古閣本卷上五古《盧溪道士》,題中“道士”,與詩意不符,“道士”當爲“道中”之訛,季氏未及改正。汲古閣本卷下《大庾山嶺别友人》,題中“山”字衍,季氏未及删之,等等。康熙敕修《全唐詩》所收《李群玉詩》三卷,便是將季氏《稿本》中的《李文山詩集》三卷悉數入編,而將季氏補入卷上最末的五律《經費拾遺所居呈封員外》一首,調至卷中五律内;於《稿本》卷中七律末輯補佚詩《寶劍》一首,於《稿本》卷下五絶前補入季氏弄丢的《野鴨》一首;而將《稿本》卷上五古《洞庭驛樓雪夜宴集奉贈前湘州張員外》與《滄洲》二首合爲一首,編輯爲三卷而成。故全唐詩本共二百六十三首,成爲一時收詩最多的本子。文字方面,編臣也作了進一步校勘,如《稿本》五古《盧溪道士》,題中“士”字乃“中”字之訛,季氏未及校改,編臣參校統籤本改作“中”字,極是。又《稿本》卷上五古《洞庭驛樓雪夜宴集奉贈前湘州張員外》與《滄洲》原爲二首,統籤本合併爲一首,細繹詩意,二首合爲一首是;編臣參校統籤本,亦將其合爲一首,甚是,等等,故《全唐詩》文字較季氏《稿本》更精。然而亦有《稿本》未改正、編臣亦未能改正者,如《稿本》卷下《大庾山嶺别友人》,題中“山”字衍,季氏未及删之,《全唐詩》亦未删去,等等,然這畢竟只是少數。全唐詩本《李群玉詩》三卷,無論是收詩數量還是文字品質,都不失爲李集中最好的一個本子。

(三)四庫本。乾隆敕修《四庫全書》所收《李群玉集》三卷、《後集》五卷。此本據江蘇蔣曾瑩家藏本録入,《四庫全書總目》曰:

> 其集首載群玉《進詩表》及令狐綯《薦狀》,鄭處約所行《制詞》。《表》稱歌行、古體、今體七言、今體五言四通,合三百首。考劉禹錫作《柳宗元集序》,稱三十二通,則唐時以一通爲一卷。今本三卷,已與《表》不合。又《表》稱三百首,而今本正集僅一百三十五首,外集亦僅一百一十三首,合之不足三百之數。觀中卷之末有《出春明門》一首,自注曰:“時請告歸。”則此集雖仍以歌行、古體、今體七言、今體五言分目,而已兼得官以後之詩,非復奏進之原本矣。(《四庫全書總目》卷一

五一，頁一二九九）

館臣所考雖是，然"江蘇蔣曾瑩家藏本"究爲何種版本，館臣卻未説明。今考此本前集三卷無目録，後集五卷目録具全。與席啓寓本相較，此本卷中脱《望月懷友》、《和吴中丞悼笙妓》、《薛侍御處乞靴》、《九子坡聞鷓鴣》、《涼公從叔春祭廣利王廟》、《長沙紫極宫雨夜愁坐》六首，故只二百五十六首。此本編次，前集卷上《滄洲》以下各詩編次與席本不同；後集卷三《移松竹》、《歎靈鷲寺山榴》二首，錯入卷二末，卷四《二辛夷》、《題龍潭西齋》二首，錯入卷五，當是館臣録入時粗心所致。然而此本文字則多與席本爲近，如書棚本前集卷一《贈方處士》"天池俟□躍"句，"池"字，汲古閣本同；席本作"地"，誤，此本亦作"地"。書棚本前集卷中《自遣》"誰會陶然失馬翁"句，"會"字，汲古閣本同；席本作"謂"字，此本亦作"謂"。又如《醴陵路中》"無端寂寂春山路"句，"端"字，汲古閣本同；席本作"人"，此本亦作"人"。再如書棚本後集卷一《龜》"揚光輸蚌蛤"句，"揚"字，汲古閣本同；席本作"陽"，當誤，此本也作"陽"，等等，可見此本文字多與席本爲近。由此看來，蔣曾瑩家藏本，當爲席本無疑。唯席本空白處，此本多已填補。

（四）黄鈔本。道光四年甲申（一八二四）黄丕烈士禮居影寫宋刻本《李群玉詩集》三卷、《後集》五卷，今藏國圖。因此本乃影鈔本，故行款、首數、編次、文字悉同書棚本。黄丕烈以爲，書無宋刻者，則舊鈔爲貴。此爲影鈔，則僅下真跡一等，更爲可貴矣！

又，昭文張燮亦曾就黄丕烈所藏書棚本影寫一本，葉德輝嘗見之，《郋園讀書志》有著録，曰："宋本多缺字，《欽定全唐詩》多補之。如《競渡時在湖外偶爲成章》首句留墨塊，缺二字，《全唐詩》補'雷奔'二字。《贈方處〔士〕》一首，'天池俟'下留墨塊，缺一字，《全唐詩》補'飛'字……"（《郋園讀書志》卷七，頁三六〇）葉氏所列《全唐詩》補字凡十二處，共十七字。由於葉氏未見《全唐詩》底本——季振宜《稿本》，故以爲宋本缺者爲《全唐詩》所補。其實不然。上文已言，季氏《稿本》中的群玉集，乃用汲古閣本原刻入編，宋本缺漏之十七字，汲古閣本已補九字，季振宜又補六字，故真正爲《全唐詩》所補者只有二字。至今未補者尚有十九字。此點，對勘汲古閣本、書棚本、季氏《稿本》與《全唐詩》便可明瞭。葉氏僅見鈔宋書棚本和《全唐詩》，故不知就裏。

群玉集向無注本。新中國成立後直到一九八九年嶽麓書社始出版羊春秋校注《李群玉詩集》。此本特點有三：一是以國圖藏明鈔本爲底本，以全唐詩本、四部叢刊本、湖南叢書本等爲校本，並以《又玄集》、《才調集》、《文苑英華》、《萬首唐人絶句》等總集及類書參校，故文字較精。二是盡量吸收當代的輯佚成果，故收録詩篇也較全備。三是創爲注釋，詮典釋義，從而使此本成爲群玉集中最精的讀本。

玄英先生詩集

方干（八〇九～八八八?）字雄飛，睦州清溪（今浙江淳安）人。幼有清才，頗得徐凝賞識，授以詩律。始舉進士，錢塘守姚合見其貌寢而卑之，既覽詩卷，駭然變容，待爲上賓。然以貌寢又兔缺，屢舉不第，遂退隱會稽，漁釣鏡湖。王龜鎮浙東，欲薦之於朝，未及而龜薨，事遂罷。以布衣而終，弟子私謚曰“玄英先生”。

方干律詩煉句，字字無失，有高堅峻拔之譽，詩名甚著，一時江南無有及者。身後不久，其甥楊弇、門生孫郃與門僧居遠收掇其詩三百七十餘首，編爲十卷。郃又作《玄英先生傳》附之，並請中書舍人王贊爲序，贊爲撰《玄英先生家集序》，其略曰：

> 夫干之爲詩，鋟肌滌骨，冰瑩霞絢；嘉肴自將，不吮餘雋；麗不葩紛，苦不棘癯。當其得志，倏與神會；詞若未至，意已獨往。余爲兒時，得生詩數十篇，心獨好之。生時尚存，地遠莫克相見。其後生名愈籍，爲詩者多能諷之，而生歿矣。今年遇樂安孫郃於荆，早與生善，出時所作《元英先生傳》，且曰與其甥楊弇，洎門僧居遠，收綴其遺詩，得三百七十餘篇，析爲十卷，欲余爲之序，冀偕之不朽。……干之出處行事，郃之《傳》實備之，不復互出。直嘉郃能懷人之遇，成人之不泯，而又愛我之厚，故序詩之廢興，題於干集之首。（席刻本《元英先生詩集》）

王《序》作於昭宗乾寧丙辰（三年，八九六），上距干去世約七八年。孫《傳》亦曰：“昔孟東野卒，張司業與其門人共目之爲‘貞曜先生’。今江東後進承先生知者，亦相與謂之曰‘元英先生’，所冀以光於後。余稚齒承方公之知，恐行事湮没，乃作傳焉。先生有集十卷，弟子楊弇編之，余請王贊舍人爲之序。”（席刻本《元英先生詩集》）可見方集原編十卷，詩三百七十餘篇，名曰

《玄英先生家集》。晚唐五代世所流行者，當即此種十卷本。

入宋，《崇文總目》卷六十一著録"《元英先生詩集》十卷，方干撰"。錢曾以爲改"玄"爲"元"，"避宋諱也"（《讀書敏求記》卷四中）。《新唐書·藝文志四》著録"《玄英先生詩集》十卷，方干"。二目書名稍異，而"家集"改作"詩集"，爲後世一直所沿用。

宋室南渡，金人將北宋國家圖籍悉數捆載而去。南宋前期，晁公武《讀書志》僅著録"《方干詩集》一卷"；馬端臨《文獻通考》著録同，可見晁氏著録確爲一卷。晁氏曰："其甥楊弇與孫郃編次遺詩，王贊爲序。郃又爲作《玄英先生傳》附。"（《郡齋讀書志校證》卷十八，頁九三六）萬曼先生以爲：晁氏既稱引王《序》，又知孫《傳》，二者皆言十卷，可見"《郡齋讀書志》作一卷，當誤"（《唐集叙録》，頁三四一）。然毛晉卻説晁氏"未見全豹耳"，意謂所見非全本。《宋史·藝文志七》著録《方干詩》二卷，雖然《宋志》是根據宋代幾部官修書目拼湊而成的，並非元時藏書的實録，但這恰恰證明，宋時還有二卷本行世。胡震亨曰："《宋·藝文志》爲卷僅二，意當時已有遺落者。"（《唐音統籤》第六册，頁二九四）可謂卓見。《遂初堂書目》亦著録《方干集》，書名與《讀書志》正同，且又著録《方雄飛集》，後者顯然爲另一傳本無疑。學界一般以爲，宋代書目著録不同版本者，《遂初堂書目》開其端。可惜的是，尤袤著録的不同版本，包括方集二種版本均無卷數。南宋後期，陳振孫《書録解題》卷十九著録"《玄英集》十卷"，書名與上述各本皆不同，故爲南宋出現的新版本無疑。

宋槧方集，今天已無傳本。然而綜合明清諸家書目題跋等材料可知，宋時方集不僅有槧本，且不止一種。毛晉跋叢書堂鈔本二則（詳下）其二曰："余向藏南宋版，雖亦十卷，《傳》、《序》弁首，詩不及三百。考之伊甥楊弇所編三百七十餘之數，散逸已多矣。"（《愛日精廬藏書志》卷二九，頁五二二）是毛晉家藏有南宋本。《增訂四庫簡明目録標注》邵章《續録》所記"南宋本"，蓋與毛晉所説"南宋版"爲同一種宋槧。然而胡震亨卻曰："干集宋本具存計三百十七篇，少楊弇所綴者五十餘。"（《唐音統籤》第六册，頁二九四）若是則較之毛藏南宋版，胡氏所見宋本要溢出二十首左右。對二者的首數差異，曹麗芳《〈玄英先生詩集〉版本源流考述》以爲：胡氏宋本，就是毛氏"南宋版"，二本首數不同，乃因"毛晉只是大概估計，而胡震亨則比較精確"（《鹽城師范學院學報》，二〇一二年五期）。此言非是。季振宜藏有宋本(詳下全唐詩本),收詩二百九十九首,與毛晉所説"南宋本","詩不及三百"合若符契,其爲毛氏南宋本無疑,而與胡震亨所得宋本絶非同一種版本,胡氏所見,應爲另一種宋槧。

除了毛、胡二家所藏宋本外,徐乾學《傳是樓宋元本書目》亦著録有"宋本《玄英詩集》十卷,二本"(羅振玉《玉簡齋叢書》本),此本書名與陳振孫《書録解題》著録相同,或即陳氏著録本,然因著録過簡,未知與毛、胡二家所藏宋槧有何異同?不過宋槧之間彼此儘管有差異,其均出自宋人重編本則是没有問題的,所以儘管卷數仍爲十卷,且以王《序》、孫《傳》弁首,已皆非唐時原編舊貌矣。

元代不聞有方集刊行。明代傳鈔和刊刻的方集主要版本有以下幾種:

(一)叢書堂本。吴寬叢書堂鈔《玄英先生詩集》十卷。此本不知今天仍在天壤之間否,然清張芙川有此本之影鈔本,今藏國圖(詳下張鈔本),故根據張鈔本仍可間接窺見此本的大概面貌:此本半葉十行二十字,卷前有孫郃《傳》、王贊《序》。據筆者所知,此本乃明代方集的第一個傳本,故所據底本當爲宋槧無疑。吴寬字原博,號匏庵,長洲人,成化八年(一四七二)會試、廷試皆第一,官至禮部尚書,事跡具《明史》本傳。《静志居詩話》曰:"匏庵遺書流傳者悉公手録,以私印記之,前輩風流,不可及也。"其自署"吏都東廂書"者,皆晚年筆。鈔本用紅印格,藏印曰"古太史氏"、"延州來季子後"、"雙井村人",有《叢書堂書目》一卷(《江浙藏書家史略》,頁一四一)。是此本應爲成化至弘治間鈔本。吴家書散出後,此本爲毛晉所得,卷後有崇禎庚午(三年,一六三〇)毛晉跋文二則,且卷後所附《集外詩》二首及贈篇、紀事十二則,皆毛晉所集。毛家書散出後,此本爲張金吾所得,《愛日精廬藏書志》卷二十九有著録,並録毛晉跋文二則。張家書散出後,此本輾轉爲虞山瞿氏所得(《傳書堂藏善本書志·集部》),瞿氏之後,此本下落不明。

(二)嘉靖本。嘉靖十六年丁酉(一五三七)方干裔孫廷壐刻《玄英集》八卷。《四庫全書》即據此本録入,故依據四庫本,亦可間接窺見此本的大概面貌:此本卷前首王《序》、次孫《傳》,卷後有王埜跋。詩分體編次,卷一至三爲五律百首、五排四,卷四至七爲七律百六十七,卷八七排六、七絶四十二,共三百十九首。《四庫全書總目》曰:"明嘉靖丁酉干裔孫廷壐重刊,衹分八卷,詩三百七篇,卷目俱非其舊。近時洞庭席氏《百家唐詩》,本從宋刻録出者,雖仍作十卷,而詩亦止三百十六篇。《全唐詩》搜羅放失,增爲三百四十七篇，然與贊《序》原數終不相合。蓋流傳既久，其佚闕者多矣。”（《四庫全書總目》卷一五一，頁一三〇二）館臣謂此本存詩三百七篇，非是。較之席刻本，此本闕其卷一之《淺井》、卷四之《上杭州姚郎中》、卷八之《夜聽步虚》，凡三首。王埜跋略曰：

> 昔埜嘗采越名勝題詠，之鏡湖，有所謂方干島者，初不知島之以干名何？逮考文獻，始識干唐人，隱鏡中，以聲律擅名杭越，伯仲錢、杜間。埜益仰止，特未及見其全編。今其裔孫南岑子官山陰，政通之暇，示埜全集。校之，埜然後知干之曠才疏節，泉鳴澗收，花品鳥題，孤逸雋悠，不辱兹島。島之巃嵸奇峻，玄雲深樹，蒼煙紫芝，變化不蕪，與干並隆而無斁也。天壤名實之徵，今古人山之會，信越風乘遺已，兹備觀哉！既正其魚豕，復願得其本末續于後，庶玄英之志島之名，賴裔孫益用不磨；後之覽斯集者，知名跡有所據，南岑子之崇其本云。嘉靖丁酉七月十日，王埜。（影印文淵閣四庫全書本）

王埜所謂“南岑子”，即方干裔孫廷璽。據王埜跋，可知此本實際校訂者乃王埜，刊刻地點在山陰，主持者乃方廷璽。依筆者所見資料，此乃方集的第一個明刊本。“排律”之名，始於元末楊士弘《唐音》，至明方廣泛使用。此本既用五、七言排律編詩，因知此本乃王埜的重編本無疑。重編所據底本，即廷璽所示“全集”。然王埜未言此“全集”究爲何本，從此本以王《序》、孫《傳》弁首，又是明代最早的刻本來看，其所據只能是南宋十卷本。此本莫友芝《郘亭知見傳本書目》、邵懿辰《增訂四庫簡明目録標注》均有著録。

（三）明影宋鈔本。明影宋鈔《元英先生詩集》十卷，國圖藏，二册。半葉十行十八字。白紙無格。卷前首王贊《序》，次孫郃《傳》，各卷首題“元英先生詩集卷第某”，卷後無題跋附録等。此本詩不分體，卷一詩三十二首，卷二詩三十四，卷三三十，卷四三十一，卷五三十二，卷六三十二，卷七三十，卷八三十一，卷九二十九，卷十三十三，共三百十四首。這個數字與明嘉靖本少了五首。嘉靖本出自宋十卷本，卷前有王贊《序》、孫郃《跋》，此本卷前亦有王贊《序》、孫郃《跋》，故所據亦當爲宋本，只是此本據宋本影鈔，非如嘉靖本據宋本重編爲分體本而已。此本鑒藏印記有“澤古堂藏書印”白文長方大印，“雨絲風片煙波畫船”朱文大方印、“無事此静坐”朱文方印、

“觀妙齋”朱文長方印,“陳奕禧印”白文大方印、“唐泉”朱文方印。“曾在趙元方家”朱文長方印,“趙鈁珍藏”白文方印,“元悔齋藏”朱文長方印,“北京圖書館藏”朱文方印。

(四)明鈔本。明鈔《元英先生詩集》十卷,國圖藏。半葉十二行二十字,白紙無格。卷中有“崇禎戊辰年六月,馮氏空居閣閱”跋文一則。“戊辰”爲崇禎元年(一六二八),知此本乃崇禎前鈔本,崇禎初藏於馮氏空居閣。此本後歸汲古閣,卷中鈐有“汲古主人”朱文大方印;後此本傳於毛晉裔孫綏萬,卷中有綏萬跋文三則:

此卷雖鈔録草率,然尚是先王父遺書,分授相弟者。予亦分得一黑格條鈔本,頗多異同,並校一過。歲在甲午(康熙五十三年,一七一四),日唯長至,汲古孫綏萬識。

乙未(康熙五十四年)春正二十有五日,風雨扃户,出東山席氏刻本,細訂一過,增詩如右。

席氏刻本與墨筆鈔本同,當是原文。右增删數字,依家藏墨格條本訂入。

據此三《跋》,綏萬以黑格本校此本,異文頗多;然此本與黑格本相異處,則與席刻本同,故綏萬謂“當是原文”,意謂此本與黑格本的異文,有席本爲證,知其所據底本如此,並非舛誤。由此可證此本與席本乃同源本,而席本自宋本出(詳下),故此本亦應出自宋本。然此本收詩不及席本多,故綏萬據席本於卷三末補《除夜》其一,卷五末補《元日》,卷十末補《贈美人四首》與《對花》等,並於卷後跋文三則。毛家書散出後,此本輾轉爲黄丕烈所得,卷中有黄丕烈跋文二則。而黑格本則不知去向。黄跋其一略曰:

汲古後人毛綏萬,以黑格本及席刻本校此集,俱用紅筆,使讀者莫辨何本之爲黑格,何本之爲席刻,且所校席刻有未盡者。得此本後,遂向坊間所得席刻悉爲校出。席刻不分體,並多詩七首,在毛校未補外,因盡録之。此本黄筆皆席刻也。是本間有羨於席刻之詩,題首無某卷某首是也。癸酉五月小晦日校畢識。時農人望雨甚切,天雖蒸潤,未知能大雨時行否,復翁。

據此,席刻雖與此本同源,然二本收録作品卻互有差異,席刻溢出此本七首,此本亦有羨於席刻者。黄跋其二曰:

席刻有與原鈔本不同者，鈔如右。有爲紅筆校改之處，仍照席刻校上，所以專存席刻面目也。（二跋均在卷首《傳》後。又見《黄丕烈書目題跋》，頁一六六至一六七）

是席刻與此本不同處，黄氏均出校記。黄家書散出後，此本歸山東聊城海源閣，《楹書隅録續編》卷四著録有此本，謂與李群玉《碧雲集》合裝。此本自海源閣散出後，輾轉入藏北京（今國家）圖書館。此本傅增湘亦嘗見之，《藏園群書經眼録》卷十二也有著録，謂是"海源閣遺籍"，鈐有"楊氏海源閣藏"白文方印、"彦合珍存"朱文方印。

（五）毛刻本。毛晉汲古閣刻《元英集》十卷。此本《增訂四庫簡明目録標注》有著録。卷後有毛晉跋文二則，其二略曰："《唐志》，《元英先生詩》十卷，與孫《傳》、王《序》相符。馬氏謂《方干詩》一卷，想未見全豹耳。余向藏南宋版，雖亦十卷，《傳》、《序》弁首，詩不及三百，考之伊甥楊弇所編三百七十餘之數，散逸已多矣，故張爲《主客圖》所采《貽天台中峰客》一聯云：'枯井夜聞鄰果落，廢巢寒見别禽來。'集中未見。又從别本得如干首，並贈篇、紀事數則，附録於後。晉陵徐氏刻本，更多逸詩，若五言律《湖上言事》以下九首，七言絶《夜會鄭氏昆季》以下四首，不知何人贋作……毛晉又跋。"（《愛日精廬藏書志》卷二九，頁五二二）據此可知，毛晉藏有南宋刻十卷本，此本所據即南宋本也。

（六）統籤本。胡震亨《唐音統籤》所收《方干詩》八卷，編卷六百一至六百八，戊籤十三，刻本。此本詩分體編次，首卷七古一首、五律三十二，第二至三卷五律七十五，第四至七卷前半七律百八十三，第七卷後半五排三、七排九，第八卷七絶四十三，殘句三則，共三百四十六首，殘句三則。胡氏謂"集十卷，今合爲八卷"。是此八卷本，乃胡氏由十卷本分體重編而成者。胡氏又曰："干集，宋本具存計三百十七篇，少楊弇所綴者五十餘，而《宋·藝文志》爲卷僅二，意當時已有遺落者。今於他書搜得二十九篇，各注補字題下，尚缺二十有餘，俟淹博者再補之。"（《唐音統籤》第六册，頁二九四）上文已言及，胡氏所據的宋本存詩三百十七首，復經胡氏輯補佚逸，此本遂成一時收詩最多的本子。胡氏又於題下、詩中或詩後增加不少注文，頗有參考價值。如五律《送王羽登科後歸江東》與《清明日送鄧芮還鄉》二詩題下胡氏增注文曰"一作戴叔倫詩"，爲甄辨二詩重出提供了寶貴綫索。經蔣寅《戴叔倫詩集校注》考定，二詩均爲戴詩，且前一首題中"王羽"，乃"王翁信"

之誤。若是則此本之“王羽”，乃“翁”字脱去“公”字後，訛變爲“羽”字，又脱去“信”字；席刻本（詳下）此題作“王公”，亦誤，乃“翁”字脱去“羽”字後訛爲“公”字，且亦脱去“信”字，可見胡氏所據與席本同源，且此類舛誤，自宋本即已如此。較之唐原編本，宋本舛誤有二，一是作品散佚五十餘首，二是有僞作混入。另外經胡氏考訂，南宋本個别作品尚有脱簡現象，如此本七排《山中言事寄贈蘇判官》，胡氏於題下增注曰：“集止載八句，今從《文苑英華》補足，然删去者似勝也。”考席刻本，此詩所存爲前三聯和末一聯，拼湊成七律，而中間四聯、五聯脱去。可見原詩乃七言六聯排律。不過儘管南宋本有種種不足，但在原編本散逸的情况下，南宋本畢竟保存了方干的絶大部分作品，其功績還是第一位的。

清代傳鈔和刊刻的《方干集》，其主要版本有以下幾種：

（一）清初鈔本。清初鈔《百家唐詩》所收《唐元英方先生家集》十卷，國圖藏。半葉九行二十二字，端楷結體，雋秀精美，鈔於統一刷印的格子紙上，四周雙欄，白口黑魚尾。卷前首爲王贊《序》，次孫郃《傳》，次輯録《鑒戒録》、唐賢詩歌等與方干有關的材料。此本詩不分體，凡收詩三百十四首，與明影宋鈔本相同。卷前王贊《序》、孫郃《跋》亦與明影宋鈔本相同。此本文字也多與明影宋鈔本相同，故其所據底本亦當爲宋槧本無疑。卷七末有補遺詩《黄州》一首。

（二）述古堂本。錢曾述古堂影宋鈔方干《元英集》十卷。《述古堂書目》著録此本曰：“方干《元英集》十卷一本，宋本影抄。”《虞山錢遵王藏書目録彙編》著録同，故二目所著録者應爲同一鈔本。《讀書敏求記》著録《元英先生家集》十卷，錢氏曰：“云‘元英’者，避宋諱也。集中《贈美人》七言長句四首，今本爲俗子芟去，得此始補全之。”（《錢遵王讀書敏求記校證》卷四中，頁二〇四）惜錢氏未言所據係何宋本。

（三）席刻本。席啓寓輯康熙四十一年壬午（一七〇二）東山席氏琴川書屋刻《唐詩百名家全集》所收《元英先生詩集》十卷。半葉十行十八字。卷前有王贊《序》、孫郃《傳》及目録。卷後無序跋附録等。此本詩不分體，亦不分類，共三百十四首。所據底本，席氏没有提及。依據席氏刻此《百名家全集》慣例，若所用底本爲宋槧，則於卷後出牌記“東山席氏悉從宋本刊於琴川書屋”，如《韋蘇州集》、《李群玉詩集》等皆是，有的雖爲影鈔宋本，也於卷後出此牌記，如《李建勛詩集》便是。而此本無此牌記，表明此本並非據宋本或影鈔宋本刊出。但《四庫全書總目·元英集》提要曰:"近時洞庭席氏《百家唐詩》本,從宋刻録出者,雖仍作十卷,而詩亦止三百十六篇。"館臣謂此本"從宋刻録出",未知何據?又謂此本録詩三百十六篇,非是,實三百十四篇也。較之統籤本所據宋刻,此本溢出《新秋獨夜寄戴叔倫》與《送姚合員外赴金州》五律二首;而統籤本所據宋刻溢出此本五律《過黄州作》、《暮冬書懷呈友人》,七律《題法華寺絶頂禪家壁》,七絶《題君山》、《衢州别李秀才》共五首。今考此本文字,確較他本更近於統籤本,且並統籤本出校的異文也多有沿襲。如此本卷一《途中寄劉沆》,題下出校"一作寄朱特",統籤本題同,題下出校異文亦相同;而四庫本題作"途中寄朱特"。此本卷二《題桐廬謝逸人江居》首句"清世高眠無一事","清世"下出校"一作'少小'",統籤本正文亦作"清世";而四庫本正文作"少小"。此本卷四《贈信州高員外》"饒陽春色滿溪樓"句,"饒陽",統籤本同,而四庫本作"曉光"。此本卷五《朔管》,統籤本題目同,而四庫本題作"朔鴈";由詩中"吹愁白髮"、"望鄉下淚"、"久戍"等語看,詩乃詠"朔管"無疑,而非詠鴈,四庫本誤。此本卷六《秋夜》首句"度鴻驚睡醒","度鴻",統籤本同,而四庫本作"殘砧"。此本卷七《題越州袁秀才林亭》"醉觸藤花落酒杯"句,"醉觸"二字,統籤本同,而四庫本作"卧看"。此本卷八《寄台州孫從事百篇》,題中"百篇",統籤本同,而四庫本奪"百篇"二字。再如此本卷十《酬孫發》"從來一字爲褒貶"句,"爲"字,統籤本同,而四庫本作"無",大誤,等等。可見此本與統籤本同出一源,可無疑也;統籤本徑自宋本出,已如上述,而此本所據則並非宋本或影鈔宋本,應爲一個淵源於宋本的一般鈔本。

(四)全唐詩本。康熙敕修《全唐詩》所收《方干詩》六卷。本書前已述及,《全唐詩》是在胡震亨《唐音統籤》和季振宜《全唐詩稿本》兩書的基礎上修訂而成的。而季氏《稿本》中的《方干詩》,乃是以清鈔本《唐方玄英先生詩集》不分卷爲基礎編輯而成的。清鈔本半葉十一行十八字,鈔於統一刷印的格子紙上,四周雙欄,書口内有"古人以鈔書爲風流罪過"字樣。清鈔本有五闕葉,季氏已倩人補齊。鈔本詩分體編次,凡七古一首、五律百五、七律百七十一、五排三、七排九、七絶三十七;季氏又於七律後補入《除夜》、《早春》二首,於七絶後補入《題桃花塢周處士别業》一首,故《稿本》共三百二十九首。文字方面,季氏也作了校勘,但改動極少。如七律《雪中寄殷道士》"雨和風擊更縱横"句,"更"字下,季氏出校曰:"宋刻作'亂'。"七律《送杭州李員外》"便赴新恩歸紫禁"句,"赴"字,季氏出校曰:"宋刻作'副'。"七排《許員外新陽别業》"園中認葉封林草"句,"封"字下季氏出校曰:"宋刻作'分'。"等等。季氏藏有宋本,經季氏校勘後,此本文字更加精粹。季氏還用宋本核定過此本的補佚篇目,如季氏於五律《寒食宿先天寺無可上人房》天頭批曰:"此以下五言律詩,宋刻集中所無,從《文苑英華》補入。"所補五律凡八首。季氏於七律《哭王大夫》題下注曰:"此以下七律,宋刻集中所無,從《文苑英華》、《紀事》補入。"所補七律凡十四首,季氏又補二首,共補十六首。於五排《鏡湖西島言事寄陶校書》題下季氏注曰:"此首從《文苑英華》補入。"於七排《山中言事寄贈蘇判官》題下季氏注曰:"集少'執爨'四句,作七言律。"於七絶《題天柱觀魚尊師舊院》題下注曰:"此以下宋刻集中所無,從《萬首絶句》補入。"所補七絶凡四首,季氏又補一首,共補六首。上文已叙及,《稿本》共三百二十九首,今除去季氏注明輯補者三十首,則宋本有詩二百九十九首,而七排《山中言事寄贈蘇判官》,集少"執爨"四句,原作七律,不在所補首數内。是此宋本,與毛晉所言"詩不及三百"的"南宋本"應爲同一種宋本,而胡震亨所見録詩三百十七首的宋本,顯爲另一種不同的宋槧。季氏《稿本》經過輯補佚詩,一時成爲收詩最多、文字最爲精粹的本子。康熙敕修《全唐詩》所收《方干詩》六卷,便是將季氏《稿本》中的《方干詩》一卷悉數收入,再據統籤本等輯得佚詩五律三首、七律十一首、七絶五首,分别補於各體詩之末,而後分編六卷而成的,故共三百四十八首。又卷八七九録存酒令四句,卷八八五《補遺四》録詩一首,《全唐詩逸》卷上收其詩二句,故《全唐詩》共三百四十九首,斷句六則,成爲方集諸古本中收詩最多的本子。文字方面,編臣也作了進一步校勘,《全唐詩・凡例》曰:"詩集有善本可校者,詳加校定。"此本隨行夾注不少校文,表明當時確曾以善本校勘過,有寶貴的參考價值。總的來看,《全唐詩》無論收詩數量還是文字質量,較之此前方集諸多版本均勝過一籌。

(五)四庫本。乾隆敕修《四庫全書》所收《玄英集》八卷。此本卷前首館臣《提要》,次王《序》。卷後有《玄英集附録》,内收孫《傳》、《唐賢詩歌》及王埜《跋》。《唐賢詩歌》凡收鄭谷、吴融、羅隱、孫郃、僧可朋等人贈答詩。孫《傳》席本在卷首,此本移入附録中。各卷卷端次行題"玄英集卷某",下方署"唐方干撰",三行題詩體名稱。詩分體編次,卷一至三五律百首、五排四,卷四至七七律百六十七,卷八七排六、七絶三十六,共三百十三首。較之席刻本，雖只差一首，然所收作品卻互有出入：此本溢出席本七絶《題嚴子陵祠二首》；而闕席本卷一之七絶《淺井》，卷四之七律《上杭州姚郎中》，卷八之五律《夜聽步虚》凡三首。此本所據底本，《四庫全書總目》謂爲明嘉靖方廷壐重刊分體本，"衹分八卷，詩三百七篇，卷目俱非其舊"。但此本實三百十三首。較之統籤本和席本，此本頗多異文。如席刻本卷一《途中寄劉沆》，"劉沆"，此本作"朱特"。席刻本卷四《贈信州高員外》"饒陽春色滿溪樓"句，"饒陽"，此本作"曉光"。席刻本卷五《朔管》，此本題作"朔鴈"，非是。席刻本卷六《秋夜》"度鴻驚睡醒"句，"度鴻"，此本作"殘砧"。席刻本卷七《題越州袁秀才林亭》"醉觸藤花落酒杯"句，"醉觸"二字，此本作"卧看"，等等，可見較之席刻，此本未爲善本也。嘉靖本録詩首數及文字均不及席本之善，然館臣棄席本而録嘉靖本，蓋以其爲明槧歟？清代學者感慨"明人刻書而書亡"，言雖夸張，然就其粗製濫造一面看，還是頗中肯綮的。

（六）張鈔本。張芙川影鈔明叢書堂鈔《玄英先生詩集》十卷、《集外詩》一卷，國圖藏，一册。半葉十行二十字，白紙無格，書口上方分左右兩側，右側有"玄英先生詩"字樣，左側爲卷第、葉碼。各卷首題"玄英先生詩集卷第某"。卷前首孫《傳》，次王《序》。卷後附録彙集有關方干的資料十二則，最後爲毛晉跋文二則。《集外詩》僅《除夜》、《送姚合員外赴金州》二首。此本卷内夾一籤條，上書"二百九十七首，集外詩二首"。蓋爲藏者所計此本收詩首數。王國維《傳書堂藏善本書志》著録此本曰："《玄英先生詩集》十卷，景明鈔本。唐方干撰。孫郃撰《傳》，王贊《序》，乾寧丙辰。毛晉跋，崇禎庚午（三年，一六三〇）。每半葉十行、行二十字。景毛子晉所藏叢書堂鈔本，附《集外詩》及贈篇、紀事十二則，皆毛子晉所集。原本今在虞山瞿氏。此張芙川影鈔，首有芙川題籤，有'小琅環福地'、'小琅環福地繕鈔珍藏'二印。"（《傳書堂藏善本書志・集部》）此本卷首天頭鈐"小琅環福地"朱文長方印，卷題下方鈐"小琅環福地繕鈔珍藏"白文方印，封面題籤"景宋本繕寫唐方元英集"，下署"秘帙弍册"。據此，此本即王國維著録之張芙川影寫明叢書堂鈔本無疑，非常珍貴。張家書散出後，此本輾轉歸上海商務印書館，《涵芬樓燼餘書録》著録有此本，張元濟識曰："按《愛日精廬藏書志》：《元英先生詩集》十卷，叢書堂鈔本，汲古閣藏書，前有《元英先生傳》，孫郃撰，後有集外詩兩首，《文獻通考》等書十三則，乾寧丙辰王贊序，毛晉手跋二篇。是本必從之傳録，故悉相同。"張元濟謂此本必從叢書堂鈔本傳録，所言甚是。叢書堂本既自宋本出，今已散逸；此本乃影寫叢書堂本者，可謂下叢書堂鈔本一等也，版本價值極爲寶貴。此本鑒藏印記有“涵芬樓”朱文長方印、“海鹽張元濟經收”朱文方印、“北京圖書館藏”朱文方印等。各卷首數：卷一詩二十九首，卷二三十三，卷三三十九，卷四二十八，卷五三十二，卷六二十四，卷七二十五，卷八二十七，卷九二十九，卷十三十六，共三百二首。《集外詩》二首《除夜》與《送姚合員外赴金州》，合計三百四首。

（七）舊鈔本。舊鈔《元英先生集》八卷。陸心源《皕宋樓藏書志》著録有此本，陸氏定爲“舊鈔本”，“前有《元英先生傳》，孫郃撰。後有集外文兩首，《文獻通考》等書十三則，王贊序，乾寧丙辰”（《皕宋樓藏書志》卷七十一，頁八〇七）。此本原爲皕宋樓舊藏，今藏日本静嘉堂文庫。從卷數上看，此本所據底本應爲明八卷分體本，卷後附録則録自毛晉所補叢書堂鈔本。

【參考文獻】曹麗芳《〈玄英先生詩集〉版本源流考述》，《鹽城師范學院學報》，二〇一二年五期

唐别集考卷第十七

周賀詩集

周賀(生卒年不詳)字南卿,東洛(今河南洛陽)人。嘗隱嵩山,後於廬山出家,法名清塞。大和末姚合爲杭州刺史,賀以詩投謁,並誦其《哭僧詩》,姚賞愛之,因命加冠巾,遂改今名。晚歲亦曾入仕,不知所終。

賀詩格清雅,與賈島、無可齊名,然其詩集的編輯及流傳情形,因文獻無徵,今已不得而知了。

入宋,《崇文總目》卷六十一著録:"《清塞詩集》一卷。"又卷六十二著録:"《周賀詩》一卷。"若是北宋時,賀集蓋有兩種本子並行於世。稍晚的《新唐書·藝文志四》亦著録:"《周賀詩》一卷。"宋室南渡,晁公武《讀書志》卷十八著録"《清塞詩》一卷",並曰:"右唐僧清塞,字南卿。詩格清雅,與賈島、無可齊名。寶曆中,姚合涖杭,因攜書投謁。合聞其誦《哭僧詩》云'凍須亡夜剃,遺偈病中書',大愛之,因加以冠巾,爲周賀云。"(《郡齋讀書志校證》卷十八,頁九五二)陳振孫《書録解題》著録"《周賀集》一卷",並謂:"别本又號《清塞集》。"(《直齋書録解題》卷十九,頁五七七)《宋史·藝文志七》既著録"《周賀詩》一卷",又著録"《僧清塞集》一卷",可見終宋之世,兩種賀集均各行於世。

宋槧賀集,今存者有書棚本《周賀詩集》一卷,國圖有藏,清何焯跋。《四部叢刊續編》所收《周賀詩集》一卷(附張元濟《跋》並《校勘記》一卷),《中華再造善本》所收《周賀詩集》一卷,均據此本影印。半葉十行十八字,左右雙邊,白口單魚尾下有"周賀詩"三字。書用柳體,書寫及雕印皆極佳。文字偶有缺處,以墨釘代之。卷後有牌記"臨安府棚北睦親坊南陳宅書籍鋪印",乃書棚本的典型標誌。此本卷端題"周賀詩集",次行即爲正文,詩共七十七首。陳振孫《書録解題》所著録者,蓋即此本。卷後何焯跋曰:"東海司寇所有宋槧唐人詩集五十餘家,悉爲揚州大賈項景原所得,此册經手人朱生乞以分潤，後歸憩閑堂主人，予之表舅也，知予嘗購之，因而輟贈。籤是王伯穀先生所題云。壬辰冬日何焯記於賚研齋。”鑒藏印記均在卷首，有“徐健菴”、“乾學”、“閬源真賞”、“汪印士鐘”、“古禺瞿氏”、“鐵琴銅劍樓”等。因知此本清初爲徐乾學所有，故卷中有徐乾學印鑒二枚。徐氏書散出後，此本蓋爲揚州大賈項景原所得，項氏轉手後，此本歸何焯表舅憩閑堂主人，憩閑主人轉贈何焯，故此本卷後有何焯跋文一則。何氏書散出後，嘉慶前後此本輾轉歸汪士鐘所有，故卷中有“汪印士鐘”、“閬源真賞”二印記。汪家書散出後，此本歸常熟瞿鏞，故卷中有“古禺瞿氏”、“鐵琴銅劍樓”二印記，《鐵琴銅劍樓藏書目録》卷十九著録有此本，瞿氏所刊《鐵琴銅劍樓叢書》之《周賀詩集》一卷，即是據此本雕印的。新中國成立後，瞿氏後人將此本捐獻給國家。此本是賀集現存最早的刻本，版本價值極高。

元代不聞賀集有刻本，《唐才子傳》謂賀“詩一卷，今傳”，蓋指宋槧。明代傳鈔和刊刻的賀集主要版本有以下幾種：

（一）朱警本。嘉靖十九年庚子（一五四〇）朱警輯刻《唐百家詩・晚唐四十二家》之《周賀詩集》一卷。半葉十行十八字，左右雙邊，白口單魚尾下有“周賀詩”字様。高儒《百川書志》著録《周賀詩》一卷，蓋即此本。清葉奕曾據書棚本影鈔《周賀詩集》一卷（詳下）。葉鈔本先後爲錢塘丁丙、歸安陸心源所得，《善本書室藏書志》與《皕宋樓藏書志》均有著録。丁丙著録葉鈔本時，曾持與此本對勘，發現此本與葉鈔本正同，因而記曰：“今以《唐百家》内周賀詩核之，即是此本，益知《百家詩》從棚本出也。”（《善本書室藏書志》卷二十五）可見此本是據書棚本翻刻的，故行款也與書棚本相同。不過，此本與書棚本文字還是有差別的，只是很小而已。

（二）明無名氏刻本。明無名氏刻《唐清塞詩集》一卷。此本黄丕烈《蕘圃藏書題識》卷七有著録。黄氏開始誤以爲此本出自宋槧《清塞集》，後與宋李龏編《唐僧弘秀集》對勘，才發現此本出自《弘秀集》卷四所選清塞詩。黄氏記曰：“余藏殘宋刻《唐僧弘秀集》，係菏澤李龏和父編，其行款正與此同，想此集亦必有宋刻矣，世無宋刻，安得不以此爲奇秘乎！中秋日重檢及此，因記。”這裏黄氏只是發現此本與宋槧《弘秀集》行款相同，至於此本出自何本，黄氏以爲“此集亦必有宋刻”，言外之意，此本當出自宋刻《清塞詩集》。繼而，黄氏用此本與金俊明鈔本（詳下）對勘，才發現此本並非出自宋《清塞集》，而是出於宋槧《弘秀集》。黄氏記曰：

余初得此詩集，卻未知清塞之名。既從友人處借《全唐詩》核之，於僧中亦無自檢覓，心頗疑焉。後友人以《郡齋讀書志》中所載一條示余，方知清塞即周賀也。覆考《全唐詩》，果詳載于周賀下，因並録之如右。余家舊藏《周賀詩》，係影鈔書棚本，而金俊明與何義門兩先生合校者，取對是本，彼此多不同，詩亦互有存失。蓋此爲菏澤李龏和父編，非棚本所自出，故所載各異。……余所重在古本，此集雖載於晁《志》，而編自何人？廑見於此，諸家皆不著録，是可寶矣。（《黄丕烈書目題跋》，頁一六二）

清塞乃周賀法名，黄氏開始並不知道，後經友人指示，方才明白。《清塞集》既爲周賀撰，黄氏即藏有金俊明鈔《周賀詩集》，取以對勘，發現彼此多不同，收詩亦互有存佚。黄氏遂以爲此本"爲菏澤李龏和父編"，即此本出自《弘秀集》，因而與書棚本爲兩種不同的本子。後來黄氏持此本與宋槧《弘秀集》對勘，才最終認定此本確實出自宋槧《弘秀集》。黄氏記曰："越歲〔乙〕〔己〕巳，重陽前一日，雨窗無聊，檢宋刻《唐僧弘秀集》第四卷，悉是周賀詩。知此即翻本矣，特改標題耳。爰校正幾字，復翁記。"（《黄丕烈書目題跋》，頁一六二）此本既出自宋槧《弘秀集》，而非據宋槧《清塞詩》翻雕；而宋梓《清塞集》後世不見流傳，蓋已散逸不傳矣。《弘秀集》卷四選録賀詩僅四十五首，而宋梓《清塞集》録詩當不止此數。黄氏又曰："《清塞詩》宋刻在李和父所編《唐僧弘秀集》中，《周賀詩》宋刻自有書棚本在，見藏濂溪坊蔣氏，余曾借校於舊鈔本上。"（同上，見《清塞詩》二卷）也就是説，宋梓《清塞集》並非窅無蹤影，而是被李和父録入《弘秀集》，儘管不一定是全本，但總算有跡可尋，因而彌足珍貴。

（三）金鈔本。萬曆三十二年甲辰（一六〇四）金俊明鈔校《周賀詩集》一卷，今藏國圖。金俊明，字孝章，號耿菴，又號不寐道人，蘇州人。好録異書，工詩能書，長於畫梅，著有《春草閒房詩集》。此本半葉十行十八字。卷後另有金氏增補周賀佚詩《贈厲玄侍御》七律一首，並金氏跋文一則，其《跋》曰："甲辰冬十月耿菴借鈔重校。"下有"金俊明印"、"鹿床"二朱記。鈔成此本後，金氏又重校一過，故文字應該是準確的。清康熙時，此本爲何焯所得，卷後有何氏跋文兩則可證，其一曰："康熙乙酉十二月，感寒在告，手校，焯。"其二曰："丙戌秋夕，得毛豹孫影鈔宋本又校。是冬得王伯穀所藏書棚本又校，改正一字。"何氏先以毛豹孫影宋鈔本校，及得王氏所藏書棚本後，再加校勘，僅改正一字，可見此本與書棚本文字差别不大。何氏書散出後，嘉慶時此本輾轉爲黄丕烈所得，故卷後有黄氏跋文三則（卷前亦有黄《跋》三則），曰：

> 嘉慶戊辰（十三年，一八〇八）秋，借濂溪坊蔣氏宋梓《周賀詩》、即王伯穀所藏書棚本，末有義門跋，手校一過，用墨筆識於下方。復翁黄丕烈。
>
> 書棚本二十行、行十八字，通十七番。甲戌六月，又得見顧竹君家舊鈔本，對一過，與宋刻多同，間有異者，略識於上方。復翁。
>
> 周賀詩既得見宋刻本，又見《弘秀集》本，可無遺憾。然宋本非一，校時或有漏落，故遇舊鈔又復覆校。每葉廿行、行十八字，與宋本同，而序次偶異，間有異字，而注云："某一作某。"其所云"一作"者，皆與宋本同，則此舊鈔本行款雖同，非即向所校宋本録出耶。校舊鈔畢並記。復翁。（《蕘圃藏書題識》卷七，見《黄丕烈書目題跋》，頁一六一）

綜此三跋可知：（1）康熙時何焯所得王伯穀家藏書棚本，嘉慶時又歸濂溪坊蔣氏，黄氏因借校而得見書棚本。（2）此本行款雖與書棚本相同，但"序次偶異，間有異字"。（3）異字下注云"某一作某"，"一作"者皆與書棚本同。黄氏由此判定：此本非自書棚本"録出"。黄氏此論，無疑是正確的。張元濟跋《四部叢刊續編》影印書棚本（詳下）亦曰："宋臨安書棚本，所收視《全唐》爲少，而比《弘秀》爲多；亦有《弘秀》所收，而是本反闕者。黄蕘圃嘗得明人鈔本，原有何義門校筆，嗣又得顧竹君舊鈔本，蕘圃復據校於上。何氏所據爲影宋鈔本，所校與是不盡合，顧氏本亦互有異同。是宋刻時必不止此一本，而今則湮没無傳矣。"亦疑此本非自書棚本出。然張氏疑此本出自另一宋刻本，則非是。據筆者考察，此本出自朱警本，而不是别一宋槧賀集。今知宋槧賀集除書棚本外，尚有宋槧《清塞集》，後者部分作品雖曾録入《唐僧弘秀集》，收詩與書棚本不同。此本若出自宋梓《清塞集》一卷，則收詩絶不會與書棚本毫無出入。

此本自黄家散出後，清後期輾轉歸常熟瞿氏，《鐵琴銅劍樓藏書目録》卷十九有著録，瞿氏並過録何焯、黄丕烈跋文數則。然瞿氏謂此本"亦從書棚本寫出"，則大誤。蓋瞿氏未及以此本對勘書棚本，亦未細讀何、黄二人題跋故也。

（四）毛鈔本。毛晉鈔《清塞詩》二卷，有毛晉跋文，又有清黄丕烈校並跋，今藏國圖。毛跋略曰："坊間《清塞》、《周賀》離爲二集，篇章互混。其《留辭姚郎中》至《送僧》四十五首，乃菏澤李和父編入《唐僧弘秀集》中者乜。因汰其重複，又編四十五首，釐爲上下卷，仍其舊名。……隱湖毛晉跋。"（《蕘圃藏書題識》卷七引，《黄丕烈書目題跋》，頁一六二）可見此本二卷，乃毛晉所編，上卷四十五首，出自《弘秀集》，與上述明無名氏刻《唐清塞詩集》一卷出處相同；下卷四十五首，所收蓋朱警本等書所載《弘秀集》以外之周賀詩。毛晉没有見過書棚本，宋刊《清塞集》元以後無傳，故毛晉所謂"坊間"《清塞》、《周賀》二集，蓋指朱警本與明無名氏刻《唐清塞詩集》一卷（見上）。然明刻《唐清塞詩集》録詩與宋槧《弘秀集》相同，故此本上卷毛晉用《弘秀集》所選賀詩，下卷則爲毛晉自編，收録《弘秀集》以外之各本所存賀詩。是此本乃兩種賀集首次合併爲一集，爲後來賀詩的彙集本如《唐音統籤》和《全唐詩》的編纂奠定了基礎。此本後爲黄丕烈所得，黄氏跋此本曰：

> 此册出自毛子晉以意竄定，非其舊也。吾友陶公因係子晉手跋本歸余，余亦以汲古閣重之。適聞思菴主昆峰上人處，有武林梵天寺賜紫沙門法欽編《唐宋高僧詩集》，有元祐元年楊無爲叙者舊刻本，遂手校異字於每首上方，以資考證。且此書雖子晉亦未見過，曾於其家刻《弘秀集》中跋語及之，則余所見不差廣於子晉耶？書此誌喜。辛未小春二十日復翁記。（《蕘圃藏書題識》卷七，《黄丕烈書目題跋》，頁一六二）

黄氏謂此本乃毛晉"以意竄定"，蓋指下集，上集出自《弘秀集》，則並非毛晉手定。值得注意的是，黄氏所見法欽編《唐宋高僧詩集》，亦宋人編纂的唐代僧詩總集，時間在北宋哲宗元祐元年（一〇八六），遠早於南宋末李龏《唐僧弘秀集》，然法欽《唐宋高僧詩集》録詩多少，分卷幾何，其中選録賀詩幾首？黄氏均未言及。但據黄氏跋語，法欽所選賀詩似未溢出《弘秀集》範圍，不然黄氏是不會隻字不提的。若是，則援《清塞集》入僧詩總集者並非始自李龏，而是始於法欽，李龏只是將法欽本中的賀詩轉録入《弘秀集》中而已。可惜《唐宋高僧詩集》今已不知流落何處。

此本，學界或以爲毛晉將其"輯入汲古閣刊《唐四僧詩》中"，此言非是。

汲古閣只刊行過《唐三高僧詩集》,收《禪月集》、《白蓮集》和《杼山集》,而未刊行《唐四僧詩》(參毛晉《汲古閣校刻書目》及其《補遺》)。《四庫全書》所收《唐四僧詩》,館臣謂"不知何人所編"(詳下),若爲汲古閣所刻,館臣不會不知。清後期,此本歸東郡楊氏海源閣,《楹書隅録續編》卷四著録爲"校明鈔本《清塞詩》二卷一册",並過録毛晉、黄丕烈跋語數則(已見)。

(五)統籤本。《唐音統籤》所收《周賀詩》二卷,編卷五百三十二至五百三十三,丁籤一百二十三,寫本。此本分體編次,計五律六十一首、五排二、六言律一、七律二十、七絶八,共九十二首。此本所據底本,胡氏没有明言。據筆者考察,此本蓋以毛鈔本爲底子,分體録出各詩後,再補入佚詩二首編輯而成的。胡氏與毛晉爲兒女親家,故其用毛鈔本爲底本是完全可能的。職是之故,此本文字,凡《唐僧弘秀集》所録之四十五首,文字與《弘秀集》完全相同,而其餘各詩,文字則與朱警本等書多同。如此本五律《春喜友人至山舍》"人騎瘦馬來"句,"瘦馬",《弘秀集》同,而朱警本作"大馬"。此本五律《書實上人房》"齋歸門掩雪"句,《弘秀集》同,而朱警本則作"禪中燈落燼",全句迥異。此本七律《寄韓司兵》"更爲此别愁應老"句,"愁應"二字,《弘秀集》同,而朱警本作"終期"。此本七絶《送宗禪師》"衡陽一别十三春"句,"一别"二字,《弘秀集》同,而朱警本作"到卻",等等。可見凡此本、《弘秀集》與朱警本三本皆收之作,此本文字若與朱警本有異者,則均與《弘秀集》相同。而此本與《弘秀集》以外各詩,文字則與朱警本多同,例子不再列舉。由上可見,此本的確是以毛鈔本爲底子,分體編次而成的。不過胡氏曾用《文苑英華》、《唐詩紀事》、《萬首唐人絶句》諸書加以校勘,故文字亦有與《弘秀集》、朱警本不同者。

清代刊刻和傳鈔的賀集,其主要版本有以下幾種:

(一)清鈔本。清無名氏鈔《唐周賀詩集》一卷。錢謙益輯、季振宜遞輯《全唐詩稿本》,將此本原編收入,因知此本鈔寫時間最遲不晚於《稿本》纂成之前,故暫列於此。此本鈔寫於統一刷印的格子紙上,半葉十一行二十一字,四周雙邊,版心白口,中部有"古人以鈔書爲風流罪過"十字。書用行楷,筆勢勁健,一絲不苟,覽之賞心悦目。此本卷端題"唐周賀詩集",下有小字注:"即僧清塞。"詩依體編次,計五律六十二首、七律二十、五排二、七絶八,共九十二首。據筆者考察,此本乃是以書棚本或朱警本爲底子,將各體詩分别依次録出,再將所得佚詩分體補於各體詩之後(七律補於第三首後）編輯而成的，凡輯補五律七首、七律六首、七絶二首，共補佚詩十五首。文字方面，書棚本原有各詩，皆準書棚本；所補佚詩十五首，其中十一首出自《弘秀集》，故文字多與《弘秀集》相同，另四首佚詩出自《文苑英華》、《唐詩紀事》等書。可見此本乃是一個以書棚本、《弘秀集》爲主、重新編輯而成的新本子，因而與毛鈔本有别。

（二）全唐詩本。康熙敕修《全唐詩》所收《周賀詩》一卷。《全唐詩》主要依據胡震亨《唐音統籤》和季振宜《全唐詩稿本》兩書編纂而成。而季氏《稿本》中的《周賀詩》一卷，則是將上述清無名氏鈔本原本直接入編，故《稿本》亦有詩九十二首。文字方面，季氏用《文苑英華》、《唐詩紀事》、《萬首唐人絶句》等諸書作了校勘，然出校的異文並不多。如無名氏鈔本《長安送人》"臨分惜攜手"句，"分"字下，鈔本出校曰："一作歧。""攜"字下，鈔本出校曰："一作分。"季氏將正文"分"字徑直改作"歧"，將正文"攜"字徑直改作"分"，而將兩處校記删去。其實書棚本正作"臨分惜攜手"，細繹詩意，較季氏所改"臨歧惜分手"更有詩味。又如無名氏鈔本《贈王道士》"雲根斧斷薪"句，"斷"字，鈔本出校記曰："一作斫。"季氏將"斷"字徑直改作"斫"，而將校文删去。然而此類改動並不多。康熙敕編《全唐詩》所收《周賀詩》一卷，便是將季氏《稿本》之《周賀詩》一卷悉數收入，再據《唐音統籤》輯補佚詩六言律《送李億東歸》一首編輯而成的，故《全唐詩》共九十三首，成爲收詩最多的本子。對季氏《稿本》的編次，編臣也略有調整。文字方面，編臣據統籤本及其他善本重加校勘，使文字愈益精粹。如《稿本》之《送僧還南岳》"辭僧下水棚"句，"水棚"非是，編臣據統籤本改作"栅"，而將"棚"字移入校記。又如季氏《稿本》之《送幻法師》"香連鄰舍橡"句，"橡"字誤，編臣據統籤本改作"像"，甚是。如《稿本》之《贈王道士》"誰得水銀□"句，末一字脱，編臣據統籤本補作"銀"，甚是，等等。《全唐詩·凡例》云："詩集有善本可校者，詳加校定。"表明編臣確曾以善本作過校勘。就現存《周賀集》的諸古本看，《全唐詩》無論是録詩數量還是文字品質，都是一個較好的本子。

（三）四庫本。《四庫全書》所收《唐四僧詩》之《清塞詩》上下卷。四僧爲靈澈、靈一、清塞、常達，清塞爲第三家。此本上下卷各收詩二十六首，共五十二首。學界或謂此本是據汲古閣刊《唐四僧詩》所收《清塞詩》二卷録入的，而汲古閣刊《唐四僧詩》所收《清塞詩》二卷，其底本則是毛鈔本。此言非是，汲古閣並未刊行過《唐四僧詩》（參毛鈔本）；且毛鈔本二卷各有詩四十五首，共九十首，此本上下兩卷各二十六首，共五十二首，相差近四十首。《四庫全書總目》著録《唐四僧詩》曰："是集合而輯之，不知何人所編。……清塞即周朴，其人後返初服，不應列爲四僧。語詳李龏《弘秀集》條下，兹不具論焉。"（《四庫全書總目》卷一八六，頁一六九〇）館臣謂《唐四僧詩》"不知何人所編"，可見《唐四僧詩》並非汲古閣所刊，所收《清塞詩》亦與毛鈔本無關。據筆者考察，館臣所説的《唐四僧詩》本，應由《唐僧弘秀集》録出，因而文字多與《弘秀集》同，唯收詩不及《弘秀集》之富罷了。這裏需要指出的是，館臣謂僧清塞即周朴，則大誤。清塞乃周賀爲僧時法名，賀乃中唐人，與賈島、姚合同時；而周朴乃唐末人，因得遇黄巢義軍而見害。館臣謂清塞即周朴，蓋一時疏忽而致誤。

（四）葉鈔本。葉奕據書棚本影鈔《周賀詩集》一卷。葉奕，字林宗，好學多藏書，搜訪不遺餘力。此本即葉氏影鈔，半葉十行十八字，白口，左右雙邊。葉氏書散出後，此本蓋先歸錢塘丁丙，後爲歸安陸心源所得，故《善本書室藏書志》、《皕宋樓藏書志》皆有著録。此本今藏日本静嘉堂文庫，嚴紹璗《日藏漢籍善本書録・集部・别集類》也有著録。《皕宋樓藏書志》著録此本曰：

> 《周賀詩集》一卷，影寫宋刊本。唐周賀撰。葉林宗手跋曰："《紀事》云：'周賀，東雒人。少從浮圖法，即清塞也，遇姚合而近易名。'《藝文志》云：'詩一卷。'然未見傳本。顧茂倫《唐詩英華》選賀詩七首，有《贈厲玄侍御》一首，此集又不載，未知茂倫從何録也。此本亦藏茂倫家，末後有'臨安府棚北睦親坊南陳宅書籍鋪印'細字一行，確是宋版。余遂借歸，手鈔於松風書屋。"（《皕宋樓藏書志》卷七十，頁七九九。《日藏漢籍善本書録》引文稍異）

據此知，此本乃葉氏據書棚本影寫，因而屬於書棚本的下位本。而葉氏所據書棚本，則借自顧茂倫家。可見顧茂倫家亦曾庋藏過書棚本也。

（五）丁鈔本。丁丙鈔《周賀詩集》一卷，南圖藏。半葉十行十八字，行楷結體，鈔於統一印製的格子紙上，四周單欄，白口單黑魚尾下書"周賀詩"字樣，卷後有葉奕跋文一則。此本詩不分體，凡七十七首。上文已述及，葉鈔本曾歸錢塘丁丙，後爲歸安陸心源所得，《善本書室藏書志》與《皕宋樓藏書志》均著録有葉鈔本。蓋丁丙庋藏葉鈔本期間，曾據葉本鈔成此本，故此本書名、行款及卷後葉氏跋文，均與葉鈔相同。此本封面鈐有“八千卷樓珍藏善本”朱文長方印，卷前另紙有丁丙《跋》，《善本書室藏書志》卷二五著録爲“依宋寫本”，卷端下方有“曾經八千卷樓所得”朱文方印。行文至此，筆者因疑此本才是葉氏原鈔本，静嘉堂所藏，乃是丁氏的過録本；丁氏乃晚清著名藏書家兼版本目録學家，若此本爲丁氏過録的葉鈔本，丁氏斷不會鈐以“曾經八千卷樓所得”朱文印記的。然而究竟如何？尚須作進一步的考察。

（六）感峰樓本。感峰樓鈔《周賀詩集》一卷，上圖藏。半葉十行十八字，工筆正楷，一筆不苟，鈔於統一刷印的藍格紙上，左右文武雙欄，右欄外側下方鐫“感峰樓鈔本”五字，粗黑口，無魚尾，版心書“周賀詩”字樣。此本係與《李丞相詩集》合鈔，卷後韻齋跋曰：“乙卯八月一日，在文學山房書肆見此二種，係景宋鈔，舊爲季滄葦氏藏，印章纍纍，借而傳録，十一日竣帙。韻齋識。”據此可知，此本乃是據季氏舊藏影宋鈔本過録而來的，卷後臨寫“臨安府棚北睦親坊南陳宅書籍鋪印”牌記一個，因知季氏舊鈔本乃書棚本的影寫本。此本乃季氏影鈔本下位本，所以此本的版本價值就不容忽視了。今季氏影鈔本不知尚在天壤之間否。

梨嶽集

李頻（？～八七六）字德新，睦州清溪（今浙江淳安）人。少穎悟，多所記覽，善屬辭，尤工於詩。嘗以詩謁姚合，大受獎掖。大中八年（八五四）登進士第，嘗爲武功令，頗有政聲，擢侍御史。累遷都官員外郎，表丐建州刺史，卒於官，葬梨山，民改山曰“梨嶽”，立祠世代祀之。

頻集，《崇文總目》卷六十一著録：“《李頻詩》一卷。”稍後《新唐書・藝文志四》著録同。迨南宋，陳振孫《書録解題》卷十九著録“《李頻集》一卷”，《宋史・藝文志七》著録則與《新唐志》同。可見終宋一世，頻集均爲一卷。

頻集宋槧，今知者爲嘉熙三年己亥（一二三九）王埜於建州所刻《梨嶽詩集》一卷。槧本今已無傳，然王埜《梨嶽詩集序》尚存，其略曰：

> 梨山詩百九十五篇，唐都官員外郎建州刺史李王之所作也。昔王刺此州，有異政遺愛，廟食梨山垂五百載，大赫厥靈，肇啓王封。紹定間埜客過于建，西山先生真公語之曰：“梨山詩人也，予欲刻其集未果，

子盍往謁之。"埜謝未暇。後七年埜來守兹土,記真公語,求其詩祠下不可得,乃得之京城書肆中,喟然歎曰:"王之治建尚禮法,明條教,當亂世椎寇不敢起,死又能大庇其民,無水旱疫癘盗賊之菑,所謂百世祀者也。其遺吟舊編,騷人文士之所諷詠而流傳者,不藏之兹山,非缺典歟!"於是命工鋟梓,以報王之德,以成真公之志……嘉熙三年仲春望日,金華王埜謹序。(《四部叢刊》三編本)

據此可知,王埜此嘉熙建州刻本,詩凡百九十五篇,所據底本乃京師書肆本。然書肆本是刻是鈔,王氏没有明言。《序》中所言"西山真公",乃真德秀,真氏欲刻頻集未果,而促王氏刻成此本,亦可謂有功矣。此本宋世公私書目不見著録,陳振孫與王埜生活年代相當,然《書録解題》唯著録"《李頻集》一卷"。《四庫全書總目》曰:"《梨嶽集》一卷……是編本名《建州刺史集》,後人敬頻之神,尊梨山曰'梨嶽',集亦因之改名。初罕傳本,真德秀得本於三館,欲刻未果。嘉熙三年金華王埜始求得舊本鋟版。"(《四庫全書總目》卷一五一,頁一二九九)是頻集原名《建州刺史集》,宋時一度稱《李頻集》,而改稱《梨嶽集》者,蓋自王埜刻本始。此本一出,後世諸本皆祖之,可見影響之大。

元代頻集今知凡兩刻,其一爲裔孫邦材刻於蘇州之《梨嶽集》一卷,其二爲裔孫會同刻於睦州者。前一本今亦無傳,然邦材所撰《序》尚存,其略曰:

吾祖都官公,於學靡所不通,尤工於詩……近代容齋洪公,紀其實于石,西山真公、潛齋王公又哀其詩而抒之,非其有關世教,何諸公惓惓若此哉?惜乎舊刻置之梨山,年深而詩蕩然矣。邦材睦人也,學籍麗于蘇,柔兆涒灘之歲,春丁前一夕,假寐郡齋,夢唐其衣冠者曰:"若知余乎?余若祖李都官也!余詩舊刻廟中,散失無存,若恶得無情哉?"覺而白之郡博士,咸從臾使復之,遂不得辭……板成,遂志於末。旹元貞丁酉清明,裔孫邦材百拜敬書。(《四部叢刊》三編本)

"柔兆涒灘之歲",即元成宗元貞二年丙申(一二九六)。是知此本乃邦材於元貞二年春,請蘇州郡學博士刊行,元貞三年清明書板成,邦材撰《梨嶽集序》。此本卷前尚有睦州郡守吕師仲序,里人邵文龍跋。吕氏《序》略曰:

余守睦幾一載,適衢郡有頑盗出没於壽邑間,同寅議余一出而捕之。及至境，寇黨就擒，人悉得以無恐。因而謁公之祠，觀公之像，而詢及公之詩。或謂歲久板廢，有十七世孫號愛山者，曾摹舊本，復鋟諸梓，而未及見焉。越一月，愛山乃袖新刊公詩集來訪余。味公之詩，知公之志，而又知愛山爲善繼人之志者也。於是乎書。旹大德元年丁酉長至前二日，壽陽齊山吕師仲書于睦之坐歗。（《四部叢刊》三編本）

大德元年丁酉，即元貞三年丁酉，同年成宗改元大德。大德元年夏至日，在邦材請託下，睦州郡守吕師仲爲此本作序，以示旌表。此本卷後尚有大德三年己亥冬，里人邵文龍跋，記述此大德蘇州郡學刻本，歷時三年方始告竣。《鐵琴銅劍樓藏書目録》卷十九著録一鈔本曰："《梨嶽詩》一卷，舊鈔本……鈔自元時裔孫邦材刻本。"所指即此本。

元時另一刻本，爲後至元間裔孫會同刻於建州者。此本原刻今亦無傳，然此本有明時鈔本傳世，《四部叢刊》三編所收《梨嶽詩集》一卷，即據鈔本影印，世稱"四部叢刊本"（詳下）。故今據叢刊本，仍可間接窺見此本的大概面貌：此本卷前首《梨嶽詩集目録》，次王埜、邦材、吕師仲、邵文龍、張復諸人序。卷後《附録》一卷，録存古今碑記詩序，計凡紹興五年碑、紹興中封公號、慶元中封王號、嘉泰中封王號、嘉泰中立碑、開禧中封王號、淳祐中封王號、淳祐中立碑、有元重封梨嶽廟碑、元帝錫嘉號等。卷端首題"梨嶽詩集"，次行下方具銜名"唐建州刺史李頻德新"，下接正文，凡百九十五題、百九十八首。其中《送劉山人歸洞庭》一首兩見，唯首二句稍異。張復《序》略曰：

唐都官員外郎建州刺史李王，以詩鳴，以禮治，廟食梨山，累封王爵，食五伯祀。有孫會同，由古睦壽昌謁祠下，訪求典故，袖詩見予曰："我先王牧建神建，澤在民，詩篇遺文在三館。宋嘉熙間，西山文忠真先生始刊于廟，夜起虹光，惟封碣尚岸陰廊，恐後日章殘字缺，能不如嶧山碑？今欲集刊冠卷，不特寶鎮玆山，抑示來者，僕亦無負斯行。"拜請敘。復聞而起曰："吾建山水千萬，古閱牧如李王澤民以澤子孫者，不二三。歷代誥封，率皆鎮寶。王詩有謂：'知將何事酬公道，只養生靈似養身。'若此法言，又今日士夫之大寶，後之來牧，請誦斯文。"至元後丁丑夏沐佛日，郡進士福建漕幕佐掾張復熏沐謹書。（《四部叢刊》三編本）

由“我建山水”及“後之來牧，請誦斯文”數句看，此本當爲建州刻本，時間則在元惠宗至元三年丁丑（一三三七）。將歷代誥封碑文録入集中者，當始於此本。最末一首誥封即張復所撰，年代署爲惠宗“元統三年乙［未］〔亥〕”（一三三五），下距張復所撰集序僅二年。據此可見，此本確爲惠宗至元年間刻本，張元濟《跋》謂此“叢刊本”所據乃“元貞丁酉其裔孫邦材重梓”本，不確，乃後至元時裔孫會同刻本也。又張復《序》謂頻之詩篇遺文，乃真德秀“始刊於廟”，亦非，始刊頻集者乃王埜，非真德秀。《唐才子傳》卷七謂“有詩一卷，今行世”，所指蓋爲宋本，而非元刊本。《虞山錢尊王藏書目録彙編》謂“《梨嶽詩集》一卷。元刊本”。所記當即此本。《讀書敏求記》還著録此本一崇禎間鈔本（詳下）。

明代刊刻和傳鈔的頻集主要版本有以下幾種：

（一）正統本。正統八年癸亥（一四四三）刻《梨嶽詩集》一卷、《附録》一卷。此本今已無存，然今南圖藏有此本的影寫本，故通過影寫本，可以間接窺見此本的大概面貌：此本卷前首正統八年五羊彭森《序》、次永樂十三年河南師祐《序》、次目録。卷後《附録·古今碑記詩序》，凡收紹興五年碑、嘉泰中封王號、嘉泰中所立碑、開禧中封王號、淳祐中封王號、淳祐中所立碑、金華王埜序、元貞丁酉裔孫邦材序、大德己亥里人邵文龍跋等。此本詩凡百九十五首，與元至元本相同。據卷前序跋及卷後《附録》看，此本所據底本應爲永樂本。據彭氏序可知，卷後《附録》一卷，乃彭氏輯集附於卷後者，頗富參考價值。

（二）四部叢刊本。《四部叢刊》三編影印明鈔本《梨嶽詩集》一卷、《附録》一卷，世稱“叢刊本”。半葉十行十六字，以行楷書寫，筆畫圓潤，一筆不苟。此本所據底本，乃元代張復建州刻本（已見），卷前目録及王埜、邦材等《序》，卷後《附録》及正文收詩首數等，均見張復本。此本文字偶有脱誤，如《江上寄山客》“遇我□無言”句，脱第三字。又如《長安書懷投知己》“五漏聲連北”句，“五”字乃“玉”字之訛。《長安書情投知己》“鳳翼語遷延”句，“語”乃“許”字之訛。《苑中題友人林亭》“春篁抽筍蜜”句，“蜜”乃“密”字之訛，等等。此本目録卷首鈐“汲古閣”白文方印，卷後有“汲古主人”朱文方印，表明此本當爲汲古閣鈔本。此本卷端鈐有“清聲閣書籍印”白文方印，不知誰氏印鑒。此本卷後有張元濟跋曰：“唐宋《藝文志》均曰‘李頻詩’，陳氏《書録解題》曰‘李頻集’，此名《梨嶽詩集》者，蓋因其祀典而尊崇之也……宋嘉熙三年金華王埜首刻其集，至元元貞丁酉，其裔孫邦材重梓以行，是本即從之迻録。其後遞相傳刻，皆由此出。今從《唐百家》、《全唐詩》暨徐璈刊本，增補七律二首、七絶一首、五律四首、五古一首、五絶一首，附録於後。至《送劉山人歸洞庭》五律一首，則他本皆闕，是本獨存。海鹽張元濟。"張氏謂此本是從元貞丁酉邦材本迻録，非是，乃是從元惠宗至元李會同本迻録也，此張氏一時疏誤，然明鈔元張復本籍此本得以流傳，且補佚詩九首於其後，功莫大焉。

（三）朱刻本。萬曆四十六年戊午（一六一八）朱之蕃輯刻《晚唐十二家詩集》所收《李頻集》一卷。十二家詩集，每家均爲一卷。此本半葉九行十九字，左右或四周雙欄，白口單魚尾上有"李頻集"三字，魚尾下有"十卷"字樣，表明頻集在十二家中爲第十家。卷端首題"李頻集"，下接正文。較之叢刊本，此本脱去《送姚評事》和《題棲雲寺立上人院》二首，叢刊本重出之《送劉山人歸洞庭》（唯首聯不同），此本已將其删去，然此本於《贈桂林友人》前增入《遊蜀回簡友人》，故共百九十六首。不過《遊蜀回簡友人》一首，卷中已收，故實百九十五首。較之叢刊本，此本編次只有六首稍異，其餘各詩編次，二本完全相同。文字方面，此本與叢刊本區别甚微，甚至連訛誤也照樣沿襲。如叢刊本《和范秘書襄陽舊遊》"秋來關去夢"句，"關去夢"不辭，叢刊本同；《文苑英華》作"南去夢"，甚是，統籤本據改。由京城長安夢遊襄陽，自當作"南去夢"爲是。又該詩落句"幾夜度商顔"，"度商顔"亦不辭，至元本同；《英華》作"度商關"，甚是。"商關"即武關，因關在商洛山中，因名。《讀史方輿紀要》卷五十二《武關》條曰："武關之西接商洛、終南之山。"又曰："由河南南陽，湖廣襄鄖入秦者，必道武關。"（上海書店出版社一九九八年一月版，頁三七一）可見《英華》所據頻集尚作"商關"，不誤。"關去夢"、"度商顔"，這些皆是叢刊本獨有的訛誤，而此本與之同，可見此本所據當爲至元本或其近似的本子。此本文字亦有新誤，如《漢上送人西歸》"空留相贈去"，"贈去"不辭，叢刊本作"贈句"，甚是，此本誤。《送胡休處士湘江》，題中"湘江"上，叢刊本有"歸"字，甚是，此本脱。《送壽昌曹明府》"爲致貴通經"句，"爲致"不辭，叢刊本作"爲政"，甚是，此本誤。《送姚侍御充渭北掌書記》"之藩不離春"句，"春"字誤，渭北亦屬秦地，故叢刊本作"秦"，極是。《長安感懷》"酌送向來人"句，"來"字，叢刊本作"東"，良是，此本誤。再如《嵩山夜還》"家住東皋去"句，"住"與"去"搭配不當，叢刊本作

“住東皋下”,甚是,此本誤,等等。

(四)統籤本。《唐音統籤》所收《李頻詩》四卷,編卷六百三十二至六百三十五,戊籤三十三,刻本。半葉十行十九字。詩分體編次,計首卷五古二首、五律三十七,次卷五律四十五,第三卷五律五十六,第四卷五排十四、七律二十四、五絶九、七絶十五,共二百二首。胡氏曰:“建郡刻頻《梨嶽詩集》,乃宋嘉熙。元大德舊本,詩一百九十五首,今續補者五首。”(《唐音統籤》第六册,頁五四〇)胡氏所謂“元大德舊本”,實即元貞三年丁酉(一二九七)邦材刻本。“詩一百九十五首”,實百九十八首。其中《送劉山人歸洞庭》一首重出,胡氏此本將其删去,又補佚詩五古《下第後屏居書懷寄張侍御》,五律《秋夜宿重本上人院》、《暮秋宿清源上人院》與《贈立規上人》及《蘇州寒食日送人歸覲》凡五首,故共二百二首,殘句二則。胡氏既提及元大德本,可見此本所據當爲邦材刻本,因而與叢刊本同源。

(五)明寫至元本。明無名氏據至元本寫《梨嶽詩集》一卷、《附録》一卷,南圖藏。此本封面題“景鈔至元後丁丑槧本梨嶽集”,旁署“八千卷樓秘弆”。半葉十行十六字,楷書結體,寫於無格白紙上。卷前首嘉熙三年金華王埜《序》、次大德元年壽陽齊山吕師仲《序》、次元貞丁酉裔孫邦材《序》、次大德己亥里人邵文龍《跋》、次至元後丁丑福建漕幕佐掾張復《跋》、次目録。卷後《附録·古今碑記詩序》,凡收紹興五年碑、嘉泰中封王號、嘉泰中所立碑、開禧中封王號、淳祐中封王號、淳祐中所立碑等。最後題識曰:“十七年甲申春三月,容所氏從元刻本影寫,夏五月裝池,六月林宗仝校勘。”卷前另紙有清丁申、丁丙《跋》,《善本書室藏書志》著録此本曰:“明影寫至元刊本……首冠嘉熙三年金華王埜序,稱公詩百九十五篇,刻於建州,以報公德……元統三年,張復撰有元重封梨嶽廟碑,末有‘十七年甲申春三月,容所氏從元刻本影寫,夏五月裝池,六月林宗仝校勘’。殆崇禎末年所影寫也。”(《善本書室藏書志》卷二十五)所言甚是。

(六)明寫正統本。明無名氏據正統本寫《梨嶽詩集》一卷、《附録》一卷,有清丁丙跋,南圖藏。半葉十行二十字,寫於統一印製的黄格稿紙上,四周單欄,白口無魚尾。卷前首正統八年五羊彭森《序》、次永樂十三年河南師祐《序》、次目録。卷後《附録·古今碑記詩序》,凡收紹興五年碑、嘉泰中封王號、嘉泰中立碑、開禧中封王號、淳祐中封王號、淳祐中立碑、金華王埜序、元貞丁酉裔孫邦材序、大德己亥里人邵文龍跋等。卷前另紙有丁丙

《跋》，判爲“明影寫正統刊本”，甚是。《善本書室藏書志》著録此本曰：“初爲真德秀得於三館，嘉熙間金華王埜始鋟諸版。元元貞、大德間裔孫邦材，明永樂十三年河南師祐，正統七年嚴陵張瑛並爲重刊，附録《歷朝廟祀敕書碑記》及彭森一《序》，邵文龍一《跋》。此即從正統本影寫也。有‘山陰祁氏藏書之章’、‘澹生堂經籍記’、‘曠翁手識禦兒吕氏講習堂經籍圖書’、‘汪魚亭藏閲書’諸印。”（《善本書室藏書志》卷二十五）

清代刊刻和傳鈔的李頻集，主要版本有以下幾種：

（一）全唐詩本。康熙敕編《全唐詩》所收《李頻詩》三卷。清編《全唐詩》是在《唐音統籤》和季振宜《全唐詩稿本》兩書的基礎上編輯而成的。而季氏《稿本》中的《李頻詩》一卷，則是將上述朱刻本原刻入編，而後於卷末補入佚詩《暮秋宿清源上人院》、《下第後屏居書懷寄張侍御》、《答韓中丞容不飲酒》與《送茶山人歸洞庭》四首編輯而成的，故《稿本》共二百首。然所補末一首佚詩，與《送劉山人歸洞庭》實爲一首，唯首二句不同；又朱刻本之《遊蜀回簡友人》乃重出詩，故《稿本》實百九十八首。文字方面，季氏用《才調集》、《百家詩選》、《文苑英華》、《唐詩紀事》、《萬首唐人絶句》諸總集及類書作了校勘，故文字較以前各本轉精。康熙敕編《全唐詩》所收《李頻詩》三卷，便是將季氏《稿本》中的《李頻詩》全數收入，而删去了季氏補重的《送茶山人歸洞庭》及朱刻本補重的《遊蜀回簡友人》。而朱刻本脱漏的《送姚評事》和《題棲雲寺立上人院》二首，編臣將其補入卷中，且新增佚詩《秋夜宿重本上人院》、《贈立規上人》、《蘇州寒食日送人歸覲》、《即席送許□之曹南省兄》和《送羅著作兩浙按獄》凡五首，故《全唐詩》共二百三首。然《渡漢江》一首，季氏《稿本》已指出乃宋之問詩，而編臣仍然照收，遂造成與宋之問卷重出。文字方面，編臣以統籤本及其他校本参校，改正了季氏《稿本》未及改正的訛誤。如朱刻本《漢上送人西歸》“空留相贈去”，“去”字誤，季氏唯於“去”字旁出校一“句”字，編臣則將“去”字直接改作“句”，甚是。朱刻本《送胡休處士湘江》，題中“處士”下脱一“歸”字，季氏未補，編臣補一“歸”字，良是。朱刻本《送壽昌曹明府》“爲致貴通經”句，“致”字誤，季氏未及改正，編臣據校本改作“政”，甚是。朱刻本《送姚侍御充渭北掌書記》“之藩不離春”句，“春”字誤，季氏未及改正，編臣改作“秦”字，極是。朱刻本《長安感懷》“酌送向來人”句，“來”字誤，季氏未及改正，編臣改作“東”字，良是。朱刻本《嵩山夜還》“家住東皋去”句，“去”字誤，季氏未及改正，編臣改作"下",甚是,等等。不過《全唐詩》亦有未能改正的訛誤,如朱刻本《和范秘書襄陽舊遊》落句"幾夜度商顔","商顔"誤,季氏未及改正,編臣亦未能予以改正。然而白璧微瑕,全唐詩本無論是收詩數量還是文字品質,在今存頻集諸古本中,無疑是最好的本子。

(二)四庫本。《四庫全書》所收《梨嶽集》一卷,鈔本。《四庫全書總目》曰:

> 《梨嶽集》一卷附録一卷,浙江鄭大節家藏本……是編本名《建州刺史集》,後人敬頻之神,尊梨山曰"梨嶽",集亦因之改名。初罕傳本,真德秀得本於三館,欲刻未果。嘉熙三年,金華王埜始求得舊本鋟版。元元貞及後至元間,頻裔孫邦材、會同,明永樂中河南師祐,正統中廣州彭森,先後重刊者四。此本即正統刻也,凡詩一百九十五首,較《全唐詩》所載少八首,而《送劉山人歸洞庭》一首,卷中兩見,惟起二句小異。又《秋宿慈恩寺遂上人院》詩,誤作《送宋震先輩赴青州》,題與詩兩不相應,殊不及席氏《唐百家詩》本之完善。末爲附録,則歷朝廟祀敕書碑記及刻詩序跋。張復、彭森二序皆稱初刻出真德秀,與王埜序稱德秀欲刻不果者自相矛盾,未喻其故,殆傳聞譌異歟?(《四庫全書總目》卷一五一,頁一二九九)

館臣所謂頻集"重刊者四",指元代有元貞、至元兩刻,明代有永樂、正統兩刻。此本即據正統本録入,然《總目》所説正統本兩見之《送劉山人歸洞庭》,此本已删去,而將異文出校於初見之詩中;《總目》所説"題與詩兩不相應"的《送宋震先輩赴青州》一首,此本題目已改爲"秋宿慈恩寺遂上人院";《總目》所説正統本較《全唐詩》少八首,此本已補入卷末,故此本共二百零一題、二百零四首,殘句二則,成爲收詩最多的本子。然《總目》謂正統本"末爲附録,則歷朝廟祀敕書碑記及刻詩序跋",而此本卷後並無附録(筆者所見爲文淵閣本),或書手鈔録時爲省功而略去耶?此本既據正統本,今以叢刊本對勘,發現二本編次完全一致(所删一首除外),文字也幾乎完全相同。這表明正統本亦是由元惠宗至元本或與之近似的本子重刊者,屬於宋嘉熙本的下位本。此本文字,編臣也以《全唐詩》及其他善本作了校勘,改正了一些訛誤,且於字裏行間出校了不少異文,頗有參考價值。此本録文偶有訛誤,如《長安書情投知己》"隱几門瞻夜"句,"門"字,朱刻本、叢刊本、統籤本、全唐詩本等皆作“閑”，甚是，此本誤。

李義山詩集

李商隱（八一三？～八五八）字義山，號玉谿生，懷州河内（今河南沁陽）人。少習古文，令狐楚奇其才，命與諸子遊，授以駢體文法。開成二年（八三七）登進士第，王茂元辟爲節度掌書記，並以女妻之。令狐綯詆其詭薄無行而排之。會昌二年（八四二）以書判拔萃，任秘書省正字。大中元年（八四七）入鄭亞幕爲掌書記，後歷任太學博士、東川節度判官、鹽鐵推官等職，大中十二年卒於鄭州。

義山作品，其手編者唯《樊南四六甲集》二十卷、《樊南四六乙集》二十卷，共八百三十三篇，並自爲序，二《序》今存。《舊唐書》本傳唯曰“有表狀集四十卷”。此乃綜《四六甲集》、《乙集》卷數而言者，不及其他詩賦文集。《崇文總目》除著録《甲集》、《乙集》各二十卷外，尚有《李義山詩》三卷、《玉溪生賦》一卷。有學者以詩賦集晚出，因判詩賦集爲宋人所編，雖不無可能，然亦只是出於臆測。《新唐書・藝文志》除《甲集》、《乙集》各二十卷、《詩》三卷、《賦》一卷外，又有《文》一卷。這一卷《文》，余嘉錫以爲乃義山所作古文（《四庫提要辨證》卷二十一《李義山文集箋注十卷》）。斯言得之。尤袤《遂初堂書目》唯著録《李義山集》，不言卷數。晁氏《讀書志》著録《樊南甲集》、《乙集》各二十卷，又《文集》八卷。晁氏解釋八卷《文集》曰：“古賦及文共三卷，辭旨恢詭。……詩五卷，清新纖豔，故舊史稱其與温庭筠、段成式齊名，時號三十六體云。”（《郡齋讀書志校證》卷十八，頁九一〇）陳氏《書録解題》著録與《郡齋》基本相同，唯“《文集》八卷”題作“《李義山集》八卷”，並同時著録《玉溪生集》三卷。陳氏解釋曰：“此集即前卷中賦及雜著也。”説明這三卷作品，與八卷本中的古賦及文三卷相同。《書録解題》卷十九“詩集類上”還著録“《李義山集》三卷”，表明南宋時除《四六甲集》、《乙集》，《李義山集》八卷外，還有收録古賦及文的“《玉溪生集》三卷”，與單收詩歌的《李義山集》三卷行世。對晁、陳著録的八卷《文集》，余嘉錫解釋説：“此蓋宋人取其古賦及雜文，分爲三卷，（疑爲賦一卷，文二卷。）又分詩爲五卷，合成此集。故《讀書志》於其文、賦及《玉溪生詩》，不别著於録。若《書録解題》卷十六别集類，既有《李義山集》八卷，又有《玉溪生集》三卷，（解題云：此集即前卷中賦及雜著也。）此不知何人所析出，而其卷十九詩集類之《李義山詩》，則仍作三卷，不用五卷之本，驟觀之，第覺紛紜重複耳。"（《四庫提要辨證》卷十二，頁一三〇四）這説明南宋時義山集已出現多種版本，而不是用不用五卷本的問題。至《宋史·藝文志》，又比晁、陳多出《别集》二十卷、《桂管集》二十卷，乃因《宋志》爲拼合多種宋代官修書目而成者，故著録多有重複訛舛。清馮浩云："《宋志》視唐大有增矣，但《志》文多重複，未可盡據。《桂管集》豈在桂海諸賢之合集歟？"（劉學鍇、余恕誠《李商隱詩歌集解·附録二·各本序跋凡例》）

義山之文，因與宋人口味不合，《新唐書》本傳即斥爲"繁縟"，晁氏《讀書志》亦謂其"繁縟"、"怪詭"，陳氏《書録解題》卷十六則更明確地指出："以近世四六觀之，當時以爲工，今未見其工也。"所以自宋以後，義山文集逐漸失傳。《四庫全書總目》曰："考《舊唐書·李商隱傳》，稱有《表狀集》四十卷。《新唐書·藝文志》稱李商隱《樊南甲集》二十卷、《乙集》二十卷、《玉溪生詩》三卷、《文賦》一卷。《宋史·藝文志》稱《李商隱文集》八卷、《四六甲》、《乙集》四十卷、《别集》二十卷、《詩集》三卷。今唯《詩集》三卷傳，《文集》皆佚。"（《四庫全書總目》卷一五一，頁一二九八）但是由於士人對義山詩歌情有獨鍾，所以宋以來歷代傳鈔和刊刻的版本頗多。而其文集則倍受冷落，以致宋以後失傳，迨清初學者方事輯佚，經過不懈努力，雖收獲頗豐，然較其所作已散逸大半矣。以下即依歷史的實際，先叙其詩集的歷代流傳情形，再述清代以來學者們輯佚、注釋其文集的成就。

宋代義山詩頗受青睞，故刻本頗多，今所知者即有以下三種：

（一）北宋本《李義山集》三卷。此本明末護浄居士嘗見之，其於舊鈔校本《李義山集》三卷跋文中有"因與家定遠"云云。張金吾據此推測，"護浄居士"蓋爲馮班昆季行。其跋略曰："崇禎甲戌三月初十日，護浄居士勘完此書。先用錢憲副春池公本寫，有篇次無卷目。後得牧齋錢禮部宋板，始有卷目。"又云："乙亥六月十五日，孫方伯功父丈以一本見示，焕然若披雲霧。凡錢本之可疑一朝冰釋。因與家定遠、何士龍又校一過。凡卷中粉塗處皆是也。孫本三大帙，爲無錫華氏物，卷凡三，亦分上、中、下，'遘'、'桓'諸字俱不避，其爲北宋本無疑也。"（《愛日精廬藏書志》卷二九，頁五一九）此本《士禮居藏書題跋記》亦有著録。"乙亥"爲崇禎八年（一六三五）。孫功父，即孫朝肅，字恭甫，更字功父，常熟人，萬曆四十四年丙辰（一六一六）

進士，官至廣東布政使。此本從諱字來看，自當爲北宋本，且與《遂初堂書目》著録相同，尤袤南宋初人，故其所著録的本子，乃北宋本無疑。

（二）北宋本《李商隱詩集》三卷。此本今已無傳，然清初孫孝若家有藏，陳鴻嘗借以校毛晉汲古閣本，陳氏跋"毛板校宋本"《李商隱詩集》三卷云："丙戌正月，借孫孝若家北宋板本對正。時家南浦，映鈔全部三卷完。復將此讎校過，筆劃無訛，因記。二月初二日，太丘氏。"（《愛日精廬藏書志》卷二九，頁五一九）據《愛日精廬藏書志》言，"太丘氏"即陳鴻，字鴻文，初名煌圖，工大小篆，著有《詩集》十卷。孫孝若乃孫功父之子，官至高州同知。丙戌爲順治三年（一六四六）。陳鴻所云"北宋板"商隱集，今已不知去向，但陳氏所校毛板《李商隱詩集》三卷，後爲張金吾所得，張氏發現汲古閣刻唐人八家詩本義山詩集原名《李義山集》，凡三卷；陳鴻以北宋板校勘時，改名"《李商隱詩集》三卷"。據此可見，北宋板義山集名《李商隱詩集》，凡三卷。書名的不同，表明北宋本義山詩集，乃《崇文總目》和《遂初堂書目》著録的《李義山詩》、《李義山集》之外的又一宋刻本，可惜的是此種北宋本今已無傳了。至於張金吾所藏陳鴻跋毛板校宋本及護浄居士所跋鈔校本《李義山集》三卷，據張金吾《言舊録》記載，道光六年丙戌（一八二六）因負債，金吾藏書全部爲其從子張承渙所奪，金吾感慨"聚之二十年，散之一日夜，雲煙過眼，竟若是之速也"。而承渙所得之書，下落無考。清末獨山莫友芝《郘亭知見傳本書目》卷十二亦云，金吾藏有護浄居士崇禎七年甲戌（一六三四）以北宋本校成之鈔本，又有以孫孝若家北宋本校毛刻本。然莫氏亦只是就張氏書目而論列，並非親見原書也。

（三）宋本《李商隱詩集》。楊士奇《文淵閣書目》"月"字下"詩詞類"，著録"《李商隱詩集》一部四册，闕"。《文淵閣書目·題詞》云："自永樂十九年，南京取回來，一向于左順門北廊收貯，未有完整書目。近奉聖旨，移貯于文淵東閣。臣等逐一打點清切，編置字號，寫完一本，總名曰《文淵閣書目》。"可見《文淵閣書目》乃明代内府藏書的實録，而當時的"秘閣書籍，皆宋元所遺，無不精美，裝用倒摺，四周外向，蟲鼠不能損"（《明史·藝文志一》）。所謂"裝用倒摺，四周外向"，指的正是宋代通行的蝴蝶裝，故此《文淵閣書目》所著録的《李商隱詩集》，當爲宋本無疑，唯因著録過簡，故此本的詳細情形，今已無從得知了。又清傅維鱗《明書·經籍志三》"詩詞類"亦著録"李商隱詩集"，無卷數。傅氏乃順治三年進士，改庶吉士，入内翰林國史院，第二年授編修。九年參加撰修《明史》，康熙初以獨力撰《明書》成，凡一百七十一卷。其《經籍志》所録諸書，全爲"殿閣皇史宬内通籍庫藏書"（《明書》卷七十）。義山此集題署與《文淵閣書目》同，當爲明内府所藏同一種義山集的宋刻無疑，只是著録同樣簡略，不得而詳。另明人葉盛《菉竹堂書目》卷四著録"《李商隱詩集》四册"，黄世忠《李商隱詩版本考》一文斷爲"《集》名題署、册數均與明秘閣藏合，亦宋槧也"。既然葉氏著録的也是明内府藏本，則此本亦當爲《文淵閣書目》所著録的義山集的宋本無疑。

元明時代傳鈔和刊印的義山詩集，其主要版本有以下幾種：

（一）蔣孝本。嘉靖二十九年庚申（一五五〇）毗陵蔣孝刊《中唐十二家詩集》所收《唐李義山詩集》六卷。十二家中，義山集爲最後一家。此本半葉十行二十字，左右雙欄，白口單黑魚尾下署"李集卷某"。卷前唯目録，各卷首題"唐李義山詩集卷之某"，次行下方具銜名"太學博士李商隱義山"，三行署類目。字體爲仿宋，然已帶匠氣。此本詩分體編次，卷一爲五古十五首，卷二七古十八，卷三五律百四十九，卷四五律、五排五十二，卷五七律百二十五，卷六五絶三十五（其中《李夫人》三首其三實乃七古，故實五絶三十四）、七絶二百，共五百九十四首。由於編者不慎，將卷三之"五言律詩"誤書爲"五言古詩"。此本文字有殘缺，如卷三之五律《贈柳》頸聯對句"堤遠□相隨"，缺第三字；卷四五排《謝往桂林至彤庭竊詠》第四聯出句"月輪移□□"，缺後二字。此本題下、文中或詩後多有作者原注，或交代創作背景，或解釋文意，或説明所用事典詞語。如卷五七律《留贈畏之》題下注云："時將赴職梓潼遇韓朝迴三首。"七律《對雪二首》題下注："時欲之東。"顯然這是義山在交代創作背景。七律《牡丹》"錦幃初卷衛夫人"句下注云："《典略》云：'夫子見南子在錦幃之中。'"顯然這是作者在説明所用典故。七律《馬嵬二首》其一"海外徒聞更九州"句下注："鄒衍云：'九州之外復有九州。'"顯然作者是在解釋"九州"一詞，等等。此本翻刻時，保留了作者此類原注，是理解詩意的寶貴參考。此本字裏行間夾注有異文，或爲蔣氏所作校勘。然因翻刻時不慎，此本也有不少失誤。如卷五七律《贈司勳杜十三員外》"前身應是梁王愢"，"王愢"乃"江總"之誤；卷六七絶《漫成三首》，實則只有二首，另一首乃五律，等等。此本所據底本，從文字方面看，當由宋本或其近似的本子而來。如卷六《漫成三首》其二"名譽底相傷"句，"底"字，明悟言堂鈔本作"祗"，書眉校語云："北宋本作'底'。"可見此本或直接由北宋本或其近似的本子改編而來，因而文字還是比較精審的。正因爲如此，《四部叢刊》初編二次印本所收《李義山詩集》六卷就是用此本影印的，只是影印時作了必要的版面和文字處理，采用雙節版，除去原書的版心和邊欄，每版二十行，每行字數與原版同；文字方面也作了必要的校改，如卷三《贈柳》"堤遠□相隨"句，所缺第三字，四部叢刊本補作"更"；七律《漢南書事》"幾時拓土成王道"，"幾時"，叢刊本改作"何年"，等等。不過如此改動，失去了原書面貌，給讀者帶來了不必要的失誤。如中華書局所出劉學鍇、余恕誠《李商隱詩歌集解》之《漢南書事》"幾時拓土成王道"，"幾時"，《集解》校記曰："蔣本作'何年'。"然而蔣孝本此二字實作"幾時"，這就是唯用叢刊本，而没有翻檢叢刊本所據原書而導致的失誤。雖然明代義山集刊本較少，校勘者一時亦不易得，但其校勘失誤乃是事實。

（二）明刻本。明無名氏刻《唐李義山詩集》六卷，國圖藏，四册。半葉十行二十字，方宋字體，左右雙欄，白口單魚尾下有"李集卷某"字樣。卷前唯目録，卷後無附録。各卷首題"唐李義山詩集卷之某"，次行下方具銜名"太學博士李商隱義山"。此本版式、行款與蔣孝本相同，且分卷、分體、首數、編次、文字等等均與蔣孝本相同，甚至連蔣本的訛誤也照樣沿襲，如蔣本卷三類目將"五言律詩"誤標作"五言古詩"，此本誤同。又如蔣本七律《贈司勳杜十三員外》"前身應是梁江總"句，"江總"誤作"王惣"，此本誤同，等等。可見此本應是用蔣本的版片重印的單行本。

（三）汲古閣本。崇禎十二年己卯（一六三九）毛晉汲古閣刻《唐人八家詩》所收《李義山集》三卷，附《新添集外詩》二十九首。其八家爲許渾、羅隱、李中、李群玉、李商隱、薛能、賈島、李嘉祐。此本半葉十二行二十字。卷前唯目録，卷後除了《集外詩》外，無附録題跋等。首卷卷端題"李義山集上"，下接正文。此本所據底本，毛晉未交代。今考此本文字，則多與蔣孝本爲近。如蔣本卷五七律《留贈畏之》題下注云："時將赴職梓潼遇韓朝迴三首。"又如蔣孝本七律《對雪二首》題下注："時欲之東。"如蔣孝本七律《牡丹》"錦幃初卷衛夫人"句下注云："《典略》云：'夫子見南子在錦幃之中。'"以上三處注文，顯然均爲義山的自注文字，以交代創作背景或釋解典故；而此三處注文，此本皆與之同。又如蔣本卷六《漫成三首》其二"名譽底相傷"句，"底"字，此本卷上此首亦作"底"，而明悟言堂本作"祇"，書眉校語云："北宋本作'底'。"以上諸例可證，此本與蔣本乃同源本。而蔣孝本既出自北宋本(已見),則此本亦應自北宋本出。然較之蔣孝本,此本文字頗有優長,如蔣本卷五七律《贈司勳杜十三員外》"前身應是梁王惣","王惣"誤,此本卷下此首作"江總",極是,出校曰:"一作王態。"此異文應出自蔣本。又如蔣本卷三之五律《贈柳》頸聯對句"堤遠□相隨"句,缺第三字;此本卷上此首作"意"。如蔣本卷四五排《謝往桂林至彤庭竊詠》第四聯出句"月輪移□□",缺後二字;此本《新添詩》此首二字作"枍詣",等等,可補蔣本之闕文。然而毛晉刻書好以己意妄改,此本亦然。如此本卷上《無題二首》其二"昔年相望尚天涯"句,"尚"字,蔣本、悟言本等皆作"抵",唯此本作"尚",顯爲毛晉所改。又如此本卷上《北樓》"北樓堪北望"句,"北"字,蔣本、悟言本等皆作"此",唯此本作"北",亦應爲毛晉臆改。唯此本由北宋本而來,故從總體上看不失爲一個精審的本子。

(四)統籤本。胡震亨《唐音統籤》所收《李商隱詩》十卷,編卷五百六十三至五百七十二,戊籤二,刻本。從收詩數量看,此本與蔣孝本各體詩的數量相同,這表明此本的編纂,是以蔣孝本或其近似的本子爲底本編次而成的。只是此本另輯補佚詩五律《龍丘途中》一首,七絶《遊靈伽寺》、《木蘭花》二首,凡三首,殘句四則。所以此本共五百四十四題、五百九十七首,殘句四則。然而此本所補三詩,除《木蘭花》一首胡氏於題下注明據《古今詩話》補入確爲義山佚詩外,另二首尚有争議,《遊靈伽寺》見許渾集之宋蜀本、宋書棚本,許渾所書烏絲欄詩百七十一首真跡卷中,亦録有此詩,題作《遊楞伽寺》,《丁卯集》中另有七律《自楞伽寺晨起泛舟道中有懷》一首也提到楞伽寺,可證此篇確爲許渾詩,胡氏誤補。五律《龍丘途中》,亦胡氏誤補,龍丘縣在衢州,義山一生未至衢州;有學者以爲乃杜牧詩。然此詩與杜牧赴官時的節令亦有不合處,所以此詩究竟爲誰作,學界尚無定説(劉學鍇、余恕誠《李商隱詩歌集解》,中華書局二〇〇四年第二版,頁七二三、頁二二三六、頁二二三八)。此本的最大特點,就是糾正了明人依體分卷的粗疏,使得分體更加徹底和精確。(1)此本將義山詩分編十卷,第一卷五古,第二卷七古,第三卷五律一,第四卷五律二,第五卷五排一,第六卷五排二,第七卷七律一,第八卷七律二,第九卷五絶、七絶一,第十卷七絶二,依體分卷更細緻。(2)明人分體編次唐集,一般只是大略有所分辨而已,對於一題多首多體者,則依第一首或其中一首爲準將其歸於一體中。此本遇此情形,則將一題多首多體者拆分,使其分别歸入相應的卷次詩體中。如蔣孝本《馬嵬二首》，其一爲七律“海外徒聞更九州”，其二爲七絶“冀馬燕犀動地來”，蔣孝本將此二首歸入七律卷中，從分體編次角度而言，就顯得不倫不類了。此本則二首分别歸入七律和七絶卷中，使分體顯得更加徹底合理。再如蔣孝本《無題四首》，其一、其二爲七律“來是空言去絶蹤”、“颯颯東南細雨來”，其三爲五律“含情春晼晚”，其四則爲七古“何處哀筝隨急管”。蔣孝本將此一題四首凡三體的組詩，一併歸入卷五七律卷内，顯然這種依體分卷編次，只是大概的區分。而此本則將前二首編入第八卷“七言律詩二”中，而將第三首收入第三卷“五言律詩一”中，第四首收入第二卷“七言古詩”中，題目皆作“無題”。諸如此類的例子還有《楚宫二首》、《蝶三首》、《留題畏之三首》等等。(3)糾正了明人分體本的疏誤。如《齊梁晴雲》、《效徐陵體贈更衣》二首，蔣孝本入五律，而此二首實爲五古，故此本將其改編入五古卷中，甚是。再如《河陽詩》，本爲一首七言古詩，蔣孝本將其誤編入五排中，此本將此詩改編入七古中，糾正了蔣孝本編次的一個失誤。而蔣孝本分體編次一個最突出的疏誤，就是《漢宫詞》“青雀西飛竟未回”明明是一首七絶，蔣孝本卻將其編入七律中，而七絶一體中又重收此詩，可見編輯之草草；至此本則將其改編入七絶卷中，甚是。(4)糾正了宋以來一些傳本的錯誤。如五律《朱槿花二首》其二“勇多侵露去”，蔣孝本此首與下一首《晉昌晚去馬上有贈》“西北朝天路”，二首詩的正文互换，大誤。然此誤清影宋鈔本《李商隱詩集三卷》(藏國圖)即已如此，表明該誤源出宋本。而此本糾正了此一錯誤，甚是。不過此本分類也有不徹底的地方，如《李夫人三首》，前二首爲五絶“一帶不結心”、“剩結茱萸枝”，第三首爲七古“蠻絲繫條脱”，此一題三首二體的組詩，此本將其一併收入第二卷“七言古詩”内，題下注明“前二首五言”，而不像對待其他一題多首多體組詩那樣將其拆分，依詩體各歸於相應卷次中。

(五)悟言本。悟言堂鈔《李商隱詩集》上中下三卷，二册，國圖藏。此本應爲二人鈔成，故字跡不同，所用紙張亦不同，上中二卷鈔於統一刷印的格子紙上，半葉十行二十字，四周單邊，白口雙魚尾，上魚尾下有‘李某’字樣，下魚尾下爲葉碼。下卷亦鈔於刷印的格子紙上，半葉十一行十八至二十二字不等，四周雙邊，白口單魚尾。此本詩不分體，與明人所刻唐集多爲分體本不同；再者此本書名、卷數亦與北宋《李商隱詩集》三卷本相同，故疑此本乃自北宋《李商隱詩集》本寫出。此本卷後有《補遺》一卷，凡收詩三十餘首,可見商隱詩散佚之多。

清代義山詩集傳鈔和刊刻的本子頗多,其主要版本有以下幾種:

(一)季氏稿本。季振宜《全唐詩稿本》所收《李商隱詩》。此本乃是將上述蔣孝本原刻前五卷入編,而將第四、第五兩卷編次互倒,依五古、七古、五律、七律、五排編次。第六卷五七言絶句部分,則用明洪楩清平山堂刊洪邁《萬首唐人絶句》第十五卷所收義山五絶三十七首,第四十卷、第四十一卷所收義山七絶各百首,末加第三十一卷所收義山七絶五首連綴而成。編次方面,蔣孝本第六卷五絶《李夫人》三首,其第三首實爲一首七古,由於《季稿》絶句部分改用洪邁《萬首絶句》所收義山五七言絶句,所以季氏把七古《李夫人》移於蔣孝本卷二末。將第四卷(原蔣孝本第五卷)倒數第四首《喜聞太原同院崔侍御臺拜兼寄在臺二三同年之什》,調爲倒數第一首。蔣孝本第三卷《蝶》三首其二、其三,第四卷《無題》二首其二"聞道閶門萼緑華",《漢宫詞》二首其二"青雀西飛竟未回",《留贈畏之》三首其二、其三,《馬嵬》二首其二,《楚宫》二首其二"十二峰前落照微"等七絶八首,被季氏删除,以避免與入編之《萬首絶句》所收義山五七言絶句重複。至於義山的佚詩,季氏也作了輯補,於蔣孝本第三卷末補入五律《楚宫》"復壁交青瑣"一首。於絶句後補入七絶《蜀桐》"玉壘高桐拂玉繩"、《夜冷》"樹繞池寬月影多"、《江上憶嚴五廣休》"征南幕下帶長刀"、《定子》"檀槽一抹廣陵春"共四首。由於季氏不慎,將《夜冷》、《江上憶嚴五廣休》二首已收的絶句,誤作佚詩補入(《夜冷》一首作《夜吟》,詩全同)。所以除去重複,季稿實五百四十六題、五百九十九首,成爲一時收詩最多的本子。文字方面,季氏也作了校勘。如卷三《令狐舍人説昨夜西掖玩月因戲贈》"露索秦宫井"句,"井"字,季氏以朱筆於天頭作校記云:"'井',宋刻作穽。"表明季氏曾以宋本義山集校過此本。而此本字裏行間,季氏以朱筆所作的校記隨處可見,如《驕兒詩》"繞堂復穿林,沸石金鼎溢","石"字旁朱筆記一"若"字,按之詩意,作"若"字是;"請邪書春勝……邪昔好讀書",二"邪"字旁皆以朱筆記一"爺"字,"爺"指父親,按之詩題,二"邪"字非是。以上三處誤字,當是翻刻時不慎造成的新訛誤。此首朱筆所校凡十處,當亦是據宋本所出的校記。此外季氏還以《才調集》、《文苑英華》、《唐文粹》、《唐詩紀事》、《樂府詩集》、《唐詩鼓吹》等諸書參校,這些校本,季氏將其記於詩題之下,以示校記異文之出處。所以季氏《稿本》文字視前各本轉精。

(二)席刻本。康熙四十一年壬午(一七〇二)席啓寓琴川書屋刻《李商隱詩集》三卷。半葉十行十八字,左右雙欄,白口單黑魚尾下鐫“義山詩卷𠀤”字樣。首卷卷端題“李商隱詩集卷上”。此本卷下尾題後有小篆“東山席氏悉從宋本刊于琴川書屋”牌記,表明此本所據乃宋本。然所據爲何種宋本?席氏卻未説明。今案上文已述及,北宋有《李義山集》和《李商隱詩集》兩種刻本,均爲三卷。此本書名與後者同;又此本卷上《漫成三首》其二“名譽底相傷”句,“底”字,明悟言堂本(已見)作“袛”,其書眉校語曰:“北宋本作‘底’。”而此本正作“底”。可見此本應是據北宋本《李商隱詩集》三卷翻刻的。再者此本題下、文中或詩後多有義山原注,或交代創作背景,或解釋文意,或説明所用事典,等等。如此本卷上七律《留贈畏之三首》題下注:“時將赴職梓潼遇韓朝迴作。”此本卷上七律《對雪二首》題下注:“時欲之東。”此本卷上七律《牡丹》“錦幃初卷衛夫人”句下注云:“《典略》云:‘夫子見南子在錦幃之中。’”再如此本卷上七律《馬嵬二首》其二“海外徒聞更九州”句下注:“鄒衍云:‘九州之外復有九州。’”等等。這些注文,蔣孝本均同,均是此本與蔣孝本同源且同爲宋槧下位本的明證。職是之故,此本文字頗有可取之處。明代蔣孝本因刊行較早,四部叢刊本因而據以影印行世,然文字卻有不少脱訛處。如蔣孝本卷三五律《贈柳》頸聯對句“堤遠□相隨”,缺第三字,四部叢刊本影印時補作“更”字,而此本作“意”。又如蔣孝本卷四五排《謝往桂林至彤庭竊詠》第四聯出句“月輪移□□”,缺後二字,四部叢刊本同,而此本作“枍詣”。以上兩處,味之詩意,應以此本爲是,可據以補之。再如蔣孝本卷五七律《贈司勳杜十三員外》“前身應是梁王惣”句,“王惣”誤,叢刊本誤同,而此本作“江揔”,良是,可據改,等等。

(三)全唐詩本。康熙敕編《全唐詩》所收《李商隱詩》三卷,乃是以清初朱鶴齡《箋注李義山詩集》上中下三卷(詳下)的正文爲底本録存的,故不僅二者分卷相同,編次除首卷《岳陽樓》“漢水方城帶百蠻”與《寄成都高苗二從事》前後順序互倒外,其餘也完全相同,且連朱氏“新添集外詩”二十九首(中有僞詩)也一併收入。就文字方面看,《驕兒詩》“探雛入虎窟”句,“窟”字,蔣孝本、汲古閣本、統籤本、席本等皆作“窟”,唯朱箋本作“穴”,此本也作“穴”。《越燕二首》其二“來莫害皇孫”,“皇”字,蔣孝本、汲古閣本、統籤本、席本等皆作“皇”,唯朱箋本作“王”,此本便也作“王”。《獻寄舊府開封公》“地理南溟闊”,“理”字下唯朱箋本有校記“一作里”,此本“理”字下也有校記"一作里",等等,這些均可證明此本是據朱箋本的正文録存的。另,朱箋本卷前《凡例》云:"義山詩,《藝文志》止三卷,想後人掇拾于散佚之餘,故詩與題或不相應……是集夾注中所云自注及'一作'者,皆遍搜宋刻善本與《文苑英華》、《唐文粹》諸本所收,參互而折衷之。原本闕文,姑仍其舊。較之時刻,迥不侔矣。"可見在文字校訂方面,朱箋本也着實下過一番校勘功夫,故異文録存也較他本爲多,這些異文此本多有保留,極具參考價值。另,編臣據統籤本輯補遺詩《木蘭花》、《遊靈伽寺》、《龍丘途中》三首,殘句五聯,因而成爲一時收詩最多的本子。

義山詩的注釋,《西清詩話》載都人劉克嘗注杜子美、李義山詩;又《延州筆記》載張文亮有《義山詩注》,今皆不傳。今傳第一位注義山詩者乃明末海虞釋道源,道源"鋭意創爲之,洵稱罕覯,惜其用就而終未及"(朱鶴齡《李義山詩集箋注·凡例》)。道源注雖有不少缺陷,但由道源伊始,朱鶴齡繼之,遂引起清人對義山詩歌的青睞,掀起了一個校訂注解義山詩歌的熱潮,其中著名者就有十餘家,從而形成唐集注釋中韓、柳、杜之外的又一個熱點。今擇明清以來的主要注本考述如下。

(一)道源注本。錢謙益《朱長孺箋注李義山詩序》云:"吾友石林源師好義山詩,窮老盡氣,注釋不少休。乙酉歲,朱子長孺訂補余《杜詩箋》輟簡,將有事于義山。余取源師遺本以畀長孺。"(錢謙益《有學集》卷十五,四部叢刊本)"乙酉歲"爲順治二年(一六四五),此時道源已經去世,故《四庫全書總目·集部别集類四·李義山詩集三卷附録一卷》判定釋道源注義山詩在明末,王士禛《論詩絶句》所謂"獺祭曾驚博奥殫,一篇錦瑟解人難。千秋毛鄭功臣在,尚有彌天釋道安"者,即爲道源是注作也。道源注釋義山詩的特點,錢龍惕嘗評論曰:

> 其取《李集》一編,隨事夾注其下,旁行逼仄,蚓行蚊脚,幾不可辨。迫而讀之,乃知徵引極博,搜羅甚苦,經史諸書,紛然雜陳于左右,而功猶未及半。余扣之曰:"師亦知某詩爲某人,某詩爲某事乎?"源公曰:"尚未悉也。"余謂:"古人讀其書,論其世,即如注陶淵明、杜子美之詩,必先立年譜,然後其游歷出處,感時論事,皆可考據。師欲注義山,當先事此。"源公謙退,屢以見問。(錢龍惕《玉谿生詩箋叙》,劉學鍇、余恕誠《李商隱詩歌集解》,中華書局二〇〇四年十一月第二版,頁二二六一。版本下同)

可見道源爲義山詩作注乃出於愛好。然道源畢竟爲方外之人，對注釋之道尚未稔熟，不知欲爲某集作注，應先作《年譜》，以確定某詩爲某人、某詩爲某事而作，故而徵引雖博，適足成其冗雜耳。這正如《四庫全書總目》所云道源"其書徵引雖繁，實冗雜寡要，多不得古人之意"。然道源之注，也時有一得之見，所以朱鶴齡《箋注李義山詩集》也時采用道源之注，以彰其創始之功，且道源注徵引最多最爲確當者乃釋道二教之書，這與其方外人的身份倒是頗相符合的。道源注本已佚，今存一鱗半爪，全賴朱鶴齡注本得以保存。

（二）錢注本。清初錢龍惕《玉谿生詩箋》上中下三卷，共箋釋詩歌四十六首，書成於順治五年戊子（一六四八）。此書之刻本，日本京都大學有藏，國内只有清乾隆二十年（一七六三）沈大成、徐若冰校鈔本，今藏上圖。錢氏選箋義山詩，實緣於釋道源注義山。錢氏《玉谿生詩箋叙》云：

> 余少好讀李義山詩……乃知其弘深精妙，上薄《風》、《騷》，下該沈宋，升少陵之堂，而入其室矣……今年春，侍家叔太保公于吴門，謂余曰："子何不注釋之以貽學者？"余以學問淺陋，兼之家無藏書，難以援據，謝不敢當。歸而訪石林源上人於高林庵。見其取《李集》一編，隨事夾注其下……余扣之曰："師亦知某詩爲某人，某詩爲某事乎？"源公曰："尚未悉也。"余謂："古人讀其書，論其世，即如注陶淵明、杜子美之詩，必先立年譜，然後其游歷出處，感時論事，皆可考據。師欲注義山，當先事此。"源公謙退，屢以見問。因取新、舊《唐書》並諸家文集小説有關李詩者，或人或事，隨題箋釋于下，疑而無考者闕焉。得上、中、下三卷，以復石林長老。至于全詩之注解，有源公之博識可以任之，非余所敢及也。他日書成，附此于後，可以不朽矣。戊子仲夏望日鱸鄉漁父錢龍惕上。（《李商隱詩歌集解》，頁二二六一至二二六二）

由此《叙》可知錢氏注義山詩，全由道源注而起。錢氏所注，只是義山"遊歷出處，感時論事，皆可考據"的部分詩歌，即與時代人事關聯緊密者，如《贈劉司户蕡》、《哭劉司户二首》、《宿駱氏亭寄懷崔雍崔衮》、《漫成三首》、《酬别令狐補闕》、《有感二首》、《重有感》、《夕陽樓》、《梓州罷吟寄同舍》、《九日》、《偶成轉韻七十二句寄四同舍》、《行次西郊作一百韻》、《安平公》、《促漏》、《寄太原盧司空三十韻》、《錦瑟》等，據黄世忠《李商隱詩版本考》一文統計,總共不過四十六首。其箋釋多引史證詩,如所選《劉蕡三首》,引《舊唐書》、《玉泉子》等以證。《酬别令狐補闕》,引《舊唐書》、《北夢瑣言》等記載令狐綯置恨義山、温庭筠、羅隱事,以證明“三才子怨望,即知綯之遺賢”。至於無史事稽考者,則付之闕如,如《錦瑟》一篇,即不强作解人。所解嚴謹,可見一斑。朱鶴齡《箋注李義山詩集》曾引録其箋語達九首十條,亦是對錢氏注義山詩的肯定。

(三)朱箋本。清初朱鶴齡《箋注李義山詩集》上中下三卷本。朱箋是繼釋道源之後義山詩箋注的重要一家。朱氏箋注義山詩實緣於錢謙益,朱氏《箋注李義山詩集序》憶及這段緣起云:“申酉之歲,余箋杜詩於牧齋先生之紅豆莊。既卒業,先生謂予曰:‘玉谿生詩,沈博絶麗,王介甫稱爲善學老杜,惜從前未有爲之注者。元遺山云:“詩家總愛西崑好,只恨無人作鄭箋。”子何不併成之,以嘉惠來學?’……予故博考時事,推求至隱,因箋成而發之,以復於先生,且以爲世之讀《義山集》者告焉。順治己亥二月朔,朱鶴齡書於猗蘭堂。”(《李商隱詩歌集解》,頁二二六四至二二六六)朱氏乃清初著名的經學家,《清史稿》入“儒林傳”,與李中孚、黄梨州、顧炎武合稱“海内四大布衣”。其箋注義山詩完稿於順治十六年己亥(一六五九),雖自謙是在釋道源注的基礎上,“删取其十一,補輯其十九”而成,然朱氏自謂“緟覈新舊《唐書》本傳,以及箋啓序狀諸作所載于《英華》、《文粹》者,反復參考……博考時事,推求至隱,因箋成而發之”(《李商隱詩歌集解》,頁二二六四至二二六六),可見用功之深。朱氏箋注義山詩的突出成就,就是爲義山的人品、詩品辨誣,其《箋注李義山詩集序》明白批評“新、舊《唐書》本傳……所云‘放利偷合’、‘詭薄無行’者,非其實也”。朱氏分析説,李德裕爲相乃裴度所薦,功在社稷。史家之論,每直李而曲牛。“茂元諸人,皆一時翹楚,綯安得以私恩之故,牢籠義山,使終身不爲之用乎?……此而目爲放利偷合、詭薄無行,則必將朋比奸邪,擅朝亂政,如八關十六子之所爲,而後謂之非偷合、非無行乎?”所言雖不無可商之處,但義山人品,並非像新、舊《唐書》所云則是顯而易見的。至於義山的詩品,朱氏指出:“學者不察本末,類以‘才人’、‘浪子’目義山,即愛其詩者,亦不過以爲帷房媟嫚之詞而已,此不能論世知人之故也。”這是有史以來,第一次揭示義山詩與温庭筠絶不相同。朱氏結合當時政治背景與義山的處境,明白指出“《離騷》託芳草以怨王孫,借美人以喻君子,遂爲漢魏六朝樂府之祖……義山阨塞當塗,沈淪記室。其身危，則顯言不可而曲言之；其思苦，則莊語不可而謾語之。計莫若瑶臺璚宇、歌筵舞榭之間，言之可以無罪，而聞之者足以動。其《梓州吟》云：'楚雨含情俱有託。'早已自下箋解矣。吾故曰義山之詩，乃風人之緒音，屈宋之遺響，蓋得子美之深而變出之者也。豈徒以徵事奥博，擷采妍華，與飛卿、柯古争霸一時哉！”（以上《李商隱詩歌集解》，頁二二六四至二二六六）《四庫全書總目》讚揚朱氏注云：“（義山）詩寄託深微，多寓忠憤，不同於温庭筠、段成式綺靡香豔之詞。則所見特深，爲從來論者所未及。”（《四庫全書總目》卷一五一，頁一二九七）由於欽定《四庫全書》的洗雪，義山的詩品至清代才得到詩壇應有的地位，這不能不説是朱箋之功。朱箋義山詩集的另一功績，就是首創《李義山詩譜》。錢龍惕對釋道源云，欲注詩家别集，當先作詩人年譜，但二人箋注義山詩，最終都没能完成義山年譜的創制，可見年譜之不易作。但這也正見出朱鶴齡所作《李義山詩譜》（實年譜之一種）的可貴。此《詩譜》以“紀年”、“時事”、“本傳”、“詩”四項列表，然並不排列所有年份，有可記者則記之，無則缺之，統覽全表，簡明扼要，義山一生行事和創作的大致情形一目了然，極具參考價值。唯對義山生卒年的推定，尚欠準確，又此《詩譜》過於簡略，正待後人進一步深化。由於朱氏《箋注李義山詩集》成就突出，特點鮮明，所以順治十七年（一六六〇）始刊後，又多次重刊，並被收入《四庫全書》。順治十七年原刊本三卷，四册。《揚州吴氏測海樓藏書目録》著録有順治間“《箋注李義山詩集》三卷”，朱鶴齡撰，竹紙，當爲翻刻本。《四庫全書簡明目録》、《八千卷樓書目》、《郘亭知見傳本書目》及《增訂四庫簡明目録標注》等書目所著録的《李義山詩集》三卷、《補注》一卷，國朝朱鶴齡撰，皆爲順治本的翻刻本。

（四）程補本。乾隆八年癸亥（一七四三）程夢星删補汪增寧今有堂刻《重訂李義山詩集箋注》三卷、《集外詩箋注》一卷、《年譜》一卷、《詩話》一卷，今國圖有藏，四册，方世舉批點。半葉十行二十一字，小字雙行三十一字，四周單欄，粗黑口，單黑魚尾下有“李義山詩集箋注卷某”字樣，各卷卷端題“重訂李義山詩集箋注卷某”，次行、三行分别署“吴江朱鶴齡長孺元本”，“江都程夢星午橋删補”。卷前首爲程夢星、錢謙益、朱鶴齡等諸家序，次凡例，次程氏所編《詩話》，收采頗爲詳贍，次兩《唐書·李商隱傳》，次程氏編《重訂李義山年譜》，次目録。卷後無附録。此本凡程氏對朱箋的訂補，均以六角線框中著“補”字以示之，亦頗省目，程氏的訂補亦頗爲不少；

所輯録的諸家《詩話》亦頗見功力，故此本乃繼朱氏箋注後的又一重要李詩注本。

（五）沈輯本。沈厚塽《李義山詩集輯評》上中下三卷。此本有學生書局一九七九年四月影印清刻本，内封面題“《李義山詩集輯評》上中下三卷”，半葉十行二十一字，小字雙行同，左右雙邊，白口單魚尾下署“卷某”，再下方爲葉碼。上象鼻内署“李義山詩集”，下象鼻内爲刊工姓名和本版字數。各卷首題“李義山詩集卷某，何焯義門、朱彝尊竹垞、紀昀曉嵐評”，三人名字併列，以小字書之。次行低四字署“吴江朱鶴齡箋注，武林沈厚塽輯評”。卷前首朱鶴齡《箋注李義山詩集序》，次《凡例》，次《舊唐書・文苑傳》，次《附録諸家詩評》，次《李義山詩譜》，次《李義山詩集目録》。此本正文爲朱鶴齡箋注。陳氏所輯三家評語，以小字窄行刊於天頭細綫框内，所以乍看像雙節版。而詩題下、詩句旁以及詩後，則輯集胡震亨、馮班、毛西河、沈德潛、朱少章、姚平山、謝應芝（蒙泉子）、凌瑚（香泉）、袁甲三（午橋）、戈濤（芥舟）、潘畊，還有廉衣、玉度及“四家評”等，加上何焯、朱彝尊和紀昀三家，整整二十位學者對義山詩的評語彙於此本，極便觀覽，也極具參考價值，成爲此本的最大特點。

（六）四庫本。《四庫全書》所收朱鶴齡《李義山詩注》三卷、《附録》一卷。此本正文三卷，每卷又各分上下卷，故四庫本朱注實爲七卷。與順治間原刊本相較，此本卷首唯目録，其餘彙爲《附録》一卷，置於卷後，且删去了錢謙益《序》。朱鶴齡《序》中，凡涉及錢謙益名字與行事處，也都被館臣改動，顯係乾隆時錢謙益著述被查禁的反映。然而由於館臣不慎，此本卷一下將《漢宫》“通靈夜醮”一首誤題作《蜀桐》；卷一下《宫妓》與《柳》之間漏收《宫辭》、《代題二首》、《楚吟》、《瑶池》共五首。此外館臣還隨意删削箋注文字，與朱氏原注已有距離。但是無論如何，此本大體上保存了順治本的面貌，且憑借《四庫全書》的極大威權，提高了朱箋本的身價和社會影響，所以清中葉以後，依據朱箋本翻刻或改著的本子紛紛出現。

（七）馮注本。馮浩注乾隆四十五年庚子（一七八〇）德聚堂刻《玉谿生詩詳注》三卷，國家、南京等圖書館有藏。《續修四庫全書》所收馮注本，即據南圖藏本影印。浩字養吾，號孟亭，桐鄉人，乾隆進士，官至御史，有《孟亭居士文稿》。此本内封面左旁上鐫“重校本”三字，下有“德聚堂藏版”字樣。半葉十一行二十五字，小字雙行三十三字，左右雙欄，白口單黑魚尾，上象鼻内鐫“玉谿生詩詳注”，魚尾下爲卷次。各卷首題“玉谿生詩詳注卷之某”，次行或隔數行上署“桐鄉馮浩孟亭編訂”，下署“秀水胡重子健參校”或“受業某某等參校”。卷前首總目，次錢陳群《序》、王鳴盛《序》、馮浩自序，及《發凡》、《新唐書》及《舊唐書》本傳、《玉谿生年譜》等，次目録。此本改分體本爲編年，前二卷爲編年詩，第三卷爲未編年詩。馮氏在廣泛吸收前人和當時學者箋注成果的基礎上，在商隱生平事跡考訂、詩文箋注等方面都有很大突破，成就遠超前人。著名史學家王鳴盛撰《序》評價此本曰：

> 蓋義山爲人，史氏所稱與後儒所辨，均爲未得其中。注之者倘非貫穿新、舊《唐書》，博觀唐、宋人紀載，參伍其黨局之本末，反覆於當時將相大臣除拜之先後，節鎮叛服不常之情形，年經月緯，了然於胸，則惡能得其要領哉？若先生之所注，信乎其能如是矣！是雖不過一家之言，而已有關於史學。尤奇者，鉤稽所到，能使義山一生蹤跡歷歷呈露，顯顯在目。其眷屬離合，朋儔聚散，吊喪問疾，舟嬉巷飲，瑣屑情事，皆有可指，若親與之游從，而籍記其筆札者。深心好古如是，細心考古如是，平心論古如是，讀之直恨先生不具千手眼，盡舉天下書評閲之然後快也。（《李商隱詩歌集解》，頁二二八五）

王氏此言，堪稱精警邁往，遠出倫輩。馮氏自《序》曰：“余幼學詩……晚唐以李義山爲巨擘。余取而誦之，愛其設采繁艷，吐韻鏗鏘，結體森密，而旨趣之遥深者未窺焉。後雖間爲披閲，無暇專攻。侵尋三十餘年，學不加進而病已攖心，夙昔願以姓名託文字以傳於世者，當遂付之泡影也。偶復取義山詩，一爲諷詠，動有微悟，試詮數章，機不可遏。於是徵之文集，參之史書，不憚悉舉而辨釋之。詩集既定，文集迎刃以解，鮮格而不通者。廼次其生平，改訂《年譜》，使一無所迷混，余心爲之愜焉。夫箋注義山詩文者既有數家，皆積歲月以尋求，顧作者之用心，明者半，昧者猶半，豈諸家之力有所不逮歟？抑千載而上，千載而下，即雕蟲小技，亦有默操其顯晦之數者歟？……大清乾隆二十八年癸未春日，桐鄉馮浩書。”隔二行又有“乾隆四十五年庚子秋日重校付梓不更序”一行。是此《序》作於乾隆二十八年，此本於乾隆三十二年丁亥（一七六七）初刊，四十五年又重刊，故馮氏曰“重校付梓不更序”。由此《序》可知馮氏於義山詩，幼年誦之，中年注之，晚年重校之，此書可謂凝聚了馮氏差不多一生的心血，所以無論注釋之精到，生平考證之準確細致，都是前此諸家箋注所不及的。不過此本亦有不足之處，即部分詩歌意蘊的解説，有穿鑿附會處，某些人物的考訂尚欠準確。然白璧微瑕，此本箋注的成就，才是最輝煌照人的。

（八）張譜。張采田《玉谿生年譜會箋》。自朱鶴齡《李義山詩譜》始，各家箋注本皆附有《年譜》。程夢星又就朱譜、徐樹穀譜兩譜作《重訂李義山年譜》。馮浩則在上述諸《譜》的基礎上，纂成《玉谿生年譜》，錢振倫又作《玉谿生年譜訂誤》，近人張采田更有《玉谿生年譜會箋》，糾正了諸譜的一些訛誤和不當之處。岑仲勉又有《〈玉谿生年譜會箋〉評質》，凡分刱誤、承訛、欠碻、失鵠、錯會、缺證等六類，對張譜的七十多條舛誤和不足，加以訂正和補充，後出轉精，令人歎爲觀止。這些年譜著作，牽扯義山詩文注釋和箋疏的方方面面，無異於義山詩文的精要注本，明顯有别於一般事跡繫年類的年譜，故在此亦予提及。

（九）葉疏本。葉葱奇《李商隱詩集疏注》，人民文學出版社一九八五年十一月北京第一版。此本校勘，以朱注本爲底本，參酌北宋本、南宋本、錢謙益鈔校本，以及《才調集》、《瀛奎律髓》、《文苑英華》、《唐音統籤》、《全唐詩》等，分辨優劣，擇善而從。此本疏注，則爲著者多年研究義山詩的心得，而“前人未注、未解或誤注、誤解的篇什，都盡力注明，並詳爲闡述，予以糾正，提出自己的看法和見解”（該書《前言》）。對前人已有的注釋，則“總擷諸家舊注之長”，並一一標明；“支蔓繁蕪、淺陋不實者概行删削”。引文一律標明出處。“凡運筆深婉、用典用字雋永之處，以及歷史背景等，均於‘疏解’中予以闡説，至於舊説中有可能貽誤讀者處，亦概於‘疏解’中詳加駁正。”（該書《凡例》）著者二十世紀六十年代初即開始撰寫此書，八十年代初方始成書，對商隱詩的多年研究，使其對商隱詩歌的疏解别有會心之處，不失爲自具特色的一個注本。書後附録贈詩、詩話選録、史傳、《年譜》等，以便讀者。

（十）劉余本。劉學鍇、余恕誠《李商隱詩歌集解》（中華書局二〇〇四年十一月增訂重排本）。此本雖題《集解》，但實際上是一個校訂集解本。由《凡例》所列，知此本以汲古閣本爲底本，以蔣孝本、悟言本、統籤本、清影宋鈔本等八種爲校本，以《又玄集》、《才調集》、《文苑英華》、《樂府詩集》等六種總集及類書參校，所列皆最有價值的本子。所以此本首先是一個精校本。更爲可貴的是，除《凡例》所列底本、校本、參校本外，此本還廣泛吸收清代諸多名家的零星校語，使文字更加精粹。如《哭劉蕡》“廣陵别後春濤隔”句，“廣”字，各本皆同。而此本吸取何焯校語：“廣陵”疑“黄陵”之誤。又引程夢星《重訂李義山詩集箋注》之校語：“義山與去華未有廣陵蹤跡，本集詩云：‘去年相送地，春雪滿黄陵。’則‘廣’字爲‘黄’字傳寫之譌無疑。且初贈之詩有‘江風’字，有‘楚路’字，尤可爲‘黄陵’佐證。”該書著者按：“何、程説是，兹據改。”諸如此類的例子不少，表明此本在文字校勘方面確實比以前各本要精粹許多。其次爲此本之集解，彙集了錢龍惕《玉谿生詩箋》、朱鶴齡《李義山詩箋注》、清吴喬《西崑發微》、程夢星《重訂李義山詩集箋注》、馮浩《玉谿生詩集箋注》、紀昀《玉谿生詩説》、近人張采田《玉谿生年譜會箋》及《李義山詩辨證》等十三種注釋、發微、辨證、箋評李義山詩的專著。可以説自明清以來，注解箋釋李商隱詩歌有價值的著作已盡彙於此。不僅如此，“除上述各本外”，此本“復旁搜宋以來詩話、筆記、選本、文集中有關評注考證資料；近人及今人研究論著中有關注釋、考證方面之資料亦酌加采録”，可見此本之“集解”差不多是竭澤而漁式的，一本在手，各家各書中有關義山詩歌的注解箋釋幾盡彙於此。而集解者自己的看法，則以“按語”的形式附於各家之後，“内容包括繫年考證、疑難問題考辨、詩意解釋及主題闡述等。少數重要篇章或衆説紛紜者亦偶及之”，因而成爲李商隱詩歌校勘箋釋最精最豐富的本子。此本還對義山詩歌盡力加以編年，未編年的部分大抵按題材分類相從。卷末附録傳記資料、各本序跋凡例、書目著録及《李商隱年表》等，以饗讀者。

《義山詩集》已如上述。《義山文集》，宋以後逐漸失傳，片紙無存。迨清初朱鶴齡始裒輯《英華》、《文粹》、《御覽》及《玉海》諸書，得百五十篇，編爲五卷。此乃義山文散逸後的第一個輯録本。然朱氏本尚闕“狀”之一體。康熙時徐樹穀、徐炯兄弟繼續蒐輯逸佚，且加箋注，刊刻行於世，義山文遂爲世人所重，注家漸多，其中馮浩《樊南文集詳注》，錢振倫、錢振常《樊南文集補編》皆其傑構，且振倫又自《全唐文》輯得佚文二百三篇，並加箋注。二十一世紀初劉學鍇、余恕誠在前人研究基礎上，撰成《李商隱文編年校注》，乃義山文整理研究的集成之作。現就幾個主要版本考述如下：

（一）徐注本。徐樹穀箋、徐炯注康熙四十七年戊子（一七〇八）花谿草堂刻《李義山文集箋注》十卷，國圖有藏。二徐乃同胞兄弟，樹穀字藝初，康熙乙丑進士，官至山東道監察御史；炯字章仲，康熙壬戌進士，官至直隸巡道，崑山人。此本半葉十行二十一字，小字雙行三十一字，端楷結體，鐫刻精妙，紙净墨潔，開卷便見出盛世刻書氣象。左右雙欄，白口單黑魚尾下鐫“李義山文集卷某”，上象鼻内記字數，下象鼻内鐫刻工姓名。各卷首題“李義山文集卷第某”，次行、三行下方分别署“崑山徐樹穀藝初箋”、“徐炯章仲注”。箋注所引書名，皆以六角線框圍之，頗爲醒目。卷前首徐炯、徐樹穀兄弟《序》，次《凡例》，次目録。徐炯《序》略曰：

歲庚午，余典試閩中，得善本以歸。伯兄侍御見而悦之，因爲箋其指要，而以注屬余。余竊不自揆，蒐討群籍，句疏而字釋之，而以伯兄之箋分見於其下，釐爲十卷，藏諸篋衍，以備遺忘。其間可疑者尚有二十餘條，事稍僻隱，未能悉考。友人以其適於時用也，請亟行之。余不獲已，遂以授剞劂。海内博物君子倘惠而好我，正其謬而補其缺，當更爲續注，以附其後云。康熙戊子暢月，崑山徐炯書於花谿别墅。（河南大學藏乾隆庚寅愛日堂重刻本）

據此本《凡例》，閩中本録文九十一篇，後得朱鶴齡《新編李義山文集》五卷，中闕“狀”之一體。徐氏據以補之，共得百五十首。朱本雖“略爲詮釋”，然並不詳備，而“典故所出，則概乎未之及”。於是徐氏兄弟將顧俠君據《全蜀藝文志》所補《劍州重陽亭銘》一首編入集中，並爲箋注，終成此本。義山文集箋注始於宋人，然宋人注本後世無傳（見馮浩《李義山文集詳注序》），可見義山文集箋注實始於朱氏，然朱氏並未完成，所以義山文集的第一個完整注本，實爲此本。四庫本《義山文集》即以此本録入，《四庫全書總目》曰“鶴齡原本雖略爲詮釋，而多所疏漏，蓋猶未竟之稾。樹穀因博考史籍，證驗時事，以爲之箋。炯復徵其典故訓詁，以爲之注。”不過此本亦偶有疏誤，如《上崔華州書》一首，樹穀斷其非商隱文，實則此篇乃商隱開成二年作，等等（詳下馮注本）。然瑕不掩瑜，葉德輝謂此本“注文亦簡要有法，不隔斷文意，讀本中當推此爲第一矣”（《郋園讀書志》卷七，頁三五八），乃公允之論。此本鑒藏印記有“謨觴山居”朱文方印、“振之艇書”朱文方印、“虚白室”白文長條印、“北京圖書館藏”朱文方印等。

（二）馮注本。馮浩注乾隆四十五年庚子（一七八〇）刻《樊南文集詳注》八卷、《年譜》一卷。此本《四部備要》有影印本。半葉十一行二十五字，白口左右雙欄。卷前有乾隆二十八年自序，隔二行有“乾隆四十五年庚子秋日重校付梓不更序”一行。馮氏有《玉谿生詩箋注》六卷（已見），用功甚深。在精注詩歌的基礎上，復注義山文，故此本頗精覈。據此本《發凡》，馮氏在朱鶴齡、徐炯補佚基礎上，又據《成都文類》輯得《爲河東公上西川相國京兆公書》佚文一首，逸句九條。馮氏言，徐炯“注頗詳，但冗贅訛舛之處迭岀，余爲之删補辨正改訂者過半”；樹穀“原箋創始誠難，而疏略太甚。余徧繙兩《書》、《通鑑》，以知人論世之法，爲披霧掃塵之舉，或直而證之，或曲而悟之，或錯綜左右而交成之，或貫穿前後而會印之，用使事盡詳明，文尤精確”。又馮氏以爲，徐注本雖分類，但仍零亂，故此本“於分類之中各寓按年之次，偶有不可編者，附之各體之末”。徐注本名《李義山文集箋注》，而馮氏“以四六尚居十之八，改標《樊南文集》，稍見當時手編之遺意”（《樊南文集詳注·凡例四條》，四部備要本）。錢維城謂馮浩“雅好李集，取朱氏、徐氏及凡諸家之爲箋疏者，盡抉其疏誤而訂正之。别立年譜，一以《祭姊文》爲主而定其生卒之歲。生卒既定，中間出處事實犂然就班，隱語寓言均可參悟，於今乃見李生真面目矣”（《樊南文集詳注序》，四部備要本），可謂精要之評也。

（三）四部叢刊本。清鈔《李義山文集》五卷，國圖藏，一册。半葉九行二十四字，行楷書寫，鈔於統一刷印的稿紙上，左右雙欄，白口單魚尾，上象鼻内有“李義山文集”五字。各卷首題“李義山文集卷第某”。《四部叢刊》初編所收《李義山文集》五卷，即據此本影印，故稱“四部叢刊本”。此本分體編次，卷一表二十一首，卷二狀二十四、檄一，卷三啓四十三，卷四書序傳碑銘箴賦褉著二十二，卷五祭文三十七，合計百四十八首。此本卷後所附姜殿揚《〈李義山文集〉校補》題識，謂此本乃“朱鶴齡重編五卷本，爲今本之祖，與崑山徐氏箋注本小有出入”。姜氏此言大誤，乃未深考《義山文集》諸本源流之故。今案朱本雖亦五卷，然徐本《凡例》及《四庫提要》皆明言其缺“狀”之一體，而此本卷二録狀二十四首，乃此本非朱本證據之一。據徐本《凡例》，朱本失收《全蜀藝文志》所載《劍州重陽亭銘》一首，至徐本始將此銘補入義山集中，而此本卷四赫然載有此銘，乃此本非朱本證據之二。據上可見，此本斷非“朱鶴齡重編五卷本”明矣。再考，馮注本在徐本的基礎上，又輯補佚書《爲河東公上西川相國京兆公書》一首，而此本無之。據以上所考，筆者以爲此本所據底本應與徐氏本同源。又徐本凡百五十首，乃是合閩中本、朱氏本編輯而成的。姜氏持此本對勘徐本，發現此本卷一《爲柳州鄭郎中謝上表》第九行“憑”字下、“用”字上脱簡四百餘字，中佚題目一道，其題目爲《爲安平公謝除兖海觀察使表》。且較之徐本，此本卷一《爲柳州鄭郎中謝上表》前尚有《爲成魏州賀瑞雪慶雲日抱戴表》一首，而合以上兩首，此本恰爲百五十首，與徐氏本首數同。可見此本與徐氏本的確爲同源本。據徐本自《序》及《凡例》：閩中本録文九十一篇，後得朱長孺《新編李義山文集》五卷，中闕“狀”之一體，徐氏據以補之，共得百五十首。據此可見徐氏箋注之前，首先編成《李義山文集》百五十首定本白文；待其與兄箋注工作完成後，因文字增多，方始“釐爲十卷”。此本所據底本，當即徐氏所編而流入世間的白文定本；此本所闕二首，應爲鈔録者一時不慎而漏鈔了。此本首尾鈐有“稽瑞樓”白文長方印，“稽瑞樓”乃陳揆藏書處。揆字子準，常熟人，道光時諸生，好古籍，精校勘，所購古籍手自讎校。此本既有陳揆印記，故應爲道光以前鈔本無疑，或此本即爲陳氏所鈔也是完全可能的。卷中藏印還有“瞿庸清印”白文方印、“瞿庸沖印”白文方印、“鐵琴銅劍樓”白文長方印，這表明陳氏書散出後，此本爲同邑瞿鏞鐵琴銅劍樓庋藏，新中國成立後，瞿氏後人將藏書之大部捐獻給國家，此本遂入藏國家圖書館，故卷中又有“北京圖書館藏”朱文方印。而民國時期商務印書館借印此本時，鐵琴銅劍樓尚無加蓋鑒藏印章，故而叢刊本卷中就只有陳氏印記了。

（四）錢注本。錢振倫、錢振常注同治五年丙寅（一八六六）盱眙吴棠望三益齋刻《樊南文集補編》十二卷。振倫字楞仙，歸安人。此本卷前首吴棠序，次高錫藩序，次振倫自序，次《凡例》，次《新唐書・李商隱傳》及《舊唐書・李商隱傳》，次目録。卷後附録錢振倫《玉谿生年譜訂誤》。各卷首題“樊南文集補編卷第一”，次行、三行分别署“歸安錢振倫楞仙箋”、“錢振常竾仙注”。振倫序曰：“《樊南文集》原目不可見。《四庫全書》著録乃崑山徐氏本，藝初爲箋，章仲爲注者也。其文皆采自《文苑英華》，凡一百五十首。厥後桐鄉馮氏注出，頗糾其箋注之誤，而於篇目無甚出入。其引明《文淵閣書目》義山文集十册，崑山葉氏《菉竹堂書目》義山文集十一册，固疑其不止於此矣。振倫曩官京師，恭誦《欽定全唐文》七百七十一之七百八十二所收李義山文，較諸徐、馮注本多至二百三首，惜未知採自何書，曾手録之。咸豐改元，以憂返里，復偕弟振常分任箋注之役。嗣見阮文達所譔《胡書農學士傳》云，從《永樂大典》録出樊南佚文四百餘首，乃恍然於所由來……所注間有未備，比因主講袁浦，同年吴仲宣漕帥富藏書，獲從乞借補注之，編爲十二卷。"(《樊南文集補編》,四部備要本)可見此本最大特點,在於繼朱、徐、馮諸家輯佚之後,復自《全唐文》輯得佚文二百三首,並與弟爲之補注。合前人所得,此本共存義山文三百五十首(中有僞作,詳下劉余本),功莫大焉。

(五)劉余文本。劉學鍇、余恕誠《李商隱文編年校注》,中華書局二〇〇二年三月第一版。此本"在徐、馮、錢三種箋注本及張、岑二家考訂補箋之基礎上,進一步作繫年考證、校勘、箋注,合本集與補編爲一編,改分體編次爲編年,撰成《李商隱文編年校注》,與編著者所撰《李商隱詩歌集解》、《古典文學研究資料彙編·李商隱資料彙編》並行"(該書《凡例》)。繫年考證置於每篇題注中,依時代先後引録前人繫年考證文字,著者按語肯定、否定或糾駁前人之説綴後。少量難以繫年者附於編年文之後(凡十七首)。此本校勘以《全唐文》爲底本,參校《英華》、《文粹》;《英華》所出校記及徐、馮、錢、張、岑諸家校改意見一併引録,錢注本所録胡書農從《永樂大典》録得的校記亦加引録;並附著者的按斷於後。此本注釋具有集釋性質:一般先依時代先後引録諸家舊注,誤注者一般不收;但後人糾駁前注之失者,酌引前注;諸家注釋重複者,取其時代在前或引書較爲完整者;諸家注釋歧異須加按斷者,則視情況而加按斷或補注。歷代評論文字,置於注文之後。著者從《後村詩話》輯得遺文《虎賦》、《惡馬賦》二首,附於未編年文後。剔除徐注本僞作《爲成魏州賀瑞雪慶雲日抱戴表》與《爲柳州鄭郎中謝上表》二首,及錢注本僞作《爲賈常侍祭韋太尉文》、《爲西川幕府祭韋太尉文》與《代諸郎中祭太尉王相國文》三首,故此本共三百五十二首。書後附録《李商隱文佚篇篇目》、《李商隱文分體目録》、諸家序跋凡例,及《歷代史志目録著録》、《存目文》等,以便讀者。此本在劉、余二人合著《李商隱詩歌集解》基礎上,撰成這部集釋性《李商隱文編年校注》,百三十多萬字,堪稱《義山文集》整理研究的集成性著作。

文標集

盧肇(主要活動於文宗至懿宗間)字子發,宜春(今屬江西)人。天賦異才,少貧好學,器識宏邁。會昌三年(八四三)進士第一名及第。初爲鄂岳節度使盧商從事,繼江陵節度裴休、太原節度盧簡求先後奏爲門吏。入爲秘書省著作郎，遷倉部員外郎、充集賢院直學士。咸通初出刺歙州，轉宣、池二州，皆有治績，後移吉州而卒。

肇爲文偉麗可觀，詩文賦皆精，然其作品爲自己所編，或他人代纂，因典册失載，今已不得而知了。

入宋，《崇文總目》卷六十三著録《海潮賦》一卷、《通屈賦》一卷，另有注林絢《大統賦》二卷。《新唐書・藝文志四》著録同。宋室南渡，《遂初堂書目》著録有肇《文標集》，這是有關《文標集》的最早記載，可惜未記卷數。據現傳《文標集》童宗説《序》，知《文標集》爲北宋許衷所編，録存作品百篇之多。許衷以前，盧肇作品散無統紀，星散流傳於世間，《崇文總目》和《新唐志》的著録，正好反映了這種情形。童氏《序》略曰：

> 子發諱肇，姓盧氏，宜春人，子發字也。唐武宗會昌[二]〔三〕年，以詞賦魁天下，仕至集賢院學士、歙州刺史。殁後三百年，郡人許衷集其遺文僅百篇，目曰《文標集》。傳筆日久，序存而集亡。《文粹》所載《海潮賦》、《漢隄詩》、《新興寺碑銘》、《上王僕射書》四篇而已。其餘如《通屈賦》、《注大統賦》志在藝文者，學者亦罕見之。自建中靖[康]〔國〕辛巳迄紹興庚辰，又六十年矣，會建安邵公來守是邦，崇鄉化以厚風俗，謂宗説蒐綴闕文，子職也……宋紹興庚辰袁州教授南城童宗説。(《皕宋樓藏書志》卷七十，頁八〇〇至八〇一)

庚辰，乃高宗紹興三十年(一一六〇)，上溯六十年，恰爲徽宗建中靖國元年辛巳(一一〇一)，許衷所編《文標集》三卷，應成書於此時。職是之故，名列"中興四大詩人"之首的尤袤，其《遂初堂書目》方得首先著録《文標集》。然自建中靖國元年，上溯至唐懿宗咸通末，遠不足三百年，童氏謂肇"殁後三百年"許衷編《文標集》，"三百"乃舉其成數也。據童氏所言，此乃盧肇作品的第一次結集。由於許衷所編《文標集》南宋初"序存而集亡"，於是童氏重新搜集肇作，再次重編《文標集》三卷，並爲撰序，弁於卷首。童《序》又曰：

> 會建安邵公來守是邦，崇鄉化以厚風俗，謂宗説蒐綴闕文，子職也。既授以《雲臺編》廣其傳，又俾求子發遺書，得古律詩二十六篇于劉松《宜陽集》；得《閱城碑》、《震山記》于古廟嵌巖中；得《劍贊》于清江玉虚觀，合賦序圖狀四十有二篇，分爲上中下三卷，名從其初，序取其舊，附以成應元舉榜、祖擇之、梅聖俞諸公《盧石題詠》，鏤木于郡庠，以

貽永久，又論其出處之大概而尾諸集焉。(《皕宋樓藏書志》卷七十，頁八〇一)

據此，童氏重編之三卷本《文標集》，紹興末刻於郡庠。此本凡古律詩二十六篇，文四十二篇，共六十八篇，尚不及許衷原編之多。晁公武《郡齋讀書志》趙希弁《讀書附志》著録《文標集》三卷，蓋即童刻本。陸游《跋唐盧肇集》云："子發嘗謫春州，而集中誤作青州，蓋字之誤也。《題清遠峽觀音院》詩，作青州遠峽，則又因州名而妄竄定也。前輩謂印本之害，一誤之後，遂無别本可證，真知言哉！《病馬》詩云：'塵土卧多毛已暗，風霜受盡眼猶明。'足爲當時佳句，此本乃以'已'爲'色'，'猶'爲'光'，壞盡一篇語意，未必非妄校者之罪也，可勝歎哉！慶元庚申二月三日，放翁燈下書。"(《渭南文集》卷二十八，見《陸放翁全集》，頁一七四)庚申，乃寧宗慶元六年(一二〇〇)，陸游所説的"印本"，蓋亦童刻本。萬曼先生謂，據陸游所言"則童本亦未能盡善也"(《唐集叙録》，頁二九三)，所言甚是。童刻本今已無存。據萬曼先生考證：童氏"曾注釋柳宗元文集。《四庫全書提要》謂宗説南城人，始末未詳，據其序文則童氏籍貫、仕官、歷官及生存年代，可略知概況，除注柳文輯盧文外，且曾輯有《云臺編》，亦有功於唐人諸集者。唯序末署名童説，文中同稱宗説，不知是否名説字宗説，俟考"(同上)。

下迄元代，脱脱《宋史·藝文志三》著録《海潮賦》一卷；《藝文志七》著録"盧肇《愈風集》十卷，又《大統賦注》六卷，《海潮賦》一卷，《通屈賦》一卷"，及"盧肇《文標集》三卷"。除《海潮賦》、《通屈賦》各一卷，《大統賦注》六卷，《文標集》三卷外，《宋志七》所録《愈風集》十卷，頗值得注意。《宋志》雖是拼湊宋代幾部官修書目而成的，《志》中所記並非元朝當時藏書的實録，但卻是宋代藏書的實録，可證宋時盧肇尚有《愈風集》十卷傳世；不過十卷本的《愈風集》，除《宋志》外不見其他公私書目著録，北宋許衷、南宋童宗説，二人窮搜力討肇集多年竟未見之，實在可惜。而今除《文標集》三卷外，上述諸集，宋以後均散逸無傳了。

明代乃唐集傳鈔和刊行的高峰時期，然肇集是否有刻本，因諸家書目均無著録，故不得而知。今所知者，唯《唐音統籤》存《盧肇詩》一卷，編卷六百十四、戊籤十五，刻本。半葉十行十九字，左右雙欄，白口單魚尾。此本凡録詩二十八首，殘句三則。胡震亨謂肇有"賦集八卷，詩文集十三卷"，自注曰："《唐志》止賦集。《宋志》，《愈風集》十卷，《文標集》三卷。今編詩一卷。”(《唐音統籤》第六册,頁三五七)胡氏所謂“詩文集十三卷”,乃是合《愈風集》十卷與《文標集》三卷而言者,這自然是不錯的。但“八卷賦集”,乃合《海潮賦》、《通屈賦》各一卷,與《大統賦注》六卷而言,則非是,《大統賦》非肇作,乃林絢文,肇僅注釋而已,故不能計入肇集總卷數内;況據《崇文總目》,肇《注大統賦》只有二卷,非六卷,《宋志》謂六卷,蓋誤。胡氏編纂《統籤》,凡未見本人集本,作品由其輯録的作家,胡氏均作交代;此本胡氏未言爲其重輯,故應是據《文標集》三卷别裁其詩卷而成者。又此本首數,亦與童《序》所言古律詩首數相近,溢出的二首,應爲胡氏輯補的佚詩。然而陸游跋所言《題清遠峽觀音院》與《病馬》二詩卻不在卷中,胡氏所據究爲何本?則一時難以知詳。

清及近代傳鈔和刊刻的肇集,其主要版本有以下幾種:

(一)清無名氏鈔《盧肇詩》一卷。錢謙益、季振宜遞輯《全唐詩稿本》將此原鈔本收入,因知此本鈔寫時間,最遲不晚於《稿本》成書之前,因具體鈔寫時間難以指詳,姑置於此。半葉十一行二十字,行楷結體,筆勢勁健,一筆不苟,寫於統一印製的格子紙上,四周雙欄,版心白口無魚尾,中部有“古人以鈔書爲風流罪過”十字。此本卷端唯題“盧肇”二字,次行即爲正文。詩不分體,共二十五首。較之統籤本,此本少《初計偕至襄陽爲奇章公詠真珠》、《金錢花》與《木筆花》三首,及斷句三則。此本文字亦與統籤本大同小異,故應與統籤本同出一源。而統籤本溢出的三首,當爲胡氏輯補的佚詩。此本偶有脱誤,如《題甘露寺》“東溟日月□”句,末一字脱。《和主司王起》首句“嵩嵩降德爲時生”,“嵩嵩”乃“嵩高”之訛,等等。

(二)康熙敕編《全唐詩》所收《盧肇詩》一卷。本書前已言及,《全唐詩》主要依據《唐音統籤》和《全唐詩稿本》二書修訂而成。而季氏《稿本》中的《盧肇詩》一卷,乃是將上述清無名氏原鈔入編,補入佚詩《戲贈》一首(統籤本題作《初計偕至襄陽爲奇章公詠真珠》)編輯而成的。文字方面,季氏略加校勘,並於卷前增入盧肇小傳。如清無名氏鈔本《楊柳枝詞》,季氏據校本將題中“詞”字删去,題作《楊柳枝》;又,删去《漢隄詩》中的反切音注,如此而已。康熙敕編《全唐詩》所收《盧肇詩》一卷,便是將季氏《稿本》中的《盧肇詩》一卷悉數收入,再據統籤本補入《金錢花》與《木筆花》二首,斷句三則編輯而成的,故《全唐詩》亦有詩二十八首。編次方面,編臣參照統籤本,略有調整。文字上編臣重新作了校勘,改正了季氏《稿本》未及改正的脱誤，如《題甘露寺》"東溟日月□"句，末一字脱，季氏未及補入，編臣據統籤本補作"開"。《和主司王起》首句"嵩嵩降德爲時生"，"嵩嵩"誤，季氏未及改正，編臣據統籤本改作"嵩高"。《將歸宜春當題新安館》，題中"當"字，季氏未改，編臣據統籤本改作"留"。《被責連州》，題中"責"字，季氏未改，編臣據統籤本改作"謫"字，皆是，等等。編臣還於字裏行間出校了不少異文，頗有參考價值。

（三）乾隆間刊《文標集》三卷、《外録》一卷。傅增湘嘗記此本曰："《文標集》三卷、《外録》一卷，唐盧肇撰。清乾隆間刊本。《外録》明李原岡輯。三册，余藏。"（《藏園訂補郘亭知見傳本書目》卷十二，頁一〇五四）這是今天所知宋以來《文標集》三卷的唯一刻本，版本價值非常寶貴，不知天地之間此本今尚存否？因傅氏著録過簡，故其版本詳情，今已無從得知了。

（四）舊鈔本《文標集》三卷。晚清時，此本原爲陸心源庋藏，《皕宋樓藏書志》卷七十有此本，其略曰："《文標集》三卷，舊鈔本。唐盧肇撰。"以下陸氏全文迻録卷前所弁童氏《序》。皕宋樓藏書，後爲日本人購藏於静嘉堂文庫，此本即在其中，嚴紹璗《日藏漢籍善本書録》著録有此本，其略曰：

> 文標集三卷，（唐）盧肇撰，（宋）許袠編集。古寫本，共一册。静嘉堂文庫藏本。
>
> 【按】卷首題署"唐袁州盧肇子發撰"。前有宋紹興庚辰（一一六〇）袁州［牧］教授南城童宗説《序》。此本分賦、序、圖、狀等共四十有二篇，分編爲上中下三卷。（《日藏漢籍善本書録·集部·别集類》）

此本既首載童《序》，則其爲童氏重編本無疑。而嚴氏記爲"許袠編集"，因知童氏重輯盧肇作品，並重編爲《文標集》後，仍署"許袠編集"，僅將自己所撰《序》弁諸卷首，古人不掩他人功績的風概，於此可見一斑。此本既收賦、序、圖、狀等文四十二篇，與童《序》所言合，且爲三卷完本，則理應還有古律詩二十六首，不知嚴氏何以只記文而不及詩，豈此本果不載詩耶？異日若有機會，當一探究竟。此本乃《文標集》之舊鈔本，存有童編本原貌，版本價值自不容忽視。

（五）清精寫本《文標集》三卷、《外録》一卷，清丁丙跋，南圖藏。《善本書室藏書志》著録有此本，其略曰："前有袁州教授南城童説序，稱子發諱肇，姓盧氏……"是此本亦童氏重編本也。《藏書志》復曰："（童氏）得古律詩二十六首，合賦序圖狀四十有二篇，分爲三卷。外録一卷，乃同郡李原岡編正，皆述肇之行誼事蹟，因墓在江西分宜縣文標鄉，故名其集云。"（《善本書室藏書志》卷二十五）據此，方知許衷所以用"文標"命肇集，乃以其最終歸宿地爲"文標鄉"也。《文標集》之《外録》一卷，乃明人李原岡所輯，始見於乾隆刻本（已見）；此本既載《外録》，則其所據底本乃乾隆刻本無疑。

（六）《豫章叢書》所收《文標集》三卷、《補遺》一卷。此本係與《雲臺編》合刻。《藏園訂補郘亭知見傳本書目》卷十二著録有此本。筆者所見爲河南大學圖書館藏本，因係與《雲臺編》合刻，故内封面題"袁州二唐人集"，内封背面署"丁巳仲秋刊于南昌子退廬"，半葉十行二十字，左右文武雙欄，粗黑口，無魚尾，版心中部鐫"文標集卷某"字樣。上象鼻内左側以白文記本版字數。此本寫刻俱佳，文字經胡思敬校勘，訛誤極少。卷前首童宗説序，卷後附《文標集校勘記》一卷，末署"戊午十一月胡思敬校"。"戊午"爲民國七年（一九一八）。每卷首題"文標集卷某"，次行下方署"唐袁州盧肇子發"。上中二卷文，凡八篇；下卷詩，凡三十三篇，詩文共四十一篇。較之《全唐詩》，此本溢出《聳翠峰題石》、《緑陰亭》、《弔進士楊鄴》、《戲宜春李令求廳前杜鵑》及《夔州》等五首。《補遺》一卷收文《如石投水賦》、《上王僕射書》與《宣州新興寺碑銘并序》等凡三篇，所據爲《全唐文》。今案：童《序》言重編《文標集》有"古律詩二十六篇"、"賦序圖狀四十有二篇"，此本詩較童編本溢出七首，而文則闕三十四篇，加《補遺》仍少三十一篇，故頗疑此本並非自童氏原編出。不過，較之統籤本和清無名氏鈔本，此本文字頗具優長。如清無名氏鈔本《競渡詩》"獸頭凌處雪微微"句，"獸頭凌處"，統籤本同，此本作"畫橈翻處"，味之詩意，作"畫橈翻處"妙。清無名氏鈔本《風不鳴條》"暗通青律起"句，"起"字下出校"集作煖"，此本正作"暖"；"遠望白蘋生"句，"望"字，統籤本同，此本作"傍"，味之詩意，"傍"字妙；"拂樹花仍落"句，"落"字，統籤本同，此本作"發"，味之詩意，"發"字是；"經林鳥自驚"句，"自"字，統籤本同，此本作"不"，味之詩意，"不"字妙，等等。但此本也偶有訛誤，如清無名氏鈔本《競渡詩》"衝波突出人齊噉"句，"噉"字，統籤本作"喊"，"噉"乃"喊"之異體字，而此本作"瞰"，則大誤矣。

曹祠部詩集

曹鄴(八一五？～八七五?)字鄴之,桂州陽朔(今屬廣西)人。早年累舉不第,作《四怨三愁五情詩十二首》,爲中書舍人韋慤所知,力薦於主司,方登宣宗大中四年(八五〇)進士第。嘗入天平幕府,官太常博士、祠部郎中等,出刺洋州,以吏部郎中致仕。

鄴之詩多古風,格調淺近,然能以意撑持,骨力錚錚。其集《新唐書・藝文志四》著録"《曹鄴詩集》三卷",陳振孫《書録解題》卷十九著録"《曹鄴集》一卷",《宋史・藝文志七》則云"《曹鄴古風詩》二卷"。可見曹集唐宋時有一卷、二卷、三卷等多種卷次。或謂,陳氏《解題》著録一卷"恐係筆誤";《唐才子傳》謂鄴"有集一卷今傳"殆係沿《解題》而誤。清康熙間席啓寓琴川書屋刻《唐詩百名家全集》所收《曹祠部詩集》二卷、《補遺》一卷,卷二末鐫牌記曰"東山席氏悉從宋本刊於琴川書屋",可見宋時的確有二卷刻本行世。

明代刊刻和傳鈔的鄴集多爲二卷本,一卷本則少見,其主要版本有以下諸種:

(一)浙刻本。嘉靖初年浙中刻《唐四十家詩》所收《曹鄴詩》二卷。此本明蔣冕嘗見之,蔣氏跋桂刻本《二曹詩》(詳下)曾述及此本,其略曰:"近年浙中刻《唐四十家詩》有鄴之詩,止二卷,而堯賓詩集則無存焉……其集雖止二卷,才百餘篇,而爲諸家所選殆三分之一……嘉靖甲申(三年,一五二四)秋,得謝過浙中,始獲睹其全集。其冬,瓊山唐君平侯以按察僉事督學來廣西,見公浙本詩于武選主事鄭德甫處,讀而善之,取以刻置宣成書院中,且以堯賓詩附于其後。刻成,德甫首以一册見遺。閱之欣然者累日,因敬題其卷末……嘉靖戊子冬十月既望後學湘臯病叟蔣冕謹識。"(《曹祠部集》,影印文淵閣四庫全書本)嘉靖三年之桂刻本,底本即爲浙刻,則浙本刊於三年以前,有詩百餘篇,卷後不附堯賓詩。堯賓即唐代廣西詩人曹唐,據蔣氏言,《曹唐詩》附鄴集行世始自桂刻本。蔣冕《二曹詩・又跋》曰:"鄴之、堯賓二曹公詩,在唐宋時嘗顯矣;至元有國垂百年,乃湮没無聞。皇明混一區宇以來,至我皇上紀元嘉靖,歷百五十六年,蓋稽古右文極盛之時也。於是前代遺文古書,往往出於江南好事之家。而鄴之詩集始獲與中唐晚唐諸集號四十家者偕顯於世。"(梁超然、毛水清《曹鄴詩注・附録》,上海古籍出版社一九八二年三月版)據此可知鄴集自元迄明嘉靖間,一直湮没無聞,直到嘉靖時方於此《唐四十家詩》“偕顯於世”。若是則此浙本所據底本,便只能是宋本。吴在慶謂宋代鄴集諸本“今均已散失,明人輯有《曹祠部集》二卷”(《中國文學家大辭典·唐五代卷》),判明浙刻本爲重輯本,未知何據。蔣冕僅言鄴集與中晚唐四十家“偕顯於世”,不言鄴集爲重輯本;且席啓寓謂所據爲宋本,是宋本至清時仍然傳世,究竟如何,俟更詳考之。

(二)桂刻本。嘉靖三年甲申(一五二四)桂林刻《二曹詩》之《曹鄴詩》二卷。上引蔣冕《曹祠部集·序》(實爲《跋》,非《序》——筆者)曾述及此本,乃廣西督學唐平侯嘉靖三年冬所槧。蔣氏《二曹詩·又跋》進一步介紹此本曰:“浙中既有刻本,桂林尋亦刻焉。刻本在桂序於提學僉事唐君者,未七八年,其板已日漸朽蠹。廣西按察使甌寧范君邦秀,得之于塵埃蒙翳中,命工浣滌修補而取予所書詩跋刻附集末,置之憲司公署中,令掌故典守惟謹。桂林本字多魯魚亥豕之訛,予因取浙本正之,且據浙本增其脱落者三首。又檢諸家所選堯賓詩凡唐君舊所未附者三十五首,悉附于其後,范君亦一一刻之。予故不揆鄙陋,再爲之書。海内之士自是而知桂林有二曹詩人者,實范、唐二君先後表彰之功也。”(梁超然、毛水清《曹鄴詩注·附録》)據此可知,此本卷前有唐平侯《序》,卷後爲《曹唐詩》一卷,所以書名《二曹詩》。然因疏於校勘,故此本文字訛舛較多,且脱落三首。於是七八年後,有嘉靖十一年廣西按察使范邦秀之桂刻修訂本。修訂本因經蔣氏校勘文字、輯補佚詩,遂精逾初刻,且卷後附有蔣冕跋文二篇。

(三)朱警本。嘉靖十九年庚子(一五四〇)朱警輯刻《唐百家詩·晚唐四十二家》所收《曹鄴詩集》二卷。高儒《百川書志》著録“《曹鄴集》二卷”,蓋即此本。半葉十行十八字,左右雙欄,版心白口單魚尾下有“曹鄴某”字樣,各卷首題“詩集卷第某”,次行下方具銜名“祠部郎中曹鄴”。此本卷一詩六十三首,卷二詩四十首,共百零三首。文字偶有訛脱,如卷一《補漁謡》,題中“補”字乃“捕”字之訛。同卷《賀雪寄本府尚書》“宿客晨不飛”句,“客”字蓋爲“鳥”字之訛。又如卷二《棄婦》“將欲告□意”句,第四字脱去。同卷《過白起墓》“毗陵火焰滅”句,“毗陵”乃“夷陵”之訛。同卷《和謝豫章從宋公戲馬臺送孔令謝病》“碧樹香雲暮”句,“香”字蓋“杳”字之訛。同卷《送友人入塞》“出門天子外”句,“天子”似爲“天涯”之訛,等等。由訛誤較多一點看,此本所據底本蓋爲明桂刻本或浙刻本。

（四）陳刻本。嘉靖十九年庚子（一五四〇）天台陳紱刻《唐曹祠部詩集》二卷，今臺灣“中央圖書館”有藏。此本天一閣亦曾有藏，民國初年，天一閣所藏此本輾轉歸上海藏書家蔣汝藻傳書堂所有，王國維一九一九年受蔣氏聘請，爲撰《傳書堂藏善本書志》著録此本曰：“唐祠部詩集二卷，明刊本。桂林府推官天台陳紱校刻，楊沔序，（嘉靖庚子）。陳紱書後（同上）。此唐曹鄴詩，陳紱刊于桂林。天一閣藏書。”（《傳書堂藏善本書志·集部》）楊沔《曹鄴古風詩序》曰：“予嘗見曹鄴之《監察從兄》、《讀李斯傳》諸作於選集中，竊謂唐之詩人鮮出其右，恨不多得。去冬，過陽朔，衙推雨岩陳君遺以全帙，凡若干首……君將刻之，走使者告予……君之刻之，其以是乎？君天台人，名紱，字文治，時署陽朔事，有意于尚古。若此，其政可知矣。書此以往，且速其躊躇云。嘉靖庚子。”（梁超然、毛水清《曹鄴詩注·附録》）因嘉靖三年桂林已有刻本《二曹集》，故此本可稱桂林二刻本。陳氏雖未言此二刻本所據爲何本，然其以桂林初刻本爲底本應無問題，唯此二刻書名已改爲《唐曹祠部詩集》，卷後所附《曹唐詩》一卷蓋已被削去。

（五）統籤本。胡震亨《唐音統籤》所收《曹鄴詩》二卷，編卷六百三十八至六百三十九，戊籤三十七，刻本。詩分體編次，首卷五古五十八首，第二卷五律二、五排一、七律六、五絶二十七、七絶十五，共百零九首。此本所據底本，胡氏没有交代。然考其文字，則多與朱警本相同，故應是以朱警本爲底本改編而成的。然較之朱警本，此本溢出五古《武陵深行》、《妾安所居》，五律《送鄭谷歸宜春》，七律《送曾德邁歸寧宜春》，及七絶《老圃堂》與《寄陽朔友人》凡六首，應爲胡氏輯補的佚詩。文字方面，胡氏作了校勘，故與朱警本有所不同。如朱警本卷一《補漁謡》，題中“補”字，此本改作“捕”。朱警本同卷《四怨三愁五情詩十二首·其二怨》“岩花猶弄色”句，“猶”字，此本作“纔”。朱警本同卷《風人體》“不具天與日”句，“具”字，此本作“見”。朱警本同卷《自退》“空寂常對影”句，“空”字，此本作“寂”。朱警本同卷《將寄天平職書懷寄翰林從兄》，題中“寄”字，此本作“赴”。朱本同卷《賀雪寄本府尚書》“宿客晨不飛”句，“客”字，此本改作“鳥”。又如朱警本卷二《棄婦》“將欲告□意”句，第四字脱，此本補作“此”。朱本同卷《過白起墓》“毗陵火焰滅”句，“毗陵”誤，此本改作“夷陵”。朱本同卷《和謝豫章從宋公戲馬臺送孔令謝病》“碧樹香雲暮”句，“香”字似訛，此本改作“杳”，等等，皆極是。胡氏乃唐詩學大家，經其校勘，此本無論收詩數量還是文字品質，均較一般本子爲精。

清代刊刻和傳鈔的鄴集主要版本有以下幾種:

(一)席刻本。康熙四十一年壬午(一七〇二)席啓寓琴川書屋輯刻《唐詩百名家全集》所收《曹祠部詩集》二卷、《補遺》一卷。半葉十行十八字。卷前有目録,卷後《補遺》一卷。各卷首題"曹祠部詩集卷第某",次行下方題"桂林曹鄴鄴之"。卷二後鐫有牌記"東山席氏悉從宋本刊於琴川書屋"。是此本所據乃宋刻二卷本。此本分卷、收詩、編次甚至行款悉與朱警本相同,二本文字也相差不大。不過因席氏用鄴集别本及《文苑英華》、《唐文粹》、《唐詩紀事》等作過校勘,故文字與朱警本稍異。如卷一《杏園即席上同年》,題中"即"字,朱警本、統籤本均無,此本增一"即"字,似是。此本同卷《入關》"灸病不得穴"句,"灸"字,朱警本、統籤本皆作"救"。此本亦偶有訛誤,如卷二《田家效陶》"大姑小叔常有眼"句,"有"字誤,當爲書手一時疏忽所致,朱警本、統籤本均作"在",甚是。卷後《補遺》收録《武陵深行》、《妾安所居》、《題廣福岩》、《送曾德邁歸寧宜春》、《送鄭谷歸宜春》、《寄陽朔友人》凡六首,故此本録詩共百九首。

(二)全唐詩本。康熙敕編《全唐詩》所收《曹鄴詩》二卷。《全唐詩》主要據《唐音統籤》和季振宜《全唐詩稿本》二書編纂而成。而季氏《稿本》中的《曹鄴詩》二卷,乃是將上述朱警本原刻直接入編,再於卷二末補入《寄陽朔友人》、《題廣福巖》、《送曾德邁歸寧宜春》、《送鄭谷歸宜春》、《妾安所居》、《送人歸南海》凡六首佚詩編輯而成的,故《稿本》凡百九首。文字方面,季氏用《才調集》、《文苑英華》、《唐文粹》等總集及類書作了校勘。如朱警本卷一《杏園席上同年》,題中"席"字上,季氏據《文粹》增一"即"字。"時接鸞鳳翅"句,"時"字,季氏據《文粹》改作"得"。朱警本同卷《入關》"救病不得穴"句,"救"字,季氏據參校本改作"灸"。朱警本卷二《東吴吟》"夜晏李將軍"句,"晏"字,季氏據參校本改作"宴",等等。此本字裏行間出校了一些異文,亦具參考價值,只是此類異文並不多。康熙敕編《全唐詩》所收《曹鄴詩》二卷,便是將季氏《稿本》中的《曹鄴詩》二卷直接入編,而删去季氏所補佚詩《妾安所居》與《送人歸南海》二首,因前一首《稿本》題下有注曰"與劉孝儀《閨怨》略同",後一首,朱警本卷一已收,唯詩題稍異,作《送進士下第歸南海》,故編臣將二首删去。而後補入佚詩《老圃堂》,故《全唐詩》共百八首。文字方面,編臣也作了校勘,改正了《稿本》的一些訛誤。如《稿本》卷一《補漁謡》,題中"補"字訛,季氏未校正,編臣據統籤本改作"捕"。《稿本》同卷《賀雪寄本府尚書》"宿客晨不飛"句,"客"字訛,季氏未及校改,編臣據統籤本改作"鳥"。《稿本》卷二《棄婦》"將欲告□意"句,第四字脱,季氏未補,編臣據統籤本補作"此"。《稿本》同卷《和謝豫章從宋公戲馬臺送孔令謝病》"碧樹香雲暮"句,"香"字訛,季氏未校改,編臣據統籤本改作"杳"。再如《稿本》同卷《送友人入塞》"出門天子外"句,"天子"似訛,季氏未及校正,編臣改作"天涯",等等,均極是。然而亦有季氏未及改正,編臣也未能予以校正者,如《稿本》同卷《過白起墓》"毗陵火焰滅"句,"毗陵"乃"夷陵"之訛,季氏未及校正,編臣也未能予以校正。不過這只是個别情形。職是之故,全唐詩本在《曹鄴集》諸古本中,乃是一個收詩數量最多、文字較爲精粹的本子。

（三）四庫本。乾隆敕編《四庫全書》所收《曹祠部集》二卷,附《曹唐詩》一卷。《四庫全書總目》曰:"《曹祠部集》二卷,附《曹唐詩》一卷,江蘇蔣曾瑩家藏本……《唐志》載鄴集三卷。今僅二卷,其有佳篇而逸之耶? 流傳已久,姑存以備一家可也。末附《曹唐詩》一卷。"(《四庫全書總目》卷一五一,頁一三〇〇)館臣雖謂此本所據乃江蘇蔣曾瑩家藏本,但蔣家藏本究爲何種版本? 館臣並未明言。今考此本卷前有蔣冕《曹祠部集序》(非《序》,實爲《跋》——筆者),卷後附《曹唐詩》一卷。前已述及,蔣《跋》與《曹唐詩》均附於桂刻修訂本之後,此本卷前卷後既附有蔣跋及《曹唐詩》,則此本所據底本,乃桂刻修訂本一系的本子無疑。然桂刻修訂本卷後,原附蔣冕跋文兩則,此本卻只有一則,且被置於卷首改名《曹祠部集序》,因知此本所據蔣曾瑩家藏本既非桂林初刻本,亦非桂刻修訂本,當爲桂刻修訂本的衍生本。今持此本與朱警本對勘,發現朱本卷一收詩與此本同,然編次稍異:此本卷一《貴宅》、《下第寄知己》與《吴宫宴》三首編於卷末,而朱本此三首編在《思不見》之後。又此本卷二較朱警本溢出《寄陽朔友人》、《題廣福巖》、《七哀詩》、《送曾德邁歸寧宜春》、《送鄭谷歸宜春》凡五首,但脱去《金井怨》一首。就文字而言,此本與朱警本相差也不大,如卷一《補漁謡》,題中"補"字訛,朱警本同,當作"捕"。如此本卷二《過白起墓》"毗陵火焰滅"句,"毗陵"訛,朱警本同,當作"夷陵"。如同卷《和謝豫章從宋公戲馬臺送孔令謝病》"碧樹香雲暮"句,"香"字訛,朱警本同,當作"杳"。再如同卷《送友人入塞》"出門天子外"句,"天子"訛,朱警本同,當作"天涯",等等。

(四)江標本。光緒間江標影刻《唐人五十家小集》所收《祠部郎曹鄴詩集》二卷。此本内封面題“祠部郎曹鄴詩集”,左旁小字署“唐人詩集,宋人刻本”。半葉十行十八字,版心白口單魚尾下有“曹鄴某”字樣。各卷首題“詩集卷第某”,次行下方題銜名“祠部郎中曹鄴”。卷前、卷後無任何附録。此本分卷、收詩、編次悉同朱警本;文字也幾與朱本全同。如此本卷一《補漁謡》,題中“補”字訛;如此本同卷《賀雪寄本府尚書》“宿客晨不飛”句,“客”字訛;此本卷二《棄婦》“將欲告□意”句,第四字脱;此本同卷《過白起墓》“毗陵火焰滅”句,“毗陵”誤;如同卷《和謝豫章從宋公戲馬臺送孔令謝病》“碧樹香雲暮”句,“香”字訛;再如此本同卷《送友人入塞》“出門天子外”句,“天子”訛,等等,這些訛誤均與朱警本同。以上諸例表明,此本應是以朱警本爲底本影刻者。然而此本内封面左旁卻署“唐人詩集,宋人刻本”,這恐與前述《馬戴集》之江標本情形相同,乃江標將朱警本誤作宋本了,究其原因,蓋緣南宋陳起父子所刊唐人小集數十種,通行版式爲十行十八字,江標蓋憑此本版式,誤判此本爲宋刻本。其實將此本與朱警本稍加對勘,便可看出此本所據實爲朱警本。

近現代以來,《曹鄴集》很少有人關注。新中國成立後直到二十世紀八十年代初,梁超然、毛水清《曹鄴詩注》方由上海古籍出版社印行。此本“以《全唐詩》爲底本,並以《唐五十名家集·祠部郎曹鄴詩集》、《唐詩百名家全集·曹祠部詩集》以及《文苑英華》等参校,編次均依《全唐詩》”,然删去了全唐詩本第一卷末誤收之李德裕《故人寄茶》一首,又“從《粤西詩載》輯得佚詩四首,一併編入”(該書《前言》)。這四首佚詩爲《東洲》、《東郎山》、《西郎山》與《送劉尊師應詔詣闕》,故此本共百十一首。然《送劉尊師應詔詣闕》,《全唐詩》收作曹唐詩。此書卷首《前言》,全面介紹曹鄴生平仕履、詩歌内容和藝術特點,以及有關此書整理注釋的相關問題,卷後《附録》收集唐宋至明清贈答、憑吊等與曹鄴相關的詩十五首,及有關曹集的歷代著録題跋資料六篇,以饗讀者。不過此本録字偶有失誤,如《四怨三愁五情詩十二首·其二怨》“誰令生遠處”句,“遠處”,全唐詩本及朱警本、統籤本、席本、江標本等皆作“處遠”,此本誤。又如《送友人入塞》“如何恨路長”句,“恨”字,全唐詩本及朱警本、統籤本、席本、江標本等皆作“怨”,此本獨作“恨”,當誤。然而這只是個别現象,綜合起來看,此本乃是《曹鄴集》相當完備的一個整理本。

薛許昌詩集

薛能（八一七？～八八三？）字太拙，汾州（今山西汾陽）人。青年時一度流寓并州，後累舉不第，久困京師。會昌六年丙寅（八四六）始登進士第，大中末補盩厔尉，歷太原從事、刑部員外郎、劍南節度副使、刑部郎中等，遷同州刺史、感化軍節度使，入爲工部尚書，復出爲忠武軍節度使。廣明初許州部將周岌爲亂，能被逐，居漢州，後不知所終。

能癖於詩，日賦一章，所著多達千餘首。然因遽遭不測，未及統編自己的作品，故世所流傳者，乃散無統緒之什。鄭谷《讀故許昌薛尚書詩集》自注謂，能"嘗從事蜀中，著《江干集》"，即屬於散佚的著作之一。

入宋，迨真宗咸平六年癸卯（一〇〇三），樞密直學士尚書刑部侍郎張詠知益州，感能嘗於是州爲官，遂集能所著四百四十八篇，編爲《許昌集》十卷，並爲撰序，刊於三川。張《序》略曰：

> 薛詩千餘篇，小得全本。咸平癸卯年，余全移自咸鎬，再涖三川。歲稔民和，公中事簡。時會同列，引滿酬詩，因議近代作者，各出薛集，僅將十本，五言七言二韻至一百韻，凡得四百四十八篇，爰命通理太常博士王好古，太子中允乞伏矩，節度推官韋宿，從長參校，依舊本例，編爲十卷，授鬻書者雕印行。用字未盡精，篇亦頗略，與夫世傳訛本，深有可觀。是年乙巳秋八月□日，樞密直學士尚書刑部侍郎知益州兼兵馬鈐轄張詠序。（汲古閣刊唐人八家詩本）

乙巳爲景德二年（一〇〇五），是此本乃景德蜀刻十卷本。這是能集的第一個編輯本，也是最早的刻本，然所收篇目，尚不及能作之半，可見散佚之多。仁宗慶曆時修《崇文總目》，其卷六十一著録"《薛能詩》十卷"，稍後《新唐書·藝文志四》亦著録"《薛能詩集》十卷"，皆十卷本一系的本子。《新唐志》還著録"《繁城集》一卷"，亦當爲張氏編十卷本前，世上散行的薛氏著作之什，十卷本出，餘本遂漸無傳焉。

宋室南渡，紹興改元（一一三一），山陰陸榮望就張詠蜀刻四百篇本，删其瑕纇，存其二百三十篇，録藏翠山書院。陸氏跋其後曰：

> 薛太拙以吟詠自負，如'朝廷有道青春好，門館無私白日閑'、'青

春背我亭亭去,白髮欺人故故生'、'當時諸葛成何事,只合終身作卧龍'等句,皆膾炙衆口久矣。今得其全集觀之,則累句亦不少。太拙日賦一詩,得之太易,乏月煅年煉之功,故精粗各半爾。暇日因取其瑕纇之作删去之,獨取全美者,得二百三十章,俾兒輩録之,藏翠山書院。或者咎余去取太嚴,予應之曰:古詩風賦比興雅頌之作,猶經删削,何獨於太拙之作而不可?掩惡而揚善,於太拙亦何負云。紹興改元,山陰陸榮望跋。"(汲古閣刊唐人八家詩本)

是此本又存張本之半矣。陸氏謂"於太拙亦何負",可見對此選本之自信。然此本刊行於何時,今已不得而知。唯自陸氏刊本出,蜀刻四百篇本漸就澌滅,世所傳者,皆陸本之流裔也。《唐集叙録》言"張乖崖原本,久已佚亡,所幸原序尚在,得悉薛集原委",所言甚是。晁公武《讀書志》卷十八著録"《薛能集》十卷",陳振孫《書録解題》卷十九著録"《薛許昌集》十卷",《宋史·藝文志七》著録"《薛能詩集》十卷",均陸榮望一系的本子。晁、陳二家著録書名之不同,表明南宋時能集刻本不止一種。

能集宋槧,今已無傳。然明末清初,宋槧尚存,毛扆、何焯皆曾以宋刻與汲古閣本對勘(詳汲古閣本),季振宜嘗用宋刻與鈔本對勘(詳季鈔本),《季滄葦藏書目·延令宋版書目》著録《唐三十家詩》所收能集(黄丕烈《士禮居叢書》本),即爲宋刻。而稍早的錢謙益《絳雲樓書目》卷三著録《薛許昌詩集》十卷,或即陳氏《解題》著録之宋刊本。然清中葉以後,能集宋槧就杳無蹤跡了。

元代不聞能集有刻本,《唐才子傳》卷七謂"今有集十卷及《繁城集》一卷傳焉",十卷本蓋宋刻,然謂《繁城集》一卷尚傳,殆爲夢語。

明代刊刻和傳鈔的能集,其主要版本有以下幾種:

(一)汲古閣本。崇禎十二年己卯(一六三九)毛氏汲古閣刻《唐人八家詩》所收《薛許昌詩集》十卷。國圖藏本有清毛扆校宋本並跋。毛刻《唐人八家詩》,内封面大字書"唐人八家詩",右上方小字署"汲古閣正本",左旁小字列八家之名:許渾、羅隱、李中、李群玉、李商隱、薛能、賈島、李嘉祐。此本半葉十二行二十字,卷前首張詠《薛許昌詩集序》,次目録。卷後附録凡《郡齋讀書志》、《古今詩話》、《北夢瑣言》、《南部新書》等有關薛能的文字及陸榮望《跋》。首卷卷端題"薛許昌詩集卷第一",次行下方題銜名"節度使檢校禮部尚書薛能",下接正文,詩凡二百六十三首。傅增湘《藏園群書經眼録》著録有此本,傅氏曰:"明末毛氏汲古閣刊唐人八家詩本。毛扆手校，有跋録後：'甲辰皋月望後四日從宋本校一過。'卷首鈐有'宋本校過'正書朱字小印。（余藏）"（《藏園群書經眼録》卷十二，頁一〇九五）則傅氏著録者，即今國圖藏本也。《群書經眼録》同時還著録了一部汲古閣刻本，爲何焯校宋本，今已不知流落何處。此本所據底本，毛氏没有交代，傅增湘亦未提及。然《善本書室藏書志》卷二十五在著録精鈔本《薛許昌詩集》十卷時，嘗判定此本乃據紹興元年陸氏刻本重刊者，其略曰："（精鈔本）凡二百三十篇，紹興元年山陰陸榮望選録也，有後跋。毛氏汲古閣曾刻之，此則鈔本耳。"（《善本書室藏書志》卷二十五）據此可知，丁丙著録的精鈔本，乃是據陸氏本鈔寫者，而此本則是據陸氏本重刻者。毛氏刻書，好以己意更改底本，此本亦然。傅增湘《藏園群書題記》亦著録有毛扆用宋本所校此本，據毛扆校記，宋本撰人署銜名"唐節度使檢校禮部尚書汾州薛能太拙著"，與此本僅署"節度使檢校禮部尚書薛能"不同；又此本"通得二百二十七題，視陸氏所選更差三首，豈梓本流傳又有遺佚耶"（《藏園群書題記》卷十二，頁六二七）。今考此本，通得二百二十六題，二百六十三首，是否有遺佚？尚待進一步證實。儘管如此，在宋本散佚的情況下，此本據宋本而來，故較他本更多地保存了宋本面貌，功不可没。上文已提及，季振宜藏有宋刻能集，季氏曾用宋刻校其所鈔能集（詳下），而後出宋本異文於天頭及字裹行間，如季鈔本《昇平詞十首》其九"旌旗入仗風"句，"入仗風"，季氏出校曰"宋刻作立仗風"，此本正作"立仗風"。季鈔本《詠烏》"詩家猶閉門"句，"猶"字，季氏出校曰"宋刻作獨"，此本正作"獨"。季鈔本《春日旅舍書懷》"故園鶯老憶殘春"句，"鶯老"二字，季氏出校曰"宋刻作陰老"，此本正作"陰老"。季鈔本《寄河南鄭[待]〔侍〕郎》，題中"鄭侍郎"，季氏出校曰"宋刻作鄭郎中"，此本正作"鄭郎中"。季鈔本《夏日青龍寺尋僧二首》其二"蜀茗半形甌"句，"形"字下有異文曰"一作鉶"。季氏出校曰"宋刻作邢"，此本正作"邢"。季鈔本《吴姬十首》，季氏出校曰"宋刻八首"，旋又删之，然此本正作"吴姬八首"，等等，不再一一列舉。季氏出校的宋本異文，此本幾乎全與之相同；當然亦偶有不合者，或爲毛刻所誤，或爲毛氏所改，但這究竟只是少數。據上可見，此本出自宋槧則是毫無疑問的。又毛氏此本另有陸敕先持以校宋本，《皕宋樓藏書志》卷六十九有著録，卷後有妙道人題記曰："歲乙未，有以毛校抄舊本《許昌集》求售者，爲静軒弟意所欲，讓歸之。今秋得汲古刊本，乃從静軒處取而校之，並補鈔原序跋凡五紙。毛鈔本前後均有

‘毛子九讀書記’方印，卷一首葉‘鳳’、‘苞’二字圓方兩小印，又有‘宋本’二字楕員印。但未識當時既有佳本，何以不取付刻也。妙道人記。”（《皕宋樓藏書志》卷六十九，頁七九〇）此本今藏日本静嘉堂文庫，嚴紹璗《日藏漢籍善本書録·集部·别集類》也有著録。妙道人即吴志忠，字有堂，清吴縣人，長於目録校勘之學。其謂汲古閣刻本前後無序跋，知其所見乃一殘本，故有毛氏“既有佳本何以不取付刻也”之疑，不知毛刻即出自宋本也。

（二）統籤本。《唐音統籤》所收《薛能詩》六卷，編卷六百六十七至六百七十二，戊籤五十六，刻本。此本分體編次，計首卷至二卷五律九十二首、五言小律三，第三卷五排二十九，第四至五卷七律七十六、七絶三十，第六卷七絶七十六、殘句五則，共三百六首，殘句五則。此本所據底本，胡氏曰：“今傳本即陸所删，然實二百五十六篇也。兹于陸本外，更搜得四十八篇，各注‘補’字題下，通爲三百四篇云。”（《唐音統籤》第六册，頁六二五）然據筆者所計尚少二首。依胡氏之言，此本所據乃陸刻本。然而細繹則不然，據筆者考察，此本所據乃萬曆刻《晚唐十四家詩集》所收《薛能集》一卷，故胡氏所謂“今傳本即陸所删”，不過謂其所據底本屬於陸氏一系的傳本罷了，並非謂所據底本就是陸氏原刻。萬曆本收詩二百五十六首，胡氏又輯補佚詩四十八篇，故共三百有奇。文字方面，季氏也作了校勘，並增加了一些題下注文，很有參考價值。

清代刊刻和傳鈔的能集主要版本有以下幾種：

（一）季氏稿本。季振宜《全唐詩稿本》所收鈔本《唐許昌節度使薛太拙詩》一卷。半葉十一行十八字。字體非一，應爲由兩人鈔寫所致。詩凡三百十一首，又補入佚詩《申湖》、《乞假歸題候館》和《鎮徐州詠柳》三首，故共三百十四首。然《申湖》與《鎮徐州詠柳》卷中已收，故實三百十二首。此本所據底本，季氏未交代，然持校汲古閣本及統籤本，則文字多與統籤本同，是知此本與統籤本同出一源，亦是據萬曆刻《晚唐十四家詩集》之《薛能集》一卷鈔録者，而後再補入季氏自己輯得的佚詩，故共三百十二首，成爲一時收詩最多的本子。文字方面，季氏用宋刻本及《文苑英華》、《萬首唐人絶句》、《樂府詩集》等諸集作了校勘，故文字較以前各本爲精。如此本《懷汾上舊居》“劉田因得自生瓜”句，“劉田”，統籤本同；季氏蓋據汲古閣本改作“刈田”，良是。又如此本《褒斜道中》“江遥放入旁來水”句，“放”字，汲古閣本作“旋”，季氏據改，甚是。再如此本《褒城驛有故元相公舊題詩因仰嘆而作》“題云萬竹吴千黎”句,“吴”、“黎”二字,統籤本同;而汲古閣本作“與”、“梨”,季氏據改,二者孰是?考元稹有《褒城驛二首》,其二有“憶昔萬株梨映竹”句,此即能詩所本,可見此本作“吴”、“黎”誤,季氏蓋據汲古閣本改作“與”、“梨”,極是,等等。此外,季氏還於字裏行間出校不少異文,增加了一些題下和詩後注文,均有參考價值。如《老圃堂》,題下原無注,季氏增注曰:“一作曹鄴詩。”爲甄辨此詩的歸屬提供了有益的綫索。

(二)全唐詩本。康熙敕編《全唐詩》所收《薛能詩》四卷。《唐音統籤》和季振宜《全唐詩稿本》,乃清編《全唐詩》所據兩部重要的唐代詩歌總集。而康熙敕編《全唐詩》中的《薛能詩》四卷,便是將季氏《稿本》中的《薛太拙詩》一卷全數收入,删去《稿本》重收的《申湖》與《鎮徐州詠柳》二首,另補入編臣輯得的佚詩《春色滿皇州》、《寄唁張喬喻坦之》、《贈僧》“盡日行方到”與《題鹽鐵李尚書澭州别業》四首,故《全唐詩》凡三百十六首,卷八七〇《諧謔二》録其《嘲趙璘》一首,合計三百十七首,成爲一時收詩最多的本子。文字方面,編臣以統籤本及其他校本參校,改正了季氏未及改正的訛誤,並增加了不少異文及注文。如季氏《稿本》之《折楊柳十首》,題下本無序,編臣蓋據統籤本增入題序達六十餘字,頗有益於理解詩意。《符亭二首》,編臣於題下增入序文三十餘字。糾誤的例子,如季氏《稿本》之《評州題德星亭》,題中“評州”,汲古閣本、統籤本等皆作“許州”,甚是,然季氏未予校正,僅於題下出校曰:“《英華》作‘許州題德星亭’。”編臣則徑直將詩題改作“許州題德星亭”,删去季氏校記,極是。又如季氏《稿本》之《天際識歸舟》“斜日滿紅樓”句,“紅樓”,汲古閣本、統籤本皆作“江樓”,良是,季氏未改,編臣據改,甚是,等等。另外,指出與其他詩人重出篇目者,如季氏《稿本》之《華清宫和杜舍人》,題下本無注文,編臣於題下增注曰:“一作張祜詩,一作趙嘏詩。”爲辨别此詩的歸屬提供了綫索。正因爲全唐詩本具有以上各項優長,故而成爲現存薛集諸古本中較好的本子。

(三)眠雲鈔本。眠雲精舍鈔《薛許昌詩集》十卷,有清丁丙跋,南京圖書館藏。《善本書室藏書志》著録“《薛許昌詩集》十卷,精寫本”,當即此本。此本結銜“許昌軍節度使檢校禮部尚書薛能太拙”,丁丙記曰:“此本凡二百三十篇,紹興元年山陰陸榮望選録也,有後跋。毛氏汲古閣曾刻之,此則鈔本耳。”(《善本書室藏書志》卷二十五)據此可知,此本乃是據陸氏本鈔寫者,故版本價值頗高。

劉蜕集

劉蜕(八二一？～八七九?)字復愚,長沙(今屬湖南)人。幼時父棄家,母姚氏撫其成立,苦心志學。二十四歲前後遊歷襄陽、鄂州、梓州、廣州等地。大中四年庚午(八五〇)登進士第,人稱"破天荒",因前此潭州進士罕有及第者。歷壽州從官、太學助教等職。咸通以後爲左拾遺、中書舍人、户部郎中、商州刺史等。約卒於乾符末年。

劉蜕文集乃其自編,名《文泉子集》,凡十卷。其《文泉子集序》叙述編輯過程與命名之意甚悉,其略曰:

> 三月辛卯,夜未半,埜水入廬,漬壞簡策。既明日,燎其書,有不可玩其辭者。噫！當初不敢自明其書十五年矣,今水之來,寇余命也已矣。故自褐衣以來,辛卯以前,收其微詞,屬意古今上下之間者,爲外内篇焉。復收其怨抑頌記,嬰於仁義者,雜爲諸篇焉。物不可以終雜,故離爲十卷。離則名之不絶,故授之以爲《文泉》,"泉"之時義大矣哉！蓋覃以九流之文旨,配以不竭之義曰泉。崖谷結珠璣,昧則將救之,雲雷亢粢盛,乾則將救之,予豈垂之空文哉！自辛卯迄甲午,覆研於襄陽之埜。(四部叢刊本《劉蜕集》)

可見《文泉子集》的編輯,實由埜水偶然入廬引發的。於是自三月辛卯至甲午,僅以四日功夫編成此集,地點在"襄陽之埜"。而編輯年代,其《獻南海崔尚書書》曰:"蜕之生於今二十四年……因時著書滿十卷。""十卷"之説,恰與其《序》合,可見二十四歲時《文泉子集》已編成。若以二十四歲這年成書計,則《文泉子》之編輯在會昌四年甲子(八四四)作者遊歷襄陽時。至大中元年丁卯(八四七),約二十八歲遊歷梓州時,作《梓州兜率寺文冢銘》曰:"文冢者,長沙劉蜕復愚,爲文不忍棄其草,聚而封之也。"又曰:"嗚呼！十五年矣,實得二千一百八十紙,有塗者乙者,有注楷者,有覆背者,有朱墨圍者。"是文冢所封,乃其爲文十五年以來的草稿,而《文泉子集》十卷,乃編定的文集稿本,則隨身攜行。晚唐五代世上流行的,當即十卷本《文泉子集》;另《獻南海崔尚書書》所説"舊拔刺書一卷"、"雜歌詩共二卷",這些作品亦爲二十四歲以前所撰,而其登第則在三十歲左右。後人或謂唐人文集,多成於登第以前,證之於劉蜕,信然。

入宋,《崇文總目》卷六十著録"《文泉子》十卷",稍後《新唐書·藝文志四》著録同。宋室南渡,陳振孫《書録解題》著録"《文泉子》十卷",並記曰:"自爲序云:'覃以九流之旨,配以不竭之義,曰泉。'有《文冢銘》,甚奇。"(《直齋書録解題》卷十六,頁四八四)可見自晚唐迄兩宋,《文泉子集》十卷一直流行。至於《宋史·藝文志七》著録"《劉蜕集》十卷",則未必爲實録之書名,只不過表明劉蜕有集十卷存世而已。而"舊拔刺書一卷"、"雜歌詩共二卷",卻不見著録,蓋均已散逸。

元代不聞有蜕集刊行。明焦竑《國史經籍志》卷五雖著録"劉蜕《文泉子》十卷",卻非明時存書的實録,因焦氏不考書之存亡,僅雜湊舊有的書目而成,故不足爲憑。正統間,楊士奇等纂成《文淵閣書目》,該目乃具體檢視文淵閣實際藏書後纂修而成的,徵實可信,然卻不見著録蜕集。這表明迨正統時,《文泉子集》十卷已經散佚。後來陳第《世善堂藏書目録》卷下,唯著録"《劉蜕詩集》一卷",則十卷本的文集,的確已經失傳,且並原編詩集亦不見流傳。

今傳蜕集的最早刻本,乃晚明天啓四年甲子(一六二四)吴馡重編問青堂刊《唐劉蜕集》六卷。此本今國家、上海、華東師大等圖書館皆有庋藏;上圖另一藏本有清許乃普、裕庚批並跋,另一藏本有翁之繕跋;復旦大學藏本有清夏緑堂批點。《四部叢刊》初編本即據問青堂本影印。此本與《孫樵集》合刊,封面題"唐名家文集"五大字,"劉蜕孫樵合刻"六小字。版式比較特殊,半葉七行十六字,有欄框無解行,每葉陰陽兩面各自爲欄,不相連屬,葉德輝稱爲"如支那本佛經。無版心,中刻'劉蜕集一卷'至'十卷'。卷各有目,文即銜接刻"(《郎園讀書志》卷七,頁三六二。案葉氏謂"十卷"誤,應爲"六卷"——筆者)。此本卷三、卷六尾題前各有"明吴馡梓於問青堂時天啓甲子"識語二行。卷前首丙寅(天啓六年,一六二六)元夕古宜豐半癡居士熊文舉《題唐劉蜕集》,次天啓甲子香城吴馡《刻唐劉蜕集紀事》,次目録。卷後無附録。正文六卷,凡收文五十篇。吴馡《紀事》曰:

> 讀唐代文,嘗癖劉蜕,恨全書未獲覩。壬戌歲(天啓二年,一六二二),業制舉于醉李。偶向緇廬披幡朽簡,忽一册首尾蠹蝕,文益滅漶不可句,以意强會,僅辨《山書》、《文冢》兩篇。反復檢認襞幅,隱隱是桑悦印記。奇士鑒藏,喜愕生信。是夕燈下摩挲眼力,十字九想,若陟

華巔，愈艱愈快。吾友人收之，同好者也，時住石耳。手録一軸，遥報之。二人書沉篋底，所遺名賢，輒謀原集讐正，卒無傳本。甲子同在婆髻詩巢，慨然興懷，懼是復遭淪没，廼萃凡唐編輯，迄夫稗紀，補入脱遺，考索同異，次第後先，成六卷。留劉蜕所著精神，换桑悦所傳面目，以布藝林。……寓内嫏嬛之嗜者，能存其藁，請勿祕諸，不然異代指兹爲定本，余適蜕之罪人。天啓甲子曝書日，香城吴馡紀事舟菴。（四部叢刊本《劉蜕集》）

可見此六卷蜕集，乃吴馡重編本，非《文泉子集》十卷原本矣。吴氏於僧舍偶然發現桑悦所藏殘本，因"首尾蠹蝕，文益滅漶不可句"；於是凡遇名賢"輒謀原集讎正"，卻"卒無傳本"，可見十卷本《文泉子集》的確已經散逸。吴氏懼怕此殘本"復遭淪没"，遂廣泛搜集唐編典籍及稗官所載蜕文，考索異同，並此殘本，重新編成六卷本。此後各種版本之蜕集，均祖此本，蜕集今能不絶於世，吴馡之功矣。此本，傅增湘曾見一朱彝尊藏本，"前有丙寅元夕古宜豐半癡居士熊文舉序，又天啓甲子香城吴馡序。蓋先得桑民懌藏殘本，因輯補成帙刻之。有'竹垞'朱文二字大印、'長水胡氏敦仁堂圖書'白文印。（乙亥正月邃雅齋見。）"（《藏園群書經眼録》卷十二，頁一〇九七）"竹垞"乃朱彝尊號。惜此本今已不知去向。

吴馡本外，崇禎十三年庚辰（一六四〇）有閔齊伋刻"大中兩儁"之《劉拾遺集》一卷。所謂"兩儁"，乃劉蜕與孫樵也，樵於宣宗大中九年（八五五）進士登第，故稱"大中兩儁"而並刻其集，今國家、杭州大學等圖書館均有藏本。《郘園讀書志》著録爲"《劉拾遺集》不分卷，明崇禎庚辰閔齊伋刻本"，葉氏稱首葉封面總題"大中兩儁"四字，版心上題"劉拾遺集"四字，無魚尾，葉數小字，刻近下欄框内。半葉九行十八字。前有閔序，稱其"《文集》十卷，僅見新安吴氏所校本如干篇"（《郘園讀書志》卷七，頁三六二）。新安吴氏，即吴馡。則此本當據吴氏問青堂本翻雕。傅增湘《藏園群書經眼録》著録此本曰："《唐劉拾遺集》六卷，唐劉蜕撰。此即劉蜕文泉子集也。明末閔氏刊本，九行十八字。前有崇禎庚辰烏程閔齊伋序，所據亦吴馡校本，但音釋微有更訂耳。此刻亦罕見，擬收之。（邃雅齋見。）"（《藏園群書經眼録》卷十二，頁一〇九七）傅氏著録此本"六卷"，乃"一卷"之誤。稍後，傅氏《藏園群書題記》著録此本則曰："此本乃殊不經見。余偶游廠市，見此集，乃亟購而藏之，俾與石香館本同貯焉。石香館本分六卷，此本不分卷，而篇次咸與之同。惟篇中僻字間加音釋，文字異者注一作某於句下，要其所采，當不越《英華》、《文粹》諸書。”又曰：“第閔氏致力雖勤，而校讎乃多未審。如《投知己書》‘欲振之者’句下乃誤接下篇《答知己書》爲文，遂致二書混爲一首，而中奪文至八九行，此校勘之鉅繆，殊難以自解者也。又以《全唐文》核之，其中《論令狐滈疏》爲此本所無，疑據他書補入者。其《禹謗》一首《全唐文》不載，則據《唐文粹》爲皮日休作，而刊去之。且此本亦注明於題下，非誤收也。”（《藏園群書題記》卷十二，頁六三〇）是閔氏翻刻問青堂本，舛誤不少，然增補劉蜕佚作，亦不謂無功。

崇禎末，蜕集又有黄刻本。即崇禎十六年癸未（一六四三）黄燁然覆刻《唐劉蜕集》六卷。四川省、中國社科院文學所、湖南師大等圖書館皆有藏本。黄燁然《序》曰：“恨全書未獲，客歲得吴馡所輯六卷，惜梓布未廣，予與家侄竊恐後遭淪没，輒分考異同，付梨棗。”可見此本是據吴氏刻本覆刻者。傅增湘《藏園群書經眼録》有著録，曰：“明崇禎刊本，七行十六字，版分陰陽葉、四周雙闌，無中縫。目録次行題明黄燁然黄也剛仝編輯。前有吴馡紀事一篇，次崇禎癸未閩中黄燁然序。鈐有‘忠諫名家’、‘三山王氏叔子道徵印’、‘閩三山王道徵叔蘭印’。（乙亥三月）”（《藏園群書經眼録》卷十二，頁一〇九七）此本，日本森立之《經籍訪古志》卷六亦有著録，謂是小野宜卿舊藏，卷首有“小野節家藏書”、“宜爾子孫”二印，卷末有宜卿手跋，下捺“宜卿”印，書法逸秀可觀。後楊守敬《日本訪書志》亦著録《森志》此集，並謂“按此本所載蜕文，不見於《文苑》、《文粹》兩書者尚多，或疑有僞作”（續修四庫本《日本訪書志》卷十四，頁七〇五）云云。

清代刊行和傳鈔的蜕集版本，主要者有以下幾種：

（一）馮鈔本。康熙時馮武鈔《唐劉蜕集》六卷，南京圖書館藏。武乃馮班從子，字竇伯，號簡緣。班以書法名一時，武受其學，著有《書法正傳》、《遥擲集》。此本即武鈔本，書體精美絶倫。其所據底本，乃吴氏本。

（二）四庫本。文淵閣《四庫全書》所收《文泉子集》六卷。然而《四庫全書總目》卻著録曰：“《文泉子集》一卷，兵部侍郎紀昀家藏本。唐劉蜕撰……集十卷，今已不傳。此本爲崇禎庚辰（一六四〇）閩人韓錫所編，僅得一卷，蓋從《文苑英華》諸書採出，非其舊帙。存備唐文之一家，姑見崖略云爾。”（《四庫全書總目》卷一五一，頁一二九八至一二九九）顯然《總目》著録的一卷本，與《四庫全書》實收之六卷本，兩者並非一書。《四庫》録書與

《總目》著録之間爲何會出現彼此不符？或許《總目》著録之一卷本，乃《四庫》初修時所據，後來發現有更好的六卷本，遂將一卷本抽出，换成六卷本，而《總目》卻未及更正耶？今一卷本已不知去向，六卷本仍存於《四庫》中。今考《四庫》六卷本，分卷、篇目、編次與吴馡問青堂本完全相同，文字也與問青堂本差異極小，甚至連問青堂本出校的異文也照樣鈔録，顯然四庫本乃是據問青堂本或其近似的本子録入的，唯卷前熊文舉與吴馡二序已經删去。《總目》著録之一卷本，館臣謂乃"崇禎庚辰閩人韓錫所編"，所收各文"蓋從《文苑英華》諸書採出"，是一卷本乃閩人韓氏重輯之蜕集，與吴馡重編的問青堂刻本自是兩種不同的本子。而四庫本較之問青堂本，文字還是有所不同的，如四庫本卷一《文泉子集序》"覃以九流之旨曰文"句，問青堂本作"覃以九流之文旨"。又如四庫本卷一《吊屈原辭三章·序》"祈公兮來之"句，"來"字，問青堂本作"釆"，甚是，四庫本誤。又如四庫本卷二《禹書上》"功不就則可謂勤民"句，"功"字上，問青堂本尚有"以"字，等等。《四庫全書》牢籠群籍，鈔録量極大，諸書録入後，未及仔細校勘，以致出現一些訛誤。不過四庫本保存了問青堂本的基本面貌，功績還是主要的。

（三）王鈔本。道光二十九年己酉（一八四九）王維熊茹古精舍鈔《文泉子集》六卷。此本王國維《傳書堂藏善本書志》有著録，稱此本卷前首熊文舉天啓丙寅序，次吴馡天啓甲子撰《刻集紀事》。據此可見，此本乃是據吴馡本鈔寫的。此本卷後有跋文一則曰："此先祖茹古精舍鈔本，葉心有'茹古精舍正本道光己酉重鈔王維熊寫'諸字。先祖藏書，在兵燹後得者，别有'咸豐庚申以後收藏'一印爲識。亂前所藏，散佚殆盡。年來到處搜羅，所得無幾，而鈔本尤爲罕見，用此版格寫者，僅見此一種。碩果之存，彌覺寶貴矣。"（《傳書堂藏善本書志·集部》）可見此本乃是王維熊茹古精舍據吴氏本鈔寫的。

（四）别下齋本。咸豐間蔣光煦輯刻《别下齋叢書》所收《文泉子集》六卷，巾箱本。《叢書集成初編》所收《文泉子集》六卷，即據此本印行。内封面題"文泉子集"，半葉十一行二十一字，左右雙邊，細黑口，版心無魚尾，中間部分鎸"文泉子集卷某"字樣，最下有"别下齋校本"五字。卷前首吴馡《刻唐劉蜕集紀事》，次熊文舉《題唐劉蜕集》，次目録。卷後無附録。各卷首題"文泉子集卷某"，次行下方題"唐劉蜕撰"，下接正文。正文六卷，凡收文五十首。此本分卷、篇目、序次悉與吴馡本相同，文字也與吴氏本相差甚徽，顯然是據吴氏本翻刻者。不過因此本入於叢書，部帙較多，刻後疏於校勘，故有不少文字訛誤，未爲善本。

（五）舊鈔本《文泉子集》六卷。此本《鐵琴銅劍樓藏書目録》有著録，曰："《文泉子集》六卷，舊鈔本。唐劉蜕撰并序。舊有十卷本，已不傳。此明吴馡編輯本，有馡序。"（《鐵琴銅劍樓藏書目録》卷十九，頁二九一）是此本乃據吴氏問青堂本鈔寫者。

孫可之文集

孫樵（八二二？～八九〇？）字可之，一作隱之，自稱家本關東（函谷關以東）。大中九年乙亥（八五五）進士及第，曾一度爲幕職，又入蘭省。廣明元年庚子（八八〇）黄巢軍入長安，僖宗西奔岐隴，樵應詔赴行在，遷職方郎中。時朝臣中散騎常侍李潼有曾、閔之行，前進士司空圖有巢、由之風，樵有揚、馬之文，時稱"行在三絶"。後不知所終。

樵乃晚唐韓派文章之嫡傳，中和四年甲辰（八八四），樵"閲所著文及碑碣書檄傳記銘誌，得二百餘篇，藁其可觀者三十五篇，編成十卷，藏諸篋笥，以貽子孫"，書名《經緯集》，且自撰序文，具銜"朝散大夫尚書職方郎中上柱國賜緋魚袋孫樵"（宋蜀刻本《孫可之文集序》）。是《經緯集》十卷三十五篇，乃樵手定，時間在遷職方郎中後。晚唐五代世上流行的，應即録文三十五篇的本子。

入宋，《崇文總目》卷五十九著録"孫樵《經緯集》三卷"。稍後《新唐書·藝文志四》、南宋晁公武《讀書志》及《通志·藝文略》等著録均同，晁氏記曰："唐孫樵字隱之。大中九年進士。廣明初，黄巢犯闕，赴岐隴，授職方員外。時詔書曰'行在三絶'，以常侍李隲有曾、閔之行，前進士司空圖有巢、由之風，樵有揚、馬之文，遂輯所著名《經緯集》。"（《郡齋讀書志校證》卷十八，頁九二一）所述與樵自叙編輯緣起合，書名及卷數則與《崇文總目》及《新志》著録同，凡三卷；"十卷"或爲後世改編。迨南宋後期，陳振孫《書録解題》始著録"《孫樵集》十卷"，書名及卷數均已改易，然而篇數則仍舊。陳氏記曰："唐職方郎中孫樵可之撰。自爲序。凡三十五篇，蓋其删擇之餘也。"（《直齋書録解題》卷十六，頁四八四）。古書卷帙分合，乃常有之事；集名變换，亦非鮮見。或因此懷疑後世所傳樵集的真實性，《四庫全書總目》

已論其非(詳下)。不過卷數與集名的不同,表明宋代流行的樵集至少有兩種版本系統:一爲三卷本,一爲十卷本。《宋史·藝文志七》亦著録"《孫樵集》三卷",然《宋志》是元人將宋代幾部官修目録拼合而成的,並非傳世樵集的實録,故不足爲據。

樵集宋槧,今存者爲蜀刻本《孫可之文集》十卷,宋公私書目均失載。此本今國圖藏有兩部:一部只鈐有私人印鑒數十枚,如"關西節度系關西"、"博依齋印"、"三十五峰園主人"、"汪士鐘"、"顧千里"、"楊以增"、"楊紹和"、"楊保彝"等,並有黄丕烈、顧廣圻《跋》,近年《中華再造善本·唐宋編·集部》所收《孫可之文集》十卷,即是據這部蜀刻本影印的;另一部鈐有元代官印"翰林國史院官書",另有"劉體仁"、"陳澄中"等私人印鑒。民國時期涵芬樓《續古遺叢書》所收《孫可之文集》十卷,一九七九年十一月上海古籍出版社影印《孫可之文集》十卷,及《宋蜀刻本唐人集叢刊》所收《孫可之文集》十卷,均是據這部蜀刻本影印的,後附今人陳杏珍跋。清乾嘉以來討論樵集版本的學者,或不知樵集有兩部蜀刻本同時存世,或雖知兩部同時傳世,然因未弄清兩本的差異所在,論述往往張冠李戴,從而造成樵集版本系統混亂不清。時至今日,學界尚無人指出這兩部蜀刻本的關聯與差異。經筆者勘驗,兩部蜀本實爲同一副槧版印刷的,故其版式行款完全相同;然而前一部爲初刻本,後一部爲修訂本,故二本文字差異相當大。乾嘉以來討論樵集版本的衆多學者因不明此情,遂將修訂本誤作初刻本,以致衆説混淆不清。以下於行文方便處,扼要予以廓清。而於兩部蜀本則視行文需要,或概稱"蜀刻本",或稱前部無官印者爲"蜀初刻本"、稱後部有官印者爲"蜀修訂本",以示分别。

蜀刻本半葉十二行二十一字,左右雙邊,白口單魚尾下有"可之某卷"字樣。卷前首中和四年樵自《序》,次目録;卷後無附録。各卷首題"孫可之文集卷第某",卷一賦三首,卷二至三書九,卷四雜著三,卷五雜録三,卷六至十雜著十七,共三十五篇。此種十二行蜀刻本,清代學者判爲南宋初槧,而《中國版刻圖録》則斷爲南宋中期刻本(參本書《元氏長慶集》條)。若是樵集改稱《孫可之文集》蓋始於南宋中期。或以爲陳氏《書録解題》所録即此本,然卷數雖同,而書名不符。

黄丕烈、顧千里所題跋者乃無官印的蜀初刻本,然二人並不知爲蜀刻,更不知蜀本於初刻之外還有修訂本傳世,故籠統以"宋刻本"稱之。黄氏跋曰:

> 余友顧抱沖得宋刻本於華陽橋顧聽玉家，楮墨精良，首尾完好，真宋刻中上駟。爰從假歸，校於毛刻本上。實有佳處，悉爲勘定。内卷二、卷三與毛刻互倒，自當以宋刻爲是。其脱落如卷八《唐故倉部郎中康公墓誌銘》“楊岩”已下二十四字，宋刻獨全。知内閣本必非宋刻也。雖宋刻亦有訛脱，然無心之誤，讀者自知。卷中朱筆所改，已得其大半。夫抱沖與余之生，後守溪、子晉者幾何年，而所見有勝於前人者，不誠幸與？還書之日，因志數語於卷端，藉抱沖小讀書堆以並傳不朽云。大清嘉慶元年正月上元日書於讀未見書齋，棘人黄丕烈。（又見《蕘圃藏書題識》卷七，載《黄丕烈書目題跋》，頁一六四至一六五）

這裏的“守溪”，指明人王鏊，正德間刻有樵集（詳下）。黄氏將此本與汲古閣刻三唐人集本（詳下）對勘，知此本卷二、卷三毛刻互倒，《康公墓銘》“楊岩”以下二十四字，毛刻全脱，遠不及宋刻之優。然蜀初刻本訛誤亦不少，卷中朱筆已改正大半。此本原藏華陽橋顧聽玉家，後歸顧抱沖小讀書堆，黄氏是從小讀書堆借校毛刻的。顧抱沖家書散出後，此本歸汪士鐘，故卷中有“汪士鐘印”、“三十五峰園主人”等鑒藏印記。顧廣圻就是自汪家借得此本，與明正德王鏊本（詳下）及《唐文粹》對勘的，故此本卷中有“顧千里經眼”、“顧千里以字行”鑒賞印記二枚。顧氏跋此本曰：“王震澤於正德丁丑刻《孫可之集》而自序之，謂獲内閣秘本，手録以歸。毛子晉合習之、持正爲《三唐人文》者也。此宋槧前在小讀書堆，今藏藝芸主人處，丁亥夏閏假來，細勘正德本，知傳之多失。卷中絶無賞鑒諸家圖記，或皆未見歟？凡取《文粹》所有若干條入辨證。顧千里記。”顧廣圻亦是持此蜀初刻本與王鏊本對勘，證得王鏊本“多失”的。顧氏《思適齋集・題跋》曾再次提及此本（詳下）。汪家書散出後，此本歸山東聊城楊氏海源閣，故卷中有楊以增、楊紹和、楊保彝祖孫三代鑒藏印記十多枚。《楹書隅録》著録此本曰：

> 予齋藏唐人集廿餘種，皆宋元槧之致佳者，而浩然、昌黎兩集並此本，同出一刻，尤精古絶倫，蓋即復翁云南宋初年鋟版者也……謨觴斟液，宛委搜奇，僕何人斯，居然津逮，則如述古主人所謂駭心悦目，不數蓬山矣！秋雨初霽，新涼襲人，偶理縹囊，漫志於後。時癸亥八月之二十有四日也，彦合主人。（《楹書隅録》卷四，頁五二四）

楊氏著録《宋本昌黎先生文集》時，曾再次提及此本曰：“南宋初刻唐人集，每半葉十二行,行二十一字之本,凡數十種,與北宋蜀本每半葉十一行,行二十字唐人諸集,並稱最爲精善,顧今世流傳絶罕,偶或遇之,率已損闕,求完帙不易得也。藏予齋者凡三:一浩然,一可之,皆完帙;一殘本鈔補者,即此。孟集與此,均有元時'翰林國史院官書'朱文長印。"(《楹書隅録》卷四,頁五一六)海源閣所藏乃蜀初刻本,故無官印,楊氏謂其與《孟浩然集》均有元時官印,蓋一時誤記,民國時期此本由海源閣後人楊敬夫售與東莞莫伯驥五十萬卷樓,莫氏《群書跋文》三九八有此本,其《跋》略曰:

> 據楊氏之言,是孫集實爲南宋初刻本。今以各家藏本校之,孫集洵以此本爲首屈。天禄本不可信爲宋,固無庸論矣。此外,正德王鏊本、林茂之閩本、毛子晉虞山本,更在其下。惟丁氏所藏之舊鈔本,當比前數本爲可讀。即如集中《書田將軍邊事》云:"南蠻果大入成都,門其三門,四[月]〔日〕而旋。"而正德本脱去"其三門四[月]〔日〕而旋"七字;吴騂重訂本云:"大入成都"是一句,"門其三門"是一句;《文粹》削去"其三門"三字,不成語。《文苑》可證此鈔本不誤,較正德本爲優,故善本書室特拈出之,然亦一節之長,仍不可與此宋槧比也。(引自《唐集敘録》,頁三〇三)

莫氏在"以各家藏本校之"的基礎上,指出孫集"洵以此本爲首屈",所言不虚。新中國成立後,此本入藏國家圖書館(原北京圖書館)。

蜀修訂本,卷首和卷尾均鈐有"翰林國史院官書"朱文長方大官印,表明此本元時曾爲内府藏書。元明易代,此本轉入明内府深藏,世人難以得見。明後期至清初,此本流入世間,爲劉體仁所得,故卷中鈐有"劉體仁"白文方印,"穎川劉考功藏書印"朱文方印。劉家書散出後,此本輾轉至民國時流入天津書肆,傅增湘曾見之,以議價太高而罷。後銀行家陳澄中購得此本,於新中國成立前攜至香港定居,同時帶去一批宋元珍本。迨二十世紀五十年代陳氏售其藏書,北京圖書館(今國家圖書館)方以高價購回,與蜀初刻本並藏於館中。較之初刻本,此修訂本只是改動了文字,故二本文字有明顯差異。如初刻本卷二《書何易于》"某人能擒若干盜,反若干盜"二句,此本將後一句"反若干盜"四字挖去,成爲一條形空白,顯出明顯的挖改痕跡,與初刻本形成鮮明對照。其他文字改動者,也不在少數。如蜀初刻本卷一《大明宫賦》"見大明宫前庭仰眙俛駭"句,"眙"字誤,此本改作"眙",

良是。初刻本卷二《書何易于》"會昌五年樵過出益昌"句,"過"字誤,此本改作"道",極是。初刻本卷六《復佛寺奏》"即令户口不暇於開元"句,"暇"字誤,此本改作"下",甚是。再如初刻本卷十《罵僮志》"冒者觸雪,擕出籍謁"二句,"者"字誤,此本改作"雨",良是,等等。然而此本也有誤改者,如初刻本卷二《書何易于》"易于即腰笏引舟"句,意思本已明白,此本卻於"即"字下,增一"自"字,作"易于即自腰笏引舟",這無異於畫蛇添足。初刻本卷五《龍多山録》"樵起辛而遊,洎甲而休"二句,"甲"字本來不誤,此本改作"申",則大誤。再如初刻本卷八《潼關甲銘》"天下愈平而其甲愈弊耳"句,"甲"字本不誤,此本改作"中"字,則大誤,等等。當然蜀初刻本的不少舛誤,此本亦未及全部改正,這裹就不再贅舉了。

元代未聞樵集有刻本行世。明代刊刻和傳鈔的樵集主要版本有以下幾種:

(一)王刻本。正德十二年丁丑(一五一七)王鏊刻《孫可之文集》十卷。國家、上海、湖北、南京、復旦等圖書館均有藏本:國圖一本有清顧廣圻校並跋,南圖藏本有清丁丙跋,北大圖書館藏本有李盛鐸跋;又國圖藏有遞修本。半葉十二行二十一字,左右雙欄,白口單黑魚尾下有"可之卷某"字樣。卷前首王鏊《序》、次孫樵《序》、次目録。卷後有王謌《跋》。王鏊字濟之,號守溪,吴縣(今江蘇蘇州)人,官至户部尚書,文淵閣大學士,卒謚文恪。鏊《序》略曰:"少讀《唐文粹》,得持正、可之文,則往返三復,惜不得其全觀之。後獲内閣秘本,手録以歸。户部主事白水王君直夫請刻以傳,遂授之梓。"是此本所據,乃明内閣藏本。王鏊乃文淵閣大學士,此本蓋其赴内府觀書時,得見内府所藏樵集秘本,手録以歸,刊刻行世。然因王《序》言之未詳,故未知所據内閣秘本究爲何種版本,是刻是鈔,毛晉、黄丕烈等皆曾産生過這種疑問,黄氏始疑此本並非出自宋本,後來見到蜀初刻本,經與此本比勘,才發現此本所據正是宋刻本。黄氏曰:"辛酉(嘉慶六年,一八〇一)冬日,偶至南倉橋書坊,見有殘帙半册,閱之,知爲孫可之文,而震澤王守溪刻者,行款、字形與宋本大約相同,以百餘錢得之擕歸,取勘校宋本,十有八九之合,始信正德本亦從宋刻本出也。誌之以見書之源流有自,輒得徵信於後云。蕘圃又識。"(《蕘圃藏書題識》卷七,見《黄丕烈書目題跋》,頁一六五))這裹黄氏所説的宋本,即其所跋之蜀初刻本。而王鏊所據内閣秘本,應爲鈐有"翰林國史院官書"印記的蜀修訂本,二本文字是有不少差異的。

黄氏謂王本與“宋本”,即蜀初刻本文字相合者“十有八九”,原因正在於此。由黄氏對勘的結果亦可證明,此本乃自蜀修訂本出,不過黄氏當時並不知道,蜀刻本還有修訂本傳世。

黄氏之後,顧廣圻亦曾用蜀初刻本與此本對校,而後跋初刻本曰:“王震澤於正德丁丑刻《孫可之集》而自序之,謂獲内閣秘本,手録以歸。毛子晉合習之、持正爲《三唐人文》者也。此宋槧,前在小讀書堆,今藏藝芸主人,丁亥(道光七年,一八二七)夏間假來,細勘正德本,知傳之多失。”後來,顧氏再次提及此本曰:

> 《龍多山録》云:“樵起辛而遊,[泊]〔洎〕甲而休。”此用《書》“辛壬癸甲”也。《刻武侯碑陰》云:“獨謂武侯治於燕爽。”此用《左傳》“管奚吾治於高傒”也。見宋刻而後知正德本之謬,校定書籍,可不慎哉!
>
> 道光丁亥,因有《文粹辨證》之役,遍搜唐賢遺集,得此王濟之所刻孫可之内閣本,復從長洲汪氏借宋槧勘正,視汲古閣《三唐人》本遠過之矣。宋本舊在小讀書堆,重見恍若隔世,爲題數語於後。(《思適齋集》卷十五,見《顧廣圻書目題跋》,頁五六九)

較之蜀初刻本,顧氏謂正德本“傳之多失”雖是事實,然而顧氏不知此本諸失,相當一部分並非始於此本,而是出自蜀修訂本。如顧氏所舉初刻本“洎甲而返”句,修訂本誤改作“洎申而返”,此本即因所據爲修訂本而誤。顧氏作爲清代著名校勘學家,其所以會錯怪此本,就是因爲顧氏亦不清楚蜀刻本尚有初刻與修訂之别。顧氏的校勘本後歸常熟瞿氏,《鐵琴銅劍樓藏書目録》卷十九有著録,新中國成立後瞿氏後人將其捐獻給國家。由於蜀刻本世人難得一見,故此本一出,後世諸多樵集多祖此本,從而衍生出蜀修訂本一系的諸多本子。

由於此本出自宋本,行款、字形與宋本大致相同,故曾有誤作宋本者。如《天禄琳琅書目後編》即著録一刻本《孫可之文集》,一函二册,編臣曰:“書十卷。得文三十五篇。目録後刻‘大宋天聖元年戊辰,秘閣校理仲淹家塾’字。考宋仁宗天聖元年,歲在癸亥,戊辰乃六年也。其字畫濃重,與通部不同,蓋書賈增印作僞。然此書今所行毛晉汲古閣刻本跋云‘王鏊從内閣鈔出’,則近代無刻本,信矣!”(《天禄琳琅書目後編》卷六,頁五二九)編臣以此宋槧爲僞,學界多從其説,如莫伯驥《群書跋文》、邵章《增訂四庫簡明目録標注》、萬曼《唐集叙録》等。此本現藏國圖，實爲王刻本，然而乾隆時曾被當作宋槧入藏天禄琳琅，故卷中有"五福五代堂寶"、"八徵耄念之寶"、"乾隆御覽之寶"、"太上皇帝之寶"、"天禄繼鑒"等鑒藏印記。造僞者於目録後空白處，用活字加印"大宋天聖元年戊辰，秘閣校理仲淹家塾"字樣，致使乾隆皇帝和編臣們一度受騙，將其視爲貨真價實的宋刻，不惜把"乾隆御覽之寶"等諸多皇帝大印鈐蓋其上（參牟玉亭《中國古典文獻學》，社會科學文獻出版社二〇〇五年八月第一版，頁一三三）。此僞宋槧直到編輯《天禄琳琅書目後編》時，西洋鏡才被揭穿。《崇文總目》、《新唐志》及晁公武《讀書志》成書皆在宋仁宗天聖後，但天禄琳琅所藏樵集卻均名《經緯集》，可見南宋晁氏《讀書志》以前並無《孫可之文集》十卷本刊行於世，所以依據書名即可判定此本之爲僞書。

（二）吴刻本。天啓五年乙丑（一六二五）吴馡石香館刻《唐孫樵集》十卷。此本乃與《唐劉蜕集》合刻，《四部叢刊》初編所收樵集即據此本影印。今國家、江西、四川、南京、北大、復旦等圖書館均有藏本。南圖藏本原爲朱彝尊庋藏，後爲丁丙所得，卷前另紙有丁丙跋，《善本書室藏書志》卷二十五著録；復旦藏本有清夏緑堂批點。半葉七行十六字，四周雙欄，無解行；每葉陰陽兩面各爲版框，不相連接，故無版心，兩版間鐫"孫樵集某卷"字樣，傅增湘稱爲"陰陽版"，版式與劉集相同（已見）。每卷有子目，下接正文。卷三、卷五至八、卷十尾題前均有"乙丑春吴馡考訂鋟於石香館"字樣，故世亦稱"石香館本"。卷前首天啓乙丑吴馡《鐫唐孫樵經緯集記》、次孫樵《自序》、次目録。卷後無附録。十卷文凡三十五篇。吴馡《記》略曰：

> 甲子長夏，偕群季侍家大人于南礀樓居……命幡家笥，重以牙籤題識，載行譏察。忽及大人手訂諸編，有《經緯集》，爲孫可之自定著作，在唐與劉復愚名埒，欲以並行。又得王文恪吴下舊本、林茂之閩本，參考《文苑》等籍，釐正相沿之謬。鄢中鄭見羲先生聞之，請同較閲。遂爲中和以來復存可之面目，隨助剞劂之金，從臾速成。廼直以"唐孫樵"題集者，存古遺意，使姓名彰彰不磨，而晚近易于通曉……歲天啓乙丑蓮花生日，吴馡于字祖堂，滌研濡豪，正冠稽首製。（四部叢刊本《唐孫樵集》）

是此本所據底本，乃馡父手訂《經緯集》。馡又以王刻本、林茂之本及《文苑英華》等典籍重加校訂，糾訛正謬，出資刊行。至於集名，吴馡改作《唐孫樵集》，旨在彰顯孫樵姓名，且使後人“易於通曉”。“林茂之閩本”，不知究爲何時刻本。值得注意的是吴馡父手訂之《經緯集》，單從書名來看，似即宋槧《經緯集》抑或其鈔本，然而稍加尋繹可知，宋世《經緯集》三卷，此本十卷，故從卷數方面衡量，馡父手訂之《經緯集》，似乎只是《孫可之文集》的書名改换，是鈔是刻尚不清楚。然而持與王刻本對勘，文字區别則很小，故學界多以爲此本出自王刻本。不過較之蜀刻本與王刻本，此本確有不少佳處。吴氏謂參校諸本，“釐正相沿之謬”，所言不虚。如此本卷三《書田將軍邊事》“南[巢]〔蠻〕果能大入成都，門其三門，四日而旋”，兩部蜀刻本均無“其三門四日而旋”七字。此本增入“其三門四日而旋”，並録《英華》校語曰：“‘大入成都’是一句，‘門其三門’是一句，《文粹》削‘其三門’三字，不成語，《文苑》可證。”等等。當然此本亦有訛誤，但總的來看較之王刻本，此本確有不少可取之處。這些優長，是否源於《經緯集》？由於《經緯集》三卷已佚，故已無從考其詳了。此本《善本書室藏書志》卷二十五亦有著録，原爲朱彝尊舊藏，有“竹垞”、“長水胡氏敦仁堂圖籍”諸印，丁氏謂此本“似較正德本爲勝”。《藏園群書經眼録》也著録此本一部，傅氏曰“卷尾有舊人朱筆題識三行，欵香蓮記。鈐有‘盱眙王氏十四間樓藏書記’朱文印。（余藏）”（《藏園群書經眼録》卷十二，頁一一〇三）《藏園群書題記》亦提及此本，傅氏稱：“惟每葉陰陽各自爲闌，前後不相連屬，視常刻爲異耳。”（《藏園群書題記》卷十二，頁六三三）

（三）閔刻本。崇禎間閔齊伋刻《唐孫職方集》一卷。此本與《劉蜕集》合刊，蜕集改稱《劉拾遺集》，此本改稱《孫職方集》，浙江大學圖書館有藏。閔氏識曰：“家有寫本，爲吾亡友潘昭度所貽，在篋中久矣。庚辰春，客有示我南都吴門二刻者，方駕，得異同幾二百字，文止卅五篇，異同爾許，是亦得失之林，敢就淹雅正焉。烏程閔齊伋。”此本葉德輝《郋園讀書志》有著録，其略曰：“《孫職方集》不分卷……爲閔齊伋合刻《大中兩僬》本之一，版式行字與《劉拾遺集》同。目分十卷，而刻本通爲一卷……閔稱‘吴門二刻’者，蓋指天啓甲子吴馡合刻《劉孫二家集》本及毛晉汲古閣刻《三唐人集》本也……毛刻亦出傳鈔，其與齊伋所據之寫本多有異同，或别有所本，可以考信。當檢諸本一合勘之，惜乎牽於人事未暇握管也。”（《郋園讀書志》卷七，頁三六三）是此本雖爲一卷，然所據底本乃十卷本也，而非由宋三卷《經緯集》而來，故亦當屬蜀刻本一系的本子。葉氏因此本與吴馡本、汲古閣本文字有異同，即懷疑此本别有所據，不確。

（四）黄刻本。崇禎十六年癸未（一六四三）黄燁然閩中覆刻《唐孫樵集》十卷。臺北故宫博物院藏本有楊守敬校並跋。傅增湘《藏園群書題記》曾提及：楊惺吾家藏有此本，行款、版式與吴刻本完全相同。楊惺吾以爲是吴刻本，而傅增湘檢視楊氏《留真譜》中影刻此本，目録題《孫可之集》，下署"明黄燁然、黄也剛同編輯"，傅氏因疑此本乃吴刻本版片"後移歸黄氏，而改題姓名耶"（《藏園群書題記》卷十二，頁六三四）。所言可備一説。《經籍訪古志》卷六曰："寶素堂藏明崇禎中刊本《孫可之文集》，首有中和四年孫樵《自序》及目録，又載正德丁丑震澤王鏊《序》。目録首記黄燁然、黄也剛同編輯，版式與《劉蜕集》一樣，乃崇禎中依正德本重録二集合刻者。"

（五）汲古閣本。毛晉汲古閣刻《三唐人文集》所收《孫可之集》十卷。半葉九行十九字，左右雙邊，白口無魚尾，上象鼻内有"可之"字樣，下象鼻内鎸"汲古閣"三字。卷前首可之《自序》，次目録。首卷卷端題"孫可之集卷一"，次行下方署"東吴毛晉子晉訂"。卷後有毛晉《跋》，其略曰："《通志略》載其《經緯集》三卷，今考其集十卷，乃震澤王守溪先生從内閣録出者，其卷次、篇目適符可之本《序》，真善本也。"（又見《隱湖題跋》，《明代書目題跋叢刊》下册，頁一九九二）黄丕烈蓋據此謂毛刻出自王槩本，黄氏跋蜀刻本曰：

> 《孫可之文集》，毛刻《三唐人集》而外，世無刊本。即毛氏所本，亦云震澤王守溪先生從内閣録出者，究未識其爲刻與鈔也。余友顧抱沖得宋刻本於華陽橋顧聽玉家，楮墨精良，首尾完好，真宋刻中上駟。爰從假歸，校於毛刻本上，實有佳處，悉爲勘定。内卷二、卷三與毛刻互倒，自當以宋刻爲是。其脱落如卷八《唐故倉部郎中康公墓誌銘》"楊岩"已下二十四字，宋刻獨全。（《中華再造善本》影印蜀刻本《孫可之文集》）

可見此本雖自王刻出，然與蜀刻本對勘，卻發現有重要差異處：蜀刻本卷二與卷三，此本互倒，黄氏以爲"自當以宋刻爲是"。又蜀刻本卷八《唐故倉部郎中康公墓誌銘》"楊岩"已下二十四字，此本全脱去。其他訛誤，尚不在此數。王國維《傳書堂藏善本書志》亦著録有此本，卷中過録黄丕烈、顧千里校宋本異文，王國維曰："汲古閣刊本，昔人臨黄拙叟、顧澗蘋二校。案黄所録者，黄復翁校宋本；顧所校者，汪閬源家宋本也。汪本本在復翁家，是二本同源，視汲古刊本大勝。"（《傳書堂藏善本書志·集部》）黄丕烈校宋本、顧千里校汪閬源家宋本，二人所見宋本皆蜀初刻本。王國維也以爲，宋本即蜀刻本，遠勝於毛晉此本。鄧邦述跋《三唐人集》後曰："汲古刻《三唐人集》，所據非善本。義門手校乃用《英華》、《文粹》正之，其踳駁紕繆之處已不可枚舉。毛氏景寫宋本獨冠千古，刻本則往往不逮後賢，乃知義門、澗蕡、仲魚、抱經、渌飲、兔牀諸君子覃精讎勘，真讀書者之藏書也。此書經人褫護，而褾手惡劣，頗多闕損，稍可惜。幸校筆尚未漫漶耳。正闇。"謂毛氏刻書"所據非善本"，以此本觀之，信然。卷末還有傅增湘《跋》。此本，上圖所藏，有清吴卓信跋並録、清黄丕烈校跋。

另外，此本又有清嘉慶、道光間重修本，卷後有道光間邵淵耀《跋》，其略曰："是編刊自汲古毛氏，代嬗年湮，唯李集差完好，中翰嘗别序之。今兹俞生奉卿復於兩家補綴闕漏，仍還舊觀，俾學韓者得所津逮，譬諸泰山之有配林，大河之有惡池，原委具可討尋，波瀾惟其適變，亦存乎耆古之彦，善自得師焉爾。道光二十八年四月初吉，邵淵耀跋。"

清代刊刻和傳鈔的樵集主要版本有以下幾種：

（一）四庫本。《四庫全書》所收《孫可之文集》十卷。《四庫全書總目》曰："《孫可之集》十卷，浙江鮑士恭家藏本。唐孫樵撰……此本十卷，爲毛晉汲古閣所刊。"可見此本乃是以汲古閣本爲底本録入的。《總目》又曰："近時汪師韓集有《孫文志疑序》一篇，因謂樵文惟《唐文粹》所載《[後]〔復〕佛寺奏》、《讀開元雜記》、《書褒城驛》、《刻武侯碑陰》、《文貞公笏銘》、《與李諫議行方書》、《與賈秀才書》、《孫氏西齋録》、《書田將軍邊事》、《書何易于》十篇爲真，餘一十五篇皆後人僞撰。"汪氏之言，見《汪氏遺書》。師韓之論，《總目》批評道："然卷帙分合，古書多有，未可以是定真僞。且師韓别無確據，但以其字句格局斷之，尤不足以爲定論也。"（以上《四庫全書總目》卷一五一，頁一二九九至一三〇〇）以爲師韓别無確據，僅以"卷帙分合"、"字句格局"即斷定樵集大部分作品爲僞作，殊不足以爲據，館臣所論頗爲宏通可據。

（二）嘉慶鈔本。嘉慶十四年己巳（一八〇九）鈔《孫可之文集》十卷，南圖藏，原爲丁丙舊物，《善本書室藏書志》卷二十五有著録。半葉十行二十一字，工筆小楷，一絲不苟，鈔於統一印製的格子紙上，四周單邊，白口單黑魚尾，卷前首孫樵自序，次目録。卷末有“嘉慶己巳冬至日録成”。《善本書室藏書志》謂王刻本《書田將軍邊事》脱去“其三門四日而旋”七字，吴刻本不脱，此本亦不脱。顧千里所説宋本《龍多山録》“洎甲而休”，吴刻本訛作“起來洎車”；此本則訛作“起來泊車”，與吴本近似。卷八《刻武侯碑陰》“武侯治於燕奭”，吴刻本訛作“武侯之治比於燕奭”，此本訛誤與吴本相同。據比可見此本乃是據吴馡本鈔録者，可無疑也。藏印有“八千卷樓藏書之記”朱文方印、“雲閣秘袠”白文方印等。“八千卷樓”乃丁丙祖父藏書樓。

（三）馮刻本。光緒二年丙子（一八七六）馮焌光讀有用書齋刻《三唐人集》所收《孫可之文集》十卷。國圖藏本有傅增湘校，安徽省圖書館藏本有清蕭穆校。吴大廷《跋》謂，此本據正德王鏊本重刊。馮氏跋亦謂“往者於静涵書簏見王氏原刻，頗多脱誤。復假得李君升蘭傳録黄氏廷鑒所臨吴門讀未見書齋校宋本及元和顧千里手校宋本，細讀一過”，而後再參校《全唐文》上版刊行。據此可見，此本乃是以王刻本爲底子，以黄丕烈、顧千里二家校宋本以及《全唐文》參校，而後才上版刊行的。但是經馮氏勘正後，此本問題仍然不少。莫伯驥《群書跋文》三九八在著録蜀初刻本時論及此本曰：

> 前清，吾粤南海馮氏校刻《三唐人集》，流行頗廣，然可之一集，考楊氏《日本訪書志》十四云：馮某自言得見澗蘋兩校本，又見黄蕘圃校本，顧氏且云有《唐文粹》辨證之役，遍搜唐集勘正，知必於《文粹》所載可之文，一一校録，馮氏參校重刊，宜乎折衷一是。今以馮氏本對勘，不唯《文粹》佳處不能從，即此本是處亦多改刊。如《書何易［予］〔于〕》：“城嘉陵江南”蓋謂益昌縣城在嘉陵江南耳。馮本從俗本作“河南刺史”，而以城嘉陵斷句，爲不辭矣。且有各本不誤，而馮本獨誤者，此由重寫未得覆勘之故。由愋吾之言觀之，是馮刻似未取校此本。廼歷數十年，而此宋刻竟歸於我，是孫集善槧與吾粤人究有夙緣，不可謂非事之巧合者矣。（《唐集敘録》，頁三〇三）

可見馮氏此刻，並非如莫氏想象的那樣，參校衆本而“折衷一是”，不寧唯是，此本還生出種種新誤。然而較之其他諸本，此本畢竟自有所長。清耿文光《萬卷精華樓藏書記》卷一〇八亦著録有此本。

(四)遂園本。光緒二十二年丙申(一八九六)遂園重刊《孫可之文集》二卷。此本内封面題"孫可之文集",内封面背面題"光緒丙申用在陸草堂本重槧"。半葉八行十八字,左右雙邊,版心白口單尾上有"孫可之文集"字様,魚尾下方有卷次和篇題,最下有"遂園重刊"四字。此本字大行寬,版面宏敞,刻印俱佳,覽之爽神。卷前首儲欣《序》,次孫樵《自序》,次目録。卷後無附録。此本雖二卷,然收録篇目、編次完全與十卷本同,且目録及正文均標明十卷本各卷起迄,然卻以前四卷爲第一卷,後六卷爲第二卷。此種重複分卷,疊床架屋,大可不必。卷前《儲序》曰:"可之崎嶇行在,取生平所作,自編十卷,爲文三十五篇。宋時流入禁地,明猶内閣藏之。弘治時,閣臣文恪王公手録以出,歎曰:'此天下真文章,惜吾老不及學耳。'由是可之十卷刊布人間,而人始知。《唐文粹》所選,不足當十之一也。余所録之數,一如原編之數,無一逸漏云。"(河南大學圖書館藏本)此本所據底本,謂"用在陸草堂本重槧",然在陸草堂本,筆者所見書目均未著録。據此本卷前首載儲欣序一點看,在陸草堂本所據蓋爲康熙間儲欣刻《唐宋十大家全集録》所收孫集。然以此本與汲古閣本對勘,發現二者最爲接近,黄丕烈所説毛刻卷八《唐故倉部郎中康公墓誌銘》"楊岩"已下脱文二十四字,此本與之全同。此乃毛刻獨有之誤,而此本與之同,可見所謂"在陸草堂本"以及儲欣本,應均出自毛刻本無疑。

(五)守政本。宣統二年庚戌(一九一〇)守政書局木活字印《孫可之文集》二卷,河南大學圖書館藏。此本内封面題"孫可之文集",背面有"宣統庚戌年守政書局印"牌記一個。半葉七行十五字,左右雙邊,版心單魚尾上有"孫可之文集"字様,魚尾下爲卷次與篇題。此本開版宏闊,字大如錢,紙墨俱佳,清季有此種印本,可謂難得。卷前首爲儲《序》,次爲孫樵《自序》,次目録。卷後有渦陽袁大化《孫可之文集後序》。首卷卷端題"孫可之文集卷之一"。此本分卷、篇目、編次及文字與遂園本完全相同,故應是據遂園本或在陸草堂本重刊者。

綜上可知,樵集版本有以下特點:(1)樵集乃其自編,原名《經緯集》,凡三卷,文三十五篇。南宋中期以前,世所通行者即爲此種本子。中期以後十卷本方出現,陳氏《書録解題》所録《孫樵集》即是,蜀刻本則更名爲《孫可之文集》,然内容並無不同,文仍三十五篇。(2)蜀槧乃現存最早的樵集刻本,凡兩部,一爲初刻本,一爲修訂本,二者文字明顯有不同。(3)王鏊本爲明代最早的樵集刻本，所據乃蜀修訂本。乾嘉以來研究樵集的衆多學者因種種限制，不明此點，論述往往張冠李戴，失誤迭出。(4)由於宋槧難得一見，故王刻一出，後出諸本皆祖王刻本，其中吴馡本、閔刻本、馮刻本，因參校諸本及《文苑英華》、《唐文粹》等，糾正了王刻本的一些訛誤，成爲後出諸本中較好的本子。

【參考文獻】王志昆《孫樵集版本源流考》，《重慶師範大學學報》一九八八年一期

唐别集考卷第十八

麟角集

王棨（八三〇？～？）字輔之（一作輔文），福州福唐（今福建福清）人。咸通三年（八六二）進士及第，福建觀察使辟爲團練巡官，六年（八六五）中博學宏詞科，十年（八六九）再中書判拔萃科，授大理司直，歷官太常博士，知丹陽監、水部郎中、侍郎、淮南兩使勾務等，晚年歸終鄉里。

棨集北宋以前未見著録，可見流傳並不廣。迨南渡後，尤袤《遂初堂書目》方首次著録《王棨集》，然不言卷數，亦不言集中是否詩賦兼備。後世流傳的《麟角集》一卷，凡律賦四十五首，卷後附録省試詩二十一首，乃南宋初其裔孫王蘋所録，蘋記此事曰："宋紹興乙卯（五年，一一三五），八代孫蘋任著作郎，於館閣校讎，見先郎中省題詩，録附之。"可見王蘋以前，棨集未收省試詩。然而《宋史·藝文志七》著録《王棨詩》一卷；既名"詩"集一卷，卷内當無律賦。此一卷詩，當即王蘋於館閣中所見省試詩之原本，四庫館臣及余嘉錫《四庫提要辨證》皆持此種看法，如余氏即云："（棨）集不見於《新唐志》及宋人諸家書目，惟《宋史·藝文志》有《王棨詩》一卷，豈即其孫蘋在館閣中所見之原本歟。至於取棨所作律賦與詩合爲一集，名爲《麟角》者，或亦蘋所爲也。蘋爲紹興間人，而此書之出蓋甚晚，故不爲晁公武、陳振孫等所見耳。"（《四庫提要辨證》卷二十一，頁一三〇九）余氏謂《宋志》著録的《王棨詩》一卷，即蘋於館閣中所見《王棨詩》一卷原本；又謂棨集名《麟角集》，乃王棨命名。揆情度理，余氏之言皆是。然余氏謂宋諸家書目皆未著録棨集，則並不正確，尤袤《遂初堂書目》即有著録。不過尤氏著録爲《王棨集》，不言爲"詩集"，故其所著録者應是唯存律賦的集本。後來王蘋方將原本單行的《王棨詩》一卷附録於集後，並改稱《麟角集》。此後《麟角集》一卷附省試詩，便成了一切棨集的祖本。明以後流傳的棨集，其主要版本有祁氏澹生堂鈔《麟角集》一卷附省題詩一卷，藏四川省圖書館，此本爲現存最早的棨集傳本。

清代,棨集頗受青睞,乾隆時被録入《四庫全書》,《四庫全書總目》曰:

> 《麟角集》一卷,浙江汪啓淑家藏本……唐代取士,科目至多,而所最重者惟進士。其程試詩賦,《文苑英華》所收至夥。然諸家或不載於本集中,如李商隱以《霓裳羽衣曲》詩及第,而《玉溪生集》無此詩。韓愈以《明水賦》及第,而其賦乃在外集是也。其自爲一集行世,得傳於今者,惟棨此編,凡律賦四十五篇;又棨八代孫宋著作郎蘋於館閣得棨省試詩,録附於集,凡二十一篇,題曰“麟角”者,蓋取《顔氏家訓》“學如牛毛,成如麟角”之義,以及第比登仙也。集中佳作,已多載《文苑英華》中。雖科舉之文,無關著述,而當時風氣略見於斯。録而存之,亦足備文章之一格也。(《四庫全書總目》卷一五一,頁一三〇〇)

館臣謂所據乃“汪啓淑家藏本”,然汪家所藏究爲何種版本?卻未明言。又館臣云,合律賦與省試詩爲一集且命名爲《麟角集》者,乃王蘋。所言甚是。然而“麟角”一詞既非出自《家訓》,亦無登仙之義;此詞出於蔣子《萬機論》,不過用以比喻省試高中者稀少罷了。對此余嘉錫《四庫提要辨證》有詳細辨説,此不贅。

繼《麟角集》收入《四庫》不久,乾隆四十七年壬寅(一七八二)歙縣鮑廷博刻《知不足齋叢書》收有《麟角集》一卷附省試詩。此本半葉九行二十一字,左右雙邊,細黑口無魚尾,署“麟角集”三字。河南大學圖書館藏本,一種卷前有黄璞《王郎中傳》,次目録,當爲初印本。另一種卷前唯目録,《傳》移置賦之後、詩之前,當爲後印本。後印本曾經鮑廷博兩次校勘,一次在乾隆四十九年甲辰,另一次在五十九年甲寅,有鮑氏卷末跋可知,其略曰:“乾隆甲辰季春重校一過,知不足齋記。”又曰:“甲寅仲夏覆校改正十九字,廷博識。”後印本經兩次覆校,故當優於初印本。不過,儘管鮑氏屢加校改,此本脱佚處仍然不少,賦如《綴珠爲燭賦》“□□幕以煙緑”句,脱二字;天壤閣叢書本(詳下)作“逼蓮”。《松柏有心賦》“□□□□□直”句,“□□□桂”句,兩處凡缺八字之多。天壤閣叢書本前句作“森稜内扶剛直”,後句作“豈儕蘭桂”。省試詩如《詠菊》“節應□黄花”句,缺第三字;天壤閣叢書本作“有”。“香飄異□葩”句,缺第四字;天壤閣叢書本作“綺”。再如《邊城曉角》“眠霜□□□”句,後三字皆缺;四庫本作“野馬行”、天壤閣叢書本作“老鶴鷘”，等等。以上所脱諸字，四庫本、天壤閣叢書本雖不缺，然彼此並不相同，表明二本脱漏處乃後人所補，因補者不同，所補文字彼此也各異。

鮑氏知不足齋叢書本之缺憾，麟後山房刻《南越先賢集》所收《麟角集》一卷附省試詩，彌補了這一缺憾。此本乃福鼎王學貞刊於嘉慶十五年庚午（一八一〇），卷前有陳壽祺《序》，卷後有王學貞《跋》。陳《序》略曰：

> 本朝《四庫全書總目》，稱原本凡賦四十二篇（案中華書局影印本《總目》作四十五篇。王氏誤——筆者），其八代孫蘋補採《省題詩》二十一首附於後。浙江鮑氏復刻之《知不足齋叢書》。余鄉人福鼎王遐春，頃重鐫《冶南五先生集》，郎中其一，所據舊本目録，實賦四十五首。然郎中有《沛父老留漢高祖賦》，載《文苑英華》五十九卷，流沫人口，而此集尚闕。蓋《文苑英華》題下撰人棨，訛爲“啓”，猶《唐志》於《本事詩》書孟棨作“啓”，後人編輯此集，遂失收拾耳。嘉慶十有七年春，適余同歲生德清許周生駕部，以家藏《麟角集》郎中遺像樵寄，因傳語王君，亟並前賦及陳黯《序》補鐫之。……舊史氏福州陳壽祺謹跋。

是此本在舊本的基礎上增補遺像一幅、佚文一首，陳黯《序》。陳氏又曰：“近嘉善浦銑編《歷代賦話》，於唐盛推郎中，其《復小齋賦話》數舉郎中賦十余處，爲世軌則，以四十一首析爲四卷，盡加箋注，斯亦郎中百世下之知音歟！”是王棨賦在嘉慶時出現了箋注本，凡四卷，可惜今已無傳了。此本還填補了知不足齋本的脱漏，王學貞《跋》略曰：

> 集舊題曰《麟角》，計賦四十五篇。後八代孫著作郎蘋又於宋紹興乙卯在館閣校勘，得省試詩二十一首附焉。相沿既久，字畫多訛。國朝鮑氏知不足齋所刻，尚多脱佚。學貞乃借最舊本於友人處，詳爲覆視。中如《綴珠爲燭賦》“幕以煙緑”上補“逼蓮”二字。《琉璃窗賦》“語其巧”上補“若”字。《手署三劍賜名臣賦》“龍藻”下補“星”字；“霜凝”上補“鍔”字。《松柏有心賦》“外聳”下補“森稜内扶剛”五字；“高山之側”下補“豈儕蘭”三字。《跬步千里賦》“方城漸”下補“近寧漢”三字。《上德不德》詩“唯聞邃古”上補“道”字。《詠菊》詩“節應”下補“有”字；“香飄異”下補“綺”字。《甸服者舊望藉千畝》詩“情倍百”上補“望恩”二字。《邊城曉角》詩“眠霜”下補“老鶴鷘”三字；“直是吴兒聽”下缺一句，今補“鄉關夢不成”五字。實多校正，謹當刻竣，附識簡餘。時庚午

仲秋望日，福鼎王學貞拜跋。

可見此本較知不足齋本爲優。嗣後光緒十年甲申（一八八四），有《天壤閣叢書》所收《麟角集》一卷附省題詩。此本爲福山王氏所刻，國圖藏本有傅增湘校並跋。内封面題“唐王郎中麟角集一卷附録省題詩一卷”，内封面背面題“光緒十年冬福山王氏天壤閣開雕與景宋本黄御史集合刻版存家塾”。半葉十行二十字，粗黑口，左右雙邊。版心對魚尾，中署“麟角集”。卷前有王祖源序，次目録，次黄璞《王郎中傳》。卷後附録，收《南越先賢集》内《麟角集》所載陳壽祺、王學貞《序》、《跋》二則。卷端題“麟角集”，次行題銜“唐水部郎中福唐王棨著”。正文收賦四十五首，補遺《沛父老留漢高祖賦》一首。附録省題詩二十一首。王祖源序此本刊刻緣起甚悉，其略曰：

祖源既刻影宋慶元本《黄御史集》，因備論古今文字體格至唐截然一變，爲文字中一大關鍵，而律賦格調一局，至唐之王棨、黄滔又截然一變，風氣之開，千百年來莫能移易。至科舉之文，雖非專家著作可比，然於此等處，益足見當時風氣之真，因亟擬得《麟角集》舊本與黄集合梓之。兒子懿榮，從貴筑黄編修國瑾家，假得嘉慶中福鼎王氏麟後山房所刻《南越先賢集》内《麟角集》一卷，並宋王蘋所録棨《省試詩》附焉，與《四庫》所收本同，前有陳恭甫編修《序》一首，稱王氏此刻所據舊本，寄來繙閲，其補正脱訛，實較浙中鮑氏知不足齋刻本爲優，因並刻之。陳《序》又言，有德清許氏所藏此集繪棨小像者，或屬舊槧，他日續訪得之，可斠補也。

可見此本乃悉依嘉慶麟後山房刻《南越先賢集》之《麟角集》翻刻者，雖爲中字本，然刻印俱佳，文字校勘亦精，當爲清代刊行棨集中的上駟。職是之故，後來王遐春輯刊《王氏彙刻唐人集》之《麟角集》一卷、附録一卷，其版片並非新刊，而是借用天壤閣版片重印的。民國時期所出叢書集成本《麟角集》一卷附省題詩，亦是據此本排印的，可見此刻之可寶。不過此本亦偶有脱誤處，如知不足齋本《吞刀吐火賦》“道冠幻人，功傾術士”句，“士”字，此本作“土”，顯訛。《蟭螟巢蚊睫賦》“勉視莫得見其形容”句，“勉”字，此本作“俯”，亦誤，等等。然白璧微瑕，無妨此本之善也。

最後，爲丁丙所跋舊鈔本《麟角集》一卷附省試詩一卷本，南圖藏。此本半葉八行十六字，行楷書寫，鈔於無格白紙上。《麟角集》一卷賦四十五首,附録省試詩二十一首。詩賦首數與知不足齋叢書本同。此本文字也與知不足齋叢書本相同,上舉知不足齋本諸脱漏例,此本悉同,因知此本與知不足齋本屬於同一系統的本子,或此本即據其鈔出者。此本卷前另紙有丁丙跋文一則,判此本爲"舊鈔本,汪魚亭藏書",《善本書室藏書志》卷二十五有著録。

禪月集

貫休(八三二～九一二)字德隱,俗姓姜,蘭溪(今屬浙江)人。七歲於蘭溪和安寺出家,日誦經千字。懿宗咸通初遊學吴越與江西。黄巢軍起,嘗避居杭州等地。昭宗乾寧初謁錢鏐,旋赴荆南謁成汭,居龍興寺。三年丙辰(八九六)入蜀,王建禮遇之,賜號"禪月大師",永平初卒。

貫休頗擅詩,風調奇險,與方干、羅隱、齊己等著名詩人均有酬唱。吴融貶荆州時,嘗與貫休交遊,融返朝,貫休以詩稿相贈,融因爲撰《序》,甚稱譽之,其略曰:"晚歲止于荆門龍興寺,余謫官南行,因造其室。每譚論,未嘗不了於理性,自旦而往,日入忘歸……此外商榷二雅,酬唱循還……上人之作,多以理勝,復能創新意,其語往往得景物于混茫自然之際,然其旨歸,必合於道。太白、白樂天既殁,可嗣其美者,非上人而誰? 丙辰,余蒙恩詔歸,與上人别,袖出歌詩草一本,曰《西岳集》,以爲贐矣,切慮將來作者或未深知,故題序於卷之首。時己未歲嘉平月之三日。"(四部叢刊本《禪月集》)吴氏以太白、樂天比貫休,可見推許之高。"己未歲"乃昭宗光化二年(八九九),是年貫休手編《西岳集》於荆州。《四庫全書總目》嘗疑《西岳集》書名有誤,當爲《南岳集》(詳下),然齊己《白蓮集》卷八《荆門寄題禪月大師影堂》有"《西岳》千篇傳古律"詩句,下有齊己原注曰:"大師著《西岳集》三十卷,盛傳於世。"(四部叢刊本)齊己與貫休乃同時代人,且有酬唱作品往來,故所記必不誤。《西岳集》三十卷,陶岳《五代史補》稱《西岳集》四十卷,吴融序之,卷數恐没有這麽多。《西岳集》雖然成於貫休"晚歲",但入蜀後所作尚不在其内,故貫休去世後,至前蜀王衍乾德五年癸未(九二三),門人曇域遵貫休之囑,重新纂輯其作品,改名《禪月集》,並刻版行世。曇域《禪月集後序》曰:

有唐翰林學士兵部侍郎吴融請爲序。先師長謂一二門人曰:"吴公文藻贍逸,學海淵深,或以拒讓周旋異待矣,或以文害辭,或以辭害志,或以誕飾饒借,則殊不解我意也。子可于余所著之末,聊重叙之。”……師曰:“……子無辭焉,但當吾意而言之,然又不可以微之、樂天、長吉類之矣。吾若與騷人同時,即知殊不相[屈]〔屬〕爾! 直言之,無相辱也。”曇域遜讓不暇,力而叙之。

據此可見,貫休自以爲無法與元稹、白居易、李賀相比,更不能與李白相提並論,故針對吴《序》的過譽之評,命曇域重編其作品,並撰《後序》言明此事,以免自取其辱。這是曇域所以撰爲《後序》的重要原因之一。《後序》又曰:

壬申歲十二月,召門人謂曰……言訖掩然而絶息……葬事既周,哀制斯畢。暇日或勳賢見訪,或朝客相尋,或有念先師所制一篇兩篇,或記三句五句,或未閑深旨,或不曉根源,衆請曇域編集前後所制歌詩文贊,曰:“有見問,不暇枝梧。”遂尋檢槁草及暗記憶者約一千首,乃雕刻版部,題號《禪月集》……時大蜀乾德五年癸未歲(九二三)十二月十五日序。(四部叢刊本《禪月集》)

據此可見,曇域編成並刊刻《禪月集》,上距貫休辭世已十二年之久。前蜀主王建賜號“禪月大師”,曇域因以名其集。《禪月集》有詩有文,總數達千首,可見收録作品相當完備。五代雕版印刷初興,曇域於蜀中刊行《禪月集》,不唯使貫休作品得以流布,而且開了别集鋟版的先河。清人莫友芝曰:“書籍刻板始于唐宋,然皆傳布古書,未有自刻專集。曇域後序作于王衍乾德五年,稱檢尋稿艸及闇記憶者約一千首,雕刻成部,則自刻專集殆自是集始,是亦可資考證也。”(《藏園訂補郘亭知見傳本書目》卷十二下,頁一〇七九)文淵閣《四庫全書》收有《禪月集》,莫氏此論爲《四庫總目》所采録。萬曼先生亦謂“曇域是刻不特早於馮道的《監本五經》,亦且早於毋昭裔之刻《文選》”(《唐集叙録》,頁三六二)。故而蜀刻本《禪月集》在别集雕印史上有重要意義,雖然此本今已無傳。曇域《後序》未言《禪月集》凡幾卷,但後世著録多爲三十卷。顧櫰三《補五代史藝文志》謂“僧貫休《寶月集》一卷”。“《寶月集》”當爲“《禪月集》”之誤,“一卷”應爲“三十卷”之訛。

入宋,《崇文總目》卷六十一著録“《禪月詩》三卷”。此“三卷”應爲三十卷之訛,因爲南宋晁公武《讀書志》卷十八仍曰:“貫休《禪月集》三十卷……

初，吴融爲之序，其弟子曇域削去，别爲序引，僞蜀乾德中獻之。”是晁氏所見《禪月集》仍爲三十卷，而無吴氏《序》。隨後陳振孫《書録解題》卷十九著録“《禪月集》十卷”，可見版本有多種，然卻無三卷者。至於《宋史・藝文志七》著録“《僧貫休集》三十卷”，元代《唐才子傳》卷十謂貫休“有集三十卷今傳”，則並非當時實録。

宋槧《禪月集》，今知有可燦所刻二十五卷本，而公私書目均失載。然王國維《兩浙古刊本考》卷下載有此本，且明清有多家影宋鈔本今仍存世，其最有名者，有明柳僉鈔本、明雁里草堂鈔本及武漢徐氏藏影宋精鈔本《禪月集》二十五卷。《四部叢刊》所收《禪月集》二十五卷即據徐氏鈔本影印，故由“叢刊本”可以間接窺見宋可燦刻二十五卷本的概貌：此本卷前首貫休銜名，次楊傑《禪月真堂》、江衍《嚴韻上和》與《見兜率寺舊功德再成一絶句》等七絶三首，次吴融《西岳集序》。卷後首曇域《後序》二篇，次可燦重刊《禪月集》題辭，次周奮伯、師保、祖聞、紹濤、童必明、余璨、徐琰等七人跋文。可燦題辭曰：“旹嘉熙四年五月十五日婺州蘭溪縣兜率禪寺住持賜紫禪悟大師可燦重刊。”（四部叢刊本《禪月集》）據此可知，此本刊於南宋理宗嘉熙四年（一二四〇）五月，乃貫休故鄉兜率寺（原貫休出家之和安寺）住持可燦禪師所槧。此本所據底本，乃童必明家所藏舊本，童氏跋曰：“［璨］〔燦〕上人來住吾鄉兜率有年矣。予偶到彼，因言《西岳集》，禪月貫休所作也，先世嘗收於書室。［璨］〔燦〕老有請，謂其徒喜聞樂道而未得全集，欲攻木廣其傳。予嘉其用心，勉成其志，遂檢兹集與之，仍薄助鋟版畢，復請紀其事，庶後有考於斯。嘉熙戊戌重九日，孟湖童必明書。”（同上）而師保跋更謂：童氏本乃“童公三世珍藏舊本，不知其歲年矣”，然“字小而册狹，刺眼爲礙”（同上），但均未説明是什麽版本。《四部叢刊書録》判童氏本爲“北宋刻本”，是童氏本並非曇域蜀中原刻。可燦所刊此本僅二十五卷，有詩無文，所缺五卷，蓋爲童氏本所脱，抑或可燦有意删去五卷耶？今已不得而知了。此種二十五卷本，各卷首題“禪月集卷第某”，首卷次行署“浙江東道婺州蘭溪縣和安寺西岳賜紫蜀國禪月大師貫休述”，以下卷七、卷十三、卷十七具款同。此本分體編次，計卷一樂府古題雜言三十首，卷二古風雜言二十、古意九，卷三至卷六古風雜言百十二，卷七至十八五律三百六十一，卷十九至二十五七律百二十五、七絶五十一，共七百八首。這種分體編次的集本，唐五代以前是不多見的。此本編次略顯混亂：卷十九至二十五，各卷七律與七絶皆有之，與明以後先律詩、後絶句的編例不同。此本分體，以樂府與古風、古意標目，無五古、七古、排律等之别，所以雖爲分體本，卻與明人迥異，明人重編唐集多以五七言古近律絶，律詩又將五、七言律與排律區别開來。所以《禪月集》這種編次，亦可能出自可燦重編。宋以後這種二十五卷本，就成爲一切貫休集的祖本。

元代不聞刊行《禪月集》。明代刊刻和傳鈔的貫休集，其主要版本有以下幾種：

（一）柳鈔本。正德九年甲戌（一五一四）柳僉大中鈔《禪月集》二十五卷，上圖藏。此本半葉十行二十字，隸書結體，風格古拙，鈔於統一刷印的格子紙上，左右雙欄，白口無魚尾，書口中部有“叢書堂”三字。首卷卷端題“禪月集卷第一”，次行具款“浙江東道婺州蘭溪縣和安寺西岳賜紫蜀國禪月大師貫休述”。卷前首吴融《西岳集序》（前半損殘），卷後首大蜀乾德五年癸未（九六七）十二月十五日曇域《禪月集後序》，可燦重刊《禪月集》題辭，次周伯奮跋。附載楊傑、江衍憑吊詩三首。周跋後，柳大中題識曰：“時正德九年六月十三日，吴中布衣柳僉大中録畢於桐涇别墅之簡静齋中，復值病起，聊以詩紀歲月云：‘病瘉入城懶，斯書敗筆書。山林圖自在，風雨欲何如。白滿秧田水，青翻柳浪魚。不知塵不到，岑寂是安居。’”據上，知此本所據乃宋理宗嘉熙四年（一二四〇）兜率寺住持可燦重刊本。此本後歸錢曾，錢氏《述古堂書目》著録有此本，《錢遵王讀書敏求記校證》卷四中亦有著録，章鈺校記引勞權語曰：“郁氏本亦出自述古堂舊藏，今歸丹鉛精舍，是柳大中用叢書堂書格手鈔，十行廿字，首册副葉有‘函雅堂收藏書畫記’朱文長印，吴融《序》後有‘籛後人謙益讀書記’朱文大方印。周《跋》後半葉題云：‘時正德九年六月十三日，吴中布衣柳僉……’前後俱空二行，低三格，字頗古拙，書中有蒙叟朱筆校字。”（《錢遵王讀書敏求記校證》卷四中，頁二〇六）據此可知，此本明末清初曾先歸錢謙益，復歸錢曾。錢曾之後，此本歸丹鉛精舍，又歸葉氏菉竹堂，再歸孫星衍平津館，《平津館鑒藏記書籍》卷三“舊影寫本”類有《禪月集》廿五卷，即此本。孫氏曰：“題‘浙江東道婺州蘭溪縣和安寺西岳賜紫蜀國禪月大師貫休述’。前有己未歲翰林學士吴融序，後有門人曇域後序二篇，嘉熙四年婺州重刊題字，嘉熙戊戌周伯奮跋，嘉熙戊戌童必明跋，附載楊傑、江衍詩三首，末有正德九年吴中布衣柳僉大中手鈔題識，並詩一首。《禪月集》，曇域刊於乾道五年，嘉熙中，可燦復刊於婺州。此本乃柳僉從可燦本影寫。明毛晉刊有《補遺》一卷，在此本之後矣。收藏有'葉氏菉竹堂藏書'朱文圖印。"（《平津館鑒藏記書籍》卷三，頁一〇一）孫氏書散出，此本輾轉入藏上海圖書館。此本柳氏原未鈔童必明跋；今此本後補有童跋，然不知爲誰氏所增。

（二）四部叢刊本。《四部叢刊》所收《禪月集》二十五卷，乃上海商務印書館據武昌徐氏藏影宋鈔本影印。然影印時並未言徐氏藏本鈔於何時，今姑判爲明中葉鈔本述之。半葉十三行二十字。卷前、卷後附録見上宋槧二十五卷本。此本各卷收詩，有與標目首數不相符者，如卷一標明"樂府古題雜言三十首"，然實收僅二十八首。卷二"古風雜言二十首"，實收却爲二十一首。卷十六標"五言律詩三十首"，實收僅二十八首，故此本共七百零五首。此本文字略有殘損，鈔寫亦有訛誤。如卷八《秋居寄王相公三首》其一首句"禪林蟬□落"，脱第四字。卷十《送黄賓于赴舉》"二階□夜雪"句，脱第三字；"□帥無一事"句，脱第一字。卷十六《覽姚合極玄集》"誰念射聲□"句，脱第五字。卷二十《大蜀皇帝潛龍日述聖德詩五首》其二"威清鼙角□□□，□肅神龍草木寒"二句，脱四字，等等。文字訛誤例，如卷一《白雪曲》落句"即安用爲人爲"句，前一"爲"字衍。卷二《茫茫曲》"茫茫也大愁殺人"句，"也大"誤，當作"四大"。卷十《題師穎和尚院》"謾住許名時"句，"名"乃"多"字之誤。卷十二《書無相道人庵》"白塵眠枯葉"句，"白塵"乃"白鹿"之誤。同卷《江陵寄翰林韓渥學士》，題中"韓渥"乃"韓偓"之訛。卷十三《送友人及第後歸台州》"終期葉頂下"句，"葉頂"乃"華頂"之誤。卷十四《聞知聞赴成都辟請》"梭蕈火初乾"句，"梭"乃"椶"字之訛。卷十五《十霄亭晚望懷王棨侍郎》，題中"十霄亭"乃"干霄亭"之誤，此本卷二十四有《登干霄亭》詩可證。卷十八《懷盧延讓》"到頭還到頭"句，第二"到"字誤，當作"白"，等等。這些訛誤，當爲鈔寫者粗疏所致。此本與柳大中鈔本同源，皆爲宋理宗嘉熙四年（一二四〇）可燦重刊本，二本比勘，可相得益彰。

（三）汲古閣本。汲古閣刻《唐三高僧詩》所收《禪月集》二十五卷補遺一卷。此本國圖所藏有清葉樹廉校跋並録明柳僉跋。半葉八行十九字，版心上頂邊欄鐫"禪月集"，最下有"汲古閣"字樣。各卷首題"禪月集卷某"；卷一次行低二格具款"浙江東道婺州蘭溪縣和安寺西岳賜紫蜀國禪月大師貫休述"，以下各卷不再具款；三行題"樂府古題雜言三十首"。多數卷末有"海虞毛晉訂"五字。此本卷前有"梁成都府東禪院貫休傳"，下署撰者"處默曇域”四字。卷後《補遺》一卷，收詩十五首、殘句十三則。最後爲毛晉跋文二則，其一曰：“貫休集……宋人相傳凡三十卷，余從江左名家大索十年，僅得二十五卷，其文贊及《獻武肅王詩》五章、章八句俱不載，不無遺珠之憾。今略補一二於後。”據此可見三十卷本，明時確已失傳，毛晉不遺餘力尋訪，最終一無所獲，貫休作品的輯補工作，自毛晉起即已開始。至於此本所據底本，毛晉並未交代。今考此本分卷、分體、收詩、編次等與叢刊本完全相同，文字亦相差甚微，而且卷中漫漶脱漏處，二本絶大多數亦相同，如上舉叢刊本卷八《秋居寄王相公三首》、卷十《送黄賓于赴舉》、卷十六《覽姚合極玄集》、卷二十《大蜀皇帝潛龍日述聖德詩五首》等詩脱漏的文字，此本完全相同，可見此本所據底本，亦當爲可燦一系的本子。此本收詩與叢刊本同，再加《補遺》十五首，共七百二十首，殘句十三則，成爲明代收詩最多的本子。此本文字，毛晉也作過校勘，然所出校記並不多。此本文字訛誤處，如卷一《讀離騷經》“問湘神，雲中君，不知何以變靈均”，“變”字訛，叢刊本作“交”，甚是。卷二《田家作》“倉囤峨峨欲避日”句，“避”字訛，叢刊本作“遮”，甚是。卷七《讀杜工部集二首》其二“名齊李杜名”句，“李杜”誤，叢刊本作“李白”，極是。卷八《思匡山賈匡》“崖蜜落冰池”句，“蜜”字誤，叢刊本作“栗”，甚是，蜜經寒便凍結，何能下落冰池？故作“栗”字是。卷九《題嶧桐律師院》，題中“嶧桐”似誤，叢刊本作“擇詞”。卷十《送王賓于赴舉》，題中“王”字，叢刊本作“黄”。卷十二《明進士北齋避暑》，題中“明”字誤，叢刊本作“胡”。卷十三《送友人之嶺外》“風雷舶欲來”句，“風雷”誤，叢刊本作“南風”，甚是。卷十五《送緑有禪師與雷處士入武夷山》，題中“緑有”誤，叢刊本作“緣有”，甚是。同卷《邊上行》“黑松林外路”句，“黑松”二字，叢刊本作“白榆”。卷十六《送僧歸剡山》“遠逃爲亂處”句，“遠逃”誤，叢刊本作“袁晁”，甚是，指唐末浙江農民起義軍領袖袁、晁起義也。同卷《覽皎然渠南鄉集》，題中“渠”字誤，叢刊本作“集”，甚是；“至鑒封姚監”句，“封”字誤，叢刊本作“逢”，甚是。卷二十二《秋末寄上桐江馮使君》“月轉棠陰送客還”句，“送”字誤，叢刊本作“放”，甚是。卷二十三《山居詩二十四首》其一“緣圃空階雲冉冉”句，“緣”字誤，叢刊本作“緑”，甚是。卷二十四《賀雨上王使君二首》其一“王霸清風滿内庭”句，“王霸”誤，叢刊本作“黄霸”，甚是，黄霸與龔遂，乃漢代賢太守，此處以黄霸比王使君。卷二十五《將入匡山宿韓判官宅》“明朝江山空回首”句，“江山”誤，叢刊本作“江上”，甚是。再如同卷《溪寺水閣閑眺因寄宋使君》"誰知太守分憂外"句,"知"字誤,叢刊本作"如",甚是,等等,訛誤還是不少的。然而在《貫休集》刻本罕見的情況下,此本亦難得之珍矣,《四庫全書》即據此本著録。若將文字加以精校,便可成爲善本。

(四)雁里鈔本。明雁里草堂鈔《禪月集》二十五卷。張金吾《愛日精廬藏書志》卷二九著録有此本,曰:"舊抄本,雁里草堂藏書,唐西岳僧貫休撰。曇域《後序》,蜀乾德五年。周伯奮跋,嘉熙戊戌。童必明跋,同上。"(《愛日精廬藏書志》卷二九,頁五二五)此本後歸瞿鏞,《鐵琴銅劍樓藏書目録》著録此本曰:"《禪月集》二十五卷,舊鈔本。唐西岳僧貫休撰,明雁里草堂鈔本。毛刻亦同,惟無曇域序及周伯奮、童必明二跋,且多譌字,可據以校正。卷末有'秦柄圖書'、'雁里草堂'二朱記。"(《鐵琴銅劍樓藏書目録》卷十九,頁二九五)可見此本亦是就可燦本鈔出者。

(五)統籤本。胡震亨《唐音統籤》所收《貫休詩》三卷,編卷九百二至九百四,庚籤一僧詩三十四,鈔本。首卷五古十七首、七古十六(《别仙客》一首題存詩缺)、長短句十八,第二卷五律四十九,第三卷七律二十、五絶九、六絶一、七絶三十三、殘句二十四則,共百六十三首、殘句二十四則。較之叢刊本,此本相差五百四十二首。胡震亨曰:"詩集三十卷(《宋志》),今存三卷。"又曰:"其全集已亡。曾見宋睦州刻本,多他人詩雜入,不足據。"(《唐音統籤》第八册,頁六六五)是胡氏嘗親見宋槧,然睦州本凡幾卷,胡氏未言。可見胡氏棄五百四十餘首不録,其原因在於胡氏根本不相信今存二十五本的可靠性。事實上,其餘五百多首儘管混有僞作,但絶大多數爲貫休的作品。如《統籤》所收殘句"朱門當大道,風雨立多時",胡氏既認此殘句爲貫休詩,而二十五卷本卷十七首載此完詩《乞食僧》,胡氏却未録。取其部分而遺其全體,殊爲失檢。汲古閣本亦收有此殘句,《四庫提要》評汲古閣本曰:"所收佚句如'朱門當大道,風雨立多時'一聯,乃《贈乞食僧》詩,今在第十七卷之首,但'道'作'路'、'雨'作'雪'耳,晉不辨而重收之,殊爲失檢。"實際上毛氏此殘句,是從統籤本過録而來的。這樣的例子還有一些,如統籤本第三卷收有《失題》詩"愛陶長官醉兀兀",而二十五卷本卷二十二亦有此詩,題爲《再游東林寺五首》,此爲其四,題目並未佚失,此亦胡氏"殊爲失檢"處。《四庫提要》又曰:"《文獻通考》别載《寶月集》一卷,亦云貫休作,今已不傳。然曇域不云有此集,疑馬端臨或誤。"胡氏亦謂《禪月集》"又名《寶月集》",亦與馬氏同誤矣。至於此本所據底本,胡氏没有明言。經筆者比勘,此本文字多與江標《唐人五十家小集》之《唐貫休詩集》一卷本(詳下)同,而與叢刊本、汲古閣本多異。如叢刊本卷二《古意九首》其三"何妨學羽翰"句,"妨學"誤,汲古閣本同;而江標本作"當舉",此本亦作"當舉",甚是。叢刊本卷二《春晚書山家屋壁二首》其一"小兒啼索樹上鳴"句,"鳴"字誤,汲古閣本同;而江標本作"鶯",此本亦作"鶯"。叢刊本卷四《行路難四首》其一"不會當時作天地"句,"時"字,汲古閣本同;而江標本作"初",此本同,甚是。叢刊本卷七《天台老僧》"青眸笑更深"句,"更"字,汲古閣本同;而江標本作"轉",此本同,甚是。叢刊本卷九《途中逢周朴》"世濁無知己"句,"濁"字,汲古閣本同;而江標本作"獨",此本亦作"獨"。叢刊本卷十四《秋寄李頻使君二首》其二"清吟坐緑苔"句,"坐"字;江標本作"共",此本與汲古閣本亦作"共"。叢刊本卷十五《送僧歸天台寺》"令他十得嗔"句,"十得"誤,汲古閣本同;而江標本作"拾得",甚是,此本同。拾得乃天台國清寺僧,與寒山同時,故作"十得"誤。再如叢刊本卷十六《懷智體道人》"柄筆思吾友"句,"柄筆"不詞,汲古閣本作"棲碧";江標本作"把筆",此本同,甚是。再如同卷《詩》"幾處覓不得,有時能自來","幾處",汲古閣本同;而江標本作"盡日",此本同,味之詩意,當以"盡日"爲是,以"盡日"對"有時",形容作詩靈感産生的情形,非常貼切,等等。可見此本文字與江標本多同,表明此本與江標本乃同源本。且江標本溢出二十五卷本的詩,此本也載有數首,如《苦寒行》、《獻錢尚父》、《繡州張相公見訪》、《月夕》、《春野作》等等,也可證明此本與江標本同源。而江標《唐人五十家小集》所收《唐貫休詩集》不分卷,所據乃宋李龏編《唐僧弘秀集》(詳下),因知此本所據也是《弘秀集》。此本文字,胡氏也作了校勘。如叢刊本卷七《晚泊湘江作》"高吟似有鄰"句,"似有",汲古閣本同;而江標本作"孰得",此本作"似得","似"下校曰:"一作孰。"又如叢刊本卷九《題擇詞律師院》,題中"擇詞",江標本同,而此本、汲古閣本作"嶧桐"等等。

清代刊刻和傳鈔的貫休集主要版本有以下幾種:

(一)孫鈔本。清初孫潛影鈔《禪月集》二十五卷,有孫潛跋,上圖藏。半葉十三行二十字,白紙無格。卷前首貫休銜名,次楊傑題《禪月真堂》、江衍《嚴韻上和》與《見兜率寺舊功德再成一絶句》等七絶三首,次吴融《禪月集序》,下小字注"舊西岳集"。卷後首曇域《後序》二篇,次可燦重刊《禪月集》題辭，次周伯奮、師保、祖聞、紹濤、童必明、余璨、徐琰等七人跋文。據此可見，此本亦是宋嘉熙本的衍生本。卷後孫潛跋曰："己丑七月在□□處假得錢宗伯家舊鈔本影寫，錢本蓋宋本印鈔者也。二十七日寫完，對讀一過。潛夫記。共詩七百十首。丙申三月裝釘。"下鈐"潛夫"白文方印。是此本直接所據乃是錢謙益家影宋嘉熙本。而此本乃影鈔錢鈔本者，故版本價值頗高。

（二）全唐詩本。《全唐詩》所收《貫休詩》十二卷。《全唐詩》主要據《唐音統籤》和季振宜《全唐詩稿本》二書編輯而成。季氏《稿本》中的《貫休詩》二十五卷、《補遺》一卷，乃是將上述汲古閣本《禪月集》二十五卷、《補遺》一卷原刻直接入編，但季氏所據汲古閣本有脱缺，卷一脱兩葉，凡《胡無人》"邊風蕭蕭榆葉初"以下五十二字及《野田黄雀行》、《臨高臺》、《杞梁妻》、《蒿里曲》、《夜夜曲》、《行路難》與《擬古别離》等七首全脱，卷二十一末脱七絶《書石壁禪居屋壁》、《送人游茅山》、《聽僧彈琴》三首，卷二十四末脱七絶《春送僧》（僅題存）、《問漁人》、《律師》三首，共脱詩十三首。故季氏於卷一《胡無人》後補入五十二字，並《蒿里》、《臨高臺》、《杞梁妻》、《古别離》，於卷一後補入《野田黄雀行》；於卷二《春晚閒居寄陳嵩伯》前補入《夜夜曲》；於卷三後補入《哭靈一上人》、《行路難》；於卷十九後補入《漁者》（即七絶《問漁人》）、《聽僧彈琴》；於卷二十之七絶前補入七律《送崔峒使往睦州兼寄薛司户》、《九日登高》、《送薛居士和州讀書》、《餘姚奉寄鮑參軍》、《題茅山李尊師所居》等五首，凡補入十九首。另將汲古閣本《補遺》中之《苦寒行》調至卷一《胡無人》後，而卷二十一所脱七絶《送人游茅山》"茅真舊宅基猶在"，季氏作爲詩後注，收録於卷二十四同題詩"鳥啼花笑暖紛紛"一首後。若是，季氏《稿本》共七百二十五首、殘句十三則。汲古閣本附見他人唱和之作四首，則爲季氏删去。文字方面，《季滄葦藏書目·延令宋版書目》"宋元雜版書文集類"著録有"貫休《禪月集》二十五卷，二本"，季氏以善本及《唐詩紀事》、《樂府詩集》和《瀛奎律髓》等諸總集參校，出校了不少異文，並且增加了一些題下和詩後注。《稿本》卷首有季氏題署曰："康熙十一年三月廿一日季振宜校補。"下鈐有"季振宜讀書"方印一枚。然而上述汲古閣本的訛誤，季氏糾正得並不多。康熙敕編《全唐詩》之《貫休詩》十二卷，便是將季氏《稿本》之《貫休詩》二十五卷補遺一卷悉數收入，而於最後據統籤本補入佚詩《寄題詮律師院》、《寄天台葉道士》、《送道友歸天台》、《陶種柑橙令山童買之》凡四首;據汲古閣本補入七絶《春送僧》、《律師》、《書石壁禪居屋壁》凡三首,删去了季氏於卷二十所補七律《送崔峒使往睦州兼寄薛司户》、《九日登高》、《送薛居士和州讀書》、《餘姚奉寄鮑參軍》、《題茅山李尊師所居》等五首,及與正文重出的殘句"朱門當大道,風雨立多時"等。故《全唐詩》共七百二十七首,殘句十則,成爲一時收詩最多的本子。文字方面,編臣也作了校勘,改正了季氏未及改正的訛誤,然而《稿本》有些訛誤編臣也未能予以糾正。如汲古閣本卷八《思匡山賈匡》"崖蜜落冰池"句,"蜜"字誤,叢刊本作"栗"。汲古閣本卷九《題嶧桐律師院》,題中"嶧桐"誤,叢刊本作"擇詞"。汲古閣本卷十二《明進士北齋避暑》,題中"明"字誤,叢刊本作"胡"。汲古閣本卷十三《送友人之嶺外》"風雷舶欲來"句,"風雷"誤,叢刊本作"南風"。汲古閣本卷十五《邊上行》"黑松林外路"句,"黑松"二字,叢刊本作"白榆"。汲古閣本卷十六《送僧歸剡山》"遠逃爲亂處"句,"遠逃"誤,叢刊本作"袁晁",甚是。同卷《覽皎然渠南鄉集》,題中"渠"字誤,叢刊本作"集",甚是;"至鑒封姚監"句,"封"字誤,叢刊本作"逢",甚是。汲古閣本卷二十二《秋末寄上桐江馮使君》"月轉棠陰送客還"句,"送"字誤,叢刊本作"放",甚是,等等。以上訛誤,季氏未及改正,編臣亦未能予以糾正。不過總的來看,《全唐詩》無論收詩數量還是文字品質,在《貫休集》諸古本中,均是較好的一個本子。

(三)四庫本。《四庫全書》所收《禪月集》二十五卷、《補遺》一卷。此本卷前唯館臣《提要》,卷後首《補遺》一卷,次毛晉《跋文》二則,次曇域《後序》,次可燦重刊《禪月集》題辭,次周伯奮跋,次貫休銜名,次楊傑《禪月真堂》、江衍《嚴韻上和》與《見兜率寺舊功德再成一絶句》七絶凡三首,次童必明跋等。《四庫全書總目》曰:

> 《禪月集》二十五卷,補遺一卷,内府藏本……陶岳《五代史補》稱貫休《西岳集》四十卷,吴融序之。然集末載其門人曇域《後序》,編次歌詩文贊爲三十卷,則岳亦誤記矣。此本爲宋嘉熙四年蘭谿兜率寺僧可燦所刊,毛晉得而重刊之,僅詩二十五卷,豈佚其文贊五卷耶?補遺一卷,亦晉所輯。然所收佚句如"朱門當大道,風雨立多時"一聯,乃《贈乞食僧》詩,今在第十七卷之首,但"道"作"路"、"雨"作"雪"耳。晉不辨而重收之,殊爲失檢。《文獻通考》别載《寶月集》一卷,亦云貫休作,今已不傳。然曇域不云有此集,疑馬端臨或誤。毛晉又云《西岳

集》或作《南岳集》。考貫休生平未登太華,疑"南岳"之名爲近之,"西"字或傳寫誤也。又書籍刊版始于唐末,然皆傳布古書,未有自刻專集者。曇域《後序》作於王衍乾德五年,稱檢尋稾草及闇記憶者約一千首,雕刻成部。則自刻專集自是集始,是亦可資考證也。(《四庫全書總目》卷一五一,頁一三〇四)

據此可知,此本是據内府所藏汲古閣本著録的,而館臣所辨各項,除疑《西岳集》爲《南岳集》並不正確外,其餘各項均極有見地。文字方面,此本經館臣校勘,糾正了汲古閣本的不少訛誤,且增補了汲古閣本的一些文字脱漏,遂使此本成爲現傳貫休集諸古本中較好的一個本子。

(四)金華叢書本。同治間胡鳳丹輯刻《金華叢書》所收《禪月集》十二卷。筆者所見爲一九八三年廣陵古籍刻印社仿刻本,内封面背面有"退補齋開雕"字樣,半葉九行二十字,四周文武雙邊,版心白口單魚尾下有卷次和"禪月集"字樣,最下方有"退補齋藏板"五字。卷前首胡鳳丹《重刻禪月集序》,次目録,次《貫休小傳》。卷後無附録。各卷首題"禪月集卷某",次行題"唐釋貫休撰,郡後學胡鳳丹月樵甫校梓"。胡氏《重刊序》曰:"《禪月集》載在《全唐詩》,鈔者僅十二卷,即胡震亨所存三卷而另編者也。考陶岳《五代史補》稱,貫休《西岳集》四十卷,弟子曇域裒其全集爲三十卷,《欽定四庫書目提要》載《禪月集》二十五卷補遺一卷,然則今所未見者且過半矣。……同治八年冬十一月同郡後學胡鳳丹月樵甫謹序。"下有"鳳丹月樵"陰文、"胡氏赤子"陽文木記兩個。據此可知,胡氏以爲《全唐詩》所存只有十二卷,乃是《全唐詩》編臣據胡震亨《唐音統籤》所存三卷另外編輯成十二卷的,因而《全唐詩》未收的作品還有半數左右。這實在是一個誤會。上文已述及,《全唐詩》所收《貫休詩》十二卷,其底本並非統籤本所存三卷,乃是汲古閣所刻《唐三高僧詩》之《禪月集》二十五卷,雖有少數脱缺,經季氏和《全唐詩》編臣輯補佚詩,共七百二十七首,殘句十則,成爲一時收詩最多的本子,故而不像胡氏所言"今所未見者且過半矣"。此本即是以《全唐詩》爲底本重刊的,《小傳》前目録當爲胡鳳丹所編。此本刻印俱佳,校勘亦精,乃《全唐詩》一個忠實的翻刻本。不過胡氏雖親任校勘之責,然訛誤還是有的,如卷二《懷張爲周朴》"有時狂吟人僧宅"句,"人"字乃"入"字之訛,等等。又此本所據底本可能偶有漫漶,故文字亦偶有脱缺。如卷二《懷張爲周朴》"錦囊鳥啼荔枝紅"句,"囊鳥"二字,此本缺。然此類情形並不多見。

（五）江標本。光緒間江標刻《唐人五十家小集》之《唐貫休詩集》不分卷。此本内封面題“唐貫休詩集”，左旁小字署“江氏重刊宋本”。半葉十行十八字，卷端題“唐貫休詩集”，次行下方署“菏澤李龏和父編”。李龏字和父，號雪林，南宋菏澤人，著有《翦綃集》，另編有《唐僧弘秀集》。本書《皎然集》考述已述及，《唐人五十家小集》所收《皎然集》署名“菏澤李龏和父編”，表明江氏所據乃《弘秀集》所收《皎然集》。此本既署名“菏澤李龏和父編”，則亦爲《弘秀集》所收《唐貫休詩集》無疑。《弘秀集》卷六收貫休詩六十四首，此本亦六十四首，這也可證明此本乃是據弘秀集本影刻者。此本雖爲貫休詩的選編本，然因此本所據爲宋書棚本《弘秀集》，故録詩和文字均有獨到之處，此本選詩雖不足百首，然較之叢刊本卻溢出《哭靈一上人》、《送崔峒使往睦州兼寄薛司户》、《九日登高》、《送薛居士和州讀書》、《餘姚奉寄鮑參軍》、《謝諸公宿鏡水宅》、《題茅山李尊師所居》、《獻錢尚父》、《繡州張相公見訪》、《春野作》、《月夕》凡十一首。此本文字亦有不少可取之處，如叢刊本卷二《春晚書山家屋壁二首》其一“小兒啼索樹上鳴”句，“鳴”字，此本與統籤本皆作“鶯”，甚是。叢刊本卷四《行路難四首》其一“不會當時作天地”句，“時”字，汲古閣本同，而此本與統籤本均作“初”，甚是。叢刊本卷七《天台老僧》“青眸笑更深”句，“更”字，汲古閣本同；而此本與統籤本皆作“轉”，甚是。叢刊本卷八《思匡山賈匡》“崖栗落冰池”句，“栗”字，汲古閣本作“蜜”，二者孰是？參之此本與統籤本，均作“栗”，可見作“栗”字是。叢刊本卷十《贈李佑道人》“相逢先合手”句，“合手”，汲古閣本同，此本與統籤本皆作“合掌”，甚是。叢刊本卷十六《懷智體道人》“柄筆思吾友”句，“柄筆”不詞，汲古閣本作“棲碧”，二者孰是？參之此本與統籤本，皆作“把筆”，甚是。再如叢刊本同卷《詩》“幾處覓不得，有時能自來”，“幾處”，汲古閣本同，而此本與統籤本均作“盡日”，味之詩意，當以“盡日”爲是，此聯乃形容詩思靈感産生的情形，以“盡日”對“有時”，意思更加貼切，等等。由此可見，此本録詩雖只有六十餘首，然因所據底本時代較早，故有不可替代的價值。不過此本文字亦有訛誤，使用時應加以甄别。

近代以來刊刻和傳鈔的貫休集，其主要版本有以下幾種：

（一）《叢書集成初編》所收《禪月集》十二卷，乃據《金華叢書》本排印。

（二）陸永峰《禪月集校注》，巴蜀書社二〇〇六年出版。

綜上可見，《貫休集》版本有以下特點：（1）貫休作品曾經吴融和曇域兩次編輯，吴氏本因成書較早，貫休入蜀後的作品未能收入，故曇域重編本出現後，吴氏本逐漸退出流通。(2)宋元通行者乃曇域三十卷本，然而亦有可燦所刻二十五卷單收詩歌的本子，此外還有十卷本和一卷選編本。可燦本與選編本，二者雖不見公私書目著録，但明以後卻成了通行的本子。(3)明以後三十卷全集失傳，可燦二十五卷本成爲最流行的本子，然刻本較罕見，明代只有毛晉汲古閣本，清代僅全唐詩本，而鈔本則多有之，且不乏影宋精鈔之柳大中本、徐氏本、清影宋鈔本等。其中徐氏鈔本因收入《四部叢刊》而影響很大。(4)宋選一卷本，明有統籤本，清有江標本等，諸本雖録詩不多，然因源出宋代，所據或爲全集，故無論收詩或文字，均有二十五卷本不可替代的優長。

浣花集

韋莊(八三六？～九一〇)字端己，京兆杜陵(今陝西西安東南)人。昭宗乾寧元年(八九四)登進士第時，已年近六旬，釋褐校書郎，光化三年(九〇〇)擢左補闕。天復元年(九〇一)以中原多亂入蜀依王建，爲掌書記。王建稱帝，爲左散騎常侍、判中書門下事。前蜀武成元年(九〇八)，爲門下侍郎同平章事，三年八月卒，謚文靖。

莊有《浣花集》，乃其弟藹所編，藹《浣花集序》略曰：

> 余家之兄莊，自庚子亂離前凡著歌詩文章數十通。屬兵火迭興，簡編俱墜，唯餘口誦者，所存無幾爾。後流離漂泛，寓目緣情，子期懷舊之辭，王粲傷時之製，或離群軫慮，或反袂興悲，四愁九愁之文，一詠一觴之作，迄於癸亥歲，又綴僅千餘首。庚申夏，自中諫□□□□，辛酉春應聘爲西蜀奏記，明年浣花溪尋得杜工部舊址，雖蕪没已久，而柱砥猶存。因命芟夷，結茅爲一室，蓋欲思其人而成其處，非敢廣其基構耳。藹便因閑日，録兄之槁草，中或默記於吟詠者，次爲□□□，目之曰《浣花集》，亦杜陵所居之義也。餘今之所製，則俟爲別録，用繼於右。時癸亥年六月九日，藹集。(四部叢刊本)

癸亥爲天復三年(九〇三)，乃莊兄弟入蜀之第三年。蜀中社會安定，溪畔静幽，藹以暇時纂兄之集，以所居即杜甫草堂舊址，故名《浣花集》，以示追慕杜甫之意。由藹《序》可知,僖宗廣明元年庚子(八八〇)亂離以前,莊已有詩文數十通(“通”與“卷”相當——筆者),爲數可觀,亂離中全部散佚,中有可誦記者重録之,然畢竟所存無幾。是知《浣花集》所收主要是庚子亂離後,至天復三年這十三四年間的作品,有詩有文,“次爲□□□”。所空三字,萬曼先生推測“二十卷”(《唐集叙録》,頁三七二),所據乃《崇文總目》等。《浣花集》的卷數,至《崇文總目》才首次著録爲二十卷,稍後,張唐英《蜀檮杌》卷一亦著録《浣花集》二十卷。這二十卷本的《浣花集》應該就是藹之原編。然自《浣花集》成書,至韋莊去世還有七八年,莊雖貴爲宰輔,不可能没有作品。這部分作品,韋藹謂“俟爲别録”繼於集後。但今天看來,韋藹並未再行續編,因爲現傳韋莊詩歌,天復三年後的作品一首無存。藹若真有續編,儘管散佚嚴重,亦不致不見蹤影吧!總之《浣花集》二十卷所收主要是廣明元年後、天復三年前韋莊的詩文作品千餘首,其餘均已散逸,數量驚人。

至於《浣花集》二十卷外,《崇文總目》著録韋莊之著述,還有卷二之《蜀程記》、《峽程記》兩種,無卷數,及卷五之《幽居雜編》一卷、《諫疏集》三卷,以上四集,曹麗芳《韋莊〈浣花集〉版本源流及補遺考述》以爲是從《浣花集》析出的單行本(《文獻》,二〇〇三年二期)。此言自有道理。另,顧懷三《補五代史藝文志》著録《韋莊箋表》一卷、《諫草》二卷。二集相合,恰爲三卷,蓋爲《諫疏集》三卷之别行本歟?

宋室南渡,圖籍盡被金人捆載北去。晁公武《讀書志》僅著録《浣花集》五卷,且曰:“集乃其弟藹所編,以所居即杜甫草堂舊址,故名。僞史稱莊有集二十卷,今止存此。”可見五卷乃殘本,二十卷之大部分已佚去。這是韋莊作品的第二次散逸。迨宋末,陳振孫《書録解題》著録《浣花集》僅一卷,並云:“蜀韋莊撰,唐乾寧元年進士也。”一般而言宋人整理唐集,除重輯、類編、分體、編年、注釋外,是不會改變原本面貌的,故判《浣花集》五卷,乃至一卷本爲殘本,大概没有問題,二十卷《浣花集》至南宋已無傳,當無疑義。至於鄭樵《通志・藝文略八》著録《浣花集》二十卷,因《藝文略》乃彙集宋代諸種書目而成,並非南宋存書的實録,故不足爲據。

南宋除五卷本外,尚有《浣花集》十卷刻本,《宋史・藝文志》著録的十卷本,蓋即此本。此十卷宋本,明人徐𤊹嘗見之,其《重編紅雨樓題跋》有著録,其略曰:

韋莊詩，百家未收，但於《鼓吹》中見其七言近體及諸家所選數首而已。偶入秣陵，友人郭聖僕出韋詩一帙，乃宋版也，遂命工抄録以備觀閲。時謝在杭方爲比部郎，亦喜其詩調新逸，亦寫一帙而去，萬曆丙午花朝東海徐惟起記。

可見宋代的確有《浣花集》十卷刻本，萬曆間藏書家徐𤊹、謝肇淛皆見之，且各鈔一部存閲。《浣花集》十卷宋刻，毛晉亦嘗見之，亦影鈔一部存閲。毛晉鈔本後爲清黄丕烈所得，《蕘圃藏書題識》卷七《集類一》著録此影鈔《浣花集》十卷曰："余藏韋莊《浣花集》向有三本，一爲黑格精鈔本，一爲藍格舊鈔本，一爲毛氏影鈔宋本，三者之中影鈔爲上。"又曰："余家向藏毛氏影宋本《浣花集》。"可見，毛氏確曾親見《浣花集》十卷宋刻本。後黄丕烈之友陸東蘿得一宋刻殘本《浣花集》，持贈黄丕烈，黄氏跋曰：

此殘宋刻本《浣花集》四至十卷，余友陸子東蘿，以青蚨一分得諸閶門外上塘街冷攤，特爲持贈余者。東蘿初不知爲宋刻本，但云："有舊人圖書'葉陽生'，欲就君質之。

據黄氏此《跋》，鈐印於殘宋本上的"葉陽生"，乃蘇州名醫葉氏的先祖，亦精詩，故有此藏。黄氏又曰：

余家向藏毛氏影宋本《浣花集》，在唐人諸集中取對此。此實宋版，卷中徵、禎、玄、樹，避此四字，而玄、樹有不盡避者，宋版時或有此。余初付裝，見者或疑此刻之非宋，而妄笑余佞宋之太甚，所信未必真。然裝成同人傳觀，藏書家如周香嚴，賞鑒家如陶朗軒皆以余言爲信，則誠可信矣！佞宋何嘗佞哉？

黄氏乃乾嘉時期藏書家兼版本學大家，"百宋一廛"所藏宋版書既富，賞鑒亦精，此殘宋刻本《浣花集》七卷，賴黄氏發覆，終得還宋刻真面。《浣花集》宋刻傳世較少，所以此殘宋本黄氏極爲珍愛，初不欲補其所缺部分，後受何焯以影鈔補《丁卯集》啓發，終將此殘帙以毛氏影宋鈔本補成完璧，並重跋此本曰：

今余收《浣花集》，失其《序》、《目》及首三卷，亦賴影宋本補全，即守義門之意也。宋刻出自陸東蘿所贈，此屬東蘿影鈔。蓋是書始終成於東蘿云。丁卯季夏裝，復翁記。（以上《蕘圃藏書題識》卷七《集類

一》,載《黄丕烈書目題跋》,頁一七一)

百宋一廛之藏散出後,相當一部分珍本爲汪士鐘藝芸精舍收得,殘宋本《浣花集》即在其中,《藝芸書舍宋元本書目》著録曰:“宋本《浣花集》十卷,抄補。”即此本也。迨光緒年間,此本又入陸心源皕宋樓,《儀顧堂續跋》著録此本曰:

《浣花集》十卷,題曰“杜陵韋莊”。前有癸亥年六月九日莊弟韋藹序。宋諱有缺有不缺。每葉二十行,每行十八字,與臨安睦親坊陳宅本《孟東野集》行款、匡格皆同,當亦南宋書棚本也。宋刊存卷四至十,前三卷黄蕘圃以影宋本鈔補。每卷有“葉陽生”白文方印,後有陽生跋。每册有“士禮居”朱文方印,前後有蕘圃三跋,陸損之跋。陽生,蘇州人,天士之父,與汪鈍翁酬唱,工詩能醫。(《儀顧堂續跋》卷十二,見《儀顧堂書目題跋彙編》,頁四一八)

江標《宋元本書目行格表》所記略同。陸氏皕宋樓藏書,清末爲日本人購去,今藏静嘉堂文庫,二十世紀初,著名版本學家傅增湘東渡訪書,曾於静嘉堂文庫中見此殘本,其《藏園群書經眼録》著録此本曰:

《浣花集》十卷,唐韋莊撰。卷一至三影寫補完。宋刊本,半葉十行,每行十八字,中式版,與書棚本小異。按:余以明朱承爵刊本對勘一卷,竟少誤字,蓋朱刻亦出宋本也。(日本静嘉堂文庫藏書,己巳十一月十五日閲。)(《藏園群書經眼録》卷十二,頁一一〇八)

傅氏此記,與《皕宋樓藏書志》同。此本《郘亭知見傳本書目》卷十二、日本長澤規矩也《關東現存宋元版書目》均有著録。二十卷本《浣花集》失傳後,此十卷本《浣花集》實乃後世各種韋莊詩集的祖本,惜今唯存此殘本耳。嚴紹璗《日藏漢籍善本書録・集部・别集類》亦著録爲書棚本。

不過,此殘宋本自陸心源判爲書棚本後,江標、葉德輝以及日本長澤規矩也等也以爲此本乃書棚本,似乎已成定論。然仔細推究起來,其間實有可議之處。陸氏判此殘本爲書棚本,證據並不確鑿,僅依“每葉二十行,每行十八字,與臨安睦親坊陳宅本《孟東野集》行款、匡格皆同”,便定爲“南宋書棚本”,證據不够充分,結論未免隨意了些。職是之故,黄丕烈、傅增湘均不以此本爲書棚本,不寧唯是,傅氏質疑此本與書棚本“小異”。黄、傅二人均爲著名的藏書家兼版本學大家，二人皆鑒藏、著録過多部書棚本；但於此本，黄、傅二人不言爲書棚本，應當是可信的。陳起父子所刻書棚本唐集，卷末都有"臨安府棚北大街睦親坊南陳宅書籍鋪印"或"臨安府棚北睦親坊巷口陳解元宅印"等牌記，久而久之，世人遂呼陳氏父子所刻爲"書棚本"。而黄、陸二人跋語，均未提及此本卷末有此牌記。陸氏單憑此本行款與書棚本《孟東野集》相同，便判爲書棚本，證據殊未堅實。

傅氏謂此本與"書棚本小異"，所以很可能，此本乃書棚本的翻刻本。這種情形，賈島《長江集》就是最好的例證。南宋時《長江集》不僅有書棚本，黄丕烈嘗用作校本，並有題跋；而且還有無名氏翻刻書棚本者，行款與書棚本同（見本書《長江集》考述）。可見此殘宋本《浣花集》，判爲宋本則是，判爲"書棚本"則未必即是。王國維《兩浙古刊本考》卷上載有書棚本《浣花集》十卷，卷中有"臨安府棚前北睦親坊南陳宅經籍鋪印"牌記。是宋時的確刊行過書棚本《浣花集》十卷，唯後無傳而已。至於此本的版本淵源，《四庫全書總目》以爲："疑後人析五爲十，故第十卷僅詩六首也。"就是説此宋刻十卷《浣花集》，乃由五卷本析爲十卷而成者。此説頗有道理。此十卷本，蓋中經五卷殘本而上接二十卷本《浣花集》。正因爲如此，後世所傳《浣花集》版本雖多，但文字方面歧異並不大。

明代《浣花集》刊刻和傳鈔的本子，除了徐、謝二人各有一部鈔宋本以外（已見），主要版本還有以下幾種：

（一）朱刻本。明正德間朱承爵刻《浣花集》十卷附《補遺》。此本歷代目録學家多有著録，今國家、上海等圖書館均有庋藏。國圖藏有兩部，其一有傅增湘跋。半葉十行十八字，版心白口，左右雙欄，左欄外書耳内鐫"江陰朱氏文房"六字。各卷首題"浣花集卷第某"，次行下方署"杜陵韋莊"，三行低一格題寫詩體及首數，下接正文。卷前有韋藹《序》，卷後附《補遺》二首《乞彩箋歌》、《詠白牡丹》。末有朱承爵《跋》，其略曰："韋莊……《浣花集》，其弟藹嘗爲作《序》，今不存，姑缺之。既刻其集，又考得遺詩二篇，附後作《補遺》云。朱承爵子儋拜記。"由此《跋》可知，《浣花集》傳本之不易得，所缺藹《序》無可補之。《汲古閣書跋》著録此本曰："端已《集》十卷，乃其弟藹所編……向有朱氏版頗善，惜逸藹序，予幸獲完璧矣。"毛晉這裏所説的"完璧"，當指其影宋鈔全本。朱刻本，莫友芝《郘亭知見傳本書目》亦有著録。傅增湘曾購藏朱刻本，並著録曰：

> 《浣花集》十卷，唐韋莊撰。明正德間江陰朱承爵朱氏文房刊本，十行十六字，郡望題“杜陵韋莊”，與毛刻、席刻異。據舊藏明鈔本知卷末有《補遺》詩二首，附朱承爵《跋》語六行，此本失去。欄外有“江陰朱氏文房”六字。己未人日購於火神廟書攤，别有跋語寫於書後。（《藏園群書經眼録》卷十二，頁一一〇九）

傅氏曾將此本一卷，與静嘉堂文庫所藏宋刻本對勘，竟不差一字（已見），故傅氏謂此本源自宋刻，亦明刻中之善本也。《四部叢刊》所收《浣花集》十卷，即據傅氏所藏此本影印，由孫毓修據毛氏緑君亭本（詳下）補入韋藹《序》、據明鈔本補入《補遺》二首及朱承爵《跋》。傅氏藏本後來入藏北京（今國家）圖書館。

（二）毛鈔本。毛晉汲古閣影宋鈔《浣花集》十卷。此本《汲古閣書跋·浣花集》有著録，其略曰：“端己《集》十卷……僞史云二十卷，馬氏云五卷，今皆不可考。向有朱氏版頗善，惜逸藹《序》，予幸獲其完璧矣。”所謂“完璧”，即指此毛鈔本。前已述及此本後歸黄丕烈，《蕘圃藏書題識》卷七《集類一》著録此本曰：“余藏韋莊《浣花集》向有三本，一爲黑格精鈔本，一爲藍格舊鈔本，一爲毛氏影鈔宋本，三者之中影鈔爲上。”（《黄丕烈書目題跋》，頁一七一）即指此本，惜不知今尚在天壤之間否？

（三）毛刻本。毛晉緑君亭初刻本、汲古閣增修緑君亭本。緑君亭初刻本，蓋據毛鈔宋本上版刊行；汲古閣增修緑君亭本，唯於緑君亭版後增入毛晉所輯《遺詩》三十三首。這一點毛氏《汲古閣書跋》説得很明白，曰：

> 端己《集》十卷，乃其弟藹所編。因居是杜子美草堂舊址，故名。僞史云二十卷，馬氏云五卷，今皆不可考。向有朱氏版頗善，惜逸藹《序》。予幸獲完璧矣。梓行既久，復閲《才調集》、《文苑英華》諸書，又得諸體詩三十有奇，悉附作《補遺》云。

毛氏所謂“梓行既久”者，即指先行刊刻的緑君亭本。由毛氏此《跋》可知，緑君亭本《浣花集》十卷，是一個無補遺的本子。今南京圖書館藏有此本，原爲丁丙八千卷樓藏書，每葉二十行十八字。四周單邊，上半葉版心上方有“浣花集卷某”字樣，下方有“緑君亭”三字。下半葉版心無字，故或稱“陰陽葉”。各卷卷端題“浣花集卷第某”，無題款，次行低一格署詩體及首數，三行低二格爲詩題。版式與朱刻本明顯不同。卷前有韋藹《序》，卷後無

《補遺》,與宋本同。《郘亭知見傳本書目》卷十二著録此本曰:"《浣花集》十卷,唐韋莊撰,明末毛氏緑君亭刊本,十行十八字,陰陽葉,四周單欄。"即指此本。緑君亭本梓行既久,毛晉輯得韋莊佚詩三十八首,因於緑君亭舊版卷後,增刻《遺詩》一卷存之,增刻部分版心另鐫"汲古閣"三字,重印行世,故此本實爲汲古閣增修緑君亭本。此增修本,諸家書目亦多有著録者,如莫友芝《郘亭知見傳本書目》卷十二著録此本曰:"《浣花集》十卷、《補遺》一卷,蜀韋莊撰,緑君亭本。"即指此汲古閣增修本而言。《補遺》一卷除去朱刻本所補《乞彩箋歌》和《詠白牡丹》二首外,此本增補三十六首,可見散逸之多。然其中《癸丑年下第獻新先輩》一首已見於卷八,故此本實補三十五首。從文字方面看,此本與朱刻本還是有不同的。如卷六《洪州送西明寺省上人遊福建》"遠自嵇山遊楚澤"句,"嵇"字,朱刻本作"稽"。卷七《西塞山下作》"爨動曉煙燒紫蕨"句,"蕨"字,朱刻本作"鱖",等等,皆是。毛氏刻書,好以己意改動底本,上舉文字之異,當爲毛氏所改。上已言及,傅增湘曾以朱刻本一卷校宋刻,竟無改字,可見朱刻本與宋本文字上並無差異。所以朱刻本與毛刻之間文字的不同,當爲毛氏所改無疑。

(四)統籤本。胡震亨《唐音統籤》所收《韋莊詩》五卷,編卷七八五至七八九,戊籤餘三十五,刻本。詩分體編次,首卷五古、七古、雜體、五律、五排,第二至三卷七律,第四卷七律、七排、五絶,第五卷七絶、殘句三聯,共三百十八首。首卷韋莊小傳後注曰:"莊《浣花集》,弟藹編録,《序》略云……按:僞史莊全集二十卷,晁公武《讀書志》稱僅存五卷,今行世十卷,入蜀後詩概無之,亦非全本也。集以年爲次。今編分體,仍注其年于下。集所不載者,搜得七十首,附各體末,注'補遺'二字别之。又詩餘四十七首,别見辛籤二。"(《唐音統籤》第七册,頁五八三)然而據胡氏注出的佚詩計算,總六十九首,若除去朱刻本所補二首,毛刻本已補的三十五首,胡氏輯補三十二首,搜求可謂勤矣。從文字方面看,胡氏所據底本當爲朱刻本,如此本首卷《漁塘十六韻》"似泛靈查出"句,"查"字,與朱刻本同,毛刻本作"槎"。同卷《婺州水館重陽日作》"萬里故鄉心"句,"鄉"字,朱刻本同,毛刻本作"園"。此本卷三《西塞山下作》"爨動曉煙燒紫鱖"句,"鱖"字,朱刻本同,毛刻改作"蕨"等等,可證胡氏所據底本爲朱刻本。但是,此本文字上也作過校勘,如此本首卷《和友人》"閑翻褚胤棋"句,"胤"字,朱刻本此字闕,毛刻本作"胤",此本蓋據毛刻補之。又如此本第三卷《洪州送西明寺省上人遊福建》"遠自嵇山遊楚澤"句,"嵇"字,朱刻本作"稽",毛本作"嵇",可見此本據毛本做過校勘,故文字上有所改動。

清代傳鈔和刊刻的《浣花集》,其主要版本有以下幾種:

(一)清初鈔本。清初鈔《百家唐詩》所收《浣花集》十卷、《補遺》一卷,國圖藏。半葉九行二十二字,鈔於統一刷印的格子紙上,四周雙欄,白口單黑魚尾。卷前首韋藹《序》,無目録。各卷首題"浣花集卷第某",次行上方題寫詩體名稱與首數,下方署"杜陵韋莊"。卷一今體詩四十八首,卷二今體詩二十七,卷三今體詩未標首數(三十九首),卷四今體詩四十,卷五今體詩二十八,卷六今體詩十七,卷七今體詩二十六,卷八今體詩九,卷九今體詩十二,卷十今體詩六,補遺凡二首《乞彩牒歌》、《詠白牡丹》,共二百五十四首。卷後有朱承爵跋曰:"韋莊,字端己,見素之孫,唐昭宗乾寧元年進士,授校書郎。王建開僞蜀,莊時在華州駕前,遷起居舍人。後爲蜀相卒。所著有《浣花集》,其弟藹嘗爲作序,今不存,姑缺之。既刻其集,又考得遺詩二篇,附後作《補遺》云。朱承爵子儋拜記。"最後爲常清題識,曰:"韋藹《序》已覓得之,今録。附一首尾葉上。常清題。"所補一首爲《和人暮春書事寄崔秀才》:"半掩朱門白日長,晚風輕墮落梅妝。不知芳草情何限,只怪遊人思易傷。纔見早春鶯出谷,已驚新夏燕巢梁。相逢只賴如澠酒,一曲狂歌入醉鄉。"此本既有承爵跋,則其據朱刻本鈔出無疑。

(二)席刻本。康熙四十一年壬午(一七〇二)洞庭席氏琴川書屋刻《唐詩百名家全集》所收《浣花集》十卷、《補遺》一卷。半葉十行十八字,左右雙邊,白口單黑魚尾下鎸"浣花集某"。卷前首韋藹《序》、次目録。各卷首題"浣花集卷第某",次行下方具款"京兆韋莊端己",三行標"今體詩凡某首"。十卷凡今體詩二百五十三首。而後五卷每卷録詩均不多,且卷八只有九首,卷九僅十二首,卷十僅六首。就卷九而言,七律五首,七絶七首;卷十則七律三首,五律一首,七絶二首。可見後五卷勉强分卷的痕跡非常明顯。席氏刻《百名家全集》,所據若爲宋本,集後便鎸"琴川席氏悉從宋本翻雕"牌記一個。此本卷後無此牌記,可見所據並非宋本。今考此本文字,較他本更近於毛刻本,如此本卷一《漁塘十六韻》"似泛靈槎出"句,"槎"字,毛刻本同;而朱刻本、統籤本作"查"。此本卷七《婺州水館重陽日作》"萬里故園心"句,"園"字,毛刻本同;而朱刻本、統籤本作"鄉"。卷七《西塞山下作》"爨動曉煙燒紫蕨"句,"蕨"字,毛刻本同;而朱刻本、統籤本作"蹶"。上文已述及，毛刻本自宋本出，朱刻本亦出自宋刻，故傅增湘持毛刻對勘静嘉堂藏殘宋本，二者幾無差異。毛氏刻書，好以己意改動底本，以上毛刻與朱刻異文諸例，乃毛氏所改的獨有文字，而此本均與毛刻同，可見此本所據乃毛刻本無疑。

（三）全唐詩本。康熙敕修《全唐詩》所收《浣花集》六卷。《全唐詩》是在胡震亨《唐音統籤》和季振宜《全唐詩稿本》兩書的基礎上修訂而成的。季氏《稿本》中的《韋莊詩》，乃是將上述毛氏刻緑君亭本原刻入編，於卷前删綴韋藹《序》等有關材料而成韋莊小傳，於卷後補入佚詩四十八首（一首已見卷八不計），另正編除卷七、卷八外，其餘各卷後鈔補遺詩一首或五首不等，各卷後凡補遺詩十七首（另二首與卷三重出不計），故合卷後四十八首，共補佚詩六十五首。然而除《悼楊氏琴姬》外，其餘不出《統籤》補遺範圍。康熙敕修《全唐詩》所收韋莊詩，則是將季氏《稿本》中的韋莊詩悉數録入，然後將季氏補於各卷後的佚詩全部移於末後。編次方面，以毛刻第一卷爲首卷，毛刻第二至三卷合爲一卷，第四至五卷合爲一卷，第六至八卷合爲一卷，第九至十卷合爲一卷，補遺爲一卷，凡六卷。《補遺》一卷，除季氏所補六十五首外，另從《統籤》補入《南陽小將張彦硤口鎮税人場射虎歌》、《下邽感舊》、《途次逢李氏兄弟感舊》、《龍潭》、《江上别李秀才》五首，殘句三聯，共三百十九首，殘句三聯，遂成收詩較全的本子。文字方面，編臣也做了進一步校勘，如此本第二卷《對酒賦友人》，"賦"字下，季氏《稿本》原無校語，編臣據他本增校曰："一作贈。"然此類情形較少，韋莊詩今存各篇，文字歧異者並不多。

（四）四庫本。《四庫全書》所收《浣花集》十卷、《補遺》一卷。《四庫全書總目》曰：

> 《浣花集》十卷、《補遺》一卷，唐韋莊撰……《文獻通考》載莊集五卷，此本十卷，乃毛晉汲古閣所刻。爲莊弟藹所編，前有藹《序》。疑後人析五爲十，故第十卷僅詩六首也。末爲補遺一卷，則毛晉所增。然如《癸丑年下第獻新先輩》一首，既見於卷八，又入《補遺》，殊爲失檢。《全唐詩》所録，較此本多《勉兒子》、《即事》等篇共三十餘首。蓋藹《序》作於癸亥年六月，爲唐昭宗之天復三年，莊方得杜甫草堂，故以名集。自是以後，篇什皆未載焉，故往往散見於諸書，後人遞有增入耳。（《四庫全書總目》卷一五一，頁一三〇四）

可見，此本是據汲古閣增修緑君亭本録入的，卷前有《目録》、韋藹《序》，卷後有《補遺》三十三首（其中《癸丑年下第獻新先輩》已見卷八），基本保存了增修緑君亭本的面貌。然此本各卷首增入題款“杜陵韋莊”，文字方面參考朱刻本作了簡單的校勘，如此本卷七《婺州水館重陽日作》“一杯萬里醉”句，“醉”字，汲古閣增修緑君亭本同，“醉”下無校記。朱刻本作“酒”，故此本“醉”字下出校曰：“一作酒。”可見館臣曾參校過朱刻本。然因二本歧異不大，故此類校記並不多。

新中國成立後，整理出版的《韋莊集》有，一九五八年人民文學出版社出版的向迪琮校訂本《韋莊集》，此本以《四部叢刊》影印朱刻本爲底本，以席刻本、全唐詩本等諸本參校，故文字轉精。

二〇〇二年上海古籍出版社出版聶安福《韋莊集箋注》，此本以向迪琮校訂本爲底本，以毛氏緑君亭本補校，並以《四部叢刊》影印述古堂鈔《才調集》、中華書局排印本《文苑英華》、文學古籍刊行社影印明嘉靖本《萬首唐人絶句》諸總集及類書參校，故文字更精。敦煌文獻現世後，王重民將新發現的韋莊《秦婦吟》收入《補全唐詩》，向迪琮又將其增補入《韋莊集》。聶氏此本則據陳尚君《全唐詩續拾》增補《寄禪月大師》、《章曲》二首，凡補遺詩七十三首，殘句三則，故此本共三百二十二首，殘句三則。又此本録入經過校訂的韋莊詞五十五首，遺文三篇，殘篇一則，故此本共録韋莊作品三百八十篇，殘篇殘句四則，可謂目前收録作品最多的本子。韋莊作品，除《秦婦吟》外向無人箋注，此本對所收作品全部加以箋注，其功可謂鉅矣。卷後有《僞作考》、《詩詞集評總論》、《序跋書録題解》、《傳記資料》、《韋莊年譜簡編》等多項附録，以饗讀者。

綜上可知，韋莊《浣花集》二十卷，乃其弟藹所編，所收主要是廣明元年後、天復三年前之詩文作品千餘首，其餘作品皆已散佚，數量驚人。二十卷本兩宋之際散逸，僅殘存五卷，爲晁公武《讀書志》所著録。而析五卷爲十卷者，始於南宋，明清兩代的朱刻、毛刻、席刻、全唐詩本等許多刻本和鈔本，均由宋十卷本生出。現今較好的本子是聶安福的《韋莊集箋注》。

【參考文獻】曹麗芳《韋莊〈浣花集〉版本源流及補遺考述》，《文獻》二〇〇三年二期

司空表聖文集

司空圖（八三七～九〇八）字表聖，自號知非子，又號耐辱居士，河中虞鄉（今山西永濟）人。咸通十年（八六九）擢進士第，由宣歙幕職入爲光禄主簿分司，遷禮部郎中。僖宗奔蜀還，行在用爲知制誥、中書舍人。知天下必亂，歸隱中條山王官谷。昭宗徵拜户兵二部侍郎，皆不起。朱梁立，召爲禮部尚書，不應。哀帝被弑，不懌數日而卒。

圖少有俊才，能詩善文工書，尤長於論詩。僖宗光啓三年（八八七），自編作品成《一鳴集》，且爲序曰：

> 知非子雅嗜奇，以爲文墨之伎，不足曝其名也，蓋欲揣機窮變，角功利於古豪。及遭亂竄伏，又顧無有憂天下而訪於我者，曷以自見平生之志哉！因捃拾詩筆，殘缺亡幾，乃以中條别業"一鳴"以目其前集，庶警子孫耳。其述先大夫所著家牒照乘傳及補亡舅贊祖彭城公中興事，並愚自撰密史，皆别編次云。有唐光啓三年泗水司空氏中條王官谷濯纓亭記。（宋蜀刻本《司空表聖文集序》）

圖《與王駕評詩》亦曰："吾適又自編《一鳴》，所集且云撑霆裂月，劼作者之肝脾，亦當吾言之無怍也。"（同上）然其所編《一鳴集》凡幾卷？《序》及《書》均未明言。《舊唐書》本傳曰"有文集三十卷"，所指當爲《一鳴集》無疑。

入宋，《崇文總目》卷六十著録"《一鳴集》三十卷"，稍後《新唐書·藝文志四》著録同。迨仁宗嘉祐己亥（四年，一〇五九），司空圖手稿一卷見世，宋祁嘗觀之，其《題司空表聖詩卷末》曰：

> 唐司空表聖，隱虞鄉之王官谷。唐亡，表聖死，無子，家書湮散。後百五十三年直宋嘉祐歲己亥，武威段繹得書一卷示予曰：表聖私藁也，紙用廢漫，字正楷，凡詩十有二篇，此世所傳表聖筆，其真不疑，繹以重番治背，髹軸錦護首，粲然若新，其勢不數百年不泯也。噫！表聖賢者也，以其賢，故一物一言爲後愛秘若此，寧當時舉不及後人之知表聖耶，是不然。同時者[娼]〔倡〕，異時者慕，尚何怪哉。繹得於虞鄉尉孫膺，膺得於谷口民張，張傳之祖，祖嘗爲表聖主閽云。廣平宋某記。（《佚存叢書》殘本《景文宋公集》九十八，引自《唐集叙録》，頁三三五）

《唐集叙録》以爲，此詩稿一卷，即《一鳴集》"原本"之一部分，且據此判定"原本北宋時已佚"。今案此詩稿，爲圖手跡無疑，然卻未必就是《一鳴集》的部分稿本。此詩稿傳承有序，圖善書，故詩稿或爲谷口民張氏祖上爲圖主閣時，所得圖手書詩歌之一卷；宋祁《題司空表聖詩卷末》亦只稱"詩卷"，不稱《一鳴集》殘本。宋人所見唐人手跡多矣，此詩卷未必即爲本人原集之一部分。此一卷詩稿，與圖集"原本"存佚亦無關係。

宋室南渡，晁公武《讀書志》著録"司空圖《一鳴集》三十卷"，並記曰："集自爲序，以《濯纓亭》、《一鳴牕》名其集。子荷別爲集後記。"（《郡齋讀書志校證》卷十八，頁九二五）迨南宋後期，陳振孫《書録解題》卷十六著録"《一鳴集》一卷"。此"一卷"當爲"三十卷"傳寫之誤，《文獻通考》録《解題》此文即作三十卷。陳氏記曰："蜀本但有雜著，無詩。自有詩十卷，别行。"（《直齋書録解題》卷十六，頁四八四）該書又曰："《司空表聖集》十卷……别有全集，此集皆詩也。其子永州刺史荷爲後記。"（《直齋書録解題》卷十九，頁五七四）陳氏這裏采用互注法，明示不僅"有全集"，而且還有但收雜著無詩的"蜀本"及集内皆詩的"《司空表聖集》十卷"。若是南宋時，圖集至少有三種版本：一是全集三十卷本《一鳴集》，二是有文無詩之蜀本十卷（此本今存），三是單收詩歌的《司空表聖集》十卷。而全集三十卷與單收詩歌的十卷本，均有司空荷《後記》。

圖集宋槧，今存者唯蜀刻本，即陳氏《解題》所謂"但有雜著無詩"的蜀本《司空表聖文集》十卷，國圖有藏，乃今存圖集的最早刻本。而全集三十卷本與單收詩歌的十卷本均已散逸。蜀刻本半葉十二行二十一字，白口單魚尾下有"一鳴某"字樣。此種蜀刻十二行本，《中國版刻圖録》等已判爲南宋中期蜀中刻本，與《孟東野文集》等數十家唐集，皆同一時期蜀地所槧。此本卷前《司空表聖文集目録》卷題下方有"一鳴集"三字，各卷首題"司空表聖文集卷第某"，或題"司空表聖集卷第某"，下方皆有"一鳴集"三字，並有子目連接正文。據目録及各卷卷題下均有"一鳴集"三字來看，此本應出自三十卷本《一鳴集》無疑。此本各類文章凡七十篇，卷一至四爲"雜著"，卷五至六爲"碑"，卷七至卷十亦"雜著"。這種編次，頗爲混亂。卷五至六既爲"碑"類，其餘各卷爲"雜著"，則餘卷不應再有碑類文，然而卷七復有《復安南碑》，卷九復有《温州仙巖寺碑銘》，故此《四庫全書》館臣謂此種編次"例殊叢脞"，繆荃孫亦謂卷五與卷六獨標"碑類"，乃後人誤改（詳下），所言各有道理。又此本既出自《一鳴集》，然光啓三年以後所作之卷一《與王駕評詩》、卷二《休休亭》、卷三《疑經後述》、《書屏記》、卷四《絶麟集述》、卷五《唐故太子太師致仕盧公神道碑》、《太尉瑯琊王公河中生祠碑》、卷七《蒲師燕國太夫人石氏墓誌》及卷十《壽星述》等文，皆作於《一鳴集》編成之後，而這些作品，是圖自己增入，還是其子荷增入？又圖所編《一鳴集》原編即三十卷，還是荷增至三十卷？這些均待作進一步研究。此本文字多有脱誤，脱漏例，如卷二《題柳柳州集後》"李太白《□寺碑贊》"，題中首字脱。又如卷五《太尉瑯琊王公河中生祠碑》"皆周□□□見賓延"句，脱三字。卷八《詩賦》"積而□垤"句，脱第三字。卷十《成均諷》凡脱五處十字，其中"汰百王之□□□滌"句，脱三字；"鹿鳴□□□之謡"句，亦脱三字。訛誤例，如卷四《答孫郃書》"黽後蓍從則人亦不違天矣"句，"黽後"乃"黽從"之誤；"且持危之術制變之譏"句，"譏"字顯爲"機"字之誤。卷五《文中子碑》"文中以致望人之用"句，"望人"乃"聖人"之誤。卷六《解縣新城碑》"中和二年冬十月奏青興役"句，"青"字乃"請"字之誤。卷八《情賦》"愚常賦春情數百年"句，"常"字與"年"字，分别爲"嘗"字與"言"字之誤。卷十《擢英集述》"招明妙《選》"句，"招明"乃"昭明"(太子)之訛，等等。儘管如此，因此本乃今存圖集諸古本之唯一宋槧，雖非全豹，亦有着非常重要的版本及校勘價值。此本鑒藏印記並不多，卷之首末各有"翰林國史院官書"朱文長方大印，表明元時曾爲翰林國史院官藏圖書。元明易代，此本應轉入大明内庭，晚明至清初流出宫外，爲内閣大學士劉體仁所得，故卷中另有"劉印體仁"白文私印、"潁川劉考功藏書印"朱文私印。此本從劉家散出後一直秘而不見，直到新中國成立後方入藏國家圖書館，故卷之首尾有"北京圖書館藏"朱文小方印兩枚，此外再無鑒藏印記，與其他輾轉流傳世間的宋本印鑒累累者迥然不同。職是之故，自元明清直到近現代，很少有人得見此本真面，更不用説翻刻或影印了。迨二十世紀九十年代，上海古籍出版社印行《宋蜀刻本唐人集叢刊》，方將此本影印行世。稍後《中華再造善本·唐宋編·集部》所收《司空表聖文集》十卷，亦是據此本影印的。

元代不聞有圖集刻本，《唐才子傳》謂"今有《一鳴集》三十卷行於世"，當爲辛氏據宋人著録的推測之詞，實則《一鳴集》三十卷本早已亡佚，故辛氏之言不足爲憑。

明代以還，由於全集三十卷與十卷詩集無傳，文集十卷之蜀刻本又一直秘而不見，故世間流傳者多爲文集鈔本，刊本則少見。迨明末，始有胡震亨《唐音統籤》重輯之詩集，晚清方出現詩文合集。下面對文集（含詩文合集）和詩集分别加以介紹。至於陳第《世善堂藏書目録》卷下著録"《一鳴集》四十卷"，大誤，《一鳴集》從未有過四十卷本，且宋元以後三十卷本已不見蹤跡，更何來四十卷本？現將明清以來刊刻和傳鈔的圖集，擇其主要版本考述如下：

（一）成化本。明成化前後刻《司空表聖文集》十卷。此本今已無傳，然明後期曹學佺曾影鈔此本一部（詳下），輾轉遞藏，清末歸仁和朱學勤，繆荃孫嘗見之，且有跋文，稱此本爲"明成化本"。朱氏後將曹鈔本仿刻入《結一廬朱氏賸餘叢書》。曹鈔本今已無傳，然結一廬本今存，故通過結一廬本可以間接窺見此本的大概面貌：此本卷前首圖《序》，次目録。各卷首題"司空表聖文集卷第某"，下方皆有"一鳴集"三字，並有子目連接正文。卷五至六爲"碑"，餘卷皆標"雜著"，共七十篇。這種版本特徵，與蜀刻本悉同。這裏值得注意的是，結一廬本目録尾題後有"成化九年八月朔旦，汝南黄表志"題識二行，表明曹氏所據底本乃黄表藏成化本。黄表字一屏，舉進士，官工部主事。其題識雖在成化年間，而黄本成書年代或在其前，因黄本久佚，已無從稽考，故繆氏跋曹鈔本曰"此本爲曹氏書倉影寫明成化本"。繆氏稱黄本爲"成化本"，亦是不得已之舉。繆氏又謂曹鈔本"有文無詩，陳振孫《書録解題》云，蜀本前後八卷，俱題雜著，五六兩卷，獨題碑字。按卷七雜著中，又有《復安南碑》，不應此二卷獨題曰碑，當由後人誤改，則與陳所見之本無異也。每卷首行題'司空表聖文集卷幾'，下題'一鳴集'，與瞿氏《書目》載宋刻《杜荀鶴文集》下題《唐風集》同，知其原出於宋"（結一廬叢書本，又見《藝風堂文續集》卷七《司空表聖文集跋》）。繆氏以爲，曹鈔本卷五至六獨題曰"碑"，乃後人誤改，此言頗有見地。繆氏又謂，曹鈔本與陳氏所記宋蜀本相同，從繆氏所述曹鈔本的版本特點來看，此言可信。若是，則曹鈔本及其所據之成化本，均屬於蜀刻本一系的本子，且成化本乃今知明代最早的刻本，故其所據底本，應爲蜀刻本無疑。不過，今持結一廬本與蜀刻本對勘，便可立刻發現，結一廬本卷八《連珠》脱文八首，又卷二《與李生論詩書》結句"某再拜"三字，蜀刻本無。結一廬本既出自成化本，所以這些差異，也是蜀刻本與成化本及其下位本之間最爲明顯的差異。又邵懿辰《增訂四庫簡明目録標注》卷十五著録《司空表聖文集》十卷之"明刊本"，蓋即此本。

（二）明中葉鈔本。明中葉鈔司空表聖《一鳴集》十卷。此本《皕宋樓藏書志》卷七十一有著録，陸氏曰："司空表聖《一鳴集》十卷，舊鈔本。唐司空圖撰。自序。某氏手跋曰：'是册爲先君子舊藏本，云是前明中葉人手抄。但每一展讀，竊訝訛字尚多，欲覓善本校讎，留心訪問，數年來竟不可得。今秋一書賈持到菉竹堂舊抄表聖文一册，字畫極精雅，惜僅存四分之一，不爲全書，卻又過昂其值，無力售之。因就其所録者校改一遍，勘正數十字，已覺賞心悦目。未審何時得購完書，補成全璧也。漫記諸卷端以俟。丙戌九月，東陽主人元輅。'"（《皕宋樓藏書志》卷七十一，頁八〇六）此本今藏日本静嘉堂文庫，嚴紹璗《日藏漢籍善本書録・集部・别集類》有著録，謂共一册，前有司空圖《序》。不過此本雖稱《一鳴集》，然《一鳴集》原編三十卷，此本才十卷，可見並非原編之《一鳴集》。由此本卷數及有文無詩等特點看，應爲蜀刻本一系的本子，蓋即成化本之鈔本歟？

（三）曹鈔本。曹學佺影鈔明成化間刻《司空表聖文集》十卷。前已述及，繆荃孫嘗見此本，記曰："此本爲曹氏書倉影寫明成化本，前有'乃昭'朱文、'王氏家藏'白文兩印，'南昌彭氏'、'知聖道齋藏書'朱文兩印，後有'白堤錢聽默經眼'朱文小印。按曹氏名學佺，字能始，侯官人，萬曆乙未進士，官至禮部尚書，殉國難。王乃昭，常熟人，與錢牧齋同時。錢聽默名時霽，號景開，苕估中最有名，其捺'經眼'印者書必佳。'知聖道齋'爲彭文勤公，舊藏由彭而歸於結一廬，亦可見淵源之有自矣。光緒丙午花朝，江陰繆荃孫校畢跋。"（結一廬叢書本，又見《藝風堂文續集》卷七《司空表聖文集跋》）據鑒藏印記可知，此本從曹家散出後，爲常熟王乃昭所得，故卷中有"王氏家藏"、"乃昭"兩方藏印。王家書散出後，此本又歸錢聽默，故卷中有"白堤錢聽默經眼"印記。錢氏之後，此本又爲南昌彭元瑞所得，故卷中有"南昌彭氏"、"知聖道齋藏書"兩印記。稍後此本又由彭家轉入仁和朱學勤結一廬，朱氏於光緒三十一年乙巳（一九〇五），將此本仿刻入《結一廬朱氏賸餘叢書》，繆氏所記卷中諸藏印，結一廬本皆摹刻於卷中，且結一廬本目録尾題後有黄表題識曰："成化九年八月朔旦，汝南黄表志。"前已言及，此本乃成化本的影寫本，故屬於成化本的下位本。

（四）毛鈔本。毛晉汲古閣鈔《司空表聖文集》十卷。此本《鐵琴銅劍樓藏書目録》著録曰："《司空表聖文集》十卷，舊鈔本。唐司空圖撰。汲古毛氏鈔藏本。編次不分體，每卷首行卷第下有'一鳴集'三字，以陸敕先校北宋本《杜荀鶴文集》證之，知自宋本傳録者，有朱筆校正。卷首有'黄子羽讀書記'、'毛子晉氏'二朱記。"(《鐵琴銅劍樓藏書目録》卷十九，頁二九二)由此本卷數及每卷首行卷第下有"一鳴集"三字等版本特徵看，此本亦當出自蜀刻本一系的本子，或即成化本的下位本？惜其已佚，無從考其詳了。

(五)清初鈔本。清初鈔《司空表聖文集》十卷，清王士禛、現代傅增湘跋，國圖藏。此本《藏園群書經眼録》著録曰："舊寫本，十一行二十一字。小題作'一鳴集'，其行格皆照宋刻本。序後目録，每卷又有目録連正文，與宋本正合。"(《藏園群書經眼録》卷十二，頁一一〇四)傅氏所記此本版本特徵，雖多與宋蜀本合，然行格正與成化本合，故此本乃是據成化本鈔出者，可無疑也。此本鑒藏印記有"池北書庫考藏"、"紅豆山房校正善本"、"紅豆書屋"、"惠棟之印"、"定宇"諸印，卷首有翰林院大官印，卷前有王漁洋手跋十行，末署"濟南王士禛跋"。王士禛，字貽上，號阮亭，順治進士，累官刑部尚書，著有《池北偶談》等。"池北書庫"當爲王氏藏書處。此本鈐有"翰林院"大官印，是此本當爲明至清初翰林院官鈔本，後爲王士禛所得。惠士奇，字天牧，吴縣人，康熙進士，累官至侍讀，著有《紅豆齋小草》、《詠史樂府》詩，卒年七十一，人稱"紅豆先生"，"紅豆書屋"當爲其藏書處。惠棟，字定宇，號松崖，士奇次子，世稱"小紅豆"，乃乾嘉學派中吴派的領軍人物，家多藏書，凡善本皆鈐"紅豆山房校正善本"印記。是此本自王家散出後，歸於惠士奇，再傳其子棟，卷中凡有惠氏四印，可見對此本之重視程度。惠家書散出後，輾轉至近現代，此本爲著名版本學家傅增湘所得，新中國成立後傅氏家人將此本捐獻給北京(今國家)圖書館。

(六)四部叢刊本。汪季青鈔《司空表聖文集》十卷，趙懷玉校跋，《四部叢刊》初編本即據此本影印，世稱"四部叢刊本"。汪季青，名文柏，安徽休寧人，康熙間詩人、畫家兼藏書家。趙懷玉乃乾隆時人，姑將此本放在這裏介紹。此本半葉八行二十一字。卷前首《司空表聖文集序》、次《司空表聖文集目録》，卷題下有"一鳴集"三字。各卷首題"司空表聖文集卷某"，除首卷外，餘卷題下均有"一鳴集"三字。此本卷次篇第與宋蜀本完全相同，從文字方面看，較蜀刻本更近於結一廬本(詳下)，所以此本蓋據成化本或其下位本鈔寫而成。此本卷後有味辛居士跋文二則，其一曰："乾隆庚子(四十五年，一七八〇)十二月十二日，宋刻校於知不足齋。"其二曰："乾隆丙午

(五十一年,一七八六)七月,味辛居士從知不足齋主人借閲,重校一過。"趙懷玉,字億孫,號味辛居士。據題記可知,此本曾兩次與知不足齋校宋本對勘。《涵芬樓燼餘書録》著録有此本,並録趙懷玉跋曰:

> 司空表聖《一鳴集》十卷,全子少權所貽,自宋刻外,未之附梓。知不足齋藏本,迺從宋刻對校者,頃復借勘一過,補録《連珠》八首。其顯然可疑者,則旁注證明。蓋明代刊書,於義有難通者,輒以意改竄,固非良法。而南宋學本、坊本往往草率譌誤,又不可徒以耳食爲貴也。乾隆丙午孟秋,棘人懷玉記。

據此跋可知,知不足齋所藏乃校宋本,非宋刻本。上述跋文其一所謂"宋刻校於知不足齋"之"宋刻",乃校宋鈔本,非宋槧原本。乾隆十一年丙寅,趙氏曾持此本與知不足齋校宋鈔本對勘一過,補録《連珠》八首;乾隆四十五年庚子、乾隆五十一年丙午,趙氏又兩次與知不足齋鈔本對勘,四十年間,趙氏凡三校此本,用心可謂勤矣。《四部叢刊》之所以影刊此本,蓋以此也。然由此本《連珠》脱文八首一點看,亦是據成化本或其近似的本子鈔録者。比本雖經趙氏三校,然而較之蜀刻本,仍有不少歧異。如此本卷一《與王駕評詩》"今之贄藝者"句,"贄"字,蜀刻本作"執";"唯恐彼之善察藥之攻我耳"句,"善"字,蜀刻本無。又如此本卷二《與李生論詩書》"殷勤元日日歒午"句,"歒午"二字,蜀刻本作"歌舞";結句"某再拜"三字,蜀刻本無。此本卷四《答孫郃書》"責陽道州無勇"句,"陽道州",蜀刻本作"楊道州",甚是。此本卷六《解縣新城碑》結句"垂之克久"句,"垂"字,蜀刻本作"翔"。再如此本卷十《觀音懺文》"且自叨竊一名"句,"且"字上,蜀刻本有"某"字,等等。不過因此本鈔寫較早,其校勘價值自不容忽視。民國十一年(一九二二),張元濟輯刊《續古逸叢書》時,又將此本收入《叢書》中。

(七)四庫本。文淵閣《四庫全書》所收《司空表聖文集》十卷。此本卷前無司空圖《序》及目録,唯館臣提要。各卷次行題"司空表聖文集卷第某",三行下題"唐司空圖撰",各卷無子目。文凡六十九首。《四庫全書總目》曰:"《司空表聖文集》十卷,兩淮馬裕家藏本。……所著詩集别行於世。此十卷乃其文集,即《唐志》所謂《一鳴集》也……是編前後八卷,皆題爲'雜著',五卷六卷獨題曰'碑',實則他卷亦有碑文,例殊叢脞。舊本如是,今姑仍之焉。"(《四庫全書總目》卷一五一,頁一三〇一)館臣謂此本所據乃是兩淮馬裕家藏本，然馬裕家藏本是刻是鈔，館臣没有明言。《總目》謂“是編前後八卷，皆題爲‘雜著’，五卷六卷獨題曰‘碑’……舊本如是，今姑仍之焉”。然而此本卷五仍題曰“碑”，卷六已改爲“雜著”，可見《總目》與正文並不統一。再者卷首所弁館臣《提要》則謂“是編舊本前後八卷皆題爲‘雜著’，六卷獨題曰‘碑’，實則他卷亦有碑文，例殊叢脞，今併削去”，亦與正文不符。既謂“併削”，而卷五仍題曰“碑”，並没有“併削”。且今持與蜀刻本對勘，此本卷十脱去《章車文》一首，故凡六十九首。又此本卷四《答孫郃書》有錯簡，自第四行“其旨古之山林者”至第十九行“亦有未盡於僕者勿多”凡十六行，錯策入上上首（此卷第一首）《送草書僧歸越》“豈拒之哉今”一句之後，恰好爲第五〇四頁下一整版面，因使《答孫郃書》一首原共二十行，只剩下四行，而《送草書僧歸越》原共十行，卻增至二十六行。此一錯簡現象，文淵閣本《四庫全書》原本或許並不錯簡，乃影印時疏忽所致，究竟如何，尚須查對文淵閣本原書後才能清楚。後來上海古籍出版社用臺灣影印本出版的縮印本《四庫全書（即筆者所據）》，錯策情形相同。至於文字，則多同於四部叢刊本，如此本卷一《與王駕評詩》“今之贄藝者”句之“贄”字，卷二《與李生論詩書》“殷勤元日日欹午”句之“欹午”二字，卷四《答孫郃書》“責陽道州無勇”句之“陽道州”三字，等等，均與叢刊本相同，可見館臣所謂馬家鈔本，所據底本亦是成化本或其近似的本子無疑。至於《總目》所説陳繼儒《太平清話》所載耐辱居士《墨竹銘》一文，館臣力辨其非圖作，蜀刻本及其下位的成化本一系的本子，包括此集均不載，也可證明此《銘》的確非圖之文章，不當入於集中。

（八）顧鈔本。顧廣圻鈔《一鳴集》十卷。《思適齋集》卷十五《題跋二》有此本，顧氏曰：“是集從吾師張先生所藏季滄葦家鈔本影寫，復録吴子有堂所傳何義門校，具有淵源，可寶也。近見鮑氏知不足齋校宋本，大概相同，唯多《連珠》一葉，今更補入，又補末卷缺字略具，殆可稱善。……附何跋：‘十卷掇拾殘叢，其謬誤尤甚，不可謂架有是書也。康熙癸巳傳自錢楚殷。漫記之。焯。’錢楚殷，遵王之子也。其本與何傳之本惜皆未見。”（又見《思適齋書跋》卷四《集部》，載《顧廣圻書目題跋》，頁五六八、頁六五二）顧氏謂此本少《連珠》一葉，據此版本特點可知，此本及所據季振宜家藏鈔本，皆屬成化本一系的本子無疑，而季氏家藏鈔本，則當直接出自成化本。以其有脱誤，且較之《一鳴集》三十卷本，相差不知凡幾，故何焯謂其“謬誤尤甚，不可謂架有是書也”。

（九）王録本。道光二十一年辛丑（一八四一）王仲翔過録錢曾鈔《司空表聖文集》十卷，上圖藏，首册書腦有“影寫何義門批本”七字。半葉十一行二十一字，白紙無格。卷前首司空圖自序，次目録。各卷首題“司空表聖文集卷第某”，下注“一鳴集”。各卷有子目，下接正文。卷後有王仲翔跋，仲翔子其康題識。王仲翔跋略曰：“《一鳴集》世尠别本。此非表聖自編之舊，夫人而知之矣。集中碑文、雜文原不分列，故皆摠題‘褉著’，而第五、第六卷忽題曰‘碑’，實則他卷中亦有碑文，于編次體例未能允當，故何屺瞻斥其謬誤。然四庫館所收亦即此本也。今翫其欵式，‘一鳴集’三字題在下方，知從宋刻影鈔。至其宋諱不闕筆，則當時民間所刊行，容有不盡避者，抑或鈔胥之誤，亦未可知。此是錢遵王故物，何屺瞻手加評校，向藏吴門黄蕘圃主政家，今歸三山鄭叔易，余從而借鈔焉，旬有九日而成。時辛丑閏上巳，申甫識。”接鈐“説經堂印”白文方印。卷十尾題後有“道光辛丑穀雨日説經堂主人録于白下文德橋東凡八十九葉”題識，下鈐“南原王氏説經堂收藏”白文方印一枚。據此，此本乃道光間王仲翔過録錢曾本，錢本曾爲何焯所得，卷中用紅筆批校者，即何氏手筆，此本併加過録。目録卷尾題下何氏題識曰：“十卷掇拾殘叢，其謬誤尤甚，不可謂架有是書也。康熙癸巳傳自錢楚殷。漫記之。焯。”王仲翔謂此本“非表聖自編之舊”，蓋據何氏此言也。此本司空圖自序後，有王其康題識曰：“先本生考申甫府君，雅愛藏書，每遇善本，必手鈔一編，藏諸篋笥。客春避難玉峰，善本盡皆攜出，嗣後崑城繼陷，匆促之間，僅以身免，書籍物件，盡歸烏有，思之歉然，曷勝浩歎！是集幸在手頭，故得仍爲我有，而先府君手鈔善本，僅此一部，可不寶哉！辛酉花朝其康謹識。”據此，知仲翔字申甫，其康乃仲翔之子。此本最後有其康以藍筆録司空氏《連珠》八首，並題識曰：“辛酉仲春，自茜墩復移申江，旅舍無聊，心緒惡劣。適友人有趙味辛先生懷玉依宋刊藍筆校本《一鳴集》，爰取歸，臨校一過，以遣愁懷。花朝日紫曬王其康識。”下有印鑒二枚。據此，此本中藍筆校記，乃其康以藍筆臨趙懷玉校宋本。此本卷十尾題前有藍筆題識曰“乾隆丙午七月十八日校畢，味辛”題識一行，即趙懷玉校宋本之題識。而錢鈔原本及趙懷玉校宋本，今皆不知去向，幸賴此本，兩本的面貌得以保存。此本中夾有另紙，上有趙懷玉題記曰：“司空表聖《一鳴集》十卷，全子少權所貽。自宋刻外，未之付梓。知不足齋藏本，迺從宋刻對校者，頃復借勘一過，補録《連珠》八首。其顯然可疑者，則旁注證明。蓋明代刊書，於義有難通者，輒以意改竄，固非良法。而南宋學本、坊本草率譌誤，又不可徒以耳食爲貴也。乾隆丙午孟秋，棘人懷玉記。”其康在避難中，尚能以趙氏宋本校其父鈔本，使益臻完善，亦難能可貴矣。此本字裏行間及天頭地脚，有紅藍黑筆校記、批點，琳琅滿目，尤其用北宋本、南宋本校過，版本價值非常可貴。此本印鑒有“仲翔録本”朱文方印、“説經堂印”白文方印、“王之翰藏”白文方印、“秘册”朱文長方印，乃仲翔父子之印鑒。而“錢曾之印”白文方印、“遵王”朱文方印，“義門何焯”朱文方印、“義門小史”朱文方印，“黄印丕烈”白文方印、“復翁”白文方印等，應爲仲翔影鈔此本時描畫的諸人印記。另“善耕顧氏圖書”朱文方印、“臣鐘”朱白二文印、“曾在白洪處”朱文方印、“占洪屠鐘”朱白二文印、“長吉”朱文長方印，蓋爲其康之後庋藏此本者之印鑒。

（十）丁藏本。丁丙八千卷樓藏鈔本《司空表聖文集》十卷，今藏南圖。半葉十一行二十一字，行楷書寫，鈔於無格白紙上。卷前首司空圖《一鳴集自序》，次目録。各卷首題“司空表聖文集卷第某”，下有“一鳴集”三字；各卷有子目下接正文。此本唯卷五、卷六兩卷題署類目“碑上（下）”，其餘各卷類目皆題“雜著”。又此本卷二《與李生論詩書》結句有“某再拜”三字，與成化本同，而蜀本無此三字，可見此本乃是據成化本或其衍生本鈔寫的；《善本書室藏書志》卷二十五著録此本時，謂自陳氏著録之蜀本出，大誤。卷中鈐有“八千卷樓藏書之記”朱文方印，“四庫著録”白文長方印等。

（十一）結一廬本。光緒三十一年乙巳（一九〇五）仁和朱學勤《結一廬朱氏賸餘叢書》所收《司空表聖文集》十卷。國圖藏本有章鈺、繆荃孫校，傅增湘校跋並録趙懷玉、鮑正言跋。筆者所見爲河南大學圖書館藏本。此本内封面大字篆書“重刊曹氏書倉寫本司空表聖文集十卷”，書名後小字署“光緒乙巳仁和朱氏刊”。半葉十一行二十一字，左右文武雙欄，粗黑口，單黑魚尾下鎸“司空某”字樣，右欄外側下方鎸“結一廬朱氏賸餘叢書”字樣。卷前有圖自序，次目録。卷後有繆荃孫跋文。各卷首題“司空表聖文集卷第某”，下方皆署“一鳴集”三字，並有子目連接正文。卷五、卷六爲“碑”，餘卷皆標“雜著”，文共七十篇，無詩。此本目録尾題後有“成化九年八月朔旦，汝南黄表志”題識二行。目録卷題下方有“白堤錢聽默經眼”木記一方。首卷卷題下方有“王氏家藏”、“乃昭”、“南昌彭氏”、“知聖道齋藏書”等摹刻之印記。上文已言及，曹鈔本最後歸結一廬，此本即曹鈔本的仿刻本，故屬於成化本的衍生本。

（十二）嘉業堂本。民國三年甲寅（一九一四）劉承幹刊《嘉業堂叢書》所收《司空表聖文集》十卷、《司空表聖詩集》三卷，二册。此本内封面大字篆書“一鳴集文十卷詩三卷”，背面有牌記“吴興劉氏嘉業堂刊”。此本文集居前，詩集居後，卷後附文集《校勘記》，最後爲劉承幹跋文二則。劉氏跋文其一略曰：

> 《司空表聖文集》十卷，朱子涵觀察已刻曹氏書倉影寫明成化本，今板歸於余，因其有文無詩，欲合爲全璧。《四庫》不收詩，表聖之詩清和婉約，有中唐風味，與韓致堯、羅昭諫相上下……惜單行詩未見，止有席刻三卷本，《唐音統籤》五卷本。今用席刻，而以《統籤》校之。附録新舊《書》兩傳，《五代史》王禹偁《辨五代史闕文》一則，詩話一則，逸句一則，藉以考其事實云。歲在閼逢攝提格陬月人日，吴興劉承幹跋。

據此可知，此本文集十卷，乃是用結一廬本版片重印的；詩集三卷，則據席氏本翻刻，從而牉合成圖之全集。故此本文集，版式悉同結一廬本。此本詩集内封面大字篆書“司空表聖詩集三卷”，半葉十一行二十一字，左右雙邊，粗黑口單魚尾下有“司空某”字樣，版式則與文集同。卷前有目録，各卷首題“司空表聖詩卷第某”，次行下方署“河中司空圖表聖”，收詩首數則與席刻本相同（詳下席刻本）。劉氏頗重此本，故上版前作過認真校勘。這一點，劉氏跋文其二交代甚明，曰：“朱刻《司空表聖文集》十卷，板歸余數年矣，又刻詩集以儷之，輯有補遺、附録，業已印行。今又假得傅沅叔提學鮑校宋本，章式之郎中、錢辛盦藏舊鈔本，屬繆藝風参議合校之，録鮑、錢校語外，章、傅、繆各有所見，均列入校記，又得逸文八篇。以後司空詩文集，庶以此本爲最善矣。歲在柔兆執徐相月，吴興劉承幹跋。”據此可知，在此本印行之後，劉氏又借得傅增湘藏鮑校宋本，章、錢藏舊鈔本，並請名家繆荃孫校之，且吸收了章、傅、繆諸家見解，綜成《校勘記》一卷附後，以詳細反映蜀刻本與結一廬等本之間的文字差異。《校記》末有繆荃孫識語曰：“右鮑録飲先生於乾隆庚子校宋本，嘉慶辛酉重録一册，今在鄧孝先所。章式之借校後，式之又假錢辛盦藏本再校，著明錢本，又補逸文八首。”繆氏題識後即爲佚文《連珠》八首，又有佚文《滎陽族系記序》一首，故共佚文九首。附録爲新、舊《唐書》兩傳、王禹稱《辨五代史闕文》、逸句十四聯(當據統籤本)補入,及圖論詩之語等。據筆者考察此本詩集,文字也經過校勘。所以不僅收録詩文較全,文字品質在圖集諸本中也最爲精粹,正因爲如此,劉氏才頗爲自信地説:"以後司空詩文集,庶以此本爲最善矣。"一九六三年上海古籍書店重印此本,一九八二年十月文物出版社又據以重刊,題《司空表聖詩文集》。頻繁地重印,乃此本版本價值的最好體現。

明清以來刊刻和傳鈔的詩集,其主要版本有以下幾種:

(一)統籤本。《唐音統籤》所收《司空表聖詩》五卷,編卷七百四至七百八,戊籤七十四,刻本。此本詩分體編次,首卷五古七首、七古三、五律二十、七律十五,次卷五絶七十七,第三至五卷七絶二百四十三,共三百六十五首,殘句十四聯。此本所據底本,胡氏没有明言,唯云"有《一鳴集》三十卷,内詩十卷,今存詩五卷"(《唐音統籤》第七册,頁一四六)。所謂"《一鳴集》三十卷,内詩十卷",所據蓋晁、陳書目所記全集三十卷,又詩集十卷。然十卷之詩集,據筆者所知,宋元以後未見有傳本,公私書目也未見著録,故胡氏未必見之。所以此本五卷應爲胡氏重輯,因而成爲現存最早且較完整的圖之詩集本。這些詩,乃胡氏彙集《文苑英華》、《唐詩紀事》、《萬首唐人絶句》、《樂府詩集》、《三體唐詩》等總集及類書内之圖詩,先分體、再分類,然後分編五卷而成的。卷前有胡氏所撰圖小傳,次彙集圖生平事蹟及詩歌評論的相關文字綴於小傳後,遂成爲一部新的較爲完整的詩集本。嘉業堂本劉承幹跋曰:"表聖之詩清和婉約,有中唐風味,與韓致堯、羅昭諫相上下……惜單行詩未見,止有席刻三卷本,《唐音統籤》五卷本。今用席刻,而以《統籤》校之。"(已見)可見明以後世傳之詩集,以統籤本爲最早。民國時期商務印書館出版《四部叢刊》,所收圖之詩集,就是據此本影印的。

(二)季氏稿本。季振宜《全唐詩稿本》所收《司空圖詩》不分卷。此本亦季氏重輯本,其中墨筆鈔寫者四十首,剪貼汲古閣刻《唐詩紀事》所收三首,清順治十四年(一六五七)顧有孝編刊《唐詩英華》所收十七首,及明洪楩刊《萬首唐人絶句》所收二百九十三首,共三百五十三首編輯而成的,乃圖詩集的又一個重輯本。卷前首圖之小傳,乃季氏剪貼汲古閣刻《唐詩紀事》等書中有關圖之生平事蹟而成,綴以圖論詩的有關文字,頗爲蕪雜。文字方面,季氏没有見過統籤本,又無其他善本可以參校,故校改甚少,基本保存了剪貼各總集的原刻面貌。季氏因未見統籤本,故其中有十八首爲此本所失收。席啓寓輯刻《唐詩百名家全集》所收圖集卷後《補遺》十九首，亦此本所失收，另席本卷後附録《詩品》二十四首，此本也未載。作爲《全唐詩稿本》，此本録詩雖欠完備，然圖詩之大部，已彙集於此本矣。

（三）席刻本。康熙四十一年壬午（一七〇二）席啓寓琴川書屋輯刻《唐詩百名家全集》所收《司空表聖詩》三卷。半葉十行十八字，左右雙邊，白口單魚尾下有"司空表聖詩某"字樣。卷前有《司空表聖詩集目録》，各卷首題"司空表聖詩集卷第某"，次行下方署"河中司空圖表聖"。詩不分體，卷一爲百二十一首，卷二百三十二，卷三百首、補遺十八，共三百七十一首，另附《詩品》二十四首。今考此本正文所收首數，與《稿本》完全相同，二本文字也區别甚微，唯此本《補遺》及附録之《詩品》，爲《稿本》所無。據此可以判定，此本蓋以季氏《稿本》爲底子，再於卷後增入《補遺》和《詩品》編輯而成的。文字方面，席氏用《文苑英華》、《唐詩紀事》、《唐詩鼓吹》及統籤本等諸總集參校，字裏行間出校不少異文，並增加了一些注文，頗有參考價值。不過因避清諱，"虜"、"胡"等字多爲墨釘，增加了閲讀的不便。此本光緒年間有重修本。

（四）全唐詩本。康熙敕編《全唐詩》所收《司空圖詩》三卷。《全唐詩》編臣一改前此入編詩集多用季氏《稿本》爲底子的作法，圖之詩集，改用席刻本爲底本，可謂得之。席刻不僅較《稿本》多出《補遺》與《詩品》凡四十三首，文字也較季氏《稿本》爲精。不過，編臣删去了席本七絶《偶作》一首，再據統籤本補入殘句十四聯，故共三百九十四首，殘句十四聯。文字方面，編臣以統籤本、季氏《稿本》及其他善本參校，出校了不少異文，並增加一些注文。如此本卷一《酬張芬赦後見寄》，題下席本、《稿本》均無注文，統籤本未收此詩，編臣於題下增入注文曰："一作司空曙詩。"此注的增入，爲辨别此詩的歸屬提供了有益的綫索。然編臣亦有失誤處，席刻《補遺》之《題休休亭》一首，《稿本》失收；統籤本載此詩題作《耐辱居士歌》，題下簡括圖《休休亭》文爲長序，明言"今雖退，爲匪人所嫉，宜以耐辱自警，庶保終始，與靖節醉吟，第其品級於千載下，復何求哉，因爲《耐辱居士歌》，題于亭之東北楹。時天復癸亥（三年，九〇三），六十有七矣，亦樂天作《傳》之年也"（《唐音統籤》第七册，頁一四八）。可見此歌應名《耐辱居士歌》，此序交代作歌原因甚明，且有年代、有歲數，圖作此歌時已年近古稀，距唐亡只有四年，圖將此歌比作白樂天《醉吟先生傳》，則價值之重要自不待言。然而席刻據統籤本將此首録入《補遺》時，卻改題"《休休亭歌》"，並删去題下序文，非是。而《全唐詩》編臣不細察，全襲席刻之舉，亦可謂錯上加錯矣。唯席刻因避清諱，"虜"、"胡"等字多用墨釘，《全唐詩》編臣則據季氏《稿本》一一予以補出，此亦一功也。

圖集向無注本。新中國成立後直到二〇〇二年安徽大學出版社方出版祖保泉、陶禮天撰《司空表聖詩文集箋校》，包括詩五卷、文十卷，而將《詩品》及傳記四種、書法評傳等列入附録。這是司空圖詩文的第一個校注本，創注之功不可没。

皮子文藪

皮日休（八四〇？～八八〇?）字逸少，後改襲美，復州竟陵（今湖北天門）人。嘗隱襄陽鹿門山，自號"間氣布衣"，嗜酒癖詩，又自號"醉吟先生"。咸通七年丙戌（八六六）舉進士不第，歸而自編詩文爲《文藪》以納卷，次年進士及第。蘇州刺史崔璞辟爲軍事判官，公餘與陸龜蒙唱酬，世稱"皮陸"。後入朝官太常博士，出爲毗陵副使。黄巢義軍至，隨軍入長安，授翰林學士。使爲讖文，不稱巢意，遂遇害。或謂隱於吴越而終。

《文藪》乃日休未第前所編，其《文藪序》述其編纂緣起及編輯情形甚悉，其略曰：

> 咸通丙[戌]〔戌〕中，日休射策不上第，退歸州[來]〔東〕别墅，編次其文，復將貢于有司。發篋叢萃，繁如藪澤，因名其書曰《文藪》焉。比見元次山納《文編》于有司，侍郎楊公浚見《文編》歎曰："上第汚元子耳!"斯文也，不敢希楊公之歎，希當時作者一知耳。賦者，古詩之流也，傷前王太佚，作《優賦》……《離騷》者，文之菁英者，傷於宏奥，今也不顯《離騷》，作《九諷》。文貴窮理，理貴原情，作《十原》……其餘碑銘讚頌論議書序，皆上剥遠非，下補近失，非空言也。較其道，可在古人之後矣。古風詩編之文，未俾視之，粗俊於口也，亦由食魚遇鯖，持肉偶饌。皮子《世録》，著之於後，亦太史公《自序》之意也。凡二百篇，爲十卷，覽者無誚矣。(《中華再造善本》影印明袁表刻《唐皮日休文藪》)

由於此本爲納於禮部而編，所以爲了全面展示自己的文學才華，《文藪》中賦騷碑銘讚頌論議書序歌詩等等一應俱全，凡二百篇，分編十卷。陸龜蒙和皮日休詩曰："近者韓文公，首爲開闢鋤。夫子又繼起，陰霾終廓如。搜得萬古遺，裁成十編書。"所謂"裁成十編書"，正指日休自編的《文藪》十卷。而日休畢生著述，當然不止十卷《文藪》。

入宋，《崇文總目》除卷五十九著録《文藪》十卷外，卷六十還著録《皮日休文集》十卷、《胥臺集》七卷，卷六十一著録《皮日休詩》一卷，另卷五十八著録與陸龜蒙唱和《松陵集》十卷。稍後的《新唐書・藝文志四》著録略同，且《新唐書・藝文志三・類書類》還著録《皮氏鹿門家鈔》九十卷，可見著述之富。可惜兩宋兵燹後，除《文藪》與《松陵集》外，以上著述皆蕩然無存矣。

南宋前期，晁公武《讀書志》唯著録皮日休《文藪》十卷，曰："集乃咸通丙戌年居州里所編。自序云：發篋次類文稿，繁如藪澤，因以名之。凡二百篇。"（《郡齋讀書志校證》卷十八，頁九二五）又同書卷二十著録與陸龜蒙唱和之《松陵集》十卷。尤袤《遂初堂書目》著録《皮日休集》，無卷數。南宋後期，陳振孫《書録解題》著録與晁氏同。《宋史・藝文志七》著録皮日休《文藪》十卷，《[滑]〔胥〕臺集》一卷，《吊江都賦》一卷，又《皮日休别集》七卷。《宋史・藝文志八》著録《文藪》一卷、《松陵集》十卷。《宋志》乃是據宋代幾部官修書目拼湊而成的，並非元時藏書的實録，故不足爲據。

元代國祚短促，不聞日休集有刊本。《唐才子傳》卷八所謂"自集所爲文十卷，名《文藪》，及詩集一卷，《[滑]〔胥〕臺集》七卷，又著《皮氏鹿門家鈔》九十卷，並傳"。此乃據《新唐志》著録，並非元時日休各集傳世的實録，實則除《文藪》外，其餘各集南宋以後皆無傳。《才子傳》著録的各家著述，大率如此，不足爲據。不過《才子傳》畢竟不是書目，故無足爲怪也。

明代，唐集的刊刻和傳鈔進入全面繁盛時期，皮集的槧本和鈔本也出現了多種，其主要版本有以下一些：

（一）四部叢刊本。正統間刻《皮日休文集》十卷。《四部叢刊》初編即據湘潭袁氏所藏此本影印，簡稱"四部叢刊本"。半葉九行十九字，正文統低一格，白口雙黑魚尾間鐫有"皮"字，葉排長號，凡百四十葉。卷前首柳開《序》、次皮日休《文藪序》、次總目。卷後無題跋及附録等。各卷首題"皮日休文集卷第某"，卷題下方或次行有（卷二、卷十無）"文藪"二字，並有（卷十無）子目連接正文。此本前九卷文百六十五首，卷十詩三十五首，合計二百首，與日休《自序》合。若再加上卷中諸首詩文前所冠小序及卷十《皮子世録》,共二百十首。此本文字偶有脱簡,如卷一《桃花賦·序》"□姿勁質,剛態毅狀"二句,缺第一字。卷五《祀瘧癘文》"聽音重聲,骨節□重如山"二句,亦缺一字。卷十《橡媪歎》"粒粒如玉□,□之納于官"二句,則缺二字;"□□不畏刑"句,亦缺二字;"吾聞田□子"句,缺一字,等等。《四部叢刊書録》曰:"皮集以正統中袁氏佳趣本爲舊,是刻極罕見,又在正德本之前也。中縫止題'皮'字,不記卷數,葉排長號,前載柳開序、皮日休序,字畫圓活可愛(有錢陸燦、趙懷玉圖記)。"判此本爲"正統袁氏佳趣刻本",若然則此本爲明代最早的《文藪》刻本,故其所據底本,應爲宋本無疑。且此本各卷卷題下多有"文藪"二字,亦表明此本乃是據宋本《文藪》翻刻者,版本價值非常珍貴。《四部叢刊》選用此本影印,而不用正德間袁表刻本(詳下),原因蓋在此歟! 此本雖有訛文脱簡,且版式簡陋,其爲坊間所槧無疑;然因所據乃宋槧,故佳字頗多。如此本卷三《原祭》"以德被後,今之師祭"二句,"被"、"今"二字,袁表本分别作"彼"、"君",皆誤。此本卷六《口箴》"間諜之言出如鷹鸇"句,"諜"字,袁表本作"課",大誤。同卷《手箴》"勿授奸宄"句,"宄"字,袁表作"究",誤。同卷《酒箴》"醉士居襄陽"句,"士"字,袁表誤作"土"。此本卷十《盧徽君》"重酌嵩陽水"句,"嵩"字,袁表本作"高",大誤,等等。此本有錢陸燦、趙懷玉二人鑒藏印記,錢氏乃明末清初常熟人,好藏書,有《調運齋集》;趙懷玉爲武進人,乾隆舉人,官登州知府,好學深思,工詩,有《亦有生齋集》。《中國古籍善本書目·集部》著録之明刻公文紙印本《皮日休文集》十卷,國圖藏,四册,實際就是此本,刷印於公文紙背面,而正面的墨筆字跡,尚清晰可辨。叢刊本影印時蓋作過技術處理,故而正面墨筆字跡已無。

(二)袁刻本。正德十五年庚辰(一五二〇)袁表刻《唐皮日休文藪》十卷。半葉十一行二十字,白口單魚尾下鐫"文藪卷某"字様。卷前首柳開序,次皮日休序,次目録。卷後有袁表與弟褧跋文二則。袁表《題皮子文藪後》曰:"余偶見舍弟褧摹本,盡讀而奇之,因文愈重其人,遂同諸弟衮、袠勘校鋟棗,與博古者共。……皇明正德庚辰夏六月望,吴下袁表邦正識。"是此本所據,乃袁褧鈔本。此本宋諱至"構"字,而"慎"字不缺筆,據此袁褧所據《文藪》蓋南宋初年刻本。此本分卷、篇目、編次與四部叢刊本完全相同,二者文字差異亦不大,甚至許多訛誤也如出一源。如叢刊本卷三《十原系述》"窮理盡性通出洞微"句,"出"字乃"幽"字之誤;叢刊本卷四《劉棗强碑》

“畀然正［椽］〔掾〕曹，煞吾愛客”二句，“正”、“煞”二字分别爲“止”、“然”之誤；叢刊本卷六《目箴》“勿視邦衤”句，“衤”字乃“禄”字之誤，等等，此本之誤皆同。這些相同訛誤證明，此本與叢刊本應源於同一種宋槧。但此本所據底本卻非叢刊本，因叢刊本並不避宋諱。叢刊本與此本雖同出一源，然此本經袁氏兄弟校勘後，文字明顯優於叢刊本，如叢刊本卷一《憂賦》“桓魁將退於仲尼”句，“桓魁”誤，此本作“桓魋”，極是。叢刊本卷四《劉棗强碑》“雖居官曹宴見與從事儀將”句，“將”字誤，此本作“埒”，甚是。叢刊本卷六《心箴》“足踐禍身”句，“身”字，此本作“門”，良是。叢刊本卷十《惜義鳥》“商須多義鳥”句，“商須”誤，此本作“商顔”，極是；商顔乃古地名，今曰商原，位於陝西大荔縣北十里，《史記・河渠書》“穿渠自徵引洛水至商顔下”是其證，等等。當然叢刊本文字自有其優長處，上文已列舉，此不贅。此本《百川書志》、《天禄琳琅書目後編》等明清書目多有著録。《琳琅書目後編》曰：“書十卷。計文九十首、詩五十一首。前有日休自序，又柳開序。後有正德庚辰袁表、袁褧兩識，蓋其兄弟所鐫。末刻‘吴趨陸潮刊字’。”（《天禄琳琅書目後編》卷十八，頁七六一）館臣所計此本詩文首數，顯然有誤。《廉石居藏書記》著録一“明人重刊”本，其實就是此本，孫星衍曰：“唐人之文，自爲編次者不多見。此本未爲後人改竄卷次。十一行，二十字。刻印亦精。前有宋柳開叙。疑是明人重刊，書賈去其叙者，俟再考。九月二十四日，得於維揚。”下有注曰：“《浙江遺書目》云：弘治間刻本。”（《廉石居藏書記・内編》卷上，頁二一六）所謂“書賈去其叙”，當指卷後袁表兄弟刻書跋文被書賈撤去，以冒宋槧，故孫氏不能斷定刻書年代，《浙江遺書目》也誤判爲“弘治間刻本”。《平津館鑒藏記書籍》卷二著録一本，“每葉廿二行，行廿字”，當即此種。撤去卷後袁表兄弟二跋者，王國維亦見一本，其《傳書堂藏善本書志》著録“《唐皮日休文藪》十卷，明刊本。自序，半葉十一行，行二十字。有‘莫繩孫字仲武’、‘荃孫’、‘雲輪閣’諸印”（《傳書堂藏善本書志・集部》）。此本原爲繆荃孫舊藏，唯卷後袁表、袁褧二跋被書賈撤去，故王國維只能判爲“明刊本”。傅增湘《藏園群書題記》、《藏園群書經眼録》均著録有此本。傅氏曰：“明正德庚辰刊本……後有吴下袁表跋，言偶見舍弟褧摹本，與諸弟袞、褒勘校鋟棗。袁褧刻《世説》、《大戴禮》、《楚辭》，皆覆宋本，精湛可喜，故其兄刻此書亦頗工整也。第此跋往往爲肆估撤去，以冒宋鐫，曾見數帙，皆不存，偶從文友書坊得一完帙，乃摹寫附後，亦快事也。此本爲吴人貝硎香所藏，云在全唐文館以内府本校過，訂譌補脱凡五十餘字。第未審其本爲刻爲鈔耳。”(《藏園群書題記》卷十二，頁六三五)是傅氏所見少袁褧一跋。傅氏又曰此本“有舊人校並跋，録後：‘嘉慶丁巳購於蘇州，面籤書甚佳，不敢重裝，恐損之也。三月十日記。戊辰十月充《全唐文》總纂，據内府本校一過。又記。’按：袁表與袁褧、衮、褒爲昆弟行，此即表所刊，密行小字，精雅絶倫。兩跋不知何人所書，前有平江貝墉印，或是澗香筆歟？沅叔。(余藏。丙辰)”(《藏園群書經眼録》卷十二，頁一一〇三)又，陸心源亦藏有此本，《皕宋樓藏書志》卷七十一有著録，今藏日本静嘉堂文庫，嚴紹璗《日藏漢籍善本書録》亦有著録。此本今國内尚存多部，國家、浙江、上海、南京、北大、北師大等圖書館均有藏本；國圖一藏本後之二袁跋亦被撤去，一藏本有佚名校跋，另一藏本卷後唯袁表跋，原爲周暹藏書，卷十末有周暹叔弢墨筆跋語“建德周氏珍藏”，卷後另紙有周氏題識，卷中鑒藏印記有“譚公度藏書記”白文方印，“周暹”白文方印，“北京圖書館藏”朱文方印等，《中華再造善本》所收《唐皮日休文藪》十卷即據周氏藏本影印。上圖藏本有清王鳴韶跋。另此本有修訂本，不少訛誤得以勘正，故就版本的品質而論，實較此本爲善(詳下先正本)。

(三)許刻本。萬曆三十六年戊申(一六〇八)許自昌《合刻陸魯望皮襲美二先生集》所收《唐皮日休文藪》十卷，國圖藏本，四册，卷二闕第九第十兩葉。半葉九行二十字，左右雙邊，白口單黑魚尾，上象鼻内頂邊欄鐫“文藪”二字，魚尾下有“卷某”字樣。卷前首許自昌《刻文藪小引》、次柳開《序》、次皮日休《自序》、次目録。各卷有子目，卷後無附録及題跋等。首卷卷端題“唐皮日休文藪卷第一”，次行下方具款“唐皮日休襲美著”，三行下方署“明許自昌玄祐校”。以下各卷不再具款。許氏《小引》曰：

> 《陸天隨集》不佞已校而梓之。獨《皮集》未見其全，郡中袁氏始獲宋版《文藪》，刻之家塾。《文藪》者葢皮子之行卷也。寥寥數十年，漫漶不傳，書亦漸堙，人未有求之者。嗟呼！皮、陸二子在唐雖爲晚格，其學識淵茂，結構縝密，楚騷、漢賦、魏詩、唐律，咸卓然可觀，自出機軸，不隨人脚踵，恐不得以晚唐少之。不佞故既刻《甫里》，復刻《文藪》，不必求合於睒目，惟求不泯於先哲。樝梨橘柚，菖歜羊棗，必有嗜之者。何況人品超逸俊邁，有足與詩並傳也者……萬曆戊申冬日，吴門許自昌書。(蕭滌非、鄭慶度整理《皮子文藪》附録二，上海古籍出版

社一九八一年十一月第一版，頁二四三）

據此，此本乃翻刻正德本者。顧廣圻嘗持此本與正德本對勘，而後記此本曰："偶從坊間架上見此萬曆《文藪》，有'新安汪啓淑'名印。汪在乾隆時頗名好事，藏書曰'開萬樓'，雖不能精，亦甚富，今零落盡矣。乃買之而歸，校正德袁板，無異同，但不如彼行款古雅耳。袁《序》在末，餘所鈔闕，藉此補之。"（《思適齋集書跋》卷四，見《顧廣圻書目題跋》，頁六五一）可見此本乃袁刻本的一個忠實翻刻本。傅增湘《藏園群書經眼録》亦著録此本曰："《唐皮日休文藪》十卷，唐皮日休撰。明許自昌刊本，九行二十字。與甫里先生集同函。（癸丑）"（《藏園群書經眼録》卷十二，頁一一〇四）此本南圖所藏有清丁丙跋，蘇圖藏本有楊復吉跋，復旦藏本有清錢龍惕校。另，日本内閣文庫亦有藏本，嚴紹璗《日藏漢籍善本書録》有著録。丁丙《善本書室藏書志》曰："萬曆戊申（一六〇八）吴門許自昌於袁氏獲宋版《文藪》刻之家塾，並爲小引。"（《善本書室藏書志》卷二十五）丁氏謂"許自昌於袁氏獲宋版《文藪》刻之家塾"，大謬不然，許氏所據乃袁刻本。而獲宋本《文藪》，刻之家塾者乃袁氏也，所以袁刻本可以信據也。國圖藏本印記有"宣城李氏瞿硎石室圖書印記"朱文長條印、"延臺堂李氏珍藏"白文長方印、"抱經堂藏書印"白文方印、"宛陵李郇藏書印"朱文長條印、"北京圖書館藏"朱文方印。

（四）鄭藏本。鄭振鐸舊藏明刻本《唐皮日休文藪》十卷，四册，今藏國圖。半葉十一行二十字，左右雙欄，白口單魚尾下有"文藪卷某"字樣。卷前有皮日休《自序》，次總目，各卷有子目，卷後無附録。此本分卷、篇數、編次、文字皆與袁刻本爲近，且文字也較他本更近於袁刻本。如叢刊本卷五《獨行》"有不合者聞毁而洽之"句，"毁"字，袁刻本作"譽"，此本亦作"譽"。叢刊本卷六《口箴》"間諜之言出如鷹鸇"句，"諜"字，袁刻本誤作"課"，此本誤同。"毁"字、"諜"字，這些都是袁刻本獨有的文字，而此本均與之同，可見此本乃是據袁刻本翻刻而成的。此本目録卷端右邊框外側下方鈐有"吴縣潘氏鄭菴藏"朱文長條印，知此本原爲吴縣潘祖蔭藏書，潘氏書散出後，此本輾轉歸鄭振鐸所得，故卷中多處鈐有"長樂鄭氏藏書之印"朱文長方印。鄭氏之後，此本入藏國家圖書館。又此本上圖亦有藏。

清代刊刻和傳鈔的皮氏集，其主要傳本有以下幾種：

（一）四庫本。《四庫全書》所收《文藪》十卷。此本卷前首乾隆《讀皮日休集》詩二首及乾隆按語，次館臣提要，次目録，次皮日休《文藪原序》。正文各卷次行題“文藪卷某”，卷題下方署“唐皮日休撰”。卷後無附録及題跋。《四庫全書總目》曰：“《皮子文藪》十卷，浙江鮑士恭家藏本。”然而鮑家藏本究屬何種版本？則館臣並未明言。今考此本篇目、編次、文字多與袁刻本相合，而與四部叢刊本多不同；就袁刻本而言，則又多與初刻本相同，而與修訂本稍異。如袁刻本卷一《桃花賦》“爲之則自，我目吾目”二句，“自”字，此本同；而修訂本改作“已”。袁刻本卷三《十原系述》“文原者何也”句，“文”字誤，此本誤同；修訂本改作“夫”字，極是。又“誰能窮理盡性，通出洞微”二句，“出”字誤，此本誤同；而修訂本改作“幽”字，甚是。袁刻本卷四《劉棗强碑》“果然正［椽］〔掾〕曹，煞吾愛客”二句，“正”、“煞”二字皆誤，此本同誤；而修訂本分别改作“止”、“然”，極是。同卷《汴河銘》“陳跡空存，逝波不上”句，“上”字誤，此本誤同；而修訂本改作“止”，良是。袁刻本卷六《目箴》“勿視邦禄”句，“禄”字誤，此本同；而修訂本改作“禄”，甚是。再如袁刻本卷十《哀隴民》“塗有争紛然”句，“有”字，此本同；而修訂本改作“者”，甚是，等等，可見此本所據底本，乃是袁表初刻本。不過館臣也作了校勘，改正了袁刻本的一些訛誤，如袁刻本卷三《原祭》“以德彼後”句，“彼”字誤，此本改作“被”字；袁刻本卷五《獨行》“聞是則進聞非則追”句，“追”字誤，此本改作“退”；袁刻本卷六《口箴》“間課之言，出如鷹鸇”句，“課”字誤，此本改作“諜”字；如同卷《手箴》“勿授奸究”句，“究”字誤，此本改作“宄”字；同卷《酒箴》“鄭伯窒室而耽飲”句，“窒”字誤，此本改作“窟”字；再如袁刻本卷九《鹿門隱書六十篇》“雖祖裼裸裎”句，“祖”字誤，此本改作“袒”字，皆極是，等等。

（二）蘭雪堂本。光緒二十一年乙未（一八九五）合肥李松壽蘭雪堂刻《唐皮日休文藪》十卷。李氏《重刊宋本文藪序》曰：“皮子自編其集曰《文藪》。《四庫》雖曾著録，而坊行未盛。余家故藏有宋槧本，爰付影雕，以公同好。書成，並略引伸舊説，著之簡端，聊自附於知人論世焉。光緒二十有一年太歲乙未冬十月朔日，合肥李松壽題於蘭雪堂。”又曰：“此本爲宋槧舊帙，槧刊既竟，以明正統袁氏本及欽定《全唐詩》、《（全唐）文》，許刻《唐文粹》校之，字句間頗多異同，然各有意義，未敢是今非古。唯《鹿門隱書六十篇》：‘今道有赤子’、‘伯夷弗仕非君’、‘勇多於人謂之暴’、‘周公爲天子，下白屋之士’、‘鵷鸞不常見’、‘弓箕之家’等句，諸本皆提頭别爲篇，數適相符。此則連蜷爲之，按其數才五十四篇，顧意亦有不盡相屬者，古人鉛槧草草，類如此。今沿其故。特以舊物而惜之，亦比於歐公舊本《韓文》也。同日又記。”（蕭滌非、鄭慶度整理《皮子文藪》附録二）據此，此本很好地保存了宋刻本的舊貌，版本價值頗高。此本文字既與袁刻本“字句間頗多異同”，可見與袁刻本並非同源本，然而李氏並未言所據爲何種宋本，不免令人惋惜。此本國家、北大、上海、南京、遼寧、湖北等圖書館均有藏本。

（三）先正本。民國間盧靖編《湖北先正遺書》所收《唐皮日休文藪》十卷影印本。此本内封面背面署“沔陽盧氏慎始基齋據明仿宋本景印”，然所據究爲何種明仿宋本？則盧氏並未指明。今考此本分卷、編次、文字以及行款、版式、文字結體特點等等，知所據乃明袁表刻本，然而卷後卻無袁表兄弟跋文。而撤去袁氏二跋者，不一定即爲盧氏，傅增湘嘗言，袁刻本卷後之袁氏兄弟跋文“往往爲肆估撤去，以冒宋鐫，曾見數帙，皆不存”（《藏園群書題記》卷十二，頁六三五）。此本所據袁刻本或即其一歟？幸盧氏識其所據乃明仿宋本，而非宋本，亦具慧眼者矣！不過此本所據並非袁氏初刻本，而是修訂本，故初刻本的不少訛誤，此本已改正。如初刻本卷一《桃花賦》“爲之則自，我目吾目”二句，“自”字，此本改作“已”。如初刻本卷三《十原系述》“文原者何也”句，“文”字誤，此本改作“夫”字；又“誰能窮理盡性，通出洞微”二句，“出”字誤，此本改作“幽”字，挖改痕跡非常明顯。如同卷《原寶》“金玉者玉者之用也”句，第二個“玉”字誤，此本改作“王”；如初刻本卷四《劉棗强碑》“果然正［椽］〔掾〕曹，煞吾愛客”二句，“正”、“煞”二字皆誤，此本分别改作“止”、“然”；如同卷《汴河銘》“逝波不上”句，“上”字誤，此本改作“止”字；如初刻本卷六《口箴》“間課之言”句，“課”字誤，此本改作“諜”字；再如初刻本卷十《哀隴民》“塗有争紛然”句，“有”字，此本改作“者”字，這些校改皆與修訂本同，均極是，等等，可見此本所據以影印者，乃是袁刻本的修訂本。就文字而言，此本自然要優於初刻本。蕭滌非、鄭慶篤整理《皮子文藪》，所用校本即有此本，可惜未能指明乃袁刻本的修訂本也。

新中國成立以來整理出版的皮氏集有：

（一）蕭滌非點校《皮子文藪》十卷，一九五九年六月中華書局上海編輯所印行。此本以四部叢刊本爲底本，而以先正本、明刊殘本、全唐文本、全唐詩本等爲校本，同時參校《唐文粹》、《樂府詩集》、《涵芬樓古今文鈔》諸總集，“共計校出脱文、誤文、衍文、倒文等五百餘條，雖不敢云盡善，基本上是可讀了”(該書《前言》)。這是新中國成立以來皮集的第一個整理本,較之此前各集,質量明顯提高,然因所用校本有限,故而未能盡善盡美也。

(二)蕭滌非、鄭慶篤重校整理《皮子文藪》十卷,一九八一年十一月上海古籍出版社重新校定標點印行。此次重校,是把蕭氏“上次的校勘成果直接納入正文,成爲定本,除須兩存者或難以判定者仍保留校記外,其餘均略”;而校本則增加了四庫全書本、四部叢刊本、許刻本、蘭雪堂本、日本享和本等,“這樣,見於著録的《皮子文藪》版本,可説幾無遺漏了”。由於此次使用的校本較全,因而“使原先的一些存疑或阻梗,得以迎刃而解”(該書《新版説明》)。同時此本將《文藪》之外的皮日休詩文,亦加點校,作爲《附録》綴於書末。《附録》還收集了各種版本序跋,以饗讀者。不過此本録文偶有脱誤,如卷一《憂賦》“五帝之澤不能沐,乎混沌欻起”二句,“乎”字上,袁刻本有“迨”字,甚是,此本脱去。又如四部叢刊本卷三《原寶》“人至急曰[栗]〔粟〕帛焉”句,“曰”字,此本改作“者”,未出校記説明,非是,等等。然而瑕不掩瑜,此本堪稱迄今爲止收録日休作品最爲完備和精審的本子。

另,日本有享和二年(一八〇二)刻本,未見。

單收日休詩歌的本子,其主要版本有以下幾種:

(一)許刻本。萬曆三十六年戊申(一六〇八)許自昌刻《唐皮從事倡酬詩》八卷。此本南圖藏本有佚名批校、丁丙跋。半葉九行二十字,宋體字,四周單欄,白口單黑魚尾,上象鼻内頂邊欄鎸“倡酬詩”,魚尾下爲卷次。各卷首題“唐皮日休倡酬詩卷第某”,次行、三行分别署“唐皮日休襲美著”,“明許自昌玄祐校”。四行標詩體名稱。此本乃許氏編纂的皮氏詩集,凡八卷,分體編次。《善本書室藏書志》著録此本曰:“皮襲美與陸魯望倡酬之詩爲《松陵集》十卷。明許自昌既刻《皮子文藪》,復專刻襲美唱酬之作,本總集而又爲别集也。諫議大夫崔璞出爲蘇州刺史,辟日休爲從事,故題其官。”(《善本書室藏書志》卷二十五)是丁丙以爲,此本乃許自昌將《松陵集》中的皮日休詩别裁而出,另編成詩集八卷刊行的。據《四庫全書總目》統計,《松陵集》中“日休龜蒙各得往體詩九十三首、今體詩一百九十三首,雜體詩三十八首,又聯句及問答十有八首”。是此本當録日休詩三百四十二首,幾近《文藪》存詩的十倍。

這裏順便談談有關《松陵集》的問題。《松陵集》除收録皮、陸唱和詩外,“顏萱得詩三首,張賁得詩十四首,鄭璧得詩四首,司馬都得詩二首,李縠得詩三首，崔璐、魏樸、羊昭業各得詩一首，崔璞亦得詩二首。其他如清遠道士、顔真卿、李德裕、幽獨君等五首，皆以追録舊作，不在數内，尚得詩六百九十八首"(《四庫全書總目》卷一八六，頁一六八九至一六九〇)。可見《松陵集》實乃以皮、陸爲主的蘇州詩人群體唱和詩歌的彙編，故而歷來受到世人重視，公私書目多有著録。而且北宋時，京都即有《松陵集》刻本，蔡京繁有藏，後歸韓子蒼，子蒼之孫韓籍於淳熙十六年(一一八九)將家藏京都本寄贈陸游，陸游有跋文三則，載《渭南文集》卷二十七。南宋後期，臨安府陳宅書籍鋪亦刻有《松陵集》，王國維《傳書堂藏善本書志·總集類》著録一明覆宋刊本《松陵集》殘卷，唯存卷四與卷五，十行十八字，王國維判爲"明覆宋臨安府陳宅書籍鋪本"。明代既有覆宋本，則宋代刊有書棚本《松陵集》可無疑也。明代除覆宋本《松陵集》外，劉濟民於弘治十五年壬戌(一五〇二)、顧氏詩瘦閣於崇禎九年丙子(一六三六)及毛晉汲古閣於明末皆刻有《松陵集》。迄於清代，初期有影宋鈔本，今國圖有藏；後來又有四庫全書本、湖北先正遺書本等等；直到一九三一年，武進陶氏尚據汲古閣影宋鈔本刊行《松陵集》。四庫本所據即汲古閣本，毛晉跋曰："嘗考皮襲美《文藪》及陸魯望《笠澤叢書》，俱不載唱和詩。蓋因襲美從事郡牧，與魯望酬贈，積成十通，别爲一册，名曰《松陵》，爲吴中一時佳話爾。千百年後，僅弘治間重梓，又漫滅不可得，使海内慕皮陸之風而願見兹集者，謂吾吴好事何？予特購宋刻而副諸棗，不特松陵爲吾吴之望也，道義志氣窮通是非如兩公者，可以相感矣。"(《隱湖題跋·續跋》，《明代書目題跋叢刊》下册，頁二〇〇一)但是汲古閣本《松陵集》所據並非宋本，傅增湘跋弘治本《松陵集》曰："此弘治劉濟民刊本，爲李申耆舊藏，余得之武林書肆置之篋笥，殆二十餘年矣。日前檢書及之，命工去其襯紙，裝爲二巨册，古意盎然可觀。此帙首經章君式之假校，卷首有其跋語，毛子晉刻此書識語，謂特購宋刻而副諸墨，式之不信其説，謂所刻即出於此本，然余曾見毛氏影宋本，行格迥不相同，文字亦復小異，嗣爲陶君蘭泉得之，精寫付刊，余爲之序以傳之，是汲古閣實藏有宋刊，特其付梓時，未必據以勘定耳。原本十行，行十八字，黑口，左右雙闌，楮墨清朗。昔子晉謂弘治重梓多漫滅，則似此初印精善，固子晉渴慕而不得見，斯亦足珍矣。"(引自《唐集叙録》，頁三二〇)可見毛晉所據實爲弘治本，其序所以稱據宋本刊行者，蓋欲抬高刊本身價耳。今國圖藏有顧廣圻用汲古閣本手迻毛扆校宋者，卷中有毛扆跋文二則，唯謂其父"得古本重刊之”，不言其父所據爲宋本。後來毛扆以重價購得北宋刻《松陵集》四册，“隨用比校家刻，多所是正”（《中國善本書提要》，頁四五八）。這表明毛晉刻《松陵集》所據的確並非宋本。顧廣圻手迻本，後持贈黄丕烈，卷中除毛扆二跋外，尚有陸貽典、時介于、陳在之、顧廣圻、黄丕烈、何仲子等諸家跋文；據這些跋文可知，顧氏手迻本不僅迻録了毛扆據宋本的校記，而且迻録了陸貽典用宋本覆校的異文，故而成爲今存《松陵集》諸本中最有價值的本子，今後不僅整理《松陵集》，即便整理皮、陸二家詩集，此本都是必用的重要本子。此本《藏園群書經眼録》卷十八亦有著録。

（二）項刻本。明項真瓶笙榭刻《項氏瓶笙榭新刻皮襲美詩》二卷，有項真評，國圖藏，一册。半葉九行十九字，方宋字結體，字大如錢。四周單欄，白口單黑魚尾上鐫“皮襲美詩”，魚尾下爲卷次。卷前首古吴項真《皮襲美詩序》、次《皮襲美世録》，無總目。卷後無附録。首卷卷端題“項氏瓶笙榭新刻皮襲美詩卷之一”，次行平襲字起署“胥江項真不損父評”。項《序》略曰：“篋中之秘不甚流傳，雖有《松陵唱和集》行於世，而皮詩實鮮焉。吾友范汭，好古之士，搜羅諸書。余偶撿是編，讀之覺耳目頓爽，豁然如聆楚明光。遂付剞劂，以供同好。今汭已歸道山，而兹集之不朽實因之，謂汭爲皮之功臣可也。余又不揣黔淺，謬爲評賞，秪□能言人不可得，索解人更不可得耳！假使皮魂未死，或作長鳴雞，以與余碧窗一話，亦快哉！古吴項真。”據此，此本乃范汭搜羅諸書，將皮日休詩彙集重編而成者。詩分體編次，卷一爲四古九首、五古百三、七古二，卷二爲五律三十一、六言律二、七律百三十四、五排六、五絶十八、七絶六十三，共三百六十八首。項氏評極簡單，或一字，或二字，或數字，最多不過十數二十字，用小字鐫於字裏行間，且大多數詩無評。

（三）統籤本。胡震亨《唐音統籤》所收《皮日休詩》十卷，編卷六百八十二至六百九十一，戊籤七十二，刻本。胡氏曰：“集二十八卷，今編詩爲十卷。”注曰：“《唐志》集十卷，《胥臺集》七卷，《文藪》十卷，詩一卷。”此所謂“集二十八卷”，乃是合《唐志》著録各集總卷數而言者，可見皮氏著述之富。胡氏又曰：“《宋志》别集七卷，《滑臺集》一卷，又《松陵倡和集》十卷。今唯《文藪》、《松陵集》存，餘亡。”（《唐音統籤》第七册，頁一二）此本詩分體編次，首卷四古九首、五古二十七，次卷至四卷五古九十二、七古二，第五卷五律三十三、五排六，第六至八卷七律百三十四、六言律二，第九卷五絶十、七絶四十八,第十卷雜體詩二十九、聯句十八,凡十二體、共四百十首。這些詩主要輯自《文藪》和《松陵集》,餘則由《英華》、《萬首唐人絶句》、《事文類聚》所載日休詩補入,另七古《石榴歌》、七絶《惠山聽松庵》二首,則由范東生本補入,可見胡氏搜討之勤,遂使統籤本成爲一時收詩最多的本子。

(四)全唐詩本。康熙敕修《全唐詩》所收《皮日休詩》九卷,又卷八七〇諧謔二録二首,卷八七五讖記録一首。本書前已言之,《全唐詩》主要依據胡震亨《唐音統籤》和季振宜《全唐詩稿本》修訂而成的。而季氏《稿本》所收《皮日休詩》不分卷,乃是將許刻本悉數入編,再補入季氏自《英華》、《萬首絶句》及其他典籍中輯得的佚詩二十一首編輯而成的。具體而言,因許刻本乃分體本,故季氏將許刻本中的五古前置,其餘各詩及輯補的佚詩,分體補入許刻本相應各體詩之後編輯而成的,然後將《皮子世録》及皮氏《文藪序》、皮氏《松陵集序》、皮氏《雜體詩序》放在卷首。經季氏輯補逸佚,《稿本》較前此各本收詩爲多。文字方面季氏也作了校勘,然因許刻本刊刻較精,故改動並不多。康熙敕編《全唐詩》所收《皮日休詩》九卷,乃是將季氏《稿本》所收《皮日休詩》全數收録,再補入編臣所補佚詩編輯而成的。文字方面編臣也作了校勘,《全唐詩·凡例》曰:"詩集有善本可校者,詳加校定。"此本隨行夾注不少校文,表明當時確曾以善本校勘過,有寶貴的參考價值。所以總的來看,全唐詩本無論收詩數量還是文字質量,均較此前諸多《皮日休詩集》略勝一籌。

甫里先生集

陸龜蒙(?～八八二?)字魯望,蘇州(今屬江蘇)人。幼穎悟好學,善屬文,尤工詩賦。咸通中舉進士不第,入蘇、湖等州幕爲從事。皮日休爲蘇州從事,相與唱酬頗多,時稱"皮陸"。乾符五年(八七八)後退隱松江甫里,自稱"甫里先生",以文章自愉,不與俗人交,人稱"江湖散人"。

龜蒙論譔頗富,除《吴興實録》四十卷、《耒耜經》一卷、《小名録》三卷外,其詩賦雜著,有與皮日休酬唱的《松陵集》十卷、《笠澤叢書》八十餘篇等。其《笠澤叢書自序》曰:

> 《叢書》者,叢脞之書也。叢脞猶細碎也,細而不遺,大可知其所容矣。自乾符六年(八七九)春卧病于笠澤之濱,敗屋數間,蓋蠹書十餘

> 篋……體中不堪羸耗,時亦隱几强坐。内壹鬱則外揚爲聲音,歌詩頌賦銘記傳序,往往雜發,不類不次,混而載之,得稱爲《叢書》。自當緩憂之一物,非敢露世家耳目,故凡所諱,中略無避焉。笠澤,松江之名。(四部叢刊本,卷十六)

據此可知,《笠澤叢書》乃龜蒙晚年卧病松江笠澤時,所著歌詩頌賦銘記傳序的雜文集,因"叢脞細碎"又"不類不次,混而載之",故名《笠澤叢書》。既曰"不類不次,混而載之",則《叢書》當無卷次。然《四庫全書總目》謂《叢書》"以甲乙丙丁爲次",清趙寬夫《吴槎客先生校正〈笠澤叢書〉記》亦謂"分甲乙丙丁者,陸氏原書式也",均是據後世資料作出的臆斷,"甲乙丙丁"何嘗不是一種"次",其與分卷,本質上並無不同,清許槤刊《笠澤叢書·附考》即稱《叢書》爲"甲乙丙丁四卷",即證明甲乙等亦是一種卷次。可見甲乙等序次非龜蒙集原編所有也。正因爲《叢書》"不類不次,混而載之",而且非龜蒙全集,遂使後來的好事者或改編、或補編、或彙編、或續補,龜蒙集隨之出現了五卷、三卷、四卷、七卷乃至八卷、九卷,甚至還有二十卷者,卷帙如此紛繁複雜,這在唐集中還是少見的。

五卷本五代時即已出現,孫光憲《北夢瑣言》卷六載《笠澤叢書》五卷。五代後所傳以甲乙丙丁爲次的四卷《補遺》一卷的本子,或即此種五卷本歟?可惜孫氏所記過於簡略,原本又早已散逸,所以關於此種五卷本的詳細情形,今天已無從考詳了。

入宋,《崇文總目》卷六十著録《笠澤叢書》三卷,又卷六十一著録《陸龜蒙詩》十卷,卷六十三著録《陸龜蒙賦》六卷,另卷五十八著録《松陵集》十卷。稍後《新唐書·藝文志四》著録略同。南宋,尤袤《遂初堂書目》著録《陸龜蒙集》,然無卷數。晁公武《讀書志》卷十八著録《笠澤叢書》四卷,陳振孫《書録解題》除卷十六著録《笠澤叢書》四卷、《補遺》一卷外,又有《笠澤叢書》十七卷。馬端臨《文獻通考》云《笠澤叢書》七卷,知《解題》"十七卷"乃"七卷"之誤。《宋史·藝文志》著録《陸龜蒙集》四卷,又《陸龜蒙詩編》十卷。可見兩宋時期《叢書》版本之夥。

宋金對峙,《叢書》在金朝亦有傳本,元好問家即藏一唐寫本,持與當時通行本對勘,而後記二本不同曰:

> 右《藂書》,予家舊有二本:一本是唐人竹紙番複寫,元光間(一二

二二～一二二三)應辭科時買於相國寺販肆中,宋人曾校定,塗抹稠疊,殆不可讀。此本得於閣内翰子秀家,比唐本有《春寒賦》、《拾遺詩》、《天隨子傳》,而無《顏蕘後引》。其間脱遺有至數十字者。二本相訂正,乃爲完書。向在内鄉,信之仲經嘗約予合二本爲一,因循至今,蓋八年而後卒業,然所費日力纔一旦暮耳。嗚呼,學之不自力如此哉!惜一日之功,爲積年之負,不獨此一事也,此學之所以不至歟?……甲午(一二三四)四月二十有一日,書於聊城寓居之西窗。(《校笠澤藂書後記》,《遺山集》卷三十四,影印文淵閣四庫全書本)

好問這裏所記《叢書》的兩個版本,均不言有卷數,唯述篇目差别、字句訛脱而已。二者是否以甲乙丙丁爲次,因原本已佚,今已無從得知了。

龜蒙集宋槧,今知者有以下五種。哲宗元符三年庚辰(一一〇〇),蜀人樊開刊《笠澤叢書》七卷,且爲撰序,其略曰:

唐賢陸龜蒙,字魯望……居松江甫里,多所論譔,著《吴興實録》四十卷,《松陵集》十卷,《笠澤叢書》八十餘篇。自謂江湖散人,或號天隨子、甫里先生……今蜀中惟《松陵集》盛行,《笠澤叢書》未有。是書家藏久矣,愚謂貯之篋笥,以私一人之觀覽,不若鏤板而傳諸好事,庶斯文之不墜,而魯望之名復振,亦儒者之用心也。時聖宋元符庚辰歲仲秋月,郫人樊開題。(《甫里陸先生文集序》,明成化本《唐甫里先生文集》卷二十)

此即所謂的"蜀刻本",其所據底本,乃樊氏家藏。然樊氏所叙《吴興實録》與《松陵集》皆一一交代卷數幾何,而於《叢書》,不唯不記卷數,亦不言甲乙丙丁爲次,單單謂八十餘篇而已。據此可以證明樊家所藏《叢書》,亦應是"不類不次,混而載之",保存了龜蒙集原編的本子,絶無甲乙丙丁之次。至於此本釐爲七卷,蓋爲樊氏改編,而書名仍爲《笠澤叢書》。陳振孫《書録解題》著録此本曰:

《笠澤叢書蜀本》十七卷。元符中郫人樊開所序。龜蒙自號天隨子、甫里先生、江湖散人。與皮日休善,有《松陵倡和集》,皆不在《文藪》、《叢書》中。(《直齋書録解題》卷十六,頁四八五)

馬端臨《文獻通考》著録此本,七卷外尚有《補遺》一卷。可見陳氏《解題》作

"十七卷","十"字乃羡文。清錢泰吉曰:"樊開本雜著、詩歌分編,非《叢書》舊次矣。"(《曝書雜記》)是蜀本不僅分卷,而且分體。顧廣圻則曰:"《笠澤叢書》……别有七卷本,前四卷雜著,後三卷詩,與天隨子《自序》言'不類不次,混而載之'者不合,必後人所編。馬端臨《經籍考》已云'七卷《補遺》一卷',則出南宋時矣。"(《思適齋集》卷十五《題跋二》,見《顧廣圻書目題跋》,頁五六八)顧氏謂七卷本乃後人所編,甚是;且謂增入《補遺》的本子,"則出南宋時矣",更是卓見。樊氏七卷本,原是没有《補遺》一卷的。

北宋另一槧本,乃徽宗政和改元(一一一一)毘陵朱衮吴江刻本,朱氏爲撰《後序》,其略曰:

> 天隨子居衰亂之世,仕不苟合,家于松江,躬勞苦甘澹薄,而以讀書考古爲事。所養者厚,故其爲文氣完而志直,言辨而意深,一歸於尊君愛民,崇善沮惡,兹非所謂循於道而不悖者邪!世所謂《叢書》多舛謬,衮既至是邑,想其遺風,因求善本校正刊之于板,俾覽者非獨玩其詞而已矣,於其節將有取焉。政和改元季夏四日,毘陵朱衮記。(許槤刻《笠澤叢書》附録)

可見此本乃朱衮爲表彰陸龜蒙而刊行的。宋人所刊唐集之相當一部分,乃郡邑長官爲表彰當地的唐代先賢,輔助教化而梓行的,所以對於所據版本,則極少關注,這與學者刊行唐集明顯有别。此本亦然,朱氏唯云:"因求善本校正刊之于板。"但所得善本究爲何種版本?《後序》只字未言。此本陳氏《解題》亦著録曰:"《笠澤叢書》四卷、《補遺》一卷。唐處士吴郡陸龜蒙魯望撰。爲甲、乙、丙、丁,詩文、雜編。政和中朱衮刊之吴江。末有四賦,用蜀本增入。"(《直齋書録解題》卷十六,頁四八五)這裏陳氏既謂《叢書》四卷,又曰"爲甲乙丙丁",顯然這裏的"四卷",所指即甲乙丙丁各卷。可見"甲乙丙丁"之次,在陳氏看來實與"卷次"無異;這與龜蒙《自序》"不類不次,混而載之"相矛盾,故"甲乙丙丁爲次",當爲後人所分,可確然無疑也。清徐乾學《傳是樓書目》著録:"宋板唐陸龜蒙《笠澤叢書》四卷、《補遺》一卷,五册。"蓋即此本。此本所據底本,或與晁氏《讀書志》著録的四卷本屬於同一系統的本子。

北宋所槧龜蒙集還有一個本子,即錢曾《讀書敏求記》著録的上下二卷、合《補遺》共三卷的《笠澤叢書》。錢曾曰:

> 《笠澤叢書》二卷、《補遺》一卷。《叢書》爲陸魯望卧病松陵時雜著，元符庚辰樊開序而鏤諸板。政和改元，毘陵朱衮又爲《後序》刊行，止分上下二卷補遺一卷。今人所鈔元時刻本，已釐爲甲乙丙丁四卷，詮次棼亂，兼少《憶白菊》、《閑吟》二絶句。非經讎勘，無復知此本之善矣。(《錢遵王讀書敏求記校證》卷四上，頁一九二)

據此，錢氏嘗親見此本，並加校勘。這種正集只有二卷的《叢書》本，清蔣春雨嘗藏有鈔本，同時的吴騫等人亦見之。後來許槤刻《笠澤叢書》(詳下)，卷後《附考》所列諸家校本中亦有此本。此種合《補遺》凡三卷的本子，卷數與《崇文總目》及《新唐志》著録合，不知是否爲同一系統的本子。不過這裏錢氏謂朱衮本爲二卷《補遺》一卷，就與陳氏《解題》曰朱氏本四卷《補遺》一卷相矛盾，二説必有一誤。揆諸實情，當以陳氏爲是，這是因爲一來陳氏以本朝人記本朝書，其可信度當然要高些，二來錢氏曰"元時刻本"已釐爲甲乙丙丁四卷，不知陳氏《解題》著録的朱衮本，即已釐爲"甲乙丙丁"四卷矣，再向前追溯，則晁氏《讀書志》著録者，早已是"四卷本"了，於此可見錢氏對《叢書》的版本情形並非了然。所以有學者以爲錢氏著録的三卷本，"當别一宋刻"，然此三卷本刊於何時，則錢氏未言。《唐集叙録》以爲乃樊、朱二本混合後的産物，亦只是推臆之辭。總之，揆諸實情，應以陳氏之言爲是。

宋槧龜蒙集的第四個本子，乃南宋嘉泰年間王益祥刊刻的《笠澤叢書》七卷本。此本明清以後無傳，宋以來公私書目也從無著録者，唯王益祥跋文尚存，其略曰：

> 余與趙荆門同官金陵，暇日爲余言曩宰松陵始末甚悉，且喜其景物之美而風俗之尤厚也。余以其年幸改秩，遂承乏焉。首詢耆老，前此爲令之有遺愛於民者。□□□□犨墜，具以告，且云近趙君愛□□□□……君書言，余既修餘廢，以惠今人……抑而未伸者，子盍念之……則《叢書》之缺誤故也。且録示川本□□□□□□正，且並刊之時，方困板……余既羨□君之暇裕，而□□□□不敏也。乃請學職韓君公□□□君有才□□□其事，以蜀本訂正一千餘字，□□□□□□見聞考證一百餘字，餘疑……存之，且求余跋語……君諱善，字國詔……九月□□日，三山王益祥跋。(許槤刻《笠澤叢書》附録)

此跋漫漶過多，明清以來，不少學者欲補其闕文，而未能如願。於是此跋時間，遂難以確定，或謂王益祥爲元人，如清趙坦《吴槎客先生校正〈笠澤叢書〉記》即曰“郁本有元人王益祥跋”（宋景昌、王立群點校《甫里先生文集·附録》，河南大學出版社一九九六年九月第一版，頁三三六。版本下同）；或謂王益祥爲北宋人，如嚴紹璗《日藏漢籍善本書録》著録龜蒙集時，即謂此跋與樊開跋，乃同時所作，皆非是。實則王益祥乃南宋人，清朱鶴齡《書〈笠澤叢書〉後》述之甚詳，其略曰：

> 陸魯望先生《笠澤叢書》……宋政和元年季夏，毗陵朱衮重其志節，刻之於吾邑。嘉泰□年，三山王公益祥來令，因前令趙君廣言此書多闕誤，且示以蜀本，屬校刊之。益祥乃以屬司教善著韓君是正千有餘字，益祥跋其末。寶祐五年閏月，里人葉茵始以此書，合之《松陵集》十卷，凡四百八十一篇，又别搜得一百七十一篇，總爲二十卷，刻置義莊，以廣其傳。而《叢書》原本，學者遂罕睹。此年予鈔得於海虞錢氏，益祥跋語在焉，最爲完古，惜字句不免漫漶耳。（宋景昌、王立群點校《甫里先生文集·附録》，頁三三五）

據此可見，松陵宰趙廣首先發起重刊蜀本，繼任王益祥命司教韓君校正，是正千有餘字。據王益祥此跋：趙廣不僅寄書囑王益祥刊行《叢書》，而且隨書寄有刊刻資費，所以王益祥於松陵重刊《叢書》，乃確定無疑之事。其所據底本，應即王益祥跋中所説的蜀刻本，故此本乃蜀刻本的下位本。然因此本今已無傳，且從無書目題跋記録此本，故此本的詳細情形，今已無從考究了。

宋槧龜蒙集的第五個本子，乃南宋寶祐五年丁巳（一二五七）吴江葉茵刊《甫里先生集》二十卷。此本今已無存，然明成化嚴春有此本的翻刻本，故據成化本，可以間接窺見此本的大概面貌：此本前十三卷爲詩，卷十四至十五賦，卷十六至十九雜著，合《附録》，總共二十卷。葉茵題識，次年葉氏又請林希逸爲序，置於卷首。葉氏《題識》略曰：

> 甫里先生，吾邦先賢也。出處大節，已見本傳。獨著述散漫，未有善本。今傳于世者，《笠澤叢書》、《松陵集》，以篇計之，僅四百八十一。茵居其鄉，誦其文，且和其絶句百八十餘首。遂於文籍中裒集得一百七十一篇，合《叢書》、《松陵集》計六百五十二篇。凡可助此書以流行者，聚于卷末，名曰《附録》，總爲二十卷。刊寘義莊，以廣觀覽……寶

祐五年閏月日，葉茵謹識。

據此可見，此本乃葉茵將其輯佚所得，合《叢書》與《松陵集》及《附録》彙編而成者。林《序》贊葉茵"作意掇拾而裒益之，懇懇勤勤"，可謂的評。《四庫全書總目》亦曰："龜蒙著作頗富，其載於《笠澤叢書》者卷帙無多，即《松陵集》亦僅倡和之作，不爲賅備。宋寶祐間，葉茵始蒐採諸書，得遺篇一百七十一首，合二書所載四百八十一首，共六百五十二首，編爲十九卷，竝附録，總爲二十卷，林希逸爲序，刊版置於義莊。"（《四庫全書總目》卷一五一，頁一三〇〇至一三〇一）清吴焯《繡谷亭薰習録》，叙此本及龜蒙各集頗有條理，其略曰：

《甫里先生集》二十卷，唐笠澤陸龜蒙魯望著。魯望本蘇人，後居松江甫里，因稱甫里先生。其所著有《吴興實録》四十卷、《松陵集》十卷、《笠澤叢書》八十餘篇。乾符六年自爲《叢書》序，宋元符三年刻於蜀，係七卷，郫人樊開序；政和元年刻於平江，毘陵朱衮序，二序均題《笠澤叢書》也。至寶祐五年，吴江葉茵景文，始以《松陵集》、《笠澤叢書》二集歸併總爲二十卷，計詩文六百五十二篇，題曰《甫里先生集》，茵爲序。明年林希逸序此集之源流也。明吴人顧元慶《夷白齋詩話》云："皮日休《文藪》載詩數首，陸龜蒙《笠澤叢書》詩亦不多，其詩俱在《松陵唱和集》。三集共覽，始爲二公全書。今刻《甫里集》者併之，豈原書之本旨乎。"此論誠然，蓋譏其時崑山嚴景和方刻《甫里集》，殊不知此集併自葉茵，景和特翻雕耳。故晁氏陳氏皆無《甫里集》之名也。（引自《唐集叙録》，頁三二四）

其實此本的編刊緣起，始於寧宗嘉泰年間，清朱鶴齡《書〈笠澤叢書〉後》述此事甚詳，其略曰：

陸魯望先生《笠澤叢書》，《通考》、晁氏云四卷，蜀本樊開序不言卷數，止云八十餘篇。蓋僖宗乾符六年春先生卧病於笠澤之濱撰此書，中分甲乙丙丁，詩文混載，無倫次。先生自言，平生所作，點竄塗抹，歷年不能净寫一本，或爲好事者取去，此蓋其未定之書也。宋政和元年季夏毘陵朱衮重其志節，刻之於吾邑。嘉泰□年三山王公益祥來令，因前令趙君廣言此書多闕誤，且示以蜀本，屬校刊之。益祥乃以屬司教善著韓君是正千有餘字，益祥跋其末。寶祐五年閏月，里人葉茵始以此書，合之《松陵集》十卷，凡四百八十一篇，又别搜得一百七十一篇，總爲二十卷，刻置義莊，以廣其傳。而《叢書》原本，學者遂罕睹。此年予鈔得於海虞錢氏，益祥跋語在焉，最爲完古，惜字句不免漫漶耳。(《甫里先生文集·附録》，頁三三五)

據此可見，松陵宰趙廣首先發起重刊蜀本，繼任王益祥命司教韓君校正而刊之，至葉茵則以韓氏所校蜀本《叢書》、《松陵集》，及其所輯佚文一百七十一篇，合《附録》，總爲二十卷刊之。若此《甫里集》六百五十二篇，雖不能説是龜蒙作品的全部，究竟是盡其所見了。彙集龜蒙作品，以防散逸，葉茵的確可以説是陸氏功臣了。

由上可見兩宋期間，除了晚出的《甫里集》版本單一外，《笠澤叢書》的版本情形要複雜些：七卷蜀本，前四卷詩，後三卷文，既分體，又分卷，已非"不類不次、混而載之"的舊觀了；朱衮本四卷，以甲乙丙丁爲次，又據蜀本增入四賦爲《補遺》一卷，其正文四卷，蓋與晁公武《讀書志》著録的四卷本同；錢曾所見正集上下兩卷合《補遺》總爲三卷的刻本，蓋與《崇文總目》、《新唐志》著録的三卷本同。

元朝國祚短促，龜蒙集傳本，今知者唯後至元間龜蒙十七世孫惪原覆刻宋本《重刊校正笠澤叢書》四卷、《補遺》一卷，卷後有王益祥、陸惪原二《跋》。惪原《跋》略曰：

右《笠澤叢書》五卷，唐甫里先生之所論著也……惪原距先生没幾五百年，門緒衰落，既同編甿，然猶以世澤之所霑濡，聞見之所開沃，粗能自立於士君子之林……今朝右文，既以書院祀先生於吴下，而其遺書若《松陵集》皮陸倡和皆已行於世，而《叢書》雖板刻於宋元符間，然而蕪没久矣。今刻之書院者，將與好事者共之也。夫先生之於經術，學者既不見夫《春秋》之所討索者矣，然因《叢書》以推見先生之所學，則其卓然於道而可以刻之學校者，夫豈區區一隱淪之士而已哉？至元仍紀元之五年歲在庚辰七月一日，十一世孫惪原百拜謹題。(清許梿刻《笠澤叢書·附録》)

此本錢曾稱"釐爲甲乙丙丁四卷，詮次棼亂，兼少《憶白菊》、《閑吟》二絶句"(《錢遵王讀書敏求記校證》卷四上，頁一九三)。此本清内府亦有庋藏，《四庫全書》據以録入。《繡谷亭薰習録》著録此本曰："《重刊校正笠澤叢書》五卷。元後至元五年，魯望之十一世孫德原刊於書院，不分卷帙，以甲乙丙丁爲次，所謂原書，八十餘篇者是也。後一卷補遺並續，凡録詩文十八篇。三山王益詳跋，德原爲後序。"(《甫里先生文集·附録》，頁三四六)據此可見，此本四卷合《補遺》總爲五卷。而《補遺》一卷，又含《續補遺》賦四篇，共十八篇，所以此本《補遺》，已不同於朱衮本《補遺》唯賦四篇了。清許梿刻《笠澤叢書·附考》亦列有此本，下注曰："甲乙丙丁四卷《補遺》一卷，篇次與宋本(指蜀本——筆者)異。内《重憶白菊》一詩，宋本作《憶白菊》，别有《重憶》一首，此本脱。"據此可見，《重憶白菊》一絶，蜀本作《憶白菊》"稚子書傳白菊開"，此本詩題誤。而蜀本别有絶句《重憶白菊》"我憐貞白重寒芳"一首，此本脱去。然錢曾謂此本脱《憶白菊》一絶，與許氏所言異，二者必有一誤。唯許氏以衆本彙校《笠澤叢書》，此本即其主要校本之一，職是之故，筆者以爲應以許氏所言爲是。又《閑吟》一絶，錢氏謂悳原本脱，許氏不云脱此首，或錢氏所見爲不全之本歟？而以上三詩，許刻本皆載之。

明代乃唐集傳鈔和刊刻的繁榮期，龜蒙集傳鈔和刊刻的本子亦有不少，其主要版本有以下幾種：

(一)成化本。成化二十三年丁未(一四八七)嚴春刻《唐甫里先生文集》二十卷。《中華再造善本》所收《唐甫里先生文集》二十卷，即據國圖所藏原周叔弢舊藏成化本影印。此本乃現存龜蒙集的最早刻本，半葉十行二十字，上下或四周雙邊，粗黑口，單魚尾，行書上版。各卷卷端題"唐甫里先生文集卷之某"，次行下方署"笠澤陸龜蒙字魯望"(卷三誤作"苙澤"——筆者)。卷前首陸釴《重刊甫里先生文集序》，次宋胡宿《甫里先生碑銘》，次宋林希逸《甫里先生文集序》，次目録。卷一至十三詩五百八十四首，卷十四至十五賦十六首，卷十六至十九雜著五十二首，共六百五十二首，與葉茵《序》所言首數合。卷二十題曰"附録"。卷後爲嚴春《題識》。陸釴《序》略曰：

> 崑山嚴景和氏居淞江之滸，密邇甫里，素欽甫里之文，乃訪而重刻之。謂余不可以無序也，予知……《叢書》、《松陵集》總六百五十二篇，併《附録》爲二十卷，缺晁氏所校《松陵集》六篇，刊於宋寶祐中。歷勝國以來，歲久板廢，景和所爲重刊者，繼前賢之勝事，誠義舉也。而《叢書》四卷、七卷八十餘篇之數，無從補刊矣……成化丁未春正月之吉，賜進士及第奉訓大夫右春坊右諭德，邑人陸釴書。(成化本卷首)

陸釴此《序》，訛誤處不少，如謂《叢書》、《松陵集》總六百五十二篇，非是，二書加葉茵所輯佚文百七十一篇，方爲六百五十二篇；又曰《叢書》四卷、七卷八十餘篇之數無從補刊，亦非是，《甫里集》二十卷乃龜蒙作品的彙編本，其中已包含《叢書》四卷、七卷八十餘篇在內。可見陸釴身爲朝官，但對龜蒙集的版本情形卻不甚了然。此本書名、卷數、收録篇數等等，均與宋葉茵本相同，且爲明代第一個刻本，其所據底本，應爲葉茵本無疑。唯《附録》增入胡宿《甫里先生碑銘》一篇，其餘則悉依舊本。周叔弢跋此本曰：

《唐甫里先生文集》傳世無宋本，當以明成化嚴氏本爲最古，流播甚稀。各家書目多未著録。十二月初旬，北平藻玉堂書估王子霖，攜此書至天津求售，索價甚高。余年來無力收書，留案頭二日還之。既而思此種書世不多有，若失之交臂，恐不易再得。適王估又來天津，遂勉力購而藏之。細檢書中，卷十三、卷十九各缺一葉，擬取黄［嶢］〔蕘〕圃校鈔本補寫。蓋黄氏所據亦爲嚴刻，乃黄氏校本兩卷中均各注明缺葉，與此相同。是此本即周香嚴舊藏，黄氏據校之本。周氏藏書多無印記，宋元本亦且如是也，不知嚴刻人間尚有第二本否？他日倘能遇之，得鈔補爲快。而余之寶此明初黑口本，固不啻宋元視之矣。戊寅（一九三八）十二月廿八日，弢翁記。

周氏謂其所藏成化本，卷十三、卷十九各缺一葉，與黄丕烈據校周香嚴舊藏成化本同，因斷其所藏即周香嚴本。驗之黄校本（即《四部叢刊》本，詳下），若合符契。是《中華再造善本》所影成化本，即周香嚴舊藏，檢卷十三、卷十九，所缺二葉仍保持原狀，即是證據。另《涵芬樓燼餘書録》亦著録有成化本，曰："明成化刊本，六册。題笠澤陸龜蒙字魯望著，崑山嚴景和重刻宋葉茵輯本。"又上圖等均藏有成化本，《再造善本》所缺二葉，可補之。

（二）都穆本。都穆刻《笠澤叢書》四卷、《補遺》一卷。都穆字玄敬，號南濠，吴縣（今屬江蘇）人，弘治十二年己未（一四九九）進士，官至太僕少卿，著有《金薤琳琅》、《南濠詩話》等。此本今已無傳，然都穆此本跋文尚存，其略曰：

《笠澤叢書》四卷，鄉先生唐陸龜蒙魯望纂……宋元符庚辰，蜀人樊開嘗刻是書，金元遺山謂得唐人録本，爲之校定。豈遺山生長北方，未嘗見蜀本與？松江即今吴江，其地一名松陵。魯望别有《松陵集》十

卷。都穆跋。(清許槤刻《笠澤叢書·附録》)

又王士禛嘗見此本,其《跋笠澤叢書》謂,此本與其所見江西士大夫家藏鈔本篇目相同,而編次稍異。王氏曰:

> 康熙甲子(二十三年,一六八四)春,予在成均,從温陵黄俞邰借《笠澤叢書》,係江西士夫家藏鈔本,以甲乙丙丁爲次。喜其古雅可寶惜,録而藏之,然舛誤甚多,如乙集中《寒泉子》一篇,脱落竟至十餘行,頗取《文粹》補正;又附録《小名録序》一篇。夏五月端午後二日,傔人顧淵自虞山來,得毛扆斧季書,見寄此本,蓋宋元符蜀人樊開本,而都穆重校刊者。二本編次篇目略同,惟《耒耜經》,江西本分耒耜數另爲一篇。而蜀本甲集有樊序,丁集末有王益祥、陸德原及玄敬三跋。又有續補遺賦四篇,皆江西本所無。又《紀錦裙》在丙集,《迎潮辭》在丁集,《築城詞》在補遺中,與黄本次第小異耳。予舊藏皮襲美《文藪》舊版本,獨恨不得《叢書》合爲一函,今一旦獲雙璧,快何如耶!(《漁洋文略》十二,引自《唐集敘録》,頁三二六)

王士禛蓋未見陳振孫《書録解題》,不知蜀本乃七卷,而誤以甲乙丙丁爲次者乃蜀刻本,遂將黄本與朱衮本的差異,誤爲黄本與蜀本的差異了。又王氏亦不知此本並非自宋朱衮本出,而是出自元陸德原本。清趙坦曰:"郁本有元人王益祥跋,即都元敬據以付刊者,然無元敬跋,則或抄自元刻,無謬誤,可依據。"(《甫里先生文集·附録》,頁三三六)可見此本所據乃郁氏鈔本,而郁氏本鈔自元刻,所以追本溯源此本乃是陸德原本的再生本,因而卷中既有德原跋,又有都穆跋。趙氏謂郁氏本"無謬誤,可依據",此本既自郁氏本出,其版本價值自然不容忽視。

(三)萬曆本。明萬曆三十一年癸卯(一六〇三)許自昌校梓《合刻陸魯望皮襲美二先生集》所收《唐甫里先生集》二十卷。半葉九行二十字,注文雙行同。左右雙邊,白口單魚尾上頂邊欄鐫"甫里先生集"。卷前首林希逸《序》、次陸鈛《序》、次許自昌《序》。各卷卷端題"唐甫里先生集卷之某",次行、三行下方分别署"唐笠澤陸龜蒙魯望著"、"明甫里許自昌玄祐校"。文淵閣《四庫全書》所收《甫里集》,即據此本録入。《四庫全書總目》曰:

> 《甫里集》二十卷……宋寶祐間,葉茵始蒐採諸書,得遺篇一百七十一首,合二書所載四百八十一首,共六百五十二首,編爲十九卷,竝

《附録》，總爲二十卷，林希逸爲序，刊版置於義莊，歲久闕失。明成化丁未，崑山嚴景和重刊之，於附録之中增胡宿所撰《甫里先生碑銘》一篇，陸釴序之。萬曆乙卯，松江許自昌又取嚴本重刻，於附録中續增范成大《吴郡志》一條，王鏊《姑蘇志》一條，其餘詩十三卷、賦二卷、雜文四卷，則悉依舊次，即此本也。（《四庫全書總目》卷一五一，頁一三〇〇至一三〇一）

據此可知，此本所據底本即成化本。然書用匠體，寫刻俱佳，且於附録中增入范成大《吴郡志》一條，王鏊《姑蘇志》一條，其餘正集詩十三卷、賦二卷、雜文四卷"悉依舊次"，故爲成化本的忠實翻刻本。然許氏所刻《甫里集》，除癸卯本外，還有第二刻，即乙卯（萬曆四十三年，一六一五）刻本，邵懿辰《四庫簡明目録標注》有著録，許自昌裔孫心扆亦言明代有"第二刻"、即乙卯刻本。但第二刻，筆者未見，估計二本區别並不大，蓋取首刻版片校勘後重印者歟？此本國圖藏本有清陳揆校並跋；上圖藏本有明馮舒跋、清惠棟校點；南圖藏本有清胡燮臣跋，另一種有清王振聲校並跋；重慶藏本有清孔繼涵批校。另，日本静嘉堂文庫亦有藏本，原爲明徐興公、清陸心源等舊藏第一刻，卷中有徐興公手跋曰："萬曆丙午春，范東生見貽。興公。"（《皕宋樓藏書志》卷七十一，頁八〇五）徐興公《紅雨樓書目》、嚴紹璗《日藏漢籍善本書録》均著録此本，卷中有"汗竹巢"朱文方印、"徐興公氏"白文方印、"閩中徐惟起藏書印"朱文長方印等。

（四）明甲鈔本。明無名氏甲鈔《唐甫里先生文集》二十卷，黄丕烈校補，今藏南京圖書館。《四部叢刊》所收《唐甫里先生文集》二十卷，即據此本影印，後附張元濟《校勘記》一卷；民國上海涵芬樓影印本，與《四部叢刊》本同。半葉八行十六字。卷前唯林希逸叙，次目録。各卷首題"唐甫里先生文集卷之某"，次行下方署"笠澤陸龜蒙字魯望"，三行題文體（卷二十《附録》除外）。此本卷二十原脱，黄丕烈據成化本鈔配，凡收録葉茵《叙》、《新唐書》本傳、樊開《叙》、朱衮《後叙》、皮日休《二游詩序》、皮日休《五貺詩序》、顔萱《過張祜丹陽故居》、《三高祠記》、《楊文公談苑》。此本卷中有清許心扆校並跋，黄丕烈校並於卷前、卷十一末、卷後另紙撰跋文凡六則，及清丁丙跋。此本所據底本，黄丕烈以爲乃宋葉茵本，大誤。黄跋其五曰："嘉慶甲戌初冬，新收舊鈔《唐甫里先生文集》，係寶祐時葉茵輯本，惜缺第二十卷，雖屬《附録》，究非全書。"黄跋其四曰：

《笠澤》、《松陵》二集世多傳本，唯此《甫里先生文集》向所未見。《四庫全書》中有之，《提要》云明有二刻，卻未得遇。兹遇其葉茵輯本之原者，何以辨之？蓋因得見嚴景和刻本而知之也。嚴刻藏香嚴書屋，余假之以補兹本二十卷之缺，因手校一過。嚴本覆刻自較葉輯原本爲遜，時有一二佳處，反爲妄人改去，即如卷十二中……唯是葉輯本已屬抄寫，或因筆誤，或因原刻模糊，遂致多訛，此又可以嚴刻正之者也。故手校時是非俱載，其異字讀者臨時自辨之可耳。甫里先生云"值本即校"，其斯之謂歟！復翁。（四部叢刊本，卷後）

可見黄氏以爲此本所據，即葉茵原刻。黄氏考慮到此本的訛誤不一定皆原刻所有，或鈔手致誤，故而所出校記是非俱載，見異便録。張元濟《校勘記》曰："戊辰冬仲，再版書成，檢勘涵芬樓新收成化本，知復翁原校几塵落葉，掃之尚有未盡也。因爲補輯卷末，聊補前人所不逮，存其是而略其非，其能免於喧賓奪主之譏乎？"此本經黄、張二位大家兩次以成化本覆勘，其爲善本可無疑也。今持此本與萬曆本對勘，便可立刻發現，二者合若符契。如此本卷五《樵人十詠》其二《樵家》"屋在寒雲裏"句，"寒"字，萬曆本同；黄氏於天頭出校一"黄"字，成化本正作"黄"。此本卷六《和茶具十詠》其二《茶人》"似與東風期"句，"似"字，萬曆本同；黄氏於天頭出校一"自"字，成化本正作"自"，等等。再檢張氏所補《校勘記》，亦然。此本卷三《秋日遣懷十六韻寄道侣》"自然成嘯傲"句，"嘯"字，萬曆本同；張氏校作"笑"，成化本正作"笑"。此本卷八《和襲美病中書情寄崔諫議韻》"或偃虚齋或在公"句，"虚"字，萬曆本同；張氏校作"書"字，成化本正作"書"。此本卷九《和題達上人藥圃二首》其一"旋添花譜旋成畦"句，第二個"旋"字，萬曆本同；張氏校作"漸"字，成化本正作"漸"，等等。可見此本並非據葉茵原刻，亦非據成化本，而是據萬曆本鈔寫者；黄、張二氏所出校記，正是成化本與萬曆本的不同之處。黄氏因未見萬曆本，故以爲此本與成化本的差異，即是葉氏本與成化本的差異，遂造成誤判。葉德輝曰："大抵版本之學，審定至難。"（《郎園讀書志》卷七，頁三六五）真經驗之談也耶！

（五）明乙鈔本。明無名氏乙鈔何焯校跋《重刊校正笠澤叢書》四卷補遺一卷，一册。此本原爲陸心源十萬卷樓舊藏，《皕宋樓藏書志》卷七十一著録爲"舊鈔本，何義門校"；今藏日本静嘉堂文庫，嚴紹璗《日藏漢籍善本書録》著録爲"古寫本"，然王益祥乃南宋人，其《跋》在葉茵前五十餘年，然因葉《跋》年代漫漶，嚴氏遂將其跋判爲與樊開《序》同年作，大誤。《重刊校正笠澤叢書》四卷、《補遺》一卷，乃元末悳原刊；此本既録有悳原《跋》，故應爲明人鈔本，因具體時間難以遽定，暫且放在這裏考述。此本卷前首龜蒙《自序》，次樊開《序》、王益祥《跋》、悳原《跋》、朱衮《跋》等。卷中有清何焯校並跋二則，清吴騫跋二則。何《跋》其一曰：

> 此册丙寅歲大人從江右雜書中攜歸，以其脱誤難讀，久置敝篋中。己丑適從虞山錢氏借得馮己蒼所傳元板佳本，因取而改竄，以示後人，使知鈔本之不足據有如此者，若能細心浄寫一本，便自可讀，亦不負吾區區讎比之意也。焯記。（《皕宋樓藏書志》卷七十一，頁八〇四）

此本自悳原本録出，又經何焯以悳原本校勘，故頗具參考價值。何《跋》其二曰："此書别有編爲八卷者，以《自序》觀之，則此四卷者乃舊次，八卷分雜著與詩而二之，則非不類不比矣。或謂八卷乃宋刻，殆耳學也。焯又記。"據此可見，何氏不知宋刻已有八卷者，故吴騫《跋》駁之曰："按陳振孫云：《叢書》七卷、《補遺》一卷，乃樊開所序，是爲蜀本。然則宋刻有四卷者，亦有八卷者，未可盡以爲耳學也。騫又記。"（《皕宋樓藏書志》卷七十一，頁八〇五）

（六）明丙鈔本。明無名氏丙鈔《陸魯望文集》八卷。半葉十二行二十一字，卷前首樊開《序》，次龜蒙《自序》。王國維《傳書堂藏善本書志》著録有此本，其略曰：

> 《陸魯望文集》八卷，明鈔本。……前七卷卷首上署"陸魯望文集"，下署"笠澤叢書"。卷八首無"笠澤叢書"四字，而後題則云"陸魯望補遺文集"。其書卷一至四爲雜著，卷五至七爲詩，而卷八復爲雜著。蓋末卷乃後人所補。陳直齋云："《笠澤叢書》七卷，元符中郫人樊開所序。"此本並與之合。朱衮本卷二《記錦裾》注："蜀本作錦裾。"又《續補遺》注："《微涼》四賦乃蜀本有之，今添入此本。""錦裙"作"錦裾"，又《微涼》四賦並在卷八中，又《甫里文集》所云蜀本作某者，此本並與之合，則此本即蜀本也。拜經堂有鈔本，卷數行欵並與此本同。然此本佳處，又遠出拜經樓本之上，如卷首《叢書自序》"自當緩憂一物"，此云"當字下有小注'去聲'"。二字各本均奪"聲"字，或並以"去"字混入正文，遂不可通。吴兔牀七校《笠澤叢書》，尚未見此本，可謂珍

祕矣。有"汪士鋐印"、"借此聊游戲"、"小倉山房袁氏藏書"、"臣韓崶印"諸印。(《傳書堂藏善本書志·集部》)

王國維這裏的考證,堪稱縝密,其斷定此本自蜀本出,且指出朱衮本與蜀本有三不同:一龜蒙《自序》"當緩憂一物","當"字下唯蜀本有注文"去聲"二字;二朱本"錦裙",蜀本作"錦裾";三《微涼》等四賦,唯蜀本有之。《拜經樓藏書題跋記》著録一從宋蜀本録出的鈔本曰:"每葉二十四行,行二十一字……先君子記云,此卷行款、字數悉照宋本。"此本行款,與《拜經樓藏書題跋記》所記宋蜀本行款完全相同,但卻並非直接自宋蜀本録出,因爲宋蜀本不名"陸魯望文集"。此本蓋自明人翻蜀本出,且書名改爲《陸魯望文集》。而明清兩代的八卷本,或增入《續補遺》爲九卷,其實皆蜀刻本的衍生本。又國圖另藏有明鈔《陸魯望文集》八卷;北大圖書館藏有明鈔《陸魯望文集》八卷、《補遺》一卷,應均與此本同出一源。

清代傳鈔和刊刻的龜蒙集,其主要版本有以下幾種:

(一)碧筠草堂本。雍正初顧楗碧筠草堂刻《重刊校正笠澤叢書》四卷、《補遺詩》一卷、《續補遺》一卷。顧楗字肇聲,吴縣人,少力學,涉歷經史,曾官福建浦城、陜西蒲城等縣令,所至有治聲,蒲城百姓送"青天白日"匾以表彰之。後入朝爲中書舍人,晚年退居鄉里,乾隆三十二年(一七六七)去世,有《碧雲堂集》。清彭啓豐《芝庭集》卷十四有《文林郎蒲城縣知縣顧君墓誌銘》,載其歷官行事甚悉。此本半葉九行十八字,左右雙邊。書體用行楷,鐫刻精妙,雅秀美觀。卷前有龜蒙像,次龜蒙《自序》,次目録。首卷卷端題"重刊校正笠澤叢書",次行頂邊欄署"藁書甲",三行低三格爲"陸魯望文集序"。葉德輝曾判此本爲顧氏晚年辭官後刊行,因定此本在清陸鍾輝刊本(詳下)之後,大誤,致使葉德輝將此本與陸鍾輝本混淆不清,故而《郎園讀書志》著録二本時,對二本的異同反復辨析達數千字,最終還是將"碧筠草堂本"誤判爲陸鍾輝所刻了。不過葉氏謂顧氏此本"非重橅陸鍾輝本,乃仿元重寫校刻者",還是正確的,因爲顧氏此本"字體與陸本絶異,字較陸本肥大,不似元刻他書之流動圓活也。末葉陸悳原跋,今'清朝右文'云云,'清朝'字陸本不提行,此本提行,則顧氏殆依元版行格重寫再刊,故行式同,版匡及[之]大小不同也"(《郎園讀書志》卷七,頁三六九)。此本雖"仿元重刻",但與同出自元刻本的都穆本編次稍異,趙坦曰:"郁本有元人王益祥跋,即都元敬據以付刊者,然無元敬跋,則或抄自元刻,無謬誤,可依據。其篇次不與顧氏新雕本合(如《紀錦裙》在丙集首,《迎潮送潮辭》在丁集首,《憶白菊》及《閑吟》二詩缺,《重憶白菊》詩在丙集末,《求志賦》下接《問吴宫辭》,王益祥《跋》在陸德原《跋》前)。"(宋景昌、王立群點校《甫里先生文集·附録》,頁三三六)可見此本與都穆本雖同出於元刻本,區别還是很大的。清吴騫曾用此本作底子,而以五種不同的《叢書》本校此本,卷中有吴氏校後跋文五則,又有清周春雨、吾進校並跋,張燕昌、黄丕烈跋。民國時此本爲上海藏書家蔣汝藻購得,王國維爲蔣氏編《傳書堂藏善本書志》時著録有此本,王國維將諸家題跋全文迻録,而後叙曰:

> 此吴中顧氏碧筠草堂刊本,吴槎客以諸本遞校,又據《文苑英華》、《唐文粹》校之,並屬周松靄、吾竹房訂正。槎客所校《叢書》凡七本,其二校在陸鍾輝本上,五校均在此本。張文魚推爲甲觀,不虚也。有"吴騫之印"、"癸丑"、"癸亥"、"己巳"、"戊辰"、"拜經樓吴氏藏書"、"海昌吴葵里收藏記"、"小桐谿"、"真率會"、"陳何莊胡林屋"、"仲魚過目"、"沈樹鏞印"、"鄭齋"、"鄭齋所藏"諸印。(《傳書堂藏善本書志·集部》)

王國維這裏明稱此本爲"顧氏碧筠草堂刊本",將"碧筠草堂本"直接繫於顧氏名下,真是一語抵得上葉德輝千言。此吴氏五校本,今藏國家圖書館,參考價值頗大。吴氏在跋中稱"《叢書》舛訛至多,予廣求善本讎比,至此凡七本矣。常欲别刊一本,以正江都、吴下二刻之失,未知何日得遂斯願也"。這裏的"江都"之刻,指陸鍾輝本,"吴下"之刻即指此本。後來"嘉慶己卯許槤校刻樊開七卷本,即由吴發其端,于陸、顧兩本多所校正"(《郎園讀書志》卷七,頁三六九)。此本國圖另一藏本有清瞿鏞校;天圖藏本有周叔弢、俞鈞跋;南開大學圖書館藏本有清吴翌鳳校,佚名録清何焯、鮑廷博校;上圖藏本有清佚名録清王士禛校,清佚名録清何焯校,又一種有清佚名録清戈襄、戈載校並跋,清朱祖謀校,另一種附清顧鳳苞撰校記一卷;湖南圖書館藏本爲《四庫全書》底本;另國家、遼寧、吉林、中山大學等圖書館均有藏本;江蘇常熟圖書館藏本有清張瑛校。

(二)水雲漁屋本。雍正九年辛亥(一七三一)江都陸鍾輝水雲漁屋刻《重刊校正笠澤叢書》四卷、《補遺詩》一卷、《續補遺》一卷。此本封面題"水雲漁屋刊本",半葉九行十八字,左右雙邊,行款版式與碧筠草堂本完全相同。吴人王岐書寫上版，字仿趙松雪，雕刻極精，紙墨俱佳。葉德輝稱贊此本“字畫之鋒芒，匡線之劃一，實爲至精至美之本”。卷前首龜蒙像，次龜蒙《自序》，次目録，卷後有陸鍾輝《跋》。首卷卷端題“重刊校正笠澤叢書”，次行頂邊欄署“藁書甲”，三行低三格題“陸魯望文集序”。陸鍾輝跋略曰：

《叢書》近時鈔藏，僅[西]江〔西〕藏本，竝宋蜀人樊開本。蜀本甲集有樊《叙》一首，又《續補遺》賦四篇，又《記錦裘》在丙集，《迎潮詞》在丁集，《築城詞》在《補遺》中。新城王尚書從温陵黄氏借鈔[西]江〔西〕本，復得虞山毛氏寄本，題語中亦縷及之。顧蜀本至元間杞菊先生重爲挍刊，流傳亦鮮。余頃從吴中舊家獲至元本，因正其譌脱謬誤者而付之開彫。至王益祥跋語，漶漫過多，不復録。《小名録叙》一首，依王本增入。雍正辛亥仲冬，江都陸鍾輝渟川書。（許槤刻《笠澤叢書》附考卷）

鍾輝此《跋》明顯有誤處：上已言及，蜀本乃七卷，並無甲乙丙丁之次，然鍾輝言蜀本甲集有樊《序》，《記錦裙》在丙集，《迎潮詞》在丁集等等，顯然是把蜀本誤作四卷本了。此誤雖源於王士禛，但亦可看出鍾輝對龜蒙集的版本情形所知不多。此本所據底本，據鍾輝言乃“從吴中舊家獲至元本，因正其譌脱謬誤者而付之開彫”，則是覆刻悳原本者，唯王益祥《跋》因漫漶過多而削去，另增遺文《小名録序》一首。然而事實上，此本與碧筠草堂本差别並不大，葉德輝曾將二本逐字逐句比勘，得出的結論是：二本並無不同。葉氏遂將二本混爲一談云：“要之水雲漁屋本確爲陸鍾輝版初刻成新印之書，碧筠草堂本似印在百册以外字畫失其鋒芒者。至顧楗刻本行字與水雲漁屋、碧筠草堂兩本相同，而字較大又無陸鍾輝跋，是徑覆元至元本，不得以爲陸本之重儓矣。”（《郎園讀書志》卷七，頁三六七）其實碧筠草堂本乃顧楗所刻，先於鍾輝此本，葉氏將其誤認作此本的後印本，這當然是不對的；又此本乃是覆刻碧筠草堂本的，故二本文字完全相同。葉氏不明就裏，故對二本混淆莫辨。清吴騫曾用七種不同的版本校《笠澤叢書》，此本即其校本之一，吴氏評價此本曰：“《叢書》舛訛至多，予廣求善本讎比，至此凡七本矣。常欲别刊一本，以正江都、吴下二刻之失，未知何時得遂斯願也。”所謂“江都”本，即指此本。又曰：“予舊有鈔本七卷《笠澤叢書》，以諸本會勘之，定爲蜀本，倘能刊之，當遠勝此本矣。”（《拜經樓藏書題跋記》）可見此本訛誤還是不少的，實非善本。葉德輝僅觀此本“字畫之鋒芒，匡線之劃一”，即稱贊“實爲至精至美之本”，未免皮相之論。此本國圖藏本有清吾進校跋並録清吴騫、清陸以謙校跋，另一種有清勞權、勞格校；上圖藏本有清吴騫校並跋，另一種有清姚世鈺校並跋，又一種有清葉德輝跋；南圖藏本有清李芝綬校跋並録清季錫疇校；社科院歷史所藏本有清姚世鈺批校並圈點；另山東、遼寧、湖北、首都、北大、南開、河南大學等圖書館均有藏本。

（三）四庫甲本。文淵閣《四庫全書》所收《笠澤叢書》五卷（第五卷爲《補遺》），寫本。此本卷前首館臣《提要》，次樊開《序》，卷後爲悳原（文淵閣本誤作“厚”——筆者）《跋》。卷一有龜蒙《自序》。卷五爲《補遺》詩十二首、文二首，又《續補遺》賦四首，下注：“次後四賦乃蜀本有之，今添入。”《四庫全書總目》曰：

> 《笠澤叢書》四卷補遺一卷，内府藏本。……此本爲元季龜蒙裔孫德原重鐫，既依蜀本釐爲四卷，而序仍昆陵本作三卷者，字偶誤也。王士禎《漁洋文略》有此書跋，謂得都穆重刊蜀本，内《紀錦裙》在丙集，《迎潮詞》在丁集。而此本《錦裙》在乙集，《迎潮詞》在丙集，叙次又不盡依蜀本之舊，疑德原又有所竄亂矣。（《四庫全書總目》卷一五一，頁一三〇〇）

據此可知，此本乃是據内府藏元陸悳原本録入者。但是館臣謂“依蜀本釐爲四卷”，顯誤。又館臣謂悳原《序》“依昆陵本作三卷者，字偶誤也”，亦非是，“昆陵本”即朱衮本，乃四卷本，陳振孫《書録解題》言之甚明，三卷者乃别一《叢書》刻本，非朱衮本。再者館臣謂王士禛得都穆重刊蜀本，亦非是，都穆重刊所據者乃悳原本，上文已述之。可見館臣對龜蒙集的版本系統並不熟悉，遂使此段叙録出現諸多誤點。

（四）四庫乙本。文淵閣《四庫全書》所收《甫里集》二十卷，寫本。此本卷前首目録、次館臣《提要》、次林希逸《序》。卷二十爲《附録》，凡收《新唐書》本傳、樊開《序》、朱衮《後序》、皮日休《二遊詩序》、皮日休《五貺詩序》、顔萱《過張祜丹陽故居序》、范成大《三高祠記》、胡宿《甫里先生碑銘》、胡宿《楊文公談苑》、范成大《吴郡志》、王鏊等修《姑蘇志》。《四庫全書總目》曰：

> 《甫里集》二十卷，浙江汪汝瑮家藏本。……龜蒙著作頗富，其載於《笠澤叢書》者卷帙無多，即《松陵集》亦僅倡和之作，不爲賅備。宋

寶祐間，葉茵始蒐採諸書，得遺篇一百七十一首，合二書所載四百八十一首，共六百五十二首，編爲十九卷，竝附録，總爲二十卷。林希逸爲序，刊版置於義莊，歲久闕失。明成化丁未，崑山嚴景和重刊之，於附録之中增胡宿所撰《甫里先生碑銘》一篇，陸釴序之。萬曆乙卯，松江許自昌又取嚴本重刻，於附録中續增范成大《吴郡志》一條、王鏊《姑蘇志》一條。其餘詩十三卷、賦二卷、雜文四卷，則悉依舊次，即此本也。(《四庫全書總目》卷一五一，頁一三〇〇至一三〇一)

可見此本乃是據萬曆本録入者。萬曆本乃重刊成化本，故歸根結蒂，此本屬於葉茵本系統。《四庫全書薈要》所收《甫里集》二十卷，乾隆寫本，版本與此相同。

(五)清鈔吴跋本。清鈔《重刊校正笠澤叢書》四卷、《補遺》一卷、《續補遺》一卷，原爲吴騫舊藏，有跋；後陸心源收得此本，《皕宋樓藏書志》卷七十一著録爲舊鈔本；今藏日本静嘉堂文庫，嚴紹璗《日藏漢籍善本書録》著録有此本，判爲"古寫本"。然王益祥《跋》因漫漶不清，嚴氏判其與樊開《序》爲同年作，大誤。清朱鶴齡《書笠澤叢書後》謂王益祥《跋》撰於南宋嘉泰年間(一二〇一～一二〇四)，見宋景昌、王立群點校《甫里先生文集・附録》。《重刊校正笠澤叢書》四卷、《補遺》一卷，爲元陸惪原刊本，而此本增入《續補遺》一卷，故應是據明清刊本録出者。卷前首龜蒙《自序》、次樊開《序》、次王益祥《跋》、惪原《跋》、朱衮《跋》，卷後有吴騫手跋。吴《跋》梳理《叢書》版本甚悉，其略曰：

《笠澤叢書》世尠善本也久矣。昔王阮亭司寇酷愛此書，嘗從黄俞邰徵君借抄，所謂金陵餅肆本也。其後又得毛斧季寄本，所謂都元敬刊本也。書皆四卷，相傳出自天隨子手編。都本校黄本不同者，惟多王益祥《跋》，少《憶白菊》、《閑吟》二絶句，及丙丁二集中篇章前後少異耳。近時三吴顧氏有刊本，紙墨雖精好，而亥豕舛錯殊甚，亦無王益祥《跋》，似從黄本翻雕者。予恒欲訪求善本是正而未果，緑飲嘗言"郁君陛宣收藏鈔本最佳"。秋日因偕過郁君東嘯軒借得，視顧本洵善，後有王益祥《跋》，已缺七十餘字，省其篇章次第，似據都本傳録者，但不見南濠《跋》耳。校畢，復出予拜經樓所有舊人鈔本覆校，始知前本字句間爲後人率意竄改正復不少。予此本真希世之珍也，惜阮亭司寇不及見矣。按陳直齋《書録解題》云:“《叢書》爲甲乙丙丁詩文雜編,政和中朱衮刊於吴江,《補遺》一卷,用蜀本增入。”又云:“蜀本七卷,元符中郫人樊開所序。”此本正七卷,第八卷爲《補遺》,又不知出自誰手。視顧本少古近體詩十二首,《送小雞山樵人序》及樊、朱諸人序跋,合諸樊《序》所云“八十餘篇”者,則定爲蜀本無疑。惜卷尾零落,《耒耜經》自“散墢去芰”者以下缺,《五歌序》一首亦缺。然而世無都本,已不知黄本之紕繆若此,又孰知尚有蜀本者存於今日,以匡二本之失! 屈指自樊氏爲序以來,已閲六百七十餘載,豈非所謂在在處處有神物護持者耶? 本傳云:“借人書,篇帙壞舛,必爲輯褫刊正。”予重〔都〕〔郁〕君之誼,就所借本手爲校正而歸焉。夫亦甫里先生之教也。乾隆甲午冬日,海寧州吴騫識。(《皕宋樓藏書志》卷七十一,頁八〇四)

吴氏幾乎用世傳《叢書》的所有版本相校,故梳理《叢書》版本頗爲中肯。由吴氏所言可見,其所推重者乃蜀刻本,且欲刊之而未能實行,頗可惋惜。

(六)許刻本。嘉慶二十四年己卯(一八一九)許槤古韻閣刻《笠澤叢書》九卷附考一卷。筆者所見爲河南大學圖書館藏《古書叢刊》第一輯影印本。此本内封面大字隸書“笠澤叢書七卷補遺一卷續補遺一卷”,左下方署“古韻閣藏版”。半葉十一行二十一字,左右雙邊,粗黑口單魚尾下有“書幾”字樣。卷前首許槤《校刻笠澤叢書弁言》,次樊開《叙》、龜蒙《叢書叙》、次目録。卷後附録《新唐書》本傳、朱衮《後叙》、德原《跋》、王益祥《跋》、都穆《跋》、陸鍾輝《跋》、許槤《笠澤叢書附考》一卷。許氏《弁言》略曰:

馬端臨《經籍志》載是書七卷、《補遺》一卷,與余所見宋樊開本合……余自戊辰(嘉慶十三年,一八〇八)秌始欲勘定是書,十餘年來,先後獲見如干本,要以宋樊開本爲最善。或樊本所誤而它本足據者,仍依更正。簡末《附考》一卷,詳列異同得失,庶使後之覽者,知某本作某,某本譌某,有所考覈,非敢同近日士夫習氣,據一宋本而群本概置弗論,明知一字一句之誤,無使稍有所更易,以爲至慎不苟,是可嘅已! 梓成,不揆固陋,識其緣起,並以記歲月云。嘉慶二十四年己卯臘八日,海昌許槤書于古韻閣。

此本刊行於乾嘉樸學鼎盛時期,以蜀本(鈔本)爲底本,博取衆本之長,用十餘年功夫校爲定本,方上版刊行,且許氏親手楷體書版,筆畫端秀,雕刻刷印均極精美。此本一出，廣被贊譽，錢泰吉稱贊此本曰："海昌許珊林槤，用十餘年之力校勘《笠澤叢書》七卷、《補遺》二卷、《附考》一卷。手寫付梓，以印本見貽，字體仿歐陽率更，良可悦心。珊林謂近日士夫過信宋本，明知字句之誤，不肯更易，故此刻雖據宋樊開本，而宋本之誤，亦據他刻更正。然尚有可商者……"（《曝書雜記》）葉德輝贊此本曰："許槤刻《笠澤叢書》七卷、《補遺》一卷、《續補遺》一卷、《附考》一卷，乃此書至足至精之本。"然而對許氏《弁言》所涉及的校勘方法問題，葉氏提出了自己的看法："許槤自序云：'近日士夫習氣，據一宋本而群本概置勿論。明知一字一句之誤，無使改易，以爲至慎，是可慨已。'此殆爲顧千里、黄蕘圃一輩人而發，然此二者亦各明一義，不可執爲定論也。"（《郎園讀書志》卷七，頁三六九）斯乃知言。許氏校此本，所用乃活校法，而攻擊黄、顧倡導的死校法，葉氏以爲"此二者亦各明一義，不可執爲定論也"，此實高明通達之論；二法各有優長，亦各有用武之處，校勘家論之多矣，不可偏廢。此本《郘亭知見傳本書目》亦有著録，然判爲"嘉慶間許槤仿宋刻本七卷"，大謬；此本據蜀本之鈔本，彙校爲定本而刊行者，非仿宋刻本明矣。國圖所藏此本有清顧廣圻校並録何煌題識，故宫博物院藏本有清許槤校，另上海、山東均有藏本。

（七）姚刻本。光緒間姚覲元大疊山房刻《重刊校正笠澤叢書》四卷《補遺》一卷《續補遺》一卷。葉德輝曰："光緒間姚覲元大疊山房重雕元陸惪原本，後有雍正辛卯陸鍾輝跋，審其版式行字即影刊碧筠草堂本。是時余以爲余所藏碧筠草堂本即陸鍾輝本。"（《郎園讀書志》卷七，頁三六七）。可見此本乃是影刻顧氏碧筠草堂本者。然葉氏將碧筠草堂本認作陸鍾輝刻本，則非是。此本雖是覆刻碧筠草堂本的，但與碧筠草堂本頗有出入，葉景葵《卷盦題跋》曰：

> 頃借得覆元至元刻本，後無陸鍾輝跋，"今清朝右文"，"清朝"字另提行，審爲顧刻本，但無"中吴顧楗"篆印，亦無碧雲堂書面。與此姚覆陸本對校，采録其所見異同如左。

此本乃姚氏覆刻顧楗本者，葉景葵誤認作姚氏覆陸鍾輝本，非是。葉氏將此覆顧本，與顧氏原本對勘，並録其異文。從葉氏所列異文看，此本與底本文字，還是有不少差異的。今國圖藏此本有傅增湘校並跋；上圖藏本有清李慈銘校、葉景葵覆校，另一種有清吴定校並跋；又南圖亦有藏本。

近代以來出版的龜蒙集，其主要版本有以下幾種：

（一）鉛印本。一九三六年上海大達圖書供應社鉛印《笠澤叢書》本。

（二）宋景昌、王立群點校《甫里先生文集》二十卷，河南大學出版社一九九六年九月第一版。此本以成化本爲底本，前十三卷以四部叢刊本、文津閣四庫本、汲古閣刻《松陵集》、全唐詩本等書爲校本；後七卷以陸鍾輝本、許刻本、文淵閣四庫本《甫里集》、文淵閣四庫本《叢書》爲校本，同時参校《文苑英華》、《唐文粹》、《全唐文》等，並吸收了清代著名藏書家、校勘家的校勘成果。異文一律出校；凡底本訛誤且確有把握者，均據校本擇善是正並出校；義可兩通者，不改而出校；避諱字、形近而訛的字以及明顯誤刻之字，則徑改而不出校。此本校勘頗下功夫，彙集衆本所長而成此定本。書前《序言》對龜蒙的生平、思想、創作内容和藝術特點作了精辟的論述，書後附録多種參考資料，以便讀者。毫無疑問除現存的諸古本外，此本乃最適合讀者的龜蒙集善本。

單收龜蒙詩歌的本子，其主要版本有以下幾種：

（一）統籤本。胡震亨《唐音統籤》所收《陸龜蒙詩》十二卷，編卷六百九十二至七百三，成籤七十三，刻本。此本分體編次，首卷四古三首、五古三十四，第二至四卷五古百二十一，第五卷七古十、長短句七、騷體五，第六卷五律三十七，第七卷五排十三，第八至九卷七律百三十三，第十卷七排一、六律二、五絶五十一，第十一卷七絶百十七，第十二卷七絶五十三、雜體詩二十七，殘句九則，共六百十四首，殘句九則。此本所據底本，胡氏没有明言。據筆者考察，實爲萬曆本。如此本第四卷《樵人十詠·樵家》"屋在寒雲裏"句，"寒"字，萬曆本同，而成化本作"黄"。此本同卷《和襲美茶具十詠·茶人》"似與東風期"句，"似"字，萬曆本同，而成化本作"自"。此本第七卷《秋日遣懷十六韻寄道侣》"自然成嘯傲"句，"嘯"字，萬曆本同，而成化本作"笑"。又如第十一卷《開元禊題七首·玉龍子》"煙乾霧悄君心苦"句，"君心"，萬曆本同，而成化本作"君子"，等等。可見此本乃是以萬曆本爲底本，將各體詩分别依次録出後，再補入胡氏所輯佚詩，分編十二卷而成的。當然此本文字，胡氏也作了校勘，如此本第十一卷《和襲美春夕酒醒》"覺後不知明月上"句，"明"字，萬曆本作"新"，此本蓋據成化本校改；同首下句云"滿身花影倩人扶"，可見作"明月"爲是，若是"新月"則光微，難以透下滿身花影矣。

（二）季氏稿本。季振宜《全唐詩稿本》所收陸龜蒙詩不分卷。此本乃季振宜用成化本、萬曆本、汲古閣刊《松陵集》以及《萬首唐人絶句》、《唐文粹》、《唐詩英華》、《樂府詩集》、《唐詩紀事》等八種刻本，及曹書倉《笠澤叢書》鈔本等，凡九種不同的龜蒙别集以及總集剪貼拼湊而成的，手寫補入的作品很少。這是季振宜編輯《全唐詩稿本》時所采用的一種便捷方法。此本剪拼，大致以古近律絶的順序分體拼合，然因剪貼拼合，故分體並不嚴格。此本共五百九十七首，較統籤本溢出八首，應爲季氏所補的佚詩。此本既由剪貼而成，故文字不主一本，然因萬曆本和汲古閣刊《松陵集》二書占去大半，故此本乃是一個名副其實的牉合本。二書未收者，則以他本剪貼補入，或手書録入。然後季氏用《才調集》、《文苑英華》、《歲時雜詠》、《萬首唐人絶句》及《唐詩鼓吹》諸書參校，遂使文字轉精。如季氏剪貼的萬曆本七絶《和襲美春夕陪崔諫議櫻桃園宴》"流鸚驚起不成棲"句，"流鸚"，季氏據《萬首唐人絶句》改作"流鶯"，良是；"流鶯"指黄鸝，亦名黄鶯，因鳴聲婉轉動聽，故又稱"流鶯"，而作"流鸚"則不辭矣。又如季氏剪貼的萬曆本七絶《徐梁怨别》，題中"徐梁"誤，季氏據《才調集》改作"齊梁"，極是；"齊梁"指南北朝的兩個朝代，作"徐梁"，則大誤，"齊梁怨别"，指用齊梁風格寫成的怨别詩。再如季氏剪貼的萬曆本七絶《蔬食》"伴僧殘了聽云何"句，"云何"，季氏據《萬首唐人絶句》改作"雲和"，甚是；既曰"聽雲和"，則"雲和"應爲瑟名，《文選》張協《七命》"吹孤竹，拊雲和"，李周翰注"雲和，瑟也"，萬曆本作"云何"則不辭矣。季氏這些校改，均爲清編《全唐詩》所保留，但類似的改動並不多。

（三）全唐詩本。康熙敕編《全唐詩》所收《陸龜蒙詩》十四卷。《全唐詩》主要依据季振宜《全唐詩稿本》，並參校胡震亨《唐音統籤》修訂而成。具體而言，《全唐詩》中的陸龜蒙詩十四卷，乃是將季氏《稿本》中的《陸龜蒙詩》全部收入，再補入佚詩二首，分編十四卷而成的。《全唐詩》編臣對季氏《稿本》古近律絶的編次基本予以保留，對少數不合編例的作品作了調整，故編次與《稿本》已有不同。文字方面，編臣作了進一步校勘，故較《稿本》更精。如季氏剪貼《萬首唐人絶句》五絶《洞房怨》"玉插朝扶鬢"句，"插"字，季氏《稿本》未校改，《全唐詩》編臣改作"鍤"，良是。又如季氏剪貼《萬首唐人絶句》五絶《江南曲五首》其四"欹危午煙疊"句，"午"字，季氏《稿本》未校改，編臣改作"舞"字，甚是，等等。《全唐詩·凡例》曰："詩集有善本可校者,詳加校定。"此本隨行夾注的校文不少,表明編臣當時確曾以善本校勘過,有寶貴的參考價值。不過編臣有些校改,則未必即是。如季氏剪貼《萬首唐人絶句》五絶《春曉》"春庭曉景列"句,"列"字,季氏《稿本》未改,編臣改作"别"字,就不如"列"字意勝。又如季氏剪貼《萬首唐人絶句》五絶《巫峽》"環珮竟誰逢"句,"珮"字,季氏《稿本》未改,編臣改作"佩"字,就未必恰當,等等。當然這樣的例子只是少數。總的來看,《全唐詩》無論是收詩數量還是文字質量,在龜蒙詩集諸古本中,堪稱上乘。

綜上可見,龜蒙集版本有以下特點:(1)龜蒙平生詩賦雜著頗富,除與皮日休唱和的《松陵集》十卷外,尚有《笠澤叢書》八十餘首,以及散見的詩文百七十一首,因龜蒙並未將其彙編成全集,遂使後世或改編、或彙編、或補遺及續補遺等等,出現了多種紛繁不一的本子。(2)後世龜蒙集的衆多版本,大致可分爲兩個系統:一爲《叢書》本系統,一爲《甫里集》本系統。(3)《叢書》本系統,又可分爲樊開蜀本和朱衮吴本二個子系統:元陸悳原本、明都穆本、清顧氏本、陸鍾輝本、姚覲元本及一些鈔本,均屬於朱衮本系統;而許槤本及一些鈔本,則屬於蜀本系統。雖然《叢書》本以外的作品以"補遺"、"續補遺"的形式增入,但是《叢書》本系統各本所收作品,始終偏少。(4)《甫里集》本系統各本收録作品相對較全,明顯優於《叢書》本一系的本子,明成化本、萬曆本及明鈔黄校本等,均屬於此系統。(5)龜蒙集整理的最佳辦法,就是整合二大系統。宋景昌、王立群點校《甫里先生文集》二十卷,在這方面做了有益的工作,書前《前言》介紹龜蒙的生平思想、作品内容及藝術特點,書後附録大量參考資料,因而成爲現今龜蒙集諸古本以外最適合閲讀的善本。

唐别集考卷第十九

黄御史集

黄滔（八四〇？～？）字文江，莆田（今屬福建）人。早年於東峰山葺齋肄業，十年而後赴舉，乾寧二年（八九五）進士及第。光化中除四門博士，天復元年（九〇一）遷監察御史裹行充威武軍節度推官，幕府公文半出其手。時中原多亂，文士避地閩中者如韓偓、崔道融等多依重於滔云。後不知所終。

滔詩文兼善，然而其文集編纂的過程，今已不可考了。

入宋，《新唐書・藝文志四》别集類著録《黄滔集》十五卷；總集類著録黄滔《泉山秀句集》三十卷，下注："締閩人詩自武德盡天祐末。"是知滔之文集，原編爲十五卷。而《泉山秀句集》三十卷，乃滔編纂的福建有唐一代詩人之秀句集。宋室南渡，滔集開始散佚，紹興二十六年丙子（一一五六），八世孫黄公度"以舊藏稿本釐爲十卷"，且改名《東家編略》。公度跋其所編《東家編略》曰：

> 公字文江，莆田人。唐乾寧二年擢進士第，光化中守四門博士，官至監察御史裹行。按《藝文志》載《泉山秀句集》三十卷，悉公纂締，未知存亡；又《黄某集》十五卷。歲久訛缺，今以舊藏稿本釐爲十卷，名曰《東家編略》。宋紹興丙子中夏初吉，八世孫左朝散郎試尚書考功員外郎公度謹誌。（天壤閣叢書本《莆陽黄御史集》上帙卷首）

公度字師憲，紹興八年戊午（一一三八）科狀元，因與趙忠簡往來忤秦檜，貶嶺南。二十五年檜死，方召還爲尚書考功員外郎，不久去世，年僅四十八歲，有《知稼集》。《編略跋》具銜"考功員外郎公度"，知《編略》成書於公度還朝後。"今以舊藏稿本釐爲十卷"，則"稿本"自屬《黄滔集》十五卷之稿本；又稱"舊藏"，則知庋藏有年。所以"舊藏稿本"蓋黄滔手稿。吴源《莆陽名公事述》即認爲：公度所藏乃黄滔"遺稿"。若是則《編略》出自《黄滔集》，只不過僅存殘賸，非完帙罷了。因公度去世較早，故《編略》成書後蓋未及刊行，後世書目極少著録。而《黄滔集》十五卷，直到明後期《國史經籍志》卷五、《徐氏紅雨樓書目》卷四、《絳雲樓書目》卷三等方有著録，明以後十五卷本無傳。

淳熙三年（一一七六），公度的兒子永豐縣令黄沃刊刻滔集，楊萬里、謝諤爲序。楊序述其編刻情形曰：

> 永豐明府莆陽黄君沃，又遺余以其祖御史公文集……自言此集久逸，其父考功公始得之，僅數卷而已。其後永豐君又得詩文五卷於吕夏卿之家，又得逸詩於翁承贊之家，又得銘碣於浮屠老子之宫……永豐君能力求其祖之詩文於二百年之前，其可尚也夫！而永豐之士有曾時傑，與其猶子晞説者，得此書又欣然刻印，以供士君子之好古書者，其又可尚也夫……淳熙三年四月二十六日，誠齋野客廬陵楊萬里序。（天壤閣叢書本《莆陽黄御史集》卷前）

據此，黄沃進呈"御史公文集"給楊氏時，曾言及其父得《黄滔集》數卷。這表明此本是在《編略》的基礎上，增補佚文而成的。黄沃作爲縣令主持刻事，而鼎力資助者乃二曾叔侄，此即所謂"淳熙本"，乃有確切記載以來《黄滔集》最早之宋刻本，刻地爲永豐，並且爲後世所傳一切黄集的祖本。謝諤《序》所署時間爲"淳熙四年"，應是此本竣工的時間。謝《序》略曰：

> 黄御史以文名於唐，而累葉蕃衍，盛大於閩中，至本朝紹興戊午，有考功公大魁天下。考功之子永豐縣公，又能裒集御史詩文，力加是正，廣而傳之。於是永豐二士曾時傑漢臣、晞説少張因爲鏤板。由此御史之書光芒于時，可以無窮。二曾與余厚，見委題序。余感……留意先集，乃有補風教之一端云。淳熙四年九月朔，渝川謝諤謹書。（天壤閣叢書本《莆陽黄御史集》卷首）

楊、謝二序皆謂黄沃"裒集"黄滔佚文，但據清王懿榮所見影鈔宋慶元本目録，裒集佚文者分别爲滔之裔孫汝嘉、處權、處材三人（詳下慶元本），與楊、謝二序所言不同。二序謂佚文乃黄沃所集，蓋自刻書主持者的角度言，亦不可謂全無道理。此本今已無傳，後世亦很少著録，唯《增訂四庫簡明目録標注》邵章《續録》謂"宋淳熙本十卷"。迨慶元二年丙辰（一一九六），黄沃

還知邵州,再次主持刊刻滔集,且請洪邁爲序。洪《序》略曰:

> 御史……詎知八九葉之後,得賢耳孫,而平生作爲文章,遂獲表見者。邵州將鋟板於郡齋,遣信謁序。御史之從兄曰校書君璞者,名見集中,有《閩川名士傳》及《霧居子》,余曩時嘗叙之矣,故不辭而書。御史諱滔……考功諱公度,邵州名沃。慶元二年十月十四日,焕章閣學士宣奉大夫提舉隆興府玉隆萬壽宫魏郡公鄱陽洪邁序。(天壤閣叢書本《莆陽黄御史集》卷首)

此即所謂"慶元本",刻地爲邵州。此本今亦無傳,然清末王懿榮假得影鈔殘宋本一册,並倩工仿刻入《天壤閣叢書》,所闕部分用崇禎本(詳下)補苴。因此通過"天壤閣本"(詳下),仍可間接窺見此本的大概面目:此本書名《莆陽黄御史集》,上下兩帙(即二卷),半葉十行二十字,卷前首洪邁《序》,次楊、謝二《序》,次目録;卷後無附録。上帙爲賦、詩、文凡三類,下帙爲書、啓、祭文、碑銘凡四類。目録卷端雙行大字題"莆陽黄御史集",下標"權分上下秩"。上帙卷端亦雙行大字題"莆陽黄御史集",下標"權分上秩"。三行起爲黄公度《東家編略》跋文。目録及正文,裔孫汝嘉、處權、處材三人所輯黄滔佚文篇目、數量均以注文形式標明,原《東家編略》所載篇目,也以注文形式一一標明。這種上下兩帙、分類編次,《編略》之文與所輯佚文相間編輯的情形,即慶元本的大概面貌。《四庫全書提要稿輯存》曰:"按此係宋淳熙刻本,分賦、詩、文爲上帙,書、啓、碑、銘爲下帙,共一百六十五葉。"(張昇《四庫全書提要稿輯存》第四册,北京圖書館出版社二〇〇六年版,頁三八一)可見淳熙本的面貌,與此本相符,亦上下兩帙(即二卷)。且此本亦黄沃主持刊行,故所據藍本當爲淳熙本,其卷前所載楊、謝二《序》即是明證。《增訂四庫簡明目録標注》邵章《續録》謂"宋淳熙本十卷",豈淳熙本既分上下帙,又分十卷耶?疑不能明。不過,今據天壤閣本目録,仍可統計出《編略》凡存賦二篇、詩三十一首、文四、書四、啓三十一、祭文十、碑銘四,共八十六首。此本凡增補黄汝嘉從吕夏卿家輯得賦二十篇、詩百五十九、文九,黄處權從翁諫議孫亢柔中家墨書輯得詩十五首,黄處材自石本輯得碑銘五首,共二百八首;合計二百九十四首。而輯得的佚文,幾乎是《編略》所存的二倍半,可見散逸之多。此本宋諱,孝宗以前的諱字皆缺筆,而光宗名諱不書,代以"太上御名",寧宗名諱亦不書,代以"今上御名"或"御名"。《宋史·藝文志七》除著録《東家編略》十卷外，又有《蒲陽黄御史集》二卷，不知爲淳熙本抑或慶元本？清王懿榮之父祖源嘗言：其父在翰林時“聞京師某家藏有黄集宋刻本者，屢假弗獲”，可見宋刻黄集直到晚清還有傳本，然爲宋代何種版本？由於王氏未見，故而“卒亦不知”。

明人對唐詩偏嗜獨好，唐集的刊行遂全面繁榮，《黄滔集》也出現了多種版本，今擇其要者考述如下：

（一）正德本。正德八年癸酉（一五一三）二十世孫進士長蘆鹽運使黄希英刻《莆陽黄御史集》上下二帙、《别録》一卷。今國圖、廣東省立中山圖書館均有藏本。半葉十行二十字，四周雙邊，白口單魚尾下題“莆陽黄御史集”。卷前首洪邁《序》，次楊、謝二《序》，次目録。卷後《别録》一卷，爲裔孫迪功郎新泉州惠安縣主簿處權纂，最後爲黄希英《跋》，其略曰：

> 御史集刻於宋淳熙三年丙申，距今正德癸酉凡三百三十有八年，遍購莆中，僅得一帙。而乾寧乙卯至今日，則六百一十有九年矣，是書僅再刻。工既訖功，不肖深有今日喜而又慮夫後日失之不難也。吾宗他日有顯融者，能毋忘考功、永豐之心，則幸矣……正德八年七月，賜進士二十世孫希英謹誌。

跋中未提慶元本，故單看此跋，似希英於莆中購得者乃是宋淳熙本。其實不然，淳熙本無洪邁《序》；而此本卷前既首載洪《序》，表明希英購得且用作底本者爲慶元本，而希英誤認作淳熙本了。明人喜刻書，然而粗疏多誤，此題記又其一例也。此本目録卷端、首卷卷端雙行大字題“莆陽黄御史集”，上帙卷題後爲黄公度題識，題識後空一行署“賜進士二十世孫希英”。此本作品分類編次，上帙爲賦、詩、文凡三類，下帙爲書、啓、祭文、碑銘凡四類。宋諱“惇”、“擴”二字不書，分别改書“太上御名”、“今上御名”，其餘宋諱缺筆。此種行款、版式及避諱情形，與慶元本同，故王懿榮判此本爲覆刻宋慶元本（詳下天壤閣本王氏校記），斯言得之。此本雖爲覆宋慶元本，然訛誤仍然不少。如此本上帙《寄題崔校書郊舍》，題中“舍”字訛，天壤閣本（即影鈔慶元本，下同）作“居”。如上帙《翁文堯員外擁册禮之歸一路有詩名〈晝錦集〉先將寄示因書五十六字》“定淮齋沐看光輝”句，“淮”字訛，天壤閣本作“須”，良是。此本上帙《公孫甲松》“過者罕不或之”句，“或”字訛，天壤閣本作“惑”，極是。此本下帙《楊狀頭贊圖》“舉步而則昇雲漢”句，“則”字訛，天壤閣本作“即”，甚是。再如此本下帙《泉州開元寺佛殿碑記》“情軍業網始脈旋波”句，“軍”字訛，天壤閣本作“車”，極是，等等，可見訛誤之多，缺乏校勘。不過由於此本出自宋慶元本，且爲明代黄集的最早刻本，故有寶貴的版本價值。此本《藏園群書經眼録》卷十二有著録，嚴紹璗《日藏漢籍善本書録·集部·别集類》亦有著録，曰：“《莆陽黄御史集》二卷《别録》一卷，唐黄滔撰。明正德年間（一五〇六～一五二一）刊本，共三册。尊經閣文庫藏本。”（《日藏漢籍善本書録·集部·别集類》，頁一四九二）朱學勤《結一廬書録》著録一正德八年重刊宋本八卷、《附録》一卷。此著録顯誤，既言爲正德本，則絶不會爲八卷。

又《藏園群書題記》著録一明正德八年“覆宋本”，“十卷，分上下帙，半葉十行，行二十字”，書名大字占雙行，題“莆陽黄御史集”，這些皆與上述正德本相同，唯分十卷，與上述正德本不同，傅氏言“余曾見之吴佩伯家”（《藏園群書題記》卷十二，頁六四四）。是此本並非傅氏藏書，乃據一時所見而記之，“十卷”或其誤記耶？

（二）黄刻本。萬曆十二年甲申（一五八四）黄廷良等刻《莆陽黄御史集》二卷。此本吉林大學圖書館有藏本，新疆大學圖書館藏本有朱彭壽跋。此本《中國古籍善本書目》卷二十三、嚴紹璗《日藏漢籍善本書録》均有著録。《日藏書録》曰：“《莆陽黄御史集》二卷，唐黄滔撰。明萬曆十二年（一五八四）刊本，共二册。内閣文庫藏本，原楓山官庫等舊藏。【按】每半葉有界十行，行二十字。白口，四周雙邊。”（《日藏漢籍善本書録·集部·别集類，頁一四九二）此本書名、版式、行款等，均與正德本相同，唯卷後無《别録》一卷，故或爲宋慶元本的翻刻本歟？

（三）曹刻本。萬曆三十四年丙午（一六〇六）葉向高、曹學佺刻《唐黄先生文集》八卷、《附録》一卷。此本與《歐陽四門集》同時付梓，今國家、上海、湖南等圖書館皆有藏本。《四部叢刊》初編所收黄集，即據閩縣李氏觀槿齋所藏此本影印，卷前首曹學佺《序》，次洪邁《序》，次目録。吴騫《拜經樓藏書題跋記》卷五、傅增湘《藏園群書經眼録》與《藏園群書題記》皆著録有此本。卷前除曹、洪二《序》外，尚有楊萬里、謝諤二《序》；而觀槿齋藏本脱去楊、謝二《序》。與前此各本相較，此本一明顯特點是分卷爲八，再者詩文分體編次：卷一賦，卷二五古、五律，卷三七律，卷四五排、七排、五絶、七絶，卷五碑記銘，卷六墓誌、祭文，卷七書啓，卷八序讚雜文，末有《附録》一卷。這些與慶元本、正德本、萬曆黄刻本迥然有别。此本所據底本，曹序没有交代。今考此本文字，實較他本更近於正德本。如正德本上帙詩《翁文堯員外擁册禮之歸一路有詩名〈晝錦集〉先將寄示因書五十六字》“定淮齋沐看光輝”句，“淮”字訛，此本同；而天壤閣本作“須”，甚是。又如正德本上帙《公孫甲松》“過者罕不或之”句，“或”字訛，此本同；而天壤閣本作“惑”，良是。“淮”字、“或”字乃是正德本獨有的訛誤，而此本均沿襲之，可見此本是以正德本爲底本，重新將詩文分體編次，釐爲八卷而成的，書名亦改爲“唐黄先生文集”。傅增湘《藏園群書題記》卷十二僅據此本宋諱字，即判其“仍從宋本出”；《唐集叙録》也以爲此本源於宋慶元本，均非是。嚴紹璗《日藏漢籍善本書録・集部・别集類》亦著録有此本。

（四）崇禎本。崇禎十一年戊寅（一六三八）黄鳴喬、黄鳴俊等刻《唐黄御史集》八卷、《附録》一卷。今國家、天津、上海等圖書館均有藏本，國圖一藏本有清韓應陛《跋》。半葉八行十八字，白口，四周雙邊。卷前有洪、楊、謝、曹四《序》，次裔孫黄崇翰題識，次《凡例》四則，次裔孫編輯校刻人名。卷後有裔孫鳴喬等所輯《附録》一卷，較之萬曆曹刻本《附録》，此本《附録》新增内容不少，其要者爲《容齋四筆》中有關黄滔的内容，天啓間二十世孫黄崇翰撰黄滔《年考》，及吴源《莆陽名公事述》中有關滔的事蹟。此本所據底本，《凡例》没有指明。今考此本八卷，卷前載有曹學佺《序》，且文字亦較他本更近於曹刻本。例如曹本卷三《贈宿松楊明府》“若非是水清無底”句，“是”字，此本同；而天壤閣本、正德本皆作“非”。如曹本卷四《省試奉詔漲曲江池》“旋闊映梅津”句，“梅”字，此本同；而天壤閣本、正德本皆作“樓”。如曹本卷五《龜洋靈感禪院東塔和尚碑》“慧非重瞳”句，“慧”字，此本同；而天壤閣本、正德本皆作“患”。如曹本卷七《南海韋尚書》“藉以宇内跡單天涯”句，“藉”字，此本同；而天壤閣本、正德本作“伏”。較之正德本，“是”、“梅”、“慧”、“藉”等字皆曹本獨有的文字，而此本均與之同。據以上各項可以確定，此本的確是以曹刻本爲底本翻刻的。此本《凡例》言：“是集……屢經剞劂，不無魯魚。兹細加訂正。”故文字較曹本爲精。此本《藏園群書經眼録》有著録，原係烏程蔣祖詒等舊藏，後爲傅增湘所得，傅氏曰：“明崇禎刊本……凡例五則。崇禎十一年二十二世孫鳴喬等督梓。附録末有生卒年考，爲天啓元年二十世孫崇翰誌。鈐有‘五硯樓袁氏收藏金石圖書印’、‘廷檮之印’、‘袁氏又愷’、‘烏程蔣祖詒藏’各印，又松江韓應陛、韓繩夫、韓德均各印。此書刊印皆精，大字悦目。（乙亥）"（《藏園群書經眼録》卷十二，頁一一一二）所言甚是，然《凡例》唯四則，傅氏謂"五則"，非是。

又，此本清初曾經修補。修補本與初刻本的區别，最著者爲卷末多二十二世孫黄起有跋文一則，其次文字經過重校，改正了初刻的訛誤。起有跋文曰：

> 戊寅再梓，視舊本字畫更精善，惜帝虎尚多。頃遭兵燹，板帙稍散缺。族長啓爗等僉謀補鋟，因與應僖、應陶二弟及爾瑧姪重加考訂，確然是正其訛者十數處，疑者仍舊，以竢後人。而築氏之費，則出樞輔叔送租所貯餘，不煩諸子姓也……因較刻竣有感而識其末。賜進士第通議大夫禮部左侍郎兼翰林院侍讀學士二十三世孫起有頓首百拜識。

所謂"戊寅再梓"，顯係指崇禎十一年刻本；"頃遭兵燹，板帙稍散缺"，亦係指戊寅本而言。戊寅所鐫版片既散缺不全，於是黄氏族長啓爗等遂有"僉謀補鋟"之議。"補鋟"即補戊寅版。於是起有與弟侄數人"重加考訂"，確然正訛"十數處"。據此可見戊寅版確曾修補過，可無疑也。起有此《跋》，即修訂版的跋文。至於修訂的時間，天壤閣本（詳下）在摹刻起有的跋文時，族長"啓爗"之"爗"字缺末筆，此乃避康熙名諱，因知修訂時間在康熙年間，然估計不會太晚，蓋在康熙初期。但是因起有跋文未署時間，遂使各家書目著録此本時，皆將此修訂本，誤判爲崇禎初刻本了。修訂本屬清本，與崇禎初刻不能混爲一談。天壤閣本附王懿榮校記所謂"崇禎本"，卷後即載黄起有此跋，故應爲明刻清修本，王氏稱爲"崇禎本"，非是。瞿鏞《鐵琴銅劍樓藏書目録》著録一明刊本《黄御史集》十卷曰："是書淳熙初有刻本，明正德、萬曆、天啓間皆有刻本。此則天啓年御史二十三世孫起有所刻也，有楊萬里、洪邁、謝諤、曹學佺序。"（《鐵琴銅劍樓藏書目録》卷十九，頁二九三）據其所記版本特徵，瞿氏所謂"明刻本"，其實也是崇禎刻清初修補本，瞿氏蓋見卷末所載起有《跋》，即認爲乃起有所刻；又起有《跋》尾未署年月，而《附録》内二十世孫崇翰《年考》末署"天啓元年辛酉八月"，遂誤判此本爲天啓所刻。又此本八卷，瞿氏著録爲十卷，亦誤。天啓間，起有並未刻過十卷本，一個直接而有力的證據就是崇禎初刻本《凡例四》：

> 是集也，九世孫邵州守沃刻於宋淳熙丙申，元變板燬。二十世孫運使希英刻於正德癸酉，嘉靖末倭變。十九世孫廷良捐祠金刻於萬曆

甲申，但屢經剞劂，不無魯魚，兹細加訂正。適族孫幼科助梨板百塊，因僉謀重鋟。然猶未免疏漏之虞，請以俟後之君子。崇禎十一年戊寅秋吉，二十二世孫鳴喬、鳴俊，二十三世孫起棉、起有、起雒謹誌。

此項《凡例》歷數裔孫黄沃淳熙刻本、希英正德刻本、廷良萬曆刻本，而未言起有天啓有刻本。天啓距崇禎甚近，且《凡例》還列出起有的署名，若天啓間起有真的刊刻滔集，《凡例》不會忽略不提。據此，天啓間起有絶無刊刻滔集，可無疑也。事實上，瞿鏞此項著録中的諸多疑點，葉德輝早就提出過質疑，其略曰：

近人瞿氏鏞《鐵琴銅劍樓書目》有明刻十卷，云“是書淳熙初……(已見)”云云。與諸家書目所載不同，而大致與此本相合。此本卷首有楊、洪、謝、曹四序，後有崇禎十一年二十二世孫鳴喬、鳴俊，二十三世孫起棉、起有、起雒凡例，云是集九世孫沃刻于宋淳熙丙申，二十世孫希英刻于正德癸酉，十九世孫廷良刻于萬曆甲申。後有二十三世孫起有校刊此書跋，又有天啓元年二十世孫崇翰所撰《年考》。但瞿云十卷，此實八卷；瞿云天啓，此則崇禎。其非一本斷然可知。豈天啓間别有一刻本歟？抑瞿氏所藏爲崇禎十卷本，誤以天啓崇翰所撰《年考》年月，并于起有跋歟？第崇禎十卷本余未之見，而咸豐癸丑閩中所刻十卷與《四庫》本合，則崇禎似有十卷、八卷二本。何以此本凡例絶不涉及，豈十卷本又在此刻後歟？(《郎園讀書志》卷七，頁三七〇至三七一)

葉氏一連串質疑中，若天啓、崇禎起有刻了十卷本，何以《凡例》絶不涉及？這就問到了要害上。如果天啓間起有真的刻了十卷本，起有署名的《凡例》是絶不會不提的。而今《凡例》無載，則天啓本的存在自然令人懷疑。進而，葉氏疑心瞿氏“誤以天啓崇翰所撰《年考》年月，并于起有跋歟”？即誤將崇禎十一年刻本，當作天啓刻本了。不僅如此，卷次也存在問題，即“瞿云十卷，此實八卷”，葉氏懷疑瞿氏所藏實乃崇禎刻八卷本。葉氏乃近代目録與版本學大家，其對瞿氏著録本的種種疑問，感覺是敏鋭的。不過，葉氏著録所稱“此本”，卷後既鐫“二十三世孫起有校刊此書跋”，則亦是明刻清修本，葉氏判爲“明崇禎十一年裔孫鳴喬等校刻本”，亦誤。文獻學徵實性很强，稍有不慎，便可能出錯，即便像瞿氏、葉氏這樣的大家也不例外。又，耿文光《萬卷精華樓藏書記》卷一〇八著録“《黄御史集》八卷、《附録》一卷，唐黄滔撰”，據耿氏言，此本“末有二十三〔世〕孫黄起有《跋》”。若是耿氏所著録者，亦係崇禎刻清初修訂本。

（五）明刻本。明刻《莆陽黄御史集》上下帙，國圖藏。此本《藏園群書經眼録》著録曰：“明刊本，十行二十字，白口，四周雙闌。前洪邁序、楊萬里序、謝諤序。書名大字占雙行，題曰‘權分上下秩’。上秩後有‘裔孫文林郎廣州東莞縣丞贇校勘’一行。（辛巳十一月六日見於翰文齋，潘伯寅滂喜齋遺書。）”（《藏園群書經眼録》卷十二，頁一一一一）據此，則此本應爲明正德本，或萬曆十二年黄刻本。

清代傳鈔和刊刻的黄集，其主要版本有以下幾種：

（一）四庫本。文淵閣《四庫全書》所收《黄御史集》八卷、《附録》一卷，寫本。半葉八行二十一字。卷前首館臣《提要》，次楊、洪、謝三《序》。卷後《附録》一卷。《四庫全書總目》曰：

> 《黄御史集》十卷、《附録》一卷，浙江汪啓淑家藏本……《唐書・藝文志》載滔集十五卷，又《泉山秀句》三〔十〕卷，並已散佚。此本卷首有楊萬里及謝諤《序》。萬里《序》謂：“滔裔孫永豐君自言：‘此集久逸，其父考功公始得之，僅四卷而已。’其後永豐君又得詩文五卷於吕夏卿家，又得逸詩於翁承贊家，又得銘碣於浮屠老子之宫，編爲十卷。”是爲淳熙初刻。後再刻於明正德，三刻於萬曆，四刻於崇禎。此本即崇禎刻也……末有《附録》一卷。又載滔裔孫補遺文一篇。補字季全，紹興中進士，歷官安溪縣令，所著《詩解》、《九經解》、《人物志》等書，皆失傳，惟此篇僅存，故附滔集以行世云。（《四庫全書總目》卷一五一，頁一三〇三）

此篇《提要》頗多誤點，李最欣《〈四庫總目・黄御史集〉提要辨證》一文已加清理（《古籍整理研究學刊》，二〇〇七年五期）。然《提要》謂四庫本所據“即崇禎刻也”，則確實無誤。崇禎本《附録》内二十世孫崇翰所撰《年考》和吴源《莆陽名公事述》中有關滔之事蹟，此本《附録》亦載之。又崇禎本《凡例》曰：“《文苑英華》録詩文十一篇，間有詩同題異者，有字句異者，今祇於題下、字句下注《文苑》作某題、某句、某字耳。”是知崇禎本始引入《英華》異文者，如卷二《書崔少府居》題下注“《文苑》作贈李補闕”；如同卷《上刑部盧員外》“不知琴月夜”句下注“《文苑》作今夜月”；如同卷《送友人遊邊》末二句下注:“《文苑》作‘薊門雖漢土,遊子莫從容’。”崇禎本這些《英華》異文,此本均同之。以上這些,足以證明此本所據就是崇禎本。然而崇禎本八卷,館臣記作“十卷”,大誤。葉德輝藏有崇禎刻清初修補本(見上),故《提要》謂崇禎本“十卷”,這一疏誤,令葉氏百思不得其解,以致《郎園讀書志》卷七在著録該本時提出一連串質疑。葉氏曰:

> 《黄御史集》八卷附録一卷,明崇禎十一年裔孫鳴喬等校刻本……《四庫》著録十卷《附録》一卷,浙江汪啓淑家藏本。《提要》云:“是書淳熙初刻,再刻於明正德,三刻于萬曆,四刻於崇禎,此本即崇禎刻也。”案《浙江採集遺書總録》云:“二册,不載卷數。”又云:“宋淳熙刻,再刻於明正德,此則萬曆十二年重刻者。”《四庫》即浙江採進,而以爲崇禎刻,與《總録》之説不合……此本卷首有楊、洪、謝、曹四序,後有崇禎十一年二十二世孫鳴喬、鳴俊,二十三世孫起棉、起有、起雒凡例……後有二十三世孫起有校刊此書跋,又有天啓元年二十世孫崇翰所撰《年考》……豈天啓間别有一刻本歟……第崇禎十卷本余未之見,而咸豐癸丑閩中所刻十卷與《四庫》本合,則崇禎似有十卷、八卷二本。何以此本凡例絶不涉及,豈十卷本又在此刻後歟?(《郎園讀書志》卷七,頁三七〇至三七一)

這裏葉氏的推考存在一個偏差,即從書目題跋始,到書目題跋止,没有四庫本滔集的支撑,所以終究不能解決問題,還生出了種種誤判。然而在四庫本滔集難得一見的情況下,也只好如此。於是葉氏欲遠赴杭州,一觀文瀾閣四庫本黄集,而未能成行。葉氏心仍不甘,遂致書其好友李幼梅,尋問文瀾閣四庫本滔集的情形。時李氏觀察浙中適攝鹾篆,隨令江南藏書家丁丙徹查此事。丁丙回復曰:文瀾閣本滔集太平天國戰火中已不存,戰後丁氏組織鈔補文瀾閣《四庫全書》,滔集所據爲歸安陸心源所藏十卷鈔本,且疑其即出自閣本。丁氏書略曰:

> 今詳細推求,似乾隆《四庫》所著録是實係十卷本。其《附録》中載滔裔孫名補者遺文一首,見《提要》。今刻八卷卒無之,與《提要》不合,疑崇禎時刻本原有二本也。(《郎園讀書志》卷七,頁三七二)

丁氏疑“乾隆《四庫》所著録實係十卷本”,此推測大謬不然。又謂“今刻八卷卒無”滔裔孫黄補遺文一首,因“疑崇禎時刻本原有二本也”,更是子虚烏有之事。而葉氏得丁氏之書，如獲至寶，遂認定四庫本滔集即爲十卷，並以爲崇禎間除八卷刻本外，還刻有十卷本。王懿榮時在北京，或有機會勘查文淵閣四庫本滔集爲八卷，因於天壤閣本滔集校記中指出："欽定《四庫全書總目提要》據……崇禎本入録，題作十卷……十字乃八字傳刻之誤。《東家編略》原本久佚，非更別有十卷本也。"也被葉氏指爲"此實臆斷不足爲據"。結果葉氏歷經曲折，最終還是把四庫本滔集的卷數弄錯了。不過葉氏、丁氏提出種種疑問，反映了他們在版本鑒別方面的審慎態度，爲今天的版本鑒別提供了有益的借鑒。

（二）麟後山房本。嘉慶十五年庚午（一八一〇）王氏麟後山房刊《王氏彙刻唐人集》所收《唐黄御史集》八卷、《附録》一卷。此本卷前有趙在翰《序》，後有王學貞重刊《跋》。耿文光謂此本"與崇禎本無大殊異"（山右叢書初編本《萬卷精華樓藏書記》卷一〇八），故應是據崇禎本重刊者。

（三）天壤閣本。光緒十年甲申（一八八四）福山王氏《天壤閣叢書》所收《莆陽黄御史集》上下帙、《别録》一卷、《附録》一卷。此本内封面之背面鎸"光緒十年福山王氏天壤閣據影鈔宋慶元本重雕闕卷用明崇禎本案宋目敘補"三十二字牌記一個。據此可知，此本所據乃影鈔殘宋慶元本。《叢書集成初編》所收黄集即據此本影印，可惜内封面及背面的牌記，影印時全捨棄了，頗有礙於此本的鑒别。此本半葉十行二十字，四周單邊，白口雙魚尾間署"黄御史集"。卷前首洪邁《序》，次楊、謝二《序》，次目録。卷後附有明正德本所載滔殘文二首，明崇禎本卷二末所載黄補附詩三首及卷四末所載酬贈詩二首，正德本所附《别録》一卷，崇禎刻清修本所附《附録》一卷及黄起有修訂本跋文一則，最後爲王氏父子跋文和校記。正文分上下兩帙（即二卷），上帙爲賦、詩、文凡三類；下帙爲書、啓、祭文、碑銘凡四類。詩不分體。王祖源《跋》曰：

> 去歲兒子懿榮在京師假得宗室伯羲官庶盛昱家藏影鈔宋慶元刻黄集殘本一册，題稱《莆陽黄御史集》，分上下秩，序文目録完好……上秩按目無缺，惟末有《送外甥翁襲明赴舉序》一首文佚；下秩起首《與楊狀頭書》一首文亦佚。後半自《與羅隱郎中書》以下都殘失矣。然幸有上秩目録之俱存也。嗣又……假得明崇禎刻足本……已分爲八卷，又《附録》一卷……迺命懿榮刻於京師。書之行款次弟，以宋慶元本爲宗，飭工摹仿，不差毫釐。至宋本闕文，則取明崇禎本按宋本原目叙

補,文中夾行細字,有滔自注,有其後人所注,以及兩本字句異同處,所據宋本,一依影鈔,所據明本,一依明刻,各守原本,不爲臆改,命懿榮别記於後,以示矜慎,使讀者察焉。

此本據影鈔殘宋慶元本仿刻,“不差毫釐”,可謂難能可貴,在宋本俱佚的情況下,彌足珍貴。雖然下帙自《與羅隱郎中書》以下皆殘闕,然已按宋目據明崇禎刻清修本補入,文字難免小異,但篇目畢竟完整無缺。王懿榮校記謂:功甫就,又得一明正德本,遂將影鈔宋本、崇禎本(實爲清修本)與正德本三本對勘,發現正德本書名、分帙、篇目、編次、行款、版式等等,俱與影鈔慶元本相同,且連宋諱字也完全相同,所以王懿榮判定:正德本乃是慶元本的覆刻本。幸有影鈔慶元本,方使正德覆宋本的價值得到證實。可惜的是,正德本版心魚尾下署“莆陽黄御史集”,與書名同,此應爲慶元本的版心舊式,爲影鈔所未及,此本版已竣工,無法改正,故版心僅署“黄御史集”(王懿榮《校記》)。可見崇禎本較之慶元本,不僅卷數已增爲八,編次亦完全不同,《附録》一卷内容也有所增加,故此本遂將崇禎本卷後《附録》一卷附刻卷後,以便讀者。王懿榮還將校勘所得異文、誤字以及正德本與崇禎本的區别等等,撰爲校記一篇,附於最後。萬曼先生謂此本“當爲黄集最後的刻本,搜輯補苴,最爲完備”(《唐集叙録》,頁三七九),可謂的評。《越縵堂讀書記》曰:閱唐《黄御史集》,凡分兩帙:上帙賦詩雜文,下帙書啓祭文碑銘。以影鈔宋慶元刻殘本爲主,而補以明崇禎刻本。從所記版本特徵來看,所指乃此天壤閣本無疑。

這裏順便談一談崇禎本“補附詩”的問題。崇禎本《凡例》言:“詩有從他集搜獲者,補附詩後。”崇禎本共補詩三首,即五律《寄敷水盧校書》、《贈明州霍員外》和《遊嚢山》,在卷二末。補者蓋以三詩皆滔作,故並未注明爲補詩,亦未言據何書采入。崇禎本還附見酬贈詩二首,即褚載《賀黄文江覆試及第》和從弟蟾《和從兄御史延福里居》二首七律,在卷四末。經四庫館臣考證,所補三首,内二首的確爲滔作,另一首則非滔作,乃黄補詩,遂於《總目提要》内詳細介紹了黄補的生平、歷官及著述,謂“補字季全,紹興中進士,歷官安溪縣令,所著《詩解》、《九經解》、《人物志》等書,皆失傳,唯此篇僅存,故附滔集以行世云”。然《提要》並未指明哪一篇爲黄補的詩,所以連版本學大家丁丙也質疑道:“其《附録》中載滔裔孫名補者遺文一首,見《提要》。今刻八卷卒無之,與《提要》不合,疑崇禎時刻本原有二本也。”

(《郎園讀書志》卷七，頁三七二)而今有學者著文亦言：未見崇禎本載有黄禍遺詩一篇。其實崇禎本所補滔佚詩三首，並不如丁丙所言在《附録》中，而是在卷二末，前二首見《文苑英華》卷二六五，標明爲黄滔詩；後一首《遊囊山》，館臣已確考爲宋人黄補詩，且謂其著述皆失傳，唯此篇僅存，故附滔集以行。崇禎本、崇禎刻清修訂本及四庫本卷二最末一首即《遊囊山》。季振宜《全唐詩稿本》及《全唐詩》成書均在《四庫全書》前，二書皆未收《遊囊山》，甚是。孫望《全唐詩補逸》卷十四收録《遊囊山》，所注出處即崇禎本，可确定屬於誤補。陳尚君《全唐詩補編》第二編收有孫望《全唐詩補逸》，然卻未能指出此首乃宋人黄補詩而誤收作滔詩。所以此首應據《四庫提要》考辨，從孫氏《全唐詩補逸》内删除。

滔集單收詩歌的本子，其主要版本有以下幾種：

(一)統籤本。《唐音統籤》所收黄滔詩四卷，編卷八百九至八百十二，戊籤五十六，刻本。此本分體編次，首卷五古十一首、五律五十八，第二卷五排十五、七律三十六，第三卷七律四十五，第四卷七排四、五絶五、七絶三十四，共二百八首。此本所據底本，胡氏没有指明。今考此本文字，實較他本更近於正德本，如此本首卷五古《寄徐正字夤》、第二卷七律《酬徐正字夤》，二首題中"夤"字，正德本同；而曹刻本、崇禎本皆作"寅"。如此本第二卷五排《省試奉詔漲曲江池》"旋闊映樓津"句，"樓"字，正德本同；而曹刻本、崇禎本皆作"梅"。較之曹刻本和崇禎本，"夤"字、"樓"字乃正德本獨有的文字，而此本皆與之同，可見此本所據乃是正德本。具體而言，乃胡氏將正德本中的滔詩三卷鈔出，先分體，再分類，然後補入胡氏輯補的佚詩三首，分編四卷而成的。文字方面，胡氏也作了校勘，改正了正德本一些訛誤，並增加了一些校文和詩後注，頗有參考價值。如正德本上帙五排《壬癸歲書情》"投文值用冰"句，"冰"字訛，此本校改作"兵"字，甚是。如正德本上帙五絶《愁思》"新愁雨霽天"，題中及句中二"愁"字，皆"秋"字之訛，此本將二"愁"字改作"秋"，極是。正德本上帙《書崔少府居》，題下原無異文，胡氏參校《英華》，於題下出校："《文苑英華》作贈李補闕。"再如正德本上帙五排《御試二首》，題下原無注文，此本胡氏於題下增注曰："昭宗乾寧二年，刑部尚書崔凝知貢舉，榜出，取二十五人，帝以其多容請託，于武德殿東廊覆試，内出四題……"等近九十字，對理解此詩頗有幫助。胡氏還輯補佚詩三首，可見用功之勤。

（二）席刻本。席啓寓輯刻《唐詩百名家全集》所收《黄滔詩集》上下卷（康熙刻、光緒重修）。半葉十行十八字，左右雙欄，白口單魚尾下署“黄滔詩某”及葉碼。卷前有《黄滔詩集目録》，卷後無附録。此本刻印俱佳，各卷首題“詩集卷某”，次行下方具款“莆田黄滔文江”。此本收詩首數、分體、編次等悉如曹刻本詩歌部分，文字也相差甚微，故知此本乃是曹刻本的翻刻本，唯曹本八卷，此本因唯收詩歌，故改爲二卷，再者曹本標出的各體詩名稱，此本均已删去，如此而已。然而因校勘不嚴，此本遂增加了一些新的訛誤。如此本卷上五律《寄陳磻隱》“新聞漢氏史”句，“聞”字，各本作“文”，此本誤。卷下七律《贈宿松陽明府》，題中“陽”字顯誤，他本皆作“楊”。如卷下七律《催裝》，題中“裝”字誤，他本皆作“粧”。如卷下七絶《歸思》“寒爲旅客暖還去”句，“客”字，他本皆作“雁”，此本誤，等等。

（三）季氏稿本。季振宜遞輯《全唐詩稿本》所收《黄御史詩》不分卷，寫本。半葉十行或十一行，行十八或二十字不等。詩分體編次，凡五古十一首、五律五十七、七律八十二、五排十五、七排四、五絶五首、七絶三十三，共二百七首。《稿本》所據底本，季氏未言。今考此本文字，較之他本更近於統籤本或龔賢本，如此本七律《寄同年崔學士》，題中“學士”下，正德本、曹刻本、崇禎本均有“仁寶”二字；而統籤本無，此本亦無。如此本七律《贈宿松楊明府》“若非似水清無底”句，“似”字，統籤本同；正德本、曹刻本、崇禎本皆作“是”。此本五排《省試奉詔漲曲江池》“旋闊映樓津”句，“樓”字，統籤本同；而正德本、曹刻本、崇禎本皆作“梅”。較之正德本、曹刻本、崇禎本，“似”字、“樓”字及無“仁寶”二字，這些皆統籤本獨有的文字特徵，而此本皆與之同，據此可以肯定，此本所據乃是統籤本或其近似的本子。然而統籤本五律《贈友人》“超達陶子性”一首，《稿本》給鈔丢了，故較統籤本少一首。另《稿本》亦有訛誤者，如統籤本七律《翁文堯員外擁册禮之歸一路有詩名〈晝錦集〉先將寄示因書五十六字》“定淮齋沐看光輝”句，“淮”字訛，季氏未加校正，亦誤録作“淮”，而慶元本、崇禎本皆作“須”，甚是。又如此本七絶《木芙蓉三首》其三“移根苦在秦宫裏”句，“苦”字誤，統籤本及他本皆作“若”，甚是。再如此本七絶《啓帳》“得人憎定繡芙蓉”句，“定”字誤，正德本、曹刻本、統籤本皆作“是”，良是，等等。

（四）全唐詩本。康熙敕修《全唐詩》所收《黄滔詩》三卷。此本乃是將季氏《稿本》中的黄滔詩悉數收入，再於第三卷末補入統籤本所衍五律《贈友人》"超達陶子性"一首,故《全唐詩》共二百八首。《稿本》分體編次,原皆有標目,編臣雖皆泯去,然諸詩分體編次並未改變。文字方面,編臣也作了校勘,改正了《稿本》一些訛誤,並增加了一些校文和題注。如《稿本》七絶《木芙蓉三首》其三"移根苦在秦宫裏"句,"苦"字訛,季氏未能改正;統籤本及其他本子皆作"若",編臣改作"若",甚是。如《稿本》五律《書崔少府居》,題下原無注文,編臣據統籤本增入題注:"一作題李補闕。"爲理解詩意提供了參考。然而編臣也有未及改正的舛誤,如《稿本》七律《寄同年崔學士》題下,正德本、曹刻本、崇禎本均有"仁寶"二字,應據以補入,然季氏未補之,編臣亦未補之。《稿本》七律《翁文堯員外擁册禮之歸一路有詩名〈書錦集〉先將寄示因書五十六字》"定淮齋沐看光輝"句,"淮"字乃"須"之訛,季氏未校改,編臣亦未能改正。再如《稿本》七絶《啓帳》"得人憎定繡芙蓉"句,"定"字訛,統籤本及他本皆作"是",季氏未能校改,編臣亦未改正,等等。不過較之其他《黄滔詩集》,此本無論收詩數量還是文字品質,均是具有優長的本子。

總上可見滔集能流傳至今,主要靠後世裔孫不懈地整理刊行。原編《黄滔集》十五卷,宋室南渡開始散佚。八世孫黄公度紹興間據舊藏稿本重編爲《東家編略》十卷,稍後公度子黄沃及其他裔孫補苴散逸,又編成《莆陽黄御史集》上下帙,並於淳熙、慶元間兩次付梓,是爲滔集第一次整理刊行。明正德刻本、萬曆刻本,乃裔孫黄希英與黄廷良等據慶元本刊行的。崇禎本及崇禎刻清修本,爲裔孫黄鳴喬、黄鳴俊、黄起有等所刊行,補入佚詩及酬贈詩,校勘文字,增添《附録》内容,是爲第二次整理刊行,使得滔集進一步完善。萬曆曹刻本分卷爲八,與清代其他諸本皆輔助諸裔孫刊本而行,其中最完善者乃天壤閣本。至於詩歌單行本,以統籤本爲最早,以全唐詩本爲最精。

【參考文獻】楊柏林《黄滔集版本源流考述》,《莆田學院學報》二〇一一年一期

韓偓集(附香奩集)

韓偓(八四二～九一四?)字致堯,或曰字致光,誤,小字冬郎,自號玉山

樵人，京兆萬年（今陝西西安）人。龍紀元年己酉（八八九）進士擢第，釋褐河中幕府從事，官至兵部侍郎、翰林學士承旨等職。昭宗信重，屢欲爲相，皆辭不就。因不附朱全忠被貶出朝，先後爲濮州、鄧州司馬，後入閩依王審知，晚年寓居南安而終。

韓偓一生的作品，據他自己説嘗兩度散佚。第一次散佚是在黄巢義軍入關時。其《香奩集序》云：

> 余溺章句，信有年矣。……自庚辰辛巳之際，迄己[丑]〔亥〕庚子之間，所著歌詩不啻千首，其間以綺麗得意者亦數百篇，往往在士大夫口，或樂工配入聲律，粉墻椒壁，斜行小字，竊詠者不可勝記。大盗入關，緗帙都墜。（汲古閣本《香奩集》）

庚辰辛巳之際，乃懿宗咸通元年至二年（八六〇～八六一）。己[丑]〔亥〕庚子之間，乃咸通十年及僖宗廣明元年（八六九～八八〇）。此一時期，詩人正處壯年，有作品千餘首，其中數百篇“以綺麗得意”。然而這千餘首作品在黄巢入關時全部散失。第二次作品佚失，在天復元年辛酉（九〇一）十月昭宗西狩鳳翔時。其《無題序》云：

> 余辛酉年戲作《無題》十四韻，故太常王公相國首於繼和，故内翰吴侍郎融，令狐舍人涣，閣下劉舍人崇譽，吏部王員外涣相次屬和。余因作第二首，卻寄諸公，二内翰及小天亦再和。余復作第三首，二内翰亦三和，王公一首，劉紫微一首，王小天二首，二學士各三首。余又倒押前韻成第四首，二學士笑謂余曰：“謹豎降旗，何朱研如是也。”遂絶筆。是歲十月末，余在内直。一旦兵起，隨駕西狩，文稿咸棄，更無孑遺。（汲古閣本《香奩集》）

據此可知此次丢失的文稿，是僖宗廣明元年至天復元年（八八〇～九〇一）這十一年間的作品。

韓偓對自己的作品亦嘗兩度加以裒集。第一次是在福建，所編爲《香奩集》。《香奩集序》云：

> 大盗入關，緗帙都墜。遷徙不常厥居，求生草莽之中，豈復以吟詠爲意。或天涯逢舊識，或避地遇故人，醉詠之暇，時及拙唱。自爾鳩輯，復得百篇，不忍棄捐，隨即編録。

可見《香奩集》的纂輯,始於棄官赴閩途中,而編定則在哀帝天祐三年丙寅(九〇六)到達福建之後。其《無題序》云:

> 丙寅年九月,在福建寓止。有前東都度支院蘇暐端公,挈余淪落詩稿見授,中得無題一首。因追味舊作,缺忘甚多,唯第二、第四首彷彿可記,其第三首才得數句而已。今亦依次編之,以俟他時偶獲全本。餘五人所和,不復憶省矣。

韓偓既稱蘇暐所授爲"余淪落詩稿",那自然不是蘇氏鈔録的韓偓作品,而是韓偓的手稿。又據此《序》可知,蘇氏所授詩稿乃一殘本,故而《無題》詩原爲四首,而詩稿内僅存一首。且蘇氏所授殘稿,當爲韓偓第二次佚失的詩稿,不然《香奩集》所收的作品,便不至於皆韓偓與舊識朋友共同回憶起來的百餘篇作品。

韓偓特地把追憶所得的這些"綺麗得意"篇什别裁爲《香奩集》,原因大約有二:一是《香奩集》内容綺豔,風格婉麗,世人褒貶不一;而韓偓以爲此類作品藝術上也有可取之處,即"柳街青樓,未嘗糠粃;金閨繡户,始與風流。咀五色之靈芝,香生九竅;咽三危之瑞露,美動七情。若有責其不經,亦望以功掩過"(汲古閣本《香奩集序》)。二是在經歷過國家衰敗破亡之痛後,韓偓"忠憤之氣,時時溢於語外",此時秉筆,"風骨自遒,慷慨激昂"(《四庫全書總目·韓偓集提要》),從而使後期的作品與《香奩集》所收前期作品不可同日而語,然《香奩集》中的作品詩人畢竟花過心血,"不忍棄捐,隨即編録"而成《香奩集》。《香奩集》編成之後,雖有增補,但只是少數篇章。

關於《香奩集》,宋時即有人説乃江南韓熙載作(見葉夢得《石林詩話》),或謂乃和凝作而假名於韓偓(見《夢溪筆談》卷十六)。對此葉夢得、葛立方以及方回等人均辨其非。其實,和凝《香奩集》乃浮豔小詞,韓偓《香奩集》所收乃詩歌,此其一。其二,韓偓同年《吴融集》中有和韓偓《無題》三首,與韓偓四首《無題》詩同韻,且韓偓《無題序》亦載其事,表明《香奩集》中的作品乃韓偓作,非和凝作。其三,葉夢得在温陵韓偓四世孫駉處,見偓親書所作詩一卷,今傳《香奩集》中之《嫋娜》、《多情》、《春盡》等詩多在其中(見《石林詩話》),這更表明《香奩集》乃韓偓著。再者,韓偓辛酉年(九〇一)作《無題》詩四首時,和凝方三歲,偓編《香奩集》時,和凝才九歲,偓去世時,和凝始十六歲,韓偓何能手書和凝的作品爲一卷呢?即此一端可見韓偓與和凝各有《香奩集》,言者不細考,以韓偓《香奩集》爲和凝所作,大誤。

韓偓第二次編輯自己的作品,當始於《香奩集》編纂時。重得的"淪落詩稿",除《無題》一首(應還有其他綺婉篇什)收入《香奩集》外,不忍心令餘下的篇章再度淪落,應是韓偓再次編纂詩集的動因。《夢溪筆談》云:

> 唐韓偓爲詩極清麗,有手寫詩百餘篇,在其四世孫奕處。偓天復中避地泉州之南安縣,子孫遂家焉。慶曆中,予過南安,見奕出其手集,字極淳勁可愛。後數年,奕詣闕獻之,以忠臣之後,得司士參軍,終於殿中丞。又予在京師,見偓《送智光上人》詩,亦墨蹟也,與此無異。(《夢溪筆談校證》卷十七,上海古籍出版社一九八七年九月第一版,頁五五二)

在《夢溪筆談》卷十六中,沈括已認爲"今世傳韓偓《香奩集》,乃凝所爲也",所以沈氏這裹所説的韓偓"手集"百餘篇當非《香奩集》,而是韓偓的詩集無疑。稍晚的葉夢得也説:"偓在閩所爲詩,皆手自寫成卷。嘉祐間裔孫奕出其數卷示人。龐穎公爲漕,取奏之,因得官……吾家僅有其詩百餘篇。"又曰:"又余在温陵,于偓裔孫駉處,見偓親書所作詩一卷,雖紙墨昏淡,而字畫宛然。其《嫋娜》、《多情》、《春盡》等詩,多在卷中,此可驗矣。"(《文獻通考》卷二四三)沈、葉二人所見顯爲二種不同的"手集",奕所藏手集録詩百餘篇,慶曆中沈括曾親見之,後奕獻於朝廷,並因此得官。葉夢得於駉家所見手集一卷,余傳棚以爲"只能是《韓偓詩》、《香奩集》之外的又一卷詩"。"這一卷詩在當時似尚未流傳,或者雖有所流傳也鮮爲人知,因爲如果已經廣爲人知,葉夢得就不會提及此事並特别加以强調"(《韓偓〈香奩集〉、〈翰林集〉考辨》,《文史》二〇〇〇年第一輯,總第五十輯)。揆諸情事,此言頗有道理。據《閩大記》和《清源文獻合纂》載,慶曆中,丞相龐籍進呈的韓偓作品還有《内廷集》和《金鑾密記》(同治九年重刻乾隆朝修《泉州府志》卷六四《寓賢下·韓偓詩條》)。《十國春秋·韓偓傳》也説偓有《内廷集》。所謂《内廷集》,當即《宋史·藝文志》所著録的《入翰林集》一卷。據《唐音統籤》卷七〇九載,《入翰林集》不滿二十篇。可見韓偓第二次所編的詩集應有兩部,一爲《内廷集》,或曰《入翰林集》一卷,乃入翰林時作品的别裁另編,反映了韓偓對這部分作品的特别看重。另一部就是囊括《香奩集》、《内廷集》以外所有韓偓當時所能收集到的詩篇,包括蘇暐所授"淪落詩稿"中相關作品的詩集,可惜這部詩集之名,今天已不得而知了。胡震亨云:“《入翰林集》不滿二十篇。《别集》自出官迄寓閩詩俱在,而及第前後諸作亦附焉。若《香奩集》,大概未登第前詩也。”(《唐音統籤》第七册,頁一七五)指的正是韓偓手編自己作品的情形。而其最後一部詩集大體編定後,當陸續有憶起的舊作補入,以及晚年的新作續添,收詩的下限,當直到其晚年。韓偓是幸運的,其在世時,作品當已經編定,除兩次浩劫失去者外,凡能收集到的作品,編録大體完備(其中包括能記起的作品)。

宋代,《崇文總目》著録《韓偓詩》一卷。《新唐書·藝文志》同,並有《香奩集》一卷。《郡齋讀書志》作《韓偓詩》二卷,《香奩集》不分卷。《通志·藝文略》與《新唐書·藝文志》同。《直齋書録解題》著録《香奩集》二卷,《入内廷後詩集》一卷,《别集》三卷。《崇文總目》成書於慶曆元年,而韓奕獻詩在慶曆中期以後(見《夢溪筆談》卷十七、《文獻通考》卷二四三所引葉夢得語)。所以《崇文總目》、《新唐書·藝文志》、《通志·藝文略》皆作《韓偓詩》一卷。《郡齋讀書志》著録《韓偓集》二卷,只不過表明分卷的不同,並非意味着韓詩的成倍增加。韓奕的獻詩在社會上廣泛流傳,當是南宋中期之事,洪邁晚年編《萬首唐人絶句》,幾乎囊括了現存各種韓偓集中的絶句,便證明了這一點。正因爲如此,南宋末年的《直齋書録解題》才著録宏富。由於韓奕獻詩在世上流傳較遲,王安石《唐百家詩選》所據底本應是一卷本《韓偓詩》。今一卷本《韓偓詩》已逸,我們可從王氏所選韓詩的情況,間接窺見一卷本《韓偓詩》的概貌:一卷本《韓偓詩》没有收録韓偓寓居沙縣及南安的作品,可見一卷本的《韓偓詩》,應是韓偓寓居沙縣以前大體編定的集本流入社會的衍生物(見周祖譔《韓偓詩的編集流傳與版本》)。南宋中期,當韓奕所獻詩集在社會上流傳開來後,這種本子也就完成了自己的使命。錢曾《讀書敏求記》著録有《韓偓詩集》一卷,不知是否即此本,若然,則此本之消失當在清初,以後就銷聲匿跡了。

宋代流行的韓集除《香奩集》、《入内廷後詩集》、《别集》三卷外,今可考知者還有四種。一種是慶曆年間温陵所刻韓偓“手書詩帖”。此本雖稱“詩帖”,而實是韓偓詩集,毛晉《韓内翰别集》跋語中曾提及之(見《皕宋樓藏書志》卷七十一,頁八〇七)。此本明時當已無傳,故廣收宋元善本的毛晉亦有此感歎。第二種是《翰林院集》一卷,刻本,十行十八字,次行題銜“翰林學士承旨行尚書户部侍郎知制誥上柱國萬年韓偓字致堯”,涵芬樓舊藏,繆荃孫以爲是宋本(見《增訂四庫簡明目録標注》)。第三種是《翰林集》一卷，刻本,《鐵琴銅劍樓藏書目録》著録有此本的影寫本,其略曰:

《翰林集》一卷,《香奩集》一卷。(舊鈔本)

題“翰林承旨行户部侍郎知制誥萬年韓偓致堯撰”。《香奩集》後有《無題》詩四首,《浣溪紗》詞二首,《黄蜀葵賦》、《紅芭蕉賦》二首。此從宋刻本影寫,不名《内翰别集》,亦不注“入内廷後詩”五字。(《鐵琴銅劍樓藏書目録》卷十九,頁二九二)

此本今已無傳。第四種就是《韓翰林詩别集》一卷。毛晉所刊《韓内翰别集》一卷,卷末曾鐫一牌記“汲古閣毛晉據宋本考較”,説明毛晉此刻所據爲宋本。毛氏此刻卷端題“韓内翰别集”,除首末二葉版心有“汲古閣”三字外,其餘各葉版心上方均鐫有“韓内翰别集”五字,但最末一葉第三行上方卻題“韓翰林詩别集終”七字,同行下方就是“汲古閣毛晉據宋本考較”長方牌記。可見,毛晉此刻所據宋本實爲《韓翰林詩别集》一卷,毛晉翻刻時,改名爲《韓内翰别集》。毛晉改此書名,亦有所本,明吴寬叢書堂即有鈔本《韓内翰别集》一卷,且叢書堂鈔本《韓内翰别集》一卷從吴家散出後,曾爲毛晉所有,後又歸陸心源皕宋樓,今藏日本静嘉堂文庫,書中有毛晉長跋,可爲佐證(詳下)。另,拜經樓藏有《韓翰林詩别集》一卷,吴焯《繡谷亭薰習録》記此本曰:

唐翰林學士承旨行尚書户部侍郎知制誥韓偓致堯著。余以《全唐詩》校之,此缺四篇:一《寄禪師》、一《訪明公大德》、一《大酺樂》、一《思歸樂》,後三篇《戊籤》已據《閩南唐雅》補,而《全唐詩》因之,此本卻多《嫋娜》、《多情》、《閨怨》、《夜閨》、《詠燈》、《春恨》六篇。《戊籤》云:彙《翰林集》編年爲四卷,《香奩》合《别集》中一二豔詞爲二卷,則此六詩當時原載《别集》中,自後人移攙入《香奩》者也。《戊籤》又云:入《翰林集》不滿二十篇,《别集》自出官迄寓閩詩俱在,而及第先後諸作亦附,今此本首行標題云“入内廷後詩”,下注云:天復元年辛酉五月後,偓以是時入翰林,詩題下繫年遞至癸酉,其後又重繫乙卯甲子者,即所謂及第先後諸作亦附者此也。(引自《唐集叙録》,頁三五六)

所述正可與汲古閣本互相印證,且證明《韓翰林詩别集》一卷的存在,故我們可據毛晉此刻,間接窺見宋刻《韓翰林詩别集》一卷的大概面貌:宋刻《韓翰林詩别集》一卷,題銜"翰林學士承旨行尚書户部侍郎知制誥上柱國萬年韓偓",接題"入内廷後詩",凡收詩十六首,即胡震亨所説"入翰林集收詩不滿二十首"者也。下接出官後詩,至《南安寓止》凡百九首,大致按出官、在湖北、湖南、江西至福建的時序編排。《南安寓止》以下編次淆亂,既有及第前後之作,也有棄官後經湖北、湖南等地之作。凡二百二十五題、二百三十七首,《柳》、《嫋娜》、《多情》、《閨怨》、《夜閨》皆在卷中。可見此本已將《内廷集》(即《入翰林後詩集》一卷)與《香奩集》以外所有的韓偓詩全部合編爲一卷。此種《韓翰林詩别集》與《翰林集》的關係,《翰林集》應早於《韓翰林詩别集》。至於《韓翰林詩别集》一卷與《直齋書録解題》著録的《别集》三卷之間的關係,余傳棚以爲《别集》三卷是在《翰林集》一卷的基礎上,"内容擴增,其卷數由一卷變而爲三卷,又由於收録了韓偓《香奩集》以外的所有詩歌,其集名由'韓偓詩'易名爲'别集',自是順理成章"之事(《韓偓〈香奩集〉、〈翰林集〉考辨》,《文史》二〇〇〇年第一輯)。所言自有道理。《四庫提要》卷一五一《韓内翰别集》一卷提要曰:"今鈔本既曰《别集》,又注曰'入内廷後詩',而集中所載,又不盡在内廷所作,疑爲後人裒集成書,按年編次,實非偓之全集也。"可謂正確道出了此種本子的編輯特點。

明代韓偓集刊刻和傳鈔的本子,其主要版本有以下幾種:

(一)叢書堂鈔本。即吴寬鈔《韓内翰别集》一卷。此本自叢書堂散出後,爲毛晉收得,清末又歸皕宋樓,今藏日本静嘉堂文庫。書中有毛晉長跋,《皕宋樓藏書志》著録此本時,盡録毛晉跋文曰:

> 余梓《香奩》已十餘年矣。玆吴匏庵叢書堂抄《别集》,皆天復元年辛酉五月入内廷後詩也。自辛酉迄甲戌凡十有四年,往往借自述入直、扈從、貶斥、復除互叙朝廷播遷,奸雄[纂]〔篡〕弑始末,歷狀如鏡,可補史傳之缺。第乙卯丙辰未入翰苑,不知[知]何人混入?惜未得慶曆間温陵所刻致光手書詩帖一訂正耳。其亂後依王審知,本傳與李、晁諸家言之甚詳,惟劉克莊謂審知據福唐,韓致光乃居南安,曷嘗依之乎?又見墨林方氏所藏《祭裴君文》,自書唐故官,不書梁年號,稱其賢于楊風子之輩,且以宋景文不與表聖同列爲欠事,此皆克莊極贊致光不事二姓也。……當寓沙陽天王院歲餘,其詩奚止《藴明》一篇,若得章僚碑記,考其傳外遺事,則群疑涣然冰泮云。隱湖毛晉跋於續古草廬。(《皕宋樓藏書志》卷七十一,頁八〇六至八〇七)

由毛氏此《跋》可知,此本收詩的情形和編排順序,與毛晉所刻《韓内翰别集》一卷相同(詳下)。因此周祖譔懷疑毛晉刻《韓内翰别集》云"據宋本考較",實際上所據恐即此本。不排除這種可能性,但此本究竟屬於鈔本。毛晉刻《韓内翰别集》一卷末葉所署"韓翰林詩别集終"表明,毛刻所據可能就是宋刻本,而以此鈔本參校。此叢書堂鈔本亦《内廷集》和《别集》合二爲一,韓偓集現存歷代鈔本中,以此本爲最早。

(二)汲古閣本。毛晉汲古閣刻《韓内翰别集》一卷。半葉九行二十一字,左右雙欄,白口,首末兩葉版心有"汲古閣"三字,其餘各葉版心上方爲"韓内翰别集"五字,下爲葉碼。卷端署"韓内翰别集"。次行低二格具銜名"翰林學士承旨行尚書户部侍郎知制誥上柱國萬年韓偓"。第三行低一格書"入内廷後詩",下以小字偏左注:"天復元年辛酉五月後。"下接正文。此本不分卷,共二百三十七首。最末二首爲《半睡》、《已涼》。卷末一葉第三行署"韓翰林詩别集終",同行下方爲"汲古閣毛晉據宋本考較"長方牌記。此本正文雙行夾注校記,題下及文中多有單行小字注,偏於右側,少則數字,多則數十字不等,對理解詩意頗有參考價值。這些注文,部分當爲韓偓自注,部分似是毛晉考校宋本的結論。如《賜宴日作》詩後注云:"當直學士二人,至晚,學士院使二人卻押入直,餘四人在外,可以卜夜。内臣去外,知熟間丞郎給舍多來突宴。余是日當直,故有是句。"這顯然是韓偓自注。此本卷後附有毛晉《韓内翰别集補遺》,凡五首《寄禪師》、《日高》、《夕陽》、《舊館》、《中春憶贈》。故毛晉此刻共二百四十二首。不過《大慶堂賜宴元璫而有詩呈吴越王》一首及《又和》、《再和》、《重和》及《御製春遊長句》五首乃僞詩,毛晉不知,仍予保留。毛晉此刻乃偓集現存最早的刊本,顯得彌足珍貴。卷後有毛晉跋語。

汲古閣還刻有《香奩集》,卷首有韓偓《香奩集序》。半葉九行十九字,左右雙欄,白口,版心上方有"香奩"二字,下方有"汲古閣"字樣。卷端題"香奩集",次空一行,第三行低二格爲第一首詩題《幽窗》、次一首爲《江樓》。卷末爲《無題》四首,《浣溪紗·曲子》二首。《無題》四首前爲《荔枝》,下注:"三首福州作,見《翰林集》。"存題,不録詩。此本凡收詩詞八十七題、一百首。若加上《荔枝》三首,共百三首。《鐵琴銅劍樓藏書目録》著録的宋本《香奩集》,《浣溪紗·曲子》二首後尚有《黄蜀葵賦》、《紅芭蕉賦》二首,而此本未録,可見毛晉翻刻時有所删削。此本文字極少校記,唯《想得》一題下注云:"一作再得春。"這與毛晉刻《韓内翰别集》一卷的情形大不相同,表明此本所據爲宋代善本,故文字歧異極少。

(三)統籤本。《唐音統籤》所收《韓偓集》六卷,編卷七百九至七百十四,戊籤七十五,刻本。胡震亨曰:

> 按偓集,《唐·藝文志》一卷,《香奩集》一卷。《宋志》又有《入翰林集》一卷,《别集》三卷。……《入翰林集》不滿二十篇,《别集》自出官迄寓閩詩俱在,而及第前後諸作亦附焉。若《香奩集》,大概未登第前詩也。兹彙《翰林集》、《别集》編年爲四卷,《香奩集》合《别集》中一二豔詞爲二卷附末,而略譜其年于左,俾讀者晰其出處之概云。(《唐音統籤》第七册,頁一七五)

據此,胡氏所謂《翰林集》即《入翰林集》,亦即《内廷集》,收詩不足二十篇。可見《内廷集》明末還有流傳。所謂《别集》,當即《韓内翰别集》或《韓翰林詩别集》一類的集本。胡氏合此兩種本子爲一編,乃宋人編輯韓詩的成法。胡氏此本前四卷與後二卷,皆先將詩分體,依古近律絶爲序,再將各體詩編年。所以統籤本偓詩六卷乃一分體且編年的本子。不過此本所收《别集》部分的作品,删除了與《香奩集》重出的《嫋娜》、《多情》、《南浦》、《深院》、《閨怨》、《夜閨》、《詠燈》、《半睡》八首,又將原爲《别集》中的《春恨》、《已涼》二首劃出,編入後二卷。毛晉所補五首中的《寄禪師》、《舊館》、《中春憶贈》,已在卷中,且又增補《訪明公大德》一首及《聞再除戎曹依前充職》一詩之殘句二,删去《大慶堂賜宴元璫而有詩呈吴越王》、《又和》、《再和》、《重和》及《御製春遊長句》五首僞作,故前四卷凡二百二十九首。後二卷詩,删去了原《香奩集》中《初期赴集》、《詠柳》二首與《别集》重出之作。《懶卸頭》(又名生查子)和《浣溪紗》二首,改編入詞中,毛晉所補五首中的《日高》、《夕陽》二首已在卷中,故後二卷凡八十八題、九十九首。合前四卷共三百二十八首,一時成爲收詩最爲精確完備的本子。然而胡氏因受明人分體改編唐集風會的影響,使此本分體加編年,既不具編年之本義,又失去了韓集的原貌,不能不説是個缺憾。康熙敕編《全唐詩》所以不用《統籤》作底本,這恐怕是個重要原因。由以上可見,統籤本韓偓集雖是一個面貌全新的本子,但所據實爲《韓内翰别集》一類的本子。如汲古閣本《韓内翰别集》七律《深村》一首,落句缺前四字,與此本所缺全同,且統籤本韓集所據底本,與汲古閣本收詩數量也完全相同。文字上,如《深村》首句,汲古閣本作“甘老深村固不材”,“老”字下有校記:“一本作向。”統籤本全同。由上可見,此本乃是以汲古閣本爲底子改編而成的。然二本文字上有不少差異,表明改編時胡氏作了校勘,改正了汲古閣本的一些訛誤,故文字方面此本較汲古閣本爲精。

清代韓偓集刊刻和傳鈔的本子,其主要版本有以下幾種:

(一)季氏稿本。季振宜編《全唐詩稿本》所收《韓偓詩》二卷。此本是將毛晉所刻《韓内翰别集》一卷與《香奩集》一卷原刻入編,删去《韓内翰别集》中的《柳》、《嫋娜》、《多情》、《閨怨》、《夜閨》(《香奩集》作《閨情》)五首明顯與《香奩集》重出各首,又於《韓内翰别集補遺》之後增補佚詩《鞦韆》、《長信宫》二首,删去《香奩集》中《荔枝》一題(無詩),故共三百四十首。文字上,季氏以善本校之,所作校記注於字旁。特别是《香奩集》,校記頗多,隨處可見,如《深院》一絶落句“紅薔薇架碧芭蕉”,“架”字旁注所校異文“映”字,意似更勝。然而由於季氏一時疏忽,兩集合併入編時,相互重出的作品並未删除浄盡,致使《南浦》、《深院》、《初期赴集》、《詠燈》、《半睡》五首重出互見,不及統籤本韓集對重出詩處理得徹底。

(二)全唐詩本。《全唐詩》所收《韓偓詩》四卷。此本是將季振宜《稿本》中的《韓偓詩》原樣入編,删去了季氏未能盡删的重出互見詩《南浦》、《深院》、《初期赴集》、《詠燈》、《半睡》五首。編次方面,除幾處略有變動外,其餘均與季氏《稿本》同。文字上,編臣作了進一步校勘,或甄别取捨季氏所作校記,取者居多,亦有據别本重校者,從而使《全唐詩》的文字品質進一步提高。如《賜宴日作》首句“玉銜花馬踏香街”,“香”字汲古閣本無校語,季氏校記曰:“一作天。”《全唐詩》編臣保存了這一校勘成果,而意較原文爲勝。《待宴》落句“麗華微笑忍皇慈”,季氏《稿本》無校,《全唐詩》於“麗華”下夾注校記曰:“一作貴妃。”乃編臣據别本所作校記無疑。至於韓偓逸詩,編臣搜羅更勤,於原《别集》部分詩後,除補入毛晉補輯的《寄禪師》一首外,又增補《訪明公大德》、《大酺樂》、《思歸樂》三首,分編爲三卷。於原《香奩集》部分詩後補入毛晉與季氏所輯《日高》、《夕陽》、《舊館》、《中春憶贈》、《鞦韆》、《長信宫》二首等,另增補《自負》、《天涼》、《春恨》三首,殘句一聯,編爲一卷。其中絶句《已涼》,蓋因他本作《天涼》,編臣一時没有察覺,誤以爲逸詩而補入,以致造成新的重出互見。此本共三百四十一首,殘句一聯,一時成爲收詩最多、校勘最精的本子。

（三）四部叢刊本。《四部叢刊》初編所收《玉山樵人集》本。此本卷首尾没有目録及序跋等。據周祖譔考察，此本乃統籤本《韓偓集》的過録本，後附《玉山樵人香奩集》。由於扯去了卷次，故此一般人不易看出。然此本與統籤本也有一些微小差異：一是不分卷，二是將統籤本題下注和隨文夾注全部删去；三不收統籤本補入的殘句二；四將統籤本編在七排後、五絶前的六言律詩，移至七律與五排之間，詩體排序微有更動；另外統籤本《香奩集》最末一首《詠燈》，《玉山樵人香奩集》缺。二本差别僅此而已。除此之外，兩本收詩數量、編次、文字等完全相同，尤其統籤本韓集分體又編年，此本亦分體又編年，完全同於統籤本韓集，這肯定不是巧合，唯一的解釋只能是《玉山樵人集》出自統籤本韓集。

【參考文獻】閻簡弼《〈香奩集〉跟韓偓》，《燕京學報》三十八期　周祖譔《韓偓詩的編集流傳與版本》，《文學遺産》二〇〇〇年一期　余傳棚《韓偓〈香奩集〉、〈翰林集〉考辨》，《文史》二〇〇〇年第一輯（總第五十輯）

魚玄機集

魚玄機（八四四？～八六八）字幼微，一曰字蕙蘭，長安（今陝西西安）里家女。喜讀書屬文，甚有才思。補闕李億納爲妾，咸通中愛衰，出家爲長安咸宜觀女冠，然猶不能自持，復爲豪俠所調。九年秋因妬殺侍婢緑翹，爲京兆尹温璋所戮，時年二十四五歲。

玄機善吟詠，明鍾惺譽爲“才媛中之詩聖”（《名媛詩歸・隔漢江寄子安》批語）。然其集由誰編纂而成，今已不得而知。玄機集的最早著録者，乃孫光憲《北夢瑣言》，該書卷九“魚玄機”條謂其“有集行於世”（上海古籍出版社一九八一年版，頁七二）。《瑣言・序》謂入宋以前，《瑣言》已成書。若是則最遲至宋以前，玄機作品已結集行世。

入宋，《崇文總目》、《新唐書・藝文志》、晁公武《讀書志》、尤袤《遂初堂書目》等公私書目均未著録玄機集，這表明玄機集南宋中期以前流傳並不廣。此後陳振孫《書録解題》卷十九始著録“《魚玄機集》一卷”。丁延峰《〈唐女郎魚玄機詩〉版本源流考》以爲，陳氏著録者即南宋書棚本（《中華文史論叢》,二〇一二年第一期),丁氏反復論證,立説可信。

宋槧玄機集單刻本今存者,即書棚本《唐女郎魚玄機詩》一卷,今國圖有藏。半葉十行十八字,左右雙邊,白口單魚尾下有"魚玄機"字樣。柳體書寫,皮紙刷印。卷端首題"唐女郎魚玄機詩",下連正文,尾題"唐女郎魚玄機詩集終"。卷後有"臨安府棚北睦親坊南陳宅書籍鋪印",即所謂書棚本牌記也。詩共四十九首,附見光威裒三姊妹聯句詩一首。其中《寄題鍊師》、《浣紗廟》、《感懷寄人》三首有脱字四處,皆以墨釘爲之。宋諱"玄"、"泓"、"紘"諸字缺末筆,然亦有不諱者。此本前四葉刻印極精,後八葉稍遜,所以清黄逢元跋此本以爲,前四葉"北宋刻",後八葉"南宋棚本"(見《四部備要》本玄機集)。傅增湘亦以爲"前四葉雕工精美,後八葉粗率,非出一手"(《藏園群書經眼録》卷十二,頁一一〇六)。傅氏謂前四葉與後八葉非出一手,此言得之。筆者以爲同一書,因刻工非一人,而工拙精粗迥異的本子多矣,若僅據此,即判此本爲兩代所刻而儷合爲一書,則大謬不然。民國期間袁克文收得此本,見黄氏之言,即批駁曰:"棚本刻工字畫,首尾每殊,余藏之《韋蘇州集》及微師所藏《宏秀集》皆然,惟此册摹印最先,首四葉尤極精整,後雖稍近荒率,然皆出於一時,若判爲兩代,則誤矣。"(見此本卷後袁氏《跋》)。袁氏所論可取,然爲了不讓黄氏之言再貽誤讀者,袁氏隨將黄《跋》從卷後剔除,則未免過於跋扈。黄《跋》尚謂:"是刻爲魚集初祖,老成典型,開卷具在,矧兹絶本,海内孤行,尤爲難得,女郎有詩云'易求無價寶',此書可寶,求之豈易易耶?"此言即頗有可取之處,尤其黄氏奉此本爲魚集不祧之祖,更是灼有見地之言,袁氏連此亦統統删去,頗爲可惜。幸而《四部備要》本將黄氏跋文録以存照,實爲一功績。此本不僅是魚集現存最早的刻本,而且是後世所有魚集的祖本。此本題跋及鑒藏印記:卷末牌記後有"朱承爵鑒"之題款,下有"西舜城居士"白文方印,據此知明中葉此本曾爲大藏書家朱承爵所藏,卷中有"子儋"朱文印鑒一枚。朱氏書散出後,此本又爲明後期項元汴所得,故卷首尾有"項元汴印"朱文方印、"子京父印"朱文方印、"項墨林鑒賞章"朱文方印、"墨林秘玩"朱文方印、"項子京家珍藏"朱文長方印、"項墨林父秘笈之印"朱文長方印、"檇李項氏世家寶玩"等。項氏去世後,此本歸其子所有,故卷中又有"項子卿真賞章"白文方印一枚。項氏書散出後,清初此本先後歸沈窯、何焯、蘭陵繆氏等弆藏。沈窯字木公,故尾題後有沈窯題記曰:"戊戌四月得於項子協,勁寒松識。"下有

"沈寀之印"白文方印、"木公珍玩"朱文方印；卷前後又有"沈木公氏圖書"朱文方印、"洪灣沈氏"白文方印、"木公"小葫蘆形朱印、"勁寒松書畫記"白文方印、"麟湖沈氏世家"朱文長方印記、"休文後人"等。後此本歸何焯，故尾題前有"茶仙"朱文長方印、"審定珍玩"朱文方印等。何焯之後，此本歸蘭陵繆氏。繆氏書散出後，嘉慶八年此本歸藏書家黄丕烈，黄氏視爲"千金不易之寶"，不僅《百宋一廛書録》有著録，且於《蕘圃藏書題識》中兩次記載獲得此本的經過，並請錢塘畫家余秋室繪成玄機肖像一幀置於卷首，還兩次招集友人一同觀賞，並賦詩填詞，故此本卷後有黄氏與友人題跋及題詩題詞多處，又卷前卷後尚有"百宋一廛"朱文長方印、"佞宋"朱文長方印、"士禮居藏"白文方印、"黄印丕烈"朱文方印、"蕘圃"朱文方印、"平江黄氏圖書"等鑒藏印記多枚。黄氏書散出後，道光二十二年壬寅（一八四二）此本歸上海徐渭仁，故卷後有徐渭仁題詩。咸豐時此本轉歸湖南黄逢元，故卷後有黄逢元《跋》。光緒至民國初年，此本又歸湖南周海珊，故卷中有"周氏家藏"朱文方印、"周遇吉印"朱文方印等。民國五年（一九一六），袁克文從湖南周海珊處以八百元重金購得此本。克文號寒雲，乃袁世凱第二子。《寒雲手寫所藏宋本提要廿九種》著録有此本（見《宋本書考録》，頁一五九至一六一），此本卷後所附另紙有袁氏題跋多處，卷中有袁氏與其妻劉梅真鑒藏印記多枚："寒雲心賞"朱文方印、"寒雲主人"朱文方印、"上第二子"朱文方印、"臣印克文"朱文方印、"惟庚寅吾以降"朱文方印、"後百宋一廛"朱文方印、"袁劉梅真"朱文方印、"雙王主人"白文方印、"克文與梅真夫人同賞"朱文長方印記等。後袁氏從北京移居上海，因生活困難，以一千六百元高價，將此本賣與潘宗周，張元濟爲潘氏所編《寶禮堂宋本書録・集部》著録有此本，卷中有"潘印曾綬"白文方印。後來潘氏將此本捐獻給北京圖書館（今國家圖書館），從而結束了此本宋元明清至近代數百年輾轉流傳世間的經歷。此本印章凡百二十八方，題跋、題詩、題詞者凡二十八人，留下了五十四幅墨蹟，可見歷代諸多鑒藏家對此本的青睞，豐富了此本的版本文化。

宋槧玄機集，今知者尚有《唐十子詩》所收《魚玄機集》一卷。宋刻《唐十子詩》，宋元明三代公私書目均不見著録，清以後亦無傳本，然明王準曾見之，並有翻刻本（詳下）。嘉靖二十六年丁未（一五四七）王準《刊唐十子詩叙》曰："余友周水部，吴下得宋本《唐十子詩》，授余刊之。"據此可知宋時的確有槧本《唐十子詩》，且直到明嘉靖間尚流傳於世。今宋槧雖已亡佚，然據王準翻刻本，可以間接窺見宋槧本的大概面貌：宋槧《唐十子詩》首爲常建，魚玄機爲最後一家，其餘尚有郎士元、嚴維、劉叉、于鵠、于濆、于武陵、邵謁、伍喬等。嘉靖二十三年甲辰（一五四四）王準《刊十子詩叙》曰："（十子）全本少見，獨于鄴即于武陵原本兩存，稱鄴者少詩三首，題目並一二字稍異，大要則同，校而合於一。常建本少傳，並刊之。嗟呼！良工獨苦泯没於〔世〕也，高人達士固有欲見其全集弗可得者，於是惜焉，再刊於關中，庶傳者廣矣！"晚唐著名詩人于鄴，字武陵，以字行，京兆杜曲人，生平事蹟見《唐詩紀事》卷五八、《郡齋讀書志》卷十八、《唐才子傳校箋》卷八。據王準，此《叙》可見，宋槧《唐十子詩》中《于鄴集》原本兩存，而兩本之間差別並不大。丁延峰先生曾持王準本玄機集與書棚本對勘，發現王準本雖據宋槧唐十子詩本，然其版式、收詩首數、各詩編次均同書棚本，因而斷定宋《唐十子詩》所收玄機集，乃是據書棚本翻刻者。斯言得之。然因出自坊間書賈之手，故而訛誤頗多（詳王準本）。雖然如此，因玄機集在宋代刻本較少，故唐十子詩本玄機集，亦是一個十分珍貴的本子。

宋槧玄機集，今知者還有另一種《唐人雜詩》所收《魚玄機集》一卷。此本宋元明公私書目亦無著録，今已無傳。然明人有《唐人雜詩》覆宋本，清陸心源皕宋樓曾有藏本。皕宋樓之庋藏，今藏日本静嘉堂文庫，嚴紹璗《日藏漢籍善本書録》著録有明覆宋本，這表明宋時確有槧本《唐人雜詩》行世，且一直流傳到明代。據嚴氏《書録》著録的明覆宋本，可間接推知宋槧《唐人雜詩》凡四十五卷，不署編輯者姓名。至於所收玄機集的版本情形，因嚴氏著録過簡，一時尚不能詳辨之。

元代國祚短促，未見玄機集有刊本的記載。明代刊刻的玄機集主要版本有以下幾種：

（一）袁刻本。正德十四年己卯（一五一九）袁翼刻《唐五十家詩集》所收《唐女郎魚玄機詩》一卷。袁刻《唐五十家集》，今唯重慶圖書館有藏本，卷前總目、總目後牌記均爲手鈔。總目題《唐五十家詩集》，其中晚唐十七家，玄機爲倒數第二家，又含無名氏一家，故實爲五十一家。目録後牌記題"正德己卯勾吴袁氏復宋本刊"。袁翼吴縣人，正德中舉於鄉，《姑蘇名賢小紀》有傳（《續修四庫全書》册五四一，頁三七二）。明槧唐集叢刊，始於弘治、正德間之銅活字印本《唐人詩集》及此《唐五十家集》，二書均爲當時收録唐代詩家較多的總集。此後陸續問世的唐詩總集，不少是在二書基礎上增益而成的。此本半葉十行十八字，左右雙邊，白口單黑魚尾，版心鐫有書名。此種版式，顯與宋書棚本相同。此本卷後袁翼《跋》曰："玄機善吟詠，美風調，雖未免陟於多情，而幽柔融雅，有足悲焉。婦人之集其僅存者，豈多見邪！予滑其無傳也，今刻之。"王國維《兩浙古刊本考》卷上曰："今日所傳明刊十行十八字本唐人專集、總集，大抵皆出陳宅書籍鋪本也。然則唐人詩集得以流傳至今者，陳氏刊刻之功爲多。"（《〈李丞相詩集〉二卷》，《王國維遺書》十二，上海古籍書店一九八三年影印本，葉十九）然較之書棚本，此本訛誤較多，如《春情寄子安》"不愁行若苦相思"句，"若"字，書棚本作"苦"。如《過鄂州》"莫愁魂遂清江去"句，"遂"字，書棚本作"逐"。《江陵愁望寄子安》"江橋掩映暮帆遲"句，"江橋掩映"，書棚本作"江淹橋映"。《送别》"水柔遂器知難定"句，"遂"字，書棚本作"逐"。《左名場自澤州至京使人傳語》"曾陪雨夜問歡席"句，"問"字，書棚本作"同"。如《因次光威裒韻姊妹三人少孤而始妍乃有是作精粹難儔雖謝家聯雪何以加之有客自京師來者示予》"獨結香綃偷銄送"句，"銄"字，書棚本作"餉"。《次韻》"碧窗應繡鳳凰衫"句，"窗"字，書棚本作"空"。再如《寓言》一首，書棚本題下有小注"六言"二字，此本脱，等等。至於異體字，此本與書棚本又多不相同。由這些差異可見刊刻之粗率。此本並非直接據書棚本而來，而是依宋刻唐十子詩本上版刊行的，故以上這些訛誤，並非全爲此本所致，多爲沿襲宋刻《唐十子詩》本之誤；袁氏所謂"覆宋本"，即指宋槧唐十子詩本（詳下王準本）。

（二）朱警本。嘉靖十九年庚子（一五四〇）朱警輯刻《唐百家詩・晚唐四十二家》所收《唐女郎魚玄機詩》一卷。半葉十行十八字，左右雙欄，版心白口單魚尾下有"魚玄機"字樣，卷端題"唐女郎魚玄機詩"，下連正文。卷後槧有袁翼跋語曰："玄機善吟詠，美風調……"（已見）此本不僅照録袁刻本卷後袁氏跋語，而且連上舉袁氏本的訛誤亦照樣沿襲，如《春情寄子安》"不愁行若苦相思"句，"若"字誤；《過鄂州》"莫愁魂遂清江去"句，"遂"字誤；《江陵愁望寄子安》"江橋掩映暮帆遲"句，"江橋掩映"誤，等等。這些訛誤，此本悉同，可見此本的確是以袁刻本爲底本上版刊行的。不寧唯是，袁刻本所録五十一家，此本均予收録。職是之故，朱警《唐百家詩》應是在袁翼《唐五十家詩集》基礎上擴充而成的。傅增湘在著録明刊《唐百家詩》時曰:“右百家詩……余疑當時首彙刻者爲吴中袁氏,其後逐漸增加,流布有先後不同,故多寡因之亦異,至朱警乃裒集增爲百十二家,冠以徐獻忠《唐詩品》耳。卷中有正德袁翼跋語,字體刊工亦類彼時所刊,後印者乃有嘉靖補板,丁氏謂板刻半出成弘,亦未深考耳。(余藏。丙辰)”(《藏園群書經眼録》卷十七,頁一四五七)傅氏謂朱警輯《唐百家詩》,乃是在袁氏《唐五十家詩集》的基礎上擴充而成的,斯言確有見地。然《善本書室藏書志》卷二十五在著録沈影本的單行本(詳下)時,謂此本與沈影本“對看不差毫髮”。沈影本自書棚本出,丁氏之言意謂此本亦出自書棚本;實則上舉袁翼本的諸多訛誤,沈影本均不誤,始知丁氏並未持沈影本與此本勘對,而僅憑感覺而言耳,故其言並不鑿然可信。朱警擴充袁翼《唐五十家詩集》而成《唐百家詩》,踵事增華,後來居上,亦順理成章之事。不過依朱氏《唐百家詩》題識所言,增至百家者乃其父,朱警只是在“百家”的基礎上,又增入十二家而已,故朱警於此本目録後題識曰:“先大人馳心唐藝,篤論詞華,乃雜取宋刻,裒爲百家……友人徐君伯臣作《唐詩品》一卷……遂乃狥其所尚,差爲品目。于舊本之外,補入一十二家,而以徐君所撰,冠諸其端。”是《唐百家詩》朱警本實際收録百十二家,卷前首爲徐獻忠《唐詩品》一卷,亦是朱警增入的;或判《唐百家詩》乃徐獻忠輯刻,大誤。

(三)王準本。嘉靖二十六年丁未(一五四七)王準翻宋刻《唐十子詩》所收《唐女郎魚玄機詩》一卷。王刻《唐十子詩》,卷前首王準二《序》,前者嘉靖二十三年甲辰(一五四四)作,後者嘉靖丁未(二十六年)作,次《詩人爵里》,次牌記一個。唐十子爲:常建、郎士元、嚴維、劉叉、于鵠、于濆、于武陵、邵謁、伍喬、魚玄機等,玄機爲最後一家。王準丁未《叙》曰:“余友周水部,吴下得宋本《唐十子詩》,授余刊之。”可見王準刻《唐十子詩》所據底本爲宋槧本。王準甲辰《叙》又曰:“(十子詩)全本少見,獨于鄴即于武陵原本兩存,稱鄴者少詩三首,題目並一二字稍異,大要則同,校而合於一。常建本少傳,並刊之。嗟呼! 良工獨苦泯没於〔世〕也,高人達士固有欲見其全集弗可得者,於是惜焉,再刊關中,庶傳者廣矣!”宋槧《唐十子詩》既收《于鄴集》,又收《于武陵集》,一人之集兩存,而兩本之間差别並不大。若是宋槧《唐十子詩》實際上只有“九子”。“十家”便有一家重收,可見編輯粗疏之至,其出於坊間書賈之手無疑。於是,王準遂將于氏兩集校勘合併爲一集,另增入罕傳的《常建集》,以副“十子”之名。傅增湘在著録王準刻《唐十子詩》時亦曰:“是原本十子無常建,王氏併于鄴、于武陵爲一家,遂加入常建,仍爲十子也……每卷後有‘石谷書院宋板重刻’一行。(寶華堂書店送閱。甲子)”(《藏園群書經眼録》卷十七,頁一四五二)可見王準刊《唐十子詩》雖言據宋本翻刻,但卻對收録的家數作了調整。傅氏謂王準刊《唐十子詩》每集後均有“石谷書院宋板重刻”一行,此言並不準確。王準刻《唐十子詩》,今國圖有藏本,唯郎士元、于鵠、于濆、于武陵、伍喬五家集後有“石谷書院宋板重刻”牌記一行,其餘四家(不含常建),包括玄機集在内均無牌記。王《序》既謂此本所據乃唐十子詩本,而並非書棚本,然考此本版式、收詩首數及其編次等等,卻皆與書棚本同,由此可以推見,宋《唐十子詩》所收玄機集,其所據底本應爲書棚本。若是則此本屬於書棚本一系的本子,是書棚本的下位本——唐十子詩本的再生本。此本既是據唐十子詩本翻刻的,丁廷峰先生曾持此本與袁翼本對勘,發現二本俗體字、異體字,甚至訛誤字也大多相同,上舉袁氏本“苦”誤作“若”,“逐”誤作“遂”,“空”訛作“窗”,“江淹橋映”訛作“江橋掩映”,等等,此本訛誤均與之相同。這一現象表明,這些訛誤既非此本所獨有,亦非袁刻本所獨有,他們應有一個共同的來源。袁刻本未知具體源自何本,而此本王《序》明確交代據唐十子詩本翻刻,由此可見,這些訛誤均應源自唐十子詩本,可無疑也!由此亦可證明,袁氏唐五十家集本玄機集,亦當出自宋槧《唐十子詩》。若是則袁氏所謂“據宋本復刻”,其所謂“宋本”並非書棚本,而是唐十子詩本玄機集。

(四)明翻宋本。明無名氏翻宋刻《唐人雜詩》所收《魚玄機詩》一卷。此本清陸心源皕宋樓有藏本,今藏日本静嘉堂文庫,嚴紹璗《日藏漢籍善本書録·集部·别集類》有著録,然不記行款。未見。

(五)統籤本。胡震亨《唐音統籤》所收《魚玄機詩》一卷,編卷九百二十三,庚籤三宫閨詩之七,寫本。此本詩分體編次,首五律十一首,次五排三、六言律二、七律十七、七排二、七絶十四、次韻詩一、殘句六則,共五十首,殘句六則,成爲一時收詩最全的本子。其中七絶《折楊柳》一首、殘句六則,是經胡氏之手,首次補入玄機集的佚詩佚句。此本所據底本,胡氏没有明言。今持此本與朱警本相較,發現朱警本等明刊本的一些特殊字詞,此本多有沿襲,如朱本《江陵愁望寄子安》“江橋掩映暮帆遲”句,“江橋掩映”,此本同;而書棚本作“江淹橋映”。朱本《次韻》“碧窗應繡鳳凰衫”句,“窗”字,此本同;而書棚本作“空”。朱本《寓言》,書棚本題下小字注“六言”,二字朱本誤脱，此本亦脱。再如朱本《感懷寄人》“仍羨世人欽”句，“欽”字，書棚本作墨釘，袁刻本、朱本等補作“欽”，此本亦作“欽”，等等。以上諸例可證，此本所據底本並非書棚本。此本所據亦非王準本，如袁刻本、朱警本《寄題鍊師》“芙蓉花葉□，山水帔□稀”，二句所脱二字，此本同；而王準本分别作“紋”與“老”。又如袁刻本、朱警本《浣紗廟》“浣紗神女□相和”句，所脱一字，此本作“已”，而王準本作“解”。可見此本亦非據王準本改編。相比之下，此本文字與袁刻本、朱警本多同，故應是據朱警本抑或袁刻本改編的。然而此本文字，胡氏亦作過校勘，改正了底本的不少訛誤，如朱本《春情寄子安》“不愁行若苦相思”句，“若”字誤；書棚本作“苦”，此本亦改作“苦”。朱本《過鄂州》“莫愁魂遂清江去”句，“遂”字誤；書棚本作“逐”，此本亦改作“逐”。又如朱本《送别》“水柔遂器知難定”句，“遂”字誤；書棚本作“逐”，此本亦改作“逐”。朱本《左名場自澤州至京使人傳語》“曾陪雨夜問歡席”句，“問”字誤；書棚本作“同”，此本亦改作“同”，等等，這些例子表明，胡氏用王準本或近似的本子作過校勘，改正了底本的不少訛誤。不僅如此，胡氏還據其他校本改動了底本的一些文字。如朱本《賦得江邊柳》，題中“柳”字，書棚本同；胡氏據《唐詩紀事》改作“樹”。朱本《情書寄李子安》，題中“書”字，書棚本同；此本改作“詩”。朱本《導懷》，題中“導”字，書棚本同；此本改作“遣”。朱本《代人悼亡》“鏡在鸞飛話向誰”句，“飛”字，書棚本同；此本改作“臺”。如朱本《浣紗廟》“浣紗神女□相和”句，句中墨釘，書棚本同，王準本作“解”，此本作“已”，等等。以上諸例表明，胡氏對此本文字作過校改。不過，此本文字亦有訛誤，如朱本《賦得江邊柳》“煙姿入遠樓”句，“煙”字，書棚本同；而此本作“登”，當誤。朱本《浣紗廟》“浣紗神女□相和”句，句中“紗”字，書棚本同；而此本作“沙”，大誤。再如朱本《因次光威裒韻姊妹三人少孤而始妍乃有是作精粹難儔雖謝家聯雪何以加之有客自京師來者示予》，題中“加”字，此本作“如”，當誤，等等。但總的來看，此本無論收詩數量抑或文字品質，較之所據底本，應該説是略勝一籌的。

清代刊刻和傳鈔的玄機集，其主要版本有以下幾種：

（一）全唐詩本。康熙敕修《全唐詩》所收《魚玄機詩》一卷。《全唐詩》主要依據胡震亨《唐音統籤》和季振宜《全唐詩稿本》兩書編纂而成。而季氏《稿本》中的《唐女郎魚玄機詩》一卷，乃是將上述朱警本的原刻入編，再於卷後補入《折楊柳》一絶編輯而成的，故《稿本》共五十首，附見《光威裒三妹妹聯句》詩一首，卷前剪貼明槧《唐詩英華》和《唐詩紀事》中有關玄機的小傳部分，拼湊改寫成玄機小傳。文字方面，季氏用《才調集》、《文苑英華》、《唐詩紀事》、《萬首唐人絶句》、《樂府詩集》、《歲時雜詠》等總集及類書作了校勘，字裏行間出校不少異文，或直接改動朱警本的舛誤，頗富參考價值。如朱警本《賦得江邊柳》題下，季氏出校曰："《紀事》題作《臨江樹》。"又如朱本《贈鄰女》題下，季氏出校曰："《才調集》作《寄李億員外》。"這些校記，對理解詩意頗有啓示。季氏徑直改動朱本訛誤的例子，如《江行》其一"鸚鵡洲前萬户家"句，"萬户"，書棚本同，季氏改作"户萬"。又如《迎李近仁員外》"今日喜時聞喜鵲"句，"喜鵲"，書棚本同，季氏據《萬首唐人絶句》改作"鵲喜"。再如《送别》"水柔遂器知難定"句，"遂"字，書棚本作"逐"，季氏則據《才調集》改作"逐"，良是，等等。職是之故，《稿本》不僅收詩較朱本爲全，且文字亦較朱本爲精。康熙敕編《全唐詩》所收《魚玄機詩》一卷，便是將季氏《稿本》中的《唐女郎魚玄機詩》一卷悉數入編，而將附見的《光威裒三姊妹聯句》删去，再據統籤本補入殘句五則編輯而成的，故《全唐詩》亦存詩五十首，殘句五則。編次方面，編臣將《稿本》之《愁思二首》，拆分爲《愁思》和《秋怨》二首。文字方面，編臣則據統籤本及其他善本重加校勘，改正了季氏未及改正的訛誤。如《稿本》之《春情寄子安》"不愁行若苦相思"句，"若"字誤，季氏未及改正，編臣蓋據統籤本改作"苦"；《稿本》之《過鄂州》"莫愁魂遂清江去"句，"遂"字誤，季氏未及改正，編臣蓋據統籤本改作"逐"；《稿本》之《左名場自澤州至京使人傳語》"曾陪雨夜問歡席"句，"問"字誤，季氏未及改正，編臣蓋據統籤本改作"同"，皆是，等等。編臣還校改了其他文字，如《稿本》之《導懷》一題，編臣據統籤本改作《遣懷》；"對月夜琴幽"句，"琴"字，書棚本、統籤本皆同，而編臣改作"窗"。又如《稿本》之《代人悼亡》"鏡在鸞飛話向誰"句，"飛"字，書棚本、朱警本同，而編臣據統籤本改作"臺"。《稿本》之《迎李近仁員外》"今日喜時聞鵲喜"句，"鵲喜"，朱本作"喜鵲"，季氏改作"鵲喜"，編臣又將其改回作"喜鵲"，等等。《全唐詩·凡例》云："詩集有善本可校者，詳加校定。"此本隨行增加了不少校文，表明編臣確曾以善本校勘過。但是編臣有的改動，則顯得毫無道理。如全唐詩本《和人次韻》"獨自清吟日色間"句，"日"字下出校曰"一作月"，而編臣所據《稿本》原作"月"，且統籤本、朱警本、書棚本等皆作"月"，編臣僅據一般校本，便將底本"月"字改作"日"，則大可不必。細味月色下清吟，較之"日色"下吟詩,似更符合詩人的原意。不過就現存玄機集諸古本來看,《全唐詩》無論録詩數量還是文字品質,都是一個較好的本子。

(二)沈影本。嘉慶十五年庚午(一八一〇)雲間沈恕古倪園影宋刻《唐女郎魚玄機詩》一卷,附《薛濤詩》一卷,上海藏。此本内封面題"唐女郎魚玄機詩宋本重刊",卷後有"嘉慶庚午雲間古倪園沈氏從吴門士禮居黄氏借本翻行"牌記一個,並附刻黄丕烈《〈魚集〉考異》及黄氏嘉慶八年《跋》。上文已述及,黄丕烈曾庋藏書棚本。沈氏此本既據黄氏書棚本翻刻,故文字悉與書棚本同。沈恕字綺雲,江蘇松江人,家有古倪園,藏書處名"筆山樓",樓中富有收藏,且多善本。沈氏借刻玄機集一事,黄丕烈《蕘圃雜著》亦有記載,黄氏曰:"近沈綺雲有《唐宋三婦人集》之刻,皆出自予家,而《魚集》以宋刊,故獨登《百宋一廛賦》。"(王大隆編《蕘圃藏書題識續録》一卷《雜著》一卷,見丁延峰《〈唐女郎魚玄機詩〉版本源流考》)據此可見,沈刻《三婦人集》,底本皆出自黄氏家藏。不僅如此,《三婦人集》的校勘付梓工作,沈氏也一委黄氏,此本卷末所附黄氏三則跋文即記有此事。黄氏校勘的結果撰成《〈魚集〉考異》,亦附於集後,可見黄氏於此集着實下過一番功夫。沈恕去世後,藏書及此本版片悉歸其弟沈慈。慈字十峰,亦好藏書,多宋元善本。嘉慶二十四年己卯(一八一九),沈慈在《唐宋三婦人集》的基礎上,復增入《緑窗遺稿》,成《唐宋四婦人集》,其校勘付梓等事,亦效其兄,全委之黄丕烈,黄氏跋《唐宋四婦人集》記此事曰:"往年沈君綺雲有《唐宋婦人集》之刻,皆借本於余家,而余爲之校讎付梓也……頃其令弟十峰訪余,以《緑窗遺稿》屬爲付梓……因爲小跋,存其校字,並著顛末,俾人知沈氏昆仲皆好風雅,留傳昔賢著述,藝林佳話,永垂不朽云。嘉慶己卯七月,吴縣黄丕烈識。"(嘉慶二十四年刻《唐宋四婦人集》)然《唐宋四婦人集》中的玄機集,版片仍爲十五年所鐫舊槧。由於黄氏親爲校勘付梓,故與書棚本相較,二本不僅字體相仿,且無任何異文,故丁延峰先生贊爲"下宋本一等"。

另南圖藏一本,原爲汪士鐘藏書,後爲丁丙所得,書名、版式、行款、文字悉同書棚本,卷後有"臨安府棚北睦親坊南陳宅書籍鋪印"牌記一個,《善本書室藏書志》卷二十五著録爲"影宋本",甚是。然無"唐女郎魚玄機詩宋本重刊",卷後有"嘉慶庚午雲間古倪園沈氏從吴門士禮居黄氏借本翻行"牌記,蓋爲沈影本的單行本。

(三)江標本。江標輯《唐人五十家小集》所收影刻《唐女郎魚玄機詩》

一卷。江標的門生劉肇隅，後轉入葉德輝門下。光緒二十五年，劉氏跋葉氏仿宋刻玄機集曰："元和江師有兩影刻本，一影於都門，一影於湘中。"然據丁延峰先生考證，都門刻本在光緒十九年癸巳（一八九三），卷首右欄外側下方鈐有"光緒癸巳影刻南宋書棚本唐人小集之元和江標建霞記"朱文牌記一個。光緒二十年，江氏出任湖南學政，此前江氏一直任職於京師。而江氏見到書棚本，則在光緒二十三年任湖南學政時。若是都門影刻本，並非直接依據書棚本。不寧唯是，湘中影印本，亦非直接依據書棚本，而是用都門影刻本的版片重印的，唯刊行前，僅對原本的牌記稍稍作了改動。所以江氏後來雖然親自目睹過書棚本，但其兩次刊刻魚玄機集，卻並非直接依據書棚本，經丁延峰先生考證，所據乃沈恕的仿宋本；正因如此，江氏此本卷前無余秋室所繪魚玄機小像，卷後亦不附諸家題跋及題詩題詞等（參《〈唐女郎魚玄機詩〉版本源流考》）。丁先生的考證洋洋千言，翔實可信。筆者所見江標本乃河南大學藏本，封面題"唐女郎魚元機詩集"，左旁一行小字題"南宋陳道人精刊"，半葉十行十八字，左右雙邊，白口單魚尾下有"魚玄機"三字，卷端首題"唐女郎魚玄機詩"，尾題"唐女郎魚玄機詩集終"，後有"臨安府棚北睦親坊南陳宅書籍鋪印"牌記一個。此本卷首右欄外側下方，無丁先生所説的江標朱文牌記鈐印，故當爲湖南影刻本。持此本與書棚本的影印本對勘，發現文字與書棚本不差一字，可見江氏此本録文十分精確，於此亦可間接窺見，當年由黄丕烈校勘附梓的沈槧本之精確。正是由於當年沈氏仿刻本的文字極精，"下宋刻一等"，故江氏據沈氏本影刻，文字品質方能精確無誤。江氏刊行都門影刻本時並未目睹書棚本，迨後來親見書棚本，發現都門影刻本文字準確無誤，於是江氏方將都門影刻本的牌記，改爲"南宋陳道人本精刊"一行，而仍用都門影刻本的舊版片再次刊行於湘中，而此時已是光緒二十三年丁酉了。可見劉肇隅雖有江師兩次影刻玄機集的話，然而實際上兩次所用的版片，均是用都門影刻本的版片刷印的。

（四）仿宋本。光緒二十五年己亥（一八九九）葉德輝仿宋書棚本《唐女郎魚玄機詩》一卷、《附録》一卷。此本封面大字題"唐女郎魚元機詩"，小字"士禮居藏本"。内封面大字題"唐女郎魚元機詩"，左旁雙行小字"壽鳳書"，下有"臣壽鳳"、"壽生"兩木記；另行"己亥秋日許崇熙縮臨"。原書棚本封面，清時蓋已無存，故嘉慶時黄丕烈另裝一封面，命其子壽鳳書"唐女郎魚元機詩”七字作爲封面。葉氏仿刻時,請許崇熙縮臨爲半葉。此本卷前首劉肇隅光緒二十三年丁酉十月十四日刊跋,次光緒二十五年以前諸家題跋、題詩、題詞,以及部分名家鑒藏印記,次嘉慶八年(一八〇三)黄丕烈《跋》。卷後《附録魚玄機事略》,乃葉德輝光緒二十五年己亥夏五月撰。顯然較之江標本,此本《附録》的内容豐富多了。葉德輝曰:“宋本在長沙黄荷汀觀察家,後歸吾友周海珊觀察,余曾借寫仿刻之。”(葉德輝《選吳集》,《葉德輝集》一,學苑出版社二〇〇七年版,頁一八七)黄荷汀(逢元)亦曰:“丁酉,湘潭葉氏叚觀影寫重雕,近已風行於世矣。”(《四部備要》本《唐女郎魚元機詩》卷後黄逢元題辭)據此可見,葉氏是從黄逢元家借得書棚本的,時光緒二十三年丁酉,然直到二十五年己亥,此本方刊行。由葉、黄所言可證,此本的確是據書棚本仿刻的。葉氏爲仿刻此本,的確傾注了不少心血,不僅著成《魚玄機事略》,對玄機的身世進行考訂,而且將書棚本卷後的各家題跋、題詩、題詞及名家鑒藏印記用仿宋字録出,以便讀者。正因爲此本有很多優長,宋本又爲一般人所難見,故此本一旦刊行,便風行於世。而於此本,葉氏亦情有獨鍾,迨光緒三十二年丙午(一九〇六),葉氏又將其編入《遊戲叢書》,凡兩册,上册爲《七國象棋局》,下册爲《打馬圖經》、《除紅譜》和《魚玄機集》,扉葉均有“光緒丙午九月長沙葉氏刊行”牌記一行。次年,葉氏又將此本編入《麗樓叢書》,列爲第八種,卷首牌記曰:“光緒丁未春仲長沙葉氏印,據光緒間刻版後印。”牌記特地指明是據光緒刻本後印的,可見葉氏對此仿刻本的珍視。民國五年(一九一六)九月,袁克文以重金從長沙周海珊手中購得書棚本。民國六年,戲曲家吳梅據黄丕烈皮藏書棚本一事,著成《無價寶傳奇》,一時傳爲美談,葉氏作絶句六首相唱和,又可見出葉氏對書棚本的鍾情。迨民國二十四年(一九三五),葉氏又將此本收入《郋園先生全書》,列爲第八十二種,卷首牌記題“民國二十四年長沙葉氏觀古堂”。以上諸本,刊行時間雖然不同,但卻都是用光緒二十五年己亥仿宋本的版片重印的,故版式與書棚本完全相同。

(五)徐刻本。光緒三十一年乙巳(一九〇五)徐乃昌《隨庵徐氏叢書》所收影刻《唐女郎魚玄機詩》一卷。此本版式與書棚本同,然爲紅格紅字的朱印本,扉葉題“南陵徐氏隨庵叢書第八”。卷後附録黄丕烈《〈魚集〉考異》、嘉慶八年黄丕烈《跋》,最後爲牌記“光緒乙巳南陵徐乃昌假泉唐丁氏善本書室藏宋本屬室人馬韻芬景鈎繡梓”,下有刻工題名“鄂省蘭陵街陶子麟鋟刊”。此本逡録有底本鑒藏印記，卷首爲“八千卷樓所藏”、“閬原父”、“三十五峰園主人所藏”、“汪士鐘印”等，卷後爲“茶仙”、“審定珍玩”、“休文後人”、“北山草堂”、“麟湖沈氏世家”、“墨林秘玩”、“項子京家珍藏”、“西舜城居士”等。原書棚本卷末的“沈窾之印”和“木公珍玩”兩印記，此本逡録時改爲“沈木公氏圖書”和“池灣沈氏”。此本所據底本，據牌記稱爲“泉唐丁氏善本書室藏宋本”，泉唐丁氏，即清末杭州藏書家丁丙，“八千卷樓”即其藏書樓，“善本書室”乃其專藏善本的書庫。然《善本書室藏書志》未見著録有宋本《魚玄機集》，唯卷二十五著録“影宋本”一部，原爲汪士鐘藏書。汪氏亦蘇州人，與黄丕烈乃關係密切的書友，黄氏生前及身後不少善本爲其所得。據黄氏言，汪氏曾向其指名索要書棚本玄機集，黄氏未予，且曰：“留此爲娱老之資，雖千金不易也。”（《蕘圃雜著》，葉十八）此後再無過問此書者。據丁延峰先生推測，汪氏索要書棚本，既未得，借去影寫一本還是有可能的，八千卷樓所藏汪氏影寫本，今藏南京圖書館，所據底本應即黄氏所藏書棚本（《〈唐女郎魚玄機詩〉版本源流考》）。斯言得之。丁丙藏本卷中有汪士鐘二印，亦可證明汪氏的確有影寫書棚本。徐乃昌亦版本行家，其所據底本實非宋槧書棚本，應當心知肚明，然此本牌記明謂所據乃宋本玄機集，蓋爲炫耀所據底本並進而抬高此本身價，因而故爲其説。不過，清及近現代以來，對於出自宋槧的影鈔、影刻本，是視同宋本的，江標所刻玄機集就是明證。江刻玄機集，所據乃沈氏影刻書棚本，並非直接據書棚本上版，然卻將牌記鐫爲“南宋陳道人本精刊”，就是因爲沈氏本乃影刻書棚本者。所以從這一意義上説，徐氏標榜其刊行的玄機集爲“宋本影鉤繡梓”，亦自有道理。

民國以來刊行的玄機集，主要版本有以下幾種：

（一）周氏影宋本。民國五年（一九一六）周叔弢假袁克文藏書棚本影印《唐女郎魚玄機詩》一卷。民國五年九月，袁克文以八百元重金（自言“千金”）從長沙周海珊處購得書棚本，其夫人劉梅真影鈔一本。周叔弢與袁氏爲好友，假來原書，請日本山本照相館攝影，然後寄往日本京都小林寫真製版所精印。周氏乃近代經營民族工業頗有成就的實業家，生平亦喜收藏，且頗多宋元善本，此本乃其影印諸多善本中的第一部，紙張及印刷均十分考究，然印數不多，今唯南京圖書館和周氏後人有藏。

（二）潘氏影宋本。民國八年（一九一九）潘宗周據書棚本影印《唐女郎魚玄機詩》一卷。袁克文移居上海後，因不善理財，生計窘迫，遂於民國八年，將書棚本玄機集以一千六百元高價售於潘宗周，張元濟爲潘氏所編《寶禮堂宋本書録·集部》著録有此本。潘氏將書棚本以原大尺寸影印，然因未用套印，鑒藏印記亦爲墨色，故視原本稍遜一等。此本北大圖書館有藏。

（三）四部備要本。民國十年（一九二一）上海中華書局排印《四部備要》所收《唐女郎魚玄機詩》一卷。此本内封面題"唐女郎魚玄機詩"，背面署"上海中華書局據百宋一廛藏宋本校刊"。半葉九行十五字，四周單邊，版心細黑口，對魚尾上方有"魚玄機詩"字樣，雙魚尾間爲葉碼，雙魚尾下雙行小字署"中華書局聚珍仿宋版印"。卷前首"唐女道士魚元機小影"，題"秋室爲蕘圃作"。卷末迻録書棚本原牌記，以及朱承爵、沈寀的題識。附録部分收有黄丕烈《〈魚集〉考異》、嘉慶八年黄氏《跋》，及嘉慶八年十一位同仁所題詩詞，雪齋陳達真、陳文述、石韞玉、奕雋、曹貞秀、徐謂仁、盛昱、歸懋儀、女道人韻香、黄逢元、徐崇立等十一人題跋、題款、題詩、題詞等等，黄丕烈道光五年《跋》及黄逢元一九一六年《跋》，徐崇立一九一一年題記等。編者在收録這些詩詞題跋時，糾正了其中的舛訛，然又産生了一些新誤。如道光五年黄丕烈《跋》中有"讀畫讀談詩"句，第二個"讀"字顯然爲衍文，編者將其删去，良是。訛誤例如潘奕雋題跋中，備要本脱"專此"二字。瞿中溶題詩"忽開此卷香絪緼"句，"開"字此本誤作"聞"，等等，訛誤還是不少的。另外由於改爲排印本，故底本中的異體字、避諱字均已改爲正體。

（四）慎初堂影印本。民國十二年（一九二三）海寧陳乃乾慎初堂影印沈刻本《唐女郎魚玄機詩》一卷。此本卷前有莊閑題"癸亥二月慎初堂景印"牌記一個，所據底本爲嘉慶沈氏古倪園刻唐宋四婦人集本。卷首除鈐有"乃乾"、"慎初堂"二印外，尚有"徐乃昌馬韻芬夫婦"印，卷末鈐有"蟫隱廬所藏善本"等鑒藏印記，知此本除曾爲刊主陳乃乾自藏外，尚經徐乃昌、上虞羅振常蟫隱廬遞藏。

（五）陳注本。一九八四年三月上海古籍出版社刊行陳文華校注《唐女詩人集三種》所收《魚玄機詩》校注。玄機集向來皆是覆刻與影印本，整理本則未見，此本問世，打破了這一局面。此本以江標本爲底本，據《文苑英華》輯補佚詩《折楊柳》詩一首，共五十首。並以《又玄集》、《才調集》、《文苑英華》、《萬首唐人絶句》、《全唐詩》諸書參校；然所用參校本中，有清初的《全唐詩録》，此本選録玄機詩達四十六首，數量雖然不少，但此本訛誤極多，達四十餘處，用作校本，徒增校文繁蕪。不過此本各詩後適當輯録評語，集後附作家生平資料、諸家唱酬、評述、版本著録及舊本序跋題辭等，頗便讀者（見該書《前言》）。

（六）彭張譯注本。一九九四年十一月新疆大學出版社刊行彭志憲、張燚《魚玄機詩編年譯注》。此本以“中華書局排印的《全唐詩》中的魚玄機詩作爲注釋的底本。對《全唐詩》中的個别錯字有所校改”，改動的原文於注釋中列出，並補出了個别殘缺的文字。此本一顯著特點是對玄機詩加以編年，在編年的基礎上力求“注釋準確”、“雅俗共賞”。附録部分“只收有關魚玄機生平和詩評的資料”（該書《序言》）。書前《序言》對玄機的生平經歷及詩歌特點作了較全面的論述，以便讀者。二〇〇六年，此本重印時，補入新疆大學出版社周軒先生以國家圖書館出版社所出綫裝書《唐女郎魚玄機詩》與本書初印本對勘的異文，彌補了原本校勘方面的不足，糾正了初印本的文字訛誤，並對少數考釋的語句“略有潤色”（該書《重印前言》）。

【參考文獻】丁延峰《〈唐女郎魚玄機詩〉版本源流考》，《中華文史論叢》二〇一二年一期

唐風集

杜荀鶴（八四六～九〇四）字彦之，池州石埭（今安徽石臺）人。早年居廬山苦讀爲詩，有詩名。屢舉不第，黄巢兵起後隱居九華山，自號“九華山人”。昭宗大順二年（八九一）方登進士第。後入朱全忠幕得其薦，天祐元年（九〇四）爲主客員外郎知制誥，充翰林學士，不久即卒。

荀鶴《唐風集》乃友人顧雲所編，時間在其及第之次年，顧雲《唐風集序》略曰：

> 大順初，帝命小宗伯河東裴公掌邦貢。次二年，遥者來，隱者出，異人俊士始大集都下。於郡進士中得九華山人杜荀鶴，拔居上第……明年寧親江表，以僕故山皆隱者，出平生所著五七言凡三百篇見簡。其雅麗清省激越之句，能使貪吏廉，邪臣正，父慈子孝，兄良弟悌，人倫之紀備矣。其壯語大言，則決起逸發，可以左覽工部袂，右拍翰林肩，吞賈喻八九於胸中，曾不蔕介。或情發乎中，則極思冥搜，神遊希夷，

> 形死枯木,五聲勞於呼吸,萬象探於抉剔,信詩家之雄傑者也。美哉!裴公之知人爲不誣矣。於戲!旌別淑慝,史臣之職也。僕幸爲之叙録,乃分爲上中下三卷,目曰《唐風集》。視其人齒尚壯,才力未盡,謳吟之興方酣。俟其繼作得如《周頌》、《魯頌》者,别爲之次序。景福元年夏太常博士修國史顧雲撰序。(宋蜀本《杜荀鶴文集序》,《宋蜀刻本唐人集叢刊》之二五)

據此可知《唐風集》乃詩集,三卷的釐定亦出於顧雲手,集《序》亦顧雲所作。《四庫全書總目》謂《唐風集》乃杜荀鶴"初登第時所自編",不確。清人李調元謂杜荀鶴自爲《唐風集》十卷作序(見《全五代詩》卷二),亦誤。自《唐風集》纂成到杜荀鶴去世,十二年間當有續作,然而續作是否有人另行編集,則不見於文獻記載。

入宋,《崇文總目》著録《杜荀鶴詩集》一卷,《郡齋讀書志》著録"杜荀鶴《唐風集》十卷",《文獻通考》蓋沿襲晁《志》,亦作十卷。萬曼先生《唐集叙録》以爲,《唐風集》原爲三卷,而荀鶴去世上距《唐風集》纂成僅十年多一點,故《唐風集》不可能增益至十卷,所言甚是。《直齋書録解題》卷十九著録"《唐風集》三卷,唐九華山杜荀鶴撰",並於書名下加案語云:"晁公武《讀書志》作十卷。"顯係對"十卷"之數亦存疑議。《宋史·藝文志》著録只作二卷,當是分卷有所不同故也。

宋槧荀鶴集傳於後世者,首先是南宋蜀刻本《杜荀鶴文集》三卷。此本今上圖有藏,乃現存荀鶴集的唯一宋槧,上海古籍出版社一九八〇年曾據以景印出版,一九九四年又將其收入"宋蜀刻本唐人集叢刊"出版。半葉十二行二十一字,左右雙欄,白口單魚尾,魚尾下署"荀幾",再下方爲葉碼。各卷卷端題"杜荀鶴文集卷第某",下注"唐風集",次行低一格題"雜詩"。卷前有《杜荀鶴文集序》,題銜"太常博士修國史顧雲撰"。《序》後接爲目録,目録次行下方署"九華山人杜荀鶴"。目録第一卷凡百五首(正文脱七絶二首《閨中秋思》、《傷硤石縣病叟》),目録第二卷凡百一首(目脱一題,正文實收一〇二首),目録第三卷凡百十一首,共三百十六首。由署題可知,此本當由《唐風集》三卷而來,故文字方面自有勝處,如卷一《題田翁家》,汲古閣本(詳下)題作《題田家翁》,衡之詩意,作《題田翁家》爲是。《過九華費徵君墓》,題中"過"字,通行本作"經",揆之詩意,"過"字是,等等。關於此本的刊刻時間,《宋蜀刻本唐人集叢刊影印説明》云:"宋蜀刻本唐人集二十三種，可分爲三個系統：一爲北宋或南北宋之際的刻本，每半葉十一行，行二十字，世稱十一行本；一爲南宋中期刻十二行本，行二十一字；一爲南宋中期刻大字本，每半葉十行，行十八字。三系統各本的存佚情況如下：一、北宋或南北宋之際刻十一行本……二、南宋中期刻十二行本……（十九）杜荀鶴文集三卷，唐杜荀鶴撰。全。"《影印説明》判定此種十二行本《杜荀鶴文集》爲南宋中期刻本，應當是準確可信的。然而近代以前，不少版本目録學家誤將此本認作北宋刻本，如錢曾嘗見此本，繕寫一本以存之，並描述此本曰：

> 予藏九華山人詩是陳解元書棚宋本，總名《唐風集》。後得北宋本繕寫，乃名《杜荀鶴文集》，而以"唐風集"三字注於下。竊思荀鶴有詩無文，何以集名若此，殊所不解。（《錢遵王讀書敏求記校正》卷四中，頁二〇五）

據此可知，錢氏見過兩個宋本荀鶴集，一爲南宋書棚本《唐風集》（詳下）；一爲北宋本《杜荀鶴文集》，然考察錢氏所記北宋本的特徵：題下注有"唐風集"三字，題署《杜荀鶴文集》，據此可以斷定，該本實際就是蜀刻本。沿襲錢氏誤判者，還有陸敕先和瞿鏞等，《鐵琴銅劍樓藏書目録》著録此本曰：

> 《杜荀鶴文集》三卷，宋刊本。首行題《杜荀鶴文集》，下題"唐風集"。目録前題"九華山人杜荀鶴"。汲古毛氏所刊用南宋分體本，此則北宋不分體者。以毛本相校，字句多不同。顧雲《序》中"爲之序録"下有"乃分爲上中下三卷，目曰《唐風集》"十三字……又增多詩三首，卷一《和吴太守罷郡山村偶題二首》……卷二《送人遇亂〔歸〕湘中》……卷後有陸氏敕先手跋云："世傳分體《唐風集》，俱出南宋本，余嘗假錢遵王本校過，藏諸家塾。毛斧季新得沙溪黄子羽所藏北宋本，既未分體，且多詩三首，與世本迥異。偶過汲古閣，出以示余，且以家刻本見貽。因校此本，攜歸，識於燈下。壬寅仲冬二十八日陸貽典。"（《鐵琴銅劍樓藏書目録》卷十九，頁二九二）

壬寅爲康熙元年（一六六二），其時此本尚藏毛氏汲古閣。此本鑒藏印記有：《序》首、目録首、卷一前數行空白處鈐有季振宜、徐乃昌、朱學勤"結一廬藏書印"、"上海圖書館藏"等鑒藏印記多枚；卷後鈐有"黄子羽"、"毛氏子晉"、"子清真賞"等鑒藏印記多枚，且有"泰興季振宜滄葦氏珍藏"題款，款下鈐有朱文小篆“振宜之印”。由此本諸多鑒藏印記可知,明代此本當爲黄子羽藏書,清初歸毛氏汲古閣,陸敕先即經毛斧季得見此本,並借歸以校汲古閣刻《唐風集》,而誤判此本爲北宋本。後來此本蓋由毛斧季售與錢曾,故《讀書敏求記》亦誤認此本爲北宋本。錢氏後將家中重複的宋本售於季振宜,故卷中有季氏題款並印記多枚。季氏書散出後,此本輾轉至道光、同治時期,又歸仁和朱學勤,朱氏《結一廬書目》卷四著録有此本,云:“《杜荀鶴文集》三卷,計四本,唐杜荀鶴撰,北宋刊本。每半葉十二行,行二十一字。黄子羽舊物也,册首有毛子晉、王煙客、季滄葦、汪魚亭諸家收藏圖記。”朱氏亦誤判爲北宋刻。此本自朱家散出後,歸常熟瞿鏞,上文已述及,瞿氏著録有此本,同樣誤判爲北宋本。瞿氏之後,此本輾轉入藏上海圖書館。

宋槧荀鶴集傳於後世者,其次是書棚本《唐風集》三卷。陳振孫《書録解題》卷十九著録“《唐風集》三卷,唐九華山〔人〕杜荀鶴撰”,當即此本。此本至清代,錢曾尚有藏,《錢遵王讀書敏求記校證》卷四中著録此本曰:“余藏九華山人詩,是陳解元書棚本,總名《唐風集》。”錢氏藏書棚本,陸敕先曾借作校本,云:“世傳分體《唐風集》,俱出南宋本,余嘗假錢遵王本校過,藏諸家塾。”據此可知,此本乃分體本。此本與蜀刻本的區别,除了前者爲分體本,後者不分體外,此本還較蜀刻本少詩三首:卷一《和吴太守罷郡山村偶題二首》,卷二《送人遇亂湘中》。可見,此本既名《唐風集》,應由北宋本《唐風集》三卷而來,而非自蜀刻本出也。然顧雲《唐風集序》不言分體,而分體編次,又與唐人編纂集子分類不分體的一般習慣不侔,所以此本的分體,或陳解元所爲。若此則蜀刻本有可能保存了顧雲《唐風集》原來的編次和卷數,而卷次名稱則已改動。至於二本相差三首的原因,則殊難確定,或是書棚本分體編輯時不慎漏編了,或是蜀刻本作了補遺。不過無論如何,二本皆淵源於顧雲編《唐風集》三卷,則是没有問題的。

宋槧荀鶴集傳於後世者,還有南宋無名氏刻《杜荀鶴文集》三卷,宋時公私書目俱失載。明代馮彦淵曾見此本,並精鈔一本傳於世,其家人馮武跋此鈔本云:“此予家藏南宋版鈔本,癸卯春仲,借得隱湖毛氏北宋版,細校一過,異同處悉兩存之,海虞馮武。”(《愛日精廬藏書志》卷二九,頁五二二)據此跋可知,馮氏所借毛氏“北宋本”,上文已述及就是蜀刻本。馮氏持此本與蜀刻本對勘,文字有異有同,可見此本所據之南宋本荀鶴集,與蜀刻本並非同一種本子；且據此本書名看，此本所據南宋本，亦非書棚本，而是無名氏所刻的另一種荀鶴集，可無疑也。可惜馮氏跋文過簡，此本今又不存於世，故其版本的具體情形，今已不得而知了。

明代刊刻和傳鈔的荀鶴集，其主要版本有以下幾種：

（一）汲古閣本。毛晉汲古閣刻《唐人四集》所收《唐風集》上中下三卷。半葉十二行二十字，左右雙欄，白口單魚尾，魚尾下署"唐風集卷某"（正文首葉魚尾下署"汲古閣"、"毛氏正本"）。上卷卷端題"唐風集卷上"，次行下方題款"九華山人杜荀鶴"，第三行低一格署"今體五言凡一百二十六首"（實收一百二十五首）。中卷卷端第二行低一格署"今體七言凡一百四十首"。下卷卷端第二行低一格署"今體五言七言絶句凡五十二首"，共三百十七首。與宋蜀本相較，除溢出蜀本目存正文漏收的《閩中秋思》與《傷硤石縣病叟》七絶二首外，另溢出五律《維揚冬末寄幕中二從事》、七律《贈友人罷舉赴辟命》"連天一水浸吴東"凡二首。蜀本則比此本溢出五律《和吴太守罷郡山村偶題二首》、《送人遇亂歸湘中》（一作《亂後送友後歸湘中》），七律《贈友人罷舉赴辟命》"罷卻名場擬入秦"，凡四首。

此本所據乃宋書棚本，對此瞿鏞言之甚明："汲古毛氏所刊，用南宋分體本。"陸敕先云："世傳分體《唐風集》，俱出南宋本。余嘗假錢遵王本校過，藏諸家塾。"（已見）所謂"南宋分體本"，實即書棚本。錢曾云："予藏九華山人詩是陳解元書棚宋本，總名《唐風集》。"（已見）可見此本所據確爲書棚本。然而與宋蜀本比勘便會發現，此本各體詩的編次順序，與各體詩在宋蜀本中出現的先後順序絶大部分是相同的。如此本卷上五律，前二十九首，《江上送韋彖先輩》以下四十二首，這些詩的編次，與其在宋蜀本中出現的先後順序完全相同。此本卷上五律的中間五十首，編次雖與這些詩在蜀刻本中出現的先後次序不一，亦只是其前二十八首與後二十二首位置互换，换位之後，這五十首的編次，與其在蜀刻本中的先後順序則完全相同。七律與五、七言絶句的編次，情形亦然。可見，書棚本的分體編次，只是將所據底本中的各體詩分别依次録出，再分卷編排而成的。至於各體詩的編次與其在底本中出現的先後順序略有不同，當是改編者陳氏意在分體，因而對各體詩的編次是否與其在底本中的先後順序是否一致，並不特别在意，因而不經意間，打亂了分體後的順序。總之，從收詩的數量、編次等情況判斷，此本所據的書棚本，當與宋蜀本源於同一種荀鶴集，很可能就是北宋本《杜荀鶴文集》三卷。由此亦可證明，顧雲原編《唐風集》上中下三卷，應是一個不分體的本子。不過與宋蜀本相較，此本文字不少地方優於蜀刻本，如五律《送人遊吴》"古宫閑地少"，"宫"字，宋蜀本作"官"，顯誤。七律《題開元寺門閣》"何處畫橈尋緑水"，"橈"字，宋蜀本作"燒"，亦誤。然此本疏誤之處也不少，如七律《送韋書記歸京》"從來有淚非無淚"，"有淚"，宋蜀本作"有别"，甚是；"歲月如波只暗遊"，"暗遊"，宋蜀本作"暗流"，揆諸文意，作"暗流"是。七律《贈彭蠡釣者》"只將波上漚爲侣"，"漚"字，宋蜀本作"鷗"，甚是。如此等等，不一而足。尤其顧雲《序》言"出平生所著五七言三百篇"，此本只作"出詩三百篇"。"僕幸爲之叙録"下，汲古閣本脱"乃分上中下三卷目曰《唐風集》"一句，而把"目之爲《唐風集》"綴於最後。"俟其繼作得如《周頌》、《魯頌》者，别爲之次序"二句，《周頌》以下八字皆脱。落款"景福元年夏太常博士修國史顧雲撰序"這極其重要的一句，此本也脱失了，卻衍出荀鶴初謁梁王朱全忠等六十四字，職是之故，《四庫提要》謂"蓋舊本《唐詩紀事》載雲此《序》，誤連下條荀鶴初謁梁王云云六十四字爲一條，晉不察而誤並抄之，殊爲疏舛"。所言頗中肯綮。不過清以後，《唐風集》多據此本翻刻，流傳頗廣，對荀鶴集的保存與流傳不可謂無功。

（二）毛鈔本。毛晉鈔《杜荀鶴文集》三卷。此本顧廣圻曾見之，並手跋此鈔本云："此本爲虞山毛氏所藏，想從北宋本傳録者，與述古繕寫本同出一源，而鈔手工整，雖非影宋，已迥勝世俗流傳之本矣。澗薲記。"（《思適齋集書跋》卷四《集部》，見《顧廣圻書目題跋》，頁六五二）此毛氏鈔本後歸陸心源，《皕宋樓藏書志》卷七十一雖有著録，然不過照録一遍顧廣圻的跋語而已。唯陸氏在此本書名下注曰"影寫南宋本"，不知何據？然據陸敕先跋語所云（已見），蜀刻本《杜荀鶴文集》三卷，毛晉在世時尚未得之，得之者爲其子毛扆，故此本當爲毛扆得到蜀刻本之後的鈔本。陸心源"影寫南宋本"的注文，與蜀刻本爲南宋所刊，倒是十分吻合的。皕宋樓藏書，後爲日本人購去，此本隨之東渡，今藏静嘉堂文庫。此本所據之底本既然還幸存中土，則其價值也就相對減半了。

（三）統籤本。胡震亨《唐音統籤》所收《杜荀鶴詩》五卷，編卷七百五十六至七百六十，戊籤餘六，刻本。首卷五律六十九首，第二卷五律五十六、五排二，第三卷七律六十七，四卷七律七十三，五卷七排一、五絶四、七絶五十，共三百二十二首，殘句二。此本所據底本，胡氏没有交代，然從文字方面看，應爲汲古閣本，故並其訛誤亦照樣沿襲。如宋蜀本五律《贈歐陽明府》"回舟亦惆悵"，"亦"字，汲古本作"卻"，此本也作"卻"。宋蜀本七律《送韋書記歸京》"從來有别非無淚"，"有别"，汲古閣本誤作"有淚"，此本便亦訛作"有淚"，等等。這表明此本乃是以汲古閣本爲底本編輯而成的。唯胡氏在汲古閣本分體的基礎上，進一步作了分類，即將每一詩體各詩，依照内容和題材再加分類，故編次已與汲古閣本迥異。不過胡氏重編此本時，文字上也作了校勘，如汲古閣本七律《題開元寺門閣》"歲月如波只暗遊"，"暗遊"，統籤本校改作"暗流"；七律《贈彭蠡釣者》"只將波上漚爲侶"句，"漚"字，統籤本改作"鷗"，皆是，等等。然而由於一時不慎，此本又增加了一些新誤。如汲古閣本七律《維揚春日再遇孫侍御》"多情御史應嗟見"句，可見題中"侍御"是對的，然此本卻改作"侍郎"，當誤。此本輯補佚詩五律《亂後送友人歸湘中》與《送紫陽僧歸廬岳舊寺》二首，七律《自江西歸九華》一首，七絶《小松》與《無雲雨詩》二首，對荀鶴集的完善和流傳頗有貢獻。

（四）馮鈔本。明末馮彦淵家鈔《杜荀鶴文集》三卷，國圖藏。每葉格欄外有"馮彦淵撰本"五字。清初馮武跋此本曰："此予家藏南宋板鈔本，癸卯春仲，借得隱湖毛氏北宋版細校一過，異同處悉兩存之，海虞馮武。"（已見）"癸卯"爲康熙二年（一六六三）。由此跋可知，此本出自南宋刻《杜荀鶴文集》三卷，而且又用毛氏所藏蜀刻本對勘一過，其版本價值可想而知。此本後歸葉坦，葉氏跋此本云："馮氏書法爲臨池正傳，此卷其所鈔本也，遒勁流麗，出入鍾王，不知何時流落蔽篋，半充脈望之腹。頃因曬書檢得，深悲其遭際之失所也，拔登鄴架，眠食與俱。又慮其糜蠹之難存也，特爲裱而裝之，以壽於世。其詩雖晚唐，直入風雅，亦工部之的派也。佳章妙筆，可稱合璧。乾隆十年九月庚午朔居由葉坦跋。"（《愛日精廬藏書志》卷二九，頁五二二）可見此本不僅在文字方面保存了兩種宋本原貌，而且書體美觀，頗益閱覽。

（五）綿紙寫本。明綿紙寫本《唐風集》上中下三卷。此本爲近代徐梧生所藏，傅增湘曾藉以校清席啓寓刻《唐詩百名家全集》所收《杜荀鶴詩集》三卷（詳下），故《藏園群書題記》卷十二著録甚詳。此本卷上收今體五言百二十六首，卷中今體七言百四十，卷下今體五七言絶句五十二（實五十一首），共三百十七首。這個數字，與汲古閣本首數恰恰相等，只是汲古閣本卷上脱一首，此本卷下脱一首。此本與席本的異同，傅氏曾詳加記録，一是收詩互有缺失，此本出席本外者爲五律《維揚冬末寄幕中二從事》一首；席本有而此本無者爲五律《和吴太守罷郡山居偶題二首》、《亂後送友人歸湘中》，七絶《旅舍遇雨》一首。二是顧雲《序》，此本有若干文字，比汲古閣本和席本都要優長。如“遁者來隱者出”，“遁”不誤“遥”（案宋蜀本亦誤作“遥”，汲古閣本則作“遠”）。“摧幢折角”，“幢”不誤“撞”（案宋蜀本不誤）。“萬象貪於抉剔”，“貪”，不誤“貧”（案宋蜀本作“探”）。三是各卷詩句，亦多有優勝者。傅氏曾假鄧正闇藏季滄葦舊寫本校席本，訂正不下千字，再以此本校之，其佳字爲季氏舊寫本所無者亦不少。如《贈元上人》“石徑人稀蘚色交”，“徑”不誤“榻”（案宋蜀本亦作“榻”）。《下第東歸道中作》“心火不銷雙鬢雪”，“雙”不誤“霜”（案宋蜀本亦不誤）。《哭劉德仁》“便是命奇人”，“奇”不誤“羈”（案宋蜀本亦作“羈”）。《自叙》“平生肺腑無言處”，“肺”不作“藏”（案宋蜀本亦作“藏”），等等。從此本爲分體編次的情形看，此本亦當出於書棚本，與汲古閣本同源，而文字方面則較汲古閣本爲優。

清代荀鶴集刻刊和傳鈔的本子，其主要版本有以下幾種：

（一）季氏稿本。季振宜輯《全唐詩稿本》所收《杜荀鶴詩》三卷。季稿中的荀鶴詩，乃是將汲古閣刻《四唐人集》之《唐風集》三卷原刻入編，故三卷詩的編次與汲古閣原編完全相同。然後於首卷《贈李蒙叟》後輯補遺詩《和吴太守罷郡山村偶題二首》，於《維揚冬末寄幕中二從事》後輯補《亂後送友人歸湘中》、《送紫陽僧歸廬岳舊寺》二首；於第三卷後輯補《梁王坐上賦無雲雨》、《小松》、《醉書僧壁》、《寄李隱居》四首，凡補遺詩八首，總共三百五十首，一時成爲收詩相對完備的本子。文字方面，季氏也做了校勘。季氏不僅藏有宋蜀本，而且《季滄葦藏書目・延令宋版書目》還著録有“杜荀鶴《唐風集》上中下三卷一本”，此宋本《唐風集》，應即書棚本。季氏以此兩種宋本及《才調集》、《文苑英華》、《樂府詩集》、《唐詩紀事》進行校勘，異文記於天頭或字裹行間，因而《稿本》的文字較汲古閣本優勝。如汲古閣本《訪道者不遇》“沙泉鹿跡新”，“沙泉”，宋蜀本作“泉沙”，意較勝，季氏據改，甚是。汲古閣本《題田家翁》，宋蜀本作《題田翁家》，揆之題意，作《題田翁家》是，季氏據改，良是。汲古閣本七絶《闕試後筵上别同人》“明朝奉地與吾鄉”，“奉地”，宋蜀本作“秦地”，揆之詩意作“秦地”是，季氏據改，極是，等等。季氏在文字方面集衆本之長，有他本不可替代的優點。當年傅增湘曾疑心季氏鈔本，“乃彙集各本擇善而從，故佚詩異文往往比别本爲多”，且斷定"其後《全唐詩》之輯即取資於是焉"(《藏園群書題記》卷十二《校明鈔唐風集跋》,頁六四一)。其實傅增湘所猜測的季氏"鈔本",就是《全唐詩稿本》,不過它並非鈔本,而是一個用通行的本子校勘而成的"稿本"。

(二)席刻本。席啓寓輯刻《唐詩百名家全集》所收《杜荀鶴詩集》三卷。據葉燮《唐詩百名家全集序》所云,席氏刻《唐詩百名家全集》,所據"皆係宋人原本,一一校讎而付之梓"。今檢視此集,乃不分體本,共三百十八首,與宋蜀本對勘,編次幾乎完全一致,唯自《獻長沙王侍郎》至《冬末投裴侍郎》八首編次與宋蜀本稍異。就文字方面看,五律《和吴太守罷郡山村偶題二首》其一"池禽浴荷動"句,"浴"字,宋蜀本亦作"浴",而書棚本一系的本子誤作"欲";此本《亂中送人歸湘中》,書棚本一系的本子奪"歸"字,而此本與宋蜀本皆有"歸"字。可見此本當出於宋蜀本或其衍生的本子。然而此本也作了校勘,如此本《亂後出山逢高員外》"名姓暗投心相祝"之"投"字,蜀刻本作"頭";此本《酬張員外見寄》"一枝何校一年遲"之"枝"字,宋蜀本作"校";此本《獻新安于尚書》"九土雄師竟如何"之"土"字,宋蜀本作"士";此本《送人牧江州》"深要使君知"之"君"字,宋蜀本作"老";此本《哭貝韜》之"貝"字,宋蜀本作"具";此本《秋日懷九華舊隱》"吾道在五字"之"五字",宋蜀本作"吾子",等等,兩相比較,此本更合理一些,這説明此本在翻刻時曾作過校勘。不過目録内自《塞上曲》至《贈隱者》共四十八首,由於翻刻時不慎,將其弄丢了。然而白璧微瑕,比較而言,在明清翻刻的衆多不分體本荀鶴集中,此本還是較好的一種。

(三)全唐詩本。康熙敕修《全唐詩》所收《杜荀鶴詩》三卷。《全唐詩》是在胡震亨《唐音統籤》和季振宜《全唐詩稿本》兩書的基礎上修訂而成的。而全唐詩本《杜荀鶴詩》三卷,則是將季氏《稿本》中的杜荀鶴詩悉數入編,再據統籤本增補遺詩《自江西歸九華》一首,殘句二聯編纂而成的,故共三百二十六首,殘句二,分編爲三卷。所以此本編次與《季稿》完全相同,且成爲一時收詩最多的本子。文字方面,《全唐詩》編臣據《統籤》和其他善本重加校勘,因此文字較《季稿》更精。如七律《獻鄭給事》,汲古閣本、《季稿》題中均缺"給"字,編臣據校本補之,甚是。汲古閣本、《季稿》七律《題開元寺閣》"歲月如波只暗游"句,"暗游",宋蜀本作"暗流",揆諸文意,作"暗流"是,編臣據改。汲古閣本、《季稿》七律《贈彭蠡釣者》"只將波上漚爲侶"句,"漚"字,宋蜀本作"鷗",甚是,編臣據改,甚是,等等。《全唐詩・凡例》云:

“詩集有善本可校者，詳加校定。”此本隨行夾注不少校文，表明當時編臣確曾以善本校勘過，有實貴的參考價值。不過《全唐詩》仍然有一些訛誤未加改正，如七律《送韋書記歸京》“從來有淚非無淚”，“有淚”二字，宋蜀本作“有別”，甚是，而編臣未及改正。但總的來看，此本的優長還是非常明顯的。

（四）四庫本。乾隆敕修《四庫全書》所收《唐風集》三卷。此本卷前首館臣《提要》，次顧雲《序》，卷後録毛晉《唐風集跋》。各卷卷端次行題“唐風集卷某”，三行下方具款“唐杜荀鶴撰”。詩分體編次，卷一標“今體五言凡一百二十六首”（實止一百二十五首），卷二標“今體七言一百四十首”，卷三標“今體五言七言絶句五十二首”，皆與汲古閣本相同；且卷一闕一首，實百二十五首，故此本共三百十七首，亦與汲古閣本相同。此本卷後既録有毛晉《跋》，分卷、分體、首數、文字等又均與汲古閣本同，可見乃是據汲古閣本録入者，屬於書棚本一系的本子，則是確定無疑的。

（五）全五代詩本。李調元編《全五代詩》所收《杜荀鶴詩》三卷。《全五代詩・凡例》云：“杜撰無徵，素心所鄙。是書採用書目凡三百種，今並列左方以便考訂者互相查對。”檢其《編引書名》有《唐風集》、《全唐詩》、《唐音統籤》、《唐音戊籤》等，可知《全五代詩》中的荀鶴集是以《唐風集》三卷爲底本，再參校其他本子編纂而成的。此本雖屬分體本系統，但具體分卷的情形卻與其他分體本不同，此本將五律（含五排）編爲一卷，部分七律編爲一卷（凡九十六首），而將其餘的七律（凡四十四首，含七排）與五七言絶句編爲一卷，共三百四首。此本一般不收其他本子輯補的佚詩，可見對佚詩補入之謹慎。文字方面，此本也時有獨特之處，如《題覺禪和》“少見修行德似師”句中的“德”字，不作“得”；《獻長沙王侍郎》“未如耕釣门分明”句中的“门”字，不作“口”（見光緒刻本），意似更勝。正因爲如此《全五代詩》中的荀鶴詩，也是一個自具特色的本子。

新中國成立後，荀鶴集的整理本有一九五九年四月中華書局上海編輯所出版的校點本《唐風集》三卷。此本將《貴池唐人集》所收《唐風集》三卷與《聶夷中詩》合刊，斷句排印，並以《全唐詩》參校，雖補正不少，但舛誤處仍然很多。貴池本校改汲古閣顧《序》訛誤達二十餘處，然而此本唯據《四庫總目提要》删去末尾六十餘字，其餘一仍汲古閣本之誤，這無疑是一個缺陷。文字方面，《題唐興寺小松》“向客滿襟風”句，“滿”字下注脱“《全唐詩》

注云”五字。《送九華道士游茅山》“忽起他山興”句,“他山”,《全唐詩》作“地仙”,貴池本作“地山”,排印本於此無校記加以説明,等等,可見疏忽還是不少的。

【參考文獻】汪長林《杜荀鶴詩集版本源流考述》,《文獻》二〇〇二年四期

張蠙集

張蠙(八五〇? ～九二〇?)字象文,郡望清河(今屬河北),家居池州(今安徽貴池)。幼穎悟能詩,長與許棠、張喬、周繇號“九華四俊”,與鄭谷、喻坦之等又號“咸通十哲”。昭宗乾寧二年乙卯(八九五)登進士第,釋褐校書郎,歷官櫟陽尉、犀浦令等。唐末世亂入蜀,官前蜀膳部員外郎、金堂令而終。

蠙有詩名,其集《崇文總目》著録《張蠙詩》一卷,晁公武《讀書志》、陳振孫《書録解題》、《宋史・藝文志》著録同,唯《新唐書・藝文志》著録《張蠙詩集》二卷。以上各本今皆無傳,無從考知其具體面貌。然宋有書棚本《張蠙詩集》一卷,明人金俊明有鈔本,卷末有牌記一個“臨安府棚北大街睦親坊南陳宅書籍鋪印”,表明此本所據乃宋書棚本,共八十一首,詩不分體,起《長安春望》,止《華山孤松》,元以後所傳張集多祖此本,可見此本影響之大。

元明時期刊刻和傳鈔的張集主要版本有以下幾種:

(一)金鈔本。明金俊明鈔《張蠙詩集》一卷,今藏國圖。此本與《周賀詩集》合鈔一册,故封面題籤“唐張蠙周賀詩集”,下方鈐有“俊明明懷”、“不寐道人”二印。金俊明字孝章,號不寐道人,又號耿庵,蘇州人,好録異書,工詩能書畫。《周賀詩集》卷後有金氏跋曰:“甲辰冬十月耿庵借抄重校。”下鈐“金俊明印”一方。金氏鈔竣後,前後兩校此本,可見態度審慎,文字準確。然此“甲辰”爲明代何時之甲辰?考此本封面右上方鈐有“吴門陳琦家珍”朱文記,陳琦字粹之,成化進士,官至貴州副使,吴門乃蘇州别稱。故金氏所署之“甲辰”,至遲爲成化二十年甲辰(一四八四),若爲下一甲辰(嘉靖二十三年甲辰,一五四四)金氏方鈔成此書,則待此本從金家散出,陳琦恐

來不及將此本收歸己有，即該辭世了，所以此本應爲成化以前所鈔。至於此本所據底本，據卷末牌記“臨安府棚北大街睦親坊南陳宅書籍鋪印行”，可證此本所據乃宋書棚本，故彌足珍貴。卷前有《唐才子傳・張蠙傳》一則，當爲金氏據他本録入。此本自金家散出後，清代先爲何焯所得，繼又歸黄丕烈，故卷前有黄氏題詩一首，卷後有黄跋一則。黄氏曰：“甲戌（嘉慶十九年，一八一四）六月，聞顧竹君家遺書散出，有舊鈔唐人小集數十種在友人處。因尋蹤獲見，遂借歸，録其目内余家所無者一二種而已。此集向無舊刻覆校，卷中墨校出於耿庵，硃校出於義門，並多以意改正。兹取顧本校之，大有佳處，識於上下方。用小圈記出者，顧本所獨，似較勝也。復翁。”（又見《黄丕烈書目題跋》，頁一六七至一六八。文字小異）是金氏此鈔再經黄丕烈用顧氏鈔本校勘，文字更具參考價值。黄氏之後，此本爲汪士鐘收得，卷題下鈐有“汪士鐘藏”印記可證。輾轉至清末，又爲常熟瞿鏞收得，故卷題下有“鐵琴銅劍樓”鑒藏印記，瞿氏曰：“《張蠙詩集》一卷，舊鈔本……此從宋本寫出，止有一卷，卷末有‘臨安府棚北大街睦親坊南陳宅書籍鋪印行’一行。黄丈蕘圃云：‘書棚本皆廿行、行十八字，所見宋刻唐人小集皆如是。舊爲金孝章藏本，義門何氏得之，復以宋本校過。册首有“俊明明懷”、“不寐道人”二朱記。’”（《鐵琴銅劍樓藏書目録》卷十九，頁二九三）新中國成立後，瞿氏後人將此本捐獻給北京（今國家）圖書館。此本卷題下還有“大石山人藏書印”、“顧元慶印”、“燕巢”等印記，可見世人之寶愛。此本共八十一首，起《長安春望》，止《華山孤松》。不過此本文字有明顯欠妥處，如七律《贈水軍都將》“裁詩榭迥冰膠筆”句，“詩”字，季氏《稿本》（詳下）作“書”。如五律《題紫閣院》“將回若不能”句，“若”字，《文苑英華》作“欲”，意似勝。五律《送友人歸武陵》“别島垂橙實，閒田長荻芽”句，“荻芽”，《文苑英華》作“荻花”；揆之詩意，橙既垂實，時已至秋，蘆荻皆已放花，故“荻芽”非是。再如五律《哭建州李員外》“溪猿苦舊時”句，“苦”字，《文苑英華》作“哭”，似是，等等。但這些訛誤皆細微之處，且較易糾正。

（二）朱警本。嘉靖十九年庚子（一五四〇）朱警輯刻《唐百家詩・晚唐四十二家》所收《張蠙詩集》一卷。半葉十行十八字，左右雙欄，白口單魚尾下鐫“張蠙詩”字樣。存詩八十一首。起《長安春望》，止《華山孤松》，與金鈔本相同。此本文字也多同於金鈔本，如七律《贈水軍都將》“裁詩榭迥冰膠筆”句，“詩”字，此本同，而季氏《稿本》（詳下）作“書”。五律《送友人歸武陵》"别島垂橙實，閒田長荻芽"句，"荻芽"，此本同，而《文苑英華》作"荻花"。五律《題紫閣院》"將回若不能"句，"若"字，此本同，而《英華》作"欲"，意似勝。如五律《哭建州李員外》"溪猿苦舊時"句，"苦"字，此本同，而《英華》作"哭"，似是，等等。可見此本與金鈔本當爲同源本，金鈔本既出自書棚本（已見），則此本亦應是據書棚本翻刻者，可無疑也，版本價值頗高。

（三）明仿宋本。明仿刻宋書棚本《張蠙詩集》一卷。半葉十行十八字，左右雙邊或四周單邊，白口單魚尾下有"張蠙集"字樣，卷端首題"張蠙詩集"，次行即爲《長安春望》一首。此本收詩、編次均與金俊明鈔本同，文字也與金氏本相差甚微，可見是據宋書棚本翻刻者。只是偶有脱字，表明所據底本有殘損，或原本即有缺脱。此本書寫比較草率，刻印也較粗疏，當爲明本中的下駟，蓋爲萬曆以後所刻者。臺灣商務印書館一九七三年出版王雲五主編《景印岫廬現藏罕傳善本叢刊》所收明刊《張蠙詩集》一卷，即據此本影印，然唯存詩五十八首，另六首殘損，較金氏本脱去十七首，知所據乃一殘本。

（四）四十七家本。明鈔《唐四十七家詩》所收《張蠙詩集》一卷，藏國圖。此本文字多同於席本（詳下），二者當同出一源。如此本七律《投所知》"劣馬每尋商嶺路"句，"每"字，席本同；而金鈔本、統籤本、季氏《稿本》、江本（均詳下）作"再"。"病舟重寄越溪濱"句，"病"字，席本同；而金鈔本、統籤本、季氏《稿本》、江本作"扁"，似是。如七律《逢道者》"昔時親種樹皆老"句，"時"字，席本同；而金鈔本、統籤本、季氏《稿本》、江本作"年"，等等。然此本文字偶有訛誤，如五律《送徐州薛尚書》"軍自海來雄"句，"海"字，金鈔本、統籤本、季氏《稿本》、席本、江本皆作"漢"，似是，此本誤，等等。而席刻本出自朱警一系的本子，因知此本亦是據朱警或其近似的本子鈔出者。

（五）統籤本。胡震亨《唐音統籤》所收《張蠙詩》二卷，編卷七九〇至七九一，戊籤餘三十六，刻本。此本詩分體，凡七古一首、五律五十三、五排三、七律二十四、七絶十九，共百首，較金鈔本溢出十九首。此本文字與朱警本相差甚微，蓋據朱警本增補遺詩後編輯而成的。此本偶有脱漏，如五律《送徐州薛尚書》"論詩□立功"句，缺第三字；"遠驛□寒日"句，缺第三字。五律《送友人赴涇州幕》"□有□塵動"句，缺第一、第三字。五律《盆池》"□處離松影"句，缺第一字，等等，蓋因所據底本如此，惜胡氏未能補足之。此本題下及字裏行間有不少注文和校記,頗富參考價值,如五律《别後寄友生》,題下原無注文,胡氏增注曰:"一作崔櫓詩。"七律《錢塘夜宴留别郡守》"蝦蟆更促海城寒"句下,注曰:"郝天挺云:'江南以木柝警夜曰蝦蟆更。'"這些對弄清張蠙詩的重出及理解詩歌的内容大有裨益。

清代傳抄和刊刻的張蠙集,其主要版本有以下幾種:

(一)席刻本。康熙四十一年壬午(一七〇二)席啓寓琴川書屋輯刻《唐詩百名家全集》所收《張蠙詩集》不分卷。半葉十行十八字,左右雙欄,白口單魚尾下鎸"張蠙集"字樣。卷端首題"張蠙詩集",下接正文。詩不分體,起《長安春望》,止《華山孤松》,與朱警本同;共八十一首,首數亦同朱警本。此本文字也多同於朱警本,如朱本七律《贈水軍都將》"裁詩榭迴冰膠筆"句,"詩"字,此本同;而季氏《稿本》(詳下)作"書"。朱本五律《送友人歸武陵》"别島垂橙實,閒田長荻芽"句,"荻芽",此本同,而《文苑英華》作"荻花"。朱本五律《題紫閣院》"將回若不能"句,"若"字,此本同,而《英華》作"欲",意似勝。朱本五律《哭建州李員外》"溪猿苦舊時"句,"苦"字,此本同,而《英華》作"哭",似是,等等。可見此本應是據朱警本或其近似的本子翻刻者。此本文字偶有訛誤,如七律《投翰林張侍郎》"靈椿還長細枝條"句,"長"字,明鈔本、統籤本作"向",此本誤。

(二)全唐詩本。康熙敕編《全唐詩》所收《張蠙詩》一卷。《全唐詩》主要據《唐音統籤》和季振宜《全唐詩稿本》二書編輯而成。季氏《稿本》所收《張蠙詩》一卷,乃鈔本,季氏又於卷首補入五律《登單于臺》、《寄友人》二首編輯而成的,故共百首,計五律五十三首、七律二十五、五排三、七絶十九。不過《寄友人》一首,原集中已有,遂致重出。此本文字季氏也作了校勘,如五律《過蕭關》"曉戍殘烽火"句,"烽"字,原作"衙",金鈔本、統籤本、席本同,季氏徑改作"烽"。如七律《言懷》"十年聲沉覺自非"句,"年"字原無校文,季氏據校本於旁出校一"載"字。五律《叢葦》"曾折打魚船"句,季氏於"打魚"二字旁出校"釣罾"二字,等等。不過由於鈔手不慎,此本又生出了一些新誤,季氏卻未校出,如七律《投翰林蕭侍郎》頷聯"靈湫豈要魚棲浪,仙桂那容寄鳥枝",對句之"寄鳥"與出句之"魚棲",二者顯然構不成對偶,季氏未加校改;而金鈔本、統籤本、席本皆作"鳥寄",良是,等等。康熙敕修《全唐詩》中的《張蠙詩》一卷,便是將季氏《稿本》中的《張蠙詩》一卷悉數收入,删去補佚中重出的《寄友人》一首,調整了個别詩的編次,再增補佚詩

《送友尉蜀中》、《長安寓懷》、《費徵君舊居》三首編輯而成的，故《全唐詩》共百二首。文字方面編臣作了進一步校勘，如季氏《稿本》五律《送友人及第歸》，題下原無校記，編臣據《統籤》等參校本於題下出校曰："一本題下有'新羅'二字。"這一校記，對理解此詩大有幫助。再如《稿本》七律《投翰林蕭侍郎》頷聯"靈湫豈要魚棲浪，仙桂那容寄鳥枝"，編臣據《統籤》等校本將對句之"寄鳥"改作"鳥寄"，以糾正此聯失對之誤，甚是，等等，使得《全唐詩》的文字更加精粹。

（三）江標本。光緒二十一年乙未（一八九五）江標影刻《唐人五十家小集》所收《張蠙詩集》一卷。此本内封面題"張蠙詩集"，左方有"江氏得南宋書棚本精刻"。半葉十行十八字，左右雙邊，白口單黑魚尾下署"張蠙詩"或"張蠙"。此本共八十一首，起《長安春望》，止《華山孤松》，收詩數量、編次等與金鈔本完全相同，文字也多同於金鈔本，故應是據書棚本一系的本子，亟可能是朱警本翻刻者，因江氏往往將朱警本誤作書棚本。此本文字有明顯訛誤處，如七律《贈李司徒》"承家柘定隴關西"句，"柘"字，金鈔本、統籤本、席本皆作"拓"，良是；此本誤。七律《觀江南牡丹》"不許新裁滿六宫"句，"裁"字，金鈔本、席本、統籤本皆作"栽"，甚是；此本誤。此本七絶《古戰場》"荒骨潛銷疊已平"句，"疊"字，統籤本、席本、季氏《稿本》皆作"壘"，是，此本誤。此本五律《送友人歸武陵》"别島垂橙實，閒田長荻芽"句，"荻芽"，季氏《稿本》作"荻花"；揆之詩意，橙既垂實，時已至秋，故"荻芽"非是。此本五律《過山家》"雲深燈火曙"句，"火"字，金鈔本、席本等皆作"失"，甚是；此本誤。此本五律《宿山驛》"荒里悄無鄰"句，"里"字，金鈔本、席本、統籤本、《稿本》皆作"壁"，甚是，此本誤。此本五律《白菊》"秋天木葉訖"句，"訖"字；金鈔本、統籤本、席本、季氏《稿本》作"乾"，良是，此本誤，等等。此本亦偶有脱漏處，如七律《獻所知》"登龍不敢懷他□"句，缺末一字；統籤本作"望"、季氏《稿本》作"願"。此本七律《送盧尚書赴靈武》"屬郡無非□將除"句，缺第五字；統籤本、季氏《稿本》作"大"，席本作"上"。此本七律《贈江都鄭明府》"兵亂幾年□劇邑"句，缺第五字，席本、季氏《稿本》亦缺；統籤本作"臨"。此本七律《喜友人日南迴》"洞□宛蛇出樹飛"句，缺第二字；金鈔本、席本、季氏《稿本》亦缺，統籤本作"黑"。"共迴還客□輕肥"句，缺第五字；金鈔本、席本、季氏《稿本》亦缺，統籤本作"半"。此本七律《贈南昌宰》"每鋤□弊同荆棘"句，缺第三字，金鈔本、統籤本、季氏《稿本》作"奸"，席本作“積”。此本五律《送縉雲尉》“晴□案上多”句，缺第二字；金鈔本、統籤本、席本、季氏《稿本》作“峰”，等等，凡缺七字。

鄭谷集

鄭谷（八五一～九一二?）字守愚，袁州宜春（今江西宜春）人。幼承家學，七歲能詩，僖宗光啓三年丁未（八八七）進士及第，昭宗景福初釋褐鄠縣尉，歷官右拾遺、補闕等，遷都官郎中，乾寧三年丙辰（八九六）隨駕出奔華州，天復初又隨駕鳳翔。後歸隱宜春仰山東莊書堂，悠遊而終。

鄭谷詩名早著，賦詠頗多，隨駕華州期間，寓居雲臺道舍，手編其集，因名《雲臺篇》，其《雲臺編自序》略曰：

> 谷勤苦於風雅者，自騎竹馬年，則有賦詠，雖屬對聲律[永]〔未〕暢，而不無旨諷……遊舉場凡十六年，著述近千餘首，目可者無幾。登第之後，孜孜不勞，甚於始學也。喪亂奔離，散墜略盡。乾寧初上幸三峰，朝謁多暇，寓止雲臺道舍，因以所記得章句，綴於箋毫，或得於故侯屋壁，或聞於江左近儒，或秖省一聯，或不知落句，遂拾墜補遺，編成三百首，分爲上中下三卷，目之爲《雲臺編》。所不能自負初心，非敢矜於作者。（四部叢刊續編本《鄭守愚文集序》）

據此可知《雲臺編》乃因地得名，上中下三卷，每卷百首，共三百首。由於舊稿“喪亂奔離，散墜略盡”，故此三百首或得自記憶，或録自屋壁，或聞於江南士子，致使有的詩殘缺不完，經過“拾墜補遺”，方始纂成此集，時鄭谷約四十六歲左右。此後復隨駕鳳翔，又退居終老，其間十餘年，當仍有詩作不少。然現存材料表明，鄭谷晚年並未重行編輯自己的作品，所以晚唐五代世上流行的除《雲臺編》三卷外，尚有集外作品傳世（詳下）。

宋世，《崇文總目》卷六十一著録“《雲臺編》三卷”，又“鄭谷《宜陽外集》一卷”。晁公武《讀書志》卷十八於《雲臺編》三卷外，又有“《宜陽外編》一卷”。這《宜陽外集》或《宜陽外編》，當爲他人所編。然而《新唐書・藝文志四》除著録《雲臺編》三卷外，還有“《宜陽集》三卷”。有學者懷疑《宜陽集》三卷著録有誤，雖不無道理，但事情並非那麼簡單。今案《宜陽集》，《新唐書・藝文志四》“總集”亦有著録，然爲五代劉松所編，凡六卷，並非只有三卷，且下有小注曰："松字嵇美，袁州人，集其州天寶以後詩四百七十篇。""宜陽"即鄭谷家鄉"宜春"，東晉太元元年（三七六）因避鄭太后名諱曾改稱"宜陽"。《宜陽集》亦非谷一人所著，而是天寶至五代宜陽諸多詩人作品之總集。民國《宜春縣志》卷二十《藝文》曰："按諸《志》載谷詩，於《雲臺編》三卷外，又云有《宜陽集》三卷。考《宜陽集》，邑人劉松輯，其輯谷詩三卷即《雲臺編》詩，非宜陽另有一集。"是《宜陽集》六卷中有半數爲《雲臺編》詩，《新唐志》著録谷集，於《雲臺編》三卷外，又曰《宜陽集》三卷，顯然是不妥當的。然《新唐志四》既於"總集類"著録劉松《宜陽集》六卷，又於"别集類"《雲臺編》下著録《宜陽集》中屬於谷作的卷數，顯然屬於目録學上的"互注"。章學誠《校讎通義》卷一《互著第三》曰："古人著録……至理有互通、書有兩用者，未嘗不兼收並載，初不以重複爲嫌；其於甲乙部次之下，但加互注，以便稽檢而已。……一家本有是書而缺而不載，於一家之學，亦有所不備矣。"（《文史通義校注》，中華書局一九九四年三月版，頁九六六）互注法始於劉歆《七略》，以後形成優良傳統。《新唐志》既於"總集類"著録劉松《宜陽集》六卷，又於"别集類"谷集《雲臺編》下著録《宜陽集》三卷，其互注之意甚明。唯稱"《宜陽集》三卷"則顯然不妥，若於《雲臺編》三卷下，指明《雲臺編》三卷又見於《宜陽集》，則無憾矣。《新唐志》此誤，影響久遠，元辛文房即謂鄭谷"編所作爲《雲臺編》三卷，歸編《宜陽集》三卷，及撰《國風正訣》一卷……今並傳焉。"（傅璇琮主編《唐才子傳校箋》卷九，頁一七〇）辛氏謂《宜陽集》三卷乃谷歸鄉後自己所編，顯然是沿襲了《新唐志》著録之誤；辛氏又謂《宜陽集》與《雲臺編》及《國風正訣》"今並傳焉"，言之鑿鑿，似若親見，其實是靠不住的。

至於《崇文總目》與晁氏《讀書志》著録之《宜陽外集》或《宜陽外編》一卷，情形就不同了。《宜陽集》既爲劉松所編，則"宜陽外集"之名，蓋與《宜陽集》有關。揆諸情理，劉松既與鄭谷爲袁州同鄉，其所編《宜陽集》六卷，又是"集其州天寶以後詩四百七十篇"而成，故其於谷詩當盡事搜討，除盡數收録《雲臺編》三卷入《宜陽集》外，於乾寧以後谷之作品，劉松也絶不會視而不顧。换言之，將鄭谷乾寧以後至去世前的作品彙爲一編者，蓋爲劉松；《崇文總目》著録的《宜陽外集》一卷，蓋劉松所編。稍後，迨宋仁宗至和元年（一〇五四），祖無擇撰《都官鄭谷墓表》曰："有《雲臺編》與《外集》凡四百篇行焉。"《雲臺編》既有詩三百篇，是《外集》一卷恰爲百篇。此四百篇，則爲宋仁宗時鄭谷傳世作品的全部。金兵入侵，宋室南渡，迨紹興末，袁州教授童宗説刊行谷集時，《外集》百篇僅存其半（詳下）。到南宋中期以後，刊行的谷集已無《外集》，今仍傳世的蜀刻本即是明證。陳振孫《書録解題》卷十九著録的《雲臺編》三卷，亦無《外集》，可見《外集》已湮滅無傳。《宋史·藝文志七》雖著録"《宜陽集》一卷，又《鄭谷詩》三卷，又《詩》一卷，《外集》一卷"，然而《宋志》乃雜湊宋代幾部官目而成，並非元時藏書的實録，不足爲據。總之唐宋兩代，谷集通行本爲《雲臺編》三卷、《外集》一卷；南宋中期以後《外集》一卷失傳，部分作品併入《雲臺編》三卷中（詳蜀刻本），故南宋中期以後，《雲臺編》雖仍爲三卷，然已非谷原編之舊了（詳下）。

宋槧谷集，今知者凡三種：袁州本、蜀刻本和無名氏本，均刊於南宋。袁州本乃紹興間袁州教授童宗説所刻《雲臺編》三卷《外集》一卷。此本今已無傳，唯存童氏《雲臺編後序》一篇，介紹了宋代谷集的存佚情形及此本的刊刻經過，其略曰：

> 宗説始見《唐書·藝文志》所載鄭谷《雲臺編》三卷，以謂谷之詩盡於此。及考祖擇之所作《墓表》，稱《雲臺編》與《外集》詩凡四百篇行於世。自至和甲午迄今百有七年，《外集》又闕其半，則知谷於道舍詮次之外，著述尚多而傳者寡也……日往月來，殆將磨滅……因典教於此，而重其鄉之先賢之難得也。亟請諸郡邑，葺其墓宇，又得賢使君家藏善本，鋟木流通而序其顛末，所以致區區之意焉。宋袁州教授南城童宗説序。（豫章叢書本《雲臺編》）

宋仁宗第八個年號爲"至和"。祖氏《墓表》即作於至和元年甲午（一〇五四），其時《雲臺編》三卷、《外集》一卷凡四百篇尚完好。自至和元年下迨南宋高宗紹興三十一年辛巳（一一六一），恰爲百有七年，而谷集"日往月來，殆將磨滅"，可見南宋初傳本已稀。不寧唯是，童氏所得郡守家藏本《外集》"又闕其半"。郡守家藏本，當刊於北宋抑或兩宋之際，若是則《外集》之散佚，殆始於兩宋兵燹間。下迄南宋初正集三卷尚完好，《外集》則僅存五十首，此即袁州本的明顯特點。晁公武《讀書志》所録"《雲臺編》三卷、《宜陽外編》一卷"，蓋即此類本子歟？

蜀刻本《鄭守愚文集》三卷，今國圖有藏，宋公私書目均未著録。半葉十二行二十一字，卷前唯鄭谷《自序》，次《鄭守愚文集標目》，卷後無《外集》。卷一詩百二首，卷二詩七十六，卷三九十八，共二百七十六首，已不足原編“三百篇”之數。此本目録卷題下及正文上下兩卷卷題下，均有“雲臺編”三字，這表明此本所據底本乃《雲臺編》。然此本收有《雲臺編》纂成以後的作品，如卷三《光化戊午年舉公見示省試春草碧色詩偶賦是題》即是，故趙昌平《鄭谷詩集箋注·前言》謂此本亦非《雲臺編》三卷之舊。《中國版刻圖録》、《宋蜀刻本唐人集叢刊·影印説明》，均判此種十二行蜀刻本唐人集爲南宋中期所槧。若是，則《外集》散逸，其部分作品羼入《雲臺編》，乃始於南宋中期。此本彙入《雲臺編》三卷《外集》一卷的全部作品，尚不滿三百篇之數，可見其時谷詩散逸之甚。此本既合正外集爲一編，且首數不滿三百，是所據並非袁州本，而是蜀中所編的新本歟？此本首末鈐有“翰林國史院官書”長方大朱印，知元代此本深藏於内府。明代革故鼎新，此本轉入内府。明末清初此本流出宫外，爲劉體仁所有，故卷中有“潁川劉考功藏書印”朱文方印、“劉體仁印”白文方印，“公㦷氏”朱文方印等。輾轉至民國間，此本爲周暹所得，故卷中有“周暹”白文方印。新中國成立後周氏將其捐獻給北京圖書館(今國家圖書館)。《續古逸叢書》、《四部叢刊續編》(附有《校勘記》，然所録席本文字有誤)、《宋蜀刻本唐人集叢刊》及《中華再造善本》所收《鄭守愚文集》三卷，均是據此本影印的。

第三種宋槧谷集，乃無名氏刻《雲臺編》三卷，無《外集》或《外編》，陳振孫《書録解題》著録或即此本。此本清初《虞山錢遵王藏書目録彙編·宋版書目》著録之《雲臺編》三卷、徐乾學《傳是樓書目》著録之宋本“《雲臺編》三卷，三本”，均不言附有《外集》，與陳氏《解題》著録者蓋爲此本。傅增湘《藏園群書題記》著録明代一藍格鈔本時，曾述及此本清代尚存，傅氏曰：

> 雲臺編三卷，唐都官郎中鄭谷著，明人寫本，綿紙，藍格，半葉九行，每行二十字。卷首自序，次目録。書籤爲金冬心手翰，全書經何義門先生校勘批點，朱筆燦然，古香異采溢於函帙。義門所校乃據明嘉靖乙未袁郡刻本，又以宋本次第不同者注於闌上。然余曾見蜀刻《鄭守愚集》，取席刻勘正一通，其次第與義門所引宋本皆不合，知何氏經眼者乃别一宋刊也。(《藏園群書題記》卷十二，頁六三八)

據傅氏此言可知，何焯所據“别一宋刊”，由書名看，顯然不是蜀刻本。又何氏所據“别一宋刊”無《外集》，故亦非袁州本。此無名氏宋槧，何焯之後再不見蹤跡。不過據何焯校記，我們可以看到此本的大概面貌（詳下）。

元代谷集不聞有刊本。明代以後因《外集》已散佚，故傳世之谷集多爲不附《外集》的三卷本，亦有明人分體改編的新本子。今擇其主要版本介紹如下：

（一）洪武鈔本。洪武二十二年己巳（一三八九）鈔《雲臺編》三卷，存中下二卷，國圖藏。此本與其他十七家集一併收入《唐十八家詩》，題曰“唐十八家詩二十一卷，明初鈔本，六册”。此本半葉十行十八字，各卷首題“雲臺編卷某”，而尾題“鄭守愚詩卷某”，卷後鈔手題識：“洪武己巳夏四月抄畢。”是此本所據底本，蓋明以前版本無疑，而元代不聞谷集有刻本，故其底本應爲宋槧。此本所存中下兩卷，中卷卷題“雲臺編卷中”之“中”字，已被剜改爲“上”字；中卷之尾題“鄭守愚詩卷中”之“中”字，也被剜改爲“終”字，剜痕清楚可辨。顯然挖改者欲將此本篡改爲上、下兩卷之完本，作僞手段可謂巧矣。此本卷中詩九十六首，卷下七十五首，合計百七十一首。從文字角度看，此本與宋蜀本爲近，且並其訛誤亦照樣沿襲。如蜀刻本卷一之七絶《高蟾先輩以詩筆相市杍成寄酬》“張生故國三千里，知者唯應杜子微”二句，下有小注曰：“杜牧舍人時張祜處士云：‘可憐故國三千里，虚唱歌詞滿六宫。’”題中“市”與“杍”二字，乃“示”與“抒”之訛；詩中“子微”，乃“紫微”之誤。唐以“紫微星”代指翰林學士；小注中“時”字，乃“贈”字之訛。以上三處訛誤，此本悉同。可見此本所據宋本，應爲宋蜀本或與宋蜀本同源的本子。但是將此本中下兩卷，與蜀刻本卷二、卷三對勘，可以發現二本編次全然不同。究其原因，蓋緣此本爲分類本，故二本編次迥異。如此本卷中《越鳥》、《黄鶯》、《失鷺鷥》三首編排在一起，然此三首在蜀刻本中，卻分别在卷一、卷二、卷三。可見此本已將“禽鳥類”詩從底本中録出，按類編排在一起了。再如此本卷下《送田光》、《送進士吴延保及第後南遊》、《送進士王駕下第歸蒲中》、《送進士潘爲下第南歸》、《送進士韋序赴舉》五首編排在一起，然此五首於蜀刻本，其第一、第五兩首在卷一，其第二、第三兩首在卷二，其第四首在卷下，這也可以證明，此本已將“送别類”詩從底本中録出編排在一起。據筆者統計，此本將谷詩大致分爲感興、送别、寄贈、哭吊、訪題、遊覽、行旅、花木、禽鳥、詠物、節慶等十餘類。不過此本分類並不嚴格，相反隨意性較强，故各類詩地劃分並不徹底。如此本卷中既有上述所舉三首“禽鳥類”詩，然相隔其他類别的詩二十餘首後，又有《鷓鴣》、《燕》、《侯家鷓鴣》、《雁》四首禽鳥類詩，而此四首於蜀刻本，前三首在卷一，第四首在卷二。再如此本卷下既有上述所舉五首“送别類”詩，而卷中仍有《送吏部曹郎中免官南歸》、《送張逸人》二首送别詩，此二詩於蜀刻本，後一首在卷一，前一首在卷三。可見此本雖粗有分類，但操作並不嚴格，這正是宋代谷集分類的特點。清席啓寓《唐詩百名家全集》所收《雲臺編》三卷，其中下二卷編次與此本全同，可見所據底本與此本同，故席刻本當同出於宋分類本（詳下）。而席刻本卷上有詩九十九首，此本卷上亦應有詩九十九首。若是，則此本三卷共二百七十首，較蜀刻本少六首，所缺六首當爲分體改編時不慎漏失了。

（二）弘治本。弘治十七年甲子（一五〇四）秦地刻《雲臺編》三卷。此本《藏園群書經眼録》著録曰：“《雲臺編》三卷，唐鄭谷撰。明刊本，十行二十字。前自序大字。有弘治甲子户部主事西秦張潛序，謂侍御沁水常君刻于秦。”（《藏園群書經眼録》卷十二，頁一一〇六）此本原刻今蓋無傳，然國圖所藏清朱彝尊皮藏鈔本内録有張潛《序》一篇，其略曰：“曩先公……嘗出是編以命潛……適侍御沁水常君按秦隴間，閲是編，爰命工刻之梓，未成。燕山杜君來代，竣厥事……弘治甲子歲十一月望日，承德郎户部主事西秦張潛識。”可見此本所據底本，乃張潛父所藏《雲臺編》，沁水常君、燕山杜君先後董其事，遂於秦地鐫成此本。據筆者所知，此本乃明代最早的谷集槧本，故所據底本即張潛父藏本當爲宋槧，且據書名判斷，此本非出於蜀刻本，當爲别一宋本。又此本卷後不附《外集》，故所據蓋爲宋無名氏本。惜此本今已失傳，不能究其版本之詳了。

（三）王鈔本。王鏊鈔《雲臺編》三卷。王鏊字濟之，吴縣人，成化十一年乙未（一四七五）進士，正德間官文淵閣大學士，卒謚文恪。王氏所鈔此本，嘉靖時曾爲嚴嵩所獲，並據以翻刻爲《雲臺編》三卷，嚴氏《雲臺編序》曰：“此集予往得之吴中故少傅王文恪公，公本録自秘閣。予假以歸，手自讎校，正其譌缺三之一，刻之。”據此可知王鈔本並非善本，嚴氏“正其譌缺三之一”方鏤版刊行，可見缺誤還是不少的。嚴刻本卷後還有嚴氏所撰《書後》，其略曰：“予始得都官《雲臺編》，手録刻之……及在秘閣，閲所藏《宜春志集》，有童宗説撰《雲臺編後序》……而祖無擇表其墓……予故並録宗説之文、無擇之《表》，刻附兹集。”據此可見王鈔此本卷後並無附録。然汲古閣鈔本毛晉《跋》，卻誤以爲童氏《後序》與祖氏《墓表》皆王鈔本所原有，毛

《跋》曰："吴中所傳《雲臺編》，迺王文恪公從秘閣抄出，凡三卷，又補遺一十有三首。前有鄭都官《自序》，後有祖刺史《墓表》、童參軍《後序》，洵是善本。"（《愛日精廬藏書志》卷二九，頁五二一）可見毛晉將童《序》、祖《表》皆説成王鈔本所原有，大誤。至於此本所據底本，何焯推測"蓋出於宋刻"（見《藏園群書經眼録》卷十二明鈔本《雲臺編》）。王鈔本既無《外集》，則其所據當非宋袁州本。王鈔本所據亦非蜀刻本（見下嚴刻本），若是，此本所據蓋爲宋無名氏本，抑或與之相近的宋本歟？

（四）嚴刻本。嘉靖十四年乙未（一五三五）嚴嵩刻《雲臺編》三卷。此本國圖所藏有清葉萬校補、清錢興國校、周叔弢校並録清何焯跋。半葉十行二十字，左右雙邊，白口單魚尾。卷前首鄭谷《自序》、次嚴嵩《序》，卷後童氏《後序》、祖氏《墓表》及嚴氏《書後》等。上卷詩百首、中卷九十七、下卷九十三，共二百九十首。嚴《序》略曰：

> 吾袁爲州，僻在江介，波嶺澄複，代有文賢。昔在李唐，藝文特盛。若都官郎中鄭谷，摛藻鑄詞，見推當時。其詩散見各帙。每得一篇，咸可膾炙。獨世罕全集，郡中無傳。稽古者每爲之浩歎……此集余往得之吴中故少傅王文恪公。公本録自秘閣，予假以歸，手自讎校，正其譌闕三之一刻之，庶幾以補是州文獻之闕遺云耳。大明嘉靖乙未夏六月望，袁郡嚴嵩識。（中晚唐詩紀本）

據此可知，嘉靖時谷集已罕傳，不要説宋本，即便弘治本，嚴嵩也未及見。嚴刻所據乃王鏊鈔本。王鈔本既出於宋無名氏本（見上），故此本屬於宋無名氏一系的本子。此本卷後所附童《序》及祖《表》，並非出於王鈔本，而是嚴氏據《宜春志集》録附此本的（見王鈔本）。較之宋蜀本，此本佚去十首：卷一《爲人題》，卷二《次韻和王駕校書結綬見寄之什》、《荔枝》、《峽中》、《順動後藍田偶作》，卷三《江行》、《錦二首》、《乳毛松》、《樗里子墓》等。這也可證明，王鈔本與此本並非出於宋蜀本，否則蜀刻本是斷不會溢出此本十首的。又較之蜀刻本，此本溢出二十四首，且全在卷中：《錦浦》、《乖慵》、《巴江》、《永日有懷》、《南宫寓直》、《讀故許昌薛尚書詩集》、《題汝州從事庭》、《賀左省新除韋拾遺》、《寄左省張起居》、《中秋》、《送舉子下第東歸》、《蜀江有吊》、《恩門小諫雨中乞菊栽》、《寄題詩僧秀公》、《書村叟壁》、《朝謁》、《峨眉山》、《次韻和秀上人游南五臺》、《寄察院李侍御文炬》、《前寄左省張起居一[首]〔百〕言尋蒙唱酬見譽過實卻用舊韻重答》、《槐花》、《偶懷寄臺院孫端公棨》、《小桃》、《嘉陵》等。可見此本與王鈔本的確非自蜀刻本出。此本日本静嘉堂文庫亦有庋藏,見嚴紹璗《日藏漢籍善本書録·集部》,原爲陸心源十萬卷樓中舊物,《皕宋樓藏書志》卷七十一有著録,然卻只有二卷。

(五)朱刻本。明萬曆四十年壬子(一六一二)朱之蕃校刻《晚唐十二家詩集》所收《雲臺編》一卷。十二家中,孟郊爲第一家,鄭谷第二家。將孟集編入晚唐諸家中,顯然不妥,孟郊比韓愈還大十七歲。《藏園群書經眼録》著録有《晚唐十二家詩集》,其略曰:"《晚唐十二名家集》二十五卷,明朱之蕃輯。明萬曆四十年朱之蕃刻本……按:此集刻工殊草草,然唐人小集有爲他刻所無者,姑存之以作勘讎之用。"(《藏園群書經眼録》卷十七,頁一四五三)此本半葉九行十九字,白口單魚尾上頂邊欄鐫"鄭谷集"、魚尾下鐫"卷二"等字樣,版式與朱氏刻《中唐十二家詩》全同。卷前首鄭谷《雲臺編序》、次朱之蕃《序》,《序》末署"時萬曆壬子孟夏之吉,金陵蘭嵎山人朱之蕃書",下有"乙未狀元"、"之蕃"二木記,卷後無附録。卷端題"雲臺編",次行結銜"都官郎中鄭谷著",三行署"江左蘭嵎山人朱之蕃校"。此本收詩篇目、序次全同嚴刻本,文字也與嚴本爲近,唯嚴本三卷,此本扯去卷次,統作一卷而已,顯然出自嚴刻本無疑。

(六)明鈔何校本。明綿紙藍格鈔本《雲臺編》三卷,三册裝,有清何焯朱筆校並跋、清金農題籤,今藏國圖。半葉九行二十字。卷前首《自序》、次目録。卷上詩百二首,卷中百首,卷下九十八,共三百首。前已述及,蜀刻本有詩二百七十六首,較嚴刻本溢出十首。嚴刻本有詩二百九十首,較蜀刻本溢出二十四首。若是,二本兼收者爲二百六十六首,二本彼此互異者三十四首;二本相加,去其重複,恰得三百首。此三百首篇目,恰與此本篇目相合。又蜀刻本卷一起以《别同志》、終以《西蜀净衆寺松溪八韻兼寄小筆崔處士》,此本卷上同。蜀刻本卷一有詩百二首,此本卷上亦百二首,且篇目悉同,唯編次小異。蜀刻本卷三起以《入閣》、終以《宜春再訪芳公幽齋寫懷叙事因賦長言》,此本卷下與之同。蜀刻本卷三詩九十八首,此本卷下亦九十八首,且篇目悉同,唯少數詩編次稍異。蜀刻本卷二起以《舟次通泉精舍》,終以卷末《偶題三首》,此本卷中起訖與蜀刻本同;然蜀刻本卷二有詩七十六首,此本卷中録詩百首,若除去此本卷中溢出的二十四首,其餘七十六首,二本篇目完全相同,編次也大致相同。由此可見,此本乃是以蜀刻本或其衍生本爲底子,將嚴氏本溢出的二十四首補入卷中而成的(參王雲玲《鄭谷詩集版本源流考》)。而合蜀、嚴二刻爲一者,當爲嚴嵩以後之明人。此本清代曾爲何焯所得,故卷中有何焯校跋。何家書散出後,輾轉至近代,此本歸著名版本學家傅增湘,《藏園群書經眼録》著録有此本,曰:"《雲臺編》三卷,唐鄭谷撰。明藍格寫本,九行二十字。何焯以朱筆校,有《跋》録後:'嘉靖乙未袁郡有《雲臺編》刻本,嚴介溪爲序,云得之故少傅王文恪公,公之本録自秘閣本,蓋出於宋刻也。蔣生子遵所收葉丈九來家書中有之,借校一過。康熙辛卯春日焯記。'(余藏)"(《藏園群書經眼録》卷十二,頁一一〇七)據此可知,何焯曾用嚴嵩本校勘過此本。傅氏《藏園群書題記》述此本更詳,其略曰:

> 雲臺編三卷……明人寫本,綿紙,藍格,半葉九行,每行二十字。卷首自序,次目録。書籤爲金冬心手翰,全書經何義門先生校勘批點,朱筆燦然,古香異采溢於函帙。義門所校乃據明嘉靖乙未袁郡刻本,又以宋本次第不同者注於闌上。然余曾見蜀刻《鄭守愚集》,取席刻勘正一通,其次第與義門所引宋本皆不合,知何氏經眼者乃别一宋刊也,而席刻次第又與此明鈔差異。是鄭氏之詩一時乃有四本,彼此咸不相同,其先後傳衍之緒,竟莫由考訂,殊足異矣。(《藏園群書題記》卷十二,頁六三八)

據此,蜀刻本次第"與義門所引宋本皆不合",是清初谷集傳世宋槧不唯蜀刻本一種,尚有另一宋槧存世,而爲何焯用作校本。又席刻本與洪武鈔本同出於宋分體本(詳下),所以此本與席氏本編次也不相同。傅氏因未弄清上述各本的版本淵源關係,故而一時還不明白各本編次互不相同的原因所在,遂有"其先後傳衍之緒,竟莫由考訂"之慨。

(七)李刻本。天啓四年甲子(一六二四)如臯李之楨輯刻《唐詩十家集》所收《鄭郎中集》五卷、《補遺》一卷。李氏槧《唐詩十家集》,《藏園群書經眼録》云凡四十七卷,明天啓四年刊本,"有各家世覈,蓋著其仕歷及雜評詩話之類耳。各卷均刻圈點,亦明人積習。卷後亦附《補遺》"(《藏園群書經眼録》卷十七,頁一四五二)。十家中鄭谷爲第八家。此本《中國古籍總目・集部・别集類・唐五代》亦有著録,作《鄭郎中詩集》,今臺灣"中央圖書館"有藏本。《總目》著録唯書名、卷數、著者及藏處。由於著録過簡,無由知其版本詳情。臺灣大學圖書館亦藏有此本，館藏著録曰："明天啓甲子(四年)李氏刊本。九行十九字，單欄，花口，單黑魚尾……《鄭郎中集》五卷《補遺》一卷。"今案明天啓前，谷集尚無五卷本者。此本五卷，蓋天啓年間新出現的分體本。谷詩凡五體：五律、七律、五排、五絶和七絶，稍後《唐音統籤》和季振宜《全唐詩稿本》所收谷詩皆分五體編次。今此本分五卷編次，蓋每卷一體。此種一體一卷之唐人集，明刻《韓翃集》中即有之，黄丕烈嘗評論此種韓集曰："明知集爲五卷，而必分體爲八卷，一五言古詩、二七言古詩、三五言律詩、四五言排律、五七言律詩、六五言絶句、七六言絶句、八七言絶句，是可笑也。"(《蕘圃藏書題識》卷七，見《黄丕烈書目題跋》，頁一五六)由此看來，谷詩凡五體，此本分爲五卷，蓋一體一卷可無疑也。此本又有《補遺》一卷，收詩應相當完備。

(八)毛鈔本。毛晉汲臺閣鈔《雲臺編》三卷。此本張金吾《愛日精廬藏書志》著録曰："《雲臺編》三卷，舊鈔本，汲古閣藏書。唐都官郎中鄭谷撰，後附《補遺》十三首及祖無擇撰《墓表》。又附録四則、曹鄴等投贈詩八首，則爲毛氏子晉所輯也。後附毛氏手跋，'清'字缺末二筆，蓋避家諱。每葉格闌外有'毛氏正本汲古閣藏'八字。"(《愛日精廬藏書志》卷二九，頁五二〇)今案此本每葉格欄外既有"毛氏正本汲古閣藏"八字，則此舊鈔本爲毛晉汲古閣所鈔無疑。張氏《藏書志》曾全文鈔録童《序》與毛《跋》，毛《跋》略曰：

> 按新舊唐書俱不列鄭谷傳，惟《藝文志》載《雲臺編》三卷、又《宜陽集》三卷……歐陽永叔謂兒時曾讀之，其集不行於世。今《宜陽集》不可得見。吴中所傳《雲臺編》，廼王文恪公從秘閣抄出，凡三卷，又《補遺》一十有三首。前有鄭都官《自序》，後有祖刺史《墓表》、童參軍《後序》，洵是善本。余因録《唐詩紀事》、《袁州志》二則洎唐宋諸家詩附焉……隱湖晉潛在跋於載德堂中。(《愛日精廬藏書志》卷二九，頁五二一)

毛氏謂吴中所傳《雲臺編》乃王文恪公從秘閣録出，卷後《補遺》、祖氏《墓表》、童氏《後序》皆王氏本所原有。然據嚴刻本《書後》可知，王鈔本並無《補遺》，卷後亦無祖《表》和童《序》，《表》與《序》乃嚴氏據《宜春志集》録出附刻於集後的(見上嚴刻本)。據此可知汲古閣此鈔所據並非王鈔本，而是嚴刻本一系的本子。又因嚴刻本並無《補遺》，而此本有《補遺》一十三首，故知此本所據並非嚴氏原刻，而是嚴刻本之衍生本且附有《補遺》的本子。

（九）統籤本。胡震亨《唐音統籤》所收《鄭谷詩》六卷，編卷七百十五至七百二十，戊籤七十六，刻本。此本分體編次，計第一至二卷五律百十二首，第三卷五排二十五，第四至五卷七律九十二，第六卷五絶十一、七絶八十五，凡五體，共三百二十五首。此本所據底本，胡氏没有交代。趙昌平《鄭谷詩集箋注・前言》謂此本與清季振宜《全唐詩稿本》（詳下）所據均爲明代"分體本"。然明分體本究爲何種版本？《前言》並未指明。今案明刻本（見上），應即此本與季氏《稿本》所據之底本。《前言》謂此本與《稿本》所據分體本，共三百二十三首，胡氏又從《吟窗雜録》輯得佚詩七絶《贈楊夔》二首，故較之《稿本》，此本溢出二首。然此本在李刻本分體的基礎上再加分類，故各體詩的首數與篇目雖與《稿本》相同（唯七絶多二首），而編次卻與《稿本》迥異。此本文字與嚴嵩本多同，如蜀刻本卷一《少華甘露寺》"登山僧踏一梯雲"句，"登山"，嚴嵩本作"上樓"，此本同。又如蜀本卷二《投時相》，全詩只有四韻八句，而嚴嵩本題作《投時相十韻》，全詩二十句，多出十二句，此本同。再如蜀本卷三《詠懷》"薄宦元無味"句，"元"字，嚴嵩本作"渾"，此本同。同卷《哭進士李洞二首》其一"身猿遲俗輕"句，"身猿遲"，嚴嵩本作"遺孤遠"，此本同。蜀本同卷《送吏部曹郎中免官南歸》"道暢應爲虎"句，"虎"字，嚴嵩本作"蝶"，此本同，等等。據此可見，此本是以嚴嵩本爲底本改編而成的。然此本文字，胡氏也作過校勘，故與嚴嵩本亦有不同處。如嚴嵩本卷上《鷓鴣》"相呼相應湘江闊"句，"應"字，蜀刻本同；而此本作"唤"。《四庫全書總目》曰："'相呼相唤'字，尤重複。寇宗奭《本草衍義》引作'相呼相應'，差無語病。"（《四庫全書總目》卷一五一，頁一三〇一）然《文苑英華》、《三體唐詩》、《唐詩品彙》均作"唤"，胡氏蓋據《英華》校改。又如嚴嵩本卷上《送太學顔明經及第東歸》，題中"顔明經"，蜀刻本同；此本作"嚴時明經"，《文苑英華》卷二八二同，胡氏當據《英華》增"時"字。又如嚴嵩本卷中《定水寺行香》"聽松看畫繞虚廊"句，"松"字，蜀刻本同；而此本作"經"，當爲胡氏所校改，等等。

清及近現代刊刻和傳鈔的谷集，其主要版本有以下幾種：

（一）清初鈔本。清初鈔《百家唐詩》所收《鄭谷詩集》不分卷，國圖藏。所謂"百家唐詩"，實存五十四家，谷集乃其一。此本每半葉九行、行二十二字。收詩數量、篇目、序次悉同明鈔何校本，文字亦頗相近，唯明鈔何校本分三卷，此本抽去卷次而已，二本顯然同源。

（二）麥齋鈔本。清初麥齋鈔《雲臺編》不分卷，一册，國圖藏。半葉九行十九字，左欄外側上方有書耳，内鐫“麥齋藏本”字樣，故國圖藏目著録爲“麥齋鈔本”。此本字體明顯分爲兩種，故當由二人鈔成。清諱不避“玄”字，因知爲清初鈔本。此本收詩二百九十九首，較明鈔何跋本和清初鈔本，僅少《松溪八韻》一首，其餘各詩篇目、序次與二本悉同。然此本不分卷，故其所據蓋爲清初鈔本，且文字也與清初鈔本相差無幾。

（三）龔刻本。康熙間龔賢半畝園刻《中晚唐詩紀》所收《晚唐鄭谷詩》一卷。半葉十二行二十一字，左右雙邊，版心上頂邊欄鐫“晚唐詩”、“鄭谷”字樣。卷前首鄭谷《自序》、次嚴嵩《原序》、次《目録》，卷後無附録，共二百九十首。此本刻印俱佳，卷前既載嚴《序》，收詩首數又與嚴本相同，而且從文字方面看，也與嚴嵩本爲近，故應是以嚴嵩本爲底本入編的。唯嚴氏本作三卷，此本抽去卷次，統作一卷而已。又此本編次與嚴嵩本不同，當因龔氏據自己的體例作了調整，此本將鄭谷代表作《鷓鴣》一詩置於卷首，即其調整編次的明證。由上可見，此本屬於嚴刻本的下位本。

（四）劉雲份本。康熙間劉雲份貞隱堂刻《中晚唐詩》所收《晚唐鄭谷詩》一卷。《中晚唐詩》所收馬戴、徐寅等諸集，目録及正文首葉版心下方均鐫有“貞隱堂”字樣。此本國圖藏有全本，河南大學唐詩研究室藏有零册，鄭谷、馬戴、徐寅、許棠等家存焉。然此本收詩首數、篇目、編次、行款、字體、文字，甚至諱字等等悉同龔賢《中晚唐詩紀》本，顯然龔賢的版片後歸劉氏，劉氏用以重印此本者，故此本應屬於嚴刻本系統。

（五）季氏稿本。季振宜《全唐詩稿本》所收《鄭谷詩》不分卷，鈔本。此亦分體本，計五律百十二首、七律九十三、五排二十五、五絶十一、七絶八十三，凡五體，共三百二十四首。較統籤本溢出七律《京師冬莫詠懷》一首；而統籤本溢出此本七絶《贈楊夔》二首。但統籤本《京師冬莫詠懷》，實此本七律《輦下冬暮詠懷》之初稿，故統籤本將此首附注於《輦下冬暮詠懷》下，唯字句稍異，表明二首實爲一詩。可見較之統籤本，此本並未超出其收詩範圍。趙昌平《鄭谷詩集箋注・前言》曰：“《全唐詩稿本》，從版面情況看乃收用現成之版本，而編者用墨筆改訂於上。由此大抵可以推測到，在明中葉時已有人合蜀宋本及嚴刻二本，又從《英華》及《萬首》集得二十三首詩，共三百二十三詩，分體編排，胡震亨和錢謙益及季振宜，均取用是分體本編入

《戊籤》與《稿本》,並按各自體例調正各體次序,而胡又從《吟窗雜録》收得《贈楊夔》二首,故雖篇目較《稿本》略多,而二者當同出一源。"(上海古籍出版社一九九一年五月第一版,頁二三)這話雖有道理,但又不儘然。《前言》謂此本"乃收用現成之版本",並推測"明中葉時已有人合蜀刻本及嚴刻二本"爲一。此言頗有見地,合蜀、嚴二刻爲一本,明鈔何校本(見上)即屬於這種"合成本"。然《前言》又謂明人合蜀、嚴二刻爲一本,又從《英華》及《萬首絶句》"集得二十三首詩,共三百二十三詩,分體編排"成一分體本,則未必然。實際情形乃是:先合蜀、嚴二刻爲一本、録詩三百首,如明鈔何校本便是;而後在合成本基礎上,復集《英華》與《萬首絶句》佚詩,共三百二十三首,分五體編排,每體一卷,成爲五卷分體本,如李之楨刻本即是。李氏分體本,當即統籤本與《稿本》所據之底本。正因爲統籤本與《稿本》所據皆李氏分體本,故二本文字相差甚微。唯因統籤本又據《英華》等作過校勘;季氏藏有宋本,《季滄葦藏書目·延令宋版書目》之《唐詩八家》有《鄭谷詩》;《宋元雜版書》目亦著録"《鄭谷詩》三卷,一本"(《士禮居叢書》本)。季氏用這些宋本作過校勘,所出校記今仍存於《稿本》中,正因爲如此,此本與統籤本文字才略有不同。

(六)席刻本。康熙四十一年(一七〇二)席啓寓琴川書屋輯刻《唐詩百名家全集》所收《雲臺編》三卷。半葉十行十八字,白口單魚尾下題"雲臺編某"。卷一詩九十九首,卷二九十六,卷三詩百四首,共二百九十九首。趙昌平《鄭谷詩集箋注·前言》謂此本:"觀其篇目正是合蜀宋本及嚴刻二本所收者,惟刊遺二本均録之七律《贈咸陽王主簿》一詩。"斯言信然。《前言》又曰:"席略晚於胡和錢、季,而收詩反少,當是未見三人(二本)所據之分體本之故。"此言未確,分體本唐人詩集盛於明,此本不用明分體本,應是出於版本方面的考慮。余嘉錫《四庫提要辨證》曰:"蓋席氏《百名家集》多用宋本或舊刻本重雕。"(《四庫提要辨證》卷二十一,頁一三一一)斯言得之。《百名家全集》於不少唐集後鐫有"琴川席氏悉從宋本翻雕"木記,就是極重版本的明證。較之洪武鈔本,此本卷中收詩首數、篇目悉與之相同,編次除《松溪八韻》一詩洪武本爲第四首,此本爲第十四首外,其餘九十五首編次悉同。又洪武鈔本卷下詩七十五首,終以《自貽》"多感京河李丈人";然洪武本卷下之兩組詩,一組三首、一組十首,這二組詩此本卻編在《自貽》之後,次序稍有不同;而其餘六十二首,洪武鈔本與此本編次悉同。據此本與洪武本卷中、卷下收詩與編次情形看，此本所據底本，當與洪武本所據相同，故應同出於宋分類本。但此本所據宋分類本，當有脱簡，故此本卷下《自貽》後，有十二首(脱《贈咸陽王主簿》)，他本編在《自貽》前；此十二首，應爲席氏據校本輯補的佚詩。而此本《自貽》後另外三十首，亦當爲席氏輯補的佚詩，故此本總共二百九十九首，較明鈔何跋本只差《贈咸陽王主簿》一首。文字方面，此本《欹枕》"欹枕高眠日午春"句，"眠"字，蜀刻本、嚴刻本、統籤本、季稿皆作"歌"，與諸本不同。

(七)全唐詩本。康熙敕編《全唐詩》所收《鄭谷詩》四卷。《全唐詩》主要依據季振宜《全唐詩稿本》和《唐音統籤》編纂而成，然而對於大多數作家，編臣取季氏《稿本》爲底本，而以統籤本等參校；但是鄭谷詩，編臣卻棄《稿本》不用，徑取席刻本入編，故此本前三卷分卷、篇目、編次一仍席刻本之舊。席本之外散見於統籤本、《文苑英華》、《萬首唐人絶句》等諸總集及類書的逸詩，加上席本所脱七律《贈咸陽王主簿》一首，凡二十六首，編臣彙爲第四卷，故《全唐詩》共三百二十五首，成爲一時收詩最多的本子。文字方面，編臣參校統籤本、季氏《稿本》及其他集本，擇善而從，因而文字較此前各本轉精。如席刻本卷一《贈油口苗居士》，題中"油口"誤，編臣據校本改作"泗口"，甚是。如席刻本卷二《送吏部曹郎中免官南歸》"道暢應爲虎"句，"虎"字，統籤本、《稿本》均作"蝶"，編臣據改。如席刻本卷三《送進士潘爲下第南歸》，題中"送"字上，統籤本、季氏《稿本》均有"作尉鄠郊"四字，編臣據以增入。正因爲編臣吸收了諸本文字之長，故此本文字較席本更爲精粹一些。

(八)六名家集本。康熙間昆山鄭起泓、鄭定遠父子輯刻《鄭氏六名家集》之《雲臺編》三卷、《補遺》一卷，河南省圖有藏。《鄭氏六名家集》一名《賜書堂重訂唐宋元六名家集》，又名《鄭南康六名家集》。六家中，《雲臺編》居首。此本封面署"宗孫起泓同男定遠重訂"、"孫肇熹、發祥校字"。半葉十行十八字，左右雙邊，白口單魚尾上鎸"雲臺編"三字。此本分卷、首數、篇目、編次及文字等悉同席氏本，其出於席刻本自可無疑。《補遺》一卷詩三十四首，前十四首注曰："從《文苑英華》及唐詩諸選本録出。"後二十首注曰："俱從馮氏鈔本録出。"所收亦可謂全備。

(九)清鈔本。清鈔《雲臺編》三卷《拾遺》一卷，國圖北海分館藏。半葉九行二十字。此本卷上九十八首，卷中九十一，卷下九十一，共二百八十首。較之嚴刻本，此本卷上脱去《寄題方干處士》與《悶題》二首；卷中脱去

《寄同年李嶼》、《江際》、《梓潼歲暮》、《贈别》、《蓮葉》與《讀薛尚書詩集》凡六首，其中前五首編次相連；卷下脱去《偶題屋壁》與《石門山》二首，凡脱去十首。除所脱十首外，其餘二百八十首，分卷、篇目、編次悉與嚴刻本相同，且文字也與嚴刻本十分接近。由此可見此本所據底本應爲嚴刻本無疑，所脱諸首，蓋底本漫漶所致。但是此本《拾遺》一卷凡三十五首，合共三百十五首。《拾遺》三十五首，其中有十首乃葉萬所補，另二十五首乃《全唐詩》第四卷所録諸詩(《贈咸陽王主簿》一首已在正集内)。

(十)嚴宗定本。乾隆十四年己巳(一七四九)嚴宗定翻嚴嵩刻《雲臺編》三卷、《拾遺》一卷，武漢大學圖書館有藏。半葉九行十九字。卷前首鄭谷《自序》、次嚴《序》，卷後《拾遺》一卷、次鄭谷傳和祖擇之《墓表》。此本首數、分卷、篇目、編次、文字悉與明嚴嵩本同，然行款與嚴嵩本稍異，顯然是據嚴本翻刻者。王雲玲《鄭谷詩集版本源流考》判此本爲“仿明嘉靖刻本”，乃一時疏誤。此本清諱至“弘”字，均作空圍“□”，顯爲避乾隆皇帝名諱。卷中鈐有“豐城歐陽氏”印記，豐城屬宜春地區，《民國宜春縣志》曰：“《雲臺編》三卷……清乾隆己巳分宜嚴宗定、萬載辛炳喬先後重鐫，嘉慶乙亥袁錫光編入《袁州唐集》内梓行。”是此本乃乾隆己巳年宜春刻本(辛氏刻本詳下)，《鄭谷詩集版本源流考》以爲此本即嚴宗定刻本，所論甚是。《拾遺》一卷收詩三十五首，即葉萬所補十首，再加《全唐詩》卷四所收除《贈咸陽王主簿》以外的二十五首(嚴刻本不脱《贈咸陽王主簿》)。此本正集與《拾遺》共三百二十五首，收録可謂全備矣。

(十一)四庫本。《四庫全書》所收《雲臺編》三卷。《四庫全書總目》曰：“《雲臺編》三卷，江蘇巡撫採進本……《新唐書・藝文志》載谷所著有《雲臺編》三卷、《宜陽集》三卷。今《宜陽集》已佚，惟此編存，所録詩約三百首。”(《四庫全書總目》卷一五一，頁一三〇一)館臣謂“今《宜陽集》已佚”，顯然館臣亦誤將《宜陽集》當作鄭谷之集本了。館臣又謂所據乃“江蘇巡撫採進本”，然采進者究爲何種版本？則館臣並未指明。今案此本各卷首題“雲臺編卷某”，次行下方題“唐鄭谷撰”，此種版式與席刻本全同。又此本收詩首數、分卷、篇目、編次也悉與席刻本同，文字也與席本相差甚微，甚至連席刻本的訛誤也照樣沿襲。如席刻本卷一《贈油口苗居士》，題中“油口”誤，此本同；而蜀刻本、嚴刻本、統籤本、季氏《稿本》、中晚唐詩紀本等皆作“泗口”，甚是。可見此本乃是據席刻本録入的。余嘉錫《四庫提要辨證・雲臺編三卷》條曰："考席啓寓刻《唐詩百名家集》本《雲臺編》卷中，《鷓鴣詩》作'相呼相應湘江闊'，'江'字雖誤，'應'字、'闊'字固不誤也。蓋席氏《百名家集》多用宋本或舊刻本重雕，鄭明選、周亮工及四庫館臣所見，皆明代俗本爾。"(《四庫提要辨證》卷二十一，頁一三一一)余氏謂館臣所見乃"明代俗本"，不知館臣所據乃本朝席氏刻本耳。

(十二)清翻刻本。清翻刻嚴嵩《雲臺編》三卷、《拾遺》一卷，南圖藏。因未知翻刻於何時，姑置於此。此本行款同嚴刻本，而版式稍異，四周單欄，白口單黑魚尾。又較之嚴刻，此本卷後增《拾遺》一卷，補詩十首。再者嚴刻卷後童氏《後序》、祖氏《墓表》及嚴氏《書後》等，此本均删之。餘則二本相同。此本卷前另紙有丁丙跋文一則，判此本爲"影明嘉靖刊本"，但此本版式已改，故判爲"影刊"，尚差一間耳。藏印有"八千卷樓"朱文長方印、"善本書室"朱文方印、"泉唐丁氏竹舟申松生丙辛酉以後所得"朱文長方印等皆丁丙鑒藏之印。

(十三)辛刻本。乾隆五十一年丙午(一七八六)辛炳喬刻《鄭都官集》三卷《雲臺編外録》一卷，國圖北海分館有藏。《中國古籍總目・集部・别集類・唐五代》著録有此本。封面有"乾隆五十一年新鐫"字樣，半葉九行二十一字，左右雙邊，版心單魚尾。卷前首鄭谷《序》、次童《序》、次嚴《序》、次辛炳喬《序》。卷後附《雲臺編外録》一卷。卷上詩百十三首、卷中百九首、卷下百五首，共三百二十七首。辛氏《序》略曰：

> 家藏《雲臺編》不知何人所刻，殘闕特甚。余搜求散佚，始復龍圖四百篇之舊，仍編爲三卷。又爲補作《目録》一卷，而别以詩家評論及諸賢題詠、墓表序跋都爲一卷，謂之《雲臺編外録》，刻附兹集……乾隆己巳正月元宵後三日萬載後學辛炳喬識。

由辛《序》可知，此本所據乃一刻本，然因"殘闕特甚"，故已無從識别爲何種刻本。辛氏遂"搜求散佚"，補其殘闕，方成此本。但辛氏謂"始復四百篇之舊"，不過自詡之言，全書三百二十七首，距四百篇相去尚遠。且卷三最後所補三首《鴻》、《雙鷺》與《宿平康里》，王雲玲《鄭谷詩集版本源流考》以爲乃僞詩。至於此本所據底本，《源流考》曾持此本與清鈔本對勘，發現清鈔本所脱十首中之卷上《寄題方干處士》、卷中《讀薛尚書詩集》、卷下《石門山泉》三首，此本補入卷下之末。又此本編次，除卷上前九詩與清鈔本稍異外，其餘各詩，篇目及編次與清鈔本幾乎全同（辛氏所補詩除外），可見此本應與清鈔本同源，所據均爲嚴刻之殘本，而非嚴刻原本，故殘缺作品也基本相同。斯言可信。文字方面，此本作過校勘，故與嚴刻本稍異。如此本卷上《通川客舍》，題中“川”字，唯清鈔本作“州”，此本亦作“州”。又如此本卷下《省中偶作》，此題唯清鈔本作“偶題”，此本亦與之同。可見此本以清鈔本或其近似的本子作過校勘，故文字與嚴刻稍有不同。此本卷後所附《雲臺編外録》一卷，收鄭史詩二首、鄭啓詩三首、《袁州人物志》一則、“炳喬考”二則、袁庭醴及辛炳喬校跋《雲臺編》詩二首、祖擇之《墓誌》及嚴嵩《後序》、次鄭谷傳記資料、詩話彙編及歷代酬贈吊懷詩等等，搜録相當全面，可見辛氏於《外録》編輯還是下了一番搜討功夫的。

（十四）豫章叢書本。民國七年（一九一八）胡思敬輯刻《豫章叢書·袁州二唐人集》所收《雲臺編》三卷、《拾遺》一卷。半葉十行二十字，左右文武雙欄，粗黑口無魚尾，版心有“雲臺編卷某”、“豫章叢書”字樣。各卷首題“雲臺編卷某”，次行下方題“都官郎中鄭谷”。卷前首館臣《提要》、次鄭谷《序》、童《序》，卷後《拾遺》一卷，最後爲胡思敬《校勘記》與《跋》。《拾遺》詩凡八首：《爲人題》、《江行》、《錦二首》、《次和韻王駕校書結綬見寄之作》、《荔枝》、《峽中》、《順動後藍田偶作》。《校勘記》凡五條。胡氏《跋》略曰：“鄭詩傳於今者，以嚴刻爲最古，席百家本即從此出。嚴氏雖不足道，而表章先哲不爲無功。因黜去序文，編次悉仍其舊，並采《全唐詩》五言五首，七言三首附於後焉。戊午八月胡思敬跋。”“戊午”爲民國七年。胡氏因不知蜀刻本尚存，故誤以爲嚴刻最古。又席氏本所據乃宋分體本，胡氏卻謂席本出於嚴氏本，亦非是。不過此本據嚴本翻雕，刻印俱佳，且用《全唐詩》等本作過校勘，校記夾注於字裏行間，態度還是審慎的，所以此本不失爲現代所傳谷集中一個較好的本子。

新中國成立後，谷集的整理研究一直比較冷清。二十世紀末方有嚴壽澂、黄明、趙昌平合著《鄭谷詩集箋注》，上海古籍出版社一九九一年五月出版。此本選用收詩與文字均較諸本爲勝的“康熙揚州詩局本《全唐詩》爲底本”，校以宋蜀本、嚴氏本、席刻本以及統籤本、季氏《稿本》等，並以《才調集》、《文苑英華》、《萬首唐人絶句》、《瀛奎律髓》、《三體唐詩》、《唐音》、《唐詩品彙》、《全唐詩録》等明以前重要唐詩總集及類書參校，擇善而從，故文字更加精粹。又從孫光憲《白蓮集序》輯得佚詩五律一首（題泐），自《唐音遺響》、乾隆《三水縣志》卷一，分别輯得鄭谷佚詩七絶《胡笳曲》和七律《春遊郇邑》二首（此二首真僞難定），連同其他已考定爲僞作者，皆於詩後加"按"語説明，一併編爲附録一。另將歷代鄭谷集的序跋、版本著録、傳記資料以及有關的酬答吊懷詩及歷代鄭谷詩評等，分别輯爲五個附録綴於書後。卷首《前言》對鄭谷的生平仕履、作品内容及藝術特點綜合加以介紹，並對鄭集的版本大致作了梳理。本書箋注合一，精到得法，唯録字偶有失誤，如卷三《前寄左省張起居一百言尋蒙唱酬見譽過實即用舊韻重答》，題中"即"字，《全唐詩》及宋蜀刻諸本皆作"卻"，校記未言改作"即"，當誤，等等。然白璧微瑕，總的來看此本不失爲鄭集一個精粹的讀本。

綜上可見，谷集版本有以下特點：(1)谷手纂《雲臺編》三卷，凡三百首。此後至去世前所作，則由他人彙爲《外集》一卷，凡百首。(2)《雲臺編》三卷、《外集》一卷，北宋仁宗時尚全，兩宋之際《外集》逐漸散佚，南宋初《外集》已闕其半，而正集三卷尚完好。迨南宋中期《外集》已不復存在，且正集三卷亦出現殘損，於是好事者將正、外集所存作品合併爲一集，仍名《雲臺編》三卷，然已不滿三百篇之數。這種"合集本"，就是後世所有谷集的母本。合集本宋槧，今知有三：一爲蜀刻本、一分類本、一爲無名氏本，三本皆槧於南宋中期以後。(3)蜀刻本元明兩代深藏於内府，後又爲私人秘藏，至近代方由商務印書館影印入《四部叢刊》，影響不小。值得注意的是，明人有以蜀刻本爲底子，彙入嚴嵩本（宋無名氏本的下位本）溢出的二十四首，成爲"新合集本"，凡三百篇。明鈔何校本所據底本，即爲新合集本。而明分體本、麥齋鈔本均出新合集本。統籤本、季氏《稿本》則出自明分體本。(4)宋分類本，其衍生本則有明初鈔本和席刻本。席刻本因入《全唐詩》而影響頗大。(5)宋無名氏本，明代王鏊曾由内府録出傳世，嚴嵩本即是以王鈔本爲底本翻刻的。由於元以後谷集罕傳，故嚴氏本即成爲世人翻刻和傳鈔的依據，朱刻本、汲古閣鈔本、龔賢本、四庫本、嚴宗定本、辛刻本、丁丙影鈔本、清鈔本、豫章叢書本等，皆以此本爲底本，有的還爲此本補輯佚作，收詩較全，其中的劉雲份本，則是以龔賢的版片重印的。

【參考文獻】趙昌平《鄭谷詩集箋注前言》，上海古籍出版社一九九一年五月第一版　王雲玲《鄭谷詩集版本源流考》，《河南教育學院學報》二〇〇八年三期

唐别集考卷第二十

桂苑筆耕

崔致遠（八五七～九二八?）字海夫，號孤雲，新羅沙梁部（治所即今韓國慶州）人。年十二入唐求學，十八歲賓貢及第，調授宣州溧水尉，後入兵馬都統高駢揚州幕爲巡官掌書記。僖宗中和四年甲辰（八八四）以傳國信使歸國，授翰林侍讀學士、兵部侍郎等職，位至阿餐（相當於宰相）。晚年隱退林下以終。高麗顯宗十四年癸亥（宋仁宗天聖元年，一〇二三）贈謚文昌侯。

回國第二年，崔致遠嘗手編入唐期間的著作爲二十八卷，狀進於唐。狀略曰：

> 臣自年十二，離家西泛……觀光六年，金名榜尾。此時諷詠情性，寓物名篇，曰賦曰詩，幾溢箱篋。但以童子篆刻，壯夫所慚，及忝得魚，皆爲棄物。尋以浪跡東都，筆作飯囊，遂有賦五首，詩一百首，雜詩賦三十首，共成三篇。爾後調授宣州溧水縣尉，禄厚官閑，飽食終日。仕優則學，免擲寸陰，公私所爲，有集五卷。益勵爲山之志，爰標覆簣之名，地號中山，遂冠其首。及罷微秩，從職淮南，蒙高侍中專委筆硯，軍書輻至，竭力抵當，四年用心，萬有餘首。然淘之汰之，十無一二，敢比披沙見寶，粗勝毁瓦畫墁。遂勒成《桂苑集》二十卷。臣適當離亂，寓食戎幕，所謂饘於是粥。於是輒以“筆耕”爲目……自惜微勞，冀達聖鑒。其詩賦表狀等集二十八卷，隨狀奉進。

狀末署“中和六年正月日，前都統巡官承務郎侍御史内供奉賜紫金魚袋臣崔致遠狀奏”。案：“中和”只有四年零三個月。中和四年十月，崔致遠起程歸國，是年冬暖，因恐海上生颶風，遲至次年初春始渡海，三月至新羅。僖宗改元光啓（八八五）即在此年三月。崔氏不知，故狀中仍用“中和”舊年號。唐自中晚以後,士人大都比較重視自己著作的結集傳世,崔致遠入唐游宦十餘年,自然感受風會。回國後,崔氏親手編輯自己的作品,不遠萬里,特狀進呈,於中可見一斑。

崔氏進呈的著作,宋時已所存無幾,《新唐書·藝文志》僅著録其《四六》集一卷,《桂苑筆耕》二十卷,其餘當已散佚。《四六》集不見於進狀,當爲五代或北宋前期中華士人所編。《宋史·藝文志》乃是根據兩宋官修的幾部《國史藝文志》拼湊整理而成的,並未檢視元初秘閣的實際藏書,所以《宋志》著録崔致遠《筆耕集》二十卷、《别集》一卷元時是否存世,值得懷疑,或許經過宋末元初戰亂,崔氏的著作已經散佚,也不是没有可能。然而有一點可以肯定,那就是元以後、清道光之前,崔氏的著作公私書目均無著録,這表明其著作在中土的確已全部佚失。

道光以後,《桂苑筆耕》二十卷的朝鮮鈔本、刻本、活字本先後舶來中國,於是崔氏的著作才重新引起我國學者的注意。朝鮮鈔本,見莫友芝《郘亭知見傳本書目》卷十二眉注,僅云:"頃收江編修家高麗舊鈔本。"《增訂四庫簡明目録標注》邵章《續録》亦有著録,然而今已不見。朝鮮刻本,無錫孫氏小緑天有藏,張之洞《書目答問》卷四亦有著録;一九二三年商務印書館《四部叢刊》所收《桂苑筆耕》二十卷,即據小緑天藏本影印。《四部叢刊書録》云:"《桂苑筆耕集》二十卷,三册,無錫孫氏小緑天藏高麗刊本,唐崔致遠撰。《唐書·藝文志》載崔致遠《桂苑筆耕集》,近代不見流傳……乾隆中彼國有活字版,今亦難得。此鏤刻本,尚在活字本前,目連正文,首載自序。"陸心源《全唐文拾遺》卷三十四至四十三所收《崔致遠文》十卷,所據與無錫孫氏小緑天藏本屬於同一系統的本子。

至於朝鮮活字本,陸心源《儀顧堂續跋》卷十二、丁丙《善本書室藏書志》卷二十五、丁日昌《持静齋書目》等均有著録。不過《四部叢刊書録》謂活字本刊出相當於乾隆年間,大誤。《崔文昌侯全集》(韓國成均館大學出版部一九九一年八月第三版,詳下)收有活字本《桂苑筆耕》二十卷,此本前有洪奭周、徐有榘二人《序》。洪《序》略曰:

> 崔公之書傳於後者,惟《桂苑筆耕》與《中山覆簣集》二部……余嘗見近代人所撰《東國書目》有載《中山覆簣集》者,徧求之,終不可得。惟《桂苑筆耕》二十卷,爲吾家先世舊藏。自童幼時知珍而玩之,然間以語人,雖博雅能文而好古者,亦皆言未嘗見。然則是書也,幾乎絶

> 矣……湖南觀察使徐公準平，即余所稱博雅能文而好古者也，聞余蓄是書，亟取而校之，捐其俸，搨以活字，得數十百本，用廣其傳。

末署“甲午九月大匡輔國崇禄大夫議政府左議政豐山洪奭周序”。據成均館大學大東文化研究院李基白教授考證，“甲午”乃朝鮮純祖三十四年（一八三四，見《崔文昌侯全集》卷首李基白《解題》，然文中“午”誤作“子”，當正），時當道光十四年甲午，而非乾隆時期，《四部叢刊書録》有誤。此種活字本刊出不久即傳入我國，道光二十七年丁未（一八四七），廣東潘仕成《海山仙館叢書》有翻刻本，封面署“道光丁未鐫”，《藏園訂補郘亭知見傳本書目》卷十二下、張之洞《書目答問》卷四、邵懿辰《四庫簡明目録標注》等均有著録。然因上版時疏於讎校，訛誤不少。《傳本書目》云：

> 《桂苑筆耕集》二十卷，唐高麗崔致遠撰。……是集唐宋《志》皆著録，後墜逸不傳。……迄今道光以前皆未有言及者，故《全唐詩》、《文》並未收採。……近有粤雅堂刻本。似潘仕成刻也。同訛甚。（《藏園訂補郘亭知見傳本書目》卷十二下，頁一〇七〇）

這裏莫氏雖將“海山仙館”誤作“粤雅堂”，蓋一時疏誤，但檢視潘氏此刻，訛誤的確不少，難怪陸心源《儀顧堂續跋》卷十二譏笑此本“訛脱甚多”，不如活字本之善。丁丙《八千卷樓書目》謂朝鮮活字本，乃“日本崔致遠撰，日本刊本”，亦一時疏誤，其《善本書室藏書志》已改判此種本子爲“高麗活字本”，且謂“此集在彼國亦推人文鼻祖，久所珍祕也”（《善本書室藏書志》卷二十五）。今北京大學、南京、中山大學等圖書館藏有此本的幾種鈔録本，當皆出自朝鮮活字本。

崔致遠歸國後的著作，綜合《孤雲先生文集目録・卷外書目》（詳下），及李基白《解題》等所列各本，尚有《文集》三十卷、《上時務書》、《四山碑銘》、《浮山尊者傳》一卷、《賢首傳》一卷等多種。這些著作連同入唐期間的二十八卷文集，傳至朝鮮純祖時，洪奭周、徐有榘二人僅見到《桂苑筆耕》二十卷。二人“爲廣其傳”，以活字刊行之。再傳之其裔孫崔國述時，多方搜求集外佚文，編輯爲《孤雲先生文集》三卷，鏤版印行。此本卷首載崔國述《孤雲先生文集編輯序》、《孤雲先生文集目録》及《卷外書目》等。《編輯序》末署“時旃蒙赤奮若林鐘月金藏之日後孫國述謹書”。“旃蒙赤奮若”乃干支“乙丑”的别稱。那麽此“乙丑”究竟爲何年？一九二六年，崔致遠的另一裔孫重刊《孤雲先生文集》時，於卷後跋語中署“丙寅立秋節後孫在教敬識”，且云崔國述乃其“族祖”，編輯刊行《孤雲先生文集》之役，他曾“與有聞焉”。可見，這裏的“乙丑”不當爲一九二五年乙丑，而當爲前一甲子之乙丑，即同治四年乙丑（一八六五）。否則，祖孫兩代初刊、重刊《孤雲先生文集》，前後僅僅只隔一年時間，事實恐不會如此。李基白《崔文昌侯全集·解題》將崔國述刊行《孤雲先生文集》誤判爲一九二六年，這就不僅把崔在教重刊之《孤雲先生文集》，與崔國述初刻之《孤雲先生文集》這二種刊本混爲一談，而且把崔國述“乙丑”初刻之《孤雲先生文集》，時間向後整整推遲了六十年。

二十世紀中葉，韓國成均館大學大東文化研究院繼續廣泛搜求崔致遠的集外詩文，將所得編爲《孤雲先生續集》一卷。一九七二年，該院又將《孤雲先生文集》三卷、《續集》一卷、《桂苑筆耕》二十卷，三者合爲一編，命名爲《崔文昌侯全集》。此本將《孤雲先生文集》重刊本卷後所附《孤雲先生事蹟》移於全書之末，影印出版，成爲現今保存崔致遠著作最爲完備的本子。除《桂苑筆耕》二十卷外，《孤雲先生文集》中有詩四十九首，其中大多爲崔氏在中國的作品，而爲王重民、孫望、童養年《全唐詩外編》，陳尚君《全唐詩續拾》所失收；另有文三十八篇，其中五篇作於中國，亦爲陸心源《全唐文拾遺·續拾》所失收。且《全唐文拾遺》卷四十四所收有關真鑒禪師等三篇《碑銘》，斷句、脱文、訛誤比比皆是，而《孤雲先生文集》卷二、卷三所收真鑒禪師等碑銘四篇，幾無訛脱，文獻價值極高，完全可以訂補陸氏所録之文。

《四部叢刊》所據朝鮮刻《桂苑筆耕》二十卷，與朝鮮洪氏活字本所據家藏舊本《桂苑筆耕》二十卷，二者同出一源。二本各卷皆目連正文，所收篇目完全相同，編次除個别篇目稍異外，其餘也全同。且二本第一、第六、第十一、第十六卷，此四卷具銜名，其餘各卷均不具銜名，這一特徵也完全相同，甚至兩本的缺文也差不多一樣。所以我們説，《四部叢刊》本據以影印的朝鮮“鏤刻本”，與活字本之底本（洪氏“家藏舊本”）乃屬同一系統的不同刊本。就文字方面來看，活字本刊出時，由於經過徐有榘校勘，文字略勝於《四部叢刊》據以影印的朝鮮刻本（但也增加了一些新誤）。將來若再整理《桂苑筆耕》集，應將二種本子互勘，校其異同，定其正訛，方能成爲完璧。

李洞集

李洞（？～八九七？）字才江，京兆（今陝西西安）人，唐諸王孫。家貧力學，屢舉不第。僖宗末遊梓州，昭宗時再試仍不第，遂失意遊蜀而卒。其詩學賈島，爲著名苦吟詩人。

李洞作品，《崇文總目》、《新唐書·藝文志》、晁公武《讀書志》均著録《李洞詩》一卷。陳振孫《書録解題》卷十九"詩集類"著録"李洞集一卷"，"稱'餘杭明經'潘熙載編"。是《李洞詩》一卷之編纂，乃出潘氏之手。然《宋史·藝文志》著録"李洞詩三卷"，此三卷本當爲南宋人所重編。元明以後所傳《李洞詩》三卷，當出宋三卷本。又《崇文總目》、《新唐書·藝文志》等還著録李洞《賈島句圖》一卷。以上這些，今皆散佚。

元明李洞集傳鈔和刊刻的本子，大都是三卷本，這些本子書名、收詩數量、編次等非常接近，文字也相差不大；其間屑微差别，多是翻刻時校改或疏誤造成的。可見這些本子同出一源，此乃李集版本的一大特點。其主要版本有以下幾種：

（一）朱刻本。朱警輯刻《唐百家詩·晚唐四十二家》所收《李洞詩集》三卷。此本詩分體編次，卷上五律四十八首，卷中五律三十六、五排十五，卷下七律四十一、七排一、七絶十九，共百六十首。本書前已言及，"排律"一詞始於元末楊士弘《唐音》，至明人方廣泛使用。此本既用"排律"一體編輯李洞詩，故爲明人的分體改編本無疑。此本卷末有"晁公武子止"題識，内容與《讀書志》相同，故此本"蓋爲明人據宋人舊本分體重編者，在明人所編唐集中堪稱善本"，"除最後《繡嶺宫》一詩（題下注"出《旌異記》"）爲編者輯入，非李洞詩外，餘均爲李洞所作"（《隋唐五代文學史料學》，頁五七）。《百川書志》卷十四著録"李洞集三卷"，蓋即此本。

（二）明刊本。明無名氏刊《李洞詩集》二卷。卷首題"唐諸王孫李洞才江撰"。前有晁公武題識曰："右唐李洞字才江。諸王之孫。慕賈島爲詩，銅鑄其像，事之如神。時人多誚其僻澀，不賞其奇峭，唯吴融稱之。昭宗時不第，遊蜀卒。晁公武子止題。"晁氏此題識見《郡齋讀書志》卷十八，除無落款"晁公武子止題"外，其餘文字相同，顯然是刊刻者自《讀書志》迻録的。此本清葉石君曾有庋藏，葉氏手跋曰："余家林宗藏書頗精，身没之後盡屬雲煙,《李洞集》爲周俊沖所得。世傳本止有上下兩卷,今借歸補正,兼以鮑溶副本見惠。今以李頎、張喬刻本酬之。時康熙戊申歲秋九月葉石君識。”戊申乃康熙七年(一六六八),可見石君所藏,原爲其弟林宗之書;林宗去世後爲周俊沖所得,石君借歸補正,周氏遂將該本併《鮑溶集》副本贈與石君。據葉氏此跋,此本只有上下二卷,而通行的《本洞集》乃三卷本,故石君對其加以補正。石君書散出後,晚清爲陸心源所得,《皕宋樓藏書志》卷七十一著録有此本,然卻誤記爲“葉石君鈔本”。皕宋樓藏書後爲日本人購去,今藏静嘉堂文庫,嚴紹璗《日藏漢籍善本書録》著録有此本,其略曰:

《李洞詩集》二卷

(唐)李洞撰,明刊本。葉石君寫補本,共一册。静嘉堂文庫藏本。【按】卷首題署“唐諸王孫李洞才江撰”。前有晁公武《題識》,其文曰……(已見)。卷中有葉石君手識文。其文曰……(已見)。(《日藏漢籍善本書録·集部·别集類》,頁一四八二)

元明時期傳鈔和刊刻的《李洞集》大都爲三卷本,二卷者則僅見此本,其首數、編次、文字等等與三卷本有何異同?待訪到原書時,再詳加考究。

(三)統籤本。胡震亨《唐音統籤》所收《李洞詩》三卷,編卷七百二十三至七百二十五,戊籤七十八,刻本。半葉十行十九字。首卷五律五十二首,次卷五律三十三、五排十八,第三卷七律四十二、七排一、七絶十八,共百六十四首。此本乃是依朱警本爲底子改編而成的,故文字多與朱本爲近。然而此本文字多有脱誤,脱漏例,如五律《賀昭國從叔員外轉本曹郎中》“詩家無驟□”句,缺第五字。五律《送人赴職湘潭》“文□□相和”句,第二、三兩字缺,等等。訛誤例,如此本五律《鄠郊山舍題趙處士林亭》,題中“鄠”字,當爲“鄠”字之誤。“鄠”,唐鄠縣,故可稱“郊”;“鄠”乃周朝封國名,成王時已取消,至唐時只有鄠宫,而宫不得言郊,故作“鄠”是,中晚唐詩紀本、席啓寓本(均詳下)正作“鄠”。如此本五律《段秀才溪居送從弟游涇隴》“相留開夏蚉”句,“蚉”字,詩紀本、席啓寓本皆作“蜜”;細繹詩意,當以“蜜”字爲是,此本誤。如五排《硯水墨障子》,題中“硯”字誤;此乃一首觀畫詩,故“觀”字是,詩紀本、席本正作“觀”。如七律《鷩驢》“三赤焦桐背殘月”句,“赤”字顯誤,當作“尺”,詩紀本、席本正作“尺”。如七排《和壽中丞傷猿》“親知覓和思難任”句,“知覓”二字,詩紀本缺,席本作“任寬”,此本恐誤,等等。可見書版時疏於校勘。此本編次與通行的三卷本不同，乃是因爲胡氏分體後，再加分類之故。此本因訛脱較多，故未爲善本。

清代《李洞集》刊刻和傳鈔的本子，其主要版本有以下幾種：

（一）詩紀本。龔賢輯刻《中晚唐詩紀》所收《李洞詩》一卷。半葉九行十九字，左右雙邊，白口無魚尾，版心上頂邊欄鐫“晚唐詩”，下以雙行小字於左邊書“李洞”，右邊標葉碼。此本雖不標詩體，然卻是依詩體編次的：五律八十五首、七律四十一、五排十七、七排一、七絶十九，共百六十三首。與席刻本（詳下）相較，此本溢出五律《宿書僧院》一首、五排《歲暮自廣江至新興往復中題峽山寺》一首、《冬日送涼州刺史》一首，凡三首。《宿書僧院》一首，當爲此本翻刻時所脱漏，另二首五排，當爲此本輯補的遺詩。編次方面，此本與席刻本不同之處，僅在五排一體此本編在七律後，席本編在五律後。其餘各體的編次幾乎完全相同。文字方面，除個别訛誤處外，此本與席刻本相差甚微；而不同之處，則爲席本有所校改所致；席本所出校記頗多，可以證明這一點。又此本脱文多同席本，如五律《送人赴職湘潭》“文□□相和”句，脱第二、三兩字，席本所脱同。又如七律《春日即事寄一二知己》“無□春養雪藏鞭”句，缺第二字，席本所缺同。再如五排《和知己赴任華州》“□雨戀煙霞”句，第一字脱，席本所脱同，等等。可見此本是用與席本相同或近似的三卷分體本爲底子，而後删去卷第、再將五排調至七律之後編輯而成的。

（二）席刻本。康熙四十一年壬午（一七〇二）席啓寓輯刻《唐詩百名家全集》所收《李才江詩集》三卷。半葉十行十八字，左右雙邊，白口單魚尾下署“才江詩卷某”。各卷首題“詩集卷某”，次行下方題款“諸王孫李洞才江”。卷後録晁公武《讀書志》叙録曰：“右唐李洞字才江，諸王之孫。慕賈島爲詩，銅鑄其象，事之如神。時人多誚其僻澀，不貴其奇峭，唯吴融稱之。昭宗時不第，遊蜀卒。晁公武子止題。”此本卷上五律四十八首，卷中五律三十六、五排十五，卷下七律四十一、七排一、七絶十九，共百六十首。與朱刻本相較，此本雖不以詩體標目，然二本分卷、分體、各體詩首數及編次等等完全相同；且此本卷後亦録有晁公武《讀書志》叙録一段文字，亦與朱刻本相同。可見此本乃是據朱刻本翻刻者。唯此本文字經過校勘，校本應爲詩紀本等，字裏行間出校了不少異文，改正了朱刻本諸多訛誤，故文字校朱刻本爲優。

（三）全唐詩本。康熙敕編《全唐詩》所收《李洞詩》三卷。《全唐詩》主要依據《唐音統籤》和季振宜《全唐詩稿本》二書編輯而成。季氏《稿本》所收《李洞詩》三卷，乃是將詩紀本《李洞詩》一卷原刻入編，再於卷末補入五律《中秋月》，五排《雪》、《述懷二十韻獻覃相公》，七絶《對秋對月》四首編輯而成的，故共百六十七首。文字方面，季氏用《文苑英華》、《唐詩紀事》、《萬首唐人絶句》及李洞諸集參校，改正了詩紀本的一些訛誤。《稿本》中的《李洞詩》，所作校記隨處可見，頗有參考價值。康熙敕修《全唐詩》中的《李洞詩》三卷，便是將季氏《稿本》中的《李洞詩》三卷悉數收入，删去七絶《中秋月》一首，再據《唐音統籤》等書增補佚詩《過賈浪仙舊地》一首及殘句一聯編輯而成的，故《全唐詩》共百六十七首，殘句一則，成爲李洞諸古本中收詩最多的本子。文字方面編臣作了進一步校勘，如季氏《稿本》五律《龍州送人赴舉》"轉棧晚風齊"句，"風齊"一詞無意；統籤本、席刻本皆作"峰齊"，季氏未及校改，編臣校改作"峰齊"，良是。如五律《中秋月》一詩，季氏《稿本》題下原無校記，編臣參校他本，於題下出校曰："一作廖凝詩。"這對甄别李洞詩的重出大有幫助。再如季氏《稿本》輯補的遺詩五排《雲》，統籤本作《雪》，細繹詩意，乃詠雪詩，故題作"雲"非是；編臣據統籤本改作《雪》，極是，等等。經編臣校勘後，《全唐詩》文字品質有明顯提高，成爲李集中最精的本子。

白蓮集

齊己（八六四～九四三？）唐末詩僧，俗姓胡氏，名得生，長沙（今屬湖南）人。幼孤貧，少年出家於大潙山同慶寺，受具戒後雲遊四方，飽覽山川，復移錫廬山東林寺。後梁龍德初欲入蜀，經荆州時節帥高從誨慕其名，留爲僧正，使居龍興寺，遂終於江陵。

齊己生性穎悟，耽於吟詠，風雅放逸，一時僧俗著名詩人鄭谷、方干、司空圖、貫休、虚中等均與交遊唱酬，其《吟興自述》曰"一千首出悲哀外"，可見作品頗豐。齊己去世後，門人西文集其平生所作，交孫光憲編綴成《白蓮集》，孫氏《白蓮集序》述此事甚詳，其略曰："鄙以旅宦荆臺，最承欸狎，較風人之情致，賾大士之旨歸，周旋十年，互見閫域。師平生詩稾未遑删汰，俄驚遷化，門人西文併以所集見授，因得編就八百一十篇，勒成一十卷，題曰

《白蓮集》，蓋以久棲東林，不忘勝事。余既繕寫，歸於廬岳，附遠大師文集之末……天福三年戊戌三月一日序。"（四部叢刊本《白蓮集》）這個十卷本的《白蓮集》完整地流傳了下來，趙宋時《崇文總目》卷六十一著録"《白蓮集》十卷"，陳振孫《書録解題》卷十九著録同。《宋史·藝文志七》著録"《僧齊己集》十卷"，所指亦當爲《白蓮集》十卷。可見兩宋時，齊己集通行本爲十卷《白蓮集》。而《宋史·藝文志七》還著録齊己"《白蓮華（或無'華'字）編外集》十卷"，此《白蓮編外集》十卷，當即《崇文總目》卷六十一所著録的《白蓮外編》十卷，然《總目》卻將此《外編》次於《僧應之詩》一卷之後，故此《白蓮外編》十卷當爲僧應之所著，非齊己之作明矣；且孫光憲《序》不言齊己另有《白蓮外編》十卷，《宋史·藝文志》誤。

齊己集宋槧今已無傳，然明代柳僉大中嘗見之，並有精鈔本傳世（詳下），故由柳鈔本可以間接窺見宋刊十卷本的概貌：宋刊十卷本卷前首孫氏《序》，次十卷目録。卷後附《風騷旨格》一卷，此外别無附録。各卷首題"白蓮集卷第某"，次行下方具款"廬岳僧齊己撰"。此本前九卷爲近體詩，第十卷前半爲古體，古體後綴以"絶句四十二首"（實四十一首）。《四庫全書總目》疑此四十二首爲"後人采輯附入也"。然就柳鈔本來看，加此四十一首，並未逾八百一十首之數，所以此四十一首當爲孫氏原編即如此，館臣疑爲後人附入，並無版本方面的證據。

宋槧十卷本外，尚有五卷本，公私書目均失載。五卷宋槧，晚明趙玄度嘗有藏本，胡震亨編《唐音統籤》時所收《齊己詩》嘗用爲底本，胡氏曰："《白蓮集》，《宋志》十卷，《序録》云：'共詩八百篇。'趙玄度藏有宋本，止五卷，計四百七篇，餘亡。"（《唐音統籤》第八册，頁六〇六）今考統籤本，除胡氏所補佚詩外，其餘各詩散見於十卷本各卷，由此可證五卷本乃是十卷本的一個選集本，而非十卷本殘損後剩餘之殘本。五卷本文字與十卷本亦有不同，然而差别並不大。

明代刊刻和傳鈔的齊己集主要版本有以下幾種：

（一）柳鈔本。嘉靖八年（一五二九）柳僉鈔《白蓮集》十卷附《風騷旨格》一卷，柳僉有跋，國圖藏。半葉九行十八字，卷前有孫光憲《序》及目録，卷後附《風騷旨格》一卷。各卷首題"白蓮集卷第某"，次行下方具款"廬岳僧齊己撰"。前九卷皆近體，第十卷前半録古體，後半爲"絶句四十二首"。各卷收詩首數爲：卷三、卷五和卷六各八十首，餘卷各八十一首，共八百七首。孫氏《序》謂“編就八百一十篇”，此本差少三篇。《四庫全書總目》疑卷十所收“絶句四十二首”（實四十一首）乃“後人采輯附入也”，然若除去四十一首，則僅七百六十六首，缺漏更多，故此絶句四十一首，當爲孫氏原編即綴於卷十後。此本錢曾《述古堂書目》有著録，其《讀書敏求記》亦有著録，錢氏曰：“《白蓮集》十卷，北宋本影録，行間多脱字，牧翁以朱筆補完。又一本有柳僉跋，附《風騷旨格》一卷。”《錢遵王讀書敏求記校證》卷四中注引勞權語曰：“柳跋一本，今歸丹鉛精舍，九行十八字，副葉中有‘秋夏讀書冬春射獵’白文方印，‘函雅堂收藏書畫記’朱文長印。孫《序》後有‘籛後人謙益讀書記’朱文大方印，‘季印振宜’、‘滄葦’朱文二方印，‘金氏文瑞樓藏書記’白文長印。目録後‘季振宜藏書’朱文小印。《風騷旨格》目録後半葉題記云：‘陳氏《直齋書録》云：“唐僧齊己《白蓮集》十卷、《風騷旨格》一卷。”今兼得之，爲合璧矣。元書北宋刻，傳世既久，湮滅首卷數字，當俟善本補完，與皎然、貫休三集並傳。嘉靖八年歲己丑，金閶後學柳僉謹志。’前後空三行，低三格。卷内間有蒙叟朱筆評點。”（《錢遵王讀書敏求記校證》卷四中，頁二〇七）據此可知此柳氏鈔本，明末清初歸錢謙益絳雲樓，再歸錢曾述古堂，錢曾後將此本與部分重複的宋元善本售於季振宜，故卷中有季氏鑒藏印記多枚。季氏書散出後，此本歸金氏文瑞樓，故卷中又有“文瑞樓”印記。金氏書散出後，輾轉至民國時期，此本歸傅增湘，《藏園群書經眼録》著録此本曰：“《白蓮集》十卷附《風騷旨格》一卷，唐釋齊己撰。明柳僉大中寫本，九行十八字，宋諱皆缺末筆。柳僉識語録後……按：此本爲柳大中寫本，曾藏錢牧齋謙益家，序中缺三十九字，又詩中缺處均經牧齋點記，卷七朱筆圈點亦牧翁之筆。後歸季滄葦振宜，最後爲勞平甫權所得。有跋記在《敏求記》中，據《敏求記》所言，此書亦曾歸遵王，即記中所云‘又一本’也。勞跋言副葉有‘秋夏讀書冬春射獵’白文印、‘函雅堂收藏書畫記’，今不見，疑重裝時失之。”（《藏園群書經眼録》卷十二，頁一一〇九）傅氏所藏此本，新中國成立後由其家人捐贈給北京（今國家）圖書館。

（二）四部叢刊本。《四部叢刊》影印明精鈔本《白蓮集》十卷附《風騷旨格》一卷。一九二八年上海涵芬樓影印《白蓮集》十卷附《風騷旨格》一卷，亦據此明精鈔本影印。半葉十一行二十一字。卷前首孫光憲《白蓮集序》，次《白蓮集目録》。卷後附《風騷旨格》一卷，此外别無附録。各卷首題“白蓮集卷第某”（首卷脱“第”字），次行下方具款“廬岳僧齊己撰”。此本共八百七首，與柳大中鈔本同，卷後亦有柳大中題識。然柳鈔本半葉九行十八字，與此本行款不同，顯非柳鈔原本可知，且此本依字體看，前五卷爲一人書，後五卷乃另一人所書，而柳鈔本乃其一人寫成，可見此本乃柳鈔本的過録本無疑。有學者以爲叢刊本是據柳鈔本影印的，大誤。《四部叢刊書録》曰："取汲古閣本對校，有彼本缺而此本尚存者，此外足以正汲古本訛誤之處甚多，洵善本也，卷末附《風騷旨格》，亦汲古本所無，訛字亦比學津本爲少。"雖然如此，此本訛誤亦有不少，如卷一《夏日草堂作》"園林坐青影"句，"青"乃"清"字之訛。同卷《送休歸歸長沙寧覲》，題中第一個"歸"字乃"師"字之誤。同卷《送劉秀才往東洛》"松雲白入秋"句，"松"乃"嵩"字之訛。如同卷《移竹》"會得乘春力"句，"乘"乃"承"字之誤。如同卷《獨院偶作》"畢境伊雲鳥"句，"境"乃"竟"字之訛。卷二《聞貫休下世》"錦江新種樹"句，"種"乃"塚"字之誤；"欲去焚香里"句，"里"乃"禮"字之訛。卷三《春興》"飛忙蝶性莊"句，"性"乃"姓"字之訛。同卷《勉道林謙光鴻藴二首》，題中"首"字乃"侄"字之訛。卷四《寄南徐劉員外二首》"應訝松風約"句，"松風"乃"嵩峰"之訛。同卷《酬元員外》"淚滴舊煙蘿"句，"煙蘿"因下一首末二字誤，當作"朝恩"。卷五《送人南遊》"野石亂犀牛"句，"亂"乃"隱"字之訛。卷六《送王秀才往松滋夏課》"君與應相與"句，前一"與"字乃"去"字之誤。卷七《寄廬岳僧》"飛入西南瀑布峰"句，"飛"乃"深"字之訛。同卷《荆州貫休大師舊房》"舊是休公種境吟"句，"境"乃"此"字之訛。卷八《湘中送翁員外歸闕》，題中"闕"字乃"閩"字之訛。卷十《祁貞壇》，題中"貞"乃"真"字之誤。再如同卷《謝徽上人見惠二龍障子以短歌酬之》"又聞蜀國玉局觀有孫遍跡"句，"孫遍"乃"孫遇"之訛，等等。以上所舉，還不是訛誤的全部，意在表明此本雖録之柳大中本，但訛誤還是不少的。

（三）汲古閣本。汲古閣刻《唐三高僧詩》所收《白蓮集》十卷。此本版式與毛晉槧《禪月集》全同，卷前首《梁江陵府龍興寺齊己傳》，次孫光憲《白蓮集序》，卷後唯毛晉跋文二則，而無《風騷旨格》一卷。各卷首題"白蓮集卷第某"，卷一次行下方題款"廬岳僧齊己撰"，餘卷不再具款。此本首數、分卷與叢刊本全同，唯編次稍異。卷五《渚宮莫問詩一十五首》，叢刊本第八至十三首，此本作第二至七首；而統籤本所據宋五卷本，此十五首編次與叢刊本相同。此本編次之所以顛倒，蓋緣相鄰兩葉前後錯簡所致，遂即造成第一首最後四字"望至公理"，錯簡爲第七首最後四字"浄理尋思"；第十三首最後四字"外認揚眉",錯簡爲第一首最後四字"望至公理";第七首最後四字"浄理尋思",錯簡爲第十三首最後四字"外認揚眉"。又叢刊本卷七末《喜得自牧上人書》一首,此本編在同卷《懷金陵知舊》後;叢刊本之所以將此首編在卷末,蓋因書手不慎脱去,發現後將其補於卷末。其餘各詩編次,則二本完全相同。文字方面,此本與叢刊本差别並不大,且二本所脱缺的文字也大部分相同。所有這些表明,此本與叢刊本乃同源本。然《唐集叙録》謂此本"其實還是從柳大中本録出的",則未必即是。此本卷後毛晉《跋》曰:"余先得《杼山》、《禪月》,未遘《白蓮》。丙寅(天啓六年,一六二六)春杪,再過雲間康孟修内父東梵川,值藤花初放,纏絡松杉間,如入山谷,皆内父少年手植也,不勝人琴之感。既登閣禮佛,閣爲紫柏尊者休夏之地,破窗風雨,散帙狼籍,搜得紫柏手書《梵川記略》一楅……又搜得《白蓮集》六卷,惜其未全,忽從架上墮一破簏,復得四卷。咄咄奇哉!余夢想十年,何意憑弔之餘,忽從廢紙堆中現出,豈内父有靈,遺餘未曾有耶?既知爲紫柏手校遺編,早向未來際尋契,余小子有深幸焉。晉又識。"可見此本出自紫柏尊者的手校本。此本文字與叢刊本亦小有差異,如卷一《幽庭》"未著牡丹栽"句,"栽"字,統籤本同,叢刊本作"開"。此本同卷《劍客》"翻嫌易水上"句,"嫌"字,統籤本同,叢刊本作"言"。如卷二《秋月錢塘作》"應懸戰血腥"句,"懸"字,叢刊本誤作"漸",統籤本作"慚",甚是。此本卷三《江行早發》"長沙未五更"句,"沙"字,叢刊本、統籤本均作"江"。同卷《寄雙泉大師師兄》"敢把吾師意"句,"把"字,統籤本同,叢刊本作"告"。同卷《懷華頂道人》"禪餘石橋去"句,"石橋",統籤本同,叢刊本作"橋上"。此本卷四《寄南徐劉員外二首》其一"應訝嵩峰約"句,"嵩峰",統籤本同,叢刊本作"松風"。同卷《角》"會轉胡風急"句,"胡"字,統籤本同,叢刊本作"吴"。卷五《清夜作》"坐聞風露滴"句,"風"字,統籤本同,叢刊本作"清"。同卷《水鶴》"歸路分明個"句,"個"字,統籤本同,叢刊本作"過"。此本卷六《寄東林言之禪子》"怕客但佯眠"句,"佯"字,統籤本同,叢刊本作"言"。卷七《早鶯》"暖風催出囀喬林"句,"催"字,統籤本同,而叢刊本作"吹"。卷九《庚午歲九日作》"頭尾算來三十三"句,"十"字,統籤本同,叢刊本作"月"。又如卷十《湘妃廟》"相攜泣鳳蕊龍輿"句,"輿"字,統籤本同,叢刊本此字脱,等等,可見二本文字還是有差異的。這種差異,也可能爲紫柏尊者抑或毛晉校勘所致。

（四）馮鈔本。明末馮班家鈔本《白蓮集》十卷、《風騷旨格》一卷（卷三、卷六配清鈔本），有清何焯校跋及丁祖蔭跋，國圖藏。《藏園群書經眼録》著録有此本，曰："《白蓮集》十卷附《風騷旨格》一卷，唐釋齊己撰。舊寫本，九行十八字，鈐有'上鄘馮氏私印'、'上鄘'各印。明馮班、清何焯手校，有跋録後：'《白蓮集》十卷，定遠先生所手校，後轉入錢遵王家，蔣三揚孫得之以贈余。余書素無善本，一旦得此書，遂居其甲，喜而識其所自。康熙壬申六月何焯書。'此跋墨筆。'此本乃定遠少年時所閲，雖優於汲古刊本，然亦未有宋刻精校。康熙戊子。復借錢楚殷架上牧翁舊藏本參校，庶爲善本，可資後來學吟者涉獵矣。長至後五日燈下焯又書。'此跋黄筆。鈐有'錢曾之印'。'文登于氏小謨觴館藏本'白文長印。（見於蟫隱廬。戊午）。"（《藏園群書經眼録》卷十二，頁一一一〇）審其行格版式，及卷後亦附有《風騷旨格》一卷諸版本特徵來看，或此本亦據宋本寫出，抑或據柳鈔本寫出者，唯其如是，故何焯收得此本後非常重視，反復題跋，盛贊此本居其藏書之甲也。

（五）統籤本。胡震亨《唐音統籤》所收《齊己詩》十一卷，編卷八百九十一至九百一，庚籤一僧詩二十三，寫本。胡氏曰："《白蓮集》，《宋志》十卷，《序録》云：'共詩八百篇。'趙玄度藏有宋本，止五卷，計四百七篇，餘亡。補一百篇，俟博洽者終成之。"（《唐音統籤》第八册，頁六〇六）據此可知十卷本以胡氏之博洽，亦未曾寓目，明時十卷本流行之稀，於此可見。此本詩分體，計首卷四古一首、五古五、七古六、長短句十八，第二至九卷五律四百二十、五排九，第十卷七律四十一、五絶四，第十一卷七絶四十九、殘句九則，共五百五十三首，殘句九則。據胡氏言，此本所據底本乃宋本五卷，有詩四百七首，胡氏輯補佚詩一百篇。然而實際上，胡氏所補爲百四十六首，而詩題下注明"補"字者，只有七十二首。今持此本與叢刊本對勘，發現此五卷本各詩，散見於十卷本各卷。據此推測宋刊五卷本，乃是十卷本的一個選編本，而非十卷本之殘存本，所以此本亦是十卷本的一個下位本。此本收詩，較叢刊本溢出三首：七律《送李秀才歸湘中》，及七絶《貽九華[山]〔上〕人》與《紅薔薇花》。若是此五卷本所據之十卷本，應爲八百十首之全本，所選五卷，恰恰含叢刊本所闕的三首。可見今傳十卷本已不全矣。此本文字亦與今傳十卷本稍異。如叢刊本卷五《聞落葉》"楚樹雪晴後"句，"雪"字，汲古閣本同；而此本作"霜"。叢刊本同卷《送人南遊》"野石亂犀牛"句，

“亂”字，汲古閣本同；而此本作“隱”。叢刊本卷六《早梅》“風遞幽香去”句，“去”字，汲古閣本同；而此本作“出”。“明年尤應律”句，“尤”字，汲古閣本作“猶”；此本作“如”。叢刊本同卷《聽泉》“幾曾廬岳聽”句，“幾”字，汲古閣本同；而此本作“省”。叢刊本卷九《聞尚顔上人創居有寄》“窗臨杳靄寒千嶂”句，“寒”字，汲古閣本同；而此本作“雲”。叢刊本卷十《湘妃廟》“黄昏一岸陰風起”句，“岸”字，汲古閣本同；而此本作“片”。再如叢刊本同卷《謝徽上人見惠二龍障子以短歌酬之》“我見蘇州昆山金城中”句，“金城”二字，汲古閣本同；而此本作“佛殿”，等等，可見此本與今傳十卷本文字區别還是不小的。

清代刊刻和傳鈔的齊己集，其主要版本有以下幾種：

（一）全唐詩本。康熙敕編《全唐詩》所收《齊己詩》十卷。《全唐詩》主要據《唐音統籤》和季振宜《全唐詩稿本》編輯而成。季氏《稿本》中的《齊己詩》十卷，乃是將上述汲古閣本《白蓮集》十卷原刻直接入編，再於卷八末補入七律《送李秀才歸湘中》，於卷十末補入七絶《紅薔薇花》與《貽九華上人》凡三首佚詩編輯而成的，故《稿本》共八百十首。文字方面季氏用《唐詩紀事》、《樂府詩集》、《瀛奎律髓》等總集作了校勘。如汲古閣本卷六《燒》一首，叢刊本、統籤本題同，季氏據《紀事》將題目改作《觀燒》。如汲古閣本卷七《早鶯》“何處經年絶好音”句，“絶”字，叢刊本、統籤本同，季氏校改作“閟”。汲古閣本卷十《猛虎行》“横行不怕日月星”句，“星”字，叢刊本同，季氏蓋據《樂府詩集》改作“明”，等等。然而此類校改並不多。康熙敕編《全唐詩》中的《齊己詩》十卷，便是將季氏《稿本》中的《齊己詩》十卷悉數收入，而删去季氏於卷八末補入的七律《送李秀才歸湘中》一首，另於卷七末補入佚詩七律《題鄭郎中谷仰山居》，於卷九之七律末補入佚詩《題玉泉寺》，於卷十末據統籤本補入佚詩七絶《寄賡匡圖兄弟》等凡三首，故《全唐詩》共八百十二首，殘句九則，成爲一時收詩最多的本子。文字方面，編臣也作了校勘，改正了季氏未及改正的訛誤，然而《稿本》有些訛誤，編臣也未能予以糾正。如汲古閣本卷二《夏日西霞寺書懷寄張逸人》，題中“西霞寺”乃“栖霞寺”之訛，季氏未及校改，編臣亦未能予以糾正。又如汲古閣本卷七《將之匡廬過尋陽》，題中“尋”字誤，季氏未及校改，編臣也未能校正；叢刊本作“潯”，甚是。再如汲古閣本卷十《猛虎行》“饑來吞噬助腸飽”句，“助”字誤，季氏未及校改，編臣亦未能予以校正；叢刊本、統籤本皆作“取”，甚是。尤其是叢刊本卷五《渚宫莫問詩一十五首》之第二至七首，汲古閣本錯簡爲第八至十三首，季氏未發現錯簡，編臣亦未發現錯簡。編臣只是在校勘中發現這幾首詩末句文字有誤，僅將正確的文字作爲異文出校而已。不過此類錯誤畢竟不多，而汲古閣本的訛誤大多已爲編臣校正，所以此本無論收詩數量還是文字品質，在《白蓮集》諸古本中都是一個較精的本子。

（二）四庫本。乾隆敕修《四庫全書》所收《白蓮集》十卷。此本卷前唯館臣《提要》，卷後唯毛晉《跋文》二則。《四庫全書總目》曰："《白蓮集》十卷，兩江總督采進本……是集爲其門人西文所編，首有天福三年孫光憲序。前九卷爲近體，後一卷爲古體。古體之後又有絶句四十二首，疑後人采輯附入也。唐代緇流能詩者衆，其有集傳於今者，惟皎然、貫休及齊己。"（《四庫全書總目》卷一五一，頁一三〇四）館臣謂此本乃兩江總督采進本，但所采究爲何種版本？館臣並未明言。今考此本卷後既附有毛晉《跋文》，故應是據汲古閣本入録者，且此本文字較他本更近於汲古閣本。如汲古閣本卷三《東林雨後望香爐峰》"急遶落來泉"之"遶"字，如汲古閣本卷六《送朱秀才歸閩》"無謀謁至公"之"謁"字，如汲古閣本卷九《聞尚顔上人創居有寄》"可想乍移禪榻處"之"禪"字，再如汲古閣本卷十《讀李白集》"飽飲游神向玄圃"之"飲"字，等等，這些都是汲古閣本獨有的文字，而此本皆與之同，可見此本的確是據汲古閣本録入的。不過此本亦經過館臣校勘，改正了汲古閣本不少訛誤，故而文字較汲古閣本更加精粹。

（三）江標本。光緒間江標刻《唐人五十家小集》所收《唐齊己詩集》一卷。半葉十行十八字，内封面題"唐齊己詩集"，左旁小字署"宋書棚小集，江建霞重刊"。卷端次行下方署"菏澤李龏和父編"。本書前已述及，江標刊《唐人五十家小集》所收《皎然集》、《禪月集》均出自李龏編《唐僧弘秀集》；此本卷端次行下方既署"菏澤李龏和父編"，表明此本亦出自《唐僧弘秀集》。又《弘秀集》有書棚本，此本既署"宋書棚小集，江建霞重刊"，則此本所據應爲書棚本《弘秀集》之《唐齊己詩集》一卷無疑。書棚本《弘秀集》之《唐齊己詩集》編在卷七，選詩六十七首，後附無本詩四首，此本亦然，這進一步證明此本的確是據書棚本《弘秀集》仿刻者。正因爲此本所據乃書棚本《弘秀集》，故録詩和文字均有其優長。較之叢刊本，此本溢出《貽九華上人》一首，此其一。其二，此本文字與統籤本多同，如叢刊本卷五《聞落葉》"楚樹雪晴後"句，"雪"字，汲古閣本同；而統籤本、此本皆作"霜"。叢刊本同卷《送人南遊》"野石亂犀牛"句,"亂"字,汲古閣本同;統籤本、此本皆作"隱"。叢刊本卷六《早梅》"風遞幽香去"句,"去"字,汲古閣本同;而統籤本、此本皆作"出"。叢刊本同卷《聽泉》"幾曾廬岳聽"句,"幾"字,汲古閣本同;而統籤本、此本皆作"省"。叢刊本卷九《聞尚顔上人創居有寄》"窗臨杳靄寒千嶂"句,"寒"字,汲古閣本同;而統籤本、此本皆作"雲"。叢刊本卷十《湘妃廟》"黄昏一岸陰風起"句,"岸"字,汲古閣本同;而統籤本、此本皆作"片"。再如叢刊本同卷《謝徽上人見惠二龍障子以短歌酬之》"我見蘇州昆山金城中"句,"金城",汲古閣本同;而統籤本、此本均作"佛殿",等等,均較叢刊本、汲古閣本爲優。

綜上,齊己集版本有兩個特點:(1)孫光憲所編《白蓮集》十卷,雖宋槧本没有流傳下來,但孫氏原編的面貌卻經明柳大中精鈔北宋本較好地保存了下來,所以今傳齊己《白蓮集》十卷,無論收詩數量還是文字品質,在現傳唐代諸多别集中,都是比較好的一種。(2)十卷本之外的五卷本及一卷本,皆齊己集的選編本。五卷本乃是由十卷本選編而成的,一卷本則是由五卷本選編而成的;二者收詩雖未超出十卷本的録詩範圍,但因二本均成書於較早的宋代,故不僅可以彌補柳鈔本佚失的三首詩,而且在文字方面也有寶貴的參考價值。

李建勳詩集

李建勳(八七三?～九五二)字致堯,廣陵(今江蘇揚州)人。初爲升州巡官,李昪鎮金陵,以爲副使,預禪代之策,南唐立國,二度爲相;中主即位拜司空。以司徒致仕,隱於鍾山,賜號"鍾山公"。建勳少好學,能屬文,尤工詩,放意山水而卒,謚曰靖。

建勳集,兩《唐書》未見著録。顧懷三《補五代史藝文志》著録《李建勳集》二十卷,詩一卷。入宋,《崇文總目》卷五著録《鍾山公集》二十卷、又《李建勳詩》二卷;《通志・藝文略八》著録同。陳振孫《書録解題・詩集類上》著録《李建勳集》一卷,當僅爲詩集。《宋史・藝文志七》著録《李建勳集》二十卷。宋以後,二十卷本無傳。後世所傳建勳集,唯詩集二卷而已。

建勳詩集之宋刻,今可知者有兩種,其一爲臨安府陳宅刻本《李丞相詩集》上下卷,今國圖有藏,半葉十行十八字,左右文武雙欄,白口單魚尾下鐫

“李相詩上(下)”字樣。各卷首題“李丞相詩集卷某”,次行下方具款“隴西李建勳”,三行低二字標該卷首數,下接正文。卷前唯目録。上卷末有“臨安府洪橋子南河西岸陳宅書籍鋪印”牌記一個。兩卷凡八十五首。此本寫刻俱佳,《鐵琴銅劍樓藏書目録》有著録,其略曰:

> 《李丞相詩集》二卷,宋刊本。題隴西李建勳。此亦書棚本,每半葉十行、行十八字。卷上末有“臨安府洪橋子南河西岸陳宅書籍鋪印”一行。案:此本與席刻本有異者,如《留題愛敬[字]〔寺〕》,不作“宿題”,其詩次《溪齋》後,不次《宿山房》後;又《小園》云“竹蘺荒引蔓”,不作“竹籬”;《清溪草堂閑興》云“獨有愛閒心”,不作“獨自”;《宿友人山居》云:“荒庭雪灑蒿”,不作“灑篙”;《重臺蓮》云:“斜倚[西]〔秋〕風絶比倫”,不作“北倫”。籤題“宋梓李丞相詩集全”八字,王伯穀筆也。卷首有“朱子儋印”、“項元汴印”、“子京父印”、“項墨林鑒賞章”諸朱記。(《鐵琴銅劍樓藏書目録》卷十九,頁二九三)

瞿氏所指此本與席本(詳下)諸多不同處雖是,然判此本爲“書棚本”則並不正確。南宋陳起父子所刻書,由於字秀紙佳,版本精良,一時名氣很大,因其書籍鋪開設在臨安府棚北大街,故後世特譽稱“書棚本”。然南宋“臨安府洪橋子南河西岸陳宅書籍鋪”,則並非陳起父子所開,毛晉已看出《李賀集》之“臨安陳氏本”與“書棚本”陳氏本有種種不同。今學者張劍《李賀集版本校勘瑣議》一文對此有詳細考證,指出南宋臨安陳氏書賈至少有三家,棚北大街睦親坊陳起父子和洪橋子南河西岸陳宅,就是其中的兩家,過去學界一直將《李賀集》之“臨安陳氏本”與“書棚本”混爲一談,乃是大誤解,《李賀集》之“臨安陳氏本”並非“書棚本”,實乃别一陳氏所刻(《中國社會科學院研究生院學報》,二〇〇〇年第一期),所辨甚是。這裏的《李建勳詩集》二卷,就是臨安府“洪橋子南河西岸”之陳宅書籍鋪刊行的,而非“棚北大街睦新坊”陳起父子所刻印,所以瞿氏稱之爲“亦書棚本”,大誤。此本卷前目録首葉,除“項元汴印”諸朱記外,還鈐有“汪士鐘印”、“閬源真賞”陰陽二朱記。項元汴,字子京,號墨林山人,嘉興人,嘉靖、萬曆間在世,工繪事,精鑒賞,所藏法書名畫極一時之盛。清兵至嘉禾,項氏累歲之藏,盡爲千夫長汪六水所掠。汪士鐘,字閬源,蘇州人,好藏書,是繼黄丕烈之後蘇州又一藏書大家。此本爲汪士鐘所收,當由汪六水家得之。汪士鐘書散出後,此本輾轉歸常熟瞿氏，故書中有“鐵琴銅劍樓”、“古禺瞿氏”諸藏印。鐵琴銅劍樓曾據以影印行世，卷前有鐵琴銅劍樓主人四十五歲小影一幀。《四部叢刊續編》所收《李丞相詩集》二卷，即據此本影印。新中國成立後，瞿氏後人將此宋槧捐獻給北京(今國家)圖書館。

元時不聞建勛集有刻本。明代建勳詩刊刻和傳鈔的本子，其主要版本有以下幾種：

(一)朱警本。嘉靖十九年庚子(一五四〇)朱警輯刻《唐百家詩·晚唐四十二家》所收《李丞相詩集》上下卷。半葉十行十八字，左右雙欄，版心白口單黑魚尾下有“李相詩”字樣，各卷首題“李丞相詩集卷某”，次行具款“隴西李建勳”。上卷四十四首，下卷四十一，共八十五首，不分體。此本卷下尾題次行下方鐫“宋本翻刻”四字。今考此本書名、分卷、首數、編次等等，均與宋陳宅本相同，然文字卻與瞿氏所舉陳宅本諸例有合有不合，且陳宅本的脱文，此本有不脱者，如此本卷上《白鴈》“東溪一白鴈”句，“一白”二字，陳宅本脱去。較之陳宅本，此本文字訛誤者，如卷上《春日金□園》“不是負芳晨”句，“不”字，陳宅本作“半”，味之詩意，“半”字是。此本同卷《宿友人山居寄司徒相公》二首其二“荒庭雪灑篙”句，“篙”字誤，陳宅本作“蒿”。此本卷下《重臺蓮》“斜倚秋風絶北倫”句，“北”字誤，陳宅本作“比”，甚是，等等。這些文字差異，應爲朱氏翻刻時改動或疏誤所致。另，明代有一種所謂“翻宋本”《李丞相詩集》二卷，卷末也有“宋本翻刻”字樣，其版式、行款與此本完全相同，且收詩數量、分卷、編次也一如此本，文字也與此本幾無差别，很可能是此本的單行本，或爲此本的翻刻本。

(二)統籤本。胡震亨《唐音統籤》所收《李建勳詩》二卷，編卷七百六十三至七百六十四，戊籤餘十五，刻本。此本凡九十四首，分體編次，首卷五古五首、七古三首、五律三十七、五排二；次卷七律三十六、五絶一、七絶十，另殘句三則。此本版本淵源，是以朱警本或其衍生本爲底子，輯補遺詩《送喻鍊師歸茅山》、《和元宗元日大雪登樓》、《遊棲霞寺》、《答湯學士》、《金山》、《游宋興寺東岩》、《送李冠》、《批周宗書後》、《題信果觀壁》等九首，殘句三則，分體編輯爲二卷而成的。故《白雁》“東溪一白雁”句，“一白”二字不缺。《春日金□園》“不是負芳晨”句，“不”字不作“半”。《感故府二首》其二“披衣隨風立”句，“隨”字不缺。然胡氏改正了朱警本的一些訛誤，故《宿友人山居寄司徒相公》二首其二“荒庭雪灑蒿”句，“蒿”字不訛作“篙”。《重臺蓮》"斜倚秋風絶比倫"句,"比"字不訛作"北"。只是《樽前》"莫厭百壺□□□,□□□□□閒愁"二句,缺八字,可見胡氏並無再據别本加以校勘,否則此八字是不難補上的。

清代建勳詩集傳鈔和刊刻的本子,其主要版本有以下幾種:

(一)席刻本。康熙四十一年(一七〇二)席啓寓琴川書屋輯刻《唐詩百名家全集》所收《李丞相詩集》二卷。此本卷前有目録,卷後有"東山席氏悉從宋本刊於琴川書屋"牌記一個。然今考此本除編次、文字與朱警本小有不同外,其餘行款、版式、收詩數量、分卷等等一如朱警本,是朱警本的翻刻本。此本《小園》、《金陵所居青溪草堂閑興》、《宿山房》與《[宿]〔留〕題愛敬寺》四詩之編次,朱警本、五十家小集本編次爲《留題愛敬寺》、《小園》、《宿山房》與《金陵所居青溪草堂閑興》,二者編次稍異。此本文字亦小有訛誤,如《春日金谷園》,題中"谷"字,陳宅本、朱警本、唐人五十家小集本皆脱,此本補作"谷"。"金谷園"乃北朝石崇園囿,在洛陽,此乃詠金陵之園囿,故作"金谷園"非。如《小園》"竹籬荒引蔓"句,"籬"字,宋陳宅本、朱警本、五十家小集本皆作"蘺",是,此本訛。又如《金陵所居青溪草堂閑興》"獨自愛閒心"句,"自"字,宋陳宅本、朱警本、五十家小集本皆作"有",此本誤。再如《宿題愛敬寺》,題中"宿"字,宋陳宅本、朱警本、五十家小集本皆作"留",此本當誤,等等。然而這畢竟只是少數,故此本不失爲較好的朱警本的翻刻本。

(二)全唐詩本。康熙敕編《全唐詩》所收《李建勳詩》一卷。《全唐詩》乃據《唐音統籤》和季振宜《全唐詩稿本》兩書修訂而成。季氏《稿本》中的《李建勳詩集》二卷,乃是將上述朱刻本一系的本子原刻入編,再於卷末輯補佚詩《答湯悦》、《題金山韓垂詩》、《送李冠》三首編輯而成的,故《稿本》共八十八首。文字方面,季氏作了校勘,如《重臺蓮》"斜倚秋風絶北倫"句,"北"字訛,季氏校改作"比",甚是。然朱警本一系本子的其他訛誤,季氏未及改正。康熙敕修《全唐詩》中的《李建勳詩》一卷,便是將季氏《稿本》中的《李建勳詩》二卷全數入編,再據統籤本增補佚詩《送喻鍊師歸茅山》、《和元宗元日大雪登樓》、《遊棲霞寺》、《游宋興寺東岩》、《批周宗書後》、《題信果觀壁》等六首,據他書輯補《送八分書與友人繼以詩》一首編輯而成的,故《全唐詩》共九十五首,成爲一時收詩最多的本子。文字方面,編臣亦作了進一步校勘,改正了《稿本》未及改正的訛誤。然而由於編臣未見宋陳宅本,故《稿本》未及改正的有些訛誤,編臣亦未能改正。如《春日金谷園》"不是負芳晨"句,"不"字似訛,陳宅本作"半"。《宿友人山居寄司徒相公》二首其二"荒庭雪灑篙"句,"篙"字訛,陳宅本作"蒿"等,季氏與編臣均未加改正。然小疵大醇,全唐詩本無論收詩數量還是文字品質,都是現存建勳詩集中最好的本子。

(三)劉寫本。劉梅真影宋寫《李丞相詩集》二卷,天津圖書館藏。此本乃袁克文假瞿氏鐵琴銅劍樓藏宋陳宅書籍鋪本命其妻劉梅真影鈔,卷末有劉氏跋曰:"己未二月梅真影寫宋本一本,劉。"旁有"梅真景寫宋本小印"圖記一方。卷後克文跋曰:"《李丞相詩集》二卷,南宋臨安書棚本,歷藏葉氏進學齋、朱承爵、項子京、汪閬源諸家,今歸鐵琴銅劍。屢假,得原本,屬内子影寫一過,蒼茫齋主人摹鉤諸藏印。時己未二月二十二日記於上海寓廬,寒雲。"鈐有"寒雲小印"一方。是此本乃民國八年己未(一九一九)袁克文寓居上海時命其妻影寫者,劉氏書法精妙入神,所寫與宋本幾無二致,所謂"下真跡一等者"。袁氏極爲珍愛,民國十三年甲子浴佛日,又特地取出,與無隅和尚一同欣賞,且題識於卷末曰:"甲子浴佛日同無隅師展讀一過,克文。"此本從袁家散出後,爲周暹收得,卷中有"周暹"印記可證。最後輾轉歸天津圖書館,新中國成立後天津圖書館曾將此本影印出版。

(四)江標本。江標影刻《唐人五十家小集》所收《李丞相詩集》二卷。此本内封面篆書"李丞相詩集",左方小字題"宋十行本"。此本行款、版式、收詩數量、分卷、編次、文字等等一如朱警本,是朱警本的一個忠實翻刻本。

(五)感峰樓本。感峰樓鈔《李丞相詩集》上下卷,上圖藏。半葉十行十八字,工筆正楷,一筆不苟,鈔於統一刷印的藍格紙上,左右文武雙欄,右欄外下方鐫"感峰樓鈔本"五字,粗黑口,無魚尾,版心書"李相詩上(下)"字樣。此本係與《周賀詩集》合鈔,周集卷後韻齋跋曰:"乙卯八月一日,在文學山房書肆見此二種,係景宋鈔,舊爲季滄葦氏藏,印章纍纍,借而傳録,十一日竣帙。韻齋識。"是此本乃據季氏影宋鈔本過録而來,此本卷上後有"臨安府洪橋子南河西岸陳宅書籍鋪印"牌記一個,知季氏本所據乃宋臨安府洪橋陳宅書鋪本(已見),此本則爲洪橋陳宅書籍鋪本的影鈔本,亦下真跡一等也。

釣磯文集

徐夤（晚唐五代間在世）一作"寅"（《唐音統籤》謂"從碑本作夤"）字昭夢，莆田（今屬福建）人。工詩賦，尤善近體，乾寧元年（八九四）進士及第，釋褐秘書省正字。避亂歸鄉，閩王王審知辟爲掌書記，禮遇簡略，隱於延壽溪而終。

徐夤晚年悠游林泉，時光閒暇，有機會整理自己的作品，故文集乃其手修。對此夤八世孫宋徐師仁《徐公釣磯文集序》有明確交代，其略曰：

> 正字諱夤，字昭夢……師仁家故有賦五卷、《探龍集》五卷，正字自序其後。又於蔡君謨家得《雅道機要》一卷，又訪於族人及好事者，得五〔七〕言詩並絶句合二百五十餘首，以類相從爲八卷，並藏焉……然《八體回文詩》尋討未獲，小説載《紅綾餅餤絶句》亦不見全，其餘碑碣之屬甚衆，類皆亡失，豈其賦名特高，故他文遂不俱傳歟！（《四部叢刊》影印《徐公釣磯文集》）

由此《序》可知，《賦集》五卷、《探龍集》五卷有夤《自序》。既有《自序》，應已成集，故二集當爲夤自編。《雅道機要》乃皎然《詩式》一類的詩學著作，亦夤所著。夤應還有詩文集，所收當爲"碑碣之屬"等其他文字，可惜師仁未能獲見，諸家書目亦無載，故其集名爲何及卷數多寡，已不得而知了。

入宋，《崇文總目》著録《正字賦》五卷（按：今本《總目》只一卷，誤），《探龍集》亦止一卷，《雅道機要》及詩文集已不見著録。《新唐書・藝文志》、《郡齋讀書志》未著録夤集，可見傳本稀少。其裔孫師仁南宋初在家集的基礎上，又廣爲搜討，最後彙爲《釣磯集》十九卷以藏。師仁《徐公釣磯集序》述其編輯之事甚悉，其略曰：

> 按《崇文總目》，《正字賦》五卷、《探龍集》一卷，題曰"僞唐徐某撰"。正字實未嘗仕僞唐也。師仁家故有賦五卷、《探龍集》五卷，正字自序其後。又於蔡君謨家得《雅道機要》一卷，又訪於族人及好事者，得五〔七〕言詩並絶句合二百五十餘首，以類相從爲八卷，並藏焉……然《八體回文詩》尋討未獲，小説載《紅綾餅餤絶句》亦不見全，其餘碑碣之屬甚衆，類皆亡失，豈其賦名特高，故他文遂不俱傳歟！今觀箋疏

頗類玉溪，而律詩精練，亦不減同時韓致光、吴子華諸人也。惜乎遭罹亂世，不獲少伸其志。其來閩中，且有前陂後堰之歎，安有爲朱温所屈哉？殆亦遜言避禍，不得不爾也。張丞相記頗詳，足以附見。建炎三年（一一二九）三月序。（《四部叢刊》三編本）

可見《釣磯集》所含《賦集》五卷、《探龍集》五卷、《雅道機要》一卷乃夤之原編；而詩八卷，乃師仁輯補佚詩後所重編者，合共十九卷，師仁爲作《序》。其他作品，則均已亡佚。不過這個十九卷《釣磯集》，師仁僅謂“並藏焉”，不言刊行，故世間並未流通，宋末陳振孫《書録解題》卷二十二《文史類》只著録《雅道機要》二卷，且曰“前卷不知何人，後卷稱徐寅撰”，就是明證。而十九卷本的家集宋末又佚去《雅道機要》一卷，於是夤裔孫端衡又纂輯夤遺事及年譜附於十八卷後，重行編輯成書，請劉克莊爲序。克莊《徐先輩集序》略曰：“友人徐君端衡，出其十一世祖唐正字光（余嘉錫以爲“光”乃“先”字之訛，又脱去“輩”字）夤文集，又纂輯公遺事及年譜以示余。按劉山甫《墓誌》，詩賦外有著書二十卷，《□陵集》十卷。南渡初公族孫著作佐郎師仁作集序，有《雅道機要》一卷得于蔡君謨家者，今皆不傳。所傳者律賦及《探龍集》各五卷，詩八卷而已。夫士不幸而不遇於當時，所賴以自見於後世者書爾，而公所著他書皆羽化，惟詩賦與儷語僅存，豈不重可歎歟！然其僅存者已足與子華、致光並驅矣。”可見推許之高。

至元代，則十八卷本盡佚，經其裔孫徐玩多方搜求，方得賦四十首、詩二百五十餘首，重行編纂成集，於是夤集遂得存世。徐玩《釣磯文集序》曰：

文集者，入莆第五代祖先輩公所撰文也……“先輩”，時人推尊之稱也；“釣磯”，乃歸隱適意處號也。予嘗觀舊《譜》，載十二代著作佐郎賜紫魚袋師仁公所著《文集序》，云先輩公文字頗多，家故有賦五卷，《探龍集》五卷，又於蔡君謨家得《雅道機要》一卷，詩二百五十餘首。蓋詳論之，既有其《序》，時必有集。今皆亡失，故常鬱鬱不樂，凡對族人，惟以不得其文爲憂。至延祐丁酉歲，叔父司訓公於洛如金橋林必載家得詩二百六十餘首，復於己亥歲，族叔祖道真公遺賦四十篇，不勝欣慰，合而寶之。後則屢求，未能再得。泊爾歲塵事稍息，謹述世緒，聲跡已詳於譜牒……今則據其所得詩賦，暫編成卷，裝潢類諸譜牒，合與族人暨諸君子共之，可以知吾祖先手澤尚存而流衍無窮，抑祝厥後

子孫勉而求之，以增是卷，庶不負吾故家文獻之烜耀，遂書之以爲後之識也。玩可珍謹識。(《四部叢刊》三編本)

由《序》可知玩所編《釣磯文集》，書名雖仍師仁本之舊，内容編次已非舊觀。此本所收唯賦四十首、詩二百六十餘首，皆徐玩重行輯集編次。然徐玩此編是否分卷，卷凡幾何，惜未明言。而《雅道機要》一卷雖亦佚去，但因宋時已收入《吟窗雜録》，故可失而復得，惜玩未能據以收入《釣磯文集》也。徐玩所編本蓋未刊行，流傳未廣，然後世所傳夤集卻皆祖此本。

元代不聞夤集有刻本。明清兩代傳鈔和刊刻的夤集，其主要版本有以下幾種：

（一）統籤本。胡震亨《唐音統籤》所收徐夤詩六卷，編卷八百三至八百八，戊籤餘五十五，刊本。首卷五律二十一首、五排五，次卷七律四十一，三卷七律三十八，四卷七律三十七，五卷七律五十三，六卷七律三十八、七排三、七絶三十一，共二百六十七首。與錢曾也是園鈔本（詳下）相較，溢出七律《春入鯉湖》、七絶《初夏戲作》、《蝴蝶》“栩栩無因縶得他”凡三首；七律《偶吟》一首，錢曾本有題無詩，故此本實溢出四首。然此本誤脱七律《吴》一首。此本所據底本，乃徐玩一系的本子，只是此本分體編排，每體再分類，故與通行本異。文字方面，此本偶有脱誤。訛誤者如，七律《寄華山司空表聖》，題中“司空表聖”，《中晚唐詩紀》本（詳下）無“表聖”二字，錢曾本、席本作“司空侍郎”；此本加“表聖”二字，乃確指晚唐詩人司空圖。又如七律《經過廣平員外舊宅》與《經過翰林楊左丞池亭》二詩題中“過”字，錢曾本、席本（詳下）皆作“故”，味之詩意，“故”字是。脱缺者如，七律《北》“□□□來猶未啓”句，首三字脱。七律《釣車》“軋□金井轆轤聲”句，缺第二字。另外，此本《漢宫新寵》“日斜月滿可能久”句，“斜”字不作“中”。《郡伯惜牡丹花》，題中“伯”字不作“庭”。七律《回文二首》其二“輕帆數點千峰碧”句，“帆”字不作“航”。七絶《依韻贈南安方處士五首》其三“百萬僧衆不爲僧”句，“衆”字不作“中”，等等。

（二）錢鈔本。清錢曾也是園精鈔《唐秘書省正字先輩徐公釣磯文集》十卷。半葉十一行二十字，邊框左外側有“虞山錢遵王也是園藏書”十字。各卷卷端題“唐秘書省正字先輩徐公釣磯文集卷第某”，次行下方題款“徐夤昭夢著”，三行署文體名稱。各卷均有尾題“釣磯文集卷第某”。卷前首徐師仁《序》，次徐玩《序》，次目録。正文十卷，前五卷賦，後五卷詩。賦每卷十首，前四卷凡存賦四十首（末一首唯題存），第五卷有題無賦。第六卷長律八首、五律二十一、七絶二十八，第七卷七律五十二，第八卷七律五十二，第九卷七律五十二，第十卷七律五十二，共二百六十五首，與玩《序》合。職是之故，錢大昕判此本即徐玩編輯本。錢氏《跋徐夤釣磯文集》曰：

> 徐正字譔述見於《崇文總目》者，賦五卷，《探龍集》一卷，今皆不傳。此《釣磯文集》十卷，乃其後人可珍所編。可珍未詳何時人，其《序》稱"延祐丁酉"，似是元時，然延祐實無丁酉歲，疑傳寫誤耳。正字名，它書多作"寅"，此獨作"夤"，未詳其審。唐人集傳於今者少矣，此雖缺其第五卷，較之它本作二卷者爲善。壬子十月，從蕘圃孝廉假讀，因記於卷尾。竹汀居士錢大昕。

該《跋》後收入《潛研堂文集》卷三十一，《竹汀先生日記抄》中亦記有此本，文字稍異。此本十卷既爲玩編，則第五卷賦僅存目，亦當出自玩手。《四部叢刊》三編所收《徐公釣磯文集》即據此本影印，然較錢氏所見又有殘損，第四卷《朱雲請斬馬劍賦》缺後半，同卷《江令歸金陵賦》有題無賦，第九卷第一首七律《偶吟》有題無詩。其他缺文亦多，當爲所據底本即已如此。張元濟跋此本曰："今是本分爲十卷，前四卷賦凡四十篇，卷四第十篇缺，卷五有題十而無賦；後五卷詩凡二百六十五首，賦詩篇數與玩《序》合。玩《序》不言卷數，此本是否爲玩所編，又卷四、五原缺是否爲訪得時即僅存賦題，均不可知。"疑此本不一定出自玩編，自是一種審慎態度。然此本出自玩編，則爲學界共識。如余嘉錫《四庫提要辨證》曰："其賦以十篇爲一卷，第五卷目存而賦亡，僅存四卷，與徐玩《序》四十篇之數合。詩凡二百六十五首，與玩《序》亦合，其即爲玩所編輯之本無疑。（張元濟跋，謂玩《序》不言卷數，此本是否爲玩所編不可知者，非也。）"（《四庫提要辨證》卷二十一，頁一三一七至一三一八）確認此本即爲玩編。此本詩五卷雖與統籤本同自玩編本出，然二本文字稍有不同，如五律《追和常建歎王昭君》"淚盡黄雲雨"句，"雲"字，統籤本作"沙"。《昔遊》"年年志尚勤"句，"勤"字，統籤本作"存"。七律《十里煙籠》"碧水青山忽贈君"句，"忽"字，統籤本作"可"。《偶書》"瓊玖鸞來中燕石"句，"中燕石"，統籤本作"燕石貴"。《退居》"五侯門館怯趨旋"句，"旋"字，統籤本作"攀"。《尚書惠蠟麵茶》"冰碗輕涵翠緑煙"句，"緑"字，統籤本作"縷"。《李翰林》"謫下三清列八仙"句，"列八仙"，統籤本作“第幾班”。《鷹》“放兔穴多非爾識”句，“放”字，統籤本作“狡”。《蜀鞭》，題中“蜀”字，統籤本作“荀”，等等。張氏又曰：“《唐音癸籤》、《全唐詩》亦有夤詩，增得三首；又於《全唐文》續增目外賦二首，今並與所補八賦全録於後，並附《校記》。海鹽張元濟。”（《四部叢刊》三編本）四部叢刊本經過輯補，收録徐夤作品就比較全備了。

（三）詩紀本。清龔賢輯《中晚唐詩紀》所收《晚唐徐夤詩》一卷。半葉十二行二十一字，左右雙邊，白口無魚尾，版心上頂邊欄署“晚唐詩”，接分兩行署“徐寅”和葉碼。此本卷前有目録，正文凡收詩二百六十八首，與統籤本相較，唯溢出統籤本誤脱之七律《吴》一首。文字方面，此本也與統籤本爲近，而與錢曾本、席本稍異。如此本《回文詩二首》其二“輕帆數點千峰碧”句，“帆”字，統籤本同；錢曾本、席本皆作“航”。此本七律《經過翰林楊左丞池亭》與《經過廣平員外舊宅》二詩，題中“過”字，統籤本同；錢曾本、席本皆作“故”。此本《邵伯惜牡丹花》，題中“伯”字，統籤本同；錢曾本、席本皆作“庭”。此本《漢宫新寵》“日斜月滿可能久”句，“斜”字，統籤本同；錢曾本、席本皆作“中”。再如此本七絶《依韻贈南安方處士五首》其三“百萬僧衆不爲僧”句，“衆”字，統籤本同；錢曾本、席本皆作“中”，等等。可見此本與統籤本爲同一種抑或近似的本子翻刻而成的，只不過此本翻刻時抽去卷次而已。此本刻印較精，亦是現傳徐夤諸集中較好的本子，然文字個别處有訛誤，如《邵伯惜牡丹花》，題中“邵”字，他本皆作“郡”，甚是，此本誤，等等。

（四）席刻本。清席啓寓輯刻《唐詩百名家全集》所收《徐昭夢詩集》三卷。半葉十行十八字，左右雙邊，白口單魚尾下有“徐寅詩某”。卷前有總目，總目卷端題“徐昭夢詩集目録”，次行下方題款“莆田徐寅昭夢”。各卷卷端唯題“詩集卷第某”，次行下方題款“莆田徐寅昭夢”。卷一五律二十一首、七律六十六，卷二七律八十七，卷三七律五十五、五言長律五、七言長律三、七絶三十一，共二百六十八首，與詩紀本收録首數相同，編次也與詩紀本同。文字方面，此本則與錢曾本爲近，而與統籤本、詩紀本稍異。如此本七律《回文詩二首》其二“輕航數點千峰碧”句，“航”字，錢曾本注文同；統籤本、詩紀本皆作“帆”。此本七律《經故翰林楊左丞池亭》與《經故廣平員外舊宅》二詩，題中“故”字，錢曾本同；統籤本、詩紀本皆作“過”。此本《郡庭惜牡丹》，題中“庭”字，錢曾本同；統籤本、詩紀本皆作“伯”。此本《漢宫新籠》"日中月滿可能久"句,"中"字,錢曾本同;統籤本、詩紀本皆作"斜"。此本七絶《依韻贈南安方處士五首》其三"百萬僧中不爲僧"句,"中"字,錢曾本同;統籤本、詩紀本皆作"衆",等等。又此本《輦下贈屯田何員外》詩後有注曰:"員外與楊老丞翰林同年恩義最□。"錢曾本同,所缺爲"深"字;統籤本、詩紀本詩後則無注。可見此本與錢曾本爲同一種抑或近似的本子翻刻而成的。

(五)全唐詩本。《全唐詩》主要據季振宜《全唐詩稿本》與《唐音統籤》二書編纂而成。季氏《稿本》所收《徐夤詩》一卷,乃一鈔本,凡收詩二百六十八首。與錢曾本相較,溢出七律《春入鯉湖》、《蝴蝶》"栩栩無因繫得他"、七絶《初夏戲題》凡三首;七律《偶吟》一首此本有題有詩,故實溢出錢曾本四首。編次方面,此本也與錢本不同,錢本五七言長律、七言絶句居前,此本編在最後;其他個别篇章如《鬢髪》、《郡侯坐上觀琉璃瓶中游魚》等二本編次稍有不同外,其餘各詩編次則相同。而此本文字,則多與錢曾本同,且與其訛脱亦基本相同。如錢本五律《追和常建嘆王昭君》"淚盡黄雲雨"句,"雲"字,此本同;統籤本、詩紀本、席本作"沙"。錢本七律《十里煙籠》"碧水青山忽贈君"句,"忽"字,此本同;統籤本、詩紀本、席本作"可"。錢本《偶書》"瓊玖鬻來中燕石"句,"中燕石",此本同;統籤本、詩紀本、席本作"燕石貴"。錢本《退居》"五侯門館怯趨旋"句,"旋"字,此本同;統籤本、詩紀本、席本作"攀"。錢本《蜀鞭》,題中"蜀"字,此本同;統籤本、詩紀本、席本作"荀",等等。此本缺文較多,且所缺與錢本大都相同,這裏不再舉例。由此可見,此本乃是錢曾本的一個鈔本。實際上季振宜相當一部分唐集的宋元刊本、包括珍貴的鈔本均是從錢曾處獲得的,所以此本出自錢鈔本,是完全可能的。不過此本也改正了錢本的一些訛誤,然而由於鈔手粗率,此本又增加了一些新誤,如此本五律《贈嚴司直》"有酒劉佟醉"句,"佟"字誤;錢曾本、統籤本、詩紀本、席本皆作"伶"。此本七律《經故翰林楊左丞池亭》"薔薇藤老開花殘"句,"殘"字誤;錢曾本、統籤本、詩紀本、席本皆作"淺"。此本七律《偶題》"閑補巳書見廢興"句,"巳"字誤;錢曾本、統籤本、詩紀本、席本皆作"亡",甚是。《上盧三十遺以言見黜》,題中"十遺"誤;錢曾本、統籤本、詩紀本、席本皆作"拾遺",甚是。《無題二首》,"無題"二字,錢曾本、統籤本、詩紀本、席本皆作"偶題",此本誤。《追和賈浪仙古鏡》"誰聞黄帝喬山家"句,"家"字誤;錢曾本、統籤本、詩紀本、席本皆作"冢",甚是,等等,可見此本鈔寫疏誤之多，未爲善本。全唐詩本《徐夤詩》四卷，便是將季氏《稿本》之《徐夤詩》一卷原卷入編，故收詩、編次與季氏《稿本》相同。文字方面，編臣以《唐音統籤》等諸集參校，改正了上舉《稿本》的絶大多數訛誤，填補了《稿本》的多數脱文，故文字較《稿本》更精粹一些，且增加了不少題注和校記，頗具參考價值。然而由於季氏《稿本》所選用的底本並不理想，錯誤改不勝改，故還有一些訛誤館臣也未能糾正，如五律《贈董先生》"來年期壽籙"句，"壽"字誤，當作"受"，編臣未予糾正，等等。不過這只是少數，白璧微瑕，無傷大雅。

（六）四庫本。《四庫全書》所録《徐正字詩賦》二卷。卷前無師仁、玩二人《序》。卷一收賦八首，皆徐夤賦名篇，錢曾本均有。卷二詩二百六十八首，與詩紀本同。編次方面，此本雖不標詩體，然除《尚書榮拜恩命夤疾中輒課小詩二首以申攀讚》、《府主僕射王摶生日》、《獻内翰楊侍郎》三首，原編在《贈黄校書先輩璞閒居》之後，蓋因鈔時誤脱，故補於卷後外，其餘各詩編次同詩紀本，文字也與詩紀本爲近。《四庫提要》唯言"福建巡撫採進本"，不言所據爲何本？《提要》又曰："唐徐寅……所著有《探龍》、《釣磯》二集，共五卷，自《唐書・藝文志》已不著録，諸家書目亦不載其名，意當時即散佚不傳。此本僅存賦一卷，計八首；各體詩一卷，計三百六十八首，蓋其後裔從《唐音統籤》、《文苑英華》諸書裒輯成編，附刻家乘之後者，已非五卷之舊矣。"館臣謂夤所著唯《探龍》、《釣磯》二集，顯然是不正確的；又謂夤所著共五卷，且謂諸家書目亦不載其名，當時即已散佚不傳，今本乃是從《統籤》、《英華》二書裒輯成編，等等，也均與事實不符，故此余嘉錫糾正館臣誤説曰：

> 寅集不見於《唐志》，而《通志・藝文略》、《遂初堂書目》、《郡齋讀書志》、《讀書附志》、《直齋書録解題》、《通考・經籍考》，亦不著於録。然《崇文總目》卷六十三有《探龍集》一卷，《徐寅賦》一卷。《宋史・藝文志》有《徐寅别集》五卷，又有徐演《探龍集》五卷（在李後主、宋齊丘、徐鍇、馮延巳、潘佑、張爲諸家之下）。"演"即"寅"字之誤。《宋志》用宋歷代《國史藝文志》合編，而《國史志》又本之官修書目，則不得謂諸家書目皆不載其名，亦未嘗散佚不傳也，《提要》自不肯詳考耳……修《四庫書》時，未得徐玩編本，僅以二卷本著録。《提要》以爲徐氏後裔從《統籤》、《英華》内輯出，考《文苑英華》僅録寅賦五首，（《英華》卷六

十九《京兆試入國知教賦》,卷九十六《勾踐進西施賦》,卷一百三《斬蛇劍賦》,卷一百廿八《過驪山賦》,凡四首,均題徐寅,又卷一百四《衡賦》,不著撰人名氏,《全唐文》卷八百三十以爲寅作。)而庫本則存賦八首,疑徐氏自以家藏殘本付刻,而非出自《英華》也。《全唐文》卷八百三十録寅賦二十八首,其存佚與徐玩本互有不同,(兩書同有者十八首,徐本有目無文而見於《全唐文》者八首,徐本無而《全唐文》有者二首。)知亦未見玩本,疑其輯自《永樂大典》耳。(《四庫提要辨證》卷二一,頁一三一五至一三一六、一三一八)

余氏補館臣之未逮可謂至矣。由於館臣未見善本,四庫本録徐夤賦數量過少,故阮元有五卷徐夤賦進呈,其《四庫未收書提要・釣磯文集五卷提要》曰:"此爲錢遵王所藏影宋本。據其族孫師仁《序》云,家故有賦五卷,《探龍集》五卷,又於蔡君謨家得《雅道機要》,訪得詩二百五十餘首,以類相從爲八卷,並藏焉。《宋史・藝文志》載《徐寅别集》五卷,疑即師仁所藏之五卷也。今本乃其裔孫玩所編次,賦五卷,凡五十首。《四庫全書》所録八首皆在其中,而《全唐文》未採者較多二十一首云。"阮元此言也有誤。既曰"今本乃其裔孫玩所編次,賦五卷",就不會是"凡五十首";因玩《序》已明説"賦四十篇"、"屢求未能再得",玩編本何來賦"凡五十首"呢?可見阮元《提要》所言並不確實,故此張元濟跋《四部叢刊》三編影印《徐公釣磯文集》曰:"《全唐文》録夤賦可補者凡八篇,尚缺其三,一曰《漢武帝求仙》、二曰《星》、三曰《伍員知姑蘇臺有游鹿》。阮文達嘗據錢遵王影宋鈔本呈進,《提要》言'賦五卷凡五十首'。是本共十卷,阮氏僅得五卷,即珍其罕見,亦不應諱其殘闕。且有賦五十首,與是本不同,疑所見爲錢氏之别一鈔本,然《提要》又明言爲'其裔孫玩所編次'。阮氏所進原本,今編入《宛委别藏》,假得對校,亦秖存四十六篇,除缺《江令歸金陵賦》,餘均與《全唐文》合,文字略有歧異,其所從出又同而不同。然阮氏《提要》絶未明言其故,且一似五十首無少欠闕者,此真索解不得已。"話説到這地步,已經很明白了,只是不願道破"阮言有謊"罷了。

(七)張鈔本。張金吾據其姪子謙藏舊鈔本影寫《唐秘書省正字先輩徐公釣磯文集》十卷。此本卷前有徐玩《序》、徐師仁《序》,正文前五卷賦,後五卷詩。此本原爲張金吾所藏,《愛日精廬藏書志》有著録,其略曰:

> 前有夤裔孫玩《序》曰……則此本蓋玩所重編也，缺卷四賦一篇，卷五一卷賦十篇，内《江令歸金陵》、《過驪山》、《樊噲入鴻門》、《隱居以求志》、《山暝孤猿吟》、《白衣入翰林》、《雷乃發聲》、《寒賦》八篇，伏讀《欽定全唐文》俱有，可據以補入，並多《均田賦》、《衡賦》二篇，爲此本所未載者。此本《藺藺相如使秦》、《元宗御製盧徵君草堂銘》、《陳後主獻詩》、《外舉不避讎》、《避世金馬門》、《東陵侯吊蕭何》、《貴以賤爲本》、《管仲棄酒》、《叩寂寞以求其音》、《知白守黑爲天下式》、《太極生二儀》、《員半千説三陣》、《文王葬枯骨》、《駕幸華清宫》、《再幸華清宫》、《卞莊子刺虎》、《鑄百鍊鏡》、《元宗御注孝經》、《割字刀子》、《福善則虚》、《竹篦子》等賦共二十一篇，《全唐文》俱未載，殆偶未見此本歟！（《愛日精廬藏書志》卷二九，頁五二二至五二三）

據張氏著録，較之錢鈔本，此本卷四第十篇《江令歸金陵賦》亦闕；然此本卷五存賦八篇（《樊噲入鴻門賦》殘），卷四所闕第十篇賦，此本存之，另三首文與題俱闕，而錢鈔本卷五賦十篇唯題存。此本後五卷詩，與錢鈔本同。此本後歸陸心源皕宋樓收藏，《皕宋樓藏書志》卷七十一有著録，其《儀顧堂集》卷十七《釣磯集跋》亦著録有此本，其略曰：

> 此本賦五卷，詩五卷。詩與四庫本同，賦則增多四十八首。張月霄以《全唐文》校之，此本多賦二十一首，少《均田賦》、《衡賦》二首。所缺賦八首，皆據《全唐文》補録，具見所作《藏書志》中。所缺《偶吟》七律一首，餘亦據《全唐詩》補入。
>
> 《釣磯文集》十卷，題同，唐徐夤昭夢著，舊鈔本。前有建炎三年裔孫師仁《序》及延祐中裔孫玩《序》……此本乃延祐中其裔孫玩字可珍者所編也。

據陸氏此《跋》，知此舊鈔本與錢曾本一樣，皆缺卷九第一首七律《偶吟》，這更可證明，此本與錢鈔本同出一源，很有可能，此本或即據錢曾本過録者，只不過據《全唐文》補入賦八篇而已（陸氏曰增多四十八篇，不確，應爲四十七篇；另二篇未補入）。據此亦可見，此本當鈔於《全唐文》成書之後。陸氏則據《全唐詩》補入七律《偶吟》一篇。此類十卷舊鈔本，李希聖《雁影齋讀書記》也有著録（見《唐集敘録》），前五卷録賦四十七首，而《星賦》、《漢武求仙賦》、《伍員知姑蘇臺有游鹿賦》三首有題無賦；後五卷録詩二百六十五首。詩的篇數與錢曾本同，賦的篇數顯然是據《全唐文》輯補的，與陸氏著録本同。然李希聖謂此本詩盡從《全唐詩》鈔出，則本末倒置，不知《全唐詩》本即出於錢鈔本一類的本子。皕宋樓中藏書後爲心源子售於日本人，今藏静嘉堂文庫，嚴紹璗《日藏漢籍善本書録》有著録。

（八）丁跋本。丁丙跋舊鈔本《唐秘書省正字先輩徐公釣磯文集》十卷，南圖藏。半葉八行十九字，楷書結體，筆法雋秀，鈔於無格白紙上。卷前首族孫師仁序、次裔孫可珍序、次目録。此本前五卷賦四十七首，後五卷詩二百六十五首，共三百十二首。卷九第一首七律《偶吟》題下注"缺"字。這些均與舊鈔本相同。可見此本與張本屬於同一類本子，或即是據舊鈔本鈔出者。此本卷前另紙有丁丙跋，《善本書室藏書志》卷二十五亦有著録，謂此本原係馬玉堂笏齋藏書，題《唐秘書省正字先輩徐公釣磯文集》十卷，並曰："舊缺第五卷，此獨全，惟威武軍殿中侍御史劉山甫所撰《墓誌銘》未附於後。《全唐文》尚有《均田賦》，《文苑英華》尚有《籍田賦》、《衡賦》，可待補遺也。"（《善本書室藏書志》卷二十五）謂此本賦五卷獨全，此言非是，較之徐玩本，此本卷五尚闕《星賦》、《漢武求仙賦》、《伍員知姑蘇臺有游鹿賦》三首，豈得言"獨全"。此本藏印有："馬玉堂印"白方、"笏齋藏本"朱文方印、"八千卷樓藏書之記"朱文方印、"江蘇第一圖書館善本書之印記"朱文方印等鑒藏記印。

英歌詩

吴融（？～九〇三）字子華，越州山陰（今浙江紹興）人。少力學，富文藻，然屢試不第。嘗隱茅山，又徙長洲（今江蘇蘇州）。昭宗龍紀元年（八八九）登進士第，釋褐韋昭度幕職，累官至翰林學士、中書舍人。天復元年（九〇一）擢户部侍郎，三年爲翰林承旨學士卒。

融集，《崇文總目》卷五唯著録《吴融制誥》一卷。《新唐書·藝文志四》除著録《制誥》一卷外，又著録《吴融詩集》四卷。陳振孫《書録解題·詩集類上》又著録《唐英集》三卷。《宋史·藝文志七》著録《吴融賦集》五卷，恐有誤，此前諸家書目無言有賦集者；又《吴融集》五卷，不知是否爲《制誥》一卷、《詩集》四卷之合集。《宋志》乃宋代官修諸書目拼湊而成的，錯訛較多，未可全信。

融集宋刻本,今知錢曾《述古堂藏書目》卷二著録有《唐英詩》三卷:"三本,宋版。"與陳氏《書録解題》同;錢氏《讀書敏求記》卷四亦著録《唐英歌詩》三卷,曰:"余生平所見子華詩,宋槧本惟此本,宜寶護之。"可見融集宋刻稀少。《百川書志》卷十四著録《唐英歌〔詞〕〔詩〕》三卷,記曰:"歌詩二百九十六首。"不知是否爲宋本?《天禄琳琅書目後編》卷六《宋版集部》對此種宋本有較詳細的描述,其略曰:《唐英歌詩》一函,二册。唐吴融撰,"書三卷。揭銜翰林學士承旨、銀青光禄大夫、行在尚書户部侍郎、知制誥、上柱國、漢陽縣開國男、食邑三百户。……首有'允文'、'樞密之章'二印,蓋虞允文家藏。至明入上元焦氏(弱侯)。又一印,不可辨"(《天禄琳琅書目後編》卷六,頁五三〇至五三一)。可見此本至嘉慶時尚在内庭,可惜今佚,無從知其詳了。

明代刊刻和傳鈔的吴融集,其主要版本有以下幾種:

(一)朱刻本。萬曆四十六年(一六一八)朱之蕃輯刻《晚唐十二家詩集》所收《吴融集》一卷,北大圖書館藏。十二家每家均爲一卷,此本編在第八卷。《紅雨樓書目》著録《吴融詩》一卷,蓋即此本之單行者。半葉九行十九字,四周單或雙邊,白口上頂邊欄署"吴融集",單魚尾下題"八卷"。此本卷首題"吴融英歌詩",共二百九十七首,與清席啓寓本(詳下)録詩相同。不過二本相較,席本卷下溢出七律《聞李翰林游池上有寄》一首,此本溢出七律《和元秀大德》一首;然二首只是題異而詩同,實爲一詩,蓋以傳寫致異,所以二本録詩相同。編次方面,此本除七律《過鄧城縣作》與《首陽山》二首與席啓寓本稍異外,其餘各詩編次二本全同。文字方面,二本也相差甚微,可見當同出一源。席本稱由宋本翻刻,則此本亦當由同一宋本或與宋本近似的本子翻刻者。只是席本墨釘與空白達九十餘處,而此本則無之。但考其補缺之字,似非宋本原有,而是後人填補者。又此本與席本文字有不同處,例如此本七律《谷口寓居偶題》"且效神形學散僊"句,"效"字,席本作"放";味之詩意,"放"字是,此本誤。此本七律《秋事》"蕙蘭哀去始多情"句,"哀"字顯誤,當作"衰",席本正作"衰"。如七律《重陽日荆州作》"濁醪任冷難辭酒"句,"酒"字訛;濁醪即酒也,一句之内意思不會犯重,席本作"醉",甚是。五律《途中》"有樹始知春"句,"春"字,席本作"村";細繹詩意,"村"字是,此本誤。七律《彭門用兵後經沛路三首》,題中"沛"字,席本作"汴";其第二首"隋堤風物已淒涼"句,隋堤乃隋朝沿汴河所築堤防,堤旁即汴路，而沛路無隋堤，故題應作“汴路”爲是，此本誤。五律《春詞》“春期莫相誤，一日有花殘”二句，“有”字，席本作“百”；細繹詩意，“百”字是，此本誤。五排《赴闕次留獻荆南成相公三》，“三”字下，席本有“十韻”二字，良是，此本誤脱。七絶《水調》“鑿河千里走黄沙，沙殿西來動日華”，“沙殿”二字，“沙”字當蒙上而訛；席本作“浮殿”，《樂府詩集》卷七十九録此詩亦作“浮殿”，良是。《蛺蝶》“長交擷芳女”句，“交”字，席本作“教”，良是，此本誤。七絶《山禽》“銜紅喙翠入芳蹊”句，“喙翠”二字不辭；席本作“啄”，甚是，此本誤。再如七律《憲丞裴公上洛退居有寄二首》其一“泥著杯香不爲愁”句，“香”字，席本作“觴”，良是，此本誤，等等，可見此本翻刻時作了改動。

（二）汲古閣本。毛氏汲古閣刻《唐人四集》所收《唐英歌詩》三卷，國圖藏本有清陸貽典校並跋。此本首卷卷端題“唐英歌詩上”，次行題銜“翰林學士承旨銀青光禄大夫行在尚書户部侍郎知制誥上柱國漢陽縣開國男食邑三百户吴融”，與《天禄琳琅書目後編》所記宋本及席本（詳下）所具銜名同。此本録詩二百九十七首，亦與席本同。編次幾乎全同席本。文字方面也多與席本爲近，而與朱刻本多異。如此本七律《谷口寓居偶題》“且放神形學散仙”句，“放”字，席本同，朱刻本誤作“效”。此本七律《秋事》“蕙蘭衰去始多情”句，“衰”字，席本同，朱刻本誤作“哀”。七律《重陽日荆州作》“濁醪任冷難辭醉”句，“醉”字，席本同，朱刻本誤作“酒”。五律《途中》“有樹始知村”句，“村”字，席本同，朱刻本誤作“春”。七律《彭門用兵後經汴路三首》，題中“汴路”，席本同，朱刻本誤作“沛路”。此本五排《赴闕次留獻荆南成相公三十韻》，題與席本同，朱刻本誤脱“十韻”二字。七絶《山禽》“銜紅啄翠入芳蹊”句，“啄”字，席本同，朱刻本誤作“喙”。七律《憲丞裴公上洛退居有寄二首》其一“泥著杯觴不爲愁”句，“觴”字，席本同，朱刻本誤作“香”，等等，只是翻刻時小有改動，故與席本僅有十餘處不同。而席本自謂出自宋本（詳下），故毛氏此本亦當由宋本翻刻而來。葉德輝亦曰：“汲古閣刻《四唐人集》……槧刻精美，宋諱及嫌名缺筆，殆是據宋本重雕者。四集之中惟《唐英歌詩》尤可寶貴……錢曾《讀書敏求記》有宋槧吴融《英歌詩》三卷，而席刻本末有牌記云‘東山席氏悉從宋本刊於琴川書屋’，而所缺空白墨釘之多，疑所據宋本有漫漶之處。宋本不可得，如毛本不幾下宋刻一等乎！”（影印本《四唐人集》跋）可見葉氏對此本評價之高。

（三）統籤本。《唐音統籤》所收《吴融詩》六卷，編卷七百三十一至七百三十六，戊籤八十一，刻本。此本首卷五古四首、七古十一，第二卷五律四十八、五言小律一，三卷五排二十四，四卷七律六十一，五卷七律五十九（末一首殘），六卷五絶七、七絶八十六，共三百零一首。較朱刻本溢出七律《富春二首》其二“兩岸山花中有溪”、《隋堤》、《富水驛東楹有人題詩》、《澗東筵上有寄》四首，七絶《上巳日》一首，凡五首。文字方面，此本多近於朱刻本，如此本五律《途中》“有樹始知春”句，“春”字不作“村”；五律《春詞》“春期莫相誤，一日有花殘”二句，“有”字不作“百”；《蛺蝶》“長交擷芳女”句，“交”字不作“教”；七律《彭門用兵後經沛路三首》，題中“沛”字不作“汴”；七律《憲丞裴公上洛退居有寄二首》其一“泥著杯香不爲愁”句，“香”字不作“觴”，等等，均與朱刻本同，可見此本乃是據朱刻本分體改編而成的。不過胡氏也改正了朱刻本的不少訛誤，如五排《赴闕次留獻荆南成相公三》，題中“三”字下脱“十韻”二字，胡氏補之；七律《秋事》“蕙蘭哀去始多情”句，“哀”字誤，胡氏改作“衰”；七律《谷口寓居偶題》“且效神形學散仙”句，“效”字訛，此本改作“放”；七律《重陽日荆州作》“濁醪任冷難辭酒”句，“酒”字訛，此本改作“醉”；七絶《水調》“鑿河千里走黄沙，沙殿西來動日華”二句，“沙殿”不成辭，《樂府詩集》、席本均作“浮殿”，此本校改作“浮殿”，等等，皆極是，可見此本較朱刻本文字爲優。

清代吴融集傳鈔和刊刻的本子，其主要版本有以下幾種：

（一）席刻本。席啓寓輯《唐詩百名家全集》所收《唐英歌詩》三卷。半葉十行十八字，白口單魚尾下署“英歌詩某”。各卷卷端題《唐英歌詩某》，次行結銜“翰林學士承旨銀青光禄大夫行在尚書户部侍郎知制誥上柱國漢陽縣開國男食邑三百户吴融字子華”，與《天禄琳琅書目後編》所説宋本書名、卷數、具銜均同。又此本卷後有“東山席氏悉從宋本刊於琴川書屋”長方牌記一個，然所説宋本今已無存，未知究爲何種宋本。此本三卷詩二百九十七首，與汲古閣本同。只是此本目録卷上有《和元秀大德》一首，下注“缺”字，正文無此詩；朱刻本有此詩，然與此本卷下《聞李翰林游池上有寄》一首只是題異而詩同，二首實爲一詩，蓋以傳寫致異，故此本實有二百九十七首。又此本編次與朱刻本幾乎全同，與汲古閣本大致相同；而文字卻多同汲古閣本（已見），則汲古閣本亦當由宋本或其近似的本子翻刻而成的。不過，此本空白多達九十餘處，當爲所據底本如此。汲古閣本缺處雖少，但與席本缺處對勘，其缺者似是後人填補。儘管如此，席本也不失爲現存吴融諸集中最接近宋本真面的本子。

(二)全唐詩本。《全唐詩》所收《吴融詩》四卷。《全唐詩》主要據《唐音統籤》和季振宜《全唐詩稿本》二書修訂而成。季氏《稿本》中的《吴融詩》一卷,乃是將上述明朱刻本《吴融詩》一卷原刻(有殘損)入編,再於卷中鈔補殘損的七絶《金陵遇悟空上人》(題存詩闕),五律《途中》"柳弱風長在"一首,七絶《秋園》、《富春》、《山居即事》、《寓言》凡六首;而於卷末輯補佚詩七律《浉東宴上有寄》、《富水驛東楹有人題詩》、《聞李翰林游池上有寄》三首,七絶《上巳日》一首,凡四首。不過七律《聞李翰林游池上有寄》一首,實與七律《和元秀大德》題異詩同,季氏一時疏忽,造成重出,故《稿本》共二百九十九首。文字方面,季氏也作了校勘,改正了朱刻本的一些訛誤,如五律《淞江晚泊》"樹遠天宜盡"句,"宜"字,季氏改作"疑";味之詩意,"疑"字是。七絶《山禽》"銜紅喙翠入芳蹊"句,"喙"字訛,季氏改作"啄"字,良是。七律《憶猿》"静煙霞淒淒雨"句,"静"下脱一"含"字,季氏補之,甚是,等等。另外,季氏用《唐音統籤》、《唐詩紀事》、《樂府詩集》、《唐詩鼓吹》等諸總集及别本參校,故卷中所出校記隨處可見,使文字較他本爲精。然而朱刻本的一些訛誤,季氏亦有未及改正者。如七律《谷口寓居偶題》"且效神形學散仙"句,"效"字訛;七律《秋事》"蕙蘭哀去始多情"句,"哀"字顯誤;七律《重陽日荆州作》"濁醪任冷難辭酒"句,"酒"字訛;七律《彭門用兵後經沛路三首》,題中"沛"字訛;五排《赴闕次留獻荆南成相公三》,題中"三"下脱"十韻"二字;七絶《水調》"鑿河千里走黄沙,沙殿西來動日華"二句,"沙殿"當作"浮殿";再如《蛺蝶》"長交擷芳女"句,"交"字當作"教";再如七律《憲丞裴公上洛退居有寄二首》其一"泥著杯香不爲愁"句,"香"字當作"觴",等等,季氏皆未及改正。

康熙敕修《全唐詩》中的《吴融詩》四卷,便是將季氏《稿本》中的《吴融詩》一卷悉數入編,删去季氏誤補的七律《聞李翰林游池上有寄》一首,而將《和元秀大德》一題改作《聞李翰林游池上有寄》,再據統籤本輯補佚詩七律《隋堤》於卷末,分編四卷而成的,故《全唐詩》共三〇一首,較以往任何一種融集録詩都多。文字方面,編臣作了進一步校勘,改正了季氏《稿本》未及改正的不少訛誤。如七律《谷口寓居偶題》"且效神形學散仙"句,將"效"字改作"放";七律《秋事》"蕙蘭哀去始多情"句,將"哀"字改作"衰";七律《重陽日荆州作》"濁醪任冷難辭酒"句,將"酒"字改作"醉";七律《彭門用兵後經沛路三首》，題中“沛”字改作“汴”；五律《春詞》“春期莫相誤，一日有花殘”二句，“有”字改作“百”；五排《赴闕次留獻荆南成相公三》，題中“三”下增“十韻”二字，等等，皆極是，故全唐詩本文字較季氏《稿本》更精。然而亦有《稿本》未及改正，《全唐詩》編臣亦未能改正者，如五律《途中》“有樹始知春”句，“春”字當作“村”；七絕《水調》“鑿河千里走黄沙，沙殿西來動日華”二句，“沙殿”當作“浮殿”；五律《蛺蝶》“長交擷芳女”句，“交”字當作“教”；七律《憲丞裴公上洛退居有寄二首》其一“泥著杯香不爲愁”句，“香”字應作“觴”，等等，季氏未及改正，編臣亦未能校改等等。但總的來看，全唐詩本《吴融詩》四卷，無論是收詩數量還是文字品質，都不失爲融集中最好的本子。然而所有這些，近代學者葉德耀並不知情，以爲《全唐詩》所據乃宋本，墨釘與空白均編臣臆補以欺世，數百年後由他才得以揭穿。葉氏云：“汲古閣刻《四唐人集》……宋諱及嫌名缺筆，殆是據宋本重雕者。四集之中惟《唐英歌詩》尤可寶貴，此詩康熙時席啓寓已刻入《百家唐詩》中，多空白墨釘等缺字。余曾檢《全唐詩》，對勘其缺字，皆一一填補。初不知所據何本，未敢遽信，或疑據汲古閣本……從子啓藩兄弟，獲此四種，持以見示，亟取席本校之。顧氏所云空白多至二三百字者，今止九十餘字，又取《全唐詩》校之，則所補者全不與毛本相合，而席刻本亦有與毛本不合者凡十餘字，疑皆出於臆補。”（影印《唐人四集》跋）這實緣葉氏未見季氏《稿本》所致。

（三）四庫本。《四庫全書》所收《唐英歌詩》三卷。《四庫全書總目》卷一五一於此本唯言“《唐英歌詩》三卷，江蘇巡撫採進本”，而後僅就吴融生平與詩歌作簡介與簡評，至於此本究爲何種版本，則館臣並無一語及之。實則，此本乃汲古閣刻《四唐人集》所收《唐英歌詩》三卷，卷末館臣録入毛晉跋文二則可證。又此本文字幾與汲古閣本全同，只是館臣用他本校過，改正了汲古閣本的一些訛誤，如汲古閣本卷上《登鸛雀樓》“羸得雲溪負釣竿”句，“羸”字誤，館臣改作“贏”；如汲古閣本卷中《蛺蝶》“長交擷芳女”句，“交”字誤，館臣改作“教”字；又如汲古閣本卷下《月夕追事》“雲林冰簟落秋河”句，“林”字誤，館臣改作“床”；《坤維軍前寄江南弟兄》“戍煙終日起悲愁”句，“悲”字誤，此本改作“鄉”，等等，皆極是。葉德輝稱汲古閣刻《四唐人集》所收《唐英歌詩》“幾下宋刻一等”，可見評價之高，《四庫全書》據此本録入自是具眼，只是此本入録時偶有訛誤，亦白璧微瑕也。

唐求詩集

唐求(生卒年不詳)又作唐球,成都(今屬四川)人。性純愨放曠,隱於味江山,世稱"味江山人"、"唐山人"。昭宗時王建帥蜀,以參謀召,辭不就。好賦詩,苦吟而終。

唐求詩,《崇文總目》與《新唐書·藝文志》、《郡齋讀書志》、《宋史·藝文志》均無著録。《遂初堂書目》有著録不言卷數,陳振孫《書録解題·詩集類上》著録《唐求集》一卷,《文獻通考》同。

求集宋刻,今國圖有藏,乃宋書棚本也,陳氏《書録解題》所著録者當即此本。半葉十行十八字,左右文武雙邊,白口單魚尾下鐫"唐求詩"三字。卷端題"唐求詩集",凡三十五首。五律《秋寄□江舒公》題中缺一字,正文缺一字。《贈楚公》"雲間曉月應難□"句,缺末一字,《茅亭客話》録此詩,所缺爲"染"字。此本明代不見於各家書目,至清季振宜《季滄葦藏書目·延令宋版書目》於"唐詩八家"條下列其名,且卷後有"泰興季振宜滄葦氏珍藏"墨書一行,旁有"季振宜藏書"朱文方印一枚,卷端有"季振宜字詵兮號滄葦"朱文方印。此本從季家散出後,曾歸顧廣圻,封面有"《唐求詩》,宋刻一卷,顧蓴題籤",當爲廣圻請顧蓴所題,卷端有"廣圻审定"鑒藏印記一枚。後此本由顧氏轉歸黄丕烈,卷中有"士禮居"、"丕烈"、"蕘夫"、"蕘翁"、"老蕘"等印記,卷後有黄氏二《跋》曰:

> 泰興季振宜滄葦氏珍藏。此宋刻《唐求詩集》,與宋刻《茅亭客話》同得於友人顧千里所,云是桐鄉金謌嚴家物,而散入他人手者也。從前諸藏書家目録不多見,惟《延令季氏書目》於"唐詩八家"條下列其名,今卷中有"季振宜字詵兮號滄葦"一印,"季振宜藏書印",又有"泰興季振宜滄葦氏珍藏"墨書一行,其即《延令季氏書目》中物無疑。卷端有一長方印甚古,惜其文莫辨,似三字,僅末"山"字可識。此外如"危氏大樸"、"與之印"、"陶廬"、"顧湄之印",共四印,皆表表可見者。惟"紫薇館"印不知誰氏。通卷僅八葉,而收藏自元明以來皆知寶貴,宜其珍秘若斯。余檢《書録解題》載《唐求詩》一卷,云"唐唐求撰,與顧非熊同時,《藝文志》不載"。又檢《茅亭客話》卷第三,有"味江山人"一條,即論唐求事。爰影寫宋版二十六行,附於此集後,非但可以考見其

事蹟，且所載詩與此集間有異同，可以辨證，則此集之與《茅亭客話》必偕來者，豈非奇之又奇乎！嘉慶癸亥七月白露後一日，蕘翁黄丕烈書於百宋一廛。

越日，余友洞庭鈕非石過訪。出示此書，云："長方印文是'鹿頂山'三字。"記以俟考。

士禮居命工重裝。

黄氏又跋曰：

十一月朔，往候海鹽友人張芑塘。芑塘亦愛素好古，年七旬，所見古書甚多，與長塘鮑渌飲相友善，於數年前曾得楊振武家書籍，内有宋刊《唐求詩集》，渌飲易去，未知今歸何處。因余所好爲宋本，故爾談及，而不知此書之已爲余有也。歸而筆諸是集之副葉，以見古書源流有不謀而相爲印證者。蕘翁。（二跋又見《蕘圃藏書題識》卷七，載《黄丕烈書目題跋》，頁一六七）

由此二《跋》可知，此書自季振宜家散出後，一度曾歸桐鄉金謂嚴，再歸楊振武，數年後又爲長塘鮑渌飲收得，至嘉慶癸亥歲，黄丕烈才得之於顧廣圻。而此書自黄家散出後，又爲蘇州汪士鐘收得，書中有"汪士鐘印"白文方印、"閬源真賞"朱文方印、"平陽汪氏藏書印"長方朱文印記等各印記可證。至近代，此書又歸楊氏海源閣，卷前有"東郡楊氏宋存書室珍藏"白文方印，卷中有"彦合讀書"、"楊以增印"、"至堂"、"海源殘閣"、"楊紹和鑒定"、"東郡楊二"、"宋存書室"等印記。楊紹和記曰：

按《唐山人集》一卷，《書録解題》云與顧非熊同時，《藝文志》、《郡齋讀書志》、《中興書目》均不載，《延令季氏宋板目》中載之。書僅八葉，計詩三十有五首，爲南宋精槧，歷經名賢珍弆，精雅絶倫，滄葦題款在卷末。《山居》一首上有校字小楷，亦滄葦手跡。外籤則顧氏南雅筆也。"鹿頂山"長印，予藏宋本《三禮圖》中亦有之，或宋人印，若建安余氏造紙之有"勤有"印也，記以俟考。咸豐辛酉秋八月聊城楊紹和識。

楊氏又曰：

此本與《韋蘇州集》同一行式，皆臨安府棚北大街睦親坊南陳宅書籍鋪刊行，所謂"書棚本"是也。《百宋一廛賦》著録有"鹿頂山"、"危氏大朴”、“紫薇館印”、“季振宜字詵兮號滄葦”、“季振宜藏書”、“顧湄之印”、“陶廬蓋之印”、“廣圻審定”、“士禮居”、“江夏丕烈”、“蕘夫”、“老蕘”、“有竹居”、“平江汪憲堂”、“秋浦印記”、“憲堂”、“秋浦”、“汪士鐘印”、“閬源真賞”、“平陽汪氏藏書印”各印記。(《楹書隅録》卷四,頁五二九)

至近代,此本又爲周暹收得,卷中有“周暹”朱文印記,新中國成立後周氏將此本與其珍藏的多種圖籍一道捐獻給北京(今國家)圖書館,故卷中又有“北京圖書館藏”印記。《中華再造善本》所收《唐求詩集》一卷,即據此本影印。

明代《唐求集》刊刻和傳鈔的本子,其主要版本有以下幾種:

明仿宋刻《唐求詩》一卷。錢塘丁丙《善本書室藏書志》著録有此本,其略曰:“按黄蕘圃《士禮居藏書記》有云《延令季氏宋版目》中載之,書僅八葉,計詩三十五首,與《韋蘇州集》同一行式,皆臨安府棚北大街睦親坊南陳宅書籍鋪刊行者。此本無不吻合,殆仿書棚本覆刊也。”(《善本書室藏書志》卷二十五)是此本乃書棚本的下位本。

胡震亨《唐音統籤》所收《唐求詩》一卷,編卷七百二十六,戊籤七十九,刊本。詩凡三十五首,殘句一則。文字與宋本小異,五律《秋寄□江舒公》題中缺一字,正文則不缺字。《贈楚公》正文亦不缺字。可見胡氏對文字作過校勘。

清代刊刻和傳鈔的《唐求集》,其主要版本有以下幾種:

(一)席刻本。席啓寓輯《唐詩百名家全集》所收《唐隱居詩》一卷。此本卷前有目録,卷後有附録,附録收《唐詩紀事》所載唐求吟詩遺事及有關其詩的評價。正文凡收詩三十五首。五律《秋寄□江舒公》題中缺一字,正文缺一字。《贈僧》(即《贈楚公》)正文不缺字。文字方面,席氏作過校勘,故與宋本略有出入,然此本由宋本翻刻而來,則是可以肯定的。

(二)全唐詩本。《全唐詩》所收《唐求詩》一卷。《全唐詩》主要依據季振宜《全唐詩稿本》與《唐音統籤》二書編纂而成。季氏《稿本》所收《唐求詩》,乃一鈔本,凡三十五首。上文已述及季氏藏有書棚本《唐求詩集》一卷,故此本當出自書棚本無疑,文字應當可靠,季氏於此本校改不多,唯將書棚本《題青城山范賢觀》“苔鋪翠點仙橋滑”句中的“仙”字改作“山”;然各本皆作“仙”,季氏不當改。全唐詩本《唐求詩》一卷,便是將季氏《稿本》所收《唐求詩》一卷原卷入編，再據統籤本補入殘句一則，編輯而成的。文字方面，編臣據統籤本唯將《秋寄□江舒公》"從交夢裏聞"中的"交"字，改作"教"；《題青城山范賢觀》"苔鋪翠點山橋滑"句中的"山"字，改回作"仙"；將《題李少府别業》"繞崖白雲終日在"句中的"崖"字，改作"岸"；"傍松黄鶴有人來"句中的"人"字，改作"時"。故文字較各本更精粹一些。

（三）江標本。江標影刻《唐人五十家小集》所收《唐求詩集》一卷。此本内封面題"唐求詩集"，左邊小字署"江建霞藏宋本重影刊"，是此本所據乃宋刻本。半葉十行十八字。版心單魚尾下題"唐求"二字。凡三十五首，文字幾全與季氏《稿本》同。五律《秋寄□江舒公》題中缺一字，正文亦缺一字。《贈楚公》正文缺一字。可見此本的確是據宋本翻刻者。唯此本《題李少府别業》"繞岸白雲終日在"句，"岸"字，季氏《稿本》作"崖"；"岸"字蓋爲江氏據《全唐詩》校改。

披沙集

李咸用（晚唐五代間在世），郡望隴西（今隴山以西地區），袁州（今江西宜春）人。工詩尤善近體樂府，然屢試不第，嘗爲幕府推官。與來鵬、釋修睦等唱酬，避亂隱廬山等地而終。

咸用集，《崇文總目》、《新唐書・藝文志》、《郡齋讀書志》均未著録，可見南宋以前咸用集不行於世。光宗紹熙二年辛亥（一一九一）八世孫李兼出家藏本，請楊萬里爲序，咸用集方爲世人所知。楊氏《唐李推官披沙集序》略曰：

> 予於天下士大夫家及入三館傳唐詩數百家，多至百千篇，寡至一二篇，自謂三百年間奇瓌詭寶略無遺矣！晚識李兼孟達於金陵，出唐人詩一編，乃其八世祖推官公《披沙集》也……推官公諱咸用，唐末人也。孟達請予序之，後二年乃能書以寄之。孟達亦能詩，殊有推官公句法云。紹熙四年十一月既望，誠齋野客廬陵楊萬里序。（《四部叢刊》初編影宋本《唐李推官披沙集》）

據楊氏此《序》，《披沙集》此前未行於世，非其裔孫孟達，此集或永絶人間。《披沙集》行世後，宋刻今知唯書棚本，凡六卷，半葉十行十八字。各卷卷端題“唐李推官披抄集卷第某”,次行題款“隴西李咸用”。各卷末均隔二行有尾題“唐李推官披沙集卷第某”。卷前首楊萬里《序》,《序》末有“臨安府棚北大街陳宅書籍鋪刊行”牌記一個,此正書棚本表徵也。《序》後爲目録。正文六卷凡二百九十六首,詩不分體,然大體已依五七言古體歌行、五七言近體律絶編排。此本文字偶有脱訛,脱闕者如卷二《寄修睦上人》落句有墨釘,脱第一字。卷四之五律《分題雪霽望爐峰》末注曰“下缺”,所闕爲尾聯二句十字。《謝友生遺端溪硯瓦》末尾有墨釘,缺五字(《全唐詩》謂缺三句)。凡缺三處十六字。訛誤者如,卷一之七古《輕薄怨》“明朝何處逢嬌饒”句,“饒”字訛,當作“嬈”。卷五之七律《題陳處士山居》“嬴得青山避亂離”句,“嬴”字訛,當作“贏”。七律《贈陳望堯》“秋螢短焰難盈按”句,“按”字訛,當作“案”,等等。此本雕刻俱佳,陳振孫《書録解題》卷十九《詩集類上》著録之唐李咸用撰《李推官披沙集》六卷,當即此本。陳氏曰:“其八世孫兼孟達居宛陵,亦能詩,嘗爲台州,出其家集,求楊誠齋作序。”(《直齋書録解題》卷十九,頁五八一)此本國内無傳,光緒間楊守敬訪書日本,方獲見此本,其《日本訪書記》卷十四著録有此本,其略曰:

> 每半葉十行、行十八字,首有紹熙四年楊萬里《序》,《序》後有“臨安府棚北大街陳宅書籍鋪印行”,世謂之[府]〔書〕棚本,蓋陳氏在臨安刊書最多而且精也。今觀此本,刻印雅潔,全書復完善無缺,信可寶也。《披沙集》,《四庫》未著録,據誠齋《序》,推挹甚至,當爲晚唐一作手。

此本回傳後,民國初先爲江安傅增湘購得,後經張元濟轉歸商務印書館涵芬樓,因藏書家鄧孝先必欲得到此書,經傅增湘介紹轉售鄧氏,《藏園群書題記》述此本數次易手經過甚詳,其略曰:

> 宋刊原本,余壬子春旅居申江,訪惺吾於虹口寓樓,曾出以相示,惺吾以余愛不忍釋,後乃割以見讓。洎余離申之日,以資斧不繼,遂轉以歸張君菊生,儲入涵芬樓。嗣返津沽,偶與同年鄧孝先太史話及,孝先夙有佞宋之癖,堅欲得之,浼余商之菊生,馳書往還,慨然相許。孝先舊藏李文山之《群玉集》,李中之《碧雲集》,皆臨安書棚本,常以“群碧樓”榜其居。及《披沙集》來歸,又改署爲“三李盦”,曾屬爲之題識。嗟夫!區區一書,一歲之中南北迴旋,徧歷三氏,而卒爲孝先所有,然

自臨安開板以來，沿至今日，已七百餘年，三家之集一旦忽得合並，亦書林中一佳話也。(《藏園群書題記》卷十二《影宋本披沙集跋》，頁六四五)

書中有鄧邦述題識，目録卷端鈐有"三李庵"白文方印可證。書中又有柳詒徵題記。此書後爲中央研究院歷史語言研究所收得，新中國成立前流往臺灣，今藏臺灣"中央研究院"歷史語言研究所傅斯年圖書館。

明代刊刻和傳鈔的咸用集，其主要版本有以下幾種：

(一)朱警本。嘉靖十九年庚子(一五四〇)朱警輯刊《唐百家詩·晚唐四十二家》所收《唐李推官披沙集》六卷。《百川書志》卷十四著録之《李推官披沙集》六卷，蓋即此本。楊守敬曾將此本與宋本對勘，以爲此本出於宋本，其《日本訪書記》卷十四評此本曰："明朱警刻《百家唐詩》，稱皆以宋本裒刻，所收咸用詩即據此本，行款亦同，唯删其卷首總目，其中間有墨釘訛字。"此本墨釘增多，當因所據宋本已有殘損故也。文字方面，此本翻刻時又新增一些訛誤，如卷二《古意論交》"通財能幾何"句，"通"字，此本誤作"過"。卷三《送曹棁》，題中"棁"字，此本誤作"税"。卷四《分題雪霽望爐峰》，題中"霽"字，此本誤作"花"；又"雪霽立庭除"句，"立"字，此本誤作"上"。《廬山》"作賦偶無孫"句，"孫"字，此本誤作"人"。卷五《夏日别余秀才》"沖漠非吾事"句，"漠"字，此本誤作"漢"。卷六《和友人喜相遇十首》其一"文賦歌詩略不專"句，"略"字，此本誤作"路"。《同玄昶上人觀山榴》"卻應羞得强青青"句，"羞"字，此本誤作"著"，等等。此本雖有新誤衍生，但因宋刻難得，故後世不少本子均出此本，如曠世巨著胡震亨《唐音統籤》，以及清龔賢輯《中晚唐詩紀》與席啓寓《唐詩百名家全集》等所收咸用詩，便都是由此本衍生者。

(二)統籤本。《唐音統籤》所收《李咸用詩》四卷，編卷七百二十七至七百三十，戊籤八十，刊本。此本凡百九十三首，詩分體編次，計首卷五古十二、七古二十六，次卷五律六十七，三卷五排五、七律四十五，四卷七律二十五、五絶六、七絶七。與朱警本相較，脱去《春日題陳正字林亭》、《送河南韋主簿歸京》、《喻道》、《山中》四首七律，溢出七絶《驚秋》一首。文字方面，則多與朱警本同，且並其訛誤也照樣沿襲，上舉朱本的一些訛誤，此本大都與之同。如五律《分題雪霽望爐峰》，題中"霽"字，朱本誤作"花"；五排《廬山》"作賦偶無孫"句，"孫"字，朱本誤作"人"；七律《和友人喜相遇十首》其一

“文賦歌詩略不專”句,“略”字,朱本誤作“路”;七絶《同玄昶上人觀山榴》“卻應羞得强青青”句,“羞”字,朱本誤作“著”,等等,此本諸誤皆與朱本同。然而胡氏乃唐詩學大家,故而也校改了朱本,甚至宋本的一些訛誤,如五古《古意論交》“通財能幾何”句,“通”字,朱本誤作“過”,此本改回作“通”。七古《長歌行》“舞腰困裊垂楊柔”句,“困”字,宋本、朱本皆訛,此本改作“因”。五律《寄楚瓊上人》“對静五峰秋”句,宋本、朱本同,此本改作“静對”。五律《送曹棁》,題中“棁”字,朱本誤作“税”,此本改回作“棁”。七律《夏日别余秀才》“岳麓雲深麦雨秋”句,“麦”字,宋本、朱本同訛,此本校改作“麥”字;“鏡機沖漠非吾事”句,“漠”字,朱本誤作“漢”,此本改回作“漠”等等,皆極是。但是由於胡氏未見過宋本,所以統籤本中殘存有朱本一些訛誤。再者,當因所見朱本有殘損,故此本脱去七律《春日題陳正字林亭》、《送河南韋主簿歸京》、《喻道》和《山中》四首。又七律《山中夜坐寄故里友生》後半闋“藏争不要分明。可憐任永真堅白,净洗雙眸看太平”二十字。再者由於書版後缺乏校勘,此本又增加了不少新的訛誤,如書棚本七古《富貴曲》“蔑有驕奢貽後悔”句,“貽”字,此本訛作“胎”。書棚本七古《石版歌》“龍泉切璞青皮皴”句,“璞”字,此本訛作“撲”。書棚本七古《小松歌》“清聲細入鳴蛩翼”句,“翼”字,此本訛作“夕”。書棚本七古《寄修睦上人》“□似不似寄數字”句,第一字書棚本、朱本皆缺,此本誤作六字句“似不似寄數字”,等等,可見此本訛誤較多。雖可借鑒之處不少,而瑕疵亦不少。

清代刊刻和傳鈔的咸用集,其主要版本有以下幾種:

(一)席刻本。康熙四十一年壬午(一七〇二)席啓寓琴川書屋輯刻《唐詩百名家全集》所收《唐李推官披沙集》六卷。半葉十行十八字,左右雙邊,白口單魚尾。席氏輯《百名家全集》,凡底本據宋刻者皆於卷末注明,而此本未言據宋本。楊守敬將此本與宋本、朱警本對勘後以爲,此本源於朱警本。只是此本卷前補刻了楊萬里《序》及總目。今對勘二本,上述所舉朱本的一些訛誤,此本皆一一沿襲之。而且因爲刊刻多達百家,數量鉅大,疏於校勘,故此本又增加了不少新的訛誤,如卷一《緋桃花歌》“上帝春宫思麗絶”句,“宫”字,此本訛作“官”;又末句“争教此物芳心歇”句,“心”字,朱本墨釘,此本據統籤本誤補“菲”字。《短歌行》“下在黄埃上須漸”句,“漸”字,此本誤作“慚”。卷二《放歌行》“至哉先聖情”句,“聖情”二字,朱本闕,席本據統籤本誤補“哲言”二字。《覽友生古風》“皴皵老松根”句,“皵”字,此本誤作“散”。《題友生叢竹》“蒲葦今無種”句,“蒲”字,此本誤作“脯”。《寄修睦上人》“相憶由來一無事”句,“一無”,此本誤倒作“無一”。《贈來進士鵬》“灘急五更風”句,“灘”字,此本誤作“難”。《酬鄭進士九江新居見寄》“深似白雲間”句,“白”字,此本誤作“自”。卷四《友生攜修睦上人詩見訪》“共約冰銷日”句,“約”字,此本誤作“酌”。《春晴》“新詩吟未穩”句,“穩”字,朱本墨釘,此本誤補作“就”。《分題雪霽望爐峰》,題中“爐”上此本衍“香”字。《雪十二韻》“槎面江搖錫”句,此本訛作“樓面光搖錫”。《謝友生遺端溪硯瓦》“淺小金爲斗”句,“淺”字,此本訛作“殘”。卷五《山中夜坐寄故里友生》“一床山月竹風清”句,“山”字,此本訛作“秋”。《送河南韋主簿歸京》“嚴風愛日淚闌干”句,“嚴”字,此本訛作“岩”。卷六《寄題從兄坤載村居》“雨中寒樹愁鵙立”句,“鵙”字,此本訛作“鵶”。《題劉處士居》“月過修篁影旋疏”句,“旋”字,此本訛作“漸”。《和友人喜相遇十首》其二“謝思寧許夢魂通”句,“許”字,此本訛作“計”。《依韻修睦上人山居十首》其四“不論軒冕及漁樵”句,“及”字,此本訛作“與”,等等,可見書版後疏於校勘。楊守敬曰:“席氏《百唐詩集》又源于朱本,皆補填之,而誤字尤多。”(《日本訪書記》卷十四《唐李推官披沙集》條)確是一語中的之言,上述誤例,不少即是楊氏指出來的。然此本自有所長,首先此本卷五不脱七律《春日題陳正字林亭》、《送河南韋主簿歸京》、《喻道》和《山中》四首。其次,此本卷五《山中夜坐寄故里友生》後半“藏争不要分明。可憐任永真堅白,浄洗雙眸看太平”二十字不脱。再次,此本參校統籤本,糾正了宋本、朱本相同的一些訛誤,如卷三《寄楚瓊上人》“對静五峰秋”句,“對静”二字,此本改作“静對”;卷四《雪十二韻》“童癡爲獸沮”句,“沮”字誤,此本改作“揑”。卷五《夏日别余秀才》“岳麓雲深麦雨秋”,“麦”字訛,此本改作“麥”,皆是,等等。

(二)詩紀本。龔賢輯《中晚唐詩紀》所收《李咸用詩》一卷。半葉九行十九字,白口無魚尾,上頂邊欄鐫“晚唐詩”,接以小字右旁書“李咸用”,左旁書葉碼。此本凡百九十二首,亦如統籤本脱去七律《春日題陳正字林亭》、《送河南韋主簿歸京》、《喻道》和《山中》四首。又此本抽去卷次,只作一卷。編次方面,也與朱本不同,然大略依朱本之卷二、卷一、卷三、卷四、卷五、卷六之編次,只是把五排調至七律後。文字方面,此本也多與朱警本同,且並其訛誤也照樣沿襲,如上舉朱本的一些訛誤,除《廬山》“作賦偶無孫”句,“孫”字,朱本誤作“人”,此本又訛作“潘”外,其餘訛誤完全與朱本同,可見是據朱本編刻者。然因所據朱本有殘損,所以七古《長歌行》“莫將身作黄金讎”下脱“死生同域不用懼,富貴在天何足憂”二句;七律《山中夜坐寄故里友生》後半脱“藏争不要分明。可憐任永真堅白,浄洗雙眸看太平”二十字,而此本誤補爲“邊蓑笠稱平生,尋思阮籍當時意,豈是途窮泣利名”。且因不慎,此本也增加了一些新的訛誤,如五古《放歌行》“至哉先聖情”句,“聖情”二字,朱本缺,此本因據統籤本誤補作“哲言”。五古《覽友生古風》“高山閑嵬峨”句,“閑”字,此本訛作“貌”。五古《石版》“山僧苦轉頭”句,“苦”字,此本訛作“若”。七古《春雨》“老農私與牧童論”句,“農”字,此本訛作“松”。七古《富貴曲》“團紅片下攢歌黛”句,“團”字,此本訛作“園”。七古《寄修睦上人》“□似不似寄數字”,此本參校統籤本,誤作六字句“似不似寄數字”。七古《讀修睦上人歌篇》“珊瑚高架五色毫”句,“色”字,此本訛作“雲”。五律《送春》“不向東門送”句,“門”字,此本訛作“風”。七律《送人》“眼頭多少難甘事”句,“頭”字,此本訛作“前”,等等,可見訛誤較多。當然此本也改正了朱本,甚至宋本的一些訛誤,如五律《寄楚瓊上人》“對静五峰秋”句,“對静”二字,宋本、朱本同誤,此本參照統籤本改作“静對”。七律《題陳處士山居》“嬴得青山避亂離”句,“嬴”字誤,宋本、朱本誤同,此本改作“赢”。再如七律《贈陳望堯》“秋螢短焰難盈按”句,“按”字,宋本、朱本皆訛,此本改作“案”,等等,皆極是,可見此本還是經過一番校勘的。

(三)全唐詩本。康熙敕編《全唐詩》所收《李咸用詩》三卷。季振宜《全唐詩稿本》與《唐音統籤》二書乃編纂《全唐詩》的主要依據。季氏《稿本》所收《李咸用詩》一卷,乃是將上述龔賢《中晚唐詩紀》所收《李咸用詩》一卷原刻入編纂輯而成的,故《稿本》收詩亦只百九十二首,脱去七律《春日題陳正字林亭》、《送河南韋主簿歸京》、《喻道》和《山中》四首。由於季氏未見宋本,所以《稿本》文字校改僅有一處,而詩紀本的諸多訛誤,季氏一字未改。七古《長歌行》“莫將身作黄金讎”句下所脱“死生同域不用懼,富貴在天何足憂”二句,季氏未補;七律《山中夜坐寄故里友生》後半誤補之“邊蓑笠稱平生。尋思阮籍當時意,豈是途窮泣利名”二十字,季氏亦未改正。全唐詩本《李咸用詩》三卷,鑒於季氏《稿本》所用詩紀本並非一理想之本,所以編臣采用博取衆本之長,彙爲定本的作法,先以朱本或席本爲準編次各詩,而將《稿本》脱去的四首七律補於卷三七律之後。再據統籤本、席本補入七古《長歌行》所脱“死生同域不用懼,富貴在天何足憂”二句;而將七律《山中夜坐寄故里友生》後半誤補的文字，改正爲“藏争不要分明。可憐任永真堅白，净洗雙眸看太平”。文字方面，經編臣彙取衆本之長，統籤本、席本、詩紀本衍生的新誤基本得到清理，故文字較各本更精。楊守敬謂咸用詩，“《全唐詩》編爲三卷，校之有從朱、席二本者，然未見此本（指宋本——著者），故猶有誤字”（《日本訪書記》卷十四《唐李推官披沙集》條）。楊氏謂《全唐詩》猶有誤字，信然；但《全唐詩》文字決非僅從朱、席二本來，還有博取統籤本、中晚唐詩紀本者。如《喻劍》“誰是躬提挈”句，“躬”字即取自統籤本；宋本作“的”，詩紀本此字脱，朱本、席本此字訛。又如《放歌行》“至哉先哲言”句，“哲言”二字，朱本空，統籤本誤補“哲言”，此本從之；宋本作“聖情”。又如七古《寄修睦上人》落句“似不似寄數字”，宋本、朱本句首脱一字，席本補“相”字；統籤本作六字句，此本從之；編臣參照統籤本，亦作六字句處之，大誤。再如七律《送人》“眼前多少難甘事”句，“前”字，宋本、朱本、統籤本、席本皆作“頭”；詩紀本作“前”，《全唐詩》從詩紀本，亦誤，等等。不過白璧微瑕，總的來看，全唐詩本是現存咸用集諸古本中最爲精粹的一個本子。

（四）江標本。江標影刻《唐人五十家小集》所收《唐李推官披沙集》六卷。此本内封面題“唐李推官披沙集”，左旁以小字書“宋十行十八字臨安府棚本”，表明此本乃據書棚本翻刻者。其實，此本所據亦朱警本。上文已述及，朱警本行款與書棚本同，故江標誤以爲朱本即是書棚本，因而鑄成此誤。今以此本與朱本對勘便可發現，上舉朱警本的一些訛誤，此本皆與之同，可見此本所據並非書棚本，乃是朱警本。此本凡百九十二首，亦脱去七律《春日題陳正字林亭》、《送河南韋主簿歸京》、《喻道》和《山中》四首。又七律《山中夜坐寄故里友生》後半誤作“邊蓑笠稱生平，尋思阮籍當時意，豈是途窮泣利名”，當爲所據朱本有殘損，而據詩紀本誤補。又此本翻刻時也增加了一些新的訛誤，只是不多，如七古《富貴曲》“蔑有驕奢貽後悔”句，“貽”字，朱本不誤，此本誤作“胎”。七古《短歌行》“一樽緑酒緑於染”句，“一”字，此本誤作“金”。七古《謝僧寄茶》“林風夕和真珠泉”句，“珠”字，此本訛作“朱”。五律《秋日與友生言别》“片葉井梧秋”句，“井”字，此本訛作“艸”，等等。然此本對朱本空缺處，除七律《山中夜坐寄故里友生》後半據詩紀本誤補二十字外，其餘仍作空缺，故而減少了一些不必要的訛誤。總之此本乃朱本忠實的翻刻本，江標誤以爲所據乃“臨安府棚本”，此類誤判在《唐人五十家小集》中夥矣。

碧雲集

李中(生卒年不詳)字有中,九江(今屬江西)人。南唐時曾就讀於廬山國學,元宗時仕於下蔡,後主時任吉水尉,宋乾德二年(九六四)罷尉,後任晉陵、新喻、淦陽等縣令。開寶六年(九七三)尚在世,後不知所終。

李中《碧雲集》三卷,乃宋初李中手編。何以名"碧雲集",宋開寶六年癸酉孟賓于《碧雲集序》有明確交代,其略曰:

> 今覩淦陽宰隴西李中,字有中,緣情入妙,麗則可知,出示全編,備多奇句……且名隨牓上者衆,藝逐雲高者稀。今之人秪儔方干處士,賈島長江,[向]〔何〕須第一者哉!……於邂逅得,遂披承時也。素月流天,澄江如練。對滄州而援筆,乏麗藻以當仁。以公五七言兼六言三百篇,目曰《碧雲集》。癸酉年八月五日序。(《四部叢刊》影宋本)

既謂李中"出示全編",則孟氏見時,李集業已成編。孟氏攬集,頗稱其奇,因慨士人金榜高中者多,詩藝高逐雲天者少,故名其集曰《碧雲集》,可見評價之高。然《碧雲集》凡幾卷,惜李氏没有明言。《崇文總目》卷五著録《碧雲集》三卷,清顧懷三《補五代史藝文志》亦著録李中《碧雲集》三卷,當依《總目》。然晁公武《讀書志》著録《李有中詩集》只有二卷,可見除三卷本外,還有二卷者,只是不多見而已。《宋史·藝文志七》著録《李中集》亦三卷,是宋時《碧雲集》通行者爲三卷本。

宋槧《碧雲集》,今知有臨安府睦親坊陳宅書籍鋪本,即所謂"書棚本"也,今臺灣"中央研究院"歷史語言研究所傅斯年圖書館有藏本,《四部叢刊》即據書棚本影印。半葉十行十八字。卷前首孟賓于《序》,次目録,目録後有"臨安府棚北睦親坊南陳宅書籍鋪印"牌記一個。此本收詩三百十首,詩不分體。上卷與中卷七絶《夕陽》一首重出,故實三百九首。此本文字偶有缺失,如孟氏《序》:"阻公子懽,動旅人□。"二句,缺末一字。卷上五律《思舊遊有感》"如今無□□"句,缺後二字。《送廬□僧歸山陽》,題中闕一字。此本文字亦偶有訛誤處,如卷上五律《寄左堰》,題中"堰"字訛,當作"偃";"左偃"人名,書中左偃出現多次,如卷上有同題詩《寄左偃》,又有七律《秋夜吟寄左偃》、卷中五律《海上載筆依韻酬左偃見寄》、卷下七律《海上春夕旅懷寄左偃》等,題中"偃"字,均不作"堰"。又如卷中五排《獻喬侍郎》"九霄思復降"句,"思"字,當爲"恩"字之訛。七排《獻中書張舍人》"清雲逐步生"句,"清雲",乃"青雲"之訛。"必竟念孤平"句,"必竟",乃"畢竟"之訛,等等。然而這些均爲無心之誤,所以容易改正。

此書棚本,與同爲宋書棚本的《李群玉詩集》三卷,清以前未見各家書目著録。二本皆鈐有"玉蘭堂"、"辛夷塢"、"竹塢"等鑒藏印記,諸印皆明代畫家文徵明印信,知明代二書爲文徵明收藏。文家書散出後,清初二書先爲季振宜購得,後又歸藏書家徐乾學、馮秉彝、黄丕烈、鄧邦述收藏;卷後有季振宜題識"泰興季振宜滄葦氏珍藏",卷前後另紙有黄丕烈跋文四則。此本的遞藏關係,已於本書《李群玉詩集》條詳述之,此不贅。《四部叢刊》所收二書,即於鄧氏收藏時影印。新中國成立前,此本流往臺灣。

元代,李中集亦有刊本,毛晉汲古閣曾據以鈔録(詳下),然缺失頗多,表明元刊本原即如此,因此本已佚,故今已無從知其詳了。

明代傳鈔和刊刻的李集,其主要版本有以下幾種:

(一)朱刻本。萬曆四十六年(一六一八)朱之蕃輯刻《晚唐十二家詩集》所收《李中碧雲集》一卷,北大圖書館藏。十二家每家均爲一卷,此本編在第七卷。半葉九行十九字,左右雙邊,白口單魚尾上頂邊欄署"李中集",魚尾下題"卷之七"。此本凡三百一首,然《所思》一首題下注曰:"此首末句缺四字,已下又缺八首。"又《夕陽》一首不重出,故此本所據底本首數與書棚本同。編次方面,除去所缺九首,其餘各詩編次與宋書棚本相同。文字方面,也多與書棚本同。由此可以肯定,此本乃是據宋書棚本或與其近似的本子翻刻的。其與書棚本文字不同處,如五律《春日野望懷故人》"雲散天邊野"句,"野"字,書棚本作"影"。五律《游玄真觀》"閑吟游古觀"句,"吟"字,書棚本作"閑"。五絶《劍客》"誰爲平不平"句,"誰爲"二字,書棚本作"爲誰"。五排《雲》"千里在逡巡"句,"千里"二字,書棚本作"干吕"。七律《懷廬岳舊游寄劉鈞感鑒上人》,題中"鈞"字下,宋本有"因"字。五排《廬山》"溢浦春煙列"句,"列"字,書棚本作"到"。七律《送朐山孫明府赴壽陽幕府辟命》"便承綸綍起金臺"句,"起"字,書棚本作"赴"。五律《春宴寄從弟德潤》"香徑匝蘭孫"句,"孫"字,書棚本作"蓀"。七律《再游洞神宫懷邵羽人有感》"峰頭鶴去三清遠"句,"峰"字,書棚本作"松"。七律《柴司徒牡丹》,題中"徒"字下,宋本有"宅"字。五律《病中作》,題中"中"字,書棚本作

“起”。七絶《離家》“投宿匆忙近酒家”句,“匆”字,書棚本作“狼”。《宮詞二首》其一“香鋪羅幌不成夢”句,“鋪”字,書棚本作“銷”。七絶《春日招宋維先輩》“鑑裏桃花昨日開”句,“日”字,書棚本作“夜”,等等。

(二)汲古閣本。汲古閣刻《唐人八家詩》所收《碧雲集》三卷,國圖藏本有傅增湘跋並臨黄丕烈校跋;天圖藏本有繆荃孫跋。此本半葉十二行二十字。左右雙邊,白口單魚尾下署“碧雲集某”。卷前有孟賓于《序》,次目録。正文三卷凡三百十首。然卷上七絶《夕陽》,與卷中七絶《夕陽》重出,故只有三百九首,與宋本同。此本非據宋本翻刻,黄丕烈曾以宋本校之,而後跋宋本曰:“道光三年癸未春,送考玉峰,於骨董鋪獲宋刻唐人《碧雲集》、《李群玉詩集》,諸名家皆有藏書圖記,惟汲古毛氏獨無,知毛未藏過,故《八唐人集》所刊《碧雲集》卻非宋本。因問諸湖估,適有‘八唐人’殘本,此集尚全。歸家後校閲一次,殊有異處,所缺俱據補。”實際上,此本出自元本刻。黄丕烈又曰:“七月下澣,湖估以毛子晉舊藏墨格竹紙鈔本示余,方曉毛所據以入刻者乃元本也,上有‘元本’二字印知之。朱墨二筆校字,皆子晉手跡。毛未遇宋本,故此書無汲古閣圖記。”可見此本乃翻元刻者。黄氏又曰:“今校宋本,有宋本不缺而毛刻反缺,甚至字句有極可笑者。”(以上又見《蕘圃藏書題識》卷七,文字稍異,《黄丕烈書目題跋》,頁一六九)雖然,此本與宋本出入極小;與朱刻本相較,此本更近於宋刻。故在李中諸古本中,此本要優於朱刻本。

(三)毛鈔本。毛晉汲古閣鈔《碧雲集》三卷。此本後歸黄丕烈,《蕘圃藏書題識》卷七著録曰:“予見毛刻《碧雲集》多闕文,及見宋刻,初不解毛氏何以有闕?適坊友以毛藏舊鈔來,始知毛刻據元本,故所闕如此。鈔本中多子晉手校字,可與宋本並儲,古香古色,益動人珍重前賢手跡之意。丕烈。”(《黄丕烈書目題跋》,頁一七〇)此本今佚,故其版本詳情,今已無從考知了。

(四)統籤本。《唐音統籤》所收《李中詩》六卷,編卷七百七十九至七百八十四,戊籤餘三十四,刻本。此本共三百二首,分體編次,首卷五律五十六首,次卷五律五十七,三卷五排十六、六言律四,四卷七律四十六,五卷七律三十五、七排一、五絶十四、六絶三,六卷七絶七十、殘句一則。此本所據底本乃朱刻本,由朱刻本分體改編而成的。此本五律《所思》一首題下有注曰:“此首末句缺四字,已下又缺八首。”文字方面,上舉朱刻本不同於書棚本之處，此本皆從朱刻本，而與書棚本不同。如此本五律《病中作》，題中“中”字；此本五律《遊玄真觀》“閒吟遊古觀”之“吟”字；五律《春日野望懷故人》“雲散天邊野”之“野”字；五排《廬山》“溢浦春煙列”之“列”字；五排《雲》“千里在逡巡”之“千里”二字；七律《懷廬岳舊遊寄劉鈞感鑒上人》，題中“鈞”字下脱“因”字；七律《再遊洞神宫懷邵羽人有感》“峰頭鶴去三清遠”之“峰”字；七律《送朐山孫明府赴壽陽幕府辟命》“便承綸綍起金臺”之“起”字；七律《柴司徒牡丹》，題中“徒”字下無“宅”字；五絶《劍客》“誰爲平不平”之“誰爲”二字不作“爲誰”；七絶《宫詞二首》其一“香鋪羅幌不成夢”之“鋪”字；七絶《春日招宋維先輩》“鑑裹桃花昨日開”之“日”字，等等，皆同朱刻本，而與書棚本不同。可見此本的確是以朱刻本爲底本改編而成的。當然一些明顯的訛誤，胡氏也作了校改，如此本五律《春宴寄從弟德潤》“香徑匝蘭蓀”句，“蓀”字，朱刻本作“孫”，胡氏改作“蓀”，良是，等等。

清代傳鈔和刊刻的李集，其主要版本有以下幾種：

（一）席刻本。席啓寓輯刻《唐詩百名家全集》所收《碧雲集》三卷。此本版式、行款一同書棚本。卷前首孟賓于《序》，次目録。正文所收詩歌除删去卷中最末一首七絶《夕陽》外，其餘亦同書棚本，故凡三百九首，編次也與書棚本同。可見此本是據書棚本或其近似的本子翻刻的。文字方面，此本有一些新的訛誤。如書棚本五律《姑蘇懷古》二首其一“漁笛起扁舟”句，“漁”字，此本訛作“魚”。書棚本五排《新秋有感》“戍客添歸思”句，“歸”字，此本訛作“閨”。書棚本七絶《送遷客》“倚伏相牽豈足悲”句，“伏”字，此本訛作“杖”。書棚本七律《送廬□僧歸山陽》“雁逆高風下葦洲”句，“逆”字，此本訛作“送”。書棚本七排《海上太守新創東亭》“偏宜下榻延徐孺”句，“延”字，此本訛作“留”，等等，可見疏於校讎。當然，此本也改正了書棚本一些明顯的訛誤，如書棚本五律《寄左堰》，“堰”字訛，此本改作“偃”，極是。書棚本五排《獻喬侍郎》“九霄思復降”句，“思”字訛，此本改作“恩”，良是。書棚本五排《獻中書張舍人》“清雲逐步生”句，“清雲”訛，此本改作“青雲”；“必竟念孤平”句，“必竟”訛，此本改作“畢竟”，等等，故此本是較朱刻本更好的一個翻刻本。

（二）全唐詩本。康熙敕編《全唐詩》所收《李中詩》四卷。《全唐詩》主要據胡震亨《唐音統籤》和季振宜《全唐詩稿本》二書修訂而成。季氏《稿本》中的《李中詩》，乃是將上述朱刻本原刻入編，再據書棚本補入《所思》以下所闕八首編輯而成的，故《稿本》共三百九首。文字方面，季氏也作了校勘。季氏以所藏書棚本參校，故文字較前各本更精。如《稿本》五律《春日野望懷故人》"雲散天邊野"句，"野"字旁，出校一"影"字。《稿本》五律《遊玄真觀》"閒吟遊古觀"句，"吟"字旁，出校一"閑"字。五絶《劍客》"誰爲平不平"句，"誰爲"二字旁，出校"爲誰"二字。五排《雲》"千里在逡巡"句，"千里"二字，季氏作"干吕"。七律《懷廬岳舊遊寄劉鈞感鑒上人》，季氏於"鈞"字下增補"因"字。五排《廬山》"溢浦春煙列"句，"列"字旁，出校一"到"字。七律《送朐山孫明府赴壽陽幕府辟命》"便承綸綍起金臺"句，"起"字旁，出校一"赴"字。五律《春宴寄從弟德潤》"香徑匝蘭孫"句，"孫"字旁，出校一"蓀"字。七律《再遊洞神宫懷邵羽人有感》"峰頭鶴去三清遠"句，"峰"字旁，出校一"松"字。七律《柴司徒牡丹》，季氏於"徒"字下增補"宅"字。五律《病中作》，題中"中"字旁出校一"起"字。七絶《離家》"投宿匆忙近酒家"句，"匆"字旁，季氏出校一"狼"字。《宫詞二首》其一"香鋪羅幌不成夢"句，"鋪"字旁，季氏出校一"銷"字。七律《暮春有感宋維員外》，季氏於"有感"二字下增一"寄"字，等等，所據即書棚本故季氏《稿本》文字要較以前各本爲優。康熙敕修《全唐詩》中的《李中詩》四卷，便是將季氏《稿本》中的李中詩悉數入編，再輯補遺詩《祀風師迎神曲》一首，分編四卷而成的。故《全唐詩》所收《李中詩》四卷，共三百十首，成爲一時收詩最多的本子。文字方面，編臣也作了進一步校勘，故文字較季氏稿本更精。如《稿本》五律《春宴寄從弟德潤》"香徑匝蘭孫"句，"孫"字旁，季氏出校一"蓀"字，編臣則徑將"孫"字改作"蓀"，甚是，等等。故全唐詩本無論收詩數量還是文字品質，堪稱李集諸古本中最好的一種。

（三）黄鈔本。道光四年甲申（一八二四）黄氏士禮居影宋鈔《碧雲集》三卷，有黄氏跋文三則，今藏國家圖書館。黄氏曰："余見毛刻《碧雲集》，知多闕文，及獲見此集宋刻，初不解毛氏何以有缺，想别有所本也。迨夏間坊友以毛藏舊鈔本來，始知毛刻據元本，故所缺如此。蓋宋元本各有面目在也。鈔本中多子晉手校字，可與宋本並儲，古香古色，益動人珍重前賢手跡之意。"（又見《蕘圃藏書題識》卷七，《黄丕烈書目題跋》，頁一六九）此本從黄家散出後，嘗歸張金吾，《愛日精廬藏書志》有著録，並録黄氏跋語。後此本又歸楊氏海源閣，《楹書隅録》卷四著録曰："校宋本《碧雲集》三卷一册。"最後，此本入藏國家圖書館。

（四）影宋本。影寫宋書棚本《碧雲集》三卷。陸心源皕宋樓曾庋藏此本，《皕宋樓藏書志》有著録，其略曰："寫影宋刊本，唐登仕郎守新淦縣令知鎮事賜緋魚袋李中撰。目後有'臨安府棚北睦親坊南陳宅書籍鋪印'一行。孟賓于序。"（《皕宋樓藏書志》卷七十，頁七九九）據此可知，此本乃影寫宋書棚本者。心源藏書，身後被其子售於日本人，今藏日本静嘉堂文庫，此本即在其中。嚴紹璗《日藏漢籍善本書録》著録有此本，其略曰："古摹寫宋刊本。章愫手識本。共二册。静嘉堂文庫藏本，原陸心源十萬卷樓舊藏。【按】前有孟賓于《序》。《目録》後有'臨安府棚北睦親坊南陳宅書籍鋪印'一行。卷中有章愫手識，其文曰：'《碧雲集》三卷，世鮮專刻本。毛氏、席氏所刊，俱非足本，余求是書南宋版，迄不可得。今書賈陶鼎元，攜此同《李群玉集》見售，的係影宋本，亟購之。……咸豐新元仲春月二十日，瓜［纑］〔鱸〕外史章愫。'"（《日藏漢籍善本書録·集部·别集類》，頁一四九三）是知此本入藏皕宋樓前，曾爲章愫庋藏。章愫（一八〇四～一八七五）名綬銜，字紫伯，一作子柏，又字子檗，號辛復、莆生，别號瓜鱸外史，浙江歸安人，愫或爲其别名。貢生，善詩畫，詩宗唐人，畫法山樵，"好聚書，多善本……精于鑒别，收藏明以後書畫亦頗富。有磨兜堅室、翼詵堂等藏書處。……其藏書印甚多，有……'章綬銜印''荻江章紫伯珍賞''庸笙''瓜鱸外史'……"（鄭偉章《文獻家通考》，頁八三八）據章氏此跋，知此本的確是影寫宋書棚本者，乃下真跡一等也，版本價值自不容小覷。

主要徵引典籍版本*

《舊唐書》,[五代]劉昫撰,二十五史本,上海古籍出版社、上海書店一九八六年十二月第一版

《新唐書》,[宋]歐陽修、宋祁撰,二十五史本,上海古籍出版社、上海書店一九八六年十二月第一版

《宋史》,[元]脱脱等修,二十五史本,上海古籍出版社、上海書店一九八六年十二月第一版

《明史》,[清]張廷玉等修,二十五史本,上海古籍出版社、上海書店一九八六年十二月第一版

《清史稿》,趙爾巽等撰,二十五史本,上海古籍出版社、上海書店一九八六年十二月第一版

《江浙藏書家史略》,吴晗撰,中華書局一九八一年一月第一版

《唐才子傳校箋》,傅璇琮主編,中華書局一九八七年至一九九五年版

《文獻家通考》,鄭偉章著,中華書局一九九九年六月第一版

《崇文總目》,[宋]王堯臣等編次,錢東垣輯釋,國學基本叢書本,臺灣商務印書館一九六七年三月臺一版

《郡齋讀書志校證》,[宋]晁公武撰,孫猛校證,上海古籍出版社一九九〇年十月第一版

《韓集舉正彙校》,[宋]方崧卿原著,劉真倫彙校,鳳凰出版社二〇〇七年十二月第一版

《直齋書録解題》,[宋]陳振孫撰,徐小蠻、顧美華點校,上海古籍出版社一九八七年十二月第一版

《百川書志》,[明]高儒撰,《明代書目題跋叢刊》下册,書目文獻出版社一九九四年一月第一版

---

* 本書頻繁徵引的典籍,其版本準此表所列各集,正文不再加注版本,以避繁冗。徵引頻次較少者,其版本隨文注明,以便案覈。

《隱湖題跋》、《隱湖題跋續跋》,[明]毛晉撰,《明代書目題跋叢刊》下册,書目文獻出版社一九九四年一月第一版

《錢遵王讀書敏求記校證》,[清]錢曾撰,管庭芬、章鈺校證,《清人書目題跋叢刊四》,中華書局一九九〇年四月第一版

《四庫全書總目》,[清]永瑢等撰,中華書局一九六五年六月第一版

《天禄琳琅書目》、《天禄琳琅書目後編》合刊,[清]于敏中、彭元瑞等著,徐德明標點,上海古籍出版社二〇〇七年八月第一版

《平津館鑒藏記書籍》、《廉石居藏書記》、《孫氏祠堂書目》合刊,[清]孫星衍撰,焦桂美、沙莎標點,上海古籍出版社二〇〇八年十二月第一版

《愛日精廬藏書志》,[清]張金吾撰,《清人書目題跋叢刊四》,中華書局一九九〇年四月第一版

《蕘圃藏書題識》、《蕘圃刻書題識》、《蕘圃藏書題識續録》、《蕘圃藏書題識再續録》、《士禮居藏書題跋補録》、《百宋一廛賦注》、《百宋一廛書録》合刊,《黄丕烈書目題跋》,[清]黄丕烈撰,《清人書目題跋叢刊六》,中華書局一九九三年一月第一版

《思適齋集》、《思適齋書跋》、《思適齋集補遺》合刊,《顧廣圻書目題跋》,[清]顧廣圻撰,《清人書目題跋叢刊六》,中華書局一九九三年一月第一版

《增訂四庫簡明目録標注》,[清]邵懿辰撰,邵章續録,上海古籍出版社一九七九年七月新一版

《鐵琴銅劍樓藏書目録》,[清]瞿鏞撰,《清人書目題跋叢刊三》,中華書局一九九〇年三月第一版

《藏園訂補郘亭知見傳本書目》,[清]莫友芝撰,傅增湘訂補,傅熹年整理,中華書局二〇〇九年四月第一版

《楹書隅録》、《楹書隅録續編》,[清]楊紹和撰,《清人書目題跋叢刊三》,中華書局一九九〇年三月第一版

《滂喜齋藏書記》,[清]潘祖蔭撰,《清人書目題跋叢刊三》,中華書局一九九〇年三月第一版

《皕宋樓藏書志》、《皕宋樓藏書續志》,[清]陸心源撰,《清人書目題跋叢刊一》,中華書局一九九〇年三月第一版

《儀顧堂題跋》、《儀顧堂續跋》,《儀顧堂書目題跋彙編》,[清]陸心源著,

馮惠民整理，中華書局二〇〇九年九月第一版

《抱經樓藏書志》，[清]沈德壽撰，《清人書目題跋叢刊五》，中華書局一九九〇年四月第一版

《善本書室藏書志》，[清]丁丙輯，上海古籍出版社《續修四庫全書》影印光緒二十七年辛丑錢唐丁氏刊本

《日本訪書志》，[清]楊守敬撰，上海古籍出版社《續修四庫全書》影印光緒丁酉嘉平月鄰蘇園刻本

《郎園讀書志》，[清]葉德輝撰，楊洪升點校，上海古籍出版社二〇一〇年十月第一版

《寒雲手寫所藏宋本提要廿九種》，袁克文撰，《宋版書考録》，北京圖書館出版社二〇〇三年四月第一版

《傳書堂藏善本書志》，王國維撰，臺灣藝文印書館一九七四年二月影印蔣氏密均樓寫本

《寶禮堂宋本書録》，潘宗周編，臺灣文海出版社一九六三年五月第一版

《藏園群書經眼録》，傅增湘撰，中華書局一九八三年九月第一版

《藏園群書題記》，傅增湘撰，上海古籍出版社一九八九年六月第一版

《中國目録學史》，姚名達撰，上海古籍出版社二〇〇二年六月第一版

《美國國會圖書館藏中國善本書録》，王重民輯録，袁同禮重校，臺灣文海出版社有限公司一九七二年六月第一版

《敦煌古籍叙録》，王重民著，中華書局一九七九年九月新一版

《中國善本書提要》，王重民撰，上海古籍出版社一九八三年八月第一版

《中國版刻圖録》，北京圖書館編，文物出版社一九六〇年十月第一版

《四庫提要辨證》，余嘉錫著，中華書局一九八〇年五月第一版

《唐集叙録》，萬曼著，中華書局一九八〇年十一月第一版

《唐詩書録》，陳伯海、朱易安編撰，齊魯書社一九八八年十二月第一版

《中國古籍善本書目(集部)》，中國古籍善本書目編輯委員會編，上海古籍出版社一九九八年三月第一版

《隋唐五代文學史料學》，陶敏、李一飛著，中華書局二〇〇一年十一月第一版

《日藏漢籍善本書録》，嚴紹盪編著，中華書局二〇〇七年三月第一版

《唐五代別集叙録》，趙榮蔚著，中國言實出版社二〇〇九年四月第一版

《宋版書考録》,[清]黄丕烈、王國維等撰,北京圖書館出版社二〇〇三年四月第一版
《李太白全集》,[唐]李白著,[清]王琦注,中華書局一九七七年九月第一版
《錢注杜詩》,[唐]杜甫著,[清]錢謙益箋注,上海古籍出版社一九七九年十月新一版
《杜詩詳注》,[唐]杜甫著,[清]仇兆鰲注,中華書局一九七九年十月第一版
《韓昌黎詩繫年集釋》,[唐]韓愈著,錢仲聯集釋,上海古籍出版社一九八四年三月第一版
《韓愈全集校注》,[唐]韓愈著,屈守元、常思春主編,四川大學出版社一九九六年七月第一版
《渭南文集》,《陸放翁全集》,[宋]陸游著,中國書店一九八六年六月第一版
《文苑英華》,[宋]李昉等編,中華書局一九六六年五月第一版
《唐文粹》,[宋]姚鉉輯,四部叢刊本
《樂府詩集》,[宋]郭茂倩輯,中華書局一九七九年十一月第一版
《唐音統籤》,[明]胡震亨編,上海古籍出版社二〇〇三年四月第一版
《全唐詩稿本》,[清]錢謙益、季振宜遞輯,屈萬里、劉兆祐主編,臺北聯經出版事業公司一九七九年九月影印本
《全唐詩》,上海古籍出版社一九八六年十月第一版影印康熙揚州詩局本
《全唐詩補編》,陳尚君輯校,中華書局一九九二年十月第一版
《四庫全書》,上海古籍出版社影印文淵閣四庫全書本
《全唐文》,[清]董誥等編,中華書局一九八三年十一月第一版影印嘉慶刻本
《岑仲勉史學論文集》,岑仲勉著,中華書局一九九〇年七月第一版
《宋蜀刻本唐人集叢刊》,上海古籍出版社一九七九年六月第一版
《唐五十家詩集》,上海古籍出版社一九八一年八月第一版
《敦煌詩集殘卷輯考》,徐俊纂輯,中華書局二〇〇〇年六月第一版
《苕溪漁隱叢話》,[宋]胡仔纂集,廖德明校點,人民文學出版社一九六二年六月第一版
《唐詩紀事》,[宋]計有功撰,上海古籍出版社一九八七年七月新一版
《滄浪詩話校釋》,[宋]嚴羽著,郭紹虞校釋,人民文學出版社一九八三年八月第二版

《瀛奎律髓彙評》,[元]方回選評,李慶甲集評校點,上海古籍出版社一九八六年四月第一版

《唐詩品彙》,[明]高棅編,上海古籍出版社一九九三年十一月第一版

《歷代詩話》,[清]何文煥輯,中華書局一九八一年四月第一版

後　記

《唐别集考》以百餘萬字成果申報國家社科基金後期資助項目時，五位匿名評審專家皆給予很高的評價與鼓勵："學術質量優異，完成工作難度巨大，作者不畏艱難，多年沉潛於此，執着以求，方能成此鴻篇"，"可代表該領域目前研究水準，爲學界提供很好參照，有助於唐代文學及歷史文化研究的進一步發展"，"希望作者自始至終能嚴格遵守古籍版本、校勘的規範，以嚴謹的態度高質量完成這一工作"。並提出了誠懇的修改意見。現在《唐别集考》已經完稿，且作了認真修改。然而如今反觀本書，仍覺存在一些不足或缺憾。

（一）本書《凡例》云：所考百餘家唐集的現存歷代重要傳本"力求檢視原書"。但現實情形則是，百餘家唐集現存的歷代數千種傳本，包括重要傳本星散分藏於國家、各省市自治區、高等院校圖書館及文物局、博物館等，部分還庋藏於域外之韓國、日本，其中部分重要藏本，筆者尚未披覽。

（二）文字校勘乃版本鑒别的可靠方法，但本書所考百餘家唐集的現存歷代傳本數量龐大，全加校勘，在有限時間内必無可能，故筆者采用當年洪業考察杜集版本的辦法，一書僅選取若干卷加以校勘。此雖快捷之法，然選校之各卷，能否代表該本的文字特點，進而據以作出的版本判斷是否正確？尚待讀者鑒裁。

（三）原生態的百餘家唐集的版本源流系統，今天已不復可見，因爲其中部分版本隨着時間長河的蕩滌，早已隨波逝去。而今所作的版本系統考述，只能依據現存版本所示的軌跡，去尋找合理的版本鏈接，以期一步步地恢復原來的版本系統。但因其間某些版本的闕佚，衆本間人爲的鏈接是否正確，進而現今理出的版本系統與原生態的版本系統間是否吻合無悖？尚待讀者檢驗。

（四）現今傳世的能成卷帙的唐别集二百六十家左右，其中半數爲明清所輯。而本書所考，僅百六家而已，仍有百餘家唐集還未加以稽考。

（五）這裏還需説明一點，學界已有的唐集版本研究成果頗豐，然筆者囿於聞見，吸納這些成果時掛漏之失肯定不少，皆由筆者孤陋寡見所致，決無厚此棄彼之意，學界同仁，敬請見諒。如若修訂，容或補之。

以上就是本書存在的缺憾或不足；至於其他舛誤也一定難免，併請讀者批評賜教。

然而所可敬告讀者的是，唐代凡大家、名家之集，絶大部分已在本書所考之列，且此百餘家唐集絶大部分主要版本，尤其今存的宋元傳本及域外回傳版本，絶大部分亦在本書考述之列，筆者自詡，書中的新材料、新考證、新見解、新判斷，以及對過去唐集版本研究中存在的種種舛誤的辨析駁正，在在處處有之，這些讀者覽後自知。至於剩餘的百餘家唐别集及其歷代傳本，筆者或續加稽考。

本書撰寫過程中，傅璇琮先生將其正在審定的《中國古籍總目・集部・唐宋别集》校樣，命其博士生張驍飛同學複印後帶給我，使我提前獲見而今著録最爲詳盡的唐集版本資料，爲本書寫作提供了極大幫助。驍飛同學是我的碩士生，清華大學博士後出站，被作爲專門人才引薦於寧波大學，其間幫我查閱了天一閣所藏的數家唐集版本，赴臺訪學期間，又幫我調查了臺灣"中央圖書館"唐别集的庋藏情形。届本書出版之際，對傅先生和驍飛博士的幫助表示衷心謝忱。

中華書局俞國林、白愛虎二位先生，爲本書出版襄助頗多，並提出了很好的修改意見。往昔中華書局精益求精的出版精神，僅是耳聞，此次令我有了切身的感受，不由不表示衷心的感佩與謝忱！

本書寫作過程中，曾多次赴國家、上海、南京及北京市、北大等全國各大圖書館大量借閲各種版本的唐集，筆者所在的河南大學，圖書館更是常去的地方；對管理者們的熱情接待和辛勤勞動，在此表示誠摯的謝意！河南大學圖書館邢慧玲研究館員爲本書查詢了部分文獻；史紅偉、焦體檢、白金、侯佳、于兆軍、孫永芝、宋福利諸位博士，及河南大學文學院唐詩研究室的部分碩士生朋友們，一起對本書徵引的文字校核一遍；對他們付出的辛勞，在此一併表示感謝。

陳尚君先生以一人之力，獨自完成新定《全唐五代詩》的編纂，新定《全唐五代詩》與其《全唐詩補編》及《全唐文補編》，均是唐代文學研究領域内里程碑式的皇皇巨著，令人欽仰，近年又應袁行霈先生之邀，出任《中國大百科全書》第三版《唐代文學卷》主編，工作千頭萬緒，却在百忙中爲本書撰序，且多溢美之辭，對此深情厚誼，在此深表衷心謝忱。

十多回寒來暑往，因忙於工作與研究，家中大小事務全由賢内徐星玉主理，她的奉獻與支持，爲本書的完成提供了不可或缺的條件，在此也表示謝意。

還有，對所有關心本書寫作的師長、同學、同事、同仁、朋友，在此也深情地道一聲謝謝！

齊文榜

二〇一七年九月二十六日

二〇二一年十二月九日改定